A travessia

CORMAC MCCARTHY

A travessia

TRADUÇÃO
José Antonio Arantes

Copyright © 1994 by Cormac McCarthy

Grafia atualizada segundo o Acordo Ortográfico da Língua Portuguesa de 1990, que entrou em vigor no Brasil em 2009.

Título original
The Crossing

Capa
Christiano Menezes

Preparação
Brena O'Dwyer

Revisão
Jane Pessoa
Luciane H. Gomide

Dados Internacionais de Catalogação na Publicação (CIP)
(Câmara Brasileira do Livro, SP, Brasil)

McCarthy, Cormac
 A travessia / Cormac McCarthy ; tradução José Antonio Arantes. — Rio de Janeiro : Alfaguara, 2023.

 Título original: The Crossing.
 ISBN 978-85-5652-164-4

 1. Ficção norte-americana I. Título.

22-130560   CDD-813

Índice para catálogo sistemático:
1. Ficção : Literatura norte-americana   813
Eliete Marques da Silva – Bibliotecária – CRB-8/9380

[2023]
Todos os direitos desta edição reservados à
EDITORA SCHWARCZ S.A.
Praça Floriano, 19, sala 3001 — Cinelândia
20031-050 — Rio de Janeiro — RJ
Telefone: (21) 3993-7510
www.companhiadasletras.com.br
www.blogdacompanhia.com.br
facebook.com/editora.alfaguara
instagram.com/editora_alfaguara
twitter.com/alfaguara_br

A travessia

I

Quando saíram de Grant County e vieram para o sul Boyd não era muito mais que um bebê e o próprio recém-criado município chamado Hidalgo era um pouco mais velho que o menino. Na terra que deixaram estavam sepultadas uma irmã e a avó materna dele. A nova terra era fecunda e selvagem. Era possível viajar a cavalo direto até o México sem avistar uma cerca sequer. Ele levava Boyd na frente no arção da sela e ia dizendo para ele os nomes das peculiaridades da paisagem e dos pássaros e dos animais em espanhol e em inglês. Na nova casa dormiam na dependência na cozinha e de noite ele ficava deitado acordado ouvindo a respiração do irmão no escuro e murmurando para ele os planos para os dois e a vida que viriam a ter.

Numa noite de inverno naquele primeiro ano ele acordou com uivos de lobos soando nas colinas baixas a oeste da casa e compreendeu que eles desceriam à planície na neve recém-caída para perseguir os antílopes à luz da lua. Tirou o culote do poste da cama e pegou a camisa e o casaco de pele forrado de lã e pegou as botas de debaixo da cama e foi à cozinha e se vestiu no escuro junto ao débil calor do fogão e ergueu as botas à luz da janela para saber qual era o pé esquerdo e qual o direito e as calçou e se levantou e foi até a porta da cozinha e saiu fechando a porta atrás de si.

Quando passou pelo estábulo os cavalos choramingaram mansamente para ele no frio. A neve rangia sob as botas e a respiração dele fumegava na luz azulada. Uma hora mais tarde estava agachado sobre a neve no leito seco do arroio por onde soube que os lobos tinham passado pelas pegadas na areia das margens, pelas pegadas na neve.

Já estavam na planície e quando ele atravessou a bifurcação cascalhosa onde o rio se desviava para o sul vale adentro pôde ver o ponto em que atravessaram antes dele. Avançou engatinhando com as mãos metidas dentro das mangas para protegê-las da neve e quando alcançou o último dos pequenos juníperos escuros onde o vasto vale se estendia aos pés dos Animas Peaks se agachou calmamente para normalizar a respiração e depois se levantou muito devagar e observou.

Estavam correndo pela planície perseguindo os antílopes e os antílopes se moviam na neve como fantasmas e faziam círculos e rodopiavam e a poeira seca subia envolvendo-os sob a luz fria da lua e a respiração deles fumegava palidamente no frio como se ardessem com algum fogo interior e os lobos serpeavam e volteavam e saltavam com um silêncio tal que pareciam pertencer a um outro mundo inteiramente diferente. Desceram pelo vale e fizeram a volta e avançaram para longe na planície até se tornarem figuras ínfimas naquela brancura opaca e em seguida desaparecerem.

Ele estava gelado. Aguardou. Tudo estava quieto. Podia ver pela respiração para que lado o vento soprava e observou a respiração surgir e sumir e surgir e sumir constantemente à frente dele no frio e esperou um longo tempo. Então os viu chegar. Galopando e se contorcendo. Dançando. Cavando a neve com o focinho. Galopando e correndo e se erguendo aos pares numa dança empinada e tornando a correr.

Havia sete lobos e passaram a seis metros de onde ele estava. Ele viu os olhos amendoados à luz da lua. Ouviu a respiração deles. Sentiu pela eletricidade no ar que os lobos sabiam que ele estava ali. Juntavam-se e focinhavam e se lambiam. Depois pararam. Prestando atenção. Uns com uma pata dianteira erguida na altura do peito. Olhavam para ele. Ele não respirava. Eles não respiravam. Imóveis. Depois fizeram a volta e prosseguiram serenamente a trote. Quando ele retornou a casa Boyd estava acordado mas ele não lhe contou onde estivera nem o que vira. Jamais contou a ninguém.

No inverno em que Boyd completou catorze anos as árvores que cresciam perto do leito seco do rio ficaram desfolhadas muito cedo e o céu se acinzentava dia após dia e as árvores estavam pálidas contra a paisagem. Um vento frio soprava do norte arrastando poeira por entre árvores secas rumo a um ajuste de contas cuja a razão seria minutada e datada muito tempo depois de as devidas reivindicações terem ocorrido, tal é esta história. Entre os pálidos choupos com ramos que lembravam ossos e troncos que desprendiam as lívidas ou verdes ou mais negras cascas acumuladas na curva externa do leito do rio abaixo da casa erguiam-se árvores tão maciças que na mata do outro lado do rio havia um cepo serrado sobre o qual em invernos passados boiadeiros armaram tendas provisórias de lona de um metro e meio por dois para aproveitar o chão de madeira que ele proporcionava. Ao sair para recolher lenha ele observou a própria sombra e a sombra do cavalo e do *travois* atravessarem aquelas estacadas árvore por árvore. Boyd viajava no *travois* segurando o machado como se montasse guarda sobre a lenha que tinham recolhido e olhava com os olhos semicerrados para o oeste onde o sol fervia num lago seco e rubro abaixo das montanhas áridas e os antílopes vagueavam e inclinavam a cabeça entre as silhuetas das reses desenhadas contra a planície das terras fronteiras.

Atravessaram o leito do rio coberto de folhas secas e cavalgaram até darem num tanque ou caldeirão no rio e ele apeou e lavou o cavalo enquanto Boyd andava pela margem à procura de um sinal de ratos-almiscarados. O índio pelo qual Boyd passara agachado nem sequer ergueu os olhos, de modo que quando ele se deu conta da presença dele ali e se voltou o índio estava olhando para sua cinta e mesmo assim só levantou o olhar quando ele se deteve completamente. Poderia ter estendido a mão e tocá-lo. O índio de cócoras junto a magros pés de *carrizo* nem sequer escondido e mesmo assim Boyd não o vira. Ele segurava de través nos joelhos uma velha carabina de calibre .32 de um cano só e estivera aguardando no lusco-fusco por algo que subisse à tona para matar. Ele olhou dentro dos olhos do garoto. O garoto dentro dos dele. Olhos tão negros que pareciam ser só pupila. Olhos nos quais o sol se punha. Nos quais a criança estava ao lado do sol.

Ele não sabia que a gente podia ver a gente mesma nos olhos de uma outra pessoa nem ver dentro deles coisas assim como sóis. Ele aparecia duplicado naqueles poços escuros com o cabelo muito descorado, muito fino e estranho, a mesmíssima criança. Como se fosse uma criança desaparecida aparentada dele que agora surgisse e se enquadrasse num outro mundo distante onde o sol rubro se punha eternamente. Como se fosse um labirinto onde esses órfãos de seu coração tivessem se extraviado na jornada da vida e assim chegado enfim ao outro lado do muro daquele intenso olhar antigo donde não haveria retorno nunca mais.

De onde estava não via o irmão ou o cavalo. Podia ver os lentos círculos se ampliando na água em que o cavalo estivera bebendo do outro lado do juncal e podia ver a leve contração do músculo sob a pele do queixo magro e imberbe do índio.

O índio se voltou e olhou para o tanque. O único som era o da água pingando da focinheira erguida do cavalo. Ele olhou para o garoto.

Seu moleque filho da puta, disse.

Não fiz nada.

Quem é esse com você?

Meu irmão.

Quantos anos ele tem?

Dezesseis.

O índio se pôs de pé. Pôs-se de pé imediatamente e sem esforço e olhou para o outro lado do tanque onde Billy segurava o cavalo e depois olhou de novo para Boyd. Ele usava uma velha manta esfarrapada e um velho e engordurado chapéu de feltro Stetson com a copa desfigurada e as botas remendadas com fio de arame.

O que é que vocês dois tão fazendo por aqui?

Catando lenha.

Têm comida?

Não.

Onde moram?

O garoto hesitou.

Perguntei onde moram.

Ele apontou rio abaixo.

Muito longe?

Não sei.

Seu moleque filho da puta.

Apoiou a carabina no ombro e caminhou até a beira do tanque e ficou olhando para o cavalo e para Billy.

Olá, disse Billy.

O índio cuspiu. Espantando tudo nestas paragens, não?, disse.

A gente não sabia que tinha mais gente por aqui.

Não têm nada pra comer?

Não, senhor.

Onde vocês moram?

Uns três quilômetros pra baixo do rio.

Têm comida em casa?

Sinsenhor.

Se eu descer até lá vocês me trazem alguma coisa pra comer?

Pode vir lá pra casa. Mamãe vai te dar de comer.

Não quero entrar na casa. Quero que vocês me tragam alguma coisa pra comer.

Está bem.

Vai me trazer alguma coisa?

Vou.

Então tá bem.

O garoto se levantou segurando o cavalo. O cavalo não tirava os olhos de cima do índio. Boyd, ele disse. Vem.

Tem cachorro lá?

Só um.

Vai prender ele?

Está bem. Eu prendo ele.

Prende ele num lugar onde ele não vai latir.

Está bem.

Não vou descer até lá pra ser mordido.

Eu prendo ele.

Então tá bom.

Boyd. Vem. Vamos.

Boyd estava parado na extremidade do tanque olhando para ele.

Vem. Daqui a pouquinho vai escurecer.

Vai e faz o que o teu irmão diz, disse o índio.

A gente não tava perturbando você.

Vem, Boyd. Vamos.

Ele atravessou a barreira de cascalho e subiu no *travois*.

Sobe aqui, disse Billy.

Ele desceu da pilha de lenha recolhida e voltou o olhar para o índio e depois esticou a mão e pegou a mão que Billy lhe estendeu e se alçou montando atrás dele no cavalo.

Como vamos encontrar você?, perguntou Billy.

O índio estava parado com a carabina apoiada de través nos ombros, as mãos bem seguras nela. Sai na clareira e segue na direção da lua, respondeu.

E se ainda não tiver lua?

O índio cuspiu. Acha que eu ia dizer pra você seguir na direção de uma lua que não existe? Agora vai.

O rapaz instigou o cavalo com a bota e eles cavalgaram entre as árvores. As traves do *travois* arrastando fileiras de folhas mortas com um sussurro seco. O sol baixo a oeste. O índio os observou partir. O caçula montava o cavalo passando um braço pela cintura do irmão, o rosto avermelhado ao sol, o cabelo quase branco-róseo ao sol. O irmão deve ter dito para ele não olhar para trás porque ele não olhou para trás. Quando atravessaram o leito seco do rio e alcançaram a planície o sol já estava atrás dos picos das montanhas de Peloncillo a oeste e o céu ocidental era um encarnado profundo sob os recifes de nuvens. Partiram rumo ao sul ao longo das gretas do rio seco e quando Billy olhou para trás o índio vinha a uma distância de menos de um quilômetro no lusco-fusco carregando frouxamente a carabina numa mão.

Tá olhando pra trás, é?, perguntou Boyd.

Por acaso.

Vamos levar um pouco de jantar pra ele?

Vamos. Acho que a gente bem que pode fazer isso.

Nem tudo o que a gente pode fazer significa que é uma boa ideia, disse Boyd.

Eu sei.

Ele observava o céu noturno pela janela do cômodo da frente. As primeiras estrelas se cunhavam no negror que cobria o sul e pairavam sobre o inerte emaranhado das árvores ao longo do rio. A luz da lua invisível se estendendo por uma bruma sulfurosa acima do vale a leste. Ele observava a luz escorrer pelas bordas da pradaria deserta e o domo da lua se elevar do solo branco e obeso e membranoso. Depois desceu da cadeira onde estivera ajoelhado e foi buscar o irmão.

Billy embrulhara num pano bife e biscoitos e uma caneca de lata com feijão e escondera a trouxa atrás dos potes de barro na prateleira da despensa ao lado da porta da cozinha. Mandou Boyd ir na frente e ficou à escuta e depois o seguiu. O cachorro ganiu e arranhou com a pata a porta do defumadouro quando os dois passaram por ela e ele disse para o cachorro ficar quieto e o cachorro ficou. Prosseguiram agachados ao longo da cerca e depois tomaram a direção das árvores. Quando alcançaram o rio a lua se punha bem alta e o índio estava lá parado com a carabina colocada de novo de través atrás do pescoço. Podiam ver a respiração dele no frio. O índio fez uma volta e eles o seguiram pela margem cascalhosa e tomaram a trilha do gado do outro lado do rio ao longo da borda do pasto. Havia fumaça de madeira no ar. Uns quatrocentos metros longe da casa chegaram à fogueira do acampamento do índio entre os choupos e ele encostou a carabina contra o tronco de uma árvore e se voltou e os encarou.

Traga aqui, disse.

Billy deu a volta à fogueira e tirou a trouxa do braço e a entregou. O índio a pegou e se agachou na frente da fogueira com a mesma agilidade de uma marionete e pôs a trouxa no chão diante de si e a abriu e retirou a caneca de feijão e a colocou sobre os carvões para esquentar e então pegou um biscoito e o bife e abocanhou metade do biscoito.

Vai pretejar a caneca, Billy disse. Tenho de levar ela de volta pra casa.

O índio mastigava, os olhos negros semicerrados à luz do fogo. Não tem café na casa de vocês?, disse.

Moído não.

Não pode moer um pouco?

Não sem fazer barulho, não dá.

O índio levou a segunda metade do biscoito à boca e se inclinou ligeiramente para a frente e tirou uma faca de algum lugar do corpo e com ela se pôs a mexer o feijão na caneca e em seguida olhou para Billy e passou a lâmina ao longo de um lado da língua e depois do outro num lento movimento de afiar e fincou a faca na extremidade da acha contra a qual a fogueira fora armada.

Moram aqui faz muito tempo?, perguntou.

Dez anos.

Dez anos. A sua família é dona deste lugar?

Não.

Ele estendeu o braço e pegou o segundo biscoito e o partiu com os alvos dentes quadrados e se pôs a mastigar.

De onde você é?, perguntou Billy.

De todo lugar.

Pra onde estava indo?

O índio se curvou e tirou a faca da acha e tornou a mexer o feijão e tornou a lamber a lâmina e então enfiou a faca na bainha e ergueu a caneca pretejada de cima do fogo e a assentou no chão diante de si e começou a comer os feijões com a faca.

Que mais vocês têm na casá?

Senhor?

Eu disse que mais vocês têm na casa.

Ergueu a cabeça e os fitou ali de pé à luz da fogueira, mastigando devagarzinho, os olhos semicerrados.

Como por exemplo?

Como por exemplo qualquer coisa. Alguma coisa que eu posso vender, talvez.

Não temos nada.

Não têm nada.

Não, senhor.

Ele mastigou.

Moram numa casa vazia?

Não.

Então alguma coisa têm.

Tem móveis e tranqueiras. Tranqueira de cozinha.

Tem algum cartucho de carabina?

Sinsenhor. Alguns.

Que calibre?

Não servem pra sua carabina.

Que calibre.

Quarenta e quatro, quarenta.

Por que não me traz uns deles?

O rapaz indicou com a cabeça a carabina apoiada contra a árvore. Aquela não é calibre quarenta e quatro.

Não faz diferença nenhuma. Posso fazer uma troca.

Não posso te trazer nenhum cartucho. O velho ia sentir falta deles.

Então pra que você falou disso?

É melhor a gente ir indo, disse Boyd.

A gente tem de levar a caneca de volta.

Que mais vocês têm?, perguntou o índio.

Não temos nada, disse Boyd.

Não perguntei pra você. Que mais vocês têm?

Não sei. Vou ver o que posso achar.

O índio levou à boca a outra metade do segundo biscoito. Baixou a mão e testou a caneca com os dedos e a ergueu e despejou o resto de feijão na boca aberta e passou um dedo em volta do interior da caneca e lambeu o dedo e tornou a assentar a caneca no chão.

Me traz um pouco daquele café, disse.

Não posso moer que eles vão ouvir.

Só traz. Eu moo com uma pedra.

Está bem.

Ele fica aqui.

Pra quê?

Pra me fazer companhia.

Pra te fazer companhia.

É.

Ele não precisa ficar aqui.

Não vou machucar ele.

Sei que não. Porque ele não vai ficar.

O índio sugou os dentes. Têm alguma armadilha?

Não temos armadilha, não.

Ele os encarou. Sugou os dentes com um som sibilado. Vai então. Me traz um pouco de açúcar.

Está bem. Me dá a caneca.

Você pega quando voltar.

Quando chegaram à trilha do gado Billy olhou para Boyd e olhou para a luz da fogueira entre as árvores. Na planície a lua brilhava tanto que se podia contar as vacas à luz dela.

Não vamos levar café nenhum pra ele, vamos?, perguntou Boyd.

Não.

O que vamos fazer com a caneca?

Nada.

E se a mãe perguntar dela?

Diga a verdade. Diga que dei ela prum índio. Diga que um índio veio em casa e eu dei ela pra ele.

Tá bem.

Posso me encrencar junto com você.

E eu posso me encrencar ainda mais.

Diga pra ela que fui eu.

É o que eu vou fazer.

Atravessaram o campo aberto na direção da cerca e das luzes da casa.

A gente não devia ter ido lá e começado com isso, disse Boyd.

Billy não respondeu.

Devia?

Não.

Então por que foi?

Não sei.

Ainda estava escuro de manhã quando o pai entrou no quarto deles.

Billy, disse.

O menino se sentou na cama e olhou para o pai em pé emoldurado pela luz da cozinha.

O que o cachorro está fazendo trancado no defumadouro?

Esqueci de pôr ele pra fora.

Esqueceu de pôr ele pra fora?

Sinsenhor.

E o que é que ele estava fazendo lá dentro em primeiro lugar?

O menino saltou da cama para o chão gelado e pegou as roupas. Vou soltar ele, disse.

O pai ficou parado à porta por um momento e depois saiu pela cozinha até o vestíbulo. Na luz que entrava pela porta aberta Billy pôde ver Boyd dormindo encolhido na outra cama. Vestiu as calças e apanhou as botas do chão e saiu.

Quando acabou de comer e se lavar era dia e selou Bird e montou e saiu do celeiro e desceu ao rio à procura do índio ou para ver se ele ainda estava lá. O cachorro seguia logo atrás do cavalo. Atravessaram o pasto e cavalgaram rio abaixo e atravessaram entre as árvores. Ele estancou e ficou montado no cavalo. O cachorro ficou do lado dele farejando o ar com rápidos movimentos do focinho, arranjando e juntando algumas imagens dos acontecimentos da noite anterior. O rapaz instigou o cavalo a continuar de novo.

Quando chegou ao acampamento do índio a fogueira estava fria e escura. O cavalo não parava quieto e pateava com nervosismo e o cachorro dava voltas às cinzas mortas com o nariz rente ao chão e os pelos das costas eriçados.

Quando retornou a casa a mãe tinha preparado o café da manhã e ele pendurou o chapéu e puxou uma cadeira e começou a colocar ovos no prato com a colher. Boyd já estava comendo.

Cadê o pai?, perguntou.

Nem sequer respire o vaporzinho, que você não disse a ação de graças, a mãe falou.

Sim, mãe.

Abaixou a cabeça e disse as palavras para si mesmo e depois pegou um biscoito.

Cadê o pai.

Na cama. Já comeu.

Que hora que ele chegou?

Faz umas duas horas. Viajou a noite toda.

Como assim?

Acho que por causa de que queria chegar em casa logo.

Quanto tempo ele vai dormir?

Bom, eu penso que até a hora de acordar. Você faz mais perguntas do que o Boyd.

Não fui eu que fiz a primeira pergunta, disse Boyd.

Os irmãos foram para o estábulo depois da refeição. Pra onde você acha que ele foi?, perguntou Boyd.

Pra outro lugar.

De onde você acha que ele veio?

Não sei. Eram botas mexicanas que estava usando. O que sobrou delas. Ele não passa de um andarilho.

Você não sabe o que um índio é capaz de fazer, disse Boyd.

Que é que você sabe sobre índios?, Billy perguntou.

Bom, você não sabe nada.

E você não sabe o que qualquer pessoa é capaz de fazer.

Boyd pegou uma chave de fenda velha e gasta de dentro de um balde de ferramentas e escovões pendurado numa coluna do estábulo e tirou um cabresto de corda do anteparo e abriu a porta da baia onde mantinha o cavalo e entrou e encabrestou o cavalo e o conduziu para fora da baia. Amarrou frouxamente a corda ao anteparo e correu a mão pela perna dianteira do cavalo para que ele lhe oferecesse a pata e limpou a ferradura do casco e o examinou e depois pousou a pata no chão.

Deixa eu dar uma olhada, Billy disse.

Não tem nada de errado com ele.

Então deixa eu dar uma olhada.

Olha, então.

Billy ergueu a pata do cavalo e a encaixou entre os joelhos e a examinou. Acho que está boa, disse.

Foi o que eu falei.

Ande com ele.

Boyd soltou a corda e conduziu o cavalo ao longo do estábulo e voltou.

Vai querer a sua sela?, Billy perguntou.

Bom, eu acho que sim se você não se importa.

Ele trouxe a sela da selaria e jogou a manta sobre o cavalo e a custo colocou a sela e a ajeitou às sacudidas e ajustou o látego e apertou a cincha e aguardou.

Você acostumou ele mal, Billy disse. Por que não deixa ele sem fôlego?

Ele não me deixa sem fôlego, eu não deixo ele sem fôlego, respondeu Boyd.

Billy cuspiu na palha seca no chão do estábulo. Esperaram. O cavalo tomava fôlego. Boyd puxou o tirante e o afivelou.

Cavalgaram pelo pasto de Ibañez a manhã inteira observando as vacas. As vacas se mantinham à distância e por sua vez os observavam, um bando de pernas desajeitadas e de cara malhada, em parte mexicanas, algumas de chifres compridos, todas as cores. Na hora do jantar voltaram a casa levando junto uma bezerra de um ano puxada por uma corda e a amarraram ao poste do curral junto ao estábulo para que o pai a visse e entraram e lavaram as mãos e o rosto. O pai já estava sentado à mesa. Meninos, disse.

Vocês dois se assentem, a mãe falou. Ela pôs na mesa uma travessa de bifes fritos. Uma tigela de feijão. Quando disseram a ação de graças ela passou a travessa para o pai deles e ele pegou um dos bifes com o garfo e o colocou no prato e passou a travessa para Billy.

O pai diz que tem uma loba solta por aí, ela falou.

Billy ficou segurando a travessa, a faca no alto.

Uma loba?, Boyd perguntou.

O pai anuiu com a cabeça. Matou uma vitela bem grandinha lá na nascente de Foster Draw.

Quando?, Billy perguntou.

Faz uma semana ou mais, provavelmente. O caçula do Oliver perseguiu ela toda a vida até o topo das montanhas. Ela veio do México. Atravessou pelo San Luis Pass e subiu pela encosta oeste dos Animas e chegou no alto de Taylor's Draw e de lá desceu e atravessou o vale e veio dar nas Peloncillos. Subiu isso tudo no meio da neve. Tinha uns cinco centímetros de neve no chão onde ela matou a vitela.

Como sabe que foi uma loba?, perguntou Boyd.

E como é que você acha que ele sabe?, perguntou Billy.

Dava pra ver onde ela fez as necessidades, disse o pai.

Ah, disse Boyd.

O que pensa fazer?, Billy perguntou.

Bom, acho que é melhor a gente pegar ela. Não?

Sinsenhor.

Se o velho Echols estivesse aqui, ele ia pegar ela, disse Boyd.

Sr. Echols.

Se o sr. Echols estivesse aqui, ele ia pegar ela.

Ia sim. Mas ele não está.

Foram os três a cavalo depois do jantar até a fazenda SK Bar e amarraram os cavalos e chamaram aos gritos na frente da casa. A neta do sr. Sanders espiou para fora e foi buscar o velho e todos se sentaram na varanda enquanto o pai dos meninos contava para o sr. Sanders a respeito da loba. O sr. Sanders apoiava os cotovelos nos joelhos e fitava as tábuas do soalho da varanda entre as botas e anuía com a cabeça e de vez em quando batia a cinza do cigarro com a ponta do dedo mindinho. Quando o pai acabou de contar ele ergueu o olhar. Os olhos eram muito azuis e muito bonitos semiescondidos nos veios coriáceos do rosto. Como se houvesse alguma coisa neles que a dureza da terra não tivesse conseguido tocar.

As armadilhas do Echols e tudo o mais ainda estão lá na cabana, disse. Não acho que ele ia se importar de você usar o que precisar.

Atirou o toco de cigarro no pátio e sorriu para os dois garotos e apoiou as mãos nos joelhos e se levantou.

Deixe eu ir buscar as chaves, disse.

A cabana quando a abriram estava escura e bafienta e exalava um cheiro ceráceo como carne fresca de animal recém-abatido. O pai ficou parado à porta por um momento e depois entrou. No cômodo da frente havia um sofá velho, uma cama, uma escrivaninha. Atravessaram a cozinha e em seguida deram no barracão nos fundos. Lá à luz poeirenta que entrava por uma janelinha e incidia sobre prateleiras de madeira de pinho grosseiramente serradas havia uma coleção de potes de geleia e garrafas com tampas de vidro esmerilhado e velhos potes farmacêuticos, todos com antigos rótulos octogonais vermelhos nos quais na caprichada letra de Echols estavam registrados conteúdos e datas. Nos potes líquidos escuros. Vísceras secas. Fígado, vesícula biliar, rins. As partes das entranhas do animal que sonha com o homem e assim sonhou em sucessivos sonhos ao longo de cem mil anos e mais. Sonhos desse deus menor que chegou lívido e desnudo e estrangeiro para chacinar todo o seu clã e parentela e expulsá-los de suas casas. Um deus insaciável a quem nenhuma aquiescência podia aplacar, nem qualquer quantidade de sangue. Os potes estavam cobertos de pó e a luz que os banhava transformava o pequeno cômodo com seus frascos químicos numa estranha basílica dedicada a uma prática que em breve estaria tão extinta entre as ocupações dos homens quanto os animais aos quais devia sua existência. O pai deles pegou um dos potes e o girou na mão e depois o recolocou com precisão na marca circular de pó. Numa prateleira mais abaixo havia uma caixa de madeira de munição com cantos ensamblados e dentro da caixa cerca de uma dúzia de garrafinhas ou frascos sem rótulos. Escritas em creiom vermelho ao longo da tampa da caixa estavam as palavras Matriz Nº 7. O pai ergueu um dos frascos contra a luz e o agitou e tirou a rolha torcendo-a e passou a garrafa aberta sob o nariz.

Deus do céu, murmurou.

Deixa eu cheirar, disse Boyd.

Não, disse o pai. Pôs o frasco no bolso e foram todos procurar as armadilhas, mas não as encontraram. Fizeram uma vistoria no resto da casa e na varanda e no defumadouro. Encontraram algumas velhas armadilhas número três de mola longa para coiote penduradas na parede do defumadouro, mas foram as únicas armadilhas que encontraram.

Estão aqui em algum lugar, disse o pai.

Procuraram de novo. Dali a pouco Boyd voltou da cozinha.

Achei, disse.

Estavam dentro de dois caixotes de madeira e sobre os caixotes havia uma pilha de lenha para o fogão. Estavam engorduradas com alguma coisa que podia ser banha e amontoadas nos caixotes como arenques.

O que te deu na cabeça de olhar ali embaixo?, o pai perguntou.

O senhor disse que tavam aqui em algum lugar.

Ele espalhou uns jornais velhos sobre o linóleo do chão da cozinha e começou a retirar as armadilhas. As molas estavam pressionadas para dentro para torná-las mais compactas e as correntes estavam enroladas em volta. Ele esticou uma delas. A corrente pegajosa de gordura retiniu com um som abafado. A armadilha era bifurcada com uma argola e tinha um pesado gancho numa extremidade e uma trava na outra. Ficaram olhando-a agachados. Ela parecia enorme. Essa coisa parece uma armadilha pra urso, Billy disse.

É uma armadilha pra lobo. Uma Newhouse número quatro e meio.

Ele estendeu oito delas no chão e limpou a gordura das mãos com jornal. Tamparam de novo o caixote e tornaram a empilhar a lenha do fogão em cima dos caixotes tal como Boyd os encontrara e o pai foi de novo ao barracão e voltou com uma pequena caixa de madeira com fundo de tela de arame e com um saco de papel cheio de lascas de campeche e um cesto para guardar as armadilhas. Em seguida saíram e trancaram de novo com cadeado a porta da frente e desprenderam as rédeas dos cavalos e montaram e retornaram à casa.

O sr. Sanders saiu à varanda, mas eles não desmontaram.

Fiquem pra jantar, disse.

É melhor a gente ir indo. Muito obrigado.

Está certo.

Peguei oito armadilhas.

Está bem.

Vamos ver o que acontece.

Bom. Provavelmente você não vai ter muito trabalho. Ela deve ter hábitos irregulares porque não está há muito tempo nestas terras.

Echols disse que nenhuma delas mais tem hábitos.

Ele devia saber. Ele mesmo é meio lobo.

O pai anuiu com a cabeça. Virou-se de leve na sela e olhou para a extensão da terra. Tornou a olhar para o velho.

O senhor alguma vez já cheirou aquelas coisas que ele usa como isca?

Sinsenhor. Já.

O pai anuiu com a cabeça. Levantou uma mão e virou o cavalo e eles cavalgaram estrada adentro.

Depois do jantar colocaram a tina galvanizada em cima do fogão e a encheram com baldes de água e despejaram dentro uma concha de lixívia e deixaram as armadilhas na fervura. Alimentaram o fogo até a hora de dormir e depois trocaram a água e recolocaram as armadilhas com as lascas de campeche e encheram de lenha o fogão e se foram. Boyd acordou uma vez no meio da noite e ficou escutando o silêncio na casa às escuras e o fogão palpitando ou a casa rangendo com o vento que soprava da planície. Quando olhou para a cama de Billy ela estava vazia e depois de um tempo ele se levantou e foi até a cozinha. Billy estava sentado à janela numa cadeira da cozinha virado de costas. Abraçava o espaldar da cadeira e observava a lua acima das árvores do rio e das montanhas ao sul. Voltou-se e olhou para Boyd parado à porta.

O que você tá fazendo?, Boyd perguntou.

Levantei pra pôr mais lenha no fogo.

O que é que você tá olhando?

Não estou olhando nada. Não tem nada pra olhar.

Então por que tá sentado aí?

Billy não respondeu. Depois de um tempo disse: Volte pra cama. Vou pra lá daqui a pouco.

Boyd entrou na cozinha. Parou junto da mesa. Billy se voltou e olhou para ele.

O que foi que te acordou?, perguntou.

Você que me acordou.

Não fiz barulho nenhum.

Eu sei.

Quando Billy se levantou na manhã seguinte o pai estava sentado à mesa da cozinha com um avental de couro no colo e usando um velho par de luvas de couro de cervo e esfregando cera de abelha no aço de uma das armadilhas. As outras armadilhas tinham sido postas em cima de uma pele de bezerro e tinham uma cor azul-escura profunda. Ele procurou com os olhos e depois tirou as luvas e as colocou no avental com a armadilha e ajeitou o avental sobre a pele de bezerro no chão.

Me dê uma mão com a tina, disse. Depois você pode terminar de encerar estas.

Foi o que ele fez. Encerou-as cuidadosamente, espalmando a cera no interior da base e na inscrição da base e dentro das fendas nas quais a mandíbula estava engonçada e no interior de cada elo das pesadas correntes de um metro e meio de comprimento e dentro da pesada trava de dois pinos na extremidade da corrente. Depois o pai as dependurou lá fora no frio onde os odores da casa não as impregnariam. Na manhã seguinte, quando o pai entrou no quarto deles e o chamou, ainda estava escuro.

Billy.

Sinsenhor.

O café vai estar na mesa daqui a cinco minutos.

Sinsenhor.

Quando deixaram o terreno a cavalo o dia começava a raiar, claro e frio. As armadilhas estavam guardadas no cesto de ramos de salgueiro trançados que o pai carregava com as alças afrouxadas de modo que o fundo do cesto se apoiava na patilha da sela atrás dele. Cavalgaram direto rumo ao sul. Acima deles o Black Point luzia com neve nova sob um sol que ainda não tinha se erguido sobre o chão do vale. Quando atravessaram a estrada velha para Fitzpatrick Wells, o sol já tinha se erguido e eles atravessaram na direção da cabeceira da pastagem debaixo de sol e começaram a subir as Peloncillos.

No meio da manhã tinham chegado à borda da *vega* no planalto onde o bezerro jazia morto. Por onde subiram entre as árvores a neve cobria as pegadas de três dias antes do cavalo do pai e na sombra das árvores onde o bezerro jazia havia trechos de neve ainda não derretida e a neve estava ensanguentada e pisoteada e cruzada e recruzada com pegadas de coiotes e o bezerro fora rasgado ao meio com violência e pedaços se espalhavam sobre a neve ensanguentada e sobre a terra mais adiante. O pai tirou as luvas para enrolar um cigarro e se pôs a fumar segurando as luvas na mão que descansava sobre o arção da sela.

Não desmonte, disse. Veja se consegue ver as pegadas dela.

Fizeram um giro. Os cavalos estavam inquietos por causa do sangue e os cavaleiros falaram com eles com um certo escárnio como se fossem fazê-los sentir vergonha de si mesmos. Ele não via qualquer vestígio da loba.

O pai desmontou. Venha cá, disse.

O senhor não vai colocar uma armadilha aqui, vai?

Não. Pode desmontar.

Ele desmontou. O pai soltou as alças do cesto e colocou o cesto na neve e se agachou e soprando removeu a neve recente que cobria as claras pegadas que a loba deixara cinco noites antes.

É dela?

É dela.

É da pata da frente.

Sim.

É grande, né?

Sim.

Ela não vai voltar aqui?

Não. Ela não vai voltar aqui.

O rapaz se levantou. Procurou com os olhos na campina. Havia dois corvos pousados numa árvore morta. Deviam ter levantado voo quando os cavalos se aproximaram. Fora os corvos não havia nada.

Pra onde o senhor acha que o resto do gado foi?

Não sei.

Se tem uma vaca morta no pasto o resto do gado fica lá?

Depende do que que ela morreu. Eles não ficam num pasto junto com um lobo.

O senhor acha que de lá pra cá ela fez outra matança?

O pai se ergueu de onde tinha se agachado junto do rastro e pegou o cesto. É bem possível, disse. Está pronto?

Sinsenhor.

Montaram os cavalos e atravessaram a *vega* e entraram na floresta e seguiram na trilha do gado subindo ao longo do curso d'água. O garoto observou os corvos. Passado um tempo eles deixaram a árvore e num voo silencioso voltaram ao bezerro morto.

O pai preparou a primeira armadilha na bocaina que eles sabiam que a loba tinha atravessado. O garoto ficou montado e observou o pai estender a pele de bezerro com o lado do pelo voltado para baixo e pisar nela e assentar o cesto.

Ele tirou as luvas de pele de cervo de dentro do cesto e as calçou e com uma trolha cavou um buraco no chão e nele empilhou a corrente e depois tapou o buraco. Em seguida escavou uma pequena cova rasa no chão no formato das molas da armadilha e tudo o mais. Colocou nela a armadilha para experimentar e então cavou mais um pouco. Punha a terra na caixa com fundo de tela enquanto cavava e depois pôs a trolha de lado e pegou um par de tenazes de dentro do cesto e com elas afrouxou as molas até as mandíbulas se abrirem. Ergueu a armadilha e examinou a chanfradura na base enquanto afrouxava um parafuso e ajustava o disparador. De cócoras na sombra irregular com o sol batendo nas costas e segurando a armadilha na altura dos olhos contra o céu da manhã ele parecia estar retificando um instrumento mais antigo, mais sutil. Astrolábio ou sextante. Como um homem determinado a de algum modo se inserir no mundo. Determinado a experimentar não importa como o espaço entre seu ser e o mundo como era. Se tal espaço existisse. Se se desse a conhecer. Ele encaixou a mão embaixo das mandíbulas abertas e inclinou a base de leve com o polegar.

Não deve ficar onde um esquilo pode pisar nela, disse. Mas bem perto.

Em seguida removeu as tenazes e assentou a armadilha no buraco.

Cobriu as mandíbulas e a base da armadilha com um papel quadrado embebido em cera de abelha derretida e com a caixa de tela peneirou com cuidado a terra sobre ela e com a trolha espalhou barro e lascas de madeira e terra e ficou ali dobrado sobre as pernas olhando a armação. Parecia não haver nada. Por fim ele tirou o frasco da poção de Echols de dentro do bolso do casaco e desarrolhou e mergulhou um raminho no frasco e fincou o raminho no chão a uns trinta centímetros da armadilha e então repôs a rolha no frasco e o frasco no bolso.

Levantou-se e passou o cesto para o rapaz e se curvou e dobrou a pele de bezerro com terra e tudo e depois se alçou no estribo do cavalo imóvel e montou e puxou a pele para cima do arção da sela junto com ele e instigou o cavalo a recuar para longe da armação.

Acha que pode preparar uma?, perguntou.

Sinsenhor. Acho que posso.

O pai anuiu com a cabeça. Echols costumava tirar as ferraduras do cavalo. Depois passou a prender nos cascos do cavalo essas sapatas de couro de vaca que ele fazia. Oliver me contou que ele preparava uma sem nunca desmontar. Preparava armadilhas de cima do cavalo.

Como é que conseguia?

Não sei.

O rapaz continuava segurando o cesto sobre o joelho.

Ponha ele nas costas, disse o pai. Vai precisar dele se for preparar a próxima.

Sinsenhor, disse.

Quando chegou o meio-dia tinham preparado outras três armadilhas e almoçaram num bosque de carvalhos escuros na nascente do Cloverdale Creek. Apoiaram-se nos cotovelos e comeram os sanduíches e olharam para o outro lado do vale na direção dos Guadalupes e para o sul do outro lado dos contrafortes das montanhas onde avistaram as sombras de nuvens que se moviam sobre o vasto Animas Valley e para além nas distâncias azuis das montanhas do México.

O senhor acha que a gente consegue pegar ela?, o rapaz perguntou.

Eu não estaria aqui se não conseguisse.

E se ela já foi pega antes ou já viu armadilhas antes ou algo assim?

Então vai ser difícil pegar.

Não existem mais lobos por aqui, mas só os que vêm do México, eu acho. Não vêm?

Provavelmente não.

Comeram. Quando terminou o pai dobrou o saco de papel em que tinham embrulhado os sanduíches e o guardou no bolso.

Está pronto?, perguntou.

Sinsenhor.

Quando de volta passaram no terreno e entraram no estábulo tinham estado fora treze horas e estavam mortos de cansaço. Percorreram as duas últimas horas na escuridão e a casa estava às escuras a não ser pela luz da cozinha.

Entre e jante, disse o pai.

Não estou com fome.

Entre. Vou guardar os cavalos.

A loba tinha atravessado a divisa de fronteira internacional mais ou menos no ponto em que cruzava o trigésimo minuto do meridiano centésimo oitavo e atravessara a velha estrada Nations um quilômetro e meio ao norte da fronteira e seguira pelo Whitewater Creek a oeste até as San Luis Montains e atravessara a bocaina ao norte rumo à cordilheira dos Animas e depois atravessara o Animas Valley para então chegar às Peloncillos tal como a história conta. Exibia uma ferida pustulenta nas ancas onde o macho a mordera duas semanas antes em algum lugar nas montanhas de Sonora. Ele a mordera porque ela se recusava a deixá-lo. Com uma pata dianteira presa nas mandíbulas de uma armadilha de aço e rosnando para ela a fim de afugentá-la de onde ficava deitada um pouco fora do alcance da corrente. Ela abaixava as orelhas e gania e não arredava. De manhã eles chegaram a cavalo. Ela observou de cima de um talude à distância de uns cem metros enquanto o lobo se erguia para afrontá-los.

Durante uma semana ela errou pelas encostas do leste da Sierra de la Madera. Seus ancestrais tinham caçado camelos e cavalinhos primitivos naquele território. Ela pouco encontrava para comer. Os animais selvagens já haviam sido na maioria chacinados naquelas paragens. A floresta em grande parte derrubada para alimentar as caldeiras dos trituradores de minérios nas minas. Os lobos naquele país vinham matando gado havia muito tempo, mas a ignorância dos animais ainda os intrigava. As vacas urrando e sangrando e cambaleando pelas campinas das montanhas com suas patas revolvendo como pás e com sua confusão, berrando e se debatendo entre as cercas e arrastando atrás de si mourões e arames. Os fazendeiros contavam que os lobos brutalizavam o gado de um modo que não brutalizavam os animais selvagens. Como se as vacas provocassem neles alguma cólera. Como se eles estivessem ofendidos com alguma violação de uma antiga ordem. Antigas cerimônias. Antigos protocolos.

Ela atravessou o Bavispe River e seguiu rumo ao norte. Carregava a primeira barrigada e não tinha como saber que estava numa enrascada. Retirava-se daquelas terras não porque os animais selvagens tinham desaparecido, mas porque os lobos tinham se ido e precisava deles. Quando matou o novilho na neve na nascente do Foster Draw nas Peloncillo Mountains do Novo México não comera mais do que carniça por duas semanas e tinha um olhar de acossada e não encontrava nem um rastro sequer de lobos. Comeu e descansou e comeu de novo. Comeu até a barriga arrastar no chão e não voltou. Não retornou para uma chacina. Não atravessou uma estrada ou uma via férrea à luz do dia. Não passou debaixo de uma cerca de arame duas vezes num mesmo lugar. Esses eram os novos protocolos. Restrições que antes não existiam. Agora existiam.

Ela vagueou na direção oeste em Cochise County no estado do Arizona do outro lado da confluência meridional do Skeleton Creek e para o oeste até o ponto culminante do Starvation Canyon e para o sul até Hog Canyon Springs. Depois para leste de novo até os altiplanos entre Clanton Draw e Foster Draw. À noite descia aos Animas Plains e acuava os antílopes selvagens, observando-os fluir e voltear em meio à poeira de sua própria passagem onde o pó se erguia como fumaça saída do fundo de uma bacia, observando a articulação precisamente indexada de seus membros e os movimentos oscilantes de suas cabeças e o vagaroso agrupamento e a vagarosa extensão de sua carreira, procurando qualquer coisa entre eles que lhe designasse uma presa.

Naquela estação do ano as vacas já estavam prenhes e como costumavam abortar o menos favorecido muito tempo antes do parto por duas vezes a loba encontrou esses lívidos novilhos em gestação ainda quentes e pasmos no solo, azul-leitosos e quase translúcidos à luz da aurora tal como seres extraviados de um outro mundo inteiramente diferente. Ela comeu até mesmo os ossos dos novilhos que jaziam cegos e agonizantes na neve. Antes de o sol nascer a loba tinha se retirado do prado e erguia o focinho ao parar em algum baixo promontório ou rocha sobranceando o vale e uivava e uivava de novo naquele terrível silêncio. Teria saído daquelas terras de uma vez por todas se não tivesse topado com o odor de um lobo bem abaixo do alto desfiladeiro a oeste de Black Point. Ela estancou como se tivesse ido de encontro a um muro.

Circundou a armadilha por uma boa meia hora classificando e catalogando os vários odores e ordenando suas sequências num esforço para reconstruir os acontecimentos que ali tiveram lugar. Ao se pôr em marcha desceu pelo desfiladeiro rumo ao sul seguindo as pegadas dos cavalos de trinta e seis horas antes.

De tardezinha encontrou todas as oito armadilhas e retornou à bocaina onde circundou a armadilha emitindo ganidos. Depois começou a cavoucar. Cavou um buraco ao longo da armadilha até a terra cavoucada revelar as mandíbulas da armadilha. Ficou olhando. Cavoucou de novo. Quando se foi a armadilha estava exposta no solo com apenas um punhado de terra sobre o papel encerado que cobria a base e quando o rapaz e o pai passaram a cavalo pela bocaina na manhã seguinte foi isso que encontraram.

O pai desmontou do cavalo e pisou na pele de bezerro e examinou a armação enquanto o rapaz observava. Refez a armação e se levantou e sacudiu a cabeça em dúvida. Percorreram o resto da fileira de armações e quando voltaram na manhã seguinte a primeira delas estava de novo exposta e da mesma forma outras quatro. Retiraram três armações e prepararam as armadilhas sem deixar vestígio na trilha.

O que é que pode impedir uma vaca de pisar nelas?, o rapaz perguntou.

Nada neste mundo, o pai respondeu.

Três dias mais tarde encontraram outro bezerro morto. Cinco dias mais tarde uma das armações havia sido escavada e a armadilha revirada e acionada.

Cavalgaram de noitinha até a fazenda sk Bar e chamaram Sanders de novo. Sentaram-se na cozinha e contaram para o velho tudo o que tinha acontecido e o velho anuía com a cabeça.

Echols uma vez me disse que tentar obter o melhor de um lobo é como tentar obter o melhor de um garoto. Não é que eles sejam mais inteligentes. É que não têm lá muita coisa em que pensar. Acompanhei ele umas duas vezes. Ele punha a armadilha nalgum lugar onde não tinha o menor sinal da passagem de um animal e eu perguntava pra ele por que estava montando uma armação lá e ele quase sempre não sabia dizer. Não sabia dizer.

Foram até a cabana e pegaram mais seis armadilhas e as levaram para casa e as ferveram. De manhã quando a mãe entrou na cozinha para preparar o café Boyd estava sentado no chão encerando as armadilhas.

Acha que isso vai te livrar do castigo?, ela perguntou.

Não.

Por quanto tempo pretende ficar assim rabugento?

Não sou eu que tô rabugento.

Ele pode ser tão cabeça-dura quanto você.

Então tamos perdidos, não é?

Ela ficou ao lado do fogão observando-o debruçado sobre o trabalho. Depois se voltou e tirou a frigideira de ferro da prateleira e a assentou no fogão. Abriu a porta da fornalha para colocar mais lenha, mas ele já o tinha feito.

Quando terminaram a refeição da manhã o pai limpou a boca e depositou o guardanapo na mesa e empurrou a cadeira para trás.

Cadê as armadilhas?

Penduradas no varal, disse Boyd.

Ele se levantou e saiu. Billy esvaziou a caneca e a depositou na mesa diante dele.

Quer que eu diga alguma coisa pra ele?

Não.

Está bem. Então não digo. Talvez não ajudasse em nada mesmo.

Quando o pai voltou do celeiro dez minutos mais tarde Boyd estava na pilha de madeira usando sua camisa sem manga rachando lenha para o fogão.

Quer vir com a gente?, o pai perguntou.

Tá bem, disse Boyd.

O pai entrou na casa. Passado um tempo chegou Billy.

Mas o que é que tem de errado com você?, perguntou.

Não tem nada de errado comigo. O que é que tem de errado com você?

Não seja burro. Pega o teu casaco e vamos.

Nevara durante a noite nas montanhas e a neve acumulada no desfiladeiro a oeste de Black Point chegava a trinta centímetros. O pai conduziu o cavalo caminhando a pé na neve à procura das pegadas da loba e eles a perseguiram a manhã inteira no altiplano até ela alcançar um ponto onde não havia mais neve bem acima da estrada do Cloverdale Creek. Ele desmontou e se pôs a procurar com os olhos no campo aberto onde ela entrara e depois montou de novo o cavalo e eles fizeram a volta e retornaram para examinar as armadilhas no outro lado do desfiladeiro.

Ela está prenhe, disse.

Preparou mais quatro armadilhas na trilha sem deixar vestígios e depois voltaram para casa. Boyd estava tremendo em cima da sela com os lábios roxos. O pai se inclinou para trás para tirar o casaco e o passou ao filho.

Não tô com frio, disse Boyd.

Não perguntei se está com frio. Ponha o casaco.

Dois dias mais tarde quando Billy e o pai percorreram de novo a trilha uma das armadilhas tinha sido arrancada de sob a neve. Trinta metros adiante na trilha havia um ponto encharcado de lodo onde a neve derretera e no lodo havia pegadas de uma vaca. Um pouco mais adiante encontraram a armadilha. As garras da trava a prenderam e a vaca puxara a perna para escapar e deixara um punhado de pele sangrenta sanfonada no lado inferior das mandíbulas da armadilha.

Eles passaram o resto da manhã procurando nos pastos a vaca aleijada, mas não a encontraram.

Procurem a vaca amanhã, você e Boyd, o pai disse.

Sinsenhor.

Não quero que ele saia de casa sem agasalho como fez no outro dia.

Sinsenhor.

Ele e Boyd encontraram a vaca no início da tarde do dia seguinte. Estava parada perto da borda formada pelos cedros olhando para eles. O resto do gado vagueava ao longo da orla da planície. Era uma vaca velha e mirrada e provavelmente estava sozinha quando pisou na armadilha na montanha. Eles entraram no bosque por detrás dela para fazê-la sair na clareira, mas assim que pressentiu a intenção deles ela deu uma volta e retornou para dentro do bosque de cedros. Boyd instigou com as botas o cavalo por entre as árvores e a interpelou e laçou e se vangloriou e quando ela deu um puxão na outra extremidade da corda a correia da cilha rebentou e a sela foi arrancada de debaixo dele e desapareceu na encosta no rastro da vaca que descia destrambelhada chocando-se contra os troncos das árvores.

Ele pulou do cavalo dando um salto mortal para trás e ficou no chão olhando a vaca disparar com estrondo por entre os cedros e sumir de vista. Quando Billy chegou ele já tinha montado em pelo de novo e os dois partiram em busca da vaca.

Começaram a encontrar pedaços da sela quase que de imediato e pouco depois encontraram a sela mesma ou o que sobrara dela, apenas a árvore rija da qual se penduravam retalhos de couro. Boyd desmontou.

Droga, deixa pra lá, Billy disse.

Boyd desceu do cavalo deslizando. Não é isso, disse. Tenho de tirar um pouco dessa roupa. Tô quase pegando fogo.

Levaram de volta a vaca manca presa numa corda e a guardaram e o pai deles tratou a perna com Corona Salve e depois todos entraram na casa para jantar.

Ela estraçalhou a sela do Boyd, Billy disse.

Dá pra consertar?

Não sobrou nada pra consertar.

O látego rebentou?

Sinsenhor.

Quando foi a última vez que você cuidou dela?

A sela velha nunca teve serventia, disse Boyd.

A sela velha era a única sela que você tinha, disse o pai.

No dia seguinte Billy percorreu sozinho a fileira de armações. Uma outra armação tinha sido pisada, mas a vaca nada deixara na armadilha além de escamas e raspas de casco. De noite nevou.

As armadilhas estão debaixo de sessenta centímetros de neve, disse o pai. De que adianta ir até lá?

Eu quero ver por onde a loba passa.

Seria possível ver onde ela esteve. Duvido que indique onde vai estar amanhã ou depois de amanhã.

Alguma coisa tem que indicar.

O pai fitou a caneca de café. Está bem, disse. Não vá me esgotar seu cavalo. Você pode machucar um cavalo na neve. Você pode machucar um cavalo nas montanhas cobertas de neve.

Sinsenhor.

A mãe lhe entregou o lanche à porta da cozinha.

Você tome cuidado, falou.

Sim, mãe.

Esteja aqui de volta de noitinha.

Sim, mãe. Vou fazer o possível.

Pois faça todo o possível e não vai ter nenhum problema.

Sim, mãe.

Quando deixava o estábulo na garupa de Bird o pai vinha saindo da casa em manga de camisa carregando a carabina e o coldre. Entregou-os para ele.

Se por acaso ela tiver sido pega numa armadilha você venha me buscar. A não ser que esteja com uma perna quebrada. Se a perna estiver quebrada mate ela. Senão ela vai se contorcer pra tentar escapar.

Sinsenhor.

E também não deixe a mãe preocupada se demorando até tarde.

Sinsenhor. Não vou.

Volteou o cavalo e transpôs o portão do curral e tomou a estrada na direção sul. O cachorro correu até o portão e parou atento para ele.

O rapaz cavalgou uma pequena distância na estrada e então parou e apeou e prendeu o coldre à cincha da sela e abriu a culatra da carabina para verificar se havia uma cápsula no cano e em seguida deslizou a carabina dentro do coldre e afivelou o coldre e montou e tornou a cavalgar. À frente dele as montanhas eram de um branco ofuscante ao sol. Pareciam recém-nascidas das mãos de algum deus improvidente que talvez não tivesse nem mesmo encontrado um uso para elas. Tão novas eram. O cavaleiro cavalgou com o coração grande demais para caber no peito e o cavalo que também era jovem arremessou a cabeça para trás e deu um passo para o lado na estrada e lançou adiante uma pata traseira e eles prosseguiram.

A neve que cobria o desfiladeiro quase tocava a barriga do cavalo e o cavalo calcava os montes de neve com elegância altaneira e oscilava o focinho fumegante acima dos bancos de neve branca e cristalina e fitava através das negras florestas da montanha ou empinava as orelhas ao repentino voo das miúdas aves de inverno à frente deles. Não havia trilhas no desfiladeiro e não havia nem gado nem rastros de gado nas pastagens elevadas adiante do desfiladeiro. Fazia um frio intenso. Um quilômetro e meio depois do desfiladeiro eles atravessaram a correnteza de um braço de rio tão negro na neve que bastou o cavalo se esquivar de qualquer movimento da água para saber que não foi uma fenda sem fundo que partiu a montanha durante a noite. Uma centena de metros abaixo os rastros da loba formavam uma trilha e desciam pela montanha à frente deles.

Ele desceu do cavalo e pisou na neve e soltou as rédeas e se aga- chou e com o polegar ergueu a aba do chapéu. No fundo das pequenas poças que ela abrira na neve estavam as pegadas perfeitas. A larga pata dianteira. A estreita pata traseira. A ocasional marca de arrasto das tetas ou o ponto onde enfiara o focinho. Ele fechou os olhos e tentou vê-la. Ela e os outros da mesma espécie, lobos e espectros de lobos a correrem na alvura daquele mundo elevado tão perfeito para os hábitos deles que era como se tivessem sido consultados durante a sua criação. Ele se ergueu e voltou ao lugar em que o cavalo aguardava. Observou o lado da montanha de onde ela viera e então montou e seguiu em frente.

Um quilômetro e meio adiante ela abandonara a trilha e prosse- guira entre os juníperos numa corrida. Ele desmontou e conduziu o cavalo pelas rédeas. A loba cobria dois metros a cada salto. Na borda da floresta voltou e continuou a trote ao longo da margem da *vega*. Ele tornou a montar e cavalgou até chegar ao pasto embaixo e subiu e retornou, mas não viu qualquer sinal do que ela estivera perseguindo. Retomou as pegadas da loba e as seguiu pelo campo aberto e abaixo pela encosta sul e pela meseta no alto do Cloverdale Draw e ali ela surpreendera um pequeno rebanho encurralado na floresta de juníperos e expulsara do curral as vacas todas transtornadas e a escorregar e a cair atrozmente na neve e ali na borda do arvoredo ela matara uma bezerra de dois anos.

A bezerra estava estendida de lado nas sombras do bosque com os olhos vidrados e a língua para fora e a loba começara a se nutrir dela entre as pernas traseiras e comera o fígado e arrastara os intestinos para cima da neve e comera vários quilos da carne da parte interna das coxas. A bezerra não estava completamente rígida, não estava completamente gelada. Onde jazia ela derretera a neve até o solo que formava um negro contorno em volta dela.

O cavalo não queria tomar parte naquilo. Arqueava o pescoço e girava os olhos e as cavidades do nariz fumegavam como fumarolas. O rapaz lhe afagou o pescoço e conversou com ele e em seguida apeou e amarrou as rédeas num galho e andou ao redor do animal morto a estudá-lo. O olho que olhava para cima estava azul e revirado e nele não havia reflexo nem mundo. Não havia corvos ou qualquer outra ave por perto. Tudo era frio e silêncio. Ele caminhou de volta até o cavalo e tirou a carabina de dentro do coldre e inspecionou o cano mais uma vez. Os movimentos enrijecidos pelo frio. Ele puxou o cano da carabina com o polegar e desamarrou as rédeas e montou e volteou o cavalo ao longo da borda do bosque, cavalgando com a carabina pousada de través no colo.

Seguiu-a o dia inteiro. Sem avistá-la. Uma vez a afugentou de um ninho onde dormira sob o sol numa mata fechada que servia de quebra-ventos na encosta sul. Ou pensou que a tinha afugentado. Ajoelhou-se e apalpou o capim achatado para verificar se estava quente e se pôs a observar se alguma lâmina ou talo de capim se endireitaria e de modo algum pôde saber ao certo se o ninho fora aquecido pelo corpo dela ou pelo sol. Montou de novo e seguiu adiante. Por duas vezes perdeu as pegadas dela no pasto do Cloverdale Creek onde a neve derretera e nas duas vezes as retomou no círculo que traçara como guia. No fim da estrada do Cloverdale viu fumaça e para lá rumou e se deparou com três *vaqueros* vindos de Pendleton que estavam comendo. Não sabiam que havia uma loba nas redondezas. Pareciam em dúvida. Entreolharam-se.

Convidaram-no a desmontar e ele o fez e lhe deram uma caneca de café e ele tirou o lanche da camisa e lhes ofereceu o que tinha. Comiam feijão e *tortilla* e chupavam uns ossos de cabra muito secos e como não havia um quarto prato ou um jeito de dividir entre cada um o que cada um tinha executaram uma pantomima de oferta e recusa e continuaram a comer como vinham comendo antes. Falaram de bois e vacas e do tempo e como eram todos tarefeiros no México perguntaram se o pai dele precisava de mão de obra. Disseram que as pegadas que ele seguira eram provavelmente de um enorme cachorro e embora as pegadas pudessem ser vistas por eles a menos de um quilômetro de distância de onde estavam comendo não se mostraram dispostos a ir examiná-las. Ele não lhes contou sobre a bezerra morta.

Quando terminaram de comer rasparam os pratos e jogaram os restos de comida nas cinzas da fogueira e os limparam com pedaços de *tortilla* e comeram as *tortillas* e guardaram os pratos nas mochilas. Em seguida apertaram os látegos nos cavalos e montaram. Ele tirou os sedimentos de pó de café sacudindo a caneca e a limpou com a camisa e a entregou ao cavaleiro que a tinha dado para ele.

Adiós, compadrito, eles disseram. *Hasta la vista*. Tocaram os chapéus e voltearam os cavalos e se afastaram e quando tinham se ido ele pegou o cavalo e montou e percorreu a trilha de volta para o oeste no rumo tomado pela loba.

À noite ela estava de volta às montanhas. Ele seguiu a pé conduzindo o cavalo. Examinou os lugares onde ela cavara, mas não soube dizer por que cavara. Esticou o braço ao sol para calcular com a mão o que restava do dia e finalmente montou na sela e instigou o cavalo a avançar na neve úmida na direção do desfiladeiro rumo a casa.

Como a noite já baixara ele passou a cavalo pela janela da cozinha e se inclinou e sem parar bateu de leve na vidraça e então foi para o estábulo. À mesa de jantar lhes contou o que vira. Contou-lhes sobre a bezerra morta na montanha.

Onde ela atravessou de volta indo para Hog Canyon, disse o pai. Era trilha de gado?

Não, senhor. Não era trilha de espécie alguma.

Dava pra preparar uma armadilha lá?

Sinsenhor. Teria preparado se não estivesse ficando tão tarde.

Recolheu alguma armadilha?

Não, senhor.

Quer voltar lá amanhã?

Sinsenhor. Gostaria.

Pois bem. Leve umas duas armadilhas e prepare com ela armações sem deixar vestígio e no domingo vou com você verificar as armações.

Não sei como vocês acham que Deus vai abençoar esse seu esforço se não respeitarem o dia de descanso, a mãe falou.

Bom, mãe, a gente não tem um boi correndo risco, mas com certeza tem algumas bezerras.

Penso que é dar mau exemplo para os meninos.

O pai fitou a caneca. Olhou para o rapaz. Vamos na segunda, disse.

Deitados na escuridão fria do quarto eles escutavam os ganidos agudos dos coiotes no pasto a oeste da casa.

Acha que consegue pegar ela?, perguntou Boyd.

Não sei.

O que vai fazer com ela se conseguir?

O que você quer dizer?

Quero dizer o que vai fazer com ela.

Pegar meu prêmio, acho.

Silenciaram na escuridão. Os coiotes uivavam. Pouco depois Boyd falou: Quero dizer como vai matar ela.

Dando um tiro, acho. Não sei de outro jeito.

Gostaria de ver ela viva.

Talvez papai leve você com ele.

E como é que eu vou montar?

Pode montar em pelo.

É, fez Boyd. Posso montar em pelo.

Silenciaram na escuridão.

Ele vai te dar minha sela, Billy disse.

E como é que você vai montar?

Ele vai me dar uma sela do Martel.

Uma nova?

Não. Magina, uma nova não.

Lá fora o cachorro não parava de latir e o pai foi até a porta da cozinha e chamou o cachorro pelo nome e ele se calou na hora. Os coiotes continuavam a ganir.

Billy?

Quê?

O pai escreveu pro sr. Echols?

Escreveu.

Mas não teve notícia. Teve?

Não teve ainda não.

Billy?

Quê.

Tive um sonho.

Que sonho.

Tive duas vezes.

Bom, e o que foi?

Tinha uma fogueira enorme no lago seco.

Não tem nada pra queimar num lago seco.

Eu sei.

E o que aconteceu?

Umas pessoas tavam queimando. O lago tava em chamas e elas tavam queimando.

Vai ver foi alguma coisa que você comeu.

Sonhei isso duas vezes.

Vai ver comeu a mesma coisa duas vezes.

Acho que não.

Não é nada. Foi só um sonho ruim. Dorme.

Era real como o dia. Eu via.

As pessoas sempre sonham. Não quer dizer nada.

Então por que sonham?

Não sei. Dorme.

Billy?

Quê.

Tive um pressentimento de que ia acontecer alguma coisa ruim.

Não vai acontecer nada de ruim. Você teve um sonho ruim, só isso. Não quer dizer que vai acontecer alguma coisa ruim.

O que quer dizer?

Não quer dizer nada. Dorme.

Nas encostas das florestas ao sul a neve havia derretido parcialmente com o sol do dia anterior e congelado de novo à noite de modo que havia uma fina crosta no cume. A crosta era firme o bastante para aves andarem sobre ela. Camundongos. Na trilha ele viu o ponto por onde as vacas desceram. As armadilhas nas montanhas jaziam intactas sob a neve com as mandíbulas arreganhadas como duendes de aço silenciosos e irracionais e cegos. Ele pegou três armações, segurando as armadilhas engatilhadas nas mãos protegidas pelas luvas e alcançando a parte inferior da mandíbula e disparando com o polegar. As armadilhas saltaram com ferocidade. O clangor férreo das mandíbulas que se fechavam ecoou no frio. Nada se via de seus movimentos. Ora as mandíbulas estavam abertas. Ora fechadas.

Ele cavalgou com as armadilhas guardadas sob a pele de bezerro no fundo do cesto de onde não cairiam enquanto se inclinava de lado sobre a sela para se desviar dos galhos baixos. Ao chegar à encruzilhada da trilha seguiu o curso que a loba tomara na noite anterior rumo a oeste na direção do Hog Canyon. Preparou as armações na trilha e cortou e assentou raminhos e retornou por uma rota escolhida por ele mesmo quase dois quilômetros ao sul e continuou descendo até a estrada de Cloverdale para inspecionar as duas últimas armações.

Ainda havia neve nos trechos elevados da estrada e marcas de pneus na estrada e pegadas de cavalos e pegadas de cervos. Ao alcançar a nascente ele saiu da estrada e cruzou o pasto e apeou e banhou o cavalo. Era quase meio-dia a julgar pelo sol e ele tinha a intenção de cavalgar os seis quilômetros Cloverdale adentro e retornar pela estrada.

Enquanto o cavalo bebia água um velho que dirigia uma camioneta acostou perto da cerca. Billy ergueu a cabeça do cavalo e montou e voltou à estrada e parou o cavalo ao lado da camioneta. O homem se apoiou na janela e olhou para ele. Olhou para o cesto.

Pra que animal está preparando armadilha?, perguntou.

Era um fazendeiro do vale que se estendia mais embaixo ao longo da fronteira e Billy o conhecia, mas não disse o nome dele. Sabia que o velho queria ouvir que estava preparando armadilhas para coiotes e não mentiria, ou não iria propriamente mentir.

Bom, disse. Vi uma boa porção de pegadas de coiotes lá embaixo.

Pra mim não é surpresa, disse o velho. Andaram fazendo de tudo lá onde moro, menos entrar na casa e sentar à mesa.

Correu os olhos pálidos pelas terras. Como se os pequenos lobos chacais estivessem percorrendo a planície em plena luz do dia. Pegou um maço de cigarros industrializados e tirou um cigarro com uma sacudida e o prendeu na boca e estendeu o maço.

Fuma?

Não, senhor. Obrigado.

O velho pôs o maço de lado e tirou do bolso um isqueiro de latão que mais parecia uma ferramenta para soldar cano, remover tinta. Acendeu-o e uma bola de fogo azulada se elevou. Acendeu o cigarro e fechou a tampa do isqueiro com um estalo, mas mesmo assim a chama não se apagou. Soprou a chama e embalou o isqueiro numa mão para esfriá-lo. Olhou para o rapaz.

Tive de parar de usar fluido, disse.

Sinsenhor.

É casado?

Não, senhor. Só tenho dezesseis anos.

Não se case. As mulheres são doidas.

Sinsenhor.

A gente pensa que acha uma que não é mas adivinha o que acontece?

O quê?

Ela também é.

Sinsenhor.

Tem armadilha grande aí dentro?

Grande de que tamanho?

Número quatro, digamos.

Não, senhor. Pra falar a verdade, não tenho nenhuma comigo de nenhum tipo.

Então por que perguntou grande de que tamanho?

Senhor?

O velho abanou a cabeça olhando a estrada. Tinha um puma a uns dois quilômetros daqui ontem de noite.

Andam por essas paragens, disse o rapaz.

Meu sobrinho tem cachorros. Pegou alguns *blueticks* da criação dos irmãos Lee. Bons cães. Mas não quer que eles pisem em nenhuma armadilha de aço.

Estou indo na direção do Hog Canyon, o rapaz disse. E de lá rumo pra Black Point.

O velho tragou. O cavalo virou a cabeça e farejou a camioneta e tornou a olhar para o outro lado.

Ouviu falar do puma do Texas e do puma do Novo México?, o velho perguntou.

Não, senhor. Não acredito nisso.

Pois tinha um puma do Texas e um puma do Novo México. Eles se separaram na fronteira e foram caçar. Combinaram de se encontrar na primavera e verificar como cada um tinha se saído e tudo o mais e quando um dia se encontraram o puma velho que tinha ido pro Texas estava com uma aparência miserável. O puma do Novo México olhou pra ele e disse puxa filho de Deus como você está feio. Perguntou o que aconteceu com você. O puma que tinha ido pro Texas respondeu não sei. Disse quase morri de fome. O outro puma velho disse bom, disse me conte tudo o que andou fazendo. Disse você deve ter feito alguma coisa errada.

Aí o puma do Texas disse eu só andei usando os velhos métodos testados e consagrados. Disse eu subo num galho de árvore no alto de uma trilha e depois quando um cavaleiro texano passa cavalgando por baixo do galho eu solto um berro bem sonoro e então salto em cima dele. E foi isso o que andei fazendo.

Bom, o velho puma do Novo México olhou pra ele e disse é um milagre você ainda estar vivo. Disse isso está completamente errado quando se trata de texanos e não sei mesmo como você conseguiu sobreviver ao inverno. Disse escute. Primeiro de tudo quando você berra desse jeito faz eles todos cagar de medo. Depois quando salta em cima deles desse jeito eles fogem em disparada. Ora, meu filho. Pra você só sobra fivela e botas.

O velho se debruçou sobre o volante a ofegar. Depois de um instante começou a tossir. Ergueu o olhar e limpou os olhos lacrimejantes com um dedo e abanou a cabeça e olhou para o rapaz.

Entendeu?, perguntou. Texanos?

Billy sorriu. Sinsenhor, disse.

Você não é do Texas, é?

Não, senhor.

Não achei que fosse. Bom. É melhor eu ir indo. Se quiser caçar coiotes venha aonde moro.

Está certo.

Não disse onde morava. Engrenou a camioneta e abaixou o freio de mão e arrancou estrada abaixo.

Quando examinaram a fileira de armadilhas na segunda-feira, a neve havia derretido em toda parte menos nos rincões voltados para o norte ou nos bosques mais fechados abaixo da encosta norte do desfiladeiro. Ela desenterrara todas as armadilhas menos as da trilha do Hog Canyon e passara a virar as armadilhas e dispará-las.

Recolheram as armadilhas e o pai preparou duas novas armações com armadilhas duplas, enterrando uma embaixo da outra e a do fundo virada de cabeça para baixo. Depois fez as armações invisíveis no perímetro em volta. Prepararam essas duas novas armações e retornaram a casa e quando inspecionaram as armadilhas na manhã seguinte havia um coiote morto na primeira delas. Arrancaram completamente a armação e Billy amarrou o coiote atrás da patilha de sua sela e eles partiram. A bexiga do coiote vazava pelo flanco do cavalo e exalava um cheiro estranho.

Do que é que o coiote morreu?, perguntou.

Não sei, disse o pai. Às vezes as coisas simplesmente morrem.

A segunda armação estava desenterrada e todas as cinco armadilhas acionadas. O pai ficou olhando para ela por um longo tempo.

Nenhuma notícia de Echols. Billy e Boyd cavalgaram os pastos remotos e começaram a reunir o gado. Encontraram outros dois novilhos mortos. Depois outra bezerra.

Não diga nada sobre isso a não ser que o pai pergunte, Billy disse.

Por que não?

Pararam os cavalos lado a lado, Boyd sentado na velha sela de Billy e Billy na sela mexicana que o pai negociara. Observaram com atenção a carnificina no bosque. Nunca pensei que ela conseguisse matar uma bezerra grande como essa, Billy disse.

Por que não dizer nada?, perguntou Boyd.

De que ia servir deixar ele preocupado com isso?

Viraram-se para partir.

Ele vai querer saber de qualquer jeito, disse Boyd.

Quando foi que você ficou feliz de ouvir notícia ruim?

E se ele acabar descobrindo?

Então vai descobrir por ele mesmo.

O que é que você vai dizer pra ele então? Que não quis deixar ele preocupado?

Saco. Você é pior que a mãe. Desculpe eu ter levantado o problema.

Ele o deixou para examinar as armadilhas sozinho. Cavalgou até a sk Bar e pegou a chave com o sr. Sanders e foi para a cabana de Echols e inspecionou as prateleiras na pequena farmácia do barracão. Encontrou outros frascos dentro de um caixote no chão. Frascos empoeirados com rótulos manchados de gordura que diziam Puma, que diziam Gato. Havia outros frascos com rótulos amarelados e encrespados que traziam apenas números e havia frascos feitos de vidro púrpura-escuro quase negro sem rótulo algum.

Pôs alguns frascos sem identificação dentro do bolso e voltou para o cômodo da frente da cabana e deu uma olhada na pequena estante de livros de caixotes de Echols. Pegou um livro intitulado *Trapping North American Furbearers*, de S. Stanley Hawbaker, e se sentou no chão para examiná-lo, mas Hawbaker era da Pensilvânia e não tinha muito o que dizer acerca de lobos. Quando inspecionou as armadilhas na manhã seguinte elas haviam sido arrancadas como as anteriores.

* * *

Partiu na manhã seguinte pela estrada que levava ao Animas e eram sete horas de estrada para chegar lá. Fez uma pausa ao meio-dia para descansar junto a uma nascente na clareira de uma enorme floresta de choupos e comeu bife frio e biscoitos e fez um barquinho com o saco de papel em que guardara o almoço e o deixou girar e se encharcar e afundar na clara imobilidade da água da nascente.

A casa ficava na planície ao sul da cidade e não havia estrada que o levasse até ela. Existira uma trilha certa vez e era possível vê-la se estender como as marcas das rodas de uma velha carroça e foi por ela que cavalgou até dar no mourão principal da cerca. Amarrou o cavalo e caminhou até a porta e bateu e correu os olhos pelas planícies na direção das montanhas a oeste. Quatro cavalos andavam ao longo do último aclive e pararam e se voltaram e olharam na direção dele. Como se tivessem escutado suas batidas à porta a três quilômetros de distância. Ele se voltou para tornar a bater, mas ao fazê-lo a porta se abriu e uma mulher apareceu e ficou olhando para ele. Ela comia uma maçã, mas não falou. Ele tirou o chapéu.

Buenas tardes, disse. *El señor está?*

Ela deu uma enérgica mordida na maçã com os enormes dentes brancos. Continuou olhando para ele. *El señor?*, disse.

Don Arnulfo.

Ela desviou o olhar para o cavalo amarrado no mourão da cerca e tornou a olhar para ele. Mastigou. Observou-o com os olhos pretos.

Él está?, disse ele.

Tô pensando.

Pensando em quê? Ou está ou não está.

Talvez.

Dinheiro eu não tenho.

Ela deu outra mordida na maçã. Soou alto um estalo. Ele não quer o seu dinheiro, disse.

Ele ficou segurando o chapéu com as duas mãos. Olhou para o lugar onde vira os cavalos, mas já haviam desaparecido no aclive.

Tá bom, ela disse.

Ele olhou para ela.

Andou doente. Talvez não te diga nada.

Bom. Ele vai ou não vai dizer.

Talvez fosse melhor voltar outra hora.

Não tenho outra hora.

Ela encolheu os ombros. *Bueno*, disse. *Pásale.*

Escancarou a porta e ele entrou na cabana de teto baixo. *Gracias*, disse.

Ela indicou com um gesto de cabeça. *Atrás*, disse.

Gracias.

O velho estava no cubículo escuro no fundo da casa. O quarto cheirava a fumaça de madeira e querosene e azedume de roupas de cama. O rapaz parou no limiar da porta e tentou enxergar o velho. Voltou-se e olhou para trás, mas a mulher tinha ido para a cozinha. Entrou no quarto. Havia uma armação de cama de ferro no canto. Uma figura miúda e escura deitada de bruços. O quarto também cheirava a pó ou argila. Como se fosse esse cheiro que o velho exalasse. Mas mesmo o chão do quarto era de barro.

Ele falou o nome do velho e o velho se mexeu na cama. *Adelante*, disse ele ofegando.

O rapaz avançou, ainda segurando o chapéu. Passou como uma aparição pela luz romboide que entrava pela pequena janela da parede oeste. Os grãos de poeira remoinhavam. Fazia frio no quarto e ele podia ver os pálidos filetes da respiração do velho ascenderem e sumirem no frio. Podia ver os olhos pretos num rosto desgastado contra o travesseiro sem fronha onde o velho deitava a cabeça.

Güero, disse o velho. *Habla español?*

Sí, señor.

A mão do velho se ergueu de leve sobre a cama e tornou a cair. Me diga o que quer, disse.

Vim perguntar pro senhor sobre pegar lobos em armadilhas.

Lobos.

Sinsenhor.

Lobos, disse o velho. Me ajude.

Senhor?

Me ajude.

Tinha estendido uma mão. Ela pendia trêmula na penumbra, descarnada, uma mão comum a todos ou a ninguém. O rapaz estendeu a dele e a tomou. Estava fria e rija e exangue. Uma coisa de couro e osso. O velho teve dificuldade para se endireitar.

La almohada, disse ofegando.

O rapaz quase depositou o chapéu sobre a cama mas se refreou. O velho de repente lhe agarrou a mão com mais força e os olhos pretos se endureceram e ele nada falou. O rapaz pôs o chapéu na cabeça e estendeu o braço por detrás do velho e pegou o travesseiro mole e gorduroso e o ajeitou contra as barras de ferro da armação da cama e o velho lhe agarrou a outra mão também e então se reclinou todo temeroso até se apoiar contra o travesseiro. Olhou para o rapaz. Agarrava-lhe as mãos com muita força apesar de toda a fragilidade e pareceu relutar em soltá-las antes de encontrar os olhos do rapaz.

Gracias, disse ofegando.

Por nada.

Bueno, disse o velho. *Bueno.* Afrouxou o aperto e Billy libertou uma mão e tirou o chapéu de novo e o segurou pela aba.

Siéntate, disse o velho.

Ele se sentou cautelosamente na beirada do colchão fino que cobria as molas da cama. O velho não afrouxou a mão.

Como se chama?

Parham. Billy Parham.

O homem repetiu o nome em silêncio para si mesmo. *Te conozco? No, señor. Estamos a las Charcas.*

La Charca.

Sí.

Hay una historia allá.

Historia?

Sí, disse o velho. Continuou a segurar a mão do rapaz enquanto fitava as *latillas* de gravetos do teto. *Una historia desgraciada. De obras desalmadas.*

O rapaz falou que não conhecia aquelas histórias e que gostaria de ouvi-las, mas o velho disse que seria bom não as contar porque de determinadas coisas o bem não vem e achava que ali estava uma dessas coisas. A respiração rascante se atenuara e o som dela se atenuara e também a tênue brancura dela que por um breve instante se tornara visível no frio do quarto. O aperto na mão do rapaz continuava forte como antes.

O sr. Sanders disse que o senhor poderia ter algum cheiro que eu pudesse comprar. Disse que eu devia perguntar.

O velho não respondeu.

Ele me deu um pouco do que era do sr. Echols mas o lobo começou a arrancar as armadilhas e a disparar elas.

Dónde está el señor Echols?

No sé. Se fué.

Él murió?

Não, senhor. Não que eu saiba.

O velho fechou os olhos e tornou a abri-los. Apoiava-se no travesseiro sem fronha com o pescoço ligeiramente torto. Tinha a aparência de quem fora lançado contra ele. Na fraca luz os olhos nada traíam. Ele parecia sondar as sombras do quarto.

Conocemos por lo largo de las sombras que tardío es el día, disse. Disse que os homens entendem com isso que os presságios daquela hora eram por isso grandemente exagerados mas que de modo algum isso era assim.

Tenho uma garrafa em que está escrito Matriz Número Sete, disse o rapaz. E uma outra em que não está escrito nada.

La matríz, disse o velho.

O rapaz esperou o velho continuar, mas o velho não continuou. Passado um tempo perguntou o que estava na matriz, mas o velho apenas franziu os lábios finos em dúvida. Continuou segurando a mão do rapaz e desse jeito ficaram por algum tempo. O rapaz estava prestes a fazer outra pergunta quando o velho tornou a falar. Disse que não era muito fácil definir a matriz. Cada caçador tem de ter sua própria fórmula. Disse que as coisas eram corretamente nomeadas por atributos que de forma alguma permitiam ser identificados com sua substância original. Disse que em sua opinião apenas lobas em época de cio eram uma fonte adequada. O rapaz disse que o lobo de que ele falou era na verdade uma loba e perguntou se esse fato deveria ser levado em conta em suas estratégias para apanhá-la mas o velho disse apenas que lobos não existiam mais.

Ella vino de México, o rapaz disse.

Ele pareceu não ouvir. Disse que Echols pegara todos os lobos.

El señor Sanders me dice que el señor Echols es médio lobo el mismo. Me dice que él conoce lo que sabe el lobo antes de que lo sepa el lobo. Mas o velho disse que nenhum homem sabe o que o lobo sabe.

O sol baixara no oeste e a forma da luz da janela se suspendia de través no cômodo de parede a parede. Como se algo elétrico tivesse sido descaroçado daquele espaço. Por fim o velho repetiu as palavras dele. *El lobo es una cosa incognoscible,* disse. *Lo que se tiene en la trampa no es más que dientes y forro. El lobo propio no se puede conocer. Lobo o lo que sabe el lobo. Tan como preguntar lo que saben las piedras. Los árboles. El mundo.*

Sua respiração se tornou mais ofegante com o esforço. Tossiu com serenidade e permaneceu imóvel. Depois de um instante tornou a falar.

Es cazador, el lobo, disse. *Cazador. Me entiendes?*

O rapaz não sabia se tinha entendido ou não. O velho prosseguiu dizendo que o caçador é uma coisa diferente do que o homem supõe. Disse que o homem acredita que o sangue da vítima não tem importância, mas que o lobo é mais sabido. Disse que o lobo é um ser de uma ordem notável e que conhece o que os homens não conhecem: que não há ordem no mundo exceto aquela que a morte colocou. Por fim disse que se os homens bebessem o sangue de Deus mesmo assim não entenderiam a seriedade daquilo que fazem. Disse que os homens desejam ser sérios, mas não entendem como podem sê-lo. Entre seus atos e suas cerimônias reside o mundo e nesse mundo as tempestades sopram e as árvores vergam ao vento e todos os animais que Deus criou se movem de um lado para outro e no entanto esse mundo os homens não veem. Veem os atos de suas próprias mãos ou veem aquilo que nomeiam e chamam entre um e outro mas para eles o mundo no meio é invisível.

Você quer pegar esse lobo, o velho disse. Talvez queira a pele para poder ganhar algum dinheiro. Talvez possa comprar um par de botas ou algo assim. Você pode fazer isso. Mas cadê o lobo? O lobo é como o *copo de nieve.*

Floco de neve.

Floco de neve. Você pega o floco de neve mas quando olha na palma da mão já deixou de tê-lo. Talvez veja esse *dechado*. Mas antes de vê-lo já se foi. Se quiser vê-lo tem de vê-lo no lugar dele. Se pegá--lo você o perde. E aonde ele vai de lá não há retorno. Nem mesmo Deus pode trazê-lo de volta.

O rapaz baixou o olhar e fitou as garras finas e pegajosas que lhe prendiam as mãos. A luz que vinha da janela alta empalidecera, o sol se pusera.

Escúchame, joven, disse o velho ofegando. Se você pudesse respirar uma respiração tão forte poderia soprar o lobo. Assim como sopra o *copo*. Assim como sopra a chama da *candela*. O lobo é feito do jeito que o mundo é feito. Você não pode tocar o mundo. Não pode segurá-lo nas mãos porque é feito apenas de respiração.

Ele se pusera ligeiramente ereto a fim de pronunciar essas declarações e agora afundava no travesseiro e os olhos pareciam examinar somente as vigas do teto acima dele. Afrouxou o aperto fino e frio. Cadê o sol?, disse.

Se fué.

Ay. Ándale, joven. Ándale pues.

O rapaz retirou a mão e se levantou. Pôs o chapéu na cabeça e tocou a aba.

Vaya con Dios.

Y tú, joven.

No entanto antes de chegar à porta o velho o chamou de novo. Ele se voltou e parou.

Cuántos años tienes?, disse o velho.

Dieciseis.

O velho silenciou no escuro. O rapaz aguardou.

Escúchame, joven, disse. *Yo no sé nada. Esto es la verdad.*

Está bien.

A *matriz* não vai ajudar você, disse o velho. Disse que o rapaz deveria encontrar aquele lugar em que os atos de Deus e os atos do homem são semelhantes. Em que não podem ser distinguidos.

Y qué clase de lugar es este?, o rapaz perguntou.

Lugares donde el fierro ya está en la tierra, disse o velho. *Lugares donde ha quemado el fuego.*

Y cómo se encuentra?

O velho disse que não se tratava de uma questão de encontrar um tal lugar, mas mais exatamente de reconhecê-lo no momento em que se apresentar. Disse que é nesses lugares que Deus se situa e trama a destruição daquilo que se deu ao trabalho de criar.

Y por eso soy hereje, disse. *Por eso y nada más.*

O quarto estava às escuras. Ele agradeceu ao velho uma vez mais, mas o velho não respondeu ou se o fez não conseguiu ouvi-lo. Virou-se e saiu.

A mulher se apoiava contra a porta da cozinha. Desenhava-se em silhueta contra a luz amarela e ele pôde ver a forma do corpo através do tecido fino do vestido. Não parecia preocupada com o fato de o homem ficar sozinho na escuridão no fundo da casa. Perguntou ao rapaz se o velho lhe contara como caçar o lobo e ele respondeu que não.

Ela tocou a têmpora. Tem vez que não se lembra das coisas, disse. Tá velho.

Sim, dona.

Ninguém vem ver ele. Isso é muito ruim, né?

Sim, dona.

Nem mesmo o vigário. Veio uma vez, quem sabe duas, mas não vem mais não.

E por quê?

Ela encolheu os ombros. Dizem que ele é *brujo*. Sabe o que é *brujo*?

Sim, dona.

Dizem que ele é *brujo*. Dizem que Deus abandonou esse homem. Tem o pecado de Satanás. O pecado do *orgullo*. Sabe o que é *orgullo*?

Sim, dona.

Ele pensa que sabe mais do que o vigário. Pensa que sabe mais do que Deus.

Ele me disse que não sabe nada.

Ha, fez ela. Acredita nisso? Viu bem esse velho? Sabe que coisa terrível que é morrer sem Deus? Ser aquele que Deus enjeitou? Pense bem.

Sim, dona. Tenho de ir.

Tocou a aba do chapéu e passou por ela indo até a porta e saiu na escuridão da noite. As luzes da cidade derramadas do outro lado da planície se estendiam naquele vale azul como uma serpente adornada incandescendo no frescor da noite. Quando olhou de novo para a casa a mulher estava à porta.

Obrigado, dona, disse.

Ele não é nada meu, bradou. *No hay parentesco.* Sabe o que é *parentesco*?

Sim, dona.

Não tem *parentesco*. Ele era *tío* da falecida mulher do meu falecido marido. O que é isso? Entende? E apesar disso vive comigo. Quem mais ia querer esse homem? Entende? Ninguém liga.

Sim, dona.

Pense bem.

Ele desenrolou as rédeas no mourão e as desamarrou. Está bem, disse. Vou pensar.

Podia acontecer com você.

Sim, dona.

Montou e volteou o cavalo e se despediu com um sinal de mão. As montanhas ao sul se elevavam negras contra um céu violeta. A neve nas encostas do norte muito lívidas. Como espaços deixados para mensagens.

La fe, ela bradou. *La fe es toda.*

Ele conduziu o cavalo ao longo da trilha sulcada por rodas e cavalgou. Quando olhou para trás ela ainda estava parada à porta aberta. Parada no frio. Ele olhou para trás mais uma vez e a porta ainda estava aberta, mas a mulher não estava lá e ele pensou que talvez o velho a tivesse chamado. Mas então pensou que provavelmente aquele velho não chamava ninguém.

Dois dias depois cavalgando na estrada de Cloverdale ele saiu do caminho sem motivo algum e rumou para o local em que os *vaqueros* tinham feito uma pausa para se alimentar e deteve o cavalo e ficou a observar a fogueira extinta e negra. Um animal andara revirando as cinzas.

Apeou e pegou um graveto e remexeu a fogueira. Montou e conduziu o cavalo pelo perímetro do acampamento. Não havia razão para supor que o animal não tivesse sido um coiote, mas mesmo assim fez um giro. Cavalgou devagar e fez o cavalo voltear com calma. Como um cavaleiro num desfile de rodeio. Ao completar o segundo círculo um pouco adiante da fogueira deteve-se. Embaixo de uma pedra onde a areia fora soprada pelo vento estava a pegada perfeita da pata dianteira da loba.

Desmontou e se ajoelhou segurando as rédeas atrás das costas e soprou a terra solta na pegada e pressionou com o polegar as bordas delicadas da pegada. Depois montou de novo e retomou a estrada e voltou a casa.

Na manhã seguinte ao inspecionar as armadilhas que tornara a preparar com o novo cheiro constatou que elas tinham sido arrancadas e acionadas como anteriormente. Armou-as outra vez e preparou duas armadilhas sem marcação, mas seu pensamento estava em outro lugar. Quando cavalgou pelo desfiladeiro ao meio-dia e correu os olhos pelo Cloverdale Valley a primeira coisa que viu na distância foi a tênue espiral de fumaça da fogueira dos *vaqueros*.

Ficou um longo tempo sentado no cavalo. Apoiou a mão na patilha da sela e olhou para trás na direção do desfiladeiro e de novo correu os olhos pelo vale. Em seguida se virou e cavalgou de volta para o alto da montanha.

Quando retirou as armadilhas e as guardou no cesto e retornou ao vale e atravessou a estrada já era de tardezinha. Calculou mais uma vez o sol no horizonte com a largura da mão. Dispunha de pouco mais de uma hora de luz do dia.

Desmontou perto da fogueira e tirou a trolha do cesto e se agachou e começou a abrir um espaço entre as cinzas e os carvões e os ossos frescos. No centro da fogueira carvões ainda ardiam em brasa e ele os colocou de lado para esfriar e cavou um buraco no chão embaixo da fogueira e em seguida tirou uma armadilha de dentro do cesto. Nem se incomodou de calçar as luvas de pele de cervo.

Pressionou as molas com as tenazes e abriu as mandíbulas e armou o disparador na trava e controlou o vão aberto enquanto afrouxava as tenazes. Depois retirou as duas tenazes e jogou o gancho de arrasto e a corrente dentro do buraco e armou a armadilha na fogueira.

Assentou um papel quadrado oleoso em cima das mandíbulas de modo a impedir que algum carvão se alojasse sob a base e a fizesse inclinar e espargiu cinzas sobre a armadilha com a caixa de tela de arame e repôs os carvões e pedaços de lenha carbonizada e recolocou os ossos e pedaços de pele enegrecida e espalhou mais cinzas sobre a armação e em seguida se ergueu e se afastou e fitou a fogueira extinta e limpou a trolha na calça de brim. Por último aplainou um trecho de areia na frente da fogueira, arrancando pequenos tufos de capim e ervas, e nele escreveu um recado para os *vaqueros*, sulcando fundo para que o vento não o desmanchasse. *Cuidado*, escreveu. *Hay una trampa de lobos enterrada en el fuego.* Depois jogou fora o graveto e guardou a trolha de novo no cesto e carregou o cesto nas costas e montou.

Cruzou cavalgando o pasto na direção da estrada e no lusco-fusco azul e frio se virou e olhou para a armação pela última vez. Curvou-se e cuspiu. Leiam meu recado, disse. Se puderem. Em seguida conduziu o cavalo na direção de casa.

Duas horas haviam passado depois de anoitecer quando entrou na cozinha. A mãe estava ao fogão. O pai ainda estava sentado à mesa tomando café. O desgastado livro-razão azul no qual o pai controlava as contas se achava sobre um lado da mesa.

Onde esteve?, o pai perguntou.

Ele se sentou e o pai escutou o que ele tinha para contar e quando terminou o pai anuiu com a cabeça.

Minha vida inteira, disse, presenciei gente chegando mais tarde do que disse que ia chegar. Nunca soube de ninguém que não tivesse um motivo pra isso.

Sinsenhor.

Mas existe um motivo só.

Sinsenhor.

Sabe qual é?

Não, senhor.

É que essa gente não tem palavra. Esse é o único motivo que sempre existiu ou que vai sempre existir.

Sinsenhor.

A mãe tirou da estufa do fogão o prato de comida que reservara para ele e o depositou na mesa diante dele e dispôs o talher.

Coma sua comida, falou.

A mãe se retirou da cozinha. O pai o observou comer. Pouco depois se levantou e levou a caneca à pia e a lavou e a colocou de boca para baixo no aparador. Chamo você de manhã, disse. Você precisa chegar lá antes que um daqueles mexicanos seja pego na armadilha.

Sinsenhor.

Nunca mais iam parar de falar nisso.

Sinsenhor.

Não se pode ter certeza de que saibam ler.

Sinsenhor.

Terminou de comer e foi para a cama. Boyd já dormia. Ficou acordado por um bom tempo pensando na loba. Tentou ver o mundo que a loba via. Tentou pensar nela correndo pelas montanhas de noite. Perguntou-se se a loba era tão incognoscível como o velho dissera. Imaginou o mundo que ela farejava ou a carne que saboreava. Perguntou-se se o sangue vivo com o qual saciava a sede tinha um gosto diferente da espessa tintura férrea de seu próprio sangue. Ou do sangue de Deus. De manhã estava de pé antes da aurora selando o cavalo na fria escuridão do estábulo. Passou cavalgando pela porteira antes mesmo de o pai ter acordado e nunca mais o viu.

Cavalgando ao longo da estrada ao sul ele pôde sentir o cheiro de gado pastando nos campos na escuridão além da vala e da cerca contínua. Quando cavalgou por Cloverdale havia só uma luz cinzenta no céu. Tomou a estrada do Cloverdale Creek e prosseguiu. Atrás dele o sol surgia sobre o San Luis Pass e sua sombra nova cavalgava na dianteira se estendendo longa e delgada na estrada. Passou pelo velho tablado de dança nos bosques e duas horas depois ao sair da estrada e atravessar o pasto na direção da fogueira dos *vaqueros* a loba se alçou para enfrentá-lo.

O cavalo estancou e refugou e pateou. Ele controlou o animal e o afagou e falou com ele e observou a loba. O coração pulsava no peito com o ímpeto de algo que quisesse escapar. A loba fora pega pela pata direita da frente. O gancho de arrasto se prendera a um cacto a menos de trinta metros da fogueira e ali ela ficara. Ele falou com o cavalo e o afagou e abaixando o braço afrouxou a fivela do coldre e tirou a carabina e apeou e soltou as rédeas. A loba se retraiu ligeiramente.

Como se tentasse se esconder. Em seguida se ergueu de novo e olhou para ele e olhou para as montanhas.

Quando ele se acercou ela arreganhou os dentes, mas não rosnou e desviou dele os olhos amarelos. Um osso branco se expunha na ferida sangrenta entre as mandíbulas da armadilha. Ele podia ver as tetas dela entre os pelos ralos da barriga e ela mantinha a cauda recolhida e puxava a armadilha e parava.

Ele andou em torno dela. Ela se voltou e recuou. O sol surgira pleno e no sol os pelos eram de um castanho-acinzentado com pontas mais claras na coleira e uma listra preta corria ao longo das costas e ela se voltava e recuava até onde a extensão da corrente permitia e seus flancos se encolhiam e se dilatavam com o movimento da respiração. Ele se acocorou no chão e assentou a carabina diante de si segurando-a pela coronha e de cócoras ali ficou durante um longo tempo.

Não estava de modo algum preparado para o que contemplava. Entre outras coisas simplesmente não tinha pensado se era possível ir à fazenda buscar o pai antes que os *vaqueros* chegassem ao meio-dia, caso chegassem. Tentou se lembrar do que o pai dissera. Se a perna estivesse quebrada ou se a pata ficasse presa. Olhou para o sol calculando sua altura e baixou os olhos na direção da estrada. Quando tornou a olhar para a loba ela estava deitada, mas se levantou de novo assim que seu olhar caiu sobre ela. O cavalo sacudiu a cabeça e o bocado do freio retiniu, mas a loba não prestou qualquer atenção no cavalo. O rapaz se pôs de pé e caminhou de volta e guardou a carabina no coldre e pegou as rédeas e montou e volteou o cavalo e rumou para a estrada. A meio caminho se deteve e se virou e olhou para trás. A loba o observava como antes. Ele ficou sobre o cavalo por um longo tempo. O sol quente nas costas. O mundo esperando. Em seguida retornou à loba.

Ela se levantou e assim ficou com os flancos afundando e subindo. Mantinha a cabeça baixa e a língua pendia trêmula entre os longos incisivos da mandíbula inferior. Ele desenrolou a corda do laço de caça e a atirou sobre os ombros e apeou. Pegou um cordão de dentro da mochila atrás da sela e com ele deu voltas em torno da cinta e preparou o laço e rodeou a loba. O cavalo não lhe era de serventia porque se se inclinasse retesando a corda mataria a loba ou a libertaria da armadilha ou ambas as coisas. Rodeou a loba e procurou por algo a que pudesse amarrá-la de modo a lhe restringir os movimentos. Não encontrou nada que alcançasse com a corda e por fim tirou o casaco e com ele vendou os olhos do cavalo e o guiou para a frente contra o vento na direção da loba e soltou as rédeas porque ele não se moveria. Depois preparou a corda e fez o laço e o lançou sobre ela. A loba avançou por cima do laço arrastando junto a armadilha e olhou para o laço e olhou para o rapaz. A corda estava sobre a corrente da armadilha. Ele olhou para ela desgostoso e largou a corda e saiu numa busca até encontrar um *paloverde* do qual cortou uma vara de cerca de dois metros de comprimento com um galho que terminava em forquilha e retornou aparando os ramos com a faca. Ela o observava. Ele armou o laço com a ponta da vara e a puxou para si. Pensou que a loba fosse morder a vara, mas não mordeu. Depois de recuperar o laço, precisava repassar os treze metros de corda através da *honda* e começar de novo. Ela observava com grande atenção a corda serpentear de um lado a outro e quando a extremidade da corda passou deslizando sobre a corrente da armadilha e sumiu no capinzal ressequido ela tornou a se deitar.

Ele fez um laço menor e se acercou. Ela se ergueu. Ele lançou o laço e ela abaixou as orelhas e se esquivou e lhe arreganhou os dentes. Ele fez mais duas tentativas e na terceira o laço se encaixou no pescoço da loba e ele esticou a corda com um puxão.

Ela se contorceu sobre as patas traseiras arrastando a pesada armadilha ao peito e tentando morder a corda e dando patadas com a perna livre. Emitiu um fraco ganido que era seu primeiro som.

Ele recuou um passo e estirou a loba até fazê-la se prostrar arfante na terra e retornou ao cavalo portando a corda e depois enrolou a corda no arção dianteiro da sela e voltou carregando a extremidade livre. Estremeceu ao ver a perna dianteira ensanguentada estirada na armadilha mas não havia remédio. Ela ergueu do chão o traseiro e escarafunchou a terra e se contorceu e se bateu com a corda e arremessou a cabeça de um lado para outro e por um momento chegou a se levantar completamente de novo sobre as quatro patas antes de ele fazê-la se prostrar. Ele se acocorou segurando a corda a pouco mais de um metro dela e pouco depois ela se deitou arquejando calmamente na terra. Olhou para ele com os olhos amarelos e os fechou lentamente e em seguida desviou o olhar.

Ele prendeu a corda sob um pé e pegou de novo o canivete e estendeu a mão com cautela e se apoderou da vara de *paloverde*. Cortou cerca de um metro da corda a partir da extremidade e pôs o canivete de volta no bolso e pegou um pedaço do cordão que amarrara na cinta e com ele fez um laço e o segurou entre os dentes. Depois tirou o pé de cima da corda e a pegou pela extremidade e com a vara se aproximou da loba. Ela o observava com os olhos amendoados, amarelo carregado, tornando-se âmbar escuro na íris. Forcejou para se libertar da corda, a cabeça na terra, a boca aberta e os dentes muito brancos, muito perfeitos. Ele esticou ainda mais a corda para tensioná-la em torno do arção da sela ao qual estava amarrada. Esticou até deixar a loba sem ar e em seguida lhe enfiou a vara entre os dentes.

Ela não emitiu som algum. Arqueou-se e girou a cabeça e mordeu a vara e tentou se libertar dele. Ele puxou a corda esticando-a ao extremo e empurrou a vara e com ela forçou contra a terra a mandíbula inferior do animal e tornou a prender a corda com a bota a menos de trinta centímetros daqueles dentes. Depois tirou da boca o cordão e encaixou o laço no focinho e o apertou com um movimento seco e agarrou a loba por uma orelha e deu três voltas com o cordão em torno das mandíbulas com uma rapidez que os olhos não poderiam acompanhar e deu um nó de meia-volta e a tomou de assalto, ajoelhando-se com a loba viva a arquejar entre suas pernas e a sugar o ar com a língua bloqueada entre os dentes cheios de terra e sujeira. Ela olhou para ele, os olhos delicadamente oblíquos, o conhecimento do mundo que transmitiam era o suficiente para aquele dia se não para a maldade daquele dia. Em seguida fechou os olhos e ele afrouxou a corda e se pôs de pé e se afastou e ela ficou respirando pesadamente com a pata traseira estirada na armadilha atrás dela e a vara metida na boca. Ele mesmo arquejava. Embora fizesse frio estava encharcado de suor. Virou-se e olhou para o cavalo com a cabeça coberta com o casaco. Droga, disse. Droga. Recolheu do chão a corda solta e a enrolou e caminhou até o cavalo e depositou a corda sobre o arção e desatou as mangas do casaco sob as mandíbulas do cavalo e o desvendou e colocou o casaco de través sobre a sela. O cavalo ergueu a cabeça e bufou e olhou na direção da loba e o rapaz lhe afagou o pescoço e falou com ele e tirou a tenaz da mochila e lançou sobre o ombro a corda enrolada e retornou à loba.

Antes que chegasse perto ela se alçou num salto e investiu contra a corrente da armadilha girando e arremessando a cabeça e golpeando a boca com a pata livre. O rapaz a arreou com um puxão da corda e a conteve. Uma espuma branca fervilhou entre os dentes dela. Ele se aproximou lentamente e estendendo os braços a controlou com a vara metida nas mandíbulas e falou com ela, mas sua voz parecia apenas fazê-la estremecer. Olhou para a perna presa na armadilha. Parecia em mau estado. Apoderou-se da armadilha e pôs a tenaz sobre a mola e afrouxou os parafusos e depois fez o mesmo com a segunda mola. Quando o aro da mola se desprendeu dos gonzos na base as mandíbulas se abriram e a pata dilacerada se libertou inerte e ensanguentada com o osso branco exposto reluzente. Ele estendeu a mão para tocá-la, mas a loba se retraiu e se ergueu. Ele se espantou com sua rapidez. Ela se pôs em guarda, os olhos à altura dos dele, pois ele se ajoelhara diante dela, mas ainda sem mirá-lo nos olhos. Ele deixou cair no chão o laço que tinha no ombro e pegou o cordão pela extremidade e com ele deu duas voltas em torno do pulso. Depois afrouxou a corda com que a prendera. Ela experimentou apoiar a pata ferida no chão e a alçou de novo.

Vai, ele disse. Se pensa que consegue.

Ela se voltou e saiu em disparada. Com extrema rapidez. Ele mal teve tempo de dar um passo à frente antes de ela ser refreada pelo estreitamento do laço na outra extremidade. Ela se empinou no ar e caiu de costas arremessando o rapaz para a frente e fazendo-o tombar sobre os cotovelos. Ele se pôs de pé com esforço, mas a loba já tinha corrido noutra direção e quando foi mais uma vez refreada pela extremidade do laço quase arrancou o rapaz do chão. Ele se virou e fincou firme os tacões na terra e deu uma volta com o cordão em torno do pulso. A loba agora correra na direção do cavalo e o cavalo resfolegou e saiu a trote na direção da estrada arrastando as rédeas atrás de si. Ela correu presa na extremidade da corda completando um círculo em volta do cacto ao qual o gancho da armadilha se prendera e ali a corda fê-la retornar e se deter humilhada e sem fôlego entre os espinhos.

Ele se levantou e se acercou dela. Ela se acocorou e abaixou as orelhas. Das mandíbulas escorriam filetes de uma baba branca. Ele puxou o canivete e se achegou e se apoderou da vara enfiada na boca da loba e falou com ela e lhe acariciou a cabeça, mas ela apenas estremecia.

Não adianta relutar, disse para ela.

Cortou uma grande extensão pendente da vara de *paloverde* junto do canto da boca e pôs o canivete de lado e girou a extremidade da corda em torno do cacto até soltá-la e em seguida a levou para um terreno aberto enquanto ela se contorcia e agitava a cabeça. Ele não podia acreditar na força da loba. Ficou de pé com as pernas escanchadas segurando a corda nas duas mãos de través nas coxas e se voltou e correu os olhos pelo campo à procura de um sinal do cavalo. A loba não desistia de relutar e ele pegou de novo a ponta da corda e a enrolou duas vezes no pulso e fincou os tacões na terra e a deixou ir. Quando atingiu a extremidade da corda desta vez ela foi arremessada no ar e caiu de costas e permaneceu estatelada. Ele puxou a corda e a arrastou em sua direção através da poeira.

De pé, disse. Não vou te machucar.

Acercou-se e parou onde ela jazia arfante. Examinou a perna ferida. Em volta do tornozelo um punhado de pele solta se dobrava como uma meia e na ferida suja havia raminhos e folhas grudados. Ele se ajoelhou e a tocou. Vamos, disse. Você espantou meu cavalo e agora vai comigo procurar ele.

Quando conseguiu arrastá-la até a estrada estava exausto. O cavalo pastava na beira da vala a uns cem metros adiante. Ergueu a cabeça e olhou para o rapaz e a abaixou para continuar a comer. O rapaz amarrou a corda a um mourão e pegou o último pedaço de cordão da cinta e atou a *honda* ao cordão para que o nó não afrouxasse e em seguida se ergueu e atravessou de volta o pasto para reaver o casaco e a armadilha.

Ao voltar a loba estava espremida contra o mourão e meio estrangulada de tanto ter girado em torno dele. Depositou a armadilha no chão e se ajoelhou e desamarrou o cordão do mourão e o desvencilhou dando várias voltas entre os arames até libertá-la de novo. Ela se ergueu e ficou no capim empoeirado e olhou com um olhar furioso para a estrada na direção das montanhas enquanto a espuma brotava entre os dentes e escorria da vara de *paloverde*.

Você não tem um pingo de juízo, disse para ela.

Levantou-se e vestiu o casaco e guardou a tenaz no bolso e lançou a armadilha sobre o ombro pegando-a pela corrente e depois arrastou a loba até o meio da estrada e seguiu adiante com ela a deslizar atrás de pernas rijas e deixando um rastro na terra e no cascalho.

O cavalo ergueu a cabeça para observá-los, continuando a ruminar. Depois se voltou e partiu ao longo da estrada.

O rapaz parou e seguiu o cavalo com os olhos. Virou-se e olhou para a loba. Na distância pôde ouvir o ruído de descarga do motor de um Ford Model A do velho fazendeiro e se deu conta de que ela já o tinha ouvido. Encurtou a corda por um par de voltas e arrastou a loba pela borda da vala e ficou junto da cerca e observou o caminhão aparecer na colina e se aproximar com estrondo numa nuvem de poeira.

O velho reduziu a marcha e se inclinou e espiou para fora. A loba se contorcia e girava e o rapaz se pôs por trás dela e a pegou com as duas mãos. Quando o caminhão passou na frente deles ele estava deitado no chão com as pernas abertas enganchadas sobre o diafragma da loba e os braços em torno de seu pescoço. O velho acostou o caminhão deixando o motor ligado e se inclinou do outro lado e abaixou a janela. Mas que que é isso, disse. Que que é isso!

Bem que o senhor podia desligar esse troço, o rapaz disse.

Caramba, é um lobo.

É sinsenhor.

Mas que que é isso!

O caminhão tá assustando ela.

Assustando ela?

Sinsenhor.

O que é que você tem na cabeça? Se aquilo se soltar da corda vai te devorar vivo.

Sinsenhor.

O que tá fazendo com ele?

É ela.

É o quê?

Ela. É uma loba.

Pois que se dane, se é ele ou ela. Que tá fazendo com esse animal?

Dando um jeito de levar pra casa.

Casa?

Sinsenhor.

Por que maldita razão?

O senhor não pode desligar esse troço?

Não é lá muito fácil ligar de novo.

Bom, então talvez o senhor pudesse ir buscar meu cavalo e trazer ele aqui pra mim. Eu poderia amarrar a loba, mas acontece que ela se enrola toda no arame da cerca.

O que eu gostaria de fazer é evitar o risco de você ser devorado, disse o velho. Por que tá levando ela pra casa?

É uma história muito comprida.

Pois bem que eu gostaria de ouvir.

O rapaz olhou para a estrada onde o cavalo tinha parado para comer. Olhou para o velho. Bom, disse. Meu pai queria que eu fosse buscar ele caso eu caçasse a loba, mas eu não queria largar ela porque tem uns *vaqueros* que param pra comer lá mais adiante e imaginei que podiam matar ela e então resolvi levar ela pra casa comigo.

Você sempre foi assim maluco?

Não sei. Até hoje nunca tinha tido a ocasião de provar.

Quantos anos você tem?

Dezesseis.

Dezesseis.

Sinsenhor.

Bom, você não tem o juízo que Deus deu aos gansos. Sabia disso?

Pode ser.

Como acha que o seu cavalo vai aturar tanta baboseira?

Se eu conseguir pegar ele ele não vai ter muito o que fazer.

Tá pensando em atrelar essa coisa ao cavalo e arrastar ela?

Sinsenhor.

E como vai convencer ela a fazer isso?

Ela também não tem lá muita escolha.

O velho ficou olhando para o rapaz. Em seguida desceu do caminhão e fechou a porta e ajeitou o chapéu e deu a volta e parou na beira da vala. Vestia calças de algodão grosso e um casaco de lã axadrezado com colarinho de veludo cotelê e usava botas de tacão baixo e um largo chapéu de pele de castor John B. Stetson.

Quanto posso chegar perto?, perguntou.

Quanto quiser.

Ele atravessou a vala e se aproximou e se pôs a olhar a loba. Olhou para o rapaz e olhou para a loba mais um pouco.

Tá pra parir.

Sinsenhor.

Fez muito bem em prender ela.

Sinsenhor.

Dá pra tocar nela?

Sinsenhor. Pode tocar nela.

O velho se agachou e tocou a loba com uma mão. A loba se arqueou e se contorceu e ele tirou logo a mão. Depois a tocou de novo. Olhou para o rapaz. Loba, disse.

Sinsenhor.

Que pretende fazer com ela?

Não sei.

Aposto que vai receber seu prêmio. Vender a pele.

Sinsenhor.

Ela não gosta que toquem nela, né?

Não, senhor. Não muito.

Nos tempos que a gente trazia o gado pro vale perto das Ciénega Springs, na primeira noite a gente chegava nas redondezas do Government Draw e acampava por lá. E a gente podia ouvir os lobos por todo o vale. Naquelas primeiras noites quentes. Quase sempre dava para ouvir eles naquela parte do vale. Faz anos que não ouço um.

Ela veio do México.

Não duvido. Como tudo o mais.

Pôs-se de pé e olhou na direção da estrada onde o cavalo pastava. Se quer um conselho, disse, me deixe ir buscar pra você aquela carabina que estou vendo saliente na sela e meter uma bala bem no meio dos olhos dessa filha da puta e acabar com tudo.

Se eu pegar meu cavalo de volta não vai ter problema, disse o rapaz.

Bom. Faça como quiser.

Sinsenhor. Eu tento.

O velho abanou a cabeça. Tá bom, disse. Espere aqui que eu vou buscar ele.

Daqui não me mexo, disse o rapaz.

O velho voltou para o caminhão e entrou e dirigiu estrada abaixo até onde estava o cavalo. Quando viu o caminhão se aproximar o cavalo atravessou a vala e parou junto à cerca e o velho desceu do caminhão e seguiu o cavalo ao longo da cerca até conseguir pegar as rédeas e depois conduziu o cavalo de volta para a estrada. O rapaz continuava segurando a loba. Ela estava bem quieta. O único som que se ouvia na estrada era o fraco e seco clopeclope dos cascos do cavalo no cascalho e o ininterrupto ruído do motor do caminhão onde o velho o acostara.

Quando o rapaz arrastou a loba até a estrada o cavalo recuou e a encarou.

Melhor amarrar o cavalo, o velho disse.

Se o senhor segurar ele só um instante não vai ter problema.

Não sei não mas acho que seria melhor segurar a loba.

O rapaz afrouxou a corda o suficiente para a loba chegar à vala, mas não para alcançar a cerca. Atou a corda ao arção da sela e deixou a loba se ir e ela fugiu precipitadamente para a vala sobre três pernas e foi refreada pela extremidade da corda e caiu sobre o traseiro e se alçou e se agachou na vala e ficou alerta à espera. O rapaz se voltou e pegou as rédeas das mãos do velho e tocou a aba do chapéu com um nó do dedo indicador.

Fico muito agradecido, disse.

De nada. Foi um dia interessante.

Sinsenhor. O meu ainda não acabou.

Não, ainda não. Cuide pra que aquela boca não se solte, tá ouvindo? Senão vai arrancar um pedaço tão grande de você que não vai dar pra usar chapéu.

Sinsenhor.

Ele pôs o pé no estribo e se alçou e examinou o nó no arção e empurrou o chapéu para trás e fez um sinal de cabeça para o velho. Fico muito agradecido, disse.

Quando instigou o cavalo à frente, a loba com a pata ferida junto ao peito saiu da vala impulsionada pela extremidade da corda e seguiu oscilando pela estrada no rastro do cavalo com as pernas e o corpo rijos como um animal empalhado. Ele deteve o cavalo e olhou para trás. O velho os observava parado na estrada.

Senhor?, disse.

Sim?

Talvez seja melhor o senhor partir primeiro. Assim não vai precisar ultrapassar a gente.

Acho uma boa ideia.

O velho andou até o caminhão e entrou e se voltou para olhar para eles. O rapaz o saudou com um gesto de mão. O velho deu a impressão de que ia lhe dizer alguma coisa, mas não falou nada e levantou a mão e se virou para a frente e dirigiu o caminhão pela estrada na direção de Cloverdale.

O rapaz seguiu em frente. Lufadas de vento sopravam poeira do alto da estrada. Quando se voltou para olhar a loba viu que ela semicerrava os olhos expostos ao vento procurando protegê-los contra a areia e ia mancando de cabeça baixa atrás do cavalo. Ele parou e ela se adiantou ligeiramente para diminuir a tensão do laço no pescoço e depois deu uma volta e foi de novo para a vala. Ele estava para fazer o cavalo retomar o passo quando ela se agachou na vala e começou a mijar. Ao terminar fez um giro e cheirou a urina e farejou o vento com o nariz erguido e depois retornou à estrada e ficou imóvel com a cauda enfiada entre as pernas enquanto o vento abria pequenos sulcos nos pelos.

O rapaz ficou sentado no cavalo por um bom tempo a observá-la. Depois apeou e largou as rédeas e pegou o cantil e dando a volta ao cavalo foi até ela. Ela recuou. Ele pendurou o cantil no ombro e pisou na corda com um pé prendendo-a entre os joelhos e puxou a loba contra si. A loba se agitou e se ergueu, mas o rapaz segurou firme a corda e a enrolou duas vezes no pulso e forçou a loba a se prostrar no capim na margem da estrada e montou sobre ela. Era tudo o que podia fazer para dominá-la. Tirou o cantil do ombro e desenroscou a tampa com os dentes. O cavalo pateou na terra da estrada e o rapaz falou com ele e depois, controlando a loba com a vara metida na boca e com a cabeça pressionada contra seus joelhos, começou lentamente a entornar água pelo lado da boca do animal. Ela não se mexeu. Os olhos pararam de se mover. Em seguida começou a engolir a água.

Boa parte da água caía ao chão, mas ele continuou a vertê-la entre os dentes ao longo da vara verde. Quando o cantil se esvaziou ele removeu a vara e a loba permaneceu quieta recobrando o fôlego. Ele se ergueu e recuou um passo, mas ela não se mexeu. Recolocou a tampa do cantil e a enroscou e retornou ao cavalo e pendurou o cantil sobre a mochila e tornou a olhar para a loba. Ela o observava. Ele montou e cutucou o cavalo para prosseguir. Voltou-se e viu que a loba mancava presa à corda. Quando parava ela também parava. Uma hora depois de percorrer a estrada o rapaz se deteve por um longo tempo. Chegara à cerca da propriedade de Robertson. A uma hora mais de caminhada estava Cloverdale e a estrada para o norte. Ao sul se situava a pradaria. O capim amarelo se inclinava ao sopro do vento e a luz do sol corria pelo campo na dianteira das nuvens em movimento. O cavalo agitou a cabeça e pateou e se aquietou. Que vá pro inferno, o rapaz disse. Que tudo isso vá pro inferno.

Volteou o cavalo e atravessou a vala e cavalgou pela vasta planície que se estendia à frente ao sul na direção das montanhas do México.

Ao meio-dia cruzaram um baixo desfiladeiro no extremo leste do contraforte dos Guadalupes e cavalgaram pelo vale aberto. Viram cavaleiros à distância na planície mas os cavaleiros seguiram sem parar. No final da tarde passaram pelos últimos cones baixos de colinas naquele solo vulcânico e uma hora mais tarde chegaram à última cerca daquelas terras.

Era uma cerca que se estendia de leste a oeste. Do outro lado havia uma estrada de terra. O rapaz virou o cavalo na direção leste e acompanhou a cerca. Havia uma trilha de gado ao longo da cerca mas cavalgou a uma boa distância dela a fim de evitar que a loba passasse por baixo dos arames e pouco a pouco foi se aproximando de uma casa de fazenda.

Deteve o cavalo numa pequena elevação e observou a casa. Não viu lugar seguro em que pudesse deixar a loba e por isso prosseguiu. Ao chegar à porteira desmontou e desprendeu a corrente e abriu a porteira e por ela fez passarem o cavalo e a loba e tornou a fechar a porteira e remontou. A loba se recurvava na trilha com os pelos rufados como se tivesse sido arrancada de um cano de trás para diante e quando ele fez o cavalo avançar ela seguiu derrapando com as pernas travadas. O rapaz se voltou para olhá-la. Se eu é que andasse devorando as vacas dessas pessoas, disse, não ia querer que viessem avisar elas.

Antes de fazer o cavalo retomar o passo um latido soou alto na direção da casa e quando ele olhou viu três cães enormes subindo a estrada muito rápido com os ventres bem rentes ao chão.

Puta merda, disse.

Desmontou e amarrou as rédeas no primeiro arame da cerca e imediatamente tirou a carabina do coldre. Bird revirou os olhos e começou a patear na estrada. A loba se imobilizou com a cauda ereta e os pelos eriçados. O cavalo volteou e retesou as rédeas, o arame da cerca cedeu avergando-se. Na confusão o rapaz ouviu um estalo seco e de repente viu como num sonho ruim o espectro do cavalo em pleno galope na planície com a loba no rastro presa ao laço e os cães em furiosa perseguição e ele se apoderou da corda atada ao arção da sela no exato momento em que as rédeas rebentaram e o cavalo girou e saltou de um lado a outro e o rapaz se virou segurando a carabina e a loba para manter a distância, os cães de súbito ao redor dele num tumulto de latidos e dentes e olhos alvejados.

Rodearam esgaravatando a terra da estrada e o rapaz puxou firme a loba contra sua perna e gritou para os cães e os repeliu golpeando-os com o cano da carabina. Dois deles arrastavam correntes rebentadas enganchadas nas coleiras e o terceiro não tinha coleira alguma. Em meio àquele vertiginoso pandemônio o rapaz pôde sentir a loba estremecer eletricamente contra seu corpo e o martelar do coração dela.

Eram cães de caça e embora acossassem e ladrassem o rapaz sabia que relutariam em atacar qualquer coisa mantida sob a proteção absoluta de um homem, mesmo uma loba. Ele girava enquanto o cercavam e golpeou a cabeça de um deles com o cano da carabina. Arreda, gritou. Arreda. Nesse momento dois homens saíam da casa a trote.

Chamaram os cães pelos nomes e dois dos cães se detiveram e olharam para a estrada. O terceiro arqueou o dorso e a passo miúdo se acercou de lado da loba e arreganhou os dentes para ela e recuou de novo e se pôs a latir. Um dos homens tinha um guardanapo pendendo do colarinho da camisa e arfava. Você, Julie, chamou. Vem cá. Maldição. Pega uma vara ou qualquer coisa, RL. Deus do céu.

O outro homem desprendeu a fivela e tirou a cinta das calças e começou a brandi-la com a extremidade da fivela no ar. Imediatamente os cães latiram e saíram em disparada. O homem mais velho parou e ficou com as mãos nos quadris recobrando a respiração. Voltou-se para o rapaz. Notou o guardanapo na camisa e o arrancou e esfregou a testa com ele e o enfiou no bolso de trás das calças. Se importa de me dizer o que está fazendo?, perguntou.

Tentando manter esses cachorros longe da minha loba.

Não me venha com resposta espertinha.

Sério. Dei na sua cerca e entrei pelo portão e foi só. Não sabia que ia provocar tanto escarcéu.

O que é que você achava que ia acontecer?

Eu não sabia que tinha cachorro por aqui.

Ora bolas, você tinha visto a casa, não tinha?

Sinsenhor.

O homem o fitou de esguelha. Você é filho do Will Parham. Não é?

Sinsenhor.

Qual é o seu nome?

Billy Parham.

Pois, Billy, isso pode te soar como pergunta de ignorante, mas o que está fazendo com essa coisa aí?

Cacei ela.

É o que estou vendo. O animal tá com uma vara na boca. Pra onde estava indo com ele?

Pra casa.

Não é verdade. Estava indo numa outra direção.

Estava indo com ela pra casa mas mudei de ideia.

E mudou de ideia pra ir pra onde?

O rapaz não respondeu. Os cães se alvoroçavam, os pelos das costas eriçados.

RL, leve os cachorros pra casa e prenda eles. Diz pra mãe que volto logo.

Virou-se de novo para o rapaz. Como acha que vai recuperar o seu cavalo?

Andando, acho.

Bom, o primeiro mata-burro fica a uns três quilômetros daqui.

O rapaz continuou segurando a loba. Olhou a estrada na direção tomada pelo cavalo.

Dá pra botar esse animal num caminhão?, o homem perguntou.

O rapaz o olhou intrigado.

Droga, disse o homem. Me escute bem. RL, você pode levar esse rapaz no caminhão pra buscar o cavalo?

Sinsenhor. É difícil de pegar o cavalo dele?

É difícil de pegar o seu cavalo?, o homem perguntou.

Não, senhor.

Ele diz que não.

Bom, a menos que ele mesmo queira dirigir eu acho que posso ir buscar o cavalo pra ele.

Você não quer dirigir com esse lobo dentro do caminhão, isso sim, disse o homem.

Não é que eu não quero. Eu não vou.

Bom, eu estava pensando em dizer que como é possível que ela pule da carroceria do caminhão por que você não senta com ela presa na frente na cabina e o rapaz vai atrás?

RL controlou os cães pelas correntes enganchadas nas coleiras e a elas prendeu o terceiro cão com o cinturão. Tenho uma visão muito viva de mim mesmo dirigindo com um lobo na cabina do caminhão, disse. Posso ver a cena clara como o dia.

O homem observou a loba. Ergueu a mão para ajeitar o chapéu, mas não tinha chapéu algum e então coçou a cabeça. Olhou para o rapaz. E eu que pensei que conhecia todos os lunáticos deste vale, disse. A população dessa redondeza cresce a olhos vistos. Não dá nem mesmo pra acompanhar o que acontece com os vizinhos. Já jantou?

Não, senhor.

Bem, então vamos lá pra casa.

E o que faço com ela?

Ela?

A loba.

Bom, eu acho que ela vai ter que ficar na cozinha até a gente acabar de comer.

Ficar na cozinha?

Brincadeira, meu filho. Fogo do inferno. Se levasse essa coisa pra dentro de casa ia escutar a bronca da minha mulher lá de Albuquerque mesmo com o telefone desligado.

Não queria deixar ela fora. Poderia ser atacada por algum bicho. Sei disso. Vamos indo. Não vou deixar ela fora de jeito nenhum pra que os outros a vejam. Viriam atrás de mim pra me caçar com uma rede de borboleta.

Fecharam a loba no defumadouro e lá a deixaram e caminharam na direção da cozinha. O homem olhou para a carabina que o rapaz carregava, mas não disse nada. Quando chegaram à porta da cozinha, o rapaz encostou a carabina contra a parede da casa e o homem abriu a porta para ele e entraram.

A mulher tinha colocado a comida na estufa para mantê-la aquecida e trouxe tudo de volta à mesa e preparou um prato para o rapaz. Ouviram RL ligar o motor do caminhão lá fora. Passaram os pratos, tigelas de purê de batatas e feijão *pinto* e uma travessa de bifes fritos. Quando seu prato estava cheio a ponto de transbordar o rapaz olhou para o homem. O homem lhe apontou o prato.

Já demos graças pela comida uma vez, disse. Por isso pode ir comendo se não tiver alguma coisa particular pra dizer.

Sinsenhor.

Começaram a comer.

Mãe, disse o homem, vê se consegue arrancar dele o lugar pra onde ele estava levando esse lobo.

Se ele não quer contar ele não precisa contar, disse a mulher.

Estou levando ela pro México.

O homem estendeu a mão para pegar a manteiga. Bom, disse. Essa me parece uma boa ideia.

Vou levar até lá e soltar.

O homem anuiu com a cabeça. Soltar, disse.

Sinsenhor.

Ela deve ter algum filhote em algum lugar, não?

Não, senhor. Ainda não, senhor.

Tem certeza?

Sinsenhor. Está pra parir.

O que é que você tem contra os mexicanos?

Não tenho nada contra eles.

Você acabou de dar a entender que eles poderiam fazer uso de um ou dois lobos.

O rapaz cortou um pedaço de bife e o espetou com o garfo. O homem o observou.

E como é que eles estão de cascavéis por aquelas terras, você sabe?

Não vou entregar a loba a ninguém. Só estou levando ela pra soltar. É de lá que ela veio.

O homem passou manteiga muito metodicamente ao longo da borda de um biscoito com a faca. Cobriu-o com outro biscoito e fitou o rapaz.

Você é um garoto muito esquisito, disse. Sabia disso?

Não, senhor. Sempre fui como qualquer um, que eu saiba.

Pois não é.

Sinsenhor.

Me conte uma coisa. Não está pensando em simplesmente largar essa coisa na fronteira, está? Porque se estiver vou te seguir até lá com uma carabina.

Eu estava levando ela de volta pras montanhas.

Levando ela de volta pras montanhas, o homem disse. Olhou para o biscoito com um ar meditativo e depois o mordeu devagar.

De onde é a sua família?, a mulher perguntou.

A gente mora em Charcas.

Ela quer dizer antes disso, o homem falou.

A gente veio de Grant County. E antes de lá de De Baca.

O homem anuiu com a cabeça.

Faz muito tempo que a gente vive aqui.

Quanto tempo?

Uns dez anos.

Dez anos, disse o homem. O tempo voa, não é mesmo?

Ande e coma a sua comida, disse a mulher. Não dê atenção a ele.

Comeram. Pouco depois o caminhão adentrou o jardim e passou pela casa e a mulher se levantou da mesa e foi tirar o prato de RL da estufa do fogão.

Quando saíram da casa após o jantar anoitecia e começara a esfriar e o sol baixava sobre as montanhas a oeste. Bird ficou no jardim amarrado à porteira por uma corda e o cabresto e as rédeas tinham sido pendurados no arção da sela. A mulher parou à porta da cozinha e ficou observando-os caminhar até o defumadouro.

Vamos abrir essa porta com cuidado, o homem falou. Se o laço escapou da boca dessa besta vocês vão achar bem melhor estar numa banheira com um crocodilo.

Sinsenhor, disse o rapaz.

O homem ergueu a trava do ferrolho e o rapaz cautelosamente empurrou a porta. A loba estava de pé, recuada num canto. Não havia janela no pequeno barracão de adobe e ela piscou os olhos quando a luz caiu sobre ela.

Não tem problema com ela, o rapaz disse.

Escancarou a porta.

Coitadinha, a mulher disse.

O fazendeiro se voltou impaciente. Jane Ellen, disse, o que veio fazer aqui?

Aquela perna tá com um aspecto horrível. Vou chamar Jaime.

Você vai o quê?

Volto já já.

Ela fez a volta e atravessou correndo o jardim. No meio do caminho puxou o casaco que tinha lançado sobre as costas e o vestiu. O homem se inclinou contra a porta e balançou a cabeça.

Onde ela está indo?, perguntou o rapaz.

Mais doidice, o homem falou. Deve ser alguma epidemia.

Ficou parado no limiar da porta e enrolou um cigarro enquanto o rapaz segurava a loba pela corda.

Você não fuma não, né?, o homem perguntou.

Não, senhor.

Faz muito bem. Não comece.

Fumou. Olhou para o rapaz. Quanto você quer por essa loba em dinheiro vivo?, perguntou.

Ela não está pra vender.

Quanto ia querer se estivesse?

Nada. Porque não está.

Quando a mulher retornou estava acompanhada de um velho mexicano que carregava uma caixinha verde de lata debaixo do braço. O homem cumprimentou o fazendeiro e tocou o chapéu e entrou no defumadouro seguido pela mulher. A mulher trazia na mão um lençol limpo embrulhado. O mexicano saudou o rapaz com a cabeça e tocou de novo o chapéu e se agachou na frente da loba e a observou.

Puede detenerla?, perguntou.

Sí, disse o rapaz.

Necesitas más luz?, a mulher perguntou.

Sí, o mexicano respondeu.

O homem saiu para o jardim e jogou o cigarro no chão e o esmagou com o pé. Levaram a loba até a porta e o rapaz a segurou enquanto o mexicano a pegava pelo cotovelo e examinava a pata dianteira ferida. A mulher depositou a caixa de lata no chão e a abriu e de dentro dela tirou um frasco de água de hamamélis e com ela embebeu uma tira do pano. Entregou o pano ao mexicano e ele o pegou e olhou para o rapaz.

Estás listo, joven?

Listo.

O rapaz imprimiu mais força ao segurar a loba e estreitou as pernas em torno dela. O mexicano ergueu a perna dianteira da loba e começou a limpar a ferida.

Ela emitiu um ganido sufocado e se retraiu numa contorção nos braços do rapaz e com um puxão libertou a pata da mão do mexicano.

Otra vez, disse o mexicano.

Recomeçaram.

Na segunda tentativa ela derrubou o rapaz para trás e o mexicano recuou imediatamente. A mulher já tinha recuado. A loba se deteve com a espuma fervilhando entre os dentes e o rapaz jazia no chão debaixo dela agarrando-lhe o pescoço. O fazendeiro lá fora tinha começado a enrolar outro cigarro mas desistiu e guardou a tabaqueira no bolso da camisa e firmou o chapéu na cabeça.

Esperem um instante, disse. Maldição. Segurem ela só um pouco.

Adentrou a porta e estendeu um braço e se apoderou da corda para controlar a loba e enrolou a corda no pulso.

Se vierem a saber que andei socorrendo uma maldita de uma loba eu não vou poder continuar morando nestas paragens, disse. Pronto. Façam o que têm de fazer. *Ándale*.

Terminaram a cirurgia sob a última luz do dia. O mexicano recolocara no lugar o pedaço de pele solta e pacientemente a costurara com uma pequena agulha torta fixada num hemóstato e quando acabou untou a pata com Corona Salve e a enfaixou com uma tira do pano e a amarrou. RL tinha chegado e ficou a observá-los enquanto palitava os dentes.

Deram água pra ela beber?, a mulher perguntou.

Sim, dona. Ela engole com muita dificuldade.

Imagino que se tirar essa coisa da boca ela vai morder.

O fazendeiro saltou por cima da loba e saiu para o jardim. Morde, falou. Meu Deus todo-poderoso.

Quando o rapaz partiu trinta minutos depois a noite baixava. Dera a armadilha para o fazendeiro guardar e levava na mochila uma trouxa com uma boa quantidade de comida junto com o resto do lençol e o pote de Corona Salve e uma manta Saltillo enrolada e amarrada na patilha da sela. Algum deles remendara com couro novo as rédeas rebentadas e a loba tinha no pescoço uma coleira de cão com arnês de couro e uma placa de latão gravada com o nome do fazendeiro e o número do registro e a inscrição Cloverdale NM. O fazendeiro o acompanhou até a porteira e puxou o trinco e a escancarou e o rapaz fez o cavalo passar com a loba atrás e montou.

Você tome cuidado, meu filho, o homem disse.

Sinsenhor. Vou tomar. Obrigado.

Pensei que seria bom você ficar. Mandar buscar o seu pai.

Sinsenhor. Eu sei.

Ele vai me castigar por causa disso.

Não vai não.

Bom. Tenha cuidado com os *banditos*.

Sinsenhor. Vou ter. Obrigado ao senhor e à dona.

O homem anuiu com a cabeça. O rapaz ergueu uma mão e virou o cavalo fustigando com um golpe de rédeas e se pôs em marcha nas terras escuras com a loba mancando atrás. O homem ficou parado junto da porteira a observá-los. Ao sul havia o negror das montanhas por onde cavalgavam e ele não pôde mais lhes distinguir os contornos e logo se dissolveram e sumiram cavalo e cavaleiro na noite que engolfava. A última coisa que o homem entreviu naquele ermo batido pelo vento foi o branco da atadura da perna da loba, que se movia ao acaso e em staccato como um pálido djim ao léu a cabriolar no frio e na escuridão. Em seguida também essa visão esvaneceu e o homem fechou a porteira e voltou para a casa.

Imersos naquele profundo lusco-fusco atravessaram uma vasta planície vulcânica limitada pela orla das colinas. As colinas eram de um azul intenso contra o azul da noite e os cascos arredondados do cavalo clopeavam monotonamente nos cascalhos do solo do deserto. A noite ia caindo no leste e a escuridão que os envolveu baixou num súbito sopro de frio e silêncio e depois passou. Como se as trevas possuíssem uma alma própria que fosse a assassina do sol a fugir às pressas para o oeste tal como outrora os homens acreditavam, tal como poderiam voltar a acreditar. Deixaram a planície na derradeira luz mortiça homem e loba e cavalo ao longo de um socalco de baixas colinas erodidas pelo vento e atravessaram a linha de uma cerca ou onde antes estivera uma cerca, os arames havia muito derrubados e enrolados e levados e os pequenos e desnudos mourões de algarobo se perdendo em fileiras únicas nos confins da noite como uma enfiada de pensionistas encurvados e contorcidos. Cavalgaram pelo desfiladeiro na escuridão e lá o rapaz parou o cavalo e observou os relâmpagos ao sul na lonjura das planícies do México. O vento sovava de leve as árvores no desfiladeiro e carregava saraivas de neve. Ele armou acampamento ao abrigo de um *arroyo* ao sul do desfiladeiro e recolheu lenha e fez uma fogueira e deu à loba toda a água que ela foi capaz de engolir. Depois a amarrou a um esbranquiçado galho de choupo e retornou e desencilhou e prendeu o cavalo. Desenrolou a manta e a jogou sobre as costas e pegou a mochila e se sentou na frente da fogueira. A loba se sentou abaixo dele perto do arroio e o acompanhou com os olhos refratários muito vermelhos à luz do fogo. De vez em quando se curvava e tentava remover as ataduras com os dentes laterais, mas não conseguia prendê-las por causa da vara metida nas mandíbulas.

Ele tirou da mochila um sanduíche de bife e o desembrulhou e se pôs a comer. A pequena fogueira bruxuleava ao vento e a neve fina caía de viés das trevas e silvava nos carvões. Ele comeu e vigiou a loba. Ela empinou as orelhas e se virou e mirou a noite, mas o que quer que estivesse passando passou e pouco depois ela se ergueu e fitou com tristeza o chão que não escolhera pisar e andou em círculos três vezes e se deitou de frente para o fogo com a cauda descansando sobre o focinho.

Durante a noite toda ele acordou com o frio. Levantava-se e atiçava o fogo e ela sempre de olho nele. Quando as chamas se avivavam os olhos dela se inflamavam como lampiões de uma porteira que conduzia a um outro mundo. Um mundo a arder na borda de um vazio impenetrável. Um mundo feito de sangue e solução alquímica de sangue e sangue no cerne e no tegumento porque nada a não ser sangue tinha o poder de ressoar contra aquele vazio que hora após hora ameaçava devorá-lo. Ele se embrulhou na manta e a vigiou. Quando aqueles olhos e a nação da qual foram testemunhas tivessem por fim retornado com dignidade a suas origens talvez sobrevivessem outras fogueiras e outras testemunhas e outros mundos a serem contemplados. Mas não aquele.

Nas últimas poucas horas antes do amanhecer ele dormiu, fizesse frio ou não. Levantou-se na luz cinzenta e se envolveu na manta e se ajoelhou e procurou avivar as cinzas da fogueira extinta. Caminhou até um ponto de onde pudesse observar o leste à espera do nascer do sol. Um novelo de nuvem matizada pairava no céu neutro do deserto. O vento amainara e a aurora vinha sem som.

Quando se aproximou da loba carregando o cantil ela não ergueu a cabeça nem arqueou as costas. Ele a tocou e ela se retraiu vagarosamente. Segurou-a pela coleira e a forçou contra o chão e se pôs a verter água entre os dentes enquanto ela procurava engolir com a ajuda da língua e a goela se contraía e os frios olhos de esguelha lhe fitavam a mão. Ele posicionou a mão em concha sob as mandíbulas para não desperdiçar a água que caía ao chão e ela secou o cantil. Ele a acariciou. Depois correu a mão para baixo e lhe apalpou a barriga. Assentou a palma da mão entre as tetas nuas e quentes. Deixou a mão ali durante um longo tempo. E então sentiu algo se mexer.

Quando partiu pelo vale rumo ao sul a relva luzia dourada à luz do sol da manhã. Antílopes pastavam na planície a cerca de um quilômetro a leste. Ele se voltou para verificar se a loba havia notado a presença dos antílopes, mas não havia. Ela seguia claudicando no rastro do cavalo num passo constante igual a um cachorro e desse modo por volta do meio-dia atravessaram a fronteira internacional do México, estado de Sonora, de terreno nada diferente daquele que acabavam de deixar e no entanto inteiramente estrangeiro e inteiramente estranho. Ele deteve o cavalo e correu os olhos pelas colinas vermelhas. A leste avistou um dos obeliscos de concreto que marcavam a fronteira. Naquele confim do deserto o obelisco parecia um monumento a uma expedição perdida.

Duas horas mais tarde tinham saído do vale e começado a subir as colinas baixas. Relva escassa e *ocotillo*. Alguns bois magricelas trotavam na frente deles. Pouco a pouco chegaram a Cajón Bonita, que era a trilha principal ao sul através das montanhas, e ao lado dessa trilha uma hora mais tarde deram numa pequena fazenda.

Ele deteve o cavalo e puxou a corda para trazer a loba para perto e chamou e esperou para verificar se apareceriam cães, mas nenhum cão apareceu. Cavalgou lentamente. Havia duas casas de adobe dilapidadas e um homem andrajoso saiu à porta de uma delas. O lugar tinha o aspecto de uma velha estação de trem secundária em ruínas. O rapaz cavalgou adiante e parou na frente do homem e ficou com as mãos cruzadas na altura dos pulsos e apoiadas no arção da sela.

Adónde va?, o homem perguntou.

A las montañas.

O homem anuiu com a cabeça. Limpou o nariz com a manga da camisa e se voltou e mirou as montanhas mencionadas. Como se nunca as tivesse visto propriamente antes. Olhou para o rapaz e para o cavalo e para a loba e de novo para o rapaz.

Es cazador usted?

Sí.

Bueno, disse o homem. *Bueno.*

Fazia um dia frio apesar de o sol brilhar pleno e, no entanto, o homem estava seminu e não havia fumaça saindo das chaminés das casas. Olhou para a loba.

Es buena cazadora su perra?

O rapaz olhou para a loba. *Sí*, disse. *Mejor no hay.*

Es feroz?

A veces.

Bueno, disse o homem. *Bueno.* Perguntou ao rapaz se tinha tabaco, se tinha café, se tinha carne. O rapaz não tinha nenhuma dessas coisas e o homem pareceu aceitar essa inevitável verdade. Permaneceu encostado no limiar da porta, fitando o chão. Pouco depois o rapaz se deu conta de que o homem discutia alguma coisa consigo mesmo.

Bueno, o rapaz disse. *Hasta luego.*

O homem atirou um braço no ar. Os farrapos da roupa adejando. *Ándale*, disse.

O rapaz prosseguiu. Quando se voltou para trás o homem continuava parado à porta. Observava a trilha na distância como se para ver quem seria o próximo visitante.

Pelo final da tarde quando o rapaz apeou e se acercou dela com o cantil a loba se afundou devagarzinho no chão como um animal circense e se deitou de lado à espera. Os olhos amarelos observando, as orelhas se mexendo em movimentos curtos nos limites do arco de rotação. Ele não sabia que quantidade de água ela engolia ou de quanto necessitava. Verteu a água entre os dentes e olhou dentro dos olhos dela. Tocou o canto pregueado da boca. Examinou a gruta veiada e aveludada dentro da qual o mundo audível jorrava. Começou a falar com ela. O cavalo levantou a cabeça interrompendo o pasto ao lado da trilha e mirou o rapaz.

Prosseguiram viagem. A região era um alto deserto ondulado e a trilha se estendia pelas cristas das serranias e embora parecesse ser percorrida com frequência ele não avistou vivalma. Nas encostas cresciam acácias, chaparros. Grandes extensões de juníperos. De tardezinha um coelho surgiu no meio da trilha a uns cem metros adiante dele e ele parou o cavalo e enfiou dois dedos entre os dentes e assoviou e o coelho se imobilizou e ele apeou e tirou do coldre a carabina pegando-a pela coronha e engatilhou com um único movimento e ergueu a carabina e disparou.

O cavalo recuou sobressaltado e o rapaz se apoderou das rédeas soltas no ar e controlou o cavalo e o fez se acalmar. A loba havia se refugiado no matagal na margem da trilha. Ele segurou a carabina colada aos quadris e retirou do compartimento o cartucho usado e o colocou no bolso e introduziu um cartucho novo e com o polegar baixou o cano da arma e afrouxou a corda e largou as rédeas e saiu à procura da loba.

Ela tremulava entre os arbustos perto de um pequeno junípero contorcido onde buscara refúgio. Quando ele se aproximou ela se arremeteu contra a corda e se debateu. Ele encostou a carabina contra uma árvore e a puxou pela corda e a agarrou e conversou com ela mas não conseguiu acalmá-la e ela não parou de tremer. Pouco depois pegou a carabina e caminhou até o cavalo e enfiou a carabina no coldre e retornou à trilha para ir buscar o coelho.

A bala abrira um longo sulco no centro da trilha e o coelho fora lançado no meio dos arbustos onde jazia com as tripas expostas em espirais cinzentas. Fora rasgado em duas metades e o rapaz recolheu nas mãos o coelho muito quente e felpudo com a cabeça pendendo e o carregou caminhando pelo bosque até encontrar uma árvore derrubada pelo vento. Removeu as cascas soltas do pinheiro com o tacão da bota e raspou e limpou o tronco aos sopros e sobre ele depositou o coelho e pegou o canivete e escanchado no tronco tosquiou o coelho e o destripou e lhe cortou a cabeça e os pés. Picou o fígado e o coração e ficou olhando para eles. Não parecia muito. Limpou as mãos no capim seco e pegou o coelho e começou a cortar fatias da carne das costas e do traseiro e a picá-las até obter uma boa porção e em seguida embrulhou tudo na pele do coelho e fechou e guardou o canivete.

Caminhou de volta e espetou os restos do coelho morto num galho quebrado de um pinheiro e foi até o lugar onde a loba se encolhia deitada. Agachou-se e estendeu a mão, mas a loba se retraiu na extremidade da corda. Pegou um pedaço pequeno do fígado do coelho e o estendeu para ela. Ela farejou delicadamente. Ele lhe observou os olhos e a especulação que neles havia. Observou as narinas coriáceas. Ela desviou a cabeça para um lado e quando ele tornou a lhe oferecer o pedaço tentou recuar.

Vai ver você ainda não tá com muita fome, disse ele. Mas logo vai tá.

Naquela noite armou acampamento numa valeta sob o lado a barlavento da crista e espetou os miúdos do coelho numa vara de *paloverde* e os colocou para assar sobre o fogo antes mesmo de ir cuidar do cavalo e da loba. Quando se aproximou da loba ela estava de pé e a primeira coisa que notou foi a ausência das ataduras na perna dianteira. Depois notou a ausência da vara entre os dentes. E depois notou a ausência da corda com a qual lhe prendera a boca.

Ela o confrontava com os pelos das costas eriçados. A corda amarrada à coleira e enrolada ao longo do chão estava arrebentada e úmida no ponto em que a mastigara.

Ele se deteve e ficou imóvel. Recuou ao longo da corda até alcançar o cavalo e então desamarrou a corda do arção dianteiro da sela. Não tirou os olhos de cima dela.

Segurando a extremidade livre da corda começou a rodear a loba. Ela girou sem sair do lugar a observá-lo. O rapaz fez um pequeno pinheiro se interpor entre eles. Procurou se movimentar de modo desinteressado, mas sentiu que todos os seus motivos eram transparentes para ela. Lançou a corda para o alto fazendo-a girar em torno de um galho e tornou a pegá-la e então se afastou e a puxou. A corda se retesou entre os ramos e as agulhas do pinheiro e tensionou a coleira. A loba abaixou a cabeça e se viu forçada a seguir o laço.

Quando a loba estava embaixo do galho ele puxou a corda até as patas dianteiras serem alçadas do chão e então afrouxou ligeiramente a corda e a amarrou e se pôs a observar a loba. Ela arreganhou os dentes e se agitou e tentou escapar mas não conseguiu. Parecia não saber muito bem o que fazer. Pouco depois ergueu a perna ferida e começou a lambê-la.

Ele retornou à fogueira e amontoou nela toda a lenha recolhida. Em seguida pegou o cantil e tirou da mochila um dos últimos sanduíches e o desembrulhou do papel e carregou o cantil e o papel até onde a loba estava.

Ela o observou cavar um buraco na relva fofa e amassar o fundo com o tacão da bota. Depois ele estendeu o papel na depressão e o firmou com uma pedra e o encheu com a água do cantil.

Desatou a corda e diminuiu a tensão enquanto recuava. Ela o observava. Ele deu alguns passos mais para trás e se acocorou segurando a corda. Ela olhou para a fogueira e olhou para ele. Apoiava-se sobre o traseiro e lambia a pata ferida. Ele se ergueu e foi até o buraco e despejou mais água dentro e em volta dele. Depois enroscou a tampa do cantil e o depositou ao lado do buraco e tornou a se afastar e se sentou. Entreolharam-se. Era quase noite. Ela se levantou e farejou o ar com leves movimentos do nariz. Depois começou a avançar.

Ao se aproximar da água cheirou-a toda hesitante e ergueu a cabeça e olhou para ele. Tornou a olhar para a fogueira e para o vulto do cavalo atrás da fogueira. Os olhos incandesceram à luz do fogo. Abaixou o nariz para cheirar a água. Os olhos não desgrudaram de Billy nem deixaram de arder e quando ela abaixou a cabeça para beber o reflexo dos olhos surgiu na água escura como se aquele par de olhos pertencesse a uma outra loba que habitasse o interior da terra ou que esperasse em todos os lugares secretos, mesmo em falsas nascentes como aquela, nos quais a loba iria sempre confirmar a si mesma e jamais seria inteiramente abandonada no mundo.

Ele ficou agachado a observá-la e segurando a corda com as duas mãos. Como um homem incumbido de cuidar de algo cuja serventia mal conhecia. Quando bebeu toda a água do buraco ela lambeu a boca e olhou para ele e depois se curvou e cheirou o cantil. O cantil tombou e ela retrocedeu bruscamente e então recuou para seu canto embaixo do galho e tornou a se sentar e tornou a lamber a pata.

O rapaz retesou a corda e a amarrou e depois caminhou até a fogueira. Virou o coelho no espeto e pegou a pele com os pedaços picados e retornou e a depositou diante da loba. Em seguida abriu a pele estendendo-a no chão e desamarrou e afrouxou a corda e se distanciou.

Observou-a.

Ela se arqueou e farejou o ar.

É coelho, disse. Aposto que nunca comeu um coelho antes.

Aguardou para ver se ela se aproximaria, mas não se aproximou. Verificou a direção do vento pela direção da fumaça da fogueira e recolheu a pele e a carregou para o lado em que o vento soprava e a estendeu de novo com uma mão enquanto com a outra segurava a corda. Depositou a pele e se afastou, mas ainda assim a loba não se moveu.

Ele deu a volta e desamarrou a corda como antes e retornou à fogueira. O coelho no espeto estava meio queimado e meio cru e ele se sentou e o comeu e depois fez uma focinheira cortando com o canivete a cinta e duas tiras longas da guarda de couro da sela. Ajustou os pedaços com talhos e látegos, de vez em quando inspecionando a loba que se deitara encolhida embaixo da árvore com a corda ascendendo da coleira verticalmente iluminada pelo fogo.

Imagino que está pensando em esperar eu dormir pra ver se consegue escapar, disse.

Ela ergueu a cabeça e olhou para ele.

Sim, disse. É com você que estou falando.

Quando aprontou a focinheira a girou na mão e testou a fivela. Parecia bem-feita. Fechou o canivete e enfiou a focinheira no bolso traseiro das calças e tirou da mochila o último pedaço de cordão e o introduziu num passante das calças e pegou as peias do cavalo e as colocou no outro bolso traseiro. Depois caminhou até onde a corda tinha sido amarrada. A loba se levantou e ficou à espera.

Ele a alçou vagarosamente pela coleira. Ela deu patadas na corda e tentou mordê-la. Ele falou com ela e procurou acalmá-la, mas como isso parecia inútil decidiu alçá-la ainda mais e tornou a puxar a corda até a loba ficar ereta quase garroteada e a cabeça por pouco tocando o galho do pinheiro acima. Em seguida se lançou ao chão e engatinhou até o lugar onde ela se contorcia e amarrou as duas patas traseiras com a peia e enlaçou a extremidade livre do cordão em torno da peia e a atou e rolando o corpo se afastou de onde ela estava. Afrouxou o laço em torno do pescoço com uma mão e com a outra começou a puxá-la pelas pernas em sua direção. Se alguém visse isso, falou para ela, me internariam num manicômio amarradinho como você.

Depois de estirá-la completamente tirou do bolso a outra peia e lhe amarrou as pernas traseiras a um pinheirinho que servia de estaca de amarra e então soltou o cordão das pernas e o enrolou e o jogou sobre os ombros. Ao sentir o afrouxamento da corda ela se retorceu e começou a morder as cordas nas pernas. Ele a abaixou até o chão e então a rodeou guardando grande distância até poder alcançar o galho onde a corda estava enlaçada. Desvencilhou a corda do galho e recuou e estirou a loba no chão.

Sei que pensa que estou tentando matar você, disse. Mas não estou.

Amarrou a corda a um outro pinheirinho e tirou o cordão do passante das calças e se acercou da loba deitada trêmula e ofegante a se debater entre as cordas. Fez um laço com o cordão e tentou lançá-lo sobre o focinho dela. Na segunda tentativa ela abocanhou o laço. Ele se postou acima dela, esperando-a largar o laço. Os olhos amarelos o observavam.

Solte, disse.

Apoderou-se da corda e a esticou.

Pois bem, disse. Não me faça de bobo. Não falava com a loba. Se ela te pegar, disse, não vão encontrar nem mesmo a fivela da cinta.

Como a loba se recusava a soltar o cordão ele pegou a corda do laço que lhe prendia o pescoço e a puxou até quase sufocá-la. Então estendeu o braço e segurou o cordão e o afrouxou e o enfiou sobre a boca e ao tensioná-lo lhe fechou a boca e enrolou o cordão três vezes e deu um nó e de novo afrouxou a corda. Sentou-se. A fogueira se extinguia e com ela a luz. Tá bem. Não vá desistir agora. Que diabo, você ainda tem os dez dedos da mão.

Tirou a focinheira do bolso e a ajustou no focinho da loba. Encaixou-se bem. Só na ponta do nariz ficou um pouco larga e por isso a tirou e pegou o canivete e aparou e refez os látegos e tornou a ajustá-la e então afivelou atrás das orelhas. Em seguida afivelou melhor. Cingiu a coleira frouxa avançando dois buracos e então aproximou o canivete da lateral da focinheira e cortou o cordão com que tinha prendido a boca.

A primeira coisa que a loba fez foi absorver uma longa golfada de ar. Depois tentou morder o couro. Mas na ponta do focinho ele tinha usado o couro da sela e ela não conseguia mordê-lo porque era demasiado duro. Ele lhe desamarrou as pernas traseiras e se distanciou. Ela se levantou e começou a se debater e estirar a extremidade da corda. Ele se agachou entre as agulhas de pinheiro a observá-la. Quando por fim ela desistiu ele se ergueu e desamarrou a corda e levou a loba para perto da fogueira.

Pensou que ela ficaria apavorada com o fogo, mas não ficou. Prendeu a corda no arção dianteiro da sela onde ficou secando diante da fogueira e pegou o lençol e o pote de unguento e se escanchou sobre ela e limpou e tratou a ferida e tornou a enfaixá-la. Pensou que ela fosse tentar mordê-lo mesmo com a focinheira, mas não tentou. Ao terminar soltou a loba e ela se pôs de pé e caminhou até onde a corda permitia e cheirou a atadura e se deitou a observar o rapaz.

Ele dormiu usando a sela como travesseiro. Por duas vezes durante a noite acordou com a sela se movendo sob a cabeça e estendeu a mão e se apoderou da corda e falou com a loba. Deitara-se com os pés voltados para a fogueira de modo que se a loba andasse em volta de noite e arrastasse a corda sobre a fogueira teria de arrastá-la sobre seu corpo e assim o acordaria. Sabia que ela era mais inteligente do que um cachorro, mas não sabia o quanto era mais inteligente. Coiotes uivavam nas colinas abaixo e o rapaz se voltou para verificar se a loba dera atenção a eles, mas ela parecia ter adormecido. No entanto mal a fitou ela abriu os olhos. Ele desviou o olhar. Aguardou e tentou de novo mais furtivamente. Os olhos se abriram como antes.

Ele cabeceou e adormeceu e a chama da fogueira se reduziu à brasa dos carvões e ele acordou no frio para constatar que a loba o observava. Quando acordou de novo a lua estava baixa e o fogo quase morto. Fazia um frio cortante. As estrelas permaneciam fixas em seus postos como furos numa lanterna de lata. Ele se levantou e pôs mais lenha na fogueira e abanando com o chapéu reavivou a chama. Os coiotes haviam se calado e a noite era só trevas e silêncio. Ele sonhara e no sonho um mensageiro viera das planícies do sul trazendo algo escrito num pedaço de papel mas não pôde lê-lo. Olhou para o mensageiro mas o rosto estava imerso em sombras e sem feições e sabia que o mensageiro era apenas um mensageiro e não seria capaz de lhe dizer qualquer coisa acerca da notícia de que era portador.

De manhã se levantou e reacendeu a fogueira e se agachou tiritando diante dela envolto na manta. Comeu o último sanduíche que a mulher do fazendeiro lhe fizera e depois tirou da mochila a pele de coelho e foi até onde a loba estava deitada. Ela se ergueu assim que ele se aproximou. Ele desembrulhou a pele enrijecida e a estendeu para ela. Ela a cheirou e lançou um olhar para ele e deu dois passos a rodeá-lo e ficou a observá-lo com as orelhas ligeiramente espetadas para a frente.

Acho que você está quase com vontade de comer, ele disse.

Vasculhou ao redor e encontrou um galho quebrado e o cortou num tamanho apropriado e com o canivete moldou uma espécie de espátula fina numa ponta. Em seguida retornou e se sentou no chão e se apoderou da loba pela coleira e a forçou contra sua perna e a segurou até ela desistir de relutar. Estendeu a pele de coelho no chão e com a espátula colheu um punhado de coração picado enegrecido e pressionou aquela cabeça feroz contra si e passou a espátula de um lado a outro para a loba cheirá-la. Depois encaixou o longo focinho na mão em concha e ergueu com o polegar o estranho envoltório de couro negro do lábio superior. Ela abriu a boca e nisso ele deslizou a espátula por dentro das tiras de couro entre os dentes e a introduziu e a raspou na língua e a retirou.

Pensou que muito provavelmente ela morderia a espátula, mas não mordeu. Fechou a boca. Ele viu a língua se mover. A goela se contrair. Quando a loba abriu de novo a boca havia engolido a carne.

Depois que ela comeu todas as pequenas porções de coelho que lhe foram preparadas o rapaz pôs de lado a pele e limpou a espátula no capim e a guardou no bolso e voltou ao local onde vira o cavalo pela última vez. O cavalo estava a meio caminho abaixo da encosta da montanha numa valeta de erva invernal e o rapaz desceu carregando a brida na mão e o conduziu de volta ao acampamento e o selou e amarrou a corda da loba ao arção dianteiro e montou e cavalgou rumo ao sul ao longo da Cajón Bonita adentro das montanhas com a loba no rastro.

Cavalgou o dia inteiro. A loba parecia interessada na região e erguia a cabeça e corria os olhos pelas campinas onduladas cobertas de ervas amarelas e *lechugilla* que sumiam de vista a oeste dos cumes das montanhas. O rapaz parou no cimo de um monte para o cavalo descansar e a loba correu por entre as ervas à beira da trilha e se agachou e mijou e girou para cheirar. Os primeiros peregrinos que encontraram viajando na direção norte com burros carregando fardos se detiveram a cem metros dali e lhe abriram passagem na trilha. Saudaram o rapaz com reserva. A loba se acocorou pressionando o ventre contra a erva e eriçando os pelos. Depois o primeiro dos burros lhe farejou o odor.

As narinas do animal se abriram como dois vórtices em lama molhada e os olhos se arregalaram num branco cego. O burro achatou as orelhas e se arqueou e disparou as duas patas traseiras e golpeou uma perna do burro que se achava imediatamente atrás. O animal atingido tombou urrando na margem da trilha e num piscar de olhos se desencadeou um pandemônio. Os burros arrebentaram as cordas a que estavam amarrados e se projetaram pela encosta da montanha abaixo como perdizes gigantescas seguidos pelos *arrieros* e os animais se chocavam contra as árvores e caíam e rolavam e se levantavam de novo e corriam e os grosseiros *kiacks* de madeira rebentavam e as alcofas se abriam rebentando e logo atrás deles pela encosta vinham rolando os fardos de peliça e couro e mantas e outras mercadorias que neles estavam contidas.

O rapaz deteve o cavalo pelas rédeas onde ele pateava e se agitava e estendeu a mão e desatou a corda presa no arção dianteiro da sela. A loba havia fugido montanha abaixo e dera voltas em torno de uma árvore e se prendera com a corda enrolada e o rapaz desceu para resgatá-la. Quando retornou arrastando atrás de si a loba de pernas rígidas e transtornada a trilha estava deserta exceto por uma velha e uma moça que se sentavam no capinzal perto da trilha passando uma para outra fumo e palha de milho cortada e enrolando cigarros. A moça era um ou dois anos mais nova que Billy e acendeu o cigarro com um *esclarajo* e o passou para a velha e soprou a fumaça e atirou a cabeça para trás e olhou para ele com ar desafiador.

Ele enrolou a corda e desmontou e soltou as rédeas e pendurou as voltas de corda no arção dianteiro da sela e tocou a aba do chapéu com dois dedos.

Buenos días, disse.

As duas inclinaram a cabeça, a velha respondeu à saudação. A moça o observava. Puxou pela corda a loba até um ponto onde ela se agachou sobre o capim e se ajoelhou e falou com ela e a levou pela coleira de volta à trilha.

Es americano?, a mulher perguntou.

Sí.

Tragou com ímpeto o cigarro e o olhou com os olhos semicerrados através da fumaça.

Es feroz la perra, no?

Bastante.

Vestiam roupas feitas à mão e calçavam *huaraches* costurados com retalhos de couro cru. A mulher usava um xale preto ou *rebozo* sobre os ombros, mas a moça usava apenas um vestido de tecido fino de algodão. Tinham a pele escura como a dos índios e olhos pretos como carvão e fumavam da maneira como a gente pobre come que é como uma forma de prece.

Es una loba, ele disse.

Como?, perguntou a mulher.

Es una loba.

A mulher olhou para a loba. A moça olhou para a loba e para a mulher.

De veras?, perguntou a mulher.

Sí.

A moça deu a impressão de que ia se levantar e fugir, mas a mulher riu dela e lhe disse que o *caballero* estava só brincando. Ela pôs o cigarro no canto da boca e chamou a loba. Bateu a mão no chão para a loba se achegar.

Qué pasó con la pata?, perguntou.

Ele encolheu os ombros. Disse que tinha sido pega numa armadilha. Da encosta abaixo deles chegava a gritaria dos *arrieros*.

A mulher lhe ofereceu fumo, mas o rapaz recusou agradecendo. Ela deu de ombros. Ele disse que sentia pena pelos burros, mas a velha falou que os *arrieros* eram inexperientes e de qualquer modo tinham pouco controle sobre os animais. Falou que a revolução havia matado todos os homens de verdade do país e deixara apenas os *tontos*. Falou que além do mais os tolos só podiam gerar tolos e ali estava uma prova disso e que uma vez que só mulheres tolas andavam com aqueles homens a prole estava duplamente condenada. Tragou de novo o cigarro que agora era pouco mais do que cinzas e o deixou cair no chão e olhou o rapaz com os olhos semicerrados.

Me entiende?, perguntou.

Sí, claro.

Ela examinou a loba. Olhou para ele de novo. Os olhos semicerrados se deviam provavelmente a algum ferimento, mas lhe davam o ar de alguém que exige franqueza. *Va a parir*, disse.

Sí.

Como la jovencita.

O rapaz olhou para a moça. Não parecia grávida. Ela estava de costas e fumava e mirava a paisagem em que nada havia para mirar embora uns poucos e fracos gritos ainda se ouvissem na encosta.

Es su hija?, perguntou.

Ela abanou a cabeça. Disse que a moça era mulher de seu filho. Disse que estavam casados, mas como não tinham dinheiro para pagar o padre não tinham sido casados pelo padre.

Los sacerdotes son ladrónes, a moça falou. Falava pela primeira vez. A mulher indicou a moça com a cabeça e girou os olhos. *Una revolucionaria,* disse. *Soldadera. Los que no pueden recordar la sangre de la guerra son siempre los más ardientes para la lucha.*

O rapaz disse que precisava partir. Ela não lhe deu atenção. Disse que quando era menina vira um padre ser morto a tiros numa aldeia de Ascención. Colocaram-no contra o muro de sua própria igreja e o mataram com rifles e se foram. Quando se foram as mulheres da aldeia se acercaram e se ajoelharam e ergueram o padre, mas o padre estava morto ou agonizante e algumas das mulheres molharam seus lenços no sangue do padre e se abençoaram com o sangue dele como se fosse o sangue de Cristo. A mulher disse que quando os jovens veem um padre sendo morto nas ruas passam a ver a religião de um outro ponto de vista. Disse que os jovens de hoje em dia não ligam para religião ou padre ou família ou país ou Deus. Disse que achava que aquela terra estava amaldiçoada e perguntou para o rapaz qual era sua opinião e ele respondeu que conhecia muito pouco sobre o país.

Una maldición, ela disse. *Es cierto.*

Os gritos dos *arrieros* haviam cessado na encosta. Só o vento soprava. A moça terminou de fumar o cigarro e se levantou e jogou o toco na trilha e pisou nele com o *huarache* e o esmagou na terra como se contivesse alguma vida maligna. O vento lhe agitava o cabelo e colava o vestido fino contra o corpo. Ela olhou para o rapaz. Disse que a velha vivia sempre falando de maldições e padres mortos e que era meio doida e não se devia lhe dar ouvidos.

Sabemos lo que sabemos, a velha disse.

Sí, disse a moça. *Lo que es nada.*

A velha espalmou uma mão na direção da moça. Como se lhe oferecesse prova de tudo o que afirmava. Convidou o rapaz a concluir qual das duas tinha conhecimento das coisas. A moça atirou a cabeça para trás. Disse que pelo menos sabia quem era o pai de seu filho. A mulher elevou a mão no ar. *Ay ay,* disse.

O rapaz mantinha a loba contra a perna segurando a corda. Disse que precisava partir.

A velha projetou o queixo na direção da loba. Falou que a hora do parto estava muito próxima.

Sí. De acuerdo.

Debe quitar el bosal, disse a moça.

A mulher olhou para a moça. A moça disse que se a *perra* parisse os filhotes durante a noite teria que lambê-los. Disse que o rapaz não deveria deixá-la amordaçada durante a noite porque quem é que poderia dizer quando a hora dela chegaria? Disse que ela teria que lamber os filhotes. Disse que todo mundo sabia disso.

Es verdad, a mulher disse.

O rapaz tocou o chapéu. Desejou-lhes bom-dia.

Es tan feroz la perra?, a moça perguntou.

Ele respondeu que sim. Disse que não se podia confiar nela.

A moça disse que gostaria de ter um filhote de uma cachorra como aquela porque quando crescesse ia ser cão de guarda e ia morder todo mundo que chegasse perto. *Todos que vengas alrededor,* disse. Fez um gesto com a mão que abrangeu os pinheiros e o vento nos pinheiros e os *arrieros* desaparecidos e a mulher que a observava envolta no *rebozo* escuro. Disse que um cão assim latiria de noite para todo ladrão ou qualquer pessoa indesejada.

Ay ay, fez a mulher, virando os olhos.

O rapaz disse que precisava partir. A mulher lhe disse que fosse com Deus e a *jovencita* apenas lhe disse que partisse se assim o desejava e o rapaz caminhou pela trilha com a loba e pegou o cavalo e amarrou a corda no arção dianteiro da sela e montou. Quando se voltou a moça ainda estava sentada ao lado da velha. Não conversavam, estavam apenas sentadas lado a lado, esperando a chegada dos *arrieros.* Ele cavalgou ao longo da serrania até a primeira curva na trilha e tornou a olhar para trás, mas as duas não tinham se mexido nem mudado de postura e naquela distância pareciam muito serenas. Como se sua partida tivesse arrebatado delas qualquer coisa.

A própria paisagem era imutável. O rapaz continuou cavalgando e as altas montanhas a sudoeste não pareciam mais próximas ao cabo do dia do que pareceriam numa imagem impressa na retina. De tardezinha cavalgando através de um bosque de carvalhos-anões espantou um bando de perus.

Alimentavam-se no bosque num ponto abaixo dele e singraram em um brejo e desapareceram entre as árvores. Ele deteve o cavalo e os seguiu com os olhos. Depois desceu cavalgando fora da trilha e apeou e amarrou o cavalo e desatou a corda e prendeu a loba a uma árvore e pegou a carabina e abriu o obturador para se certificar de que havia um cartucho no cano e em seguida cruzou o pequeno vale com um olho no sol que incidia por detrás das árvores a oeste.

Os perus vagavam por uma clareira, indo de um lado a outro entre os troncos veiados das árvores na meia-luz que se adensavam como figuras numa barraca de parque de diversões. Ele se agachou e respirou fundo e começou a avançar furtivamente. Quando ainda estava a bem menos que cinquenta metros acima deles um peru saiu das faixas de sombras e se deteve na clareira e fez uma pausa e esticou o pescoço e deu um passo. Ele engatilhou a carabina e se agarrou ao tronco de um pequeno freixo e apoiou o cano sobre o nó do dedo indicador e o calçou contra o tronco com o dorso do polegar e mirou a ave. Calculou a altura e calculou a inclinação da luz na mira e disparou.

A pesada carabina coiceou e o eco do tiro ricocheteou por todo o vale. O peru jazia no chão batendo as asas e se contorcendo. Os outros saíram de entre as árvores debandando em todas as direções, alguns deles quase passando sobre o rapaz. Ele se ergueu e correu até a ave abatida.

As folhas estavam ensanguentadas. O peru jazia de lado com as pernas estendidas nas folhas e o pescoço estranhamente voltado para trás. Ele o agarrou e o pressionou contra o chão e o recolheu. A bala lhe quebrara o pescoço na base e rasgara uma asa e ele se deu conta de que por pouco não errara a pontaria.

Ele e a loba partilharam a ave inteira e depois se sentaram lado a lado perto do fogo. A loba retesava a corda e se sobressaltava e estremecia a cada pequena crepitação dos carvões. Quando a tocava sentia na mão a pele se eriçar e estremecer como a do cavalo. Contou-lhe sobre sua vida, mas isso não pareceu lhe afastar os temores. Pouco depois cantou para ela.

Pela manhã ao partir encontrou um grupo de homens a cavalo, os primeiros que via na região. Eram cinco e montavam cavalos bons e todos portavam armas. Detiveram-se na trilha na dianteira dele e o saudaram meio que divertidos enquanto com os olhos inventariavam tudo o que ele possuía. Roupas, botas, chapéu. Cavalo e carabina. A sela mutilada. Por fim examinaram a loba. A qual havia procurado se esconder entre as ralas samambaias silvestres a uns poucos metros da trilha.

Qué tienes allá, joven?, interrogaram.

O rapaz cruzou as mãos sobre o arção da sela. Curvou-se e cuspiu. Inspecionou-os por debaixo da aba do chapéu. Um deles fizera o cavalo avançar para melhor ver a loba, mas o cavalo se recusou e estancou e o homem se inclinou e deu um tapa na cabeça do cavalo e o puxou pelas rédeas com violência. A loba se acocorou no chão com as orelhas abaixadas e recuada até onde a corda lhe permitia.

Cuánto quieres por tu lobo?, o homem perguntou.

O rapaz pegou a corda afrouxada e a retesou.

No puedo venderlo, respondeu.

Por qué no?

Observou o cavaleiro. *No es mia*, disse.

No? De quién es?

O rapaz olhou para a loba trêmula. Olhou para as montanhas azuis ao sul. Disse que o lobo fora entregue a seus cuidados, mas que não era dele e não podia vendê-lo.

O homem ficou segurando as rédeas frouxamente com uma mão, a outra mão sobre a coxa. Voltou a cabeça e cuspiu sem tirar os olhos de cima do rapaz.

De quién es?, perguntou de novo.

O rapaz olhou para ele e para os outros cavaleiros que esperavam na trilha. Respondeu que o lobo era propriedade de um grande *hacendado* e que lhe fora confiado para que ninguém lhe fizesse mal.

Y este hacendado, disse o cavaleiro, *él vive en la colonia Morales?*

O rapaz disse que de fato ele vivia lá mas também em outros lugares. O homem o fitou por um longo tempo. Depois fez o cavalo se adiantar e os outros cavaleiros fizeram os cavalos se adiantarem junto com ele. Como se estivessem unidos por um cordão invisível ou por algum preceito invisível. Passaram por ele. Cavalgavam em fila segundo uma hierarquia por idade e o último era o mais jovem e este ao passar olhou para o rapaz e tocou a aba do chapéu com o dedo indicador. *Suerte, muchacho*, disse. Depois todos prosseguiram e nenhum deles olhou para trás.

Fazia frio nas montanhas e ainda havia neve nos desfiladeiros mais altos e neve na Sierra de la Cabellera. Acima do Cabellera Canyon a neve cobria a trilha por cerca de um quilômetro. A neve na trilha era nova e o rapaz se surpreendeu ao ver a quantidade de viajantes que por ali passaram e lhe ocorreu de se perguntar se não haveria naquele país peregrinos temerosos a ponto de abandonarem a trilha à aproximação de um cavaleiro. Examinou o terreno com mais atenção. Rastros de homens e burros. Rastros de mulheres. Umas poucas pegadas de botas, mas na maior parte pegadas planas e sem solas de *huaraches* que deixavam a improvável marca de pneus naquele ermo elevado. Ele viu as pegadas de crianças e as pegadas dos cavalos dos cavaleiros por quem passara naquela manhã. Viu as pegadas de pessoas descalças na neve. Prosseguiu a cavalo e enquanto cavalgava observava a loba para verificar se ela denunciaria a proximidade de algum viajante de tocaia na borda da trilha, mas a loba apenas trotava atrás do cavalo volteando o nariz para sondar o ar e deixando as enormes pegadas na neve para intrigar os serranos.

Naquela noite acamparam no fundo de uma ravina rochosa e ele levou a loba até uma poça d'água nas rochas abaixo deles e segurou a corda enquanto ela entrava na poça e abaixava a boca na água para beber. Ela ergueu a cabeça e ele viu a goela se mover e a água escorrer das mandíbulas. Ele se sentou numa pedra e segurou a corda e a observou. A água era negra entre as pedras no lusco-fusco azul que se adensava e a respiração da loba fumegava em sua superfície. Ela abaixava e levantava a cabeça, bebendo à maneira dos pássaros.

Para o jantar ele tinha duas *tortillas* com feijão que lhe foram oferecidas pelas únicas outras pessoas que encontrara naquele dia. Eram menonitas que rumavam para o norte com uma jovem que carecia de socorro médico. Tinham o aspecto de campesinos saídos de uma pintura do século anterior e falavam pouco. Não contaram o mal que acometera a moça. As *tortillas* estavam duras como couro e o feijão começava a azedar, mas ele os comeu assim mesmo. A loba observava. Não é nada que lobo coma, disse. Por isso não fique olhando.

Terminou de comer e bebeu longamente da água fresca e gelada do cantil e depois fez a fogueira e cercou o perímetro do fogo com toda a lenha que pôde recolher. Armara o acampamento a uma boa distância abaixo da trilha, mas o clarão do fogo poderia ser visto longe naquela região e ele quase esperava que viajantes tardios chegassem até ele à noite. Mas nenhum se achegou. Ficou sentado envolto na manta enquanto o frio da noite se intensificava e as estrelas continuavam a arder no céu ao sul acima dos contornos negros das montanhas nas quais os lobos talvez vivessem.

No dia seguinte num vale ao sul o rapaz avistou pequenas flores azuis entre as rochas e pouco antes do meio-dia atravessou uma vasta bocaina que levava ao Bavispe River Valley. Uma tênue névoa azul pairava sobre a entrada da trilha abaixo. Sentiu fome e deteve o cavalo e ele e a loba farejaram o ar e depois prosseguiram com mais cautela.

A fumaça vinha de um pequeno vale abaixo da trilha onde um grupo de índios se detivera para comer. Eram trabalhadores das minas no oeste de Chihuahua e traziam ao longo da testa estreita a marca da correia de couro com que arrastavam os fardos. Havia seis deles e viajavam para sua aldeia na região de Sonora levando consigo o corpo de um companheiro morto no desabamento de um andaime. Viajavam havia três dias e restavam mais três dias de viagem e por sorte pegaram tempo bom. Colocaram o cadáver longe deles entre as árvores sobre um tosco esquife feito de estacas e couro de vaca. O corpo fora envolto em lona e amarrado com ervas e cordas e o manto era trabalhado em fitas vermelhas e verdes e coberto com ramos de azevinho silvestre e um índio se sentara ao lado para guardá-lo ou talvez fazer companhia ao morto. Falavam um pouco de espanhol e sem muita cerimônia convidaram o rapaz a comer com eles, como era costume naquela região. Não prestaram atenção alguma na loba. Ficaram de cócoras e usavam roupas feitas à mão e comeram *pozole* com as mãos em tigelas de lata pintada e passaram de mão em mão uma caçamba que continha chá de alguma erva que lhes era preferida. Chuparam os dedos e os secaram debaixo do braço e enrolaram cigarros *tigelas* com palha de milho. Nenhum deles perguntou ao rapaz o que fazia. De onde vinha ou para onde ia. Contaram-lhe de tios e pais que emigraram para o Arizona fugindo das guerras que os mexicanos de tempos em tempos declaravam contra eles e um dos índios estivera naquele país só para ver como era, caminhando nove dias através de montanhas e desertos para chegar e nove dias para retornar. O índio perguntou ao rapaz se era do Arizona e o rapaz respondeu que não e o índio anuiu com a cabeça e disse que era comum os homens exagerarem as virtudes de seu país de origem.

Naquela noite da borda do prado onde acampara Billy avistou as luzes amarelas das janelas das casas de uma *colonia* à beira do Bavispe River a cerca de vinte quilômetros de distância. O prado estava forrado de flores que feneciam ao anoitecer e vicejavam de novo ao nascer da lua. Não acendeu fogueira. Ele e a loba se sentaram lado a lado nas trevas e observaram as sombras de coisas emergirem no prado e avançarem e trotarem e desaparecerem e retornarem. A loba ficou a observar com as orelhas para a frente e o nariz fazendo pequenas e constantes retificações no ar. Como se buscasse cumplicidade com a vida no mundo. Ele estava sentado com a manta jogada nas costas e observava as sombras se moverem enquanto a lua se alçava acima das montanhas atrás dele e as luzes distantes sobre o Bavispe River se apagavam trêmulas uma a uma até não restar nenhuma.

De manhã deteve o cavalo num banco de cascalhos e examinou o movimento das águas do rio largo e cristalino e examinou as cintilações das corredeiras na curva do rio. Desatou do arção dianteiro da sela a corda que prendia a loba e apeou. Conduziu o cavalo e a loba para dentro das águas rasas e os três beberam da água do rio e a água estava gelada e tinha gosto de barro. Ele se ergueu e enxugou a boca e olhou na direção sul onde as agrestes e altas cadeias dos Pilares Teras se elevavam ao sol da manhã.

Não encontrou um vau suficientemente raso que a loba pudesse atravessar sem nadar. Mas pensou que conseguiria mantê-la à tona e retornou ao rio cascalhoso e nele fez entrar o cavalo.

Não avançara muito quando a loba começou a nadar e não avançara muito mais quando se deu conta de que ela estava em apuros. Talvez encontrasse dificuldade de respirar por causa da focinheira. Começou a se debater na água com um desespero cada vez maior e as ataduras da perna se soltaram e subiram à tona e ela parecia aterrorizada com isso e tentava voltar para trás brigando com a corda que a prendia. O rapaz deteve o cavalo e o cavalo se voltou e parou no meio da água que remoinhava em torno de suas pernas e sentiu a tensão da corda atada ao arção da sela, mas então o rapaz tinha soltado as rédeas no rio e imergido nas águas até as coxas.

Pegou a loba pela coleira e a segurou e era tudo o que podia fazer para não perder o equilíbrio. Passou a outra mão sob o peito dela para suspendê-la, a mão contra aquelas tetas frias e duras quase desprovidas de pelos. Procurou tranquilizá-la, mas a loba se agitava com ferocidade na água. A corda formava uma longa curva na correnteza e lhe puxava a coleira e ele a ergueu e começou a andar com dificuldade na direção do cavalo enquanto os cascalhos do leito do rio se deslocavam sob as botas e a água turbilhonava entre as pernas e ele afrouxou o laço e soltou a corda que flutuou livre. A corda se desenrolou rio abaixo e se endireitou e oscilou na correnteza. As ataduras em torno da perna da loba enfim se desprenderam e foram arrastadas pelas águas. O rapaz olhou na direção da margem do rio. Ao fazê-lo o cavalo passou agitado por ele e marinhando e quase trotando atravessou o vau e subiu no banco de cascalhos onde se voltou e ficou a fumegar no frio da manhã e depois seguiu na direção da correnteza a agitar a cabeça.

O rapaz continuava a andar segurando a loba, falando com ela e mantendo sua cabeça acima da água. Quando atingiu o vau onde ela poderia caminhar soltou-a e saiu do rio e se deteve no banco de cascalhos e recuperou a corda enquanto a loba sacudia a água do corpo. Ao terminar de enrolar a corda ele a lançou sobre o ombro e se voltou e procurou o cavalo. Mais abaixo sobre o banco de cascalhos dois cavaleiros o observavam parados lado a lado.

O rapaz não gostou nada do jeito deles. Olhou-os de relance ao avistar o cavalo a pastar entre os chorões com a coronha da carabina saliente no coldre. Olhou para a loba. A loba observava os cavaleiros.

Vestiam roupa de trabalho de algodão sarjado cáqui e chapéu e botas e portavam uma pistola automática calibre .45 do governo norte-americano num coldre de couro preto preso à cinta. Tinham feito os cavalos avançarem e cavalgavam com os ombros caídos e com um ar de insolência. Aproximaram-se à esquerda do rapaz e um deles deteve o cavalo e o outro prosseguiu e parou atrás do rapaz. Ele se voltou, observando-os. O primeiro cavaleiro fez um sinal de cabeça para ele. Depois olhou para o cavalo e olhou para a loba e então olhou para ele de novo.

De dónde viene?, perguntou.

America.

O cavaleiro anuiu com a cabeça. Olhou a outra margem do rio. Curvou-se e cuspiu. *Sus documentos*, disse.

Documentos?

Sí. Documentos.

No tengo ningunos documentos.

O homem o observou por um momento.

Qué es su nombre?, perguntou.

Billy Parham.

O homem indicou o rio abaixo com um leve movimento de queixo. *Es su caballo?*

Sí. Claro.

La factura, por favor.

O rapaz olhou para o outro cavaleiro, mas o sol incidia por detrás dele e as feições do rosto estavam obscurecidas. Olhou de novo para o inquiridor. *Yo no tengo esos papeles*, disse.

Pasaporte?

Nada.

O homem se calou em cima do cavalo, as mãos cruzadas na altura dos pulsos. Fez um sinal de cabeça para o outro cavaleiro e o outro cavaleiro se distanciou e cavalgou até o banco de cascalhos e pegou o cavalo do rapaz e o levou de volta. O rapaz se sentou nos cascalhos e tirou as botas, uma, a outra, escoou de dentro delas a água do rio e as calçou de novo. Ficou sentado com os cotovelos apoiados nos joelhos e olhou para a loba e olhou além do rio para as montanhas dos Pilares que se elevavam ao sol. Sabia que pelo menos naquele dia não as alcançaria.

Tomaram a trilha rio abaixo, o cabeça cavalgando com a carabina do rapaz de través no arção da sela seguido pelo rapaz com a loba a trotar junto das pernas do cavalo e o terceiro cavaleiro guardando a retaguarda uns trinta metros atrás. A trilha se desviou do rio e se estendeu por um vasto prado onde bois pastavam. Os bois alçaram a cabeça com as vagarosas queixadas que ruminavam de um lado e estudaram os cavaleiros e depois curvaram o pescoço para tornar a comer. Os cavaleiros cruzaram o prado até chegarem a uma estrada e então viraram para o sul ao longo da estrada e prosseguiram até entrarem num povoado que se compunha de um punhado de barracos de barro em decomposição alinhados à beira da estrada.

Percorreram a rua sulcada por rodas sem olhar para a esquerda ou para a direita. Alguns cães se levantaram de seus lugares ao sol nos quais se espapaçavam e saíram no rastro dos cavalos a farejá-los. Na frente de uma construção de adobe no fim da rua os cavaleiros pararam e apearam e o rapaz amarrou a loba ao varal de uma carroça e todos entraram.

O cômodo cheirava a mofo. Nas paredes havia afrescos desbotados e nos rodapés traços também desbotados de uma pintura. Das altas vigas acima pendiam trapos do que fora um teto de pano. O piso era de enormes ladrilhos de barro natural e tal como as paredes estava bastante gasto e os ladrilhos estavam quebrados nos vários pontos em que cavalos passaram. Havia janelas apenas ao longo das paredes ao sul e a oeste e sem vidraças e as que tinham persianas estavam fechadas enquanto através das outras que não as tinham o vento e a poeira penetravam e andorinhas entravam e saíam. No fundo do cômodo ficavam uma velha mesa de refeitório e uma cadeira com ornamentos talhados e espaldar alto e contra a parede atrás delas havia um arquivo de aço cuja primeira gaveta uma vez fora aberta a machadadas. Nos ladrilhos empoeirados, por toda parte havia pegadas de pássaros e camundongos e lagartos e cães e gatos. Como se aquele cômodo fosse um eterno enigma para todos os seres viventes em sua vizinhança. Os dois cavaleiros pararam debaixo dos trapos que pendiam do teto e o cabeça cruzou o cômodo na direção das portas duplas laterais com a carabina aninhada num braço e bateu à porta e chamou e depois tirou o chapéu e esperou.

Dali a alguns minutos a porta se abriu e um *mozo* surgiu através dela e ele e o cavaleiro conversaram e o homem fez um sinal de cabeça indicando o lado de fora da casa e o *mozo* olhou na direção da porta da rua e olhou para o outro homem e para o rapaz e em seguida se retirou e fechou a porta. Eles esperaram. Lá fora na rua os cães começaram a se concentrar na frente da casa. Alguns deles podiam ser vistos através da porta aberta. Sentavam-se ao redor da loba presa e se entreolhavam enquanto um vira-lata magricela de cor cinza andava de um lado a outro diante deles com a cauda empinada e os pelos arrepiados ao longo das costas.

Um jovem e robusto *alguacil* apareceu na porta. Lançou um rápido olhar sobre o rapaz e se dirigiu ao homem com a carabina.

Dónde está la loba?, perguntou.

Afuera.

Indicou com a cabeça.

Puseram os chapéus e cruzaram o cômodo. O homem com a carabina empurrou o rapaz para a frente e o *alguacil* olhou para ele de novo.

Cuántos años tiene?, perguntou.

Dieciseis.

Es su rifle?

Es de mi padre.

No és ladrón usted? Asesino?

No.

O *alguacil* franziu a testa para o homem e lhe disse que devolvesse a carabina para o rapaz e em seguida saiu pela porta aberta.

Na rua em frente da casa havia mais de vinte cachorros e quase o mesmo tanto de crianças. A loba se encolhera embaixo da carroça e recuara contra a parede da casa. Através dos furos da focinheira improvisada se via cada dente da sua boca. O *alguacil* se agachou e puxou o chapéu para trás e apoiou as mãos nas coxas com as palmas viradas para baixo e a examinou. Olhou para o rapaz. Perguntou se ela era feroz e o rapaz disse que sim. Perguntou onde a capturara e o rapaz disse que nas montanhas. O homem anuiu com a cabeça. Ergueu-se e falou com seus auxiliares e depois fez meia-volta e tornou a entrar na casa. Os auxiliares ficaram apreensivos a olhar a loba.

Por fim desamarraram a corda e arrastaram a loba de debaixo da carroça. Os cães começaram a latir e a rodear agitados e o grandão cinzento avançou e mordeu o traseiro da loba. A loba girou e se encolheu na rua. Os auxiliares a puxaram para trás. O cão cinzento se adiantou preparando outro ataque e um dos auxiliares se voltou e lhe deu um pontapé com a bota que o golpeou embaixo da mandíbula e lhe fechou a boca com um estalo que fez as crianças rirem.

Nesse momento o *mozo* saiu da casa segurando uma chave e os homens arrastaram a loba até o outro lado da rua e destrancaram e tiraram as correntes da porta de um barraco de adobe e dentro dele puseram a loba e trancaram a porta de novo. O rapaz lhes perguntou o que pretendiam fazer com ela, mas eles apenas encolheram os ombros e pegaram os cavalos e montaram e desceram a rua a trote, freando a cabeça dos cavalos à direita e à esquerda e os fazendo se empertigar como se estivessem se exibindo para alguma mulher. O *mozo* balançou a cabeça e entrou na casa com a chave.

O rapaz ficou sentado ao lado da porta da casa a hora do almoço inteira. Retirou as cápsulas da carabina e as secou e secou a carabina e a recarregou e a recolocou no coldre e bebeu água do cantil e entornou o resto da água dentro da copa do chapéu e deu de beber ao cavalo e dispersou o bando de cachorros que rodeavam a porta do barraco. As ruas estavam vazias, o dia frio e ensolarado. À tarde o *mozo* saiu à porta e disse que fora mandado ali para perguntar o que ele queria. O rapaz disse que queria a loba de volta. O *mozo* anuiu com a cabeça e entrou de novo. Quando tornou a sair disse que fora mandado ali para dizer que a loba estava retida como contrabando, mas que o rapaz estava livre para ir embora graças à clemência do *alguacil* que tinha levado em consideração sua idade jovem. O rapaz disse que a loba não era contrabando, mas propriedade que lhe fora confiada para guarda e por isso precisava dela. O *mozo* o escutou e então fez meia-volta e entrou na casa.

O rapaz esperou sentado. Ninguém apareceu. No final da tarde um dos dois auxiliares do *alguacil* retornou à frente de uma pequena procissão destoante. Logo atrás vinha uma mula escura e baixa do tipo usado nas minas daquela região e atrás da mula uma carreta muito velha com rodas feitas de pedaços de madeira. Atrás da carreta um grupo heterogêneo de pessoas locais todas descalças, mulheres e crianças, garotos, muitas delas segurando embrulhos ou carregando cestos ou caçambas.

Pararam diante do barraco e o auxiliar desmontou e o condutor desceu da tosca boleia de madeira da carreta. Ficaram na rua bebendo de uma garrafa de mescal e pouco depois o *mozo* saiu da casa e destrancou a porta do barraco e o auxiliar tirou as correntes puxando-as com estrépito pela barra de madeira e escancarou a porta e se deteve.

A loba estava acuada num canto e se levantou a piscar os olhos. O *carretero* recuou um passo e tirou o casaco e com ele cobriu a cabeça da mula e lhe amarrou as mandíbulas com as mangas e se pôs a segurar o animal pelo queixo. O auxiliar entrou no barraco e recolheu a corda e arrastou a loba até o limiar da porta. A multidão arredou. Encorajado pela bebida e pela estupefação dos curiosos o auxiliar agarrou a loba pela coleira e a arrastou para o meio da rua e então a suspendeu pela coleira e pela cauda e a assentou no chão da carroceria da carreta com um joelho por baixo dela à maneira dos homens acostumados a carregar sacas. Passou a corda ao longo da lateral da carreta e a prendeu entre as pranchas da frente do piso da carroceria. As pessoas na rua observavam cada movimento. Observavam com a atenção de quem poderia ser chamado a testemunhar o que vira. O auxiliar fez um sinal de cabeça para o *carretero* e o *carretero* afrouxou o nó das mangas sob as mandíbulas da mula e removeu o casaco. Recolheu as rédeas segurando-as sob a garganta da mula e ficou esperando a reação do animal. A mula levantou levemente a cabeça para farejar o ar. Em seguida se apoiou sobre as pernas dianteiras e com as pernas posteriores escoiceou a prancha à qual a loba estava amarrada. A loba se debateu ao ser lançada para fora da carroceria aberta e arrastou consigo a prancha quebrada e as pessoas se puseram a gritar e a correr. A mula esbravejou e pinoteou e se libertou dos arreios e se desprendeu dos varais laterais da carreta e caiu no meio da rua a escoicear.

O *carretero* era forte e ágil e conseguiu montar num salto sobre o curto colo da mula e lhe mordeu a orelha para contê-la até lhe cobrir a cabeça de novo com o casaco. Olhou ao redor, ofegante. O auxiliar estava para remontar o cavalo mas tornou a atravessar a rua e pegou a corda e segurou a loba. Desamarrou a corda da prancha partida e atirou longe a prancha e arrastou a loba de volta para dentro do barraco e fechou a porta. *Mire*, gritou o *carretero*, deitado na rua a segurar o casaco sobre a cabeça da mula, apontando com a mão o estrago. *Mire.* O auxiliar cuspiu na terra e atravessou a rua e entrou na casa.

Quando chegou alguém para consertar o varal da carreta com sarrafo e tira de couro cru e quando o conserto foi completado já era tarde. Os peregrinos que acompanharam a carreta até o povoado tinham se acomodado na sombra das casas no lado oeste da rua e comiam seus lanches e bebiam limonada. No final da tarde a carreta estava pronta, mas ninguém sabia onde se encontrava o auxiliar. Um rapaz foi enviado à casa para indagar. Outra hora se passou antes de ele retornar e ajustou o chapéu e mirou o sol e se curvou para examinar o conserto do varal da carreta como se também tivesse sido incumbido de inspecionar o trabalho e então voltou para dentro da casa. Quando tornou a sair estava acompanhado do *mozo* e atravessaram a rua na direção do barraco e destrancaram a porta e tiraram as correntes e o auxiliar pôs a loba para fora mais uma vez.

O *carretero* continuou pressionando contra o peito a cabeça coberta da mula. O auxiliar o observou e depois chamou um *mozo de cuadra*. Um rapazinho se adiantou. O homem instruiu o rapaz para cuidar da mula e disse ao *carretero* para subir na carroça. O *carretero* soltou a mula com certa apreensão. Conservou-se a uma boa distância da loba amordaçada e subiu na carreta e desenrolou as rédeas do pontalete e se pôs de prontidão. O auxiliar suspendeu mais uma vez a loba e a colocou na carreta e a amarrou com firmeza nas pranchas da traseira. O *carretero* olhou para o animal e depois para o auxiliar. Seus olhos se deslocaram para os peregrinos que esperavam agora reagrupados até o olhar cair sobre o jovem *extranjero* de quem a loba havia sido tomada. O auxiliar fez um sinal de cabeça para o *mozo de cuadra* e o *mozo* retirou o casaco da cabeça da mula e recuou. A mula saltou desvairada para a frente. O *carretero* tombou para trás se agarrando às pranchas da boleia e tentando não cair sobre a loba e a loba investiu contra a corda e emitiu um feroz grito de lamento. O auxiliar riu e com as botas instigou o cavalo a avançar e pegou o casaco que o *mozo* segurava e o girou acima da cabeça como um laço e o atirou na direção do *carretero* e em seguida freou de novo o cavalo às gargalhadas enquanto a mula e a carreta e a loba e o condutor disparavam pelo povoado em meio a um estrépito de madeira e um turbilhão de poeira.

As pessoas já começavam a recolher seus pertences. Billy pegou a sela que tinha depositado ao lado da casa e selou o cavalo e afivelou o coldre da carabina e montou e virou o cavalo na direção da trilha. As pessoas a pé recuaram para o lado da rua quando a sombra do cavalo caiu sobre elas. O rapaz acenou para elas. *Adónde vamos?*, perguntou.

Olharam para ele. Velhas com *rebozos*. Moças carregando cestos entre elas. *A la feria*, responderam.

La feria?

Sí, señor.

Adónde?

En el pueblo de Morelos.

Es lejos?, perguntou.

Responderam que a cavalo não era muito longe. *Unas pocas leguas*, disseram.

Ele ia a passo ao lado delas. *Y adónde va con la loba?*, perguntou.

A la feria, sin duda.

Ele perguntou qual era o propósito de levar a loba para a *feria* mas pareciam não saber. Encolheram os ombros, caminhando pesadamente ao lado do cavalo. Uma velha disse que a loba fora trazida das *sierras* onde devorara muitas criancinhas. Outra mulher disse que fora capturada em companhia de um rapazinho que fugira nu para os bosques. Uma terceira disse que os caçadores que trouxeram a loba capturada nas *sierras* tinham sido seguidos por outros lobos que uivavam de noite na escuridão não muito longe da fogueira de seu acampamento e alguns dos caçadores contaram que aqueles lobos eram bastante estranhos.

A estrada se afastava do rio e dos charcos do rio e seguia para o norte através de um vasto vale de montanha. Ao anoitecer o grupo parou num prado elevado e acendeu uma fogueira e cozinhou o jantar. O rapaz amarrou o cavalo e se sentou na grama, não propriamente junto deles e não propriamente à parte. Desenroscou a tampa do cantil e bebeu a última provisão de água e repôs a tampa e ficou segurando nas mãos o recipiente vazio. Pouco depois um jovem veio até ele e o convidou a se juntar a eles ao redor da fogueira.

Eram extremamente educados. Chamaram-no de *caballero* apesar de ter dezesseis anos e ele se sentou com o chapéu puxado para trás e as pernas cruzadas e comeu feijão e *napolitos* e uma *machaca* feita de carne-seca de cabra que estava malcheirosa e escura e fibrosa e fora polvilhada com pimenta-malagueta seca para se conservar durante as viagens. *Le gusta?*, perguntaram. Ele respondeu que gostava muito. Perguntaram-lhe de onde viera e ele respondeu que do Novo México e eles se entreolharam e disseram que ele devia se sentir muito triste por estar tão longe de casa.

No lusco-fusco o prado parecia um acampamento de ciganos ou refugiados. O grupo aumentara com a chegada de outras pessoas ao longo da estrada e havia outras fogueiras acesas e vultos se moviam de um lado para outro nos espaços obscurecidos entre as fogueiras. Burros pastavam no prado no ponto em que baixava contra o escuro céu lilás a oeste e as pequenas carretas se inclinavam sobre seus timões em silhueta uma atrás da outra como carros de transporte de minério. Vários homens tinham se juntado ao grupo àquela altura e faziam passar entre eles uma garrafa de mescal. Ao alvorecer dois deles ainda estavam sentados diante das cinzas frias e mortas. As mulheres se levantaram para preparar a refeição da manhã, reacendendo as fogueiras e batendo *tortillas* sobre a mesa e as colocando num *comal* de lata. Trabalhavam entre os dois bêbados sentados no chão e as albardas sobre as quais foram estendidas mantas ao acaso para secar.

Metade da manhã já havia transcorrido quando a caravana reiniciou a jornada. Aqueles que estavam por demais embriagados para viajar receberam todo cuidado e foram acomodados entre os pertences nas carroças. Como se tivessem sido vítimas de alguma desgraça que poderia facilmente acontecer com qualquer um.

A estrada que percorriam cortava um terreno tão selvagem que não passaram por uma habitação sequer nem encontraram um só viajante. Não fizeram parada ao meio-dia mas pouco depois passaram por uma garganta nas montanhas abaixo de onde a cerca de três quilômetros o rio corria e as casas esparsas da Colonia Morelos se erguiam nos limites de um quadrilátero de ruas lembrando as demarcações de um jogo infantil traçadas na terra.

O rapaz deixou o grupo enquanto montava acampamento na planície aluvial no sul da cidade e conduziu o cavalo estrada abaixo ao longo do rio na esperança de encontrar a loba. A estrada era de barro seco ondulado com sulcos de rodas de carroças tão duros que não se quebravam sob os cascos do cavalo. O rio era límpido e gélido no ponto em que descia das *sierras* elevadas ao sul e se desviava no povoado para de novo correr na direção sul abaixo do paredão ocidental dos Pilares. Ele saiu da estrada e seguiu por uma trilha ao longo do rio e deteve o cavalo para beber da água das corredeiras geladas. Um velho com um burro recolhia madeira que as águas depositavam na margem cascalhosa. A madeira retorcida e esbranquiçada empilhada no dorso do burro lembrava uma tapeçaria de ossos. O rapaz fez o cavalo seguir o rio a montante, os cascos do cavalo vencendo penosamente os cascalhos redondos do rio.

O povoado em que acabara de entrar era um velho assentamento mórmon do século anterior e ele passou por construções de tijolos com telhados de lata, um armazém de tijolos com uma falsa frontaria de madeira. Na *alameda* em frente ao armazém bandeiras tinham sido penduradas entre as árvores e os integrantes de uma charanga se sentavam num quiosque como se à espera da chegada de algum dignitário. Ao longo da rua e na *alameda* mascates vendiam *cacahuates* e espigas de milho cozidas polvilhadas com pimenta-malagueta e *buñuelos* e *natillas* e caixotes de frutas. Ele apeou e amarrou o cavalo e tirou a carabina do coldre para que não a roubassem e caminhou na direção da *alameda*. Entre os que iam à *feria* numa pracinha de barro seco e árvores estioladas havia visitantes ainda mais estranhos do que ele, famílias andrajosas que andavam boquiabertas por entre as barracas de lona remendada e menonitas vestidos como simplórios com seus chapéus de palha e macacões de peitilho e uma fileira de crianças paradas estupefatas diante de uma tela pintada que representava extravagantes deformidades humanas e índios tarahumara e yaquis que carregavam arcos e aljavas de flechas e dois jovens apaches com botas de pele de cervo e circunspectos olhos pretos como carvão que tinham vindo de seu acampamento nas *sierras* onde os últimos remanescentes livres de sua tribo viviam como uma sombra da nação que outrora formaram e todos com um tal aspecto de gravidade que o circo molambento que ali observavam poderia também representar uma nova e temida desgraça que sobre eles se abatesse.

O rapaz encontrou a loba sem grande esforço, mas não tinha os dez centavos necessários para vê-la. Haviam improvisado uma tenda de pano sobre uma pequena carreta e exposto uma placa na frente que contava a história da loba e fornecia o número de pessoas que se sabia tinha devorado. Ele ficou observando as poucas pessoas que entravam e saíam da tenda. Não pareciam muito entusiasmadas com o que viram.

Quando lhes perguntou sobre a loba encolheram os ombros. Disseram que uma loba é uma loba. Não acreditavam que havia comido gente.

O homem que coletava o dinheiro na entrada da tenda escutou de cabeça baixa enquanto o rapaz lhe explicava sua situação. Ergueu a cabeça e olhou dentro dos olhos do rapaz. *Pásale*, disse.

A loba estava deitada no piso da carreta sobre um monte de palha. Haviam tirado a corda da coleira e prendido a esta uma corrente e introduzido a corrente entre as pranchas do piso de tal modo que os únicos movimentos que a loba podia fazer era se levantar e ficar de pé. Ao lado sobre a palha havia uma tigela de barro que talvez contivesse água. Um garoto apoiava os cotovelos sobre a prancha do piso da carreta com um bastão sobre o ombro. Quando viu entrar quem ele tomou por um espectador pagante se endireitou e começou a incitar a loba com o bastão e a chamá-la com um sibilo.

Ela ignorou a incitação. Deitava-se de lado a respirar com calma. O rapaz olhou a perna ferida. Apoiou a carabina contra a carreta e a chamou.

Ela se levantou imediatamente e se voltou e fixou o olhar no rapaz com as orelhas em pé. O garoto com o bastão olhou para ele por cima da prancha.

Conversou com ela por um longo tempo e como o garoto que vigiava a loba não conseguia entender o que ele dizia disse o que vinha do coração. Fez-lhe promessas que jurou cumprir. Disse-lhe que a levaria para as montanhas onde encontraria outros de sua espécie. Ela o observava com os olhos amarelos e neles não havia desespero, mas apenas aquele mesmo insondável abismo de solidão no âmago do mundo. O rapaz se voltou e olhou para o garoto. Estava para falar quando o homem que recolhia o dinheiro entrou na tenda e sussurrou para eles. *Él viene*, disse. *Él viene*.

Maldiciónes, disse o garoto. Atirou o bastão ao chão e ele e o homem começaram a remover o pano e a desamarrar as cordas das estacas que tinham fincado na lama. Enquanto o pano era baixado o *carretero* veio correndo a trote pela *alameda* e se pôs a ajudá-los, recolhendo o pano e dizendo aos sussurros que se apressassem. Logo estavam prendendo a pequena mula vendada entre os varais da carreta e ajustando os arreios e afivelando a cilha.

La tablilla, gritou o *carretero*. O garoto pegou a placa e a colocou sob a pilha de cordas e panos e o *carretero* subiu na carreta e chamou o homem e o homem tirou as vendas dos olhos da mula e a carreta e a loba e o condutor arrancaram pela rua com grande estrépito. Os visitantes da *feria* lhes abriram passagem e o *carretero* se virou perturbado para trás olhando o lado sul da rua por onde o *alguacil* e seu séquito entravam na cidade — *alguacil* e assistentes e criados e amigos e *mozos de estribo* e *mozos de cuadra*, todos com os apetrechos cintilando ao sol e trotando entre as pernas dos cavalos mais de vinte cães de caça.

O rapaz já tinha feito meia-volta e avançado na direção da rua para pegar o cavalo. Quando o desamarrou e escorregou a carabina dentro do coldre e montou e guiou o cavalo até a rua o *alguacil* e os acompanhantes passavam pela *alameda* em colunas de quatro e seis, chamando-se uns aos outros, muitos deles vestindo as roupas características do *norteño* e do *charro* muito cintilantes e adornadas com cadarços prateados, com madrepérolas prateadas ao longo da costura das calças. Sentavam-se em selas trabalhadas em prateado com arções largos e delgados e alguns deles estavam ébrios e tiravam os enormes chapéus fazendo gestos de bizarra cortesia às mulheres que se viam obrigadas pelos cavalos a se encostarem contra as paredes ou as portas das casas. Os cães de caça que trotavam num passo elegante abaixo deles pareciam os únicos a estarem sóbrios e resolutos e não davam a menor importância aos cães da cidade que corriam ouriçados atrás deles ou mesmo a qualquer outra coisa. Alguns deles eram pretos ou pretos e castanho-amarelados, mas eram na maioria cães *bluetick* importados do norte anos antes e alguns deles se assemelhavam de tal modo em cor e forma aos cavalos malhados que eles seguiam que pareciam ter sido feitos do mesmo pedaço de pele. Os cavalos andavam de lado e aceleravam o passo e arremessavam a cabeça e os cavaleiros os refreavam mas os cães trotavam inabaláveis à frente deles como se tivessem muita coisa em que pensar.

Ele esperou no cruzamento das ruas que eles passassem. Alguns o saudaram com um sinal de cabeça e lhe desejaram bom-dia como se fosse um deles, mas o *alguacil* não deu a impressão de reconhecê-lo. Quando cavalos e cães e os demais passaram o rapaz fez o cavalo pisar a rua de novo e seguiu atrás deles e da carreta agora desaparecida ao longo do rio.

A *hacienda* cujos portões eles transpuseram se situava numa planície entre a estrada e os baixios do Batopito River e era conhecida pelo nome das montanhas a leste que eles atravessaram. Surgia na distância em meio à névoa numa estreita e longa faixa de parede caiada sob as delgadas espiras verdes de um bosque de ciprestes. Rio abaixo havia bosquetes de árvores frutíferas e nogueiras-pecãs em fileiras ordenadas. O rapaz percorreu a longa estrada enquanto os caçadores adentravam o portal na dianteira dele. Nos campos havia touros de raça cruzada de orelhas compridas e corcovas de uma espécie nova naquele país e lavradores se ergueram e pararam com as curtas enxadas nas mãos e o olharam passar. Ele os saudou com um gesto de mão, mas eles apenas se curvaram e retomaram ao trabalho.

Quando transpôs o portal não viu sinal algum do grupo de caçadores. Um *mozo* apareceu para se encarregar de seu cavalo e ele apeou e lhe entregou as rédeas. O *mozo* fez uma breve avaliação de suas roupas e lhe indicou com a cabeça a porta da cozinha e minutos mais tarde Billy estava sentado a uma longa mesa com os cerca de doze criados do grupo recém-chegado e todos eles a comer grossos pedaços de bife frito com feijão e *tortillas* de farinha tiradas ainda quentes do *comal*. À ponta da mesa sentava-se o *carretero*.

Billy passou por cima do banco com o prato na mão e se sentou e o *carretero* o cumprimentou com um sinal de cabeça, mas quando lhe perguntou sobre a loba o *carretero* disse apenas que a loba era para a *feria* e se calou.

Quando terminou de comer se levantou e carregou o prato até o aparador e perguntou à *cocinera* onde estava o *patrón*, mas a mulher se limitou a olhá-lo de relance e depois fez um amplo gesto que abarcou os milhares de hectares de terra ao norte ao longo do rio que constituíam a *hacienda*. Ele lhe agradeceu e tocou o chapéu e saiu e atravessou o terreiro. De um lado ficavam os estábulos e uma *bodega* ou celeiro e a comprida fila de barracos que eram os alojamentos dos trabalhadores.

Encontrou a loba acorrentada numa cocheira vazia. Estava acuada num canto e dois rapazes se debruçavam sobre a porta da cocheira instigando-a com silvos e tentando cuspir nela. Ele percorreu o estábulo à procura de seu cavalo, mas não havia cavalo algum. Caminhou de volta ao terreiro. Do alto do rio onde tinham ido caçar com os cães o *alguacil* e os acompanhantes retornavam na direção da casa. No pátio dos fundos da casa o *carretero* atrelara de novo a pequena mula à carreta e subira na boleia. O seco som dos arreios ecoou no terreiro como um distante disparo de pistola e a mula e a carreta partiram. Passaram pelo portal no exato momento em que o primeiro dos cavaleiros e o primeiro dos cães surgiram na estrada à frente deles.

Esse tipo de gente não abre caminho para mulas e carretas e por isso o *carretero* acostou a carreta no capinzal à beira da estrada para deixá-los passar, pondo-se de pé na boleia e tirando o chapéu com muita cerimônia e procurando com os olhos pelo *alguacil* entre os cavaleiros que se aproximavam. Bateu as rédeas de novo. A mula caminhou emburrada e a carreta se inclinou e rangeu e matraqueou sobre o chão acidentado da beira da estrada. Quando os cães e os cavaleiros passaram o cão da frente ergueu o focinho e captou no vento o odor da carreta e emitiu um profundo ganido e se voltou e seguiu a carreta que rodava pela estrada. Os outros cães se agruparam, os pelos eriçados no dorso, agitando os focinhos no ar. O *carretero* olhou para trás assustado. Nisso a mula se arqueou e escoiceou e sacudiu a carreta e disparou a galope campo adentro seguida pelos cães que ladravam.

O *alguacil* e seus lacaios se ergueram sobre os estribos e chamaram os cães, aos berros e às gargalhadas. Alguns dos mais jovens cavaleiros do grupo esporearam suas cavalgaduras e arrancaram na direção da mula e da carreta, gritando para o *carretero* e gargalhando. O *carretero* se agarrou ao anteparo lateral da boleia e se inclinou para fora golpeando com o chapéu os cães que saltavam e tentavam subir na carreta. Embora a carreta fosse alta começaram a subir, três ou quatro deles, e a revolver a palha aos uivos e ganidos e finalmente levantaram uma perna e urinaram e cambalearam e se chocaram contra a lateral da carreta e aspergiram no *carretero* e aspergiram uns nos outros e se enfrentaram numa breve briga e depois apoiaram as patas dianteiras nas pranchas da borda da carreta e latiram para os cães que corriam ao lado.

Os cavaleiros alcançaram-nos às gargalhadas e circundaram a carreta em pleno galope até que um deles pegou a *reata* e lançou um laço sobre a cabeça da mula e a obrigou a se deter. Berraram e chamaram uns aos outros e espantaram os cães brandindo suas cordas e levaram a carreta de volta à estrada. Os cães correram pelos campos e as moças e as mulheres que ali trabalhavam gritaram e levaram as mãos à cabeça enquanto os homens se levantavam empunhando as enxadas. Na estrada o *alguacil* chamou o *carretero* e tirou uma moeda de prata do bolso e a jogou para ele com grande precisão. O *carretero* pegou a moeda e com ela tocou a aba do chapéu e desceu na estrada para inspecionar a carreta e as rodas de madeira mal ajustadas no eixo e os arreios e o recente conserto do varal. O *alguacil* olhou para além dos cavaleiros no ponto da estrada em que o rapaz estava parado em pé. Tirou do bolso uma outra moeda e a lançou fazendo-a girar no ar.

Por el Americano, gritou.

Ninguém pegou a moeda. Ela caiu na terra e lá ficou. O *alguacil* aquietou o cavalo. Fez um sinal de cabeça para o rapaz.

Es para você, disse.

Os cavaleiros o observaram. Ele se abaixou e recolheu a moeda e o *alguacil* anuiu com a cabeça e sorriu mas não houve agradecimento nem toque de chapéu. O rapaz caminhou até ele e lhe estendeu a moeda.

No puedo aceptarlo, disse.

O *alguacil* franziu a testa e anuiu vigorosamente com a cabeça.

Sí, disse. *Sí.*

O rapaz se deteve diante do estribo do *alguacil* e gesticulou para ele erguendo a mão que segurava a moeda. *No*, disse.

No?, fez o *alguacil. Y cómo no?*

O rapaz disse que queria a loba. Disse que não podia vendê-la. Disse que se houvesse uma multa trabalharia para pagar a multa ou se houvesse uma taxa de autorização ou um pedágio para entrar no país trabalharia para pagá-los, mas que não podia deixar a loba porque a loba lhe fora confiada.

O *alguacil* o escutou e quando o rapaz terminou aceitou a moeda e em seguida a lançou para o *carretero* que observava, uma vez que moeda dada não pode ser tomada de volta, e então girou o cavalo na estrada e chamou os homens e com os cães indo na frente todos cavalgaram na direção da *hacienda* e desapareceram através do portal.

O rapaz olhou para o *carretero*. O *carretero* tinha subido de novo na boleia e soltou as rédeas e baixou os olhos para o rapaz. Disse que o *alguacil* tinha lhe dado a moeda. Disse que se o rapaz quisesse a moeda deveria tê-la aceitado quando lhe fora oferecida. O rapaz disse que não queria o dinheiro do homem nem antes nem agora. Disse que o *carretero* podia trabalhar para um homem daquele tipo, mas ele não. Mas o *carretero* se limitou a anuir com a cabeça como que dizendo que não esperava que o rapaz compreendesse, mas que um dia com sorte iria. *Nadie sabe para quien trabaja*, disse. Em seguida golpeou o lombo da mula com as rédeas e partiu estrada abaixo.

O rapaz caminhou de volta até o estábulo onde tinham acorrentado a loba. Um velho *mozo* da casa fora designado para guardá-la e cuidar para que não fosse importunada. Sentara-se de costas para a porta do estábulo na penumbra e fumava um cigarro. O chapéu estava depositado sobre a palha ao lado dele. Quando o rapaz lhe perguntou se podia ver a loba o *mozo* tragou fundo o cigarro como que refletindo sobre o pedido. Depois respondeu que ninguém podia ver a loba sem a *permission* do *hacendado* e que de qualquer modo não havia luz suficiente para vê-la.

O rapaz ficou parado na entrada. O *mozo* nada mais disse e pouco depois o rapaz fez meia-volta e saiu de novo. Atravessou o terreiro até a casa e se pôs a observar os portões do pátio. Homens riam e bebiam e uma vitela estava sendo assada num espeto junto de um muro num canto remoto do recinto e sob a luz fumacenta dos lampiões que ardiam no longo lusco-fusco azul do deserto havia mesas postas com petiscos e doces e frutas que alimentariam mais de uma centena de pessoas. Ele se virou e deu a volta pelo lado da casa à procura de um dos *mozos de cuadra* para lhe perguntar sobre o cavalo. Ouviu a música dos mariachis que vinha do pátio atrás dele e outras pessoas desmontavam das cavalgaduras nos portões, saindo dos contornos obscurecidos das montanhas a leste ao longo da estrada, seguidas por cães nos rastros dos cavalos e surgindo à luz nos mourões do portão onde archotes queimavam em tubos de ferro fincados no chão.

Os cavalos dos hóspedes menos importantes como ele próprio estavam amarrados com cabrestos ao longo de uma cerca no fundo dos *establos* e entre eles encontrou Bird. Ainda estava selado e a brida e as rédeas pendiam do arção e ele comia ração de uma gamela de madeira revestida de lata e pregada ao longo do muro. Levantou a cabeça quando Billy falou com ele e olhou para trás ruminando.

Es su caballo?, perguntou o *mozo*.

Sí. Claro.

Todo está bien?

Sí. Bien. Gracias.

Os *mozos* se atarefavam ao longo da fileira de cavalos tirando selas e escovando os cavalos e colocando ração. O rapaz lhes pediu que deixassem seu cavalo selado e eles responderam que fariam como ele quisesse. Olhou para o cavalo de novo. Tá gostando do tratamento, não tá?, disse.

Deu a volta até o estábulo e entrou pela porta dos fundos e parou. A entrada do estábulo estava quase totalmente escura e o *mozo* encarregado da loba parecia adormecido. Encontrou uma cocheira vazia e adentrou e com as botas empilhou feno num canto e se deitou com o chapéu sobre o peito e fechou os olhos. Ouviu os gritos dos mariachis e os latidos dos cães de caça acorrentados numa construção qualquer lá fora e pouco depois adormeceu.

Dormiu e no sono sonhou e no sonho estava o pai e no sonho o pai andava a pé perdido no deserto. Na luz mortiça daquele dia pôde ver os olhos do pai. O pai olhava na direção oeste onde o sol se pusera e onde o vento se elevava da escuridão. Os minúsculos grãos de areia naquele ermo eram tudo o que havia para o vento levar e os grãos eram levados com um constante remoinho migratório sobre si mesmos. Como se em sua suprema granulação o mundo buscasse algum esteio contra seu eterno movimento. Os olhos do pai vasculharam a chegada da noite no profundo púrpura que se estendia além da borda do mundo e aqueles olhos pareceram contemplar com uma terrível serenidade o frio e a treva e o silêncio que baixavam sobre ele e depois tudo era treva e tudo foi tragado e no silêncio ele ouviu algures um sino solitário que repicou e cessou e ele então acordou.

Homens com tochas passavam em fila indiana diante da porta aberta do estábulo onde ele dormira, projetando figuras gigantescas e disformes que ondulavam ao longo dos muros distantes. Ele se levantou e pôs o chapéu e saiu. Tiravam a loba da cocheira arrastando--a pela corrente e ela se acachapou na luz fumegante e retrocedeu e tentou se manter rente ao chão protegendo o ventre. Alguém com um velho cabo de ancinho ia atrás fazendo-a prosseguir e na distância em algum lugar além dos *domicilios* os cães de caça reiniciaram o alarido.

O rapaz os seguiu no terreno escuro. Passaram por um portal de madeira para carroças cujas portas se engonçavam em pilastras de pedra e o ganido dos cães se tornou ainda mais estridente e a loba se encolheu recuando e se debateu contra a corrente. Alguns dos homens que seguiam atrás tropeçavam de tanto que estavam embriagados e a chutavam e a chamavam de *cobarde*. Passaram ao longo da *bodega* de pedra onde a luz proveniente dos beirais se derramava sobre a parte superior das paredes e projetavam as sombras dos caibros do telhado na escuridão do pátio. A iluminação que vinha de dentro parecia curvar as paredes e na esteira de luz diante das portas abertas as sombras de homens no interior rolavam e se afastavam e o grupo entrou arrastando a loba no chão de barro batido. Abriram-lhes caminho em meio a hurros e gritos. Entregaram as tochas aos *mozos* que as apagaram no barro do chão e quando todos tinham entrado os *mozos* fecharam as pesadas portas de madeira e baixaram a tranca.

O rapaz avançou ao longo da lateral da multidão. Eles constituíam uma estranha variedade de testemunhas ali reunidas e entre os mercadores das cidades adjacentes e dos *hacendados* vizinhos e os insignificantes *hidalgos de gotera* vindos de partes tão distantes como Agua Prieta e Casas Grandes com suas roupas coladas ao corpo havia comerciantes e caçadores e *gerentes* e *mayordomos* das *haciendas* e dos *ejidos* e havia caporais e *vaqueros* e alguns peões protegidos. Nenhuma mulher presente. Ao longo do fundo da construção havia arquibancadas ou estrados montados sobre estacas e no centro da *bodega* havia uma arena ou *estacada* talvez de seis metros de diâmetro delimitada por um tapume de madeira. As pranchas do tapume estavam enegrecidas com o sangue seco dos dez mil galos de briga que ali morreram e no centro da arena um tubo de ferro fora recentemente fincado no chão.

O rapaz se aproximou da frente abrindo caminho com o ombro no exato momento em que puxavam a loba por sobre as pranchas e para dentro da arena. Aqueles que se sentavam ao longo das arquibancadas se puseram de pé para ver. O homem na arena acorrentou a loba ao tubo de ferro e depois a arrastou até esticar a corrente e a estendeu no chão enquanto removiam a focinheira improvisada. Em seguida recuaram e tiraram o laço da corda com a qual a estenderam. Ela se ergueu e olhou ao redor. Parecia pequena e estropiada e ficou com o dorso arqueado como se fosse um gato. As ataduras já não envolviam a ferida e ela poupava essa perna ao se mover de lado até onde a corrente permitia e voltar, os dentes brancos luzindo na luz dos refletores de lata no alto.

Os primeiros grupos de cães já tinham sido levados pelos amestradores e eles saltavam e investiam contra as correias e latiam e se alçavam eretos forçando as coleiras. Dois deles foram guiados para a frente e os espectadores na multidão gritavam para os donos e assoviavam e faziam as apostas. Os cães eram jovens e indecisos. Os amestradores fizeram-nos saltar o parapeito para dentro da arena onde circundaram ouriçados a loba e latiram e se entreolharam. Os amestradores os atiçaram e eles rodearam a loba com cautela. A loba se acaçapou e arreganhou os dentes. A multidão começou a apupar e assoviar e pouco depois um homem no fundo da arena soprou um apito e os amestradores se adiantaram e se apoderaram das extremidades das correntes soltas e detiveram os cães e os fizeram passar por cima do parapeito e os levaram embora, os cães presos pela coleira de novo e latindo para a loba.

A loba andou a passo e em círculo mancando sobre as três patas e depois se agachou junto da estaca de ferro onde parecia ter feito *querencia*. Os olhos amendoados percorreram o círculo de rostos do outro lado da arena e bateram de relance nas luzes acima. Apoiou-se nos cotovelos e então se levantou e andou em círculos e retornou ao lugar e tornou a se agachar. Em seguida se ergueu. Uma outra parelha de cães pateava sobre o parapeito.

Quando os amestradores soltaram os cães eles deram um bote com os dorsos curvados e se arremessaram contra a loba e os três rolaram numa confusão de rosnados e dentes arreganhados e chocalhar de correntes. A loba os enfrentou num silêncio absoluto. Os cães escarafunchavam o chão e então soou um ganido estridente e um deles girava e erguia uma pata dianteira. A loba se apoderou do outro cão pela mandíbula inferior e o lançou ao chão e o montou e afrouxou a pressão contra a mandíbula e enterrou os dentes na garganta e o mordeu mais uma vez para prendê-lo melhor no ponto onde o pescoço musculoso se cobria com dobras de pele.

O rapaz dera a volta até as arquibancadas. Parou junto a um dos pilares de pedra e tirou o chapéu para que aqueles que estavam atrás pudessem ver a cena, mas se deu conta de que ninguém tinha tirado o chapéu e o pôs de novo na cabeça. Se tivessem deixado a loba teria matado o cão, mas o *arbitro* soprou o apito e um dos amestradores se adiantou com uma vara de quase dois metros de comprimento e com ela golpeou a orelha da loba. Ela abandonou a presa e recuou num salto e se estatelou sobre as ancas. Os amestradores retomaram o controle dos cães pelas correntes e os levaram embora. Um homem se adiantou e saltou a baixa barricada de madeira e começou a rodear carregando um balde com o qual esparramou água como se fosse um horticultor imbecil e embrutecido, metodicamente atenuando a poeira do chão da arena enquanto a loba estatelada resfolegava. O rapaz se voltou e avançou pela lateral da multidão até a porta do fundo pela qual os cães tinham sido levados e saiu na escuridão gélida. Um treinador com outra parelha de cães vinha entrando pela porta.

Alguns rapazes que fumavam junto à parede dos fundos da *bodega* se voltaram e olharam para ele à luz da porta aberta. Os latidos dos cães no canil mais adiante eram fortes e constantes.

Cuántos perros tienen?, perguntou-lhes.

O rapaz mais perto dele o fitou. Respondeu que tinha quatro cães. *Y usted?*, perguntou.

Ele explicou que queria saber quantos cães havia ao todo, mas eles apenas encolheram os ombros.

Quién sabe?, responderam. *Bastante.*

Billy passou por eles e caminhou na direção do canil. Era uma construção alongada de telhado de lata e ele pegou uma lanterna pendurada num poste e ergueu a tranca de madeira encaixada na argola da porta e abriu a porta com um empurrão e entrou suspendendo a lanterna. Ao longo do muro os cães saltavam e latiam e investiam contra as correntes que os prendiam. Havia mais de trinta deles no abrigo, a maioria *redbone* e *bluetick* criados no norte da região, mas também animais de novas raças não identificáveis e cães que eram pouco mais que pitbulls criados para briga. Acorrentados no fundo do abrigo e separados dos outros havia dois enormes *terriers airedales* e quando a luz da lanterna lhes abrasou os olhos o rapaz viu algo que nem mesmo os pitbulls possuíam com tal pureza absoluta e retrocedeu desconfiado das correntes a que estavam presos. Recuou e saiu e fechou a porta e recolocou a tranca na argola e tornou a pendurar a lanterna no poste. Com um sinal de cabeça saudou os rapazes que estavam de pé junto à parede e passou por eles e entrou de novo na *bodega*.

A multidão pareceu ter aumentado durante sua breve ausência. No fundo da arena estavam os integrantes da banda de mariachis vestidos com suas roupas brancas e folgadas. Por entre a multidão o rapaz pôde vislumbrar a loba. Apoiava-se sobre as patas traseiras de boca aberta e fitava ora um ora outro dos dois cães que a rodeavam. Um dos cães fora mordido na orelha e os dois amestradores estavam com as roupas manchadas de sangue. O rapaz abriu caminho na multidão e quando chegou ao parapeito de madeira saltou-o e entrou na arena.

No início foi tomado por mais um amestrador, mas era dos amestradores que queria se aproximar. Eles se encontravam agora no fundo da arena acocorados e assumindo a posição de ataque e defesa que os cães deveriam adotar e emitiam sons agudos para incitar os cães e se contorciam e gesticulavam com as mãos numa grotesca simulação da peleja a que assistiam. Quando o mais próximo dos amestradores viu o rapaz se acercar se pôs de pé e lançou um olhar na direção do *arbitro*. O *arbitro* estava com o apito na boca mas parecia não saber como agir ante o que via. O rapaz passou pelos amestradores e adentrou o perímetro do círculo de três metros de barro batido delimitado pela corrente à qual a loba fora presa. Alguém emitiu um grito de advertência e o *arbitro* soprou o apito e em seguida caiu um silêncio sobre a *bodega*. A loba resfolegava. O rapaz passou por ela e agarrou o primeiro cão pelo cangote e ergueu-lhe do chão as pernas traseiras e se agachou e se apoderou da corrente e recuou segurando a corrente e se voltou para entregá-la ao amestrador. O treinador pegou a corrente e com um golpe puxou o cão contra sua perna. *Qué pasó?*, perguntou.

Mas o rapaz já tinha ido na direção do segundo cão. Àquela altura alguns dos espectadores gritavam e um murmúrio de descontentamento soou em toda a *bodega*. Os amestradores olharam para o *arbitro*. O *arbitro* tornou a apitar e apontou para o intruso. O rapaz por sua vez puxou o segundo cão pela corrente e o arrastou até o outro amestrador e se voltou e foi de encontro à loba.

Ela se deitara escarranchada com os flancos palpitando e a boca negra entreaberta mostrava os dentes brancos e perfeitos. Ele se acocorou e falou com ela. Não havia como saber se o morderia ou não. Alguns homens pularam a *estacada* e avançaram na direção dele, mas ao chegarem ao perímetro de chão batido pararam como se tivessem topado com uma parede. Nenhum deles falou com o rapaz. Todos pareciam atentos para ver o que ele faria. O rapaz se ergueu e andou até o tubo de ferro fincado no chão e deu uma volta com a corrente em torno do braço e se agachou e segurou a corrente no ponto em que se encaixava na argola e tentou arrancar o tubo. Ninguém se moveu, ninguém falou. Ele apertou a corrente na mão com mais força e tentou de novo. As gotas de suor na testa cintilavam à luz dos refletores. Tentou uma terceira vez, mas não conseguiu arrancar o tubo e se levantou e se voltou e segurou a loba pela coleira e tirou o gancho que prendia a corrente à coleira e puxou contra si a cabeça cheia de sangue e baba e ficou imóvel.

Que a loba estava solta exceto pelo fato de que o rapaz a prendia pela coleira não escapou à atenção dos homens que entraram na arena. Entreolharam-se. Alguns começaram a recuar. A loba se apoiava contra a coxa do *güero* com os dentes arreganhados e os flancos subindo e baixando e não se mexeu.

Es mia, o rapaz disse.

Os homens nas arquibancadas se puseram a berrar, mas aqueles que se achavam próximos da loba pareciam não saber que decisão tomar. No fim quem se adiantou não foi nem o *alguacil* nem o *hacendado*, mas o filho do *hacendado*. Abriram passagem a ele, um jovem que trazia no jaleco agaloado que vestia o perfume de uma jovem com quem havia pouco dançara. Ele entrou na arena e avançou e parou com as botas bem apartadas uma da outra e os polegares enfiados na faixa azul que lhe envolvia a cintura. Se temia a loba não o demonstrou.

Qué quieres, joven?, perguntou.

O rapaz repetiu o que tinha dito aos cavaleiros que encontrara sobre a Cajón Bonita nas montanhas ao norte. Disse que era guardião da loba e incumbido de cuidar dela, mas o jovem *hacendado* sorriu com ar de pena e balançou a cabeça e disse que a loba tinha sido capturada numa armadilha nos Pilares Teras cujas montanhas são hostis e selvagens e que os auxiliares de Don Beto a encontraram atravessando o rio na Colonia de Oaxaca e que ele tinha a intenção de levar a loba para seu país e lá vender o animal por um bom preço.

Falou com uma voz clara e projetada como se estivesse declamando para a multidão e quando terminou ficou imóvel com as mãos cruzadas na frente como se nada mais houvesse para ser dito.

O rapaz continuou segurando a loba. Sentia os movimentos da respiração e o leve tremor do corpo contra o seu. Olhou para o jovem *don* e olhou para o círculo de rostos iluminados. Disse que viera de Hidalgo County no estado do Novo México e que trouxera a loba com ele daquele lugar. Disse que a capturara numa armadilha de aço e que ele e a loba percorreram trilhas por seis dias até chegarem àquele país e que de modo algum tinham vindo dos Pilares, mas que estavam tentando atravessar o rio e subir aquelas mesmas montanhas quando se viram obrigados a retornar pela força da correnteza das águas.

O jovem *hacendado* descruzou as mãos na frente e as cruzou atrás. Virou-se e deu pensativo uns passos e se virou de novo e ergueu o olhar.

Para qué trajo la loba aquí? De que servió?

O rapaz continuava segurando a loba. Todos esperaram por sua resposta, mas ele não tinha resposta. Seus olhos percorreram a multidão, buscando os olhos que o observavam. O *arbitro* continuava com o relógio de bolso aberto suspenso diante dele. Os amestradores continuavam segurando os cães pela coleira com as duas mãos. O homem com o balde esperava. O jovem *hacendado* se voltou para olhar a galeria. Sorriu e se voltou de novo para o rapaz. Depois falou no idioma do rapaz.

Você pensa que este país é um país em que você pode entrar e fazer o que bem entende?

Nunca pensei isso. Nunca pensei nada deste país.

Sei, disse o *hacendado.*

Estávamos só de passagem, disse o rapaz. Não estávamos incomodando ninguém. *Queríamos pasar, no más.*

Pasar o traspasar?

O rapaz se virou e cuspiu no chão. Sentia a loba apoiada contra sua perna. Disse que as pegadas da loba vinham do México. Disse que a loba nada sabia sobre fronteiras. O jovem *don* anuiu com a cabeça como se concordasse mas retrucou que o que a loba sabia ou deixava de saber era irrelevante e que se a loba tivesse atravessado a fronteira tanto pior para ela porque a fronteira continuava a existir.

Os espectadores anuíram e começaram a murmurar entre si. Olharam para o rapaz para ver que resposta daria. O rapaz disse apenas que se lhe permitissem partir retornaria para os Estados Unidos com a loba e pagaria qualquer multa a que estivesse sujeito, mas o *hacendado* balançou a cabeça. Disse que era tarde demais para isso e que de qualquer modo o *alguacil* tinha detido a loba e que esse era o pagamento da multa pelo *portazgo.* Quando o rapaz disse que não sabia que fosse necessário pagar a fim de atravessar o país o *hacendado* retrucou que agora o rapaz se achava na mesma situação da loba.

Todos aguardaram. O rapaz ergueu o olhar na direção das vigas do teto para onde a poeira e a fumaça subiram e onde se moviam em lentas espirais iluminadas. Baixou o olhar para os rostos à procura de alguém a quem apelar, mas sem resultado. Agachou-se e desafivelou a coleira de couro no pescoço da loba e a tirou e se endireitou. Aqueles que estavam próximos trataram de se juntar à multidão. O jovem senhor de terras sacou um pequeno revólver do cinturão.

Agarrala, disse.

O rapaz não se moveu. Vários espectadores também sacaram suas armas. Ele parecia um homem sobre a arquibancada a buscar na multidão alguém que sentisse o mesmo que sentia. Ninguém que seus olhos captassem embora todos ali pudessem vir a se encontrar na mesma situação cedo ou tarde. Olhou para o jovem *don.* Sabia que ele atiraria na loba. Agachou-se e recolocou a coleira em volta dos rufos de pelo ensanguentado do pescoço da loba e prendeu a fivela.

Ponga la cadena, disse o *hacendado.*

Ele o obedeceu. Curvando-se e recolhendo a extremidade da corrente e enganchando-a na argola da coleira. Depois largou a corrente no chão e se afastou da loba. As pequenas pistolas desapareceram tão silenciosamente quanto surgiram.

Os homens abriram caminho para o rapaz e o observaram sair. Lá fora a noite se fizera mais fria e o ar cheirava a fumaça da lenha dos fogões dos *domicilios* dos trabalhadores. Alguém fechou a porta atrás do rapaz. O quadrado de luz em que ele parara foi se estreitando pouco a pouco na sombra da porta até se reduzir à escuridão. A tranca se encaixou com um som seco do lado de dentro. Ele caminhou na escuridão de volta ao *establo* onde cuidavam dos cavalos. Um jovem *mozo* se ergueu e o saudou. O rapaz retribuiu com um sinal de cabeça e prosseguiu e pegou seu cavalo e desprendeu o cabresto e o apoiou sobre o anteparo e embridou o cavalo. Desenrolou a manta que estava atrás da sela e a jogou sobre o ombro. Depois montou e passou pelos cavalos enfileirados e cumprimentou o *mozo* com um gesto de cabeça e tocou o chapéu e cavalgou na direção da casa.

O portão do pátio estava fechado. Ele apeou e o abriu e tornou a montar. Curvou-se na sela para passar sob o arco do portal e entrou com os estribos raspando no estuque e tilintando nos batentes de ferro. O pátio era pavimentado com lajotas de cerâmica e o barulho dos cascos do cavalo sobre elas fez as criadas desprenderem os olhos de suas tarefas para ver o que era. Pararam segurando toalhas de mesa e pratos e cestos de vime. Ao longo do muro lampiões ainda queimavam no alto de postes e as sombras de morcegos cruzavam em staccato as lajotas e sumiam e reapareciam e cruzavam de volta. O rapaz atravessou o pátio a cavalo e com a cabeça saudou as mulheres e se inclinou do alto da sela e pegou uma empanada de uma travessa e se pôs a comê-la. O cavalo baixou o longo nariz sobre a mesa, mas o rapaz o puxou para trás. A empanada era recheada de carne condimentada e ele a comeu e se inclinou e pegou outra. As mulheres continuaram a trabalhar. Ele terminou de comer a empanada e então pegou um pastel doce de uma travessa e o comeu, fazendo o cavalo avançar ao longo das mesas. As mulheres lhe abriam passagem. Ele tornou a saudá-las com a cabeça e lhes desejou boa-noite. Pegou outro pastel e comendo-o deu um giro no pátio circular enquanto o cavalo refugava à passagem dos morcegos e depois cavalgou passando de novo pelo portão e tomou o caminho da estrada. Logo em seguida uma das mulheres atravessou o pátio e fechou o portão atrás dele.

Ao chegar à estrada virou para o sul na direção da cidade a passo lento. O ladrido dos cães recuava às suas costas. Uma meia-lua pendia no leste sobre as montanhas como um olho semicerrado pela ira.

Quando alcançou as luzes dos arredores da *colonia* deteve o cavalo na estrada. Em seguida puxou as rédeas e voltou.

Ao se deter diante da porta da *bodega* deslizou um pé para fora do estribo e bateu ruidosamente à porta com o tacão da bota. A porta matraqueou contra a barra transversal do lado de dentro. Ele pôde ouvir gritos dos homens e pôde ouvir os rosnados dos cães no abrigo no fundo da *bodega*. Ninguém atendeu. Deu a volta pelos fundos da construção e seguiu ao longo da estreita passagem entre a *bodega* e o abrigo onde os cães estavam encerrados. Alguns homens de cócoras ao longo do muro se levantaram. Ele os saudou com um sinal de cabeça e apeou e tirou a carabina do coldre e juntou as rédeas e as largou sobre o mourão na quina do abrigo e passou pelos homens e abriu a porta e entrou.

Ninguém lhe deu atenção. Avançou entre a multidão e quando chegou à *estacada* a loba estava sozinha na arena e era uma cena de partir o coração. Ela tinha retornado ao tubo e se deitado apoiando--se nele, mas com a cabeça na terra e a língua pendendo na terra e os pelos cobertos de terra e sangue e os olhos amarelos fitando o vazio. Estivera lutando por quase duas horas e a maior parte do tempo lutara contra parelhas dos melhores cães levados à *feria*. No fundo da *estacada* dois amestradores continham os *terriers airedales* e o *arbitro* discutia com o jovem *hacendado*. Não havia ninguém perto dos *airedales* e estes estavam presos às correias e arreganhavam os dentes molhados e davam fortes puxões contra os amestradores. O pó que pairava nos fachos de luz cintilava como sílica. O aguador estava de prontidão com seu balde de água.

O rapaz pulou o parapeito e caminhou na direção da loba e encaixou uma bala na câmara da carabina e parou a três metros dela e ergueu a carabina até o ombro e mirou a cabeça ensanguentada e disparou.

O eco do disparo no recinto fechado do celeiro crepitou tudo o mais num silêncio absoluto. Os *airedales* se apoiaram sobre as quatro patas e ganiram e rodearam os amestradores. Ninguém se mexeu. A fumaça azulada da carabina pairou no ar. A loba jazia morta no chão.

O rapaz baixou a carabina na vertical e abriu a culatra e fez sair a cápsula vazia e a pegou e a guardou no bolso e tornou a fechar a culatra e manteve o polegar sobre o cano da arma. Olhou para a multidão em volta. Ninguém falou. Alguns homens olharam para trás, mas quem caminhou até a *estacada* não foi o jovem *don*, mas o auxiliar do *alguacil* que fora visto a pouco judiando do *carretero* com o próprio casaco na rua da *colonia* a montante do rio. Ele pulou o parapeito e entrou na arena e ordenou ao rapaz que lhe entregasse a carabina. O rapaz não se mexeu. O auxiliar abriu a parte superior do coldre preso à cinta e sacou a automática calibre .45 já engatilhada.

Déme la carabina, disse.

O rapaz olhou para a loba. Olhou para a multidão. Seus olhos marejavam, mas ele não baixou o cano da carabina ou fez qualquer movimento para soltá-lo. O auxiliar ergueu a pistola e mirou o alto de seu tórax. Os espectadores no fundo da *estacada* se agacharam ou caíram de joelhos e alguns se deitaram de barriga no chão com as mãos sobre a cabeça. No silêncio o único som era o do tênue ganido de um dos cães. Então alguém nas arquibancadas falou. *Bastante*, disse. *No le molesta.*

Era o *alguacil*. Todos se voltaram para olhá-lo. Estava de pé na prancha superior da plataforma ladeado por homens que usavam chapéu de pele de castor, alguns fumando *puros* tal como o *alguacil*. Fez um gesto com a mão. Disse que estava acabado. Disse ao rapaz que depusesse a carabina e nada lhe aconteceria. O auxiliar baixou a pistola, os homens atentos deitados no chão se levantaram e sacudiram a poeira. O rapaz apoiou o cano da carabina no ombro e o baixou com o polegar. Voltou-se e olhou para o *alguacil*. O *alguacil* fez um movimento circular com a mão. Se para ele ou para a multidão o rapaz não soube, mas os espectadores começaram a falar entre eles mais uma vez e alguém abriu as portas da *bodega* para o frio da noite mexicana.

O homem a quem a pele fora prometida dera uns passos sobre o tablado e se adiantara. Andou ao redor da loba e se deteve diante dela com uma faca na mão. O rapaz lhe perguntou quanto valia a pele e ele encolheu os ombros. Observou o rapaz atentamente.

Cuánto quiere por él?, o rapaz perguntou.

El cuero?

La loba.

O homem a quem a pele fora prometida olhou para a loba e olhou para o rapaz. Disse que a pele valia cinquenta pesos.

Acepta la carabina?, o rapaz perguntou.

O homem arqueou as sobrancelhas mas recuperou a compostura. *En un huinche?*, perguntou.

Claro. Cuarenta y cuatro.

O rapaz tirou a carabina do ombro e a estendeu para o homem. O homem a abriu e tornou a fechá-la. Abaixou-se e pegou o cartucho descartado do chão e o limpou na manga da camisa e o recolocou no receptáculo. Ergueu a carabina e a examinou contra as luzes no alto. Valia uma dúzia de peles de lobo mutiladas e a sustentou no ar e avaliou o peso na mão e olhou para o rapaz antes de anuir com a cabeça. *Bueno*, disse. Apoiou a carabina no ombro e estendeu a mão. O rapaz olhou para a mão, depois lentamente a segurou e os dois selaram a barganha com um aperto de mãos no centro da arena enquanto as pessoas passavam em fila na direção da porta aberta. Ao passarem examinaram-no com seus olhos escuros mas se se sentiam decepcionados, não o demonstraram, porque também eram hóspedes do *hacendado* e do *alguacil* e acatando o costume naquele país deles não discordariam. O homem que reivindicara a pele da loba perguntou ao rapaz se tinha mais cartuchos para a carabina, mas o rapaz apenas abanou a cabeça e se ajoelhou e segurou nos braços o corpo flácido da loba o qual embora magro era tudo o que ele conseguia carregar e atravessou a arena e passou por cima da barricada e se dirigiu à porta dos fundos com a cabeça do animal pendendo e o sangue a pingar na terra lentamente.

Quando saiu a cavalo das sombras da construção com a loba de través no arção da sela ele a tinha envolvido nas sobras do lençol que a mulher do fazendeiro lhe dera. O pátio estava repleto de cavaleiros que partiam e ressoava com os gritos dos homens que chamavam uns aos outros. Cães se juntaram latindo em volta das pernas de seu cavalo e o cavalo refugou e pateou e os escoiceou e o rapaz cavalgou passando em frente à porta aberta da *bodega* e transpôs o portão e atravessou os campos na direção do rio, curvando-se na sela e rechaçando com o chapéu os últimos cães. Ao sul sobre a cidade fogos de artifício ascendiam em longos arcos que crepitavam e se abriam na negrura e caíam em confetes vagarosos e incandescentes. O barulho das explosões chegava a ele bem depois do clarão da luz e em cada clarão de luz se alojavam os espectros indistintos dos que o precediam. Ele alcançou o rio e virou para seguir na direção da corrente e atravessou as corredeiras rasas e prosseguiu ao longo das amplas margens cascalhosas. Um bando de patos passou por ele na escura correnteza abaixo. Pôde ouvir as asas. Pôde vê-los quando se ergueram contra o céu e fugiram na escuridão rumo a oeste. Passou pela cidade e pelas pequenas luzes carnavalescas e pelas formas de luz que reluziam borradas nas lentas serpentinas negras de água ao longo da margem do rio. Uma rodinha recém-queimada fumegava adiante dos ramos de um chorão. Ele examinou a elevação das montanhas, o modo como se estendiam. O vento que vinha da água cheirava a metal molhado. Sentia o sangue da loba na coxa no ponto em que vazara através do pano e através das calças e tocou a perna e provou o sangue que não tinha um gosto diferente de seu próprio sangue. Os fogos de artifício cessaram. A meia-lua se suspendia sobre o cume negro das montanhas.

Na junção dos rios ele atravessou uma ampla margem de cascalho e deteve o cavalo no vau e olhou para o norte onde o rio corria claro e frio saído das trevas dos campos. Quase estendeu a mão para tirar a carabina do coldre e protegê-la contra a água do rio, mas apenas fez o cavalo avançar no baixio.

Sentiu os cascos do cavalo emudecidos nas pedras arredondadas do leito do rio e ouviu a água remoinhar nas pernas do cavalo. A água passava sob o ventre do animal e ele a sentia entrar muito fria nas botas. Um último e isolado foguete se elevou sobre a cidade e se revelou no meio do rio e revelou todo o campo ao redor, as árvores da margem estranhamente ensombrecidas, as pedras pálidas. Um cão solitário que viera da cidade atraído pelo odor da loba no vento e o seguira estava parado congelado na margem se apoiando sobre três patas sob aquela falsa luz e então tudo tornou a se dissipar nas trevas de onde surgira.

Atravessaram o vau e emergiram do rio encharcados e ele olhou para a cidade escurecida e então fez o cavalo avançar entre os chorões e os bambus da margem e cavalgou para oeste na direção das montanhas. Enquanto cavalgava cantou antigas canções que o pai outrora cantara e um doce *corrido* em espanhol que aprendera com a avó e que falava da morte de uma corajosa *soldadera* que pegou a arma de seu homem tombado e enfrentou o inimigo num encontro fatal. A noite estava clara e enquanto ele cavalgava a lua desapareceu por detrás do perfil das montanhas e as estrelas começaram a luzir no leste onde era profundo o negror. Cavalgaram pelo leito seco de um arroio numa noite que repentinamente se tornou mais fria, como se a lua tivesse levado consigo a calidez. Subiram as colinas pouco elevadas por onde ele cavalgaria a noite inteira cantando a baixa voz.

Quando chegou aos primeiros declives do talude sob os altos escapamentos dos Pilares não faltava muito para a aurora. Deteve o cavalo num prado e apeou e largou as rédeas. O sangue enrijecera as calças. Pegou a loba nos braços e a depositou no chão e retirou o pano. Ela estava rija e fria e o sangue seco lhe eriçara os pelos. Ele levou o cavalo de volta ao arroio e lá o deixou bebendo água e andou pela margem à cata de lenha para acender uma fogueira. Coiotes uivavam nas colinas ao sul e chamavam de dentro das formas escuras da cordilheira acima dele onde os gritos pareciam se originar da própria noite.

Avivou a fogueira e ergueu a loba do pano e levou o pano ao arroio e se agachou na escuridão e lavou o sangue do pano e o levou de volta e cortou forquilhas de um olmeiro silvestre e as fincou na terra com uma pedra e nelas pendurou o lençol que ficou a fumegar ao fogo como uma tela ardente num deserto ao qual celebrantes de alguma paixão sagrada foram levados por seitas rivais ou talvez tivessem apenas fugido na noite receando seus próprios feitos. Ele jogou a manta nas costas e se sentou trêmulo no frio a esperar pela aurora para que pudesse encontrar um local onde enterrar a loba. Pouco depois o cavalo retornou do arroio arrastando as rédeas molhadas através das folhas e parou ao lado da fogueira.

O rapaz adormeceu com as mãos espalmadas diante de si como um penitente sonolento. Quando acordou ainda estava escuro. O fogo se reduzira a umas poucas chamas agitando-se nos carvões. Tirou o chapéu e com ele atiçou o fogo e o reavivou e colocou mais lenha. Correu os olhos à procura do cavalo, mas não o via. Os coiotes continuavam a chamar ao longo dos taludes dos Pilares e um cinza pálido surgia a leste. Agachou-se sobre a loba e lhe tocou os pelos. Tocou os dentes frios e perfeitos. Os olhos de frente para o fogo não refletiam a luz e ele os fechou com o polegar e se sentou ao lado dela e pôs a mão sobre a testa ensanguentada e fechou seus próprios olhos para poder vê-la correndo nas montanhas, correndo sob a luz das estrelas onde a grama era úmida e o nascer do sol ainda não havia desfeito as ricas matrizes das criaturas que por ela passaram na noite. Cervos e lebres e pombos e ratos-calungas todos alistados no ar para o deleite dela, todas as nações do mundo possível ordenado por Deus ao qual ela pertencia e não se separava. Por onde corria os gritos dos coiotes cessavam de súbito como se uma porta tivesse sido fechada para eles e tudo era temor e portento. Ele ergueu das folhas a cabeça enrijecida e a segurou ou procurou segurar o que não pode ser segurado, o que já correu entre as montanhas ao mesmo tempo terrível e de uma grande beleza, como flores que se alimentam de carne. Do que sangue e osso são feitos, mas que eles mesmos não conseguem criar num altar nem por ferimento de guerra. Aquilo em que bem podemos crer tem decerto poder para recortar e moldar e esvaziar a forma escura do mundo, se o vento pode, se a chuva pode. Mas aquilo que não pode ser segurado jamais segurado e não é flor, mas é veloz e uma caçadora e o próprio vento teme e o mundo não pode perder.

II

Empreendimentos condenados pelo destino dividem a vida para sempre entre o outrora e o agora. Ele transportou a loba até as montanhas no arção da sela e a enterrou num alto desfiladeiro debaixo de um monte de pedrinhas. Os lobinhos no ventre dela sentiram o frio envolvê-los e choraram emudecidos na escuridão e ele enterrou todos e sobre eles amontoou pedras e partiu a cavalo. Vagueou pelas montanhas. Fez um arco de um ramo de azevinho, fez flechas de bambu. Pensou em voltar a ser a criança que nunca fora.

Cavalgaram os altiplanos durante semanas e foram ficando magros e macilentos homem e cavalo e o cavalo pastou nas esparsas ervas invernais das montanhas e sugou os liquens das pedras e com as flechas o rapaz matou trutas que se infiltravam entre suas sombras nos gélidos leitos pedregosos das lagoas e as comeu e comeu nopal verde e então num dia tempestuoso em que cruzavam uma garganta nas montanhas um falcão passou na frente do sol e sua sombra correu tão célere sobre o capinzal diante deles que fez o cavalo refugar e o rapaz olhou para cima onde a ave se alçava volteando e pegou o arco pendurado no ombro e pôs uma flecha e a disparou e a observou subir com o vento sacudindo as penas presas no bambu e a observou girar e formar um arco e o falcão a dar voltas e depois de súbito tremulando com a flecha alojada no peito esbranquiçado.

O falcão voluteou e planou seguindo o vento e desapareceu atrás da crista da montanha, uma única pena se soltou. Billy cavalgou à sua procura, mas não o encontrou. Encontrou apenas uma gota de sangue na rocha que secara e escurecera ao vento e nada mais. Apeou e se sentou no chão ao lado do cavalo onde o vento batia e abriu um talho na palma da mão com o canivete e observou a lenta gota de sangue cair sobre a rocha. Dois dias depois deteve o cavalo num talude que sobranceava o Bavispe River e o rio corria ao contrário. Ou então o sol estava se pondo a leste atrás dele. Armou o precário acampamento tendo um junípero como anteparo contra o vento e esperou a noite chegar para ver o que o sol ia fazer ou o que ia fazer o rio e de manhã ao raiar do dia sobre as montanhas distantes e a vasta planície adiante se deu conta de que atravessara de volta através das montanhas e chegara aonde o rio corria de novo para o norte ao longo da parte leste das *sierras*.

Cavalgou mais para o interior das montanhas. Sentou-se no tronco de uma árvore derrubada pelo vento num alto bosque de *madroños* e freixos e com o canivete cortou um pedaço de corda enquanto o cavalo o vigiava. Levantou-se e introduziu a corda nos passantes das calças de brim que lhe pendiam da cintura e guardou o canivete. Não tem nada pra comer, disse para o cavalo.

Naquele altiplano agreste ele se deitava no frio e no escuro e ouvia o vento e observava as poucas últimas brasas agonizantes da fogueira e as fissuras rubras nos carvões de lenha que rachavam ao longo de veios cuja existência não se adivinhava. Como se na provação da lenha residissem geometrias ocultas evocadas e cujas ordens só pudessem ser plenamente reveladas, pois que assim é o mundo, nas trevas e nas cinzas. Ele não ouviu lobo algum. Esfarrapado e faminto e o cavalo esmorecido, uma semana depois adentraram a cidade mineira de El Tigre.

Uma dúzia de casas se assentava desordenadamente ao longo de uma encosta que sobranceava um pequeno vale de montanha. Ninguém à vista. Ele deteve o cavalo no meio de uma rua de terra e o cavalo fitou desolado a cidade, os toscos *jacales* de barro e madeira com portas de couro. Fez o cavalo avançar e uma mulher saiu à rua e se acercou dele e parou diante do estribo e ergueu o olhar para o rosto do menino sob o chapéu e perguntou se ele estava doente. Ele respondeu que não. Que só estava com fome. Ela lhe disse que apeasse e ele o fez e tirou o arco do ombro e o pendurou no arção da sela e seguiu a mulher até a casa enquanto o cavalo ia atrás.

Sentou-se na cozinha imersa na penumbra, tão protegida do sol estava, e comeu *frijoles* numa tigela de barro com uma enorme colher de lata esmaltada. A única luz entrava por um respiradouro no teto e a mulher se ajoelhou em frente de um *brasero* de barro baixo e virou *tortillas* num velho *comal* de barro trincado enquanto a fumaça rala subia pela parede enegrecida e se esvanecia no alto. Ele pôde ouvir galinhas cacarejando lá fora e num cômodo ainda mais escuro atrás de uma cortina de pano de saco o ressono de alguém que dormia. A casa cheirava a fumaça e gordura rançosa e a fumaça exalava o tênue odor antisséptico de madeira de *piñon*. Ela virou as *tortillas* com os dedos nus e as colocou numa travessa de barro e as levou para ele. Ele lhe agradeceu e dobrou uma *tortilla* e a mergulhou no feijão e comeu.

De dónde viene?, ela perguntou.

De los Estados Unidos.

De Tejas?

Nuevo México.

Que lindo, disse ela.

Lo conoce?

No.

Observou-o comer.

Es minero?, perguntou.

Vaquero.

Ay, vaquero.

Quando ele terminou e raspou a tigela com o último pedaço de *tortilla*, ela recolheu os pratos e os carregou até o outro lado do cômodo e os colocou dentro de um balde. Ao retornar se sentou no banco de madeira diante dele e o observou atentamente. *Adónde va?*, perguntou.

Ele não sabia. Olhou ao redor com ar de incerteza. Fixada na parede de barro nua com um prego de madeira estava uma folhinha com uma fotografia colorida de um Buick de 1927. Ao lado dele uma mulher de casaco de pele e turbante. Ele disse que não sabia para onde estava indo. Silenciaram. Ele indicou com um gesto de cabeça a cortina de pano de saco. *Es su marido?*, perguntou.

Ela respondeu que não. Disse que era a irmã.

Ele anuiu com a cabeça. Tornou a olhar ao redor do cômodo que o primeiro olhar de qualquer modo já havia explorado e depois estendeu a mão por sobre o ombro e pegou o chapéu pendurado no pau do encosto da cadeira às costas e arrastou a cadeira para trás no chão de barro e se pôs de pé.

Muchísimas gracias, disse.

Clarita, a mulher chamou.

Não tirara os olhos de cima dele e ocorreu ao rapaz que ela talvez fosse um pouco maluca. Tornou a chamar. Voltou-se e olhou na direção do cômodo escuro atrás da cortina, ergueu um dedo. *Momentito,* disse. Levantou-se e entrou no cômodo. Alguns minutos depois reapareceu. Afastou a cortina de pano de saco contra o batente da porta num gesto ligeiramente teatral. A mulher que estivera dormindo transpôs o limiar da porta e parou diante do rapaz trajando um roupão de raiom rosa manchado. Olhou para o rapaz e se voltou e olhou para a irmã. Talvez fosse a caçula, mas se pareciam muito. Tornou a olhar para o rapaz. Ele segurava o chapéu nas mãos. A irmã se postou atrás dela no limiar da porta com a cortina puída e empoeirada puxada contra si de um modo a sugerir que a aparição da mulher que dormia era algo raro e transitório. Ela própria não mais que o arauto de um bem por vir. A irmã sonolenta prendeu contra si o roupão e se achegou e tocou o rosto do rapaz com uma mão. Depois se voltou e transpôs o limiar da porta e não retornou. O rapaz agradeceu à anfitriã e pôs o chapéu e abriu a porta de couro rangente e caminhou para a luz do sol lá fora onde o cavalo aguardava.

Cavalgando a rua em que não havia marcas de roda nem de cascos nem qualquer sinal de comércio, ele passou por dois homens de pé diante de uma porta que o chamaram e lhe fizeram sinais. Pendurara de novo o arco no ombro e pensou que ao cavalgar desse modo armado com as roupas esfarrapadas e enegrecidas e montado num cavalo mirrado devia compor uma figura triste ou ridícula, mas quando examinou mais detidamente os sujeitos que o importunavam concluiu que dificilmente teria um aspecto pior do que o deles e prosseguiu.

Atravessou o pequeno vale e tomou a direção oeste rumo às montanhas. Não havia como saber quanto tempo estivera naquele país, mas por tudo o que vira de bom e de mau e sobre o qual refletira ao cavalgar sabia que já não temia o que viesse a encontrar. Nos dias seguintes se depararia com índios selvagens no interior das *sierras* que viviam em *chozas* e *wickiups* de *rancherías* esquálidas e índios ainda mais selvagens que viviam em cavernas e todos eles deviam tê-lo julgado louco pelo modo como o trataram. Deram-lhe de comer e as mulheres lhe lavaram as roupas e as remendaram e lhe costuraram as botas com agulha tosca e fios de ligamentos de pé de falcão. Conversaram entre si na língua nativa ou com ele num espanhol rudimentar. Contaram que quase todos os seus índios mais moços tinham ido trabalhar nas minas ou nas cidades ou nas *haciendas* dos mexicanos, mas que não confiavam nos mexicanos. Comerciavam com eles nos pequenos povoados ao longo do rio e às vezes se punham a observá-los à distância nas festas, mas fora isso viviam isolados em seu canto. Contaram que os mexicanos costumavam culpá-los pelos crimes que eles próprios cometiam entre si e que os mexicanos se embriagavam e se matavam uns aos outros e depois enviavam soldados às montanhas para persegui-los. Quando ele lhes contou de onde tinha vindo ficou surpreso ao constatar que conheciam também aquele país mas dele se recusavam falar. Ninguém propôs trocar cavalos com ele. Ninguém lhe perguntou por que estava ali. Apenas o aconselharam a se manter distante do território dos yaqui a oeste porque os yaqui o matariam. Depois as mulheres embrulharam para ele um jantar de carne-seca e coriácea ou *machaca* e milho assado e *tortillas* enfarruscadas e um velho se adiantou e se dirigiu ao rapaz num espanhol que ele mal pôde compreender, falando com grande gravidade enquanto fitava fundo os olhos do rapaz e apoiava as mãos na dianteira e na traseira da sela de modo que o rapaz estava quase envolvido em seus braços. Trajava-se de uma maneira estranha e extravagante e suas roupas eram bordadas com desenhos geométricos que pareciam instruções, talvez um jogo. Usava joias de jade e prata e o cabelo era longo e mais negro do que sua idade poderia permitir. Disse ao rapaz que apesar de ser *huérfano* deveria parar com as perambulações e encontrar para si mesmo um lugar no mundo porque a perambulação se tornaria uma paixão e por essa paixão se apartaria dos homens e por fim de si mesmo. Disse que o mundo só podia ser conhecido tal como existia no coração dos homens. Pois embora parecesse um lugar que contivesse os homens era na realidade um lugar contido dentro deles e por esse motivo para conhecê-lo era preciso olhar para dentro de si e conhecer o coração e para isso era preciso viver com os homens e não simplesmente passar entre eles. Disse que embora o *huérfano* talvez sentisse que já não partilhava das coisas com os homens deveria afastar esse sentimento porque continha dentro de si uma grandeza de alma que os homens podiam ver e que os homens gostariam de conhecê-lo e que o mundo precisaria dele assim como ele precisava do mundo porque os dois são um só. Finalmente disse que embora isso em si mesmo fosse uma coisa boa assim como todas as coisas boas também era um perigo. Depois retirou as mãos da sela do rapaz e recuou e parou. O rapaz lhe agradeceu pelas palavras mas disse que na verdade não era um órfão e em seguida agradeceu às mulheres paradas ao redor e volteou o cavalo e partiu. Os índios o observaram partir. Ao passar pela última *wickiup* ele se voltou e olhou para trás e ao fazê-lo o velho gritou. *Eres*, disse. *Eres huérfano*. Mas o rapaz apenas ergueu uma mão e tocou o chapéu e prosseguiu.

Dali a dois dias topou com uma carreteira que passava de leste a oeste cruzando as *sierras*. Os bosques verdejavam com azinheiros e *madroños*, a estrada parecia pouco usada. Num dia de viagem não avistou vivalma. Atravessou um desfiladeiro elevado onde a passagem era tão estreita que as pedras estampavam antigas cicatrizes de eixos de rodas e abaixo do desfiladeiro havia túmulos de pedras esparsos, as *mojoneras de muerte* daquela região onde viajantes foram massacrados por índios anos antes. A região parecia despovoada e infecunda e ele não viu animais selvagens e não viu aves e nada havia ao redor exceto o vento e o silêncio.

Na escarpa a leste apeou e conduziu o cavalo ao longo de um paredão de rocha cinzenta. Os arbustos de junípero que cresciam ao longo da borda se curvavam a um vento que já havia soprado. Na superfície da rocha havia antigos pictogramas de homens e animais e sóis e luas assim como outras representações que pareciam não ter referente no mundo embora alguma vez tivessem tido. Ele se sentou ao sol e correu os olhos pelas terras a leste, a vasta barranca do rio Bavispe e a planície das Carretas que outrora fora leito de mar e a sequência de pequenas campinas e os milhos novos vicejando nas terras antigas do Chichimeca por onde padres passaram e soldados passaram e onde as missões tombaram na lama e as cadeias de montanhas além da planície, cadeia sobre cadeia em entretons de azul onde o terreno se rasgava ao norte e ao sul, cânion e cadeia, *sierra* e barranca, todos na espera onírica de que o mundo viesse a ser, o mundo viesse a passar.

Viu um único abutre pairando imóvel nalgum vetor elevado que o vento lhe reservara. Viu a fumaça de uma locomotiva que atravessava vagarosamente a planície a sessenta quilômetros de distância.

Pegou um punhado de castanhas de *piñon* do bolso rasgado e as espalhou na superfície de uma pedra e as partiu com um seixo. Habituara-se a conversar com o cavalo e conversou com ele agora enquanto partia as castanhas e quando as desentranhou das cascas pegou-as na concha da mão e ofereceu-as a ele. O cavalo olhou para ele e olhou para as castanhas de *piñon* e deu dois passos para a frente e colocou a boca borrachenta na palma de sua mão.

Limpou a baba da mão na perna das calças e se sentou partindo e comendo o resto das castanhas sob a vigilância do cavalo. Depois se pôs de pé e caminhou até a beirada da escarpa e atirou o seixo. A pedra girou e caiu e caiu e sumiu no silêncio. Ficou a escutar. De muito longe o débil barulho de pedra sobre pedra. Caminhou de volta e se estirou sobre a quente superfície da rocha inclinada e aninhou a cabeça no braço dobrado e fitou a escuridão do fundo da copa do chapéu. Sua casa parecia remota e um sonho. Havia momentos em que não conseguia se lembrar do rosto do pai.

Adormeceu e no sono sonhou com homens selvagens que vieram em sua direção com porretes e dentes pontudos expostos e o cercaram e o avisaram do que lhe fariam antes mesmo de começarem. Ele acordou e ficou escutando. Como se ainda pudessem estar ali logo atrás da escuridão do chapéu. Agachados entre as rochas. Esculpindo na pedra com pedras aquelas aparências do mundo vivo que teriam suportado e o mundo morto em suas mãos. Ele ergueu o chapéu e o colocou sobre o peito e olhou o céu azul. Sentou-se e procurou o cavalo com os olhos, mas o cavalo estava a apenas alguns metros adiante à espera. Levantou-se e girou as espáduas enrijecidas e pôs o chapéu e recolheu as rédeas soltas e correu a mão pela perna dianteira do cavalo até ele erguer a pata e aninhou o casco entre os joelhos e o examinou. Havia muito o cavalo perdera as ferraduras e os cascos eram longos e gastos e ele pegou o canivete e aparou as bordas alargadas e achatadas das paredes do casco e então abaixou a pata do cavalo e rodeou o animal inspecionando e aparando os outros cascos. A constante fricção contra capoeiras e arbustos dos bosques das montanhas eliminara todos os vestígios do bom tratamento no estábulo e o cavalo desprendia um cálido odor de raízes. Os cascos eram escuros e pesados e o cavalo trazia em si sangue de *grullo* suficiente para fazer dele um cavalo montês tanto por conformação como por inclinação e uma vez que o rapaz havia crescido num lugar em que se falava de cavalos mais ou menos continuamente ele sabia que se o sangue determina a forma de um jarrete ou a largura de uma cabeça e também determina uma essência interior específica e não outra e quanto mais selvagem se tornava a vida nas montanhas mais sentia que o cavalo se achava sutilmente em guerra consigo mesmo. Não pensava que o cavalo fosse abandoná-lo, mas estava certo de que isso lhe ocorrera. Aparou o último casco traseiro e conduziu o animal de volta para a estreita trilha e montou e volteou e começou a descer pela garganta.

A estrada descia ao longo do paredão de granito da *sierra* em espiral. Surpreendia-o que carroças pudessem transpor aqueles estreitos zigue-zagues. Havia reentrâncias ao longo das bordas da estrada que o forçavam a apear e guiar o cavalo e havia pedras no meio da estrada que homem algum conseguiria remover. O caminho continuava embaixo deixando pinheirais e atravessando bosques de carvalhos e juníperos. Um terreno selvagem e desordenado. Em toda parte, a vegetação verde invadia as barrancas. Na luz da tarde um tremeluzente verde-resedá. A descida durou bem umas sete horas, a última delas na escuridão.

Naquela noite dormiu na margem arenosa do rio em meio a bambus e salgueiros e de manhã cavalgou rumo ao norte ao longo da trilha do rio até chegar a um vau. Escoradas na borda da rubra planície aluvial do outro lado do rio estavam as ruínas de uma cidade a se atolar no mesmo barro do qual fora construída. Um único fio de fumaça se elevava no ar azul. Ele fez o cavalo entrar no vau e o deteve para o animal beber e se inclinou de cima da sela e colheu um punhado de água na concha da mão e molhou o rosto e colheu outro punhado para beber. A água era fria e cristalina. A montante do rio andorinhões ou andorinhas descreviam círculos e planavam baixo acima das águas e o sol da manhã batia quente no rosto dele. Pressionou os tacões das botas contra os flancos do cavalo e o cavalo se ergueu do rio com a boca respingando água e vadeou lentamente. No meio do rio ele deteve de novo o animal e tirou o arco do ombro e o atirou no rio. O arco girou e se agitou na corrente e flutuou na direção do pequeno lago abaixo. Uma meia-lua de madeira esbranquiçada, girando à deriva, perdida no sol à tona da água. Legado de algum arqueiro afogado, músico, fazedor de fogo. Ele atravessou o vau e subiu na margem por entre os salgueiros e o *carrizal* e rumou para a cidade.

A maioria das construções ainda de pé se situava no extremo da cidade e para lá ele se dirigiu. Passou pela carcaça de uma antiga carruagem semiesmagada num *zaguán* onde as portas caíram. Passou por um *horno* de barro num pátio de dentro do qual os olhos de algum animal espreitavam e passou pelas ruínas de uma enorme igreja de adobe cujas vigas do teto jaziam no monturo. O homem parado à porta no fundo da igreja tinha a pele mais pálida do que a do rapaz e cabelo ruivo e olhos azul-claros e o homem o chamou primeiro em espanhol e depois em inglês. Disse-lhe que apeasse e entrasse.

Deixou o cavalo à porta da igreja e seguiu o homem num pequeno aposento onde o fogo ardia numa estufa de ferro laminado rudimentar. O aposento continha uma pequena cama ou catre e uma comprida mesa de madeira de pinho com pernas torneadas e algumas cadeiras com encosto de couro idênticas às feitas pelos menonitas daquela região. Vários gatos de todas as cores se largavam deitados no aposento. O homem gesticulou vagamente para os gatos como se de algum modo estivessem desculpados e depois fez um sinal com a mão para que o rapaz puxasse uma cadeira. O rapaz tirou do ombro a manta que carregava e a segurou. O aposento estava bastante aquecido mas o homem se curvou e abriu a porta da estufa e pôs mais lenha. Em cima da estufa havia uma frigideira de ferro e uma chaleira e algumas panelas empretecidas ao lado de um bule de chá de prata com pés muito amassado e oxidado e deslustrado de modo a contrastar estranhamente com os outros utensílios. O homem se endireitou e fechou a porta da estufa com o pé e estendeu os braços e pegou um par de xícaras de porcelana e pires e os depositou na mesa. Um gato subiu na mesa e andou por ela e olhou dentro de cada xícara e então se sentou. O homem tirou o bule de chá de cima da estufa e encheu as xícaras e recolocou o bule e olhou para o rapaz.

Eres puros huesos, disse.

Tengo miedo es verdad.

Por favor. Fique à vontade. Gostaria de comer alguns ovos?

Acho que comeria alguns, sim.

Quantos?

Três.

Não tenho pão.

Então como quatro.

Sente-se.

Sinsenhor.

O homem pegou um pequeno balde esmaltado e saiu pela porta baixa. O rapaz puxou uma cadeira e se sentou. Dobrou a manta e a pôs sobre a cadeira ao lado e pegou a xícara que se achava mais próxima e tomou um gole de café. Não era café de verdade. Não sabia o que era. Olhou ao redor. Os gatos o observavam. Pouco depois o homem retornou com os ovos rolando no fundo do balde. Apanhou a frigideira e a segurou pelo cabo e espiou dentro dela como se olhasse num espelho negro e então tornou a assentá-la e tirou uma colherada de banha de um pote de barro e a lançou na frigideira. Observou a banha se derreter e depois quebrou os ovos dentro da frigideira e os mexeu com a mesma colher. Quatro ovos, disse.

Sinsenhor.

O homem se virou e olhou para ele e depois retornou aos ovos. Ocorreu ao rapaz que o homem não falara com ele. Quando os ovos ficaram prontos o homem pegou um prato e com a colher nele pôs o mexido e apoiou um garfo de prata oxidado na borda do prato e o depositou na mesa na frente do rapaz. Serviu mais café e recolocou o bule sobre a estufa e se sentou do outro lado da mesa diante do rapaz para observá-lo comer.

Está perdido?, perguntou.

O rapaz se deteve segurando uma garfada de ovo e refletiu sobre a pergunta. Acho que não, respondeu.

O último homem que apareceu por aqui estava doente. Era um homem doente.

Quando foi?

O homem gesticulou com a mão no ar sem muita certeza.

O que aconteceu com ele?, o rapaz perguntou.

Morreu.

O rapaz continuou comendo. Não estou doente, disse.

Está enterrado no cemitério da igreja.

O rapaz comeu. Não estou doente, disse, e não estou perdido.

Foi o primeiro a ser enterrado lá depois de muitos anos, pode acreditar.

Quantos anos?

Não sei.

Por que ele veio aqui?

Era mineiro nas montanhas. Um *barretero*. Adoeceu e então veio para cá. Mas era tarde demais. Ninguém pôde fazer nada por ele.

Quantas pessoas mais moram aqui?

Nenhuma. Só eu.

Então o senhor foi o único que tentou?

Tentou o quê?

Fazer alguma coisa por ele.

Sim.

O rapaz ergueu o olhar e fitou o homem. Comeu. Que dia é hoje?, perguntou.

Domingo.

Quero dizer que dia do mês.

Não sei.

Sabe que mês é?

Não.

Como sabe que é domingo?

Porque a cada sete dias é domingo.

O rapaz comeu.

Sou mórmon. Ou fui. Nasci mórmon.

Não sabia ao certo o que era um mórmon. Correu os olhos pelo aposento. Olhou os gatos.

Vieram para cá há muitos anos. Em 1896. De Utah. Vieram por causa da cidadania. Em Utah. Eu era mórmon. Depois me converti à Igreja. Depois me tornei não sei bem o quê. Depois me tornei eu mesmo.

O que o senhor faz aqui?

Sou o guardião. O zelador.

O que o senhor zela?

A igreja.

Ela caiu já.

Sim. Claro. Caiu no terremoto.

O senhor estava aqui na hora?

Eu não tinha nascido.

Quando foi?

Em 1887.

O rapaz terminou de comer os ovos e depositou o garfo no prato. Olhou para o homem.

Quanto tempo faz que o senhor está aqui?

Seis anos.

Quando o senhor chegou já estava assim?

Estava.

O rapaz levou a xícara à boca e a esvaziou e a assentou de volta no pires. Obrigado pela refeição, disse.

Por nada.

O rapaz deu a impressão de que estava para se levantar e partir. O homem enfiou a mão no bolso da camisa e retirou fumo e um pequeno envoltório de pano que continha papéis cortados de palha de milho. Um dos gatos deitados no catre se ergueu e se espreguiçou, pernas de trás e da frente, e saltou silenciosamente sobre a mesa e caminhou até o prato do rapaz e o cheirou e se acachapou sobre as pernas dobradas e começou a delicadamente comer os restos de ovo grudados nos dentes do garfo. O homem espalhou fumo ao longo do papel e começou a enrolá-lo num movimento de vaivém. Empurrou o cigarro pronto na mesa na direção do rapaz.

Obrigado, o rapaz disse. Nunca pus um cigarro na boca.

O homem anuiu com a cabeça e girou o cigarro no canto da boca e se levantou e foi até a estufa. Tirou uma longa lasca de lenha de dentro de uma lata cheia delas no chão e abriu a porta da estufa e se curvou e acendeu a ponta da lasca e com ela acendeu o cigarro. Depois assoprou a chama da lasca e a colocou de volta na lata e fechou a porta da estufa e retornou à mesa com o bule e tornou a encher a xícara do rapaz. A xícara dele mesmo permanecia intocada, negra e fria. Repôs o bule em cima da estufa e deu a volta à mesa e se sentou como antes.

O gato se ergueu e olhou para si mesmo na porcelana branca do prato e se afastou e se sentou e bocejou e começou a se limpar.

Por que o senhor veio pra cá?, o rapaz perguntou.

Por que você veio?

Senhor?

Por que você veio para cá?

Não vim pra cá. Só estou de passagem.

O homem tragou o cigarro. Eu também, disse. Como você.

Está de passagem faz seis anos?

O homem gesticulou com um curto meneio de mão. Vim para cá como um herege abandonando uma vida anterior. Estava fugindo.

Veio pra cá pra se esconder?

Vim por causa da devastação.

Senhor?

A devastação. Do terremoto.

Sinsenhor.

Estava procurando provas da intervenção da mão de Deus neste mundo. Chegara a acreditar que essa mão era colérica e pensava que os homens não tinham investigado suficientemente os milagres da destruição. Os desastres de uma determinada magnitude. Pensava que haveria provas não examinadas devidamente. Pensava que Ele não se daria ao trabalho de eliminar todas as impressões digitais. Eu tinha uma vontade muito grande de saber. Pensava que Ele até se divertia deixando alguma pista.

Que tipo de pista?

Não sei. Alguma coisa. Alguma coisa imprevista. Alguma coisa fora de lugar. Alguma coisa não verdadeira ou improvável. Uma pegada na terra. Uma bugiganga caída. Não alguma causa. Isso posso lhe dizer. Não alguma causa. Causas apenas multiplicam a si mesmas. Levam ao caos. Eu queria era conhecer a mente Dele. Não podia acreditar que Ele destruiria Sua própria igreja sem motivo algum.

O senhor acha que talvez as pessoas que moravam aqui fizeram alguma coisa de mau?

O homem fumou pensativamente. Achei que era possível, sim. Possível. Como nas cidades da planície. Achei que poderiam existir provas de alguma coisa tão inominável que O incitou a levantar a mão. Alguma coisa no entulho. Na poeira. Debaixo das vigas. Alguma coisa sinistra. Quem pode dizer?

O que o senhor descobriu?

Nada. Uma boneca. Um prato. Um osso.

Inclinou-se e apagou o cigarro numa tigela de barro na mesa.

Estou aqui por causa de um determinado homem. Vim para refazer seus passos. Talvez para ver se não haveria um caminho alternativo. O que havia aqui para ser descoberto não era uma coisa. Coisas separadas de suas histórias não significam nada. São apenas formas. De um determinado tamanho e de uma determinada cor. Um determinado peso. Quando perdemos o significado das coisas elas deixam até de ter um nome. A história ao contrário nunca se perde de seu lugar no mundo porque ela é esse lugar. E isso é o que havia aqui para ser descoberto. O *corrido*. O conto. E como todos os *corridos* no fim ele contava só uma história, pois só há uma para contar.

Os gatos se mexiam e se moviam, o fogo crepitava na estufa. Lá fora no vilarejo abandonado o mais profundo silêncio.

Qual é a história?, o rapaz perguntou.

Na cidade de Caborca no Altar River havia um homem que lá morava, que era velho. Nasceu em Caborca e em Caborca morreu. Mas morou uma vez nessa cidade. Em Huisiachepic.

O que Caborca sabe de Huisiachepic, Huisiachepic de Caborca? São mundos diferentes, você há de convir. Entretanto mesmo assim existe um mundo só e tudo o que é imaginável é para ele necessário. Pois este mundo também que nos parece uma coisa de pedra e flor e sangue não é de modo algum uma coisa, mas uma história. E tudo o que há nele é uma história e cada história a soma de todas as histórias menores e, entretanto, há também a mesmíssima história e contém ainda tudo o mais que há dentro delas. De modo que tudo é necessário. Cada mínima coisa. Essa é a lição mais complexa. Nada pode ser dispensado. Nada desprezado. Porque as costuras estão ocultas de nós, entende. As junções. O modo no qual o mundo é feito. Não temos como saber o que pode ser subtraído. Omitido. Não temos como dizer o que pode ficar de pé e o que pode cair. E essas costuras que estão ocultas de nós estão é claro na própria história e a história não tem moradia ou lugar de ser exceto somente no conto e nele vive e dele faz morada e por isso não podemos jamais deixar de contar. Não há fim para o contar. E seja em Caborca ou em Huisiachepic ou em qualquer outro lugar com qualquer outro nome ou sem nome algum repito que todas as histórias são uma só. Devidamente ouvidas todas as histórias são uma só.

O rapaz olhou dentro do escuro disco de líquido na xícara que não era café. Olhou para o homem e olhou para os gatos. Pareciam dormir e lhe ocorreu que a voz do homem não lhes era novidade e que ele devia falar consigo mesmo na ausência de quaisquer ouvidos que a providência divina enviasse do mundo exterior. Ou falar com os gatos.

E o outro homem que morava aqui?, perguntou.

Sim. Os pais desse homem foram mortos por um tiro de canhão na igreja de Caborca onde se refugiaram junto com outros para se defender contra a invasão dos foragidos americanos. Talvez você conheça alguma coisa da história deste país. Quando removeram as pedras e os entulhos encontraram o rapaz nos braços da mãe morta. O pai do rapaz estava ao lado e fazia esforço para falar. Ergueram-no. O sangue escorria da boca. Curvaram-se para ouvir o que ele iria dizer, mas nada disse. O peito fora esmagado e ele respirava sangue e ergueu uma mão como se num adeus e depois morreu.

O rapaz foi trazido para esta cidade. De Caborca tinha poucas lembranças. Lembrava-se do pai. Algumas coisas. Lembrava-se do pai erguendo-o nos braços para ver o espetáculo de marionetes na *alameda*. Da mãe lembrava-se menos. Talvez nada. Os pormenores da vida dele são pormenores estranhos. Esta é uma história de infortúnio. Ou ao menos parecia. O fim ainda está para ser contado.

Aqui ele se fez homem. Nesta cidade. Aqui se casou e com a graça de Deus em sua hora foi abençoado com um filho.

Na primeira semana de maio do ano de 1887 este homem pega o filho e parte com ele numa viagem. Vai a Bavispe e lá deixa o menino aos cuidados de um tio que é também o *padrino* do menino. De Bavispe ele continua rumo a Batopite onde faz acertos para a venda de açúcar produzido por determinadas *estancias* no sul. Em Batopite ele pernoita. Esta é uma viagem sobre a qual refleti muitas vezes. Esta viagem e este homem. Ele é jovem. Talvez menos de trinta anos. Ele monta uma mula. O menino no arção da sela na frente dele. É primavera e as flores-do-campo vicejam nos vales ao longo do rio. Ele prometeu retornar com um presente para a jovem mulher. Ele a vê parada de pé. Ela acena um adeus enquanto ele parte. Não leva consigo nenhum retrato da mulher além daquele que carrega no coração. Pense bem. Talvez ela esteja chorando. Lá de pé a observá-lo sumir de vista. De pé na sombra desta mesma igreja que está condenada a cair. A vida é uma recordação, depois é nada. Toda lei é escrita numa semente.

O homem arqueara os dedos acima da mesa representando a cena. Passou uma mão da esquerda para a direita para reconstituir a posição das coisas em relação ao sol e ao cavaleiro ou à mulher no lugar em que se postou. Como se moldasse no ar do presente os espaços em que tais coisas estiveram no passado.

Em Bavispe havia uma feira. Um circo itinerante. E o homem ergueu o filho novo sob as lanternas de papel tal como no passado seu próprio pai o erguera para que o menino pudesse ver. Um palhaço, um mágico, um homem que segurava serpentes com as mãos nuas. Na manhã seguinte partiu sozinho para Batopite como contei, deixando o menino com o tio. E lá em Bavispe o menino morreu, esmagado no terremoto. O *padrino* apertou o menino nos braços e chorou. A cidade de Batopite não foi atingida. Ainda hoje você pode ver a grande fenda na encosta da montanha do outro lado do rio, como uma enorme risada. E essa foi a única notícia do desastre que chegou a Batopite. Nada mais se sabia. Ao retornar a Bavispe no dia seguinte este homem encontrou um caminhante que lhe contou o ocorrido. Não pôde acreditar nas palavras do homem e fustigou a mula e quando chegou a Bavispe tudo estava em ruínas como o caminhante lhe contara e a morte grassava em grande abundância.

Ele entrou na cidade já tomado de grande temor pelo que encontraria. Ouviu disparos. Cães que se alimentavam dos cadáveres nos entulhos saíram correndo e passaram a galope por ele e homens armados saíram correndo e se detiveram na rua a berrar. Na *alameda* os mortos tinham sido colocados sobre esteiras de junco e velhas vestidas de preto andavam de um lado para outro entre as fileiras de corpos brandindo ramos verdes para espantar as moscas. O *padrino* se aproximou dele e chorou diante do estribo da mula, mas não conseguindo falar só pegou os arreios nas próprias mãos e o guiou a soluçar. Ao longo da *alameda* jaziam os cadáveres de mercadores e lavradores e das mulheres de mercadores e lavradores. Cadáveres de meninas. Jazendo sobre esteiras na *alameda* de Bavispe. Um cão morto com roupas carnavalescas. Um palhaço morto. O mais novo de todos, o filho esmagado e sem vida. Ele apeou e se ajoelhou e apertou contra o peito os restos ensanguentados do menino. É o ano de 1887.

O que teria ele pensado? Quem não é capaz de sentir sua angústia? Ele retorna a Huisiachepic transportando no lombo da mula o cadáver do filho com quem Deus lhe tinha abençoado a casa. À espera dele em Huisiachepic está a mãe do menino e este é o presente que ele lhe leva.

Um homem assim é como um sonhador que desperta de um sonho de dor para encontrar um sofrimento ainda maior. Tudo o que ele ama agora se transformou num tormento. Fora arrancado o pino do eixo do universo. Tudo aquilo de que se desvia o olhar ameaça escapar. Um homem assim para nós está perdido. Ele anda e fala. Mas ele mesmo é menos do que a mera sombra de tudo aquilo que observa. Não há dele retrato possível. O menor sinal na página exagera sua presença.

Quem desejaria a companhia de um homem assim? Aquilo que fala em nós um ao outro e está além de nossas palavras ou além deste ou daquele gesto de mão para dizer que é isto o que sinto no fundo do coração, ou isto. E nele isso se perdeu. Sim.

O rapaz o observava. O homem tinha um brilho nos olhos e apoiara na mesa uma mão com a palma voltada para cima como se contivesse a própria coisa perdida. Fechou a mão para retê-la.

Nós o perdemos de vista por alguns anos. Ele abandona a mulher nas ruínas desta cidade. Muitos amigos morreram. Da mulher nada mais se sabe. Ele está na Guatemala. Ele está em Trinidad. Como poderia voltar? Se tivesse podido salvar alguma coisa do sepultamento de sua vida então talvez não teria havido a necessidade de vir com flores e luto. E, entretanto, tal como era não restara parte alguma dele que pudesse fazê-lo. Compreende?

Homens cujas vidas foram poupadas em grandes desastres muitas vezes atribuem sua salvação ao destino. À mão da Providência. Este homem tornou a ver dentro de si mesmo o que talvez tivesse esquecido. Que havia muito tinha sido eleito dentre os homens comuns.

Pois o que lhe cabia agora era reconhecer que por duas vezes fora chamado das cinzas, do pó e do entulho. Com que fim? Não se pode supor que tais predestinações sejam felizes porque não o são. Ao ser poupado pelo destino se viu apartado tanto dos antecedentes como dos descendentes. Não era mais do que a brevidade de um ser. Seus esforços de participar de uma vida comum entre os homens se tornaram frágeis, insustentáveis. Ele era um tronco sem raízes ou galhos. Talvez houvesse mesmo então um momento em que teria entrado na igreja para rezar. Mas a igreja caíra por terra. E no obscuro santuário dentro dele a terra também tremera, também se fendera. Ali também havia ruína. Um deserto se abrira em sua alma e talvez tivesse visto com uma nova clareza o quanto ele próprio era semelhante à igreja, não mais do que um objeto de barro, e talvez tivesse pensado que a igreja não seria reconstruída pois tal obra requer primeiro que Deus esteja no coração dos homens, uma vez que só dentro dele ela existe verdadeiramente e nele não estando não há força que consiga reconstruí-la. Tornou-se um herege. Sim.

Depois de muito perambular este homem fincou pé por fim na capital e lá trabalhou durante alguns anos. Como mensageiro. Carregava uma sacola de couro e lona trancada com cadeado. Não tinha como saber o teor das mensagens nem tinha qualquer curiosidade de saber. As fachadas de pedra das construções diante das quais passava em suas rotas diárias estavam crivadas de buracos de antigas balas. Em pontos bem acima do alcance das pessoas que os quisessem recolher ainda restavam aqui e ali os delgados e enegrecidos medalhões de chumbo que resultaram de descargas de metralhadoras assentadas em plataformas nas ruas. As salas em que ele aguardava eram salas das quais homens que ocupavam altos cargos foram arrastados para serem executados. É necessário dizer que era um homem sem posição política? Era apenas um mensageiro. Não tinha fé no poder dos homens de agirem sensatamente em benefício de si mesmos. Acreditava em vez disso que cada ato logo elude o controle de seu perpetrador de modo a ser arrastado por uma estrepitosa maré de consequências imprevistas. Estava convencido de que no mundo há um outro desígnio, uma outra ordem, e nessa força se depositara o que quer que ele advogasse. Nesse meio-tempo esperava ser chamado para não sabia o quê.

O homem se recostou, ergueu o olhar para o rapaz e sorriu. Não me entenda mal, disse. Os acontecimentos do mundo não podem ter vida separada do mundo. E, entretanto, o próprio mundo não pode ter concepção temporal das coisas. Não pode ter causa para favorecer determinados empreendimentos em detrimento de outros. A passagem do exército e a passagem da areia no deserto são uma coisa só. Não há favorecimento, entende. Como poderia haver? Por ordem de quem? Este homem não deixou de acreditar em Deus. Nem elaborou uma moderna visão de Deus. Havia Deus e havia o mundo. Sabia que o mundo se esqueceria dele, mas que Deus não poderia fazê-lo. E, entretanto, era exatamente isso que desejava.

Fácil entender que nada a não ser a dor podia levar um homem a ver as coisas desse modo. E, entretanto, uma dor que não se possa aplacar não é dor. É uma irmã sombria a viajar trajando dor. Os homens não se distanciam de Deus tão facilmente, entende? Não tão facilmente. No âmago de todo homem está o conhecimento de que algo sabe de sua existência. Algo sabe, e desse algo não se pode fugir ou esconder. Imaginar de outro modo é imaginar o indizível. Não é que este homem tivesse alguma vez deixado de crer em Deus. Não. Em vez disso acreditou em coisas terríveis sobre Ele.

Agora ele é pensionista no México. Não tem amigos. De dia se senta no parque. A própria terra que seus pés pisam é adubada com o sangue de seus anciões. Ele observa os transeuntes. Está convencido de que os fins e os propósitos dos quais imaginam estarem investidos seus movimentos na realidade não são mais do que um meio de descrevê-los. Acredita que seus movimentos são subordinados a movimentos mais amplos em planos por eles desconhecidos e estes por sua vez subordinados a outros. Não encontra consolo nessas reflexões, posso assegurar. Vê o mundo escapulir-se. Em volta dele um vasto vazio sem eco. Foi então que começou a rezar. Talvez não por um motivo claro. Mas então que aspecto teria um tal motivo? Pode Deus ser persuadido com agrados? Podemos implorar ou pedir a Ele que enxergue o motivo de nosso raciocínio? Pode qualquer coisa originada de Sua mão satisfazê-lo mais se agir de um modo e não de outro? Pode Ele se surpreender? No coração este homem já tinha começado a tramar contra Deus, mas disso ainda não sabia. Disso não saberia antes de começar a sonhar com Ele.

Quem pode sonhar com Deus? Este homem pôde. Em seus sonhos Deus estava muito atarefado. Interpelado não respondia. Chamado, não ouvia. O homem via-o absorvido no trabalho. Como que através de um vidro. Sentado unicamente à luz de sua própria presença. Urdindo o mundo. Em suas mãos o mundo manava do nada e em suas mãos o mundo sumia de novo no nada. Infinitamente. Infinitamente. Sim. Eis um Deus para se estudar. Um Deus que parecia escravo de deveres por Ele mesmo impostos. Um Deus com uma insondável capacidade de submeter tudo a um propósito inescrutável. Nem mesmo o caos era excluído dessa matriz. E algures nessa tapeçaria que era o mundo em seu fazer e desfazer havia um fio que era ele e ele acordou em prantos.

Num certo dia se levantou e pôs os poucos pertences numa velha maleta que guardara debaixo da cama todos aqueles anos e desceu o poço da escada pela última vez. Carregava a Bíblia embaixo do braço. Como o ministro peregrino de alguma seita insignificante. Em três dias estava na cidade de Caborca de sagrada lembrança. Postado à beira do rio ao sol a olhar com os olhos semicerrados onde a cúpula do transepto danificado da igreja de La Purísima Concepción de Nuestra Señora de Caborca flutuava no ar puro do deserto. Sim.

O homem balançou a cabeça vagarosamente. Pegou da mesa papel e fumo e começou a enrolar outro cigarro. Todo pensativo. Como se a feitura do cigarro fosse um enigma para ele. Levantou-se e caminhou até a estufa e acendeu o cigarro com a mesma lasca de lenha enegrecida e inspecionou o fogo e fechou a porta da estufa e retornou à mesa e se sentou como antes.

Talvez você conheça a cidade de Caborca. A igreja é muito bonita. Grande parte dela foi destruída pelas enchentes do rio ao longo dos anos. O santuário e dois campanários. O fundo da nave e a maior parte do transepto sul. O que resta se apoia sobre três pernas, por assim dizer. A cúpula está suspensa no céu como uma aparição e está suspensa assim há muitos anos. Improvável demais. Pedreiro algum poderia conceber tal estrutura. Durante anos a população de Caborca esperou que ela caísse. Era como uma coisa inacabada na vida dos moradores. Tinham em sua permanência um parâmetro para avaliar acontecimentos de consequências incertas. Dizia-se de certos homens velhos e veneráveis que quando morressem a cúpula cairia e eles morreram e os filhos morreram e a cúpula flutuou no ar puro até que por fim adquiriu uma tal significação na mente das pessoas daquela cidade que quase não falavam dela.

Foi a isso que ele chegou. Talvez nem sequer tivesse refletido sobre a questão de como havia chegado àquele lugar. Entretanto era isso mesmo que buscava. Debaixo daquele teto ajeitou seus pertences e acendeu o fogo e se preparou para receber lá aquilo que dele se esquivara. Qualquer que fosse o nome. Lá nas ruínas daquela igreja de cuja poeira e de cujo entulho ele se alçou havia setenta anos e passou a viver a própria vida. Tal como era. Tal como se tornara. Tal como viria a ser.

Tragou vagarosamente o cigarro. Observou a fumaça subir. Como se seu lento desenrolar desenhasse os lineamentos da história que contava. Sonho ou memória ou pedra edificada. Bateu a cinza na tigela.

Os moradores da cidade se achegaram e ficaram a observá-lo. De uma certa distância. Estavam interessados em ver o que Deus faria com um homem como aquele. Talvez fosse louco. Talvez santo. Ele não prestou atenção neles. Andava de um lado para outro lendo a Bíblia num murmúrio e virando as páginas. No alto na abóbada havia afrescos que representavam todos os acontecimentos sobre os quais meditava. Na parede oeste da cúpula os ninhos de barro das *golondrinas* se acumulavam como reboco de argamassa entre as desbotadas vestes dos santos. De vez em quando ele se detinha em seu andar em círculos e erguia o livro no alto e com o dedo batia numa página e enérgico se dirigia a seu Deus. Era isso o que viam. Um velho eremita. Um homem sem história. Alguns diziam que um homem santo chegara entre eles e alguns um lunático e se escandalizavam muitos que jamais tinham ouvido alguém se dirigir a Deus daquela maneira. Que jamais tinham visto Deus ser puxado pela barba em sua própria casa.

Parecia que o que desejava, este homem, era desencadear uma *colindancia* com seu Criador. Avaliar limites e confins. Assegurar que as linhas divisórias fossem demarcadas e respeitadas. Quem poderia pensar que tal ajuste fosse possível? Os confins do mundo são aqueles divisados por Deus. Com Deus não pode haver ajuste de contas. Com o que se poderia barganhar?

Mandaram chamar o padre. O padre veio e falou com o homem. O padre fora da igreja. O solitário paroquiano dentro. Na sombra da perigosa cúpula. O padre falou com este homem equivocado no que dizia respeito à natureza de Deus e do espírito e a vontade e o significado da graça na vida dos homens e o velho homem o escutou e anuiu com a cabeça em determinados pontos salientes e quando o padre terminou este velho ergueu o livro no alto e gritou para o padre. Você não sabe nada. Foi o que gritou. Você não sabe nada.

As pessoas olharam para o padre. Para ver o que responderia. O padre observou o homem e depois se retirou. A convicção com que o velho falara lhe abalou o coração e ele ponderou as palavras do velho e se perturbou porque naturalmente as palavras do velho eram verdadeiras. E se o velho sabia aquilo então o que mais não saberia?

Voltou no outro dia. E no seguinte. As pessoas chegaram. Os sábios da cidade. Para ouvir o que os dois homens diziam um ao outro. O velho andando de um lado para outro imerso na sombra da cúpula. O padre do lado de fora. O velho virando as páginas do livro com espantosa agilidade. Como um cambista. O padre contrapondo com base naqueles elevados princípios canônicos aos quais conferia amplitude. Ambos hereges até os ossos.

Ele se inclinou para a frente e esmagou o cigarro. Levantou um dedo. Como que para uma advertência. O sol entrara no cômodo pela janela sul e alguns gatos se puseram de pé para se espreguiçar, para se reacomodar.

Com uma diferença, disse. Com uma diferença. O padre não arriscou nada. Não corria risco. Não pisava o mesmo terreno que o velho maluco. Na mesma sombra. Em vez disso preferiu ficar do lado de fora do perigoso edifício de sua própria igreja e ao fazer tal escolha privou suas próprias palavras da força do testemunho.

O velho impulsionado por um instinto qualquer se manteve de pé no terreno ao mesmo tempo abençoado e temeroso. Essa era sua escolha, esse seu gesto. Todos concordaram com o poder de seu testemunho. A força de sua convicção lhes parecia evidente. Em suas palavras havia pouca moderação e pouca prudência. Em sua nova vida o livre-pensador se manifestava. Entende? Pela arrogância tinha exortado a vida. Naquele terreno perigoso fizera de si mesmo a única testemunha que jamais existira e se alguns viram em seus olhos o arroubo da loucura que mais procurariam em alguém que interditou o Deus do universo no terreno escolhido pelo próprio Deus? Pois essa é sempre a natureza de tal terreno, perigoso e transitório. E com efeito é lá que se deve apresentar a defesa ou então em parte alguma.

E o padre? Um homem de grandes princípios. De sentimentos liberais. Um homem generoso até. Uma espécie de filósofo. Entretanto é possível dizer que sua passagem pelo mundo foi tão vasta que mal chegou a deixar rastros. Carregava em si uma profunda reverência pelo mundo, esse padre. Ouvia a voz da Divindade no murmúrio do vento nas árvores. Até as pedras eram sagradas. Era um homem sensato e estava convencido de que havia amor em seu coração.

Não havia. Nem Deus sussurra nas árvores. Sua voz é inconfundível. Quando a ouvem os homens caem de joelhos e suas almas trincam e eles clamam por Ele e neles não há medo, mas apenas aquele desvario do coração que brota de uma tal saudade e clamam para permanecer em Sua presença, pois imediatamente compreendem que se os ímpios podem ter uma vida digna no exílio aqueles a quem Ele se dirigiu não podem contemplar uma vida sem Ele mas somente escuridão e desespero. Árvores e pedras não tomam parte disso. O padre na generosidade de seu espírito corria perigo mortal e não o sabia. Acreditava num Deus infinito sem centro nem circunferência. Por essa falta de forma mesma ele buscou tornar Deus dócil. Essa foi sua *colindancia*. Em sua grandeza cedera todo o terreno. E nessa *colindancia* Deus não tinha voz alguma.

Ver Deus em toda parte é vê-lo em parte alguma. Vivemos de um dia a outro dia, um dia muito igual ao que se segue, e então num belo dia sem qualquer aviso topamos com um homem ou vemos este homem que talvez já conheçamos e é um homem como todos os homens, mas que executa um determinado gesto que se assemelha a depositar coisas no altar e nesse gesto reconhecemos aquilo que está encerrado em nosso coração e que verdadeiramente não o perdemos nem jamais iremos perdê-lo e que é este momento, entende? Este mesmo momento. É isso que almejamos e tememos buscar e é só isso que pode nos salvar.

Sim. O padre se foi. Voltou para a cidade. O velho para o testamento. Para seu andar de um lado para outro e para sua altercação. Tornou-se algo assim como um advogado. Estudou minuciosamente o livro não pela honra e pela glória de seu Criador, mas para encontrar argumento contra Ele. Para procurar nas sutilezas uma natureza mais perversa. Falsos favores. Pequenas trapaças. Promessas não cumpridas ou uma mão levantada com grande rapidez. Para agir contra Ele, entende? Compreendia o que o padre era incapaz de compreender. Que aquilo que buscamos é um adversário valoroso. Pois desferimos o golpe para cairmos prostrados entre demônios de arame e papel crepom e ansiamos que algo de substância se oponha a nós. Algo que nos contenha ou nos detenha a mão. Do contrário não há limites para nosso próprio ser e também nós temos de estender nossas reivindicações até perdermos toda definição. Até sermos enfim tragados por todo o vazio ao qual desejamos nos contrapor.

A igreja de Caborca continuou de pé como antes. Mesmo o padre pôde perceber que o esfarrapado pensionista acampado no entulho era o único paroquiano que a igreja jamais abrigaria. Foi-se. Deixou o velho com sua reivindicação na sombra da cúpula que segundo alguns oscilava visivelmente ao vento. Tentou rir da postura do velho. Acaso Deus lhe dissera se a igreja ficaria em pé ou cairia? Que mais senão o capricho do vento poderia determinar se a vacilante cúpula seria o santuário ou o sepulcro de um velho anacoreta desequilibrado? Nada seria mudado. Nada conhecido. No fim tudo seria como antes.

Atos só existem na testemunha. Sem ela quem pode falar deles? No fim se poderia até mesmo dizer que o ato é nada, a testemunha tudo. Talvez o velho tivesse visto algumas contradições em sua posição. Se os homens eram os zangões que ele imaginava que fossem então não teria ele sido encarregado de uma intimação pelo próprio Ser da qual ele mesmo era o réu? A exemplo do que se deu com muitos filósofos aquilo que a princípio parecia ser uma objeção insuperável a suas teorias passou pouco a pouco a ser considerado um componente necessário e finalmente o sustentáculo. Ele viu o mundo se transformar em nada na própria multiplicidade de seus aspectos. Apenas a testemunha permaneceu inalterada. E a testemunha daquela testemunha. Pois o que é profundamente verdadeiro é também verdadeiro no coração dos homens e por conseguinte não pode jamais ser contado erroneamente em todo e qualquer contar. Esse era então o pensamento dele. Se o mundo era uma história quem senão a testemunha poderia lhe insuflar vida? Onde mais poderia existir? Era essa a visão das coisas que começou a ganhar corpo dentro dele. E ele começou a ver em Deus uma tragédia hedionda. A de que a existência da Divindade estava posta em perigo pela ausência dessa coisa simples. A de que para Deus não poderia haver testemunha. Nada contra aquilo que Ele concluiu. Nada por meio do qual seu ser pudesse ser anunciado a Ele. Nada que existisse separado e dissesse eu sou este e aquele é outro. Onde aquele é não sou eu. Ele podia criar tudo exceto aquilo que lhe diria não.

Agora podemos falar de loucura. Agora podemos falar com certeza. Talvez se pudesse dizer que só um louco andaria de um lado para outro e rasgaria as roupas para estabelecer a responsabilidade de Deus. Que dizer pois deste homem que reivindicava que Deus o protegera não uma vez, mas duas das ruínas da terra unicamente com o propósito de suscitar uma testemunha contra Ele mesmo?

O fogo crepitava na estufa. Ele se reclinou na cadeira. Juntou as mãos tocando a ponta dos dedos e as pressionou uma contra a outra todo pensativo. Como se medisse a força de alguma proposição membranosa. Um enorme gato cinzento subiu na mesa e se pôs a fitá-lo. Faltava-lhe quase uma orelha inteira e os dentes lhe saltavam da boca. O homem se afastou ligeiramente da mesa e o gato foi para seu colo e se enroscou e se acomodou e girou a cabeça e como se fosse um consultor olhou com circunspecção o rapaz do outro lado da mesa. Um gato conselheiro. O homem pousou uma mão sobre o dorso do gato como que para impedi-lo de sair do colo. Olhou para o rapaz. Não é fácil a tarefa do narrador, disse. Parece que se obriga a escolher uma história dentre as muitas possíveis. Mas claro que não é esse o caso. O caso ao contrário é fazer muitas de uma. O contador de histórias deve sempre se dar ao trabalho de inventar contra a asserção do ouvinte — talvez expressa, talvez não — de que ouviu a história antes. Estabelece as categorias nas quais o ouvinte irá desejar enquadrar a narrativa enquanto a estiver ouvindo. Mas entende que a própria narrativa não tem de fato qualquer categoria, sendo em vez disso a categoria de todas as categorias pois não existe nada que fique fora de seu alcance. Tudo é narração. Não tenha dúvida.

O padre nunca mais visitou o velho, a história ficou inacabada. O velho naturalmente de modo algum parou de andar de um lado para outro e de vituperar. Ele ao menos não tinha planos de esquecer as injustiças de sua vida passada. Os dez mil insultos. O catálogo de desgraças. Tinha a mente da parte ferida, entende? Nada para ele estava perdido. Do padre o que é que se pode dizer? Como acontece a todos os padres sua mente se anuviara com a ilusão da proximidade a Deus. Que padre irá denunciar o próprio hábito mesmo que para se salvar? E, entretanto, o velho não estava assim tão distante de seus pensamentos e num belo dia mandaram buscá-lo e lhe contaram que o velho adoecera. Que estava deitado na enxerga e não falava com ninguém. Nem mesmo com Deus. O padre foi visitá-lo e era como lhe contaram. Parou do lado de fora do transepto e se dirigiu ao homem. Perguntou se estava doente de fato. O velho continuou a fitar o afresco descorado. O ir e vir das *golondrinas*. Lançou o olhar sobre o padre e seu olhar estava abatido e vazio e desviou os olhos de novo. O padre, vendo oportunidade na debilidade do alheio como é da natureza humana, retomou a conversa a partir do ponto em que a interrompera semanas antes e começou a declamar para o velho a bondade de Deus. O velho tampou os ouvidos com as mãos, mas o padre apenas se acercou. Por fim o velho se levantou com dificuldade de enxergar e começou a recolher pedras do entulho e a atirá-las contra o padre e desse modo o afugentou.

Retornou três dias depois e tornou a falar com o velho, mas o velho já não o ouvia. A comida, o jarro de leite — que os moradores de Caborca se habituaram a deixar para ele na borda da sombra — estavam intocados. Deus o sobrepujara, naturalmente. Que outra possibilidade haveria? No fim parecia que Ele tornara úteis para Si mesmo até as usurpações heréticas do velho. O sentimento de eleição que ao mesmo tempo sustentara e atormentara o pensionista durante aqueles anos agora estava consumado de um modo que ele não previra e ante seu olhar perplexo surgia a verdade em sua pureza aterradora. Viu que tinha sido de fato eleito e que o Deus do universo era bem mais terrível do que os homens concebiam. Não podia ser eludido nem rejeitado nem circunscrito e era verdadeiro que Ele continha tudo o mais dentro Dele, até mesmo no raciocínio herético do velho de que Ele não era de modo algum Deus.

O padre ficou bastante comovido com o que viu e se surpreendeu com isso. No fim até mesmo superou seus temores e se aventurou sob a cúpula da igreja em ruínas para se postar à cabeceira do velho. Talvez isso tenha dado ânimo ao velho. Talvez mesmo assim tão tarde ele tenha pensado que o padre faria a frágil estrutura ruir, no que ele fracassara. Mas a cúpula naturalmente apenas pairava no ar e momentos depois o velho começou a falar. Segurou a mão do padre como se fosse a mão de um camarada e falou de sua vida e do que ela fora e do que se tornara. Contou para o padre o que aprendera. No fim disse que nenhum homem pode compreender sua vida antes que sua vida esteja concluída e então como seria possível corrigi-la? É apenas à graça de Deus que estamos ligados por este fio de vida. Apertou a mão do padre na sua e lhe pediu que olhasse as mãos unidas e disse veja a semelhança. Esta carne é apenas um memento e, no entanto, diz a verdade. No fim o caminho de um homem é o de todos os homens. Não há jornadas separadas porque não há homens separados que as façam. Todos os homens são um e não há outra história para contar. Mas o padre entendeu sua história apenas como uma confissão e quando o velho terminou começou a pronunciar as palavras da absolvição. Nisso o velho lhe agarrou o braço que desenhava o sinal da cruz no ar junto ao leito de morte e o deteve com os olhos. Soltou a outra mão do padre e ergueu sua própria mão. Como um homem em partida de viagem. Salve você mesmo, sussurrou. Salve você mesmo. Depois morreu.

Lá fora nas ruas forradas de ervas daninhas tudo era silêncio. O homem passou a mão em concha na cabeça do gato, alisando-lhe as orelhas que puxava para trás. A boa, a mutilada. O gato continuou deitado com as patas dianteiras dobradas contra o peito, os olhos semicerrados. Este é o meu gato guerreiro, o homem disse. *Pero es el más dulce de todo. Y el más simpático.*

Ergueu o olhar. Sorriu. A tarefa do narrador não é assim tão simples. A essa altura você naturalmente já sabe quem era o padre. Ou talvez não tanto padre quanto defensor das coisas sacerdotais.

Princípios sacerdotais. Esse padre por um período ainda tentaria se ater à sua vocação, mas no fim já não era mais capaz de suportar o olhar nos olhos daqueles que o procuravam pedindo conselho. Que conselho tinha para dar, esse homem de palavras? Não tinha respostas para as perguntas que o velho mensageiro lhe trouxera da capital. Quanto mais meditava sobre elas mais intricadas se tornavam. Quanto mais tentava formulá-las mais eludiam seus esforços de representação e finalmente chegou à conclusão de que se tratava não das indagações do velho pensionista, mas das suas próprias.

O velho foi enterrado no cemitério da igreja de Caborca entre os familiares. Tal foi o resultado do ajuste de Deus com esse homem. Tal foi sua *colindancia* e talvez a de todo homem. Enquanto agonizava disse ao padre que errara em todos os aspectos em sua avaliação de Deus e apesar disso ao final chegara a um entendimento Dele. Compreendeu que seus direitos a Deus residiam intactos e tácitos também até mesmo no mais simples dos corações. Sua discórdia. Sua argumentação. Existiam na mais humilde das histórias. Porque o caminho do mundo também é único e não vários e não há desvio de curso em parte alguma dele por menor que seja pois, esse curso é fixado por Deus e contém todas as consequências em sua rota e fora dessa rota não há trilha nem consequência nem qualquer outra coisa. Nunca houve. No fim o que o padre veio a crer é que a verdade pode com frequência ser transmitida por aqueles que dela não têm consciência alguma. Carregam aquilo que tem peso e substância e, entretanto, para eles não tem nome pelo qual possa ser evocado ou chamado. Seguem ignorantes da verdadeira natureza de sua condição, tais são as astúcias da verdade e tais seus estratagemas. Então num belo dia nesse gesto casual, esse movimento sutil de despojamento, causam sem saber numa alma subserviente uma devastação tal que essa alma é para sempre transformada, para sempre arrancada de uma trilha à qual estava destinada e colocada numa trilha até então desconhecida. Esse novo homem dificilmente saberá a hora de sua volta ou sua origem. Ele mesmo nada fez para que um tão grande bem lhe ocorra. No entanto terá a posse daquilo mesmo, entende? Não buscado e não merecido. Estará de posse daquela liberdade elusiva que os homens buscam com infinito desespero.

O que o padre finalmente compreendeu foi que a lição de uma vida não podia jamais ser sua. Apenas a testemunha tem o poder de avaliá-la. É vivida no outro somente. O padre compreendeu portanto o que o anacoreta não pôde. Que Deus não necessita de testemunhas. Nem a Seu favor nem em Sua oposição. A verdade é mais exatamente que se não existisse Deus então não existiria testemunha, pois o mundo não teria identidade, mas apenas a opinião de cada homem sobre ele. O padre compreendeu que não há homem que seja eleito porque não há homem que não o seja. Para Deus todo homem é herege. A primeira ação do herege é nomear o irmão. De modo a se libertar dele. Cada palavra que pronunciamos é uma vaidade. Cada respiração que não abençoe é uma afronta. E agora preste bastante atenção. Há um outro que irá ouvir o que você nunca disse. As próprias pedras são feitas de ar. Aquilo que elas têm o poder de esmagar nunca existiu. No fim, todos nós seremos apenas aquilo que fizemos de Deus. Pois nada é real exceto Sua graça.

Quando o rapaz montou o cavalo o homem parou diante do estribo e olhou para ele com os olhos semicerrados no sol do meio da manhã. Vai para os Estados Unidos?, perguntou.
Sinsenhor.
Voltar para a sua família.
Sim.
Quando foi a última vez que os viu?
Não sei.
Olhou pela rua abaixo. Tomada de ervas daninhas entre as fileiras de construções caídas. Os montes de tijolos de barro afundados pelas chuvas esporádicas da região em formas que sugeriam a obra de enormes colônias de insetos. Não havia som em parte alguma. Olhou para o homem de cima do cavalo. Não sei nem que mês é, disse.
Sim. Claro.
A primavera está chegando.
Vá para casa.
Sinsenhor. É o que eu quero.
O homem recuou. O rapaz tocou o chapéu.

Obrigado pela refeição.

Vaya con Dios, joven.

Gracias. Adiós.

Volteou o cavalo e seguiu pela rua. No fim da cidade guiou o cavalo na direção do rio e olhou para trás pela última vez, mas o homem já não estava mais lá.

Nos dias que se seguiram ele cruzou e recruzou o rio um número incontável de vezes onde a estrada encontrava vau após vau ou ao longo daqueles cones aluviais no sopé das colinas onde o rio rasava e dobrava e corria. Atravessou a cidade de Tamichopa que foi arrasada e incendiada pelos apaches na véspera do Domingo de Ramos no ano de 1758 e no princípio da tarde entrou na cidade de Bacerac, que era a antiga cidade de Santa María fundada no ano de 1642 e onde um menino apareceu e espontaneamente pegou seu cavalo pelo cabresto e o conduziu pela rua.

Passaram por debaixo de um portal onde o rapaz teve de se curvar sobre o pescoço do cavalo e prosseguiram por um *zaguán* caiado e deram num pátio onde um burro amarrado a um poste girava um moinho de pedra triturando trigo. Ele apeou e lhe deram um pano com o qual pudesse se lavar e depois o levaram para dentro da casa e lhe serviram um jantar.

Sentou-se a uma mesa de madeira bem polida com outros dois rapazes e comeram fartamente abóbora cozida e sopa de cebola e *tortillas* e feijão. Os rapazes eram mais jovens do que ele e o olhavam furtivamente e esperavam que ele sendo o mais velho falasse, mas ele não falou e por isso comeram em silêncio. Alimentaram-lhe o cavalo e ao cair da noite o levaram para dormir num catre de ferro com um colchão fino no fundo da casa. Nada disse a ninguém a não ser obrigado. Achava que o tomaram por outra pessoa. Acordou uma vez numa certa hora e se sobressaltou ao ver uma figura que o observava do limiar da porta, mas era apenas o pote de barro pendurado na penumbra para refrescar a água durante a noite e não uma outra espécie de figura de uma outra espécie de barro. O próximo som que ouviu foi o de mãos batendo *tortillas* para a refeição da manhã à luz do dia.

Um dos rapazes lhe trouxe café numa caneca sobre uma bandeja. Ele saiu para o pátio bebendo-o. Ouviu homens conversando em algum lugar em outra parte da casa e ficou ao sol bebendo café e observando os beija-flores que se inclinavam e saltitavam e se detinham entre as flores que pendiam do muro. Pouco depois uma mulher apareceu na porta e o chamou para o café da manhã. Ele se voltou segurando a caneca e ao se voltar viu o cavalo do pai passar na rua.

Saiu atravessando o *zaguán* e parou na rua, mas ela estava vazia. Caminhou até a esquina e olhou na direção leste e oeste e caminhou até a praça e correu os olhos ao longo da rua principal ao norte, mas nem sinal de cavalo e cavaleiro. Virou-se e começou a percorrer o caminho de volta à casa. Atentou enquanto andava para um som de cavalo em alguma parte atrás dos muros ou dos portais por que passava. Deteve-se em frente da casa por um longo tempo e depois entrou para comer a refeição da manhã.

Comeu sozinho na cozinha. Parecia não haver ninguém na casa. Terminou de comer e se levantou e saiu para inspecionar o cavalo e depois retornou à casa para agradecer às mulheres, mas não as encontrou. Chamou mas ninguém respondeu. Parou no limiar da porta de um cômodo de pé-direito alto com teto forrado de junco e mobiliado com um velho armário de madeira escura proveniente de outro país e duas camas de madeira pintadas de azul. Na parede do fundo num nicho a pintura de um *retablo* de metal representava a Virgem Maria diante da qual ardia a chama de uma vela delgada. No canto um berço de criança e no berço um cãozinho de olhos anuviados que ergueu a cabeça e atentou para a presença do rapaz. Ele retornou à cozinha e procurou algo com que pudesse escrever. No fim espalhou farinha da tigela sobre o aparador na superfície do tampo da mesa de madeira e nela escreveu seus agradecimentos e saiu e pegou o cavalo e o guiou a pé pelo *zaguán* e transpôs o portal. Atrás no pátio a pequena mula girava incansavelmente a moenda. Montou o cavalo e cavalgou pela estreita rua empoeirada acenando para aqueles que encontrava no caminho. Cavalgando como um jovem dono de terras apesar de andrajoso. Carregando na barriga a dádiva da refeição que recebera e que o sustentava e ao mesmo tempo o fazia refletir. Porque a partilha do pão não é uma coisa tão simples e muito menos o é a gratidão por ela. Por mais que se agradeça, por fala ou por escrito.

No meio da manhã atravessou cavalgando a cidade de Bavispe. Não parou. Uma carroça de vendedor de carne estava estacionada na *plaza* na frente da igreja e mulheres idosas envoltas em mantos de musselina preta erguiam as fatias de vermelho opaco penduradas nas armações e examinavam o lado de baixo com estranha lubricidade. Ele seguiu adiante. Ao meio-dia chegou a Colonia de Oaxaca e deteve o cavalo na estrada em frente à casa do *alguacil* e depois cuspiu despreocupadamente na terra e prosseguiu. Ao meio-dia do dia seguinte passou de novo pela cidade de Morelos e tomou a estrada do norte rumo a Ojito. Durante o dia inteiro nuvens negras se acumularam na direção norte. Atravessou o rio pela última vez e subiu as baixas colinas acidentadas onde a tempestade o apanhou com uma saraivada de granizo. Ele e o cavalo buscaram abrigo num conjunto de construções abandonadas à beira da estrada. A saraiva passou e uma chuva insistente se seguiu. Escorria água por toda parte pelo teto de argila e o cavalo estava impaciente e apreensivo. Algum odor de velhos apuros ou talvez apenas a proximidade das paredes. A escuridão baixava e ele tirou a sela do cavalo e num canto fez com os pés uma cama de palha solta. O cavalo saiu na chuva e o rapaz ficou deitado coberto com a manta num lugar de onde podia ver através das fendas da parede o perfil do cavalo parado à beira da estrada e o perfil do cavalo nos mudos e erráticos clarões dos relâmpagos da tempestade que se movia para oeste. Adormeceu. Tarde da noite acordou, mas o que o acordou foi apenas o cessar da chuva. Levantou-se e saiu. A lua estava alta no leste sobre o escuro escarpado das montanhas. Uma cortina de água nas planícies além da estrada estreita. Vento não havia e, no entanto, a superfície imóvel da água tremeluzia na luz esbranquiçada como se algo tivesse passado sobre ela e a lua oprimida tiritou e bruxuleou e se endireitou de novo e então tudo retornou ao que era antes.

De manhã ele guiou o cavalo através da fronteira de Douglas, no Arizona. O guarda o saudou com um aceno e ele o saudou de volta com outro aceno.

Pelo jeito você ficou um pouco mais tempo do que pretendia, disse o guarda.

O rapaz ficou sentado no cavalo, as mãos descansando no arção da sela. Olhou para o guarda. O senhor não poderia me emprestar meio dólar pra eu comer, poderia?, perguntou.

O guarda não se moveu por um momento. Depois enfiou a mão no bolso.

Moro nas bandas de Cloverdale, o rapaz disse. O senhor me diz o seu nome e garanto que vai reaver o dinheiro.

Tome.

O rapaz apanhou a moeda lançada no ar e agradeceu com um sinal de cabeça e a guardou no bolso da camisa. Como o senhor se chama?

John Gilchrist.

Não é dessa região.

Não.

Me chamo Billy Parham.

Muito prazer em te conhecer.

Devolvo esse meio dólar assim que eu souber de alguém que venha pra cá. Não se preocupe.

Não estou preocupado.

O rapaz continuou a segurar as rédeas frouxamente. Olhou para a larga estrada à frente e para as colinas áridas ao redor. Tornou a olhar para Gilchrist.

Gosta deste país?, perguntou.

Gosto.

O rapaz anuiu com a cabeça. Eu também, disse. Tocou a aba do chapéu. Obrigado, disse. Muito obrigado mesmo. Depois tocou com os tacões o cavalo de olhar assustado e pegou a estrada Estados Unidos adentro.

Durante o dia inteiro seguiu pela velha estrada que levava de Douglas a Cloverdale. De tardezinha atingira o alto dos Guadalupes e estava frio e frio no desfiladeiro ao anoitecer e o vento se insinuava pelo passo entre as montanhas. Cavalgou relaxadamente encurvado sobre a sela com os cotovelos apoiados nos flancos. Leu nomes e datas inscritos nas pedras por homens havia muito tempo mortos que como ele por ali passaram. Abaixo dele no longo crepúsculo obscurecido ficava o harmonioso Animas Plain. Ao descerem pelo lado leste do desfiladeiro o cavalo de súbito soube onde se encontrava e ergueu o nariz e relinchou e apressou o passo.

Passava da meia-noite quando chegou a casa. Não havia luz acesa. Foi ao estábulo guardar o cavalo e não havia cavalos no estábulo e não havia cão e antes mesmo de ter atravessado metade do estábulo compreendeu que alguma coisa estava errada. Tirou a sela do cavalo e a pendurou e empilhou no chão um punhado de feno e fechou o portão da baia e caminhou na direção da casa e abriu a porta da cozinha e entrou.

A casa estava vazia. Inspecionou todos os cômodos. Os móveis na maioria tinham sido retirados. Sua pequena cama de ferro permanecia sozinha no quarto pegado à cozinha, sem nada exceto o colchão. No guarda-roupa alguns cabides de arame. Foi até a despensa e encontrou alguns pêssegos em conserva e ficou parado na escuridão ao lado da pia comendo os pêssegos com uma colher diretamente do pote de vidro e olhando pela janela o pasto ao sul azul e silencioso sob a lua que ia alta e a cerca que se perdia na escuridão sob as montanhas e a sombra da cerca atravessando as terras ao luar como uma sutura. Abriu a torneira da pia, mas dela só saiu um ronco seco e depois nada. Terminou de comer os pêssegos e foi até o quarto dos pais e parou no limiar da porta a observar a cama vazia, os poucos tapetes de pano no chão. Foi até a porta da frente e a abriu e saiu na varanda. Desceu até o arroio e se pôs a escutar. Pouco depois voltou para dentro da casa e foi a seu quarto e se deitou na cama e passado um tempo adormeceu.

Levantou-se de manhã com a luz do dia e vasculhou os potes nas prateleiras da despensa. Encontrou alguns tomates cozidos e os comeu e caminhou até o estábulo e encontrou uma escova e conduziu o cavalo para fora ao sol e o escovou durante um longo tempo. Em seguida levou o cavalo de volta para o estábulo e o selou e montou e cavalgou e transpôs a porteira e tomou a estrada do norte rumo a sk Bar.

Quando adentrou o terreno o velho Sanders estava sentado na varanda tal como o rapaz o deixara. Não reconheceu o rapaz. Não reconheceu nem sequer o cavalo. Mesmo assim o convidou a desmontar.

Sou Billy Parham, o rapaz gritou. O velho ficou um instante sem responder. Depois chamou para dentro da casa. Leona, gritou. Leona.

A moça apareceu na porta e protegeu os olhos contra o sol com uma mão e observou o cavaleiro. Depois saiu da casa e pousou a mão no ombro do avô. Como se o cavaleiro tivesse chegado com más notícias para o velho.

Quando retornou a casa mais uma vez passava do meio-dia. Deixou o cavalo selado e parado no jardim e entrou e tirou o chapéu. Percorreu todos os cômodos. Achava que o velho havia enlouquecido, mas não estava certo quanto à moça. Entrou no quarto dos pais e se deteve. Ali ficou parado durante um longo tempo. Percebia agora que na capa do colchão havia as marcas enferrujadas das molas da cama e as fitou durante um longo tempo. Depois pendurou o chapéu na maçaneta da porta e foi até a cama. Parou ao lado dela. Estendeu as mãos e agarrou o colchão e o arrastou para fora da cama e o endireitou e o deixou cair no piso. O que ele viu, no outro lado do colchão, foi uma enorme mancha de sangue seco e quase negro e tão espesso que trincou e se partiu como o vidrado negro de uma cerâmica. Uma tênue poeira acre se elevou. Imobilizou-se. As mãos se ergueram no ar e por fim ele se agarrou ao balaústre da cama buscando apoio. Pouco depois levantou os olhos e pouco depois caminhou até a janela. A luz do meio-dia se entornava sobre os campos. Sobre as folhas novas dos choupos ao longo do arroio. Resplandecente sobre os Animas Peaks. Olhou para tudo aquilo e caiu de joelhos e soluçou com o rosto entre as mãos.

Quando atravessou Animas a cavalo as casas pareciam abandonadas. Parou em frente do armazém e encheu o cantil com água da torneira na lateral da construção mas não entrou. Dormiu naquela noite na planície norte da cidade. Não tinha o que comer e não acendeu fogueira. Acordou a noite inteira e a cada despertar o signo da Cassiopeia havia se afastado mais da estrela polar e a cada despertar tudo estava como sempre estivera e para sempre estaria. Ao meio-dia do dia seguinte entrou em Lordsburg.

O xerife sentado atrás da escrivaninha ergueu o olhar. Franziu os lábios finos.

Me chamo Billy Parham, o rapaz disse.

Sei quem você é. Vem cá. Se sente.

Ele se sentou na cadeira em frente da escrivaninha do xerife e depositou o chapéu no joelho.

Por onde andou, filho?

México.

México.

Sinsenhor.

Por que fugiu?

Não fugi.

Problemas em casa?

Não, senhor. Papai nunca permitiu ter problemas.

O xerife se recostou na cadeira. Deu umas batidinhas no lábio inferior com o dedo indicador e examinou o rapaz andrajoso diante dele. Empalidecido com a poeira da estrada. Puro osso de tão magro. Uma corda prendendo as calças na cintura.

Que andou fazendo no México?

Não sei. Só fui pra lá.

Então te deu fogo no rabo e não tinha coisa melhor pra fazer do que ir pro México. É isso que tá me dizendo?

Sinsenhor. Isso mesmo.

O xerife esticou o braço e puxou para perto de si uns papéis grampeados que estavam ao lado na escrivaninha e os alinhou com o dedão. Olhou para o rapaz.

Que é que você sabe sobre o que aconteceu, filho?

Não sei nada. Vim aqui pra perguntar pro senhor.

O xerife ficou olhando para o rapaz. Tá bom, disse. Se essa é a sua história vai responder por ela.

Não é uma história.

Tá bom. Fomos até lá com os cachorros. Tinha seis cavalos lá. O sr. Sanders diz que acha que só tinha os seis. Correto?

Sinsenhor. Sete contando com o meu.

Jay Tom e o filho dele dizem que tinha dois deles e que partiram com os cavalos umas duas horas antes de amanhecer.

Foi o que eles falaram?

Foi o que eles falaram.

Chegaram a pé.

Sim.

O que é que o Boyd diz?

O Boyd não diz nada. Fugiu e se escondeu. Passou a noite inteira no frio e no dia seguinte foi a pé até a casa dos Sanders e eles não entenderam nada do que ele contou. Miller teve que pegar o caminhão e ir até lá e então encontrou aquela mixórdia. Usaram espingarda de caça.

Billy fitou a rua atrás do xerife. Tentou dissimular os sentimentos, mas não conseguiu. O xerife o observou.

A primeira coisa que fizeram foi pegar o cachorro e cortar a garganta dele. Depois ficaram esperando pra ver se alguém aparecia. Esperaram tanto que um deles precisou mijar. Esperaram pra ver se todo mundo tinha ido dormir de novo depois do cachorro latir e tudo o mais.

Eram mexicanos?

Eram índios. Pelo menos Jay Tom diz que eram índios. Acho que ele sabe como são. O cachorro não morreu.

Quê?

Eu disse que o cachorro não morreu. Boyd levou ele. Tá mudo como uma porta.

O rapaz ficou olhando o chapéu encardido encaixado no joelho.

Que armas levaram?, o xerife perguntou.

Não tinha arma nenhuma pra levar. A única era uma carabina de calibre quarenta e quatro que eu carregava comigo.

Não era muito útil pra eles, era?

Não, senhor.

Não temos nenhuma pista. Você sabe disso.

Sinsenhor.

Você tem?

Tenho o quê?

Sabe alguma coisa que não me contou?

O senhor tem jurisdição no México?

Não.

Então que diferença faz?

Isso não é resposta.

Não, não é. É mais ou menos como a sua.

O xerife o estudou um pouco.

Se pensa que não me importo com esse caso, disse, tá redonda-mente enganado.

O rapaz silenciou. Cobriu um olho com o dorso do antebraço e depois o outro com o outro e se voltou e tornou a olhar pela janela. Não havia tráfego na rua. Na calçada duas mulheres conversavam em espanhol.

Pode me descrever os cavalos?

Sinsenhor.

Algum marcado a ferro?

Um deles sim. O cavalo Niño. O papai tinha comprado ele de um mexicano.

O xerife anuiu com a cabeça. Tá bom, disse. Inclinou-se e abriu uma gaveta da escrivaninha e tirou uma caixa de lata com documentos e a depositou no tampo da escrivaninha e a abriu.

Não devia te entregar isso aqui, disse. Mas nem sempre faço o que me mandam. Tem onde guardar?

Não sei. Que tem aí dentro?

Papéis. Certidão de casamento. Certidão de nascimento. Tem uns papéis sobre cavalos aqui, mas a maioria deles é de anos atrás. A aliança de casamento da sua mãe tá aqui dentro.

E o relógio do meu pai?

Não tem relógio nenhum. Os Webster guardaram algumas coisas da casa. Se quiser deposito essa papelada no banco. Não indicaram um curador e por isso não sei o que mais fazer com eles.

Devia ter os documentos sobre o Niño e sobre o cavalo Bailey.

O xerife girou a caixa e a empurrou para o outro lado da escri-vaninha. O rapaz começou a folhear os documentos.

Quem é Margarita Evelyn Parham?, o xerife perguntou.

Minha irmã.

Onde ela tá?

Ela morreu.

Como é que ela tem um nome mexicano?

Deram pra ela o nome da minha avó.

Empurrou de volta a caixa de documentos e tornou a dobrar os dois papéis que retirara e os enfiou na camisa.

Só esses que você quer?, o xerife perguntou.

Sinsenhor.

O xerife tampou a caixa e guardou a caixa de volta na gaveta da escrivaninha e fechou a gaveta e se recostou na cadeira e olhou para o rapaz. Não tá pensando em ir até lá tá?, perguntou.

Ainda não resolvi o que vou fazer. Primeiro tenho que buscar o Boyd.

Buscar o Boyd?

Sinsenhor.

Boyd não vai pra lugar nenhum.

Se eu for ele vai.

Boyd é menor de idade. Não vão entregar ele pra você. Droga. Você mesmo é menor de idade.

Não estou pedindo permissão.

Filho, não me vá contra a lei neste caso.

Não quero ir. Mas também não quero que a lei vá contra mim.

Tirou o chapéu do joelho e o segurou por um instante com as duas mãos e depois se levantou. Obrigado pelos papéis, disse.

O xerife apoiou as mãos nos braços da cadeira como se fosse se pôr de pé, mas permaneceu sentado. E quanto à descrição dos cavalos?, perguntou. Não quer escrever pra mim?

De que ia servir?

Você não aprendeu boas maneiras lá por onde andou, não é mesmo?

Não, senhor. Acho que não. Aprendi algumas coisas, mas com certeza não boas maneiras.

O xerife indicou a janela com um sinal de cabeça. O cavalo lá fora é seu?

Sinsenhor.

Tô vendo o coldre. Cadê a carabina?

Fiz uma troca.

Com o quê?

Acho que não posso contar.

Você quer dizer que não vai contar.

Não, senhor. Quero dizer que acho que não posso dar um nome àquilo.

Quando saiu ao sol e desamarrou o cavalo do parquímetro as pessoas que passavam na rua se viravam para olhá-lo. Algo saído das *mesas* selvagens, algo saído do passado. Esfarrapado, sujo, faminto nos olhos e na barriga. Não havia palavra que exprimisse. Naquela figura bizarra viam aquilo que mais invejavam e aquilo que mais ultrajavam. Mesmo que se preocupassem com ele é verdade que por uma ninharia também poderiam matá-lo.

A casa em que estava o irmão ficava na parte leste da cidade. Uma casinha de estuque com um jardim cercado e uma varanda. Amarrou Bird à cerca e abriu o portão com um empurrão e seguiu pelo passeio. O cão apareceu na quina da casa e arreganhou os dentes para ele e eriçou os pelos.

Sou eu, seu bobo, disse.

Ao ouvir a voz o cão baixou as orelhas e agitado abanou o rabo e correu pelo jardim na direção dele. Não latiu nem ganiu.

Ô de casa, gritou.

O cão se enroscou entre suas pernas. Sai pra lá, disse.

Gritou de novo para dentro da casa e subiu na varanda e bateu à porta da frente e esperou. Ninguém atendeu. Deu a volta e foi para os fundos da casa. Quando tentou abrir a porta da cozinha ela não estava trancada e ele a empurrou e espiou dentro. É o Billy Parham, gritou.

Entrou e fechou a porta. Oi, chamou. Atravessou a cozinha e se deteve no saguão. Estava para chamar de novo quando a porta da cozinha se abriu atrás dele. Voltou-se e se deparou com Boyd. Uma mão segurava um balde de aço e a outra se apoiava na maçaneta da porta. Tinha crescido. Encostou-se contra o batente.

Pensou que eu tinha morrido, não pensou?, Billy perguntou.

Se tivesse pensado não estaria aqui.

Fechou a porta e depositou o balde em cima da mesa. Olhou para Billy e olhou para fora da janela. Quando Billy tornou a falar o irmão não olhou para ele, mas Billy pôde perceber que os olhos dele se marejavam.

Pronto pra partir?, perguntou.

Sim, Boyd respondeu. Tava te esperando.

Pegaram uma espingarda de caça do guarda-roupa no quarto e pegaram dezenove dólares em moedas e notas guardadas numa caixinha de porcelana branca dentro da gaveta de uma cômoda e as enfiaram num antigo porta-níqueis. Pegaram o cobertor da cama e arranjaram uma cinta para Billy e algumas roupas e pegaram todos os cartuchos de caça que encontraram num casaco Carhart pendurado na parede atrás da porta dos fundos, um número zero e zero e o resto números cinco e sete, e pegaram um saco da lavanderia e o encheram com alimentos em conserva e pão e toicinho defumado e bolachas e maçãs que estavam na despensa e saíram e amarraram o saco no arção da sela e montaram e seguiram pela ruazinha empoeirada cavalgando lado a lado com o cão trotando atrás. Uma mulher com pregadores de roupa na boca os saudou com um gesto de cabeça no jardim por que passaram. Atravessaram a rodovia e atravessaram os trilhos da Southern Pacific Railway e tomaram a direção oeste. Com a chegada da noite acamparam na planície de álcali a vinte e dois quilômetros a oeste de Lordsburg e acenderam uma fogueira com postes de cerca arrancados da terra com a força do cavalo. Ao leste e ao sul havia água na planície e dois grous se atavam imóveis a seus reflexos na última luz do dia como estátuas de tais aves num jardim abandonado onde tudo o mais fora varrido por uma calamidade. Ao redor deles placas de barro crestadas e rachadas iam se curvando e a fogueira de lenha de poste de cerca se esfarrapava ao vento e os sacos de papel dos quais tiraram os comestíveis eram carregados um por um pelo vento para dentro da noite que se adensava.

Alimentaram o cavalo com aveia que pegaram na casa e Billy espetou toicinho num pedaço de arame de cerca e o suspendeu para assar. Olhou para Boyd, sentado com a espingarda no colo.

Você e papai chegaram a resolver as diferenças?

Sim. Mais ou menos.

Mais ou menos?

Boyd não respondeu.

Que é isso que você está comendo?

Um sanduíche de uva-passa.

Billy abanou a cabeça. Entornou água do cantil numa lata que contivera fruta em conserva e a assentou nos carvões.

Que aconteceu com a tua sela?, Boyd perguntou.

Billy olhou para a sela com o coldre mutilado preso na lateral, mas não respondeu.

Vão caçar a gente, disse Boyd.

Deixe caçarem.

Como vamos devolver tudo o que pegamos?

Billy o fitou. Acho que seria bom você ir se acostumando com a ideia de que é um foragido, disse.

Mesmo um foragido não rouba quem acolhe e oferece amizade.

Quantas vezes mais vamos ter que ouvir essa ladainha?

Boyd não respondeu. Comeram e estenderam as camas e se deitaram para dormir. O vento soprou a noite inteira. Consumiu a fogueira e consumiu os carvões da fogueira e a forma retorcida do arame aquecido ao rubro ardeu com brevidade como a armadura incandescente de um enorme coração nas trevas da noite e depois enegreceu e o vento soprou os carvões transformando-os em cinzas e soprou as cinzas e varreu o chão de barro onde carvões e cinzas estiveram até que à parte o arame enegrecido não restasse qualquer vestígio de fogueira e durante a noite inteira coisas passaram na escuridão, sem articulação precisa e no entanto com destinação.

Está acordado?, Billy perguntou.

Tô.

O que você contou pra eles?

Nada.

Por quê?

Pra que que ia servir?

O ventou soprou. As areias migrantes passaram fervilhando.

Billy?

Quê?

Sabiam o meu nome.

Sabiam o seu nome?

Me chamaram. Chamaram Boyd. Boyd.

Isso não quer dizer nada. Dorme.

Como se a gente fosse amigos.

Dorme.

Billy?

Quê?

Não tente tornar as coisas melhores do que são.

Billy não respondeu.

São o que são.

Eu sei. Dorme.

De manhã se sentaram e comeram e observaram o outro lado da planície no ponto em que algo ia se configurando ao nascer do sol bem ao longe sobre o barro da cor do aço da *playa*. Pouco depois puderam distinguir um cavaleiro. Encontrava-se talvez a menos de dois quilômetros e se aproximava desenhando uma sucessão de imagens delgadas e trêmulas que nos lugares em que havia poças de água de súbito se alongavam e em seguida se atrofiavam e se encolhiam de modo que o cavaleiro parecia avançar e retroceder e então tornar a avançar. O sol se elevou entre os recifes rubros de nuvens ao longo da borda leste e o cavaleiro se avizinhou, atravessando um lago de quinze quilômetros de extensão e dez centímetros de profundidade. Billy se pôs de pé e pegou a espingarda de caça e recuou e a escondeu embaixo do cobertor e tornou a se sentar.

O cavalo ou tinha a cor da terra ou estava sujo de terra. O cavaleiro avançou sobre a água rasa e parada e a água se desalojava sob as patas do cavalo avivadas pela luz e sumidas instantaneamente como chumbo afundando numa cuba. Ele saiu do lago e seguiu ao longo da arenosa margem de sódio por entre os esparsos tufos de relva até que por fim deteve o cavalo na frente deles e neles cravou os olhos imersos na sombra do chapéu. Não falou. Observou-os e observou a *playa* e se inclinou e cuspiu e os observou de novo. Vocês não são quem eu pensei que eram, disse.

O senhor pensou que a gente era quem?

O cavaleiro o ignorou. Que é que os dois tão fazendo por aqui?, perguntou.

Nada.

Olhou para Boyd. Olhou para o cavalo. Que tem embaixo daquele cobertor?, perguntou.

Uma espingarda de caça.

Ia atirar em mim?

Não, senhor.

Esse aí é seu irmão?

Ele mesmo pode responder.

Você é irmão dele?

Sô.

Que é que os dois tão fazendo por aqui?

Tamos de passagem.

Tão de passagem?

Tamos.

De passagem pra onde?

Pra Douglas, Arizona.

É?

A gente tem amigos por lá.

E não tem nenhum amigo por aqui?

Não fomos feitos pra vida da cidade.

Esse é o único cavalo de vocês?

É.

Sei quem vocês são, o homem disse.

Não responderam. O homem se virou para olhar a superfície do lago seco no ponto em que a água parada se assemelhava a chumbo na manhã sem vento. Inclinou-se e cuspiu de novo e olhou para Billy.

Vou contar pro sr. Boruff o que você me disse. Que vocês são um par de andarilhos. Ou se quiserem espero vocês e vocês podem voltar comigo.

A gente não vai voltar. Muito obrigado.

Vou dizer uma outra coisa que vocês não devem saber.

Diga.

Vocês ainda têm muito chão pela frente.

Billy não respondeu.

Quantos anos você tem?

Dezessete.

O homem abanou a cabeça. Bom, disse. Tomem cuidado.

Me diga uma coisa, Billy falou.

Pois não.

Como o senhor pôde ver a gente de tão longe?

Vi o reflexo de vocês. Às vezes dá pra ver coisas na *playa* que estão longe demais pra ver. Alguns dos rapazes teimaram que vocês eram só uma miragem mas o sr. Boruff sabia que não. Ele conhece bem esta região. Sabe o que tem nela e o que não tem nela. E eu também.

Então o senhor inspecione de novo daqui a uma hora e veja se vê a gente.

É o que eu vou fazer.

Fez um gesto de cabeça para cada um dos dois sentados naquele chão maninho e olhou para o cão mudo.

Não vale muito como cão de guarda, não é mesmo?

Cortaram a garganta dele.

Eu sei, disse o cavaleiro. Vocês tomem cuidado. Depois volteou o cavalo e atravessou a planície e o lago. Cavalgou sol adentro e cavalgou em silhueta, mas embora o sol estivesse bem alto e não mais nos olhos dos rapazes quando eles mesmos montaram e partiram rumo ao sul ao longo da borda da água ainda assim nada enxergaram na outra margem do lago onde o cavaleiro esvaneceu.

A certa hora no meio da manhã atravessaram a fronteira do estado do Arizona. Atravessaram uma baixa cadeia de montanhas e desceram no lado norte do San Simon Valley e ao meio-dia pararam na beira do rio num bosque de cedros. Manearam os cavalos e lhes deram de beber e ficaram nus na água rasa do rio. Pálidos, magros, imundos. Billy observou o irmão até que o irmão se pôs de pé e olhou para ele.

Não adianta me fazer um monte de perguntas.

Não ia te perguntar nada.

Mas vai.

Ficaram na água. O cão sentado na relva a observá-los.

Ele está usando as botas do pai, não está?, Billy perguntou.

Lá vem você.

Você tem sorte de não estar morto também.

Não vejo onde está a sorte nisso.

Taí uma coisa estúpida pra dizer.

Você não sabe.

O que é que eu não sei?

Mas Boyd não disse o que era que ele não sabia.

Comeram sardinhas e bolachas na sombra dos choupos e dormiram e de tarde partiram de novo.

Cheguei a pensar que você talvez tivesse ido pra Califórnia, disse Boyd.

O que é que eu ia fazer na Califórnia?

Não sei. Tem boiadeiros na Califórnia.

Boiadeiros da Califórnia.

Eu não ia querer ir pra Califórnia.

Eu também não.

Pro Texas eu iria.

Fazer o quê?

Não sei. Nunca fui.

Você nunca foi pra parte alguma. Por que razão agora?

Por uma só.

Cavalgaram. Nas sombras alongadas lebres corriam e saltavam e tornavam a se imobilizar. O cão mudo não lhes dava atenção.

Por que o xerife não pode ir pro México?, Boyd perguntou.

Porque o xerife é americano. Não vale nada no México.

E o xerife mexicano?

Não existe xerife no México. Só um bando de patifes.

Uma bala número cinco mata um homem?

Mata se você atirar de perto. Abre um buraco que dá pra enfiar o braço.

De tardezinha atravessaram a ferrovia a leste de Bowie e alcançaram a velha estrada ao sul que cruzava a cadeia da Dos Cabezas. Fizeram acampamento e Billy recolheu lenha de um *arroyo* pedregoso e os dois comeram e se sentaram junto à fogueira.

Acha que vão vir atrás de nós?, Boyd perguntou.

Não sei. Talvez.

Boyd se inclinou para a frente e remexeu os carvões com um graveto e pôs o graveto no fogo. Billy o observou.

Não vão pegar a gente.

Eu sei.

Por que você não fala o que está pensando?

Não tô pensando em nada.

A culpa não foi de ninguém.

Boyd fitou o fogo. Coiotes uivavam ao longo da crista ao norte do acampamento.

Você vai enlouquecer com isso, Billy disse.

Já enlouqueci.

Ergueu os olhos. O cabelo claro parecia branco. Ele aparentava catorze anos entrando numa idade que jamais existira. Era como se sempre estivesse ali sentado e Deus tivesse criado as árvores e as pedras a seu redor. Era como se fosse a reencarnação de si mesmo e depois a reencarnação da reencarnação. Acima de tudo parecia tomado por uma terrível tristeza. Como se portasse a notícia de alguma horrenda perda da qual ninguém ainda havia tomado conhecimento. Alguma grande tragédia relacionada não a fato ou incidente ou evento, mas à natureza mesma do mundo.

No dia seguinte atravessaram o alto desfiladeiro de Apache Pass. Boyd ia sentado na garupa com as pernas largadas sobre os flancos do cavalo e juntos percorreram com os olhos as terras ao sul. Fazia um dia ensolarado e um vento soprava e corvos sobrevoavam as montanhas acompanhando as correntes de ar ascendentes acima das encostas voltadas para o sul.

Este é mais um dos lugares em que você nunca esteve, Billy disse.

Estão em toda parte, não é mesmo?

Está vendo aquela linha lá longe onde muda de cor?

Tô.

Lá é o México.

Não parece que estamos chegando perto.

O que você quer dizer?

Quero dizer vamos em frente se quisermos chegar lá.

Ao meio-dia do dia seguinte alcançaram a estrada 666 e seguiram o asfalto para sair do Sulphur Springs Valley. Atravessaram a cidade de Elfrida. Atravessaram a cidade de McNeal. De tardezinha atravessaram a estrada principal de Douglas e pararam no posto fiscal na fronteira. O guarda se postou na porta da guarita e os saudou. Olhou para o cão.

Onde está o Gilchrist?, Billy perguntou.

Tá de folga. Só volta amanhã de manhã.

Posso deixar um dinheiro pra ele?

Pode. Pode deixar, sim.

Boyd, me dê meio dólar.

Boyd tirou o porta-níqueis do fundo do bolso e o abriu. O dinheiro que tinham era só moedas de cinco e dez e um centavos e ele contou as moedas pedidas depositando-as na concha da mão e as passou para o irmão sobre os ombros dele. Billy pegou as moedas e as separou na mão e tornou a contá-las e depois as colocou todas de novo na concha da mão e se inclinou para baixo e a estendeu para o guarda.

Devo meio dólar pra ele.

Tá bom, disse o guarda.

Billy tocou a aba do chapéu com o indicador e fez o cavalo andar.

Tá levando o cachorro com vocês?, o guarda perguntou.

Se ele quiser vir.

O guarda os observou se afastarem, o cão trotando atrás. Atravessaram a pontezinha. O guarda mexicano os acompanhou com o olhar e os saudou com um gesto de cabeça e eles entraram em Agua Prieta.

Sei contar, disse Boyd.

Quê?

Sei contar. Você não precisava contar tudo de novo.

Billy se virou para trás e olhou para ele e tornou a olhar para a frente.

Tá bom, disse. Não faço mais isso.

Compraram *paletas* de sorvete de um vendedor ambulante e se sentaram no meio-fio da calçada aos pés do cavalo e observaram a estrada que com o anoitecer ia se avivando. O cão se deitou inquieto na terra na frente dos irmãos enquanto os cães da cidade passavam e o rodeavam com o dorso encurvado e o cheiravam.

Compraram farinha de milho e feijão seco num armazém e sal e café e frutas secas e pimentões secos e compraram uma pequena frigideira esmaltada e uma caçarola com tampa e uma caixa de fósforos de cozinha e alguns utensílios e trocaram o resto do dinheiro em pesos.

Agora você está rico, Billy disse.

Rico como um preto, Boyd retrucou.

É bem mais do que eu tinha quando vim pra cá da outra vez.

Não é um grande consolo.

Deixaram a estrada no extremo sul da cidade e seguiram o rio ao longo do curso de pálidos cascalhos cinzentos rumo ao deserto e acamparam ao anoitecer. Billy preparou o jantar e eles comeram e ficaram sentados olhando o fogo.

Você precisa parar de pensar nisso, Billy disse.

Não tô pensando nisso.

Está pensando em quê?

Em nada.

Isso é difícil.

E se alguma coisa acontecesse com você?

Não fique pensando o tempo inteiro no que poderia acontecer.

E se acontecesse?

Você poderia voltar.

Para a família Webster?

É.

Depois que a gente roubou eles?

Você não roubou eles. Pensei que você não tava pensando em nada.

Não tô. É só uma sensação esquisita.

Billy se inclinou e cuspiu dentro do fogo. Fique tranquilo.

Eu tô tranquilo.

Cavalgaram o dia seguinte inteiro ao longo do rio secular em seu leito de pedras e de noitinha entraram no pequeno povoado de Ojito à beira da estrada. Boyd dormira com o rosto apoiado nas costas do irmão e acordou todo suado e amarfanhado e pegou o chapéu amassado entre seu colo e as costas do irmão e o pôs na cabeça.

Onde a gente tá?, perguntou.

Não sei.

Tô com fome.

Eu sei. Eu também.

Será que a gente encontra alguma coisa pra comer aqui?

Não sei.

Pararam o cavalo diante de um homem postado na porta de um barraco de barro arruinado e perguntaram se havia alguma coisa de comer na aldeia e o homem refletiu por um momento e depois lhes ofereceu vender uma galinha. Prosseguiram. No ponto em que a rua terminava no deserto ao sul uma tempestade se formava e as terras se azulavam sob as nuvens e os finos fios de relâmpagos que se sucediam com insistência sobre as montanhas de azul-vivo à distância estalavam num silêncio absoluto como uma tempestade numa redoma de vidro. Foram pegos pelo temporal pouco antes do cair da noite. A chuva veio açoitando o deserto fazendo os pombos silvestres alçar voo e eles cavalgaram dentro de uma muralha de água e ficaram instantaneamente ensopados. Cerca de cem metros adiante apearam e se abrigaram num bosque à beira da estrada e seguraram o cavalo e observaram a chuva bramir no barro. Quando a chuva passou a negrura da noite já havia baixado sobre eles e ficaram trêmulos na escuridão sem estrelas e ouviram os pingos de água no silêncio.

O que você quer fazer agora?, Boyd perguntou.

Montar e cavalgar, acho.

O cavalo tá molhado demais pra montar nele.

Ele diria a mesma coisa de você.

Passava da meia-noite quando atravessaram a cidade de Morelos. Lâmpadas brilhavam mais fracas na rua, como se os dois levassem a escuridão junto com eles. Ele envolvera Boyd com o casaco e Boyd de novo mergulhara no sono sobre suas costas e o cavalo ia de cabeça baixa vencendo a lama que o sugava e o cão ia ziguezagueando na frente entre as poças de água parada e eles tomaram a estrada ao sul no ponto em que Billy seguira os peregrinos até a feira na primavera daquele mesmo ano fazia muito tempo.

Passaram o resto da noite num *jacal* um pouco recuado da estrada e de manhã acenderam uma fogueira e prepararam a refeição e secaram as roupas e depois selaram o cavalo e tornaram a pegar a estrada rumo ao sul. Depois de mais três dias de viagem e de sete dias de avanço na região atravessando um por um esquálidos povoados com casas de barro ao longo do rio, entraram na cidade de Bacerac. Na frente de uma casa caiada embaixo de um sabugueiro estavam dois cavalos parados de cabeça baixa. Um deles era um enorme capão ruano com uma recente marca de ferro na anca esquerda e o outro era o cavalo deles, Keno, com uma sela trabalhada mexicana.

Olha lá, disse Boyd.

Tô vendo. Desça.

Boyd desceu escorregando do cavalo e Billy apeou e lhe passou as rédeas e tirou a espingarda do coldre. O cão se detivera na estrada e olhava para eles. Billy abriu a culatra para ver se a arma estava carregada e tornou a fechá-la e olhou para Boyd.

Leve o cavalo lá pra longe e não fique no caminho.

Tá bem.

Observou Boyd guiar o cavalo para o outro lado da estrada e depois se voltou e começou a caminhar na direção da casa. O cão olhava para um e para outro até que Boyd o chamou com um assobio.

Billy andou em volta de Keno e lhe deu umas palmadinhas no pescoço e o cavalo pressionou a cabeça contra sua camisa e soltou um longo e doce suspiro. Apoiou a espingarda contra o tronco do sabugueiro e levantou o estribo e o pendurou no arção da sela e puxou o látego e soltou a correia e soltou a cilha e agarrou a sela pelo arção e pela patilha e a ergueu e a depositou no chão. Em seguida retirou a manta da sela e a colocou sobre o arção da sela e pegou a espingarda e desamarrou o cavalo e o conduziu de volta ao outro lado da estrada onde estava Boyd.

Recolocou a espingarda no coldre e tornou a olhar para a casa. Monte Bird, disse.

Boyd se alçou sobre a sela e baixou o olhar para o irmão.

Leve os cavalos e fique longe da vista da casa. Te encontro na parte sul da cidade. Fique escondido. Eu te acho.

Que é que você pretende fazer?

Quero ver quem está lá dentro.

E se for eles?

Não são.

Quem você pensa que tá lá então?

Não sei. Acho que alguém que morreu. Agora vai.

Melhor ficar com a espingarda.

Não preciso dela. Vai.

Observou-o subir a estreita estrada de terra e depois se voltou e retornou à casa.

Bateu à porta e esperou com o chapéu nas mãos. Ninguém atendeu. Pôs o chapéu e deu uns passos e empurrou uma velha e apodrecida porta no muro, mas estava fechada com tranca. Olhou para o alto do muro. Havia cacos de garrafa fixados na alvenaria de barro. Pegou o canivete e o colocou entre o vão da porta e o batente e começou a deslocar a velha tranca de madeira meio centímetro por vez até que a extremidade se soltou do encaixe e ele abriu a porta com um empurrão e entrou e tornou a fechá-la. Não havia pegadas na terra, ninguém entrara ou saíra. Galinhas estavam sentadas numa árvore à plena luz do dia. Atravessou o pátio na direção dos fundos da casa e se deteve na porta que conduzia a um corredor comprido. Num banco baixo havia vasos de barro com plantas que pareciam ter sido aguadas recentemente e a terra estava úmida e as lajotas embaixo do banco estavam molhadas. Tirou de novo o chapéu e caminhou pelo corredor e parou diante da porta no fundo. Num cômodo na penumbra uma mulher estava deitada na cama. À volta estavam figuras que poderiam ser irmãs dela usando *rebozos* escuros. Numa mesa uma vela acesa.

A mulher na cama estava com os olhos fechados e as mãos seguravam um rosário de contas de vidro. Estava morta. Uma das mulheres ajoelhadas virou a cabeça e olhou para ele. Em seguida olhou para uma parte do cômodo que ele não podia ver. Pouco depois apareceu um homem que vestia o casaco e anuiu educadamente com a cabeça para o rapaz parado no limiar da porta.

Quién es?, perguntou.

O homem era alto e loiro e falava o espanhol com um leve sotaque estrangeiro. Billy se afastou de lado e os dois ficaram no corredor.

Estaba su caballo enfrente de la casa?

O homem se imobilizou, o casaco num ombro. Olhou para Billy e olhou o fundo do corredor. *Estaba?*, perguntou.

Encontrou Boyd refugiado com os cavalos junto aos pés de *carrizo* na beira do rio na parte sul da cidade.

Qualquer um poderia te descobrir aqui, disse.

Boyd não respondeu. Billy se agachou no chão e partiu um junco e o partiu de novo nas mãos.

É um médico alemão. Tinha uma *factura* para a compra do cavalo. Pelo menos foi o que disse. Disse que quem lhe deu os documentos foi um intermediário de Casas Grandes chamado Soto.

Boyd continuava de pé com a espingarda nas mãos. Guardou-a no coldre e se inclinou e cuspiu. Bom, disse. Seja lá que documento ele tem é mais do que o que a gente tem.

A gente tem o cavalo.

Boyd fitou o rio corrente atrás dos cavalos. Vão matar a gente, disse.

Que nada, Billy disse. Vamos.

Você entrou lá?

Entrei.

Que disse pra ele?

Vamos. A gente não veio pra cá pra perder tempo.

Que disse pra ele?

Disse a verdade. Disse que o cavalo dele foi roubado por índios.

E cadê ele agora?

Pegou o cavalo do *mozo* e desceu seguindo o rio atrás deles.

Tava armado?

Tava. Tava armado.

Que é que a gente vai fazer?

Vamos pra Casas Grandes.

Onde fica?

Não sei.

Deixaram Keno no freio com as pernas duplamente maneadas e com o cão a ele preso e voltaram à cidade. Sentaram-se no chão da praça empoeirada enquanto um velho magricela de cócoras na frente deles desenhava com uma vara talhada o mapa da região que diziam querer visitar. Esboçou na poeira rios e promontórios e *pueblos* e cadeias de montanhas. Principiou a desenhar árvores e casas. Nuvens. Um pássaro. Representou os próprios cavaleiros montados juntos na mesma cavalgadura. Billy se inclinava para a frente de vez em quando para indagar sobre a extensão de alguma parte da estrada que tomariam, ao que o velho se voltava e lançava um olhar para o cavalo parado na rua e então dava a resposta em horas. Durante todo o tempo eram observados de um banco a alguns metros de distância por quatro homens com trajes antigos e desbotados pelo sol. Quando o velho terminou, o mapa desenhado cobria uma área do chão do tamanho de uma manta. Levantou-se e limpou o traseiro das calças com batidas de uma mão espalmada.

Dê um peso pra ele, Billy disse.

Boyd tirou do bolso a carteira e a abriu e tirou a moeda e Billy a estendeu ao velho e o velho a pegou com decoro e dignidade e ergueu o chapéu e tornou a colocá-lo e eles apertaram as mãos e o velho guardou a moeda no bolso e fez uma volta e atravessou o pequeno e estiolado *zócalo* e desapareceu rua acima sem olhar para trás. Quando se tinha ido os homens sentados no banco começaram a rir. Um deles se levantou para melhor ver o mapa.

Es un fantasma, disse.

Fantasma?

Sí, sí. Claro.

Cómo?

Cómo? Porque el viejo está loco es como.

Loco?

Completamente.

Billy ficou olhando o mapa. *No es correto?*, perguntou.

O homem atirou as mãos no ar. Disse que o que eles viam era pura decoração. Disse que de qualquer modo não era tanto uma questão de saber se o mapa estava correto, mas se era um mapa enquanto tal. Disse que naquela região havia incêndios e terremotos e enchentes e que era preciso conhecer bem a região e não simplesmente seus marcos. Além do mais, disse, quando foi a última vez que esse velho viajou pelas montanhas? Ou viajou para algum lugar? O mapa afinal de contas não era de fato um mapa, mas a representação de uma viagem. E que viagem era aquela? E quando?

Un dibujo de un viaje, disse. *Un viaje pasado, un viaje antiguo.*

Agitou uma mão num sinal de despedida. Como se nada mais houvesse para dizer. Billy olhou para os outros três homens no banco. Observavam com um certo brilho nos olhos de modo que ele se perguntou se não estavam fazendo troça dele. Mas o homem sentado à direita se inclinou para a frente e bateu a cinza do cigarro e se dirigiu ao homem em pé e disse que numa viagem como aquela decerto havia outros perigos além do de se perder no caminho. Disse que planos eram uma coisa e viagens outra coisa. Disse que era um erro desprezar a boa vontade do velho de guiar os rapazes porque também ela devia ser levada em conta e ela mesma lhes emprestaria força e determinação na viagem.

O homem em pé ponderou essas palavras e depois as apagou no ar diante dele com um lento movimento em leque do dedo indicador.

Disse que os *jovenes* não poderiam dar crédito à materialidade do mapa. Disse que em todo caso um mapa mal traçado era mais danoso que um mapa inexistente pois engendrava no viajante uma falsa confiança e poderia facilmente fazê-lo rejeitar todos aqueles instintos que em outra situação lhe serviriam como guia caso neles se fiasse. Disse que seguir um mapa falso era atrair desgraça. Apontou para o esboço na terra. Como se os convidasse a contemplar sua futilidade. O segundo homem no banco quanto a isso concordou com um meneio de cabeça e disse que o mapa em questão era uma asneira e que os cães da rua mijariam nele. Mas o homem da direita se limitou a sorrir e disse que da mesma forma os cães iriam mijar nas covas deles também então como podia aquilo ser um argumento?

O homem em pé disse que o que servia para a argumentação de um caso servia para todos os casos e que de qualquer modo nossas covas não têm outra função fora as suas próprias e simples coordenadas e não oferecem orientação de como chegar a elas, mas apenas a garantia de que chegar chegaremos. Pode até mesmo ser que aqueles que jazem em covas profanadas — por cães de qualquer espécie — tenham palavras de natureza mais cautelosa e mais adequadas às realidades do mundo. Ao ouvir isso o homem da esquerda que até então permanecera calado se pôs de pé às gargalhadas e com um gesto chamou os rapazes para que o seguissem e os dois o acompanharam para fora da praça e tomaram a rua deixando os contendores entregues à rústica tertúlia de banco de praça. Billy desamarrou o cavalo e eles esperaram enquanto o homem lhes indicava a trilha para leste e lhes falava de determinados pontos de referência nas montanhas e que a trilha terminava numa estação chamada Las Ramadas e que deviam confiar na sorte ou na fé que tinham em Deus para que conseguissem atravessar a linha divisória de águas rumo a Los Horcones. Apertou-lhes as mãos e sorriu e lhes desejou boa sorte e eles perguntaram qual era a distância até Casas Grandes e ele ergueu uma mão com um dedão dobrado sobre a palma. *Cuatro días*, disse. Olhou na direção da praça onde os outros homens ainda arengavam entre si e disse que naquela mesma tarde iam ao enterro da mulher de um amigo e que estavam com um estado de espírito *idiosincrasico* e que não lhes dessem atenção. Disse que aprendera por experiência própria que longe de tornar os homens reflexivos ou sábios a morte quase sempre os leva a atribuir grande importância a coisas triviais. Perguntou se eram irmãos e eles responderam que sim e ele lhes disse para que um tomasse conta do outro no mundo. Indicou de novo as montanhas com um sinal de cabeça e disse que os serranos tinham bom coração, mas que as pessoas de outras partes não eram assim. Depois lhes desejou sorte de novo e invocou a proteção de Deus e recuou e ergueu uma mão num adeus.

Quando já não podiam mais ser vistos pelos homens deixaram a rua e desceram ao rio e seguiram a trilha na beira-rio até o ponto em que pegaram o outro cavalo e o cão. Boyd montou Keno e eles prosseguiram até darem num vau onde atravessaram o rio e tomaram a estrada a leste rumo às montanhas.

A estrada logo deixou de ser estrada enquanto tal. No ponto em que se afastava do rio tinha a largura de uma carroça ou pouco mais e havia sido recentemente escavada ou aplainada com um *fresno* e a vegetação desbastada e, no entanto, uma vez longe da cidade o coração parecia não mais encorajar aquela empreitada e os dois rapazes se encontraram numa senda comum seguindo o curso de um *arroyo* seco até o alto das colinas. Mal escurecera chegaram a uma pequena propriedade, um agrupamento de cabanas de madeira construídas sobre uma *trinchera* ou terraço escoradas por pedras. Armaram acampamento num nível acima desse lugar e manearam os cavalos e acenderam uma fogueira. Abaixo deles por entre os pinheiros baixos e os juníperos viram a luz amarela de um lampião. Um pouco depois, quando estavam cozinhando feijão, um homem subiu a estrada carregando uma lanterna. Chamou-os da estrada e Billy foi até onde estava a espingarda e se encostou numa árvore e disse ao homem que se aproximasse. O homem se acercou da fogueira. Olhou para o cão.

Buenas noches, disse.

Buenas noches.

Son americanos?

Sí.

O homem ergueu a lanterna. Olhou para os vultos dos cavalos na escuridão do outro lado da fogueira.

Dónde está el caballero?

No hay otro caballero más que nosotros, Billy respondeu.

Os olhos do homem vistoriaram seus parcos pertences. Billy sabia que o homem fora mandado para convida-los à casa, mas não os convidou. Trocaram umas palavras sobre nada de importância e então o homem se foi. Desceu a estrada e por entre as árvores o viram erguer a lanterna até a altura do rosto e levantar o vidro e apagar a chama com um sopro.

No dia seguinte prosseguiram pelo caminho que os levou às montanhas ao pé das quais se formava o Bavispe River Valley na encosta oeste. A trilha se tornava ainda mais árdua devido a solapamentos e os cavaleiros se viam forçados a desmontar e guiar os cavalos que avançavam com dificuldade pelo estreito leito do *arroyo* e ao longo da trilha na vertente em zigue-zague e havia pontos em que a trilha se bifurcava e em que duas escolas de pensamento divergiam entre a senda entre os pinhos e a senda entre os carvalhos. Acamparam naquela noite numa velha clareira aberta por queimadas entre os esqueletos de árvores e entre os espectros de penedos que se fraturaram num terremoto meio século antes e deslizaram entre as fendas da montanha e atritando pedra com pedra obtiveram fogo com o qual avivaram lenha. Em todos os ângulos havia troncos de árvores podados e partidos, pálidos e inertes no crepúsculo e no crepúsculo corujas miúdas voavam num silêncio absoluto aqui e ali sobre a clareira que a escuridão mais e mais envolvia.

Sentaram-se em volta da fogueira e cozinharam e comeram a última porção de toicinho com feijão e *tortillas* e dormiram no chão sobre as mantas e o vento entre as mortas massas de pedras cinzentas ao redor deles não emitia som e as corujas quando piavam na noite piavam com suaves chamados insípidos feito chamados de pombos.

Cavalgaram durante dois dias pelo altiplano. Uma chuva fina caiu. Fazia frio e cavalgaram envoltos nas mantas e o cão trotava na frente qual mudo e distraído carneiro guia e a respiração das narinas dos cavalos subia em penachos brancos no ar rarefeito. Billy sugeriu que cavalgassem em turnos o cavalo selado, mas Boyd disse que preferia cavalgar o cavalo Keno, com ou sem sela. Quando Billy propôs então colocar sua sela no outro cavalo Boyd apenas abanou a cabeça e com as botas fustigou o cavalo.

Passaram pelas ruínas de velhas serrarias e atravessaram um prado de montanha pontilhado de escurecidos cepos de árvores. Do outro lado de um vale de tardezinha puderam ver quando o sol bateu os remanescentes de uma antiga mina de prata e acampada na cabana de vime entre as enferrujadas máquinas antigas uma família de mineradores ciganos que trabalhavam na mina abandonada e que agora se punham de pé alinhados diante da fogueira em que cozinhavam a observar os cavaleiros passarem ao longo da encosta em frente e com as mãos protegendo os olhos contra o sol como num acampamento de soldados esfarrapados e enlouquecidos submetidos à revista. Na mesma noite Billy matou um coelho e eles pararam na luz alongada da montanha e acenderam fogueira e cozinharam o coelho e o comeram e ao cão deram as tripas e depois os ossos e quando terminaram ficaram sentados contemplando os carvões.

Será que os cavalos sabem onde a gente tá?, Boyd perguntou.

O que é que você quer dizer?

Desviou o olhar do fogo. Quero dizer será que eles sabem onde a gente tá.

Mas isso é pergunta que se faça?

Bom. Acho que é uma pergunta sobre cavalos e o que eles sabem sobre onde tão.

Ora bolas, não sabem nada. Simplesmente tão nalguma montanha nalgum lugar. Você quer dizer se sabem que tão no México?

Não. Mas se a gente tivesse no alto das Peloncillos ou nalgum outro lugar eles iam saber onde tavam. Podiam achar o caminho de volta se a gente abandonasse eles.

Tá me perguntando se encontrariam o caminho de casa a partir deste lugar se a gente soltasse eles?

Não sei.

Bom, então está perguntando o quê?

Tô perguntando se eles sabem onde tão.

Billy fitou os carvões. Não tenho a menor ideia do que você está falando.

Tá bem. Esquece.

Você quer dizer se é como se tivessem na cabeça um retrato de onde fica a fazenda?

Não sei.

Mesmo que soubessem não ia significar que poderiam achar a fazenda.

Não quis dizer que iam achar a fazenda. Talvez iam e talvez não iam.

Não iam ser capazes de fazer o caminho todo de volta. Droga.

Não acho que são capazes. Só acho que sabem onde tão as coisas.

Pois então você sabe mais do que eu.

Eu não disse isso.

Não, eu é que disse.

Olhou para Boyd. Boyd estava sentado com a manta nas costas e as botas baratas cruzadas diante dele. Vê se dorme, disse.

Boyd se inclinou e cuspiu nos carvões. Ficou olhando o cuspe ferver. Vê se dorme você, disse.

Quando partiram na manhã seguinte a luz ainda estava acinzentada. A névoa avançando entre as árvores. Cavalgaram esperando ver o que o dia traria e dali a uma hora detiveram os cavalos na beira leste do escarpado e observaram o sol se inflar como bolha de vidro sobre as planícies de Chihuahua para das trevas criar o mundo de novo.

Ao meio-dia estavam novamente na pradaria cavalgando sobre ervas mais vivas do que as que viram antes, cavalgando entre talos azuis e grama. De tarde avistaram ao longe ao sul uma paliçada de tênues ciprestes verdejantes e os tênues muros de uma *hacienda*. Cintilando no calor como um barco no horizonte. Distante e incognoscível. Billy olhou para Boyd logo atrás para se certificar de que ele tinha visto, mas Boyd já observava enquanto cavalgava. Cintilaram tremulando e esvaneceram no calor e depois ressurgiram acima do horizonte e lá ficaram suspensos no céu. Quando tornou a olhar haviam desaparecido completamente.

No longo crepúsculo caminharam para descansar os cavalos. Havia uma fileira de árvores a meia distância e eles tornaram a montar e cavalgaram na direção delas. O cão trotava na dianteira com a língua de fora e a pradaria obscurecida os engolfava fria e azul e os perfis das montanhas de onde provinham se elevavam atrás deles negros e sem dimensões contra o céu do anoitecer.

Certificaram-se de ter sempre à frente as árvores ainda iluminadas pelo sol e à medida que se aproximavam da clareira cavalgaram entre os vultos das vacas que mugiam e se erguiam de seu repouso. Agitavam os pescoços e retrocediam na escuridão e os cavalos farejavam o ar e a grama pisoteada. Cavalgaram entre as árvores e os cavalos diminuíram o passo e depois entraram com cautela na água escura e imóvel.

Manearam Bird e depois amarraram Keno a uma estaca de modo a manter as vacas a distância enquanto dormissem. Nada tinham para comer e não acenderam fogueira e apenas se deitaram no chão envolvidos nas mantas. Por duas vezes durante a noite enquanto dormiam o cavalo passou a corda sobre os dois e Billy acordou e ergueu a corda de cima do irmão e tornou a colocá-la no chão. Ficou no escuro envolto na manta e ouviu os cavalos comendo grama e farejando o cheiro intenso e bom de gado e depois pegou no sono de novo.

De manhã estavam imersos nus na água escura da *ciénega* quando um grupo de *vaqueros* se aproximou. Esperaram os cavalos beber no outro lado e acenaram e lhes desejaram bom-dia e ficaram montados nos cavalos que bebiam e enrolaram cigarros e observaram os arredores.

Adónde van?, perguntaram.

A Casas Grandes, Billy respondeu.

Anuíram com a cabeça. Os cavalos ergueram os focinhos molhados e sem muita curiosidade lançaram um olhar para as pálidas figuras sentadas na água e abaixaram a cabeça e continuaram a beber. Quando terminaram os *vaqueros* lhes desejaram uma boa viagem e voltearam os cavalos para saírem da *ciénega* e os cavalgaram a trote por entre as árvores e tomaram o lado sul de onde os rapazes tinham vindo.

Lavaram as roupas com erva saboeira e as dependuraram numa acácia cujos espinhos impediriam que o vento as levasse. Roupas bastante gastas pelas terras que percorreram e as quais não tinham como remendar. As camisas quase transparentes, a de Billy se esgarçando no meio das costas. Estenderam as mantas e se deitaram nus debaixo dos choupos e dormiram com os chapéus sobre os olhos enquanto as vacas se avizinhavam por entre as árvores e se punham a observá-los.

Quando acordou Boyd estava sentado a olhar entre as árvores.

O que é?

Olhe lá adiante.

Alçou-se e olhou do outro lado da *ciénega*. Três meninos índios agachados entre os juncos os observavam. Quando se levantou com a manta nos ombros eles saíram correndo a trote.

Cadê o cachorro?

Não sei. Aonde é que ele poderia ter ido?

Mais além das árvores se erguia fumaça de fogueira e ele pôde ouvir vozes. Enrolou a manta no corpo e se afastou e recolheu as roupas e retornou.

Eram índios tarahumaras e estavam descalços como o costume daquele povo e retornavam para as *sierras*. Não guiavam gado, não tinham cães. Não falavam espanhol. Os homens usavam calças brancas e chapéus de palha e pouco mais, mas as mulheres e as moças trajavam vestes de cores vivas com várias saias. Alguns deles calçavam *huaraches* mas quase todos andavam descalços e seus pés calçados ou não lembravam maças, atarracados e calosos. Seus petrechos estavam embrulhados em panos tecidos à mão e todos empilhados debaixo de uma árvore juntamente com uma dúzia de arcos feitos de ramos de morácea e carcases de couro de cabra que continham longas flechas de junco.

As mulheres que cozinhavam olharam-nos com pouco interesse ali onde os dois irmãos estavam na borda da clareira trajando os trapos recém-lavados. Um velho e um rapazinho tocavam violinos feitos à mão e o rapazinho parou de tocar, mas o velho continuou. Os tarahumaras vinham se banhando naquele local havia mil anos e muito do que se podia ver no mundo havia passado por ali. Soldados espanhóis e caçadores e armadores e pessoas importantes com suas mulheres e escravos e fugitivos e exércitos e revoluções e os mortos e os moribundos. E tudo aquilo que foi visto foi contado e tudo aquilo que foi contado, recordado. Dois pálidos e fatigados órfãos do norte com chapéus folgados podiam ser facilmente acomodados. Sentaram-se no chão um pouco afastados dos outros e comeram uma espécie de *succotash* em que sentiam o gosto de sementes de abóbora e feijão de algarobeira e pedaços de aipo silvestre em pratos de lata quentes demais para segurar. Comeram com os pratos equilibrados sobre as partes internas das botas juntando sola contra sola. Enquanto se alimentavam uma mulher se afastou da fogueira onde cozinhavam e se aproximou deles e de dentro de uma cuia lançou no prato de cada um uma mucilagem cor de tijolo feita de só Deus sabia o quê. Ficaram olhando aquela gororoba. Não tinham o que beber. Ninguém falou.

Os índios eram escuros quase negros e sua reticência e seu silêncio anunciavam uma visão de um mundo provisório, contingente, profundamente suspeito. Havia neles uma circunspecção desconfiada, como se observassem alguma trégua arriscada. Pareciam estar num estado de vigilância improvidente e desesperançada. Como homens que se veem sobre uma fina camada de gelo.

Quando terminaram de comer agradeceram e se foram. Nada foi expressado. Nada foi dito. Ao passarem entre as árvores Billy olhou para trás mas nem mesmo as crianças os observavam partir.

Os tarahumaras levantaram acampamento e se foram ao anoitecer. Um grande silêncio caiu sobre a clareira. Billy pegou a espingarda e caminhou sobre a erva junto com o cão e estudou aquela região no longo e rubro crepúsculo. Os pálidos e magros animais no pasto observavam por entre os choupos e as acácias e bufaram e se foram a trote. Nada havia para caçar exceto os miúdos pombos-torcazes que baixavam para beber água e ele não desperdiçaria chumbo com eles. Deteve-se numa pequena elevação no prado e observou o sol se pôr atrás das montanhas a oeste e retornou na escuridão e de manhã os dois pegaram os cavalos e selaram Bird e de novo seguiram viagem.

Chegaram ao assentamento mórmon em Colonia Juárez no final da tarde e cavalgaram entre pomares e parreirais e arrancaram maçãs das árvores e as enfiaram nas roupas. Cruzaram o rio de Casas Grandes pela estreita ponte de pranchas de madeira e passaram pelas casas de sarrafo caiadas e ordenadas. Ao longo das ruazinhas árvores se enfileiravam e as casas tinham jardins e gramados e cercas de estacas brancas.

Que lugar será esse?, Boyd perguntou.

Não sei.

Cavalgaram até o fim da rua e quando viraram na primeira curva da estrada estreita e empoeirada se encontraram mais uma vez no deserto, como se aquela cidadezinha não passasse de um sonho. De noitinha na estrada que levava a Casas Grandes passaram pelas ruínas muradas da antiga cidade de barro de Chichimeca. Entre aqueles cercados e labirintos de argila queimavam aqui e ali no lusco-fusco as fogueiras de moradores invasores e onde os invasores se levantavam e se movimentavam lançavam sombras que cambaleavam ao longo das paredes como garçons embriagados e a lua se pôs alta acima da cidade morta e brilhou sobre as construções entrelaçadas e brilhou sobre as criptas desprovidas de tetos e os fornos escavados e sobre os currais de barro e sobre o escurecido pátio circular onde curiangos caçavam e sobre as secas *acequias* onde cacos de cerâmica e ferramentas de pedra junto com os ossos de seus artífices jaziam fermentados no apodrecido piso de argila.

Entraram em Casas Grandes atravessando os trilhos elevados da Mexican Northeast Railroad e passaram pelo depósito e subiram a rua e amarraram os cavalos em frente um café e entraram. Enroscadas em seus bocais no teto e derramando uma forte luz sobre as mesas estavam as primeiras lâmpadas elétricas que viam desde que deixaram Agua Prieta na fronteira americana. Sentaram-se a uma mesa e Boyd tirou o chapéu e o depositou no chão. O lugar estava vazio. Pouco depois uma mulher saiu de uma porta acortinada ao fundo e se aproximou e parou do lado da mesa e baixou os olhos sobre eles. Não tinha bloco onde escrever e aparentemente não havia cardápio. Billy lhe perguntou se tinha bife e ela anuiu com a cabeça e disse que tinha. Fizeram o pedido e ficaram olhando através da pequena janela a rua escura onde estavam os cavalos.

Que acha?, Billy perguntou.

Do quê?

De tudo.

Boyd balançou a cabeça. As pernas finas esticadas. Na extremidade da rua uma família de menonitas passou diante do luminoso do café com seus macacões e as mulheres atrás dos homens com suas largas batas descoradas pelo sol carregando cestas de mercado.

Não está chateado comigo, está?

Não.

Em que está pensando?

Nada.

Está bem.

Boyd observou a rua. Pouco depois se voltou e olhou para Billy. Tava pensando que foi fácil demais, disse.

O que foi fácil?

Vir montado no Keno daquele jeito. Trazer ele de volta.

É. Pode ser.

Sabia que não teria o cavalo de volta antes de atravessarem a fronteira com ele e que nada era fácil, mas não disse isso.

Você não confia em nada, disse.

Não.

As coisas mudam.

Eu sei. Algumas coisas.

Você se preocupa com tudo. Mas isso não muda nada. Muda?

Boyd observou a rua. Dois cavaleiros passaram trajando o que pareciam ser uniformes de banda de música. Ambos olharam para os cavalos amarrados em frente o café.

Muda?, Billy perguntou.

Boyd abanou a cabeça. Não sei, disse. Não sei como seria se eu parasse de me preocupar.

Naquela noite dormiram num campo de ervas empoeiradas bem ao lado da passagem sinalizada da ferrovia e de manhã se lavaram num canal de irrigação e montaram e retornaram à cidade e comeram no mesmo café. Billy perguntou à mulher se sabia onde ficava o escritório de um *ganadero* chamado Soto mas a mulher não sabia. Comeram uma enorme refeição de ovos e *chorizo* e *tortillas* feitas de uma farinha de trigo como nunca tinham visto antes naquele país e pagaram com quase o último dinheiro que tinham e saíram e montaram e atravessaram a cidade. O escritório de Soto ficava num prédio de tijolo de três andares ao sul do café. Billy estava observando os reflexos de dois cavaleiros passarem no vidro da janela do prédio no outro lado da rua onde cavalos macilentos se deformavam em segmentos nas vidraças irregulares quando viu o cão manco também aparecer e então se deu conta de que o cavaleiro à frente daquela parada pouco atraente era ele mesmo. Em seguida viu que o letreiro sobre o vidro acima da cabeça do cavaleiro dizia Ganaderos e no alto dizia Soto y Gillian.

Olhe lá, disse.

Tinha visto, disse Boyd.

Por que não disse nada se tinha visto?

Tô dizendo agora.

Detiveram os cavalos na rua. O cão se sentou na terra e esperou. Billy se inclinou e cuspiu e tornou a olhar para Boyd.

Se importa se pergunto uma coisa?

Pergunta.

Até quando vai ficar assim emburrado?

Até desemburrar.

Billy anuiu com a cabeça. Ficou olhando os reflexos no vidro. Parecia não saber justificar a presença deles ali. Achei que ia dar essa resposta, disse. Mas Boyd o vira estudar o quadro de peregrinos sentados nos cavalos lado a lado todos desfocados e retorcidos na intricada grelha de vidro do *ganadero* com o cão mudo nos calcanhares e indicou a janela com um sinal de cabeça. Tô vendo a mesma coisa que você, disse.

Fizeram duas visitas ao escritório do *ganadero* antes de encontrá-lo. Billy deixou Boyd cuidando dos cavalos. Esconda Keno, disse.

Não sou tapado, disse Boyd.

Atravessou a rua e à porta ergueu uma mão para bloquear o fulgor no vidro e espiou dentro. Um escritório antiquado com lambris escuros envernizados, móveis de carvalho escuros. Abriu a porta e entrou. O vidro da porta chocalhou quando ele a fechou e o homem sentado à escrivaninha ergueu os olhos. Pressionava contra o ouvido o receptor de um telefone de pedestal antigo. *Bueno*, disse. *Bueno.* Piscou para Billy. Com um gesto de mão lhe pediu que se aproximasse. Billy tirou o chapéu.

Sí, sí. Bueno, disse o *ganadero. Gracias. Es muy amable.* Depositou o receptor no gancho e afastou o aparelho. *Bueno*, disse. *Pendejo. Completamente sin verguenza.* Olhou para o rapaz. *Pásale, pásale.*

Billy ficou de pé segurando o chapéu. *Busco al señor Soto*, disse.

No está.

Cuándo regresa?

Todo el mundo quiere saber. Quem é você?

Billy Parham.

E quem é?

Sou de Cloverdale, Novo México.

Verdade?

Sinsenhor. Verdade.

E o que é que você quer com o *señor* Soto?

Billy deu meio giro no chapéu entre as mãos. Olhou na direção da janela. O homem fez o mesmo.

Eu sou o *señor* Gillian, disse. Talvez possa lhe ser útil.

Pronunciou Guiian. Ele esperou.

Bom, Billy disse. Vocês venderam um cavalo prum médico alemão chamado Haas.

O homem anuiu com a cabeça. Parecia ansioso para ouvir o resto da história.

E eu tava procurando o homem de quem vocês compraram o cavalo. Devia ser um índio.

Gillian se recostou na cadeira. Tamborilou os dedos nos dentes inferiores.

Era um baio capão escuro com umas quinze mãos de altura. O senhor chamaria ele de *castaño escuro*.

Sei dos detalhes desse cavalo. Não precisa me dizer.

Sinsenhor. Pode ser que o senhor vendeu mais de um cavalo pra ele.

Sim. Pode ser, mas não vendi. Qual é o seu interesse nesse cavalo?

Não é o cavalo que me interessa. Estou procurando o homem que vendeu ele.

Quem é o menino lá na rua?

Como?

O menino na rua.

Meu irmão.

Por que ele ficou lá fora?

Ele está bem lá.

Por que não o chama para entrar?

Ele está bem.

Por que não o chama para entrar?

Billy olhou pela janela. Pôs o chapéu e saiu.

Achei que você estava cuidando dos cavalos, disse.

Tão lá adiante, Boyd respondeu.

Os cavalos estavam numa rua lateral amarrados com as rédeas a um espigão no poste telegráfico.

Não é assim que se deixa um cavalo.

Não deixei eles. Tô bem aqui.

Ele te viu parado aqui. Quer que você entre.

Pra quê?

Não perguntei.

Não acha que seria melhor a gente continuar a viagem?

Vai dar tudo certo. Vem.

Boyd olhou na direção da janela do *ganadero*, mas o sol refletia no vidro e não pôde enxergar dentro.

Vem, Billy disse. Se a gente não entrar ele vai desconfiar de alguma coisa.

Já tá desconfiado de alguma coisa.

Não está não.

Fitou Boyd. Olhou para os cavalos na rua lateral. Tão com um aspecto terrível, disse.

Eu sei.

Ficou com a mão metida no bolso de trás do macacão e enterrou o tacão da bota na terra da rua. Olhou para Boyd. A gente percorreu muito chão pra ver esse homem, disse.

Boyd se inclinou e cuspiu entre as botas. Tá bem, disse.

Gillian ergueu os olhos quando entraram. Billy segurou a porta aberta para o irmão e Boyd entrou. Não tirou o chapéu. O *ganadero* se recostou e observou um e depois o outro. Como se tivesse sido solicitado a julgar sua consanguinidade.

Este é o meu irmão Boyd, Billy disse.

Gillian fez um gesto de mão para que ele se aproximasse.

Ele tava preocupado com a nossa aparência, Billy disse.

Ele pode dizer por si mesmo com o que está preocupado.

Boyd ficou parado com os dedões enganchados na cinta. Ainda não tinha tirado o chapéu. Não tava preocupado com a nossa aparência, disse.

O *ganadero* tornou a observá-lo. Você é do Texas?, perguntou.

Texas?

Sim.

De onde o senhor tirou essa ideia?

Vieram do Texas, *no*?

Nunca estive no Texas na minha vida.

Como conhece o dr. Haas?

Não conheço ele. Nunca vi esse homem.

E por que tem interesse no cavalo dele?

O cavalo não é dele. O cavalo foi roubado da nossa fazenda por um índio.

E o pai de vocês os mandou ao México para recuperar o cavalo.

Ele não mandou a gente pra parte alguma. Ele morreu. Mataram ele e a minha mãe com um tiro de espingarda e roubaram os cavalos.

O *ganadero* franziu a testa. Olhou para Billy. Concorda com isso?, perguntou.

Sou como o senhor, Billy disse. Só esperando ouvir o que acontece depois.

O *ganadero* os examinou por um longo tempo. Finalmente disse que chegara àquela atual posição negociando cavalos na estrada tanto no país deles quanto no dele mesmo e que como todos os negociantes daquele tipo aprendera a reconstruir as histórias das pessoas com quem entrara em contato em grande parte eliminando as alternativas dessas pessoas. Disse que raras vezes estava errado e raras vezes se surpreendia.

O que você me contou é ridículo, disse.

Bom, disse Boyd. Pense como o senhor quiser.

O *ganadero* girou ligeiramente na cadeira. Tamborilou nos dentes. Olhou para Billy. Seu irmão pensa que sou um tolo.

Sinsenhor.

O *ganadero* arqueou as sobrancelhas. Concorda com ele?

Não, senhor. Não concordo com ele.

Como é que você pode acreditar nele e não em mim?, perguntou Boyd.

Quem não faria o mesmo?, disse o *ganadero*.

Acho que o senhor tem prazer em ouvir as pessoas mentir.

O *ganadero* retrucou que sim, tinha prazer. Disse que esse era um pré-requisito indispensável para estar naquele negócio. Olhou para Billy.

Hay otro más, disse. Outra coisa. O que é?

Contei tudo o que tinha pra contar.

Mas não tudo que há pra contar.

Olhou para Boyd. Verdade?, perguntou.

Não sei do que é que o senhor tá perguntando.

O *ganadero* sorriu. Levantou-se com dificuldade da escrivaninha. De pé era um homem de menor estatura. Caminhou até um arquivo de madeira de carvalho e abriu uma gaveta e procurou entre alguns papéis e retornou com uma pasta e se sentou e depositou a pasta no tampo da escrivaninha diante de si e a abriu.

Lê espanhol?, perguntou.

Sinsenhor.

O *ganadero* folheava os papéis em busca do documento.

O cavalo foi comprado num leilão no dia dois de março. Foi a compra de um lote de vinte e três cavalos.

Quem foi o vendedor?

La Babícora.

Virou a pasta aberta e a empurrou na escrivaninha. Billy não a olhou. O que é La Babícora?, perguntou.

As sobrancelhas descuidadas do *ganadero* se arquearam. O que é La Babícora?, perguntou.

Sinsenhor.

É uma fazenda. Propriedade de um conterrâneo seu, um *señor* chamado Hearst.

Eles vendem muitos cavalos?

Não tantos quanto compram.

Por que venderam o cavalo?

Quién sabe? O *capón* não é tão popular neste país. Há um certo preconceito digamos assim.

Billy bateu os olhos no recibo de venda.

Por favor, disse o *ganadero*. Pode examinar.

Pegou a pasta e inspecionou a lista de cavalos detalhados sob o número de lote 4186.

Qué es un bayo lobo?, perguntou.

O *ganadero* encolheu os ombros.

Virou a folha. Verificou as descrições. *Ruano. Bayo. Bayo cebruno. Alazán. Alazán quemado.* Metade dos cavalos tinha cores de que nunca ouvira falar. *Yeguas* e *caballos, capones* e *potros.* Viu um cavalo que poderia ter sido Niño. Depois viu outro que também poderia ter sido. Fechou a pasta e a colocou de volta na escrivaninha do *ganadero*.

O que acha?, perguntou o *ganadero*.

O que eu acho do quê?

Você me disse que foi o vendedor do cavalo que o fez vir aqui, não o cavalo.

Sinsenhor.

Talvez seu amigo trabalhe para o *señor* Hearst. Pode bem ser.

Sinsenhor. Pode bem ser.

Não é uma coisa muito fácil encontrar um homem no México.

Não, senhor.

O *monte* é enorme.

Sinsenhor.

Um homem pode se perder.

Sinsenhor. Pode.

O *ganadero* silenciou. Bateu no braço da cadeira com o indicador. Como um telégrafo aposentado. *Otro más*, disse. O que é?

Não sei.

Inclinou-se sobre a escrivaninha. Olhou para Boyd e baixou o olhar para as botas de Boyd. Billy acompanhou o olhar. Ele procurava as marcas nas correias das esporas.

Vocês estão longe de casa, falou. Nem é preciso dizer. Olhou para Billy.

Sinsenhor, Billy disse.

Vou lhe dar um conselho. Sinto-me na obrigação.

Tá bem.

Voltem para casa.

A gente não tem casa pra voltar, Boyd retrucou.

Billy olhou para ele. Continuava com o chapéu na cabeça.

Por que não pergunta pra ele por que quer que a gente volte pra casa?, perguntou Boyd.

Explico por quê, disse o *ganadero*. Porque talvez ele saiba algo que você não sabe. Que não se pode consertar o passado. Você acha que todo mundo é bobo. Mas não há muitos motivos para vocês estarem no México. Pensem nisso.

Vamos embora, disse Boyd.

Estamos perto da verdade aqui. Não sei o que é essa verdade. Não sou adivinho cigano. Mas prevejo grandes problemas pela frente. Grandes problemas. Você deve escutar seu irmão. Ele é mais velho.

O senhor também é.

O *ganadero* tornou a se recostar na cadeira. Fitou Billy. Seu irmão é novo demais para acreditar que o passado ainda existe, disse. Que as injustiças nele cometidas têm remédio. Talvez você também acredite nisso?

Não tenho uma opinião. Só estou aqui por causa de alguns cavalos.

Que remédio pode haver? Que remédio pode haver para o que não existe? Compreende? E onde está o remédio que não tem resultado imprevisível? Que ato não pressupõe um futuro que é ele mesmo desconhecido?

Saí deste país uma vez, Billy disse. Não foi o futuro que me trouxe aqui de volta.

O *ganadero* segurava as mãos na frente uma sobre a outra, um espaço entre elas. Como se guardasse algo invisível dentro de uma caixa invisível. Não se sabe que coisas desencadeamos, disse. Nenhum homem sabe. Nenhum profeta prevê. As consequências de um ato são quase sempre diferentes do que se espera. É preciso se certificar de que a intenção no coração seja grande o bastante para conter todos os reveses, todos os desapontamentos. Compreende? Nem tudo tem tal valor.

Boyd estava parado junto da porta. Billy se voltou e olhou para o irmão. Olhou para o *ganadero*. O *ganadero* afastou o ar diante dele com o dorso da mão. Sim, sim, disse. Vão embora.

Na rua Billy olhou para trás para ver se o *ganadero* os espiava pela janela.

Não olhe pra trás, disse Boyd. Você sabe que ele tá espiando a gente.

Cavalgaram rumo ao sul saindo da cidade e tomaram a estrada que levava a San Diego. Cavalgaram em silêncio, o cão mudo e de pata ferida trotando e caminhando aos turnos na dianteira deles no centro da estrada sem sombras ao meio-dia.

Sabe do que é que ele tava falando?, Billy perguntou.

Boyd se voltou ligeiramente no lombo em pelo do cavalo que montava e olhou para trás.

Sim. Sei do que é que ele tava falando. Você sabe?

Atravessaram a última das pequenas *colonias* ao sul da cidade. Nos campos por que passaram havia homens e mulheres colhendo algodão entre plantas cinzentas e frágeis. Deram de beber aos cavalos numa *acequia* à beira da estrada e afrouxaram os látegos para deixá-los respirar. Do outro lado do terreno viram um homem revolvendo a terra com um boi jungido pelos chifres a um arado manejado por uma só mão. Era o tipo de arado usado no Egito antigo e era pouco mais do que uma raiz de árvore. Montaram e prosseguiram. Billy se voltou e observou Boyd. Magro no lombo do cavalo sem sela. Mais magro ainda na sombra que projetava. O cavalo negro e alto que trilhava a estrada com suas articulações angulares que se arqueava e seguia enviesado no pó da estrada como um cavalo exemplar. Tarde no dia na crista de uma elevação na estrada detiveram os cavalos e correram os olhos pelas porções irregulares de terra escura abaixo deles onde canais de irrigação tinham sido abertos nos campos recém-arados e onde a água dos sulcos brilhava na luz do anoitecer como grades de barra de metal brunido se estendendo na distância. Como se as portas divisórias de alguma antiga empreitada tivessem tombado mais além dos choupos na borda da vala, os pássaros canários da noite.

Pouco a pouco ultrapassaram na estrada envolvida pela escuridão uma moça que caminhava descalça e carregava na cabeça uma trouxa de pano que pendia dos dois lados como um enorme chapéu mole. De tal modo que quando passaram lentamente ela se viu obrigada a virar de lado o corpo inteiro para vê-los. Acenaram e Billy lhe desejou boa-noite e ela retribuiu e continuaram cavalgando. Um pouco mais adiante deram num lugar onde a água das *acequias* inundara o canal e apearam e conduziram os cavalos ao longo da borda e se sentaram na erva e observaram gansos caminharem empertigados nos campos que escureciam. A moça passou ao longo da estrada. Eles pensaram no início que estivesse cantarolando docemente para si mesma, mas estava chorando. Quando viu os cavalos ela parou. Os cavalos ergueram a cabeça e olharam na direção da estrada. Ela prosseguiu e eles baixaram a cabeça e continuaram a beber. Quando conduziram os cavalos de volta para a estrada viram que a moça estava muito pequena e quase imóvel na distância à frente. Montaram e avançaram e pouco depois tornaram a ultrapassá-la.

Billy guiou o cavalo para o lado extremo da estrada. De modo que ela teria que voltar o rosto para oeste à derradeira luz para responder para ele caso ele lhe falasse ao passar. Mas ao ouvir os cavalos na estrada na retaguarda ela também foi para o outro lado da estrada e quando lhe falou ela não se voltou e se respondeu ele não ouviu. Prosseguiram. Uns cem metros e ele parou e apeou.

O que tá fazendo?, Boyd perguntou.

Olhou para a moça. Ela parara. Não havia para onde pudesse ir. Billy se voltou e ergueu o estribo e o apoiou no arção da sela e inspecionou o látego.

Tá ficando escuro, disse Boyd.

Está escuro.

Bom, vamos indo.

Estamos indo.

A moça começou a andar de novo. Aproximou-se lentamente, mantendo-se na beira oposta da estrada. Ao chegar lado a lado com eles Billy lhe perguntou se ela queria montar no cavalo. Ela não respondeu. Balançou a cabeça debaixo da trouxa de pano e em seguida apressou o passo. Billy a observou se afastar. Afagou o cavalo e pegou as rédeas e continuou a andar a pé pela estrada guiando o cavalo. Boyd ficou parado sobre Keno a observá-lo.

Que é que te deu?, perguntou.

Quê?

Pedir pra ela montar.

O que tem de errado nisso?

Boyd tocou o cavalo adiante e cavalgou ao lado do irmão. Que é que você tá fazendo?, perguntou.

Guiando o cavalo.

Mas o que é que tem de errado com você?

Não tem nada de errado comigo.

Bom, e o que você tá fazendo?

Só estou guiando o meu cavalo. Assim como você está cavalgando o seu.

Pois sim que tá.

Tem medo de mulher?

Medo de mulher?

É.

Olhou para Boyd. Mas Boyd se limitou a abanar a cabeça e prosseguir.

O vulto miúdo da moça se esvaneceu na escuridão à frente. Pombos ainda baixavam voo sobre os campos a oeste da estrada. Eles podiam ouvi-los cruzando o ar depois que escureceu demais para enxergá-los. Boyd continuou a cavalgar, Billy ficou parado na estrada. Um pouco depois alcançou o irmão. Tornara a montar e os dois prosseguiram lado a lado.

Ultrapassaram o terreno irrigado e passaram num bosque à beira da estrada por um *jacal* de barro e varetas onde ardia a débil luz de um candeeiro. Pensaram que fosse a morada da moça e ficaram surpresos quando toparam com ela de novo na estrada na dianteira deles.

Quando a ultrapassaram já havia baixado o negror da noite e Billy reduziu o passo do cavalo ao lado dela e lhe perguntou se ainda tinha muito que caminhar e ela hesitou por um momento e depois respondeu que não. Ele lhe ofereceu para transportar a trouxa na traseira da sela e ela poderia andar acompanhando o cavalo, mas a moça recusou educadamente. Tratou-o por *señor*. Olhou para Boyd. Ocorreu a ele que ela talvez tivesse se escondido no chaparral à beira da estrada, mas não o fizera. Desejaram-lhe boa-noite e se adiantaram e algum tempo mais tarde encontraram dois cavaleiros na estrada que tomavam o caminho de que eles vinham vindo e lhes falaram laconicamente na escuridão e seguiram. Billy deteve o cavalo e ficou a observá-los e Boyd parou do lado dele.

Está pensando a mesma coisa que eu?, Billy perguntou.

Boyd cruzou os antebraços sobre o arção da sela. Vai esperar ela? Vou.

Tá bem. Acha que vão mexer com ela?

Billy não respondeu. Os cavalos se inquietaram e se aquietaram. Pouco depois ele disse: Vamos esperar aqui só um pouquinho. Ela vai aparecer num minuto. Depois a gente segue.

Mas a moça não apareceu num minuto e nem mesmo em dez minutos ou em trinta.

Vamos voltar, Billy disse.

Boyd se inclinou e cuspiu sem pressa no chão da estrada e volteou o cavalo.

Tinham cavalgado pouco mais do que um quilômetro quando viram um fogo em algum ponto adiante deles por entre os contornos da capoeira. A estrada formou uma curva e o fogo oscilou lentamente para a direita. Depois oscilou de volta. Quase um quilômetro depois eles detiveram os cavalos. O fogo ardia num pequeno carvalhal a leste. O clarão iluminava a parte inferior das negras copas e sombras avançavam e retrocediam e um cavalo relinchou dentro da escuridão.

O que quer fazer?, Boyd perguntou.

Não sei. Deixe eu pensar.

Pararam os cavalos na estrada imersa no negrume.

Ainda não pensou?

Acho que a única coisa que a gente pode fazer é entrar.

Vão descobrir que a gente tá indo atrás.

Eu sei. Não tem outro jeito.

Boyd ficou olhando o fogo por entre as árvores.

O que quer fazer?, perguntou Billy.

Se quer entrar então vamos em frente.

Apearam e guiaram os cavalos. O cão ficou sentado na estrada a observá-los. Depois se pôs de pé e os seguiu.

Quando entraram na clareira sob as árvores os dois homens estavam de pé do outro lado da fogueira e os observavam se aproximar. Os cavalos não estavam à vista. A moça estava sentada no chão com as pernas dobradas e agarrada à trouxa no colo. Quando viu quem eram desviou os olhos e fitou dentro da fogueira.

Buenas noches, Billy falou.

Buenas noches, responderam.

Ficaram segurando os cavalos. Não foram convidados a se acercar. O cão se deteve assim que chegou ao círculo de luz e em seguida recuou ligeiramente e aguardou. Os homens os observavam. Um deles fumava um cigarro e o levou aos lábios e deu uma leve tragada e soprou a tênue fumaça na direção da fogueira. Desenhou um círculo com os braços, o dedo apontando para baixo. Disse-lhes que deixassem os cavalos entre as árvores. *Nuestros caballos están allá*, disse.

Está bien, Billy disse. Não se moveu.

O homem disse que não estava tudo bem. Disse que não queria que os cavalos deles estragassem o chão onde iam dormir.

Billy o fitou. Voltou-se ligeiramente e olhou para o cavalo. Pôde ver curvadas como um escuro tríptico num peso de papel de vidro as figuras dos dois homens e a moça a arder na luz fugitiva da fogueira no centro negro do olho do animal. Entregou os freios a Boyd passando-os por trás das costas. Leve eles lá pra adiante, disse. Não tire a sela do Bird e não afrouxe o látego e não ponha eles junto com os cavalos deles.

Boyd passou na frente dele conduzindo os cavalos e passou pelos homens e entrou na escuridão das árvores. Billy se adiantou e os saudou com um gesto de cabeça e puxou de leve o chapéu para trás longe dos olhos. Deteve-se diante da fogueira e fitou dentro dela. Olhou para a moça.

Cómo está?, perguntou.

Ela não respondeu. Quando ele olhou do outro lado da fogueira o homem que fumava estava de cócoras e o observava pela urdidura das chamas com os olhos da cor do carvão molhado. No chão perto dele havia uma garrafa tampada com uma espiga de milho.

De dónde viene?, perguntou.

America.

Tejas.

Nuevo México.

Nuevo México, o homem disse. *Adónde va?*

Billy o observou. O homem tinha o braço direito cruzado sobre o tórax e firmado com o cotovelo do esquerdo de modo que o antebraço esquerdo se erguia na vertical diante dele enquanto ele segurava o cigarro numa pose estranhamente formal, estranhamente delicada. Billy olhou de novo para a moça e olhou de novo para o homem do outro lado da fogueira. Não tinha resposta para a pergunta.

Hemos perdido un caballo, disse. *Lo buscamos.*

O homem não respondeu. Segurava o cigarro entre o dedo indicador e o médio e mergulhou o pulso num movimento de pássaro e tragou e em seguida tornou a erguer o cigarro no ar. Boyd saiu de entre as árvores e deu a volta à fogueira e se deteve mas o homem não olhou para ele. Atirou o toco do cigarro dentro da fogueira e envolveu os joelhos com os braços e começou a se balançar para a frente e para trás num movimento quase imperceptível. Fez um sinal com o queixo para Billy e perguntou se os tinha seguido com o propósito de ver os cavalos deles.

No, disse Billy. *Nuestro caballo es un caballo muy distinto. Lo conoceríamos en cualquier luz.*

Assim que falou se deu conta de que revelou a única resposta plausível à pergunta seguinte do homem. Ele olhou para Boyd. Boyd também sabia disso. O homem se balançou, examinou-os. *Qué quieren pues?*, perguntou.

Nada, disse Billy. *No queremos nada.*

Nada, o homem disse. Articulou a palavra como se a saboreasse. Torceu de lado levemente o queixo como faria um homem ao ponderar sobre probabilidades. Dois cavaleiros que encontraram outros dois numa estrada escura e seguem adiante e depois disso encontram também uma pessoa que viaja a pé sabem que esses cavaleiros ultrapassaram o viajante e seguiram adiante. Isso era o que se sabia. Os dentes do homem cintilaram à luz da fogueira. Ele tirou algo que estava entre eles e o examinou e depois o engoliu. *Cuántos años tiene?*, perguntou.

Yo?

Quién más.

Diecisiete.

O homem anuiu com a cabeça. *Cuántos años tiene la muchacha?*

No lo sé.

Qué opina?

Billy olhou para a moça. Ela olhava para o próprio colo. Parecia ter catorze anos.

Es muy joven, disse.

Bastante.

Doce quizás.

O homem encolheu os ombros. Esticou a mão e pegou a garrafa do chão e tirou a tampa e bebeu e ficou segurando a garrafa pelo gargalo. Disse que se eram velhos o bastante para sangrar eram velhos o bastante para matar. Depois ergueu a garrafa por sobre o ombro. O homem atrás dele se achegou e a pegou e bebeu. Na estrada passava um cavalo. O cão se levantou e ficou a escutar. O cavaleiro não parou e o lento clopeclope dos cascos na lama seca sumiu e o cão tornou a se deitar. O homem em pé bebeu pela segunda vez e depois devolveu a garrafa. O outro homem a pegou e repôs a espiga de milho no gargalo da garrafa com o peito da mão e depois avaliou o peso da garrafa.

Quiere tomar?, perguntou.

No. Gracias.

Pesou a garrafa na mão mais uma vez e depois a lançou do outro lado da fogueira. Billy a apanhou e olhou para o homem. Ergueu a garrafa contra a luz. O mescal amarelo e opaco rolou viscosamente dentro da garrafa e a forma anelada de um gusano morto circulava no fundo da garrafa num leve movimento à deriva, como um pequeno feto.

No quiero tomar, disse.

Tome, o homem disse.

Olhou de novo para a garrafa. As manchas de gordura no vidro brilharam na luz do fogo. Olhou para o homem e depois torceu a espiga no gargalo e a puxou.

Vai buscar os cavalos, disse.

Boyd se postou atrás dele. O homem o observou. *Adónde vas?*, perguntou.

Vai, Billy disse.

Adónde va el muchacho?

Está enfermo.

Boyd atravessou o acampamento e foi na direção das árvores. O cão se levantou e o seguiu com o olhar. O homem se voltou e olhou de novo para Billy. Billy ergueu a garrafa e começou a beber. Bebeu e abaixou a garrafa. Seus olhos lacrimejaram e ele os secou com o antebraço e olhou para o homem e ergueu a garrafa e tornou a beber.

Quando abaixou a garrafa ela estava completamente vazia. Respirou fundo e olhou para o homem, mas o homem estava olhando para a moça. Ela se pusera de pé e olhava na direção das árvores. Sentiram o chão tremer. O homem se levantou e se voltou. Atrás dele o segundo homem se afastou da fogueira e saiu correndo erguendo os braços no ar numa exortação silenciosa. Tentava conter os cavalos no ponto em que saíam das árvores atirando a cabeça de um lado para outro e se desviava de lado para não pisar nas cordas desprendidas das estacas.

Demonios, disse o homem. Billy largou a garrafa e jogou a espiga de milho dentro da fogueira e estendeu os braços e agarrou a moça pela mão.

Vámonos, disse.

Ela se abaixou e recolheu a trouxa. Boyd saiu de entre as árvores num galope. Curvava-se sobre o pescoço de Keno e segurava os freios do cavalo de Billy numa mão e a espingarda na outra e prendia as rédeas de seu próprio cavalo nos dentes como um cavaleiro de circo. *Vámonos*, sussurrou Billy, mas a moça já lhe agarrava os braços.

Boyd levou os cavalos quase para dentro da fogueira e conteve Keno, que pateava e arregalava os olhos. Tornou a prender as rédeas entre os dentes e lançou a espingarda para Billy. Billy a pegou e agarrou a moça pelo cotovelo e a empurrou na direção do cavalo. Os outros dois cavalos tinham sumido na planície escura ao sul do acampamento e o homem que lhe jogara a garrafa de mescal emergia da negrura carregando na mão uma longa faca fina. Fora o som dos cavalos que bufavam e pateavam tudo era silêncio. Ninguém falou. O cão dava voltas nervosamente atrás dos cavalos. *Vámonos*, disse Billy. Quando se deu conta a moça já estava sentada na garupa atrás da sela e do cobertor enrolado. Tomou as rédeas de Boyd e as agitou sobre a cabeça do cavalo e segurou a espingarda numa mão como se fosse uma pistola. Não sabia se estava carregada ou não. O mescal lhe pesava no estômago como medonho fardo. Apoiou o pé no estribo e a moça se estirou com agilidade ao longo do flanco do cavalo e ele passou a perna por cima dela e montou na sela. O homem já tinha avançado contra ele e ele apontou a espingarda para o peito do homem. O homem investiu para pegar as rédeas, mas o cavalo refugou e Billy desencaixou a bota do estribo e chutou o homem e o homem se abaixou e passou a lâmina da faca ao longo da perna de Billy penetrando o couro da bota e o tecido da calça. Billy fez o cavalo voltear e o fustigou e o homem investiu contra a moça e lhe agarrou o vestido, mas o tecido rasgou e em seguida estavam atravessando a galope a clareira de ervas baixas e tomaram a estrada onde Boyd os esperava montado no cavalo que pateava à luz das estrelas. Billy freou o cavalo que arremessava a cabeça de um lado para outro e falou com a moça por cima do ombro. *Está bien?*, perguntou.

Sí, sí, ela sussurrou. Ela se inclinava sobre a trouxa com os dois braços em torno da cintura dele.

Vamos, disse Boyd.

Desceram pelo sul da estrada lado a lado e a pleno galope com o cão atrás perdendo terreno aos metros. Não havia lua, mas as estrelas naquela região eram tão numerosas que mesmo assim a sombra dos cavaleiros era projetada na estrada. Dez minutos mais tarde Boyd tomava conta do cavalo de Billy segurando as rédeas enquanto Billy se postava na beira da estrada com as mãos agarrando os joelhos e vomitava sobre as ervas. O cão emergiu ofegante da escuridão e os cavalos olharam para Billy e patearam na estrada. Billy ergueu o olhar e enxugou os olhos lacrimejados. Olhou para a moça. Ela montava o cavalo seminua, as pernas desnudas pendendo nos flancos do lombo do cavalo. Ele cuspiu e limpou a boca com a manga da camisa e olhou para a bota. Depois se sentou na estrada e tirou a bota e examinou a perna. Repôs a bota e se levantou e pegou a espingarda do chão e voltou para onde estavam os cavalos. A perna das calças de brim adejando em torno do tornozelo.

Temos que sair da estrada, disse. Não vai levar muito tempo pra eles pegarem os cavalos deles.

Tá ferido?

Estou. Adiante.

Vamos escutar um instante.

Escutaram.

Não dá pra ouvir nada com esse cachorro resfolegando.

Escute um instante.

Billy pegou as rédeas e as fez passar por cima da cabeça do cavalo e encaixou a bota no estribo e a moça se abaixou e ele montou elevando a perna sobre ela. Um doido, disse. Meu irmão é um doido.

Mánde?, perguntou a moça.

Escute um instante, disse Boyd.

Está ouvindo o quê?

Nada. Como você se sente?

Como você deve saber.

Ela não fala inglês não, né?

Claro que não. Como poderia falar inglês?

Boyd fitou a escuridão no outro lado da estrada. Você sabe que vão vir atrás da gente.

Billy guardou a espingarda no coldre. Maldição, claro que sei, disse.

Não fique praguejando na frente dela.

Quê?

Eu disse pra não ficar praguejando na frente dela.

Você acabou de falar que ela não sabe inglês.

Mas isso não quer dizer que você tem que praguejar.

Você só diz bobagem. E o que é que te faz pensar que aqueles filhos da mãe lá adiante não têm pistolas escondidas debaixo da roupa?

Não pensei. Por isso que te joguei a espingarda.

Billy se inclinou e cuspiu. Droga, disse.

Que pensa em fazer com ela?

Não sei. Maldição. Como posso saber?

Levaram os cavalos para fora da estrada e prosseguiram por uma planície sem árvores. As montanhas negras e sem relevo na distância formavam um debrum irregular ao longo da parte baixa do firmamento. A moça estava sentada miúda e empertigada com uma mão presa à cinta de Billy. Seguindo à luz das estrelas entre os escuros confins das cadeias de montanha a leste e a oeste lembravam os cavaleiros saídos de um livro encarregados de reconduzir ao lar uma rainha raptada.

Acamparam num outeiro de terreno seco onde a noite submergia à volta deles numa profundidade infinita e amarraram os cavalos e deixaram Bird selado. A moça ainda não tinha falado. Afastou-se na escuridão e só tornaram a vê-la de manhã.

Quando acordaram havia uma fogueira acesa e ela vertia água de um cantil e a punha para ferver, movendo-se calmamente na luz cinzenta. Billy ficou deitado envolto na manta a observá-la. Ela devia ter encontrado outra roupa entre os pertences porque estava usando uma saia de novo. Agitou a água na lata, embora ele não pudesse adivinhar o que ela agitava. Fechou os olhos. Ouviu o irmão dizer algo em espanhol e quando espiou de debaixo da manta Boyd estava sentado diante da fogueira com as pernas cruzadas e bebendo da caneca de lata.

Levantou-se e enrolou a manta e ela lhe trouxe uma caneca de chocolate e voltou para junto da fogueira. Havia tostado *tortillas* na pequena panela e lhes serviu uma colherada de feijão e se sentaram diante da fogueira e comeram a refeição da manhã enquanto o dia ia clareando.

Tirou a sela do Bird?, Billy perguntou.

Não. Ela tirou.

Ele anuiu com a cabeça. Comeram.

Tá muito ferido?, Boyd perguntou.

É só um arranhão. Mas ele fez um belo corte na bota.

Como se vestem mal neste país.

Pode avaliar por mim. Que é que te deu pra espantar os cavalos deles daquele jeito?

Não sei. Me deu na cabeça de fazer aquilo.

Você ouviu o que o homem disse sobre ela?

Sim. Ouvi.

Quando o sol se ergueu já tinham deixado o acampamento e mais uma vez atravessavam a planície de cascalho e creosoto rumo ao sul. Ao meio-dia pararam num poço no deserto onde carvalhos e sabugueiros cresciam e amarraram os cavalos e dormiram no chão. Billy dormiu com a espingarda encaixada no braço e quando acordou a moça estava sentada a observá-lo. Perguntou-lhe se era capaz de montar *caballo en pelo* e ela respondeu que sim. Quando tornaram a partir ela montou atrás de Boyd de modo a dar descanso para Bird. Billy imaginou que Boyd diria alguma coisa a respeito, mas não disse nada. Ao olhar para trás a moça estava cavalgando com os dois braços em torno da cintura dele. Ao olhar para trás mais tarde o cabelo preto da moça se derramava sobre o ombro do irmão e ela dormia sobre as costas dele.

Ao anoitecer chegaram à *hacienda* de San Diego, situada numa colina que sobranceava as terras cultivadas que se estendiam até o rio de Casas Grandes e a Piedras Verdes. Um moinho girava na planície abaixo deles como um brinquedo chinês e cães latiam ao longe. Na luz longa e horizontal as montanhas umbrosas mergulhavam em profundas sombras nas fendas e no céu ao sul uma dúzia de busardos giravam num lento e sombrio carrossel.

III

Estava quase escuro quando passaram pela vivenda principal ao longo do caminho, passaram pelos pórticos com colunas de ferro delgadas, passaram pelos muros de estuque caiado de branco e arremate de blocos de arenito vermelho e filigranas de terracota ao longo dos parapeitos. Na frente da casa se erguiam três arcos de pedra e sobre estes havia a inscrição *Hacienda de San Diego* em letras arqueadas sobre as iniciais L. T. As altas janelas paladianas eram providas de persianas e as persianas estavam descoradas e quebradas e a pintura e o estuque se soltavam descamados das paredes e o teto do pórtico não era mais do que uma armação de sarrafos expostos manchados de água e vergados. Avançaram pelo pátio na direção do que pareciam ser os *domicilios* de onde uma fumaça se elevava contra o céu da noite e passaram pelos portões de madeira e adentraram o pátio e detiveram os cavalos lado a lado.

Num canto estava a carcaça de um velho carro de turismo Dodge sem rodas e eixos, vidros e bancos. No fundo do pátio uma fogueira para cozinhar ardia na terra e sob sua luz se viam dois carroções com decorações espalhafatosas entre os quais roupas tinham sido penduradas num varal e passando de um lado para outro na frente do fogo homens e mulheres de roupão e quimono que pareciam ser de circo.

Qué clase de lugar es éste?, Billy perguntou.

Es ejido, respondeu a moça.

Qué clase de gente?

No lo sé.

Ele apeou e a moça desceu deslizando do lombo do cavalo de Boyd e se acercou e segurou as rédeas.

Quem são?, Boyd perguntou.

Não sei.

Entraram no pátio. Billy e a moça a pé, a moça guiando o cavalo. Boyd a cavalo atrás. As pessoas do outro lado do pátio não lhes prestaram a menor atenção. Dois rapazes junto ao fogo acendiam lampiões com uma lasca de madeira e entregavam os lampiões acesos com as alças encaixadas numa vara bifurcada a um rapaz na *azotea* que se movimentava contra o céu cada vez mais negro e os pendurava no parapeito. O chão do pátio foi se iluminando mais e mais à medida que o rapaz prosseguia e logo um galo começou a cantar. Outros rapazes depositavam fardos de feno contra um muro e abaixo do portal mais distante homens desenrolavam um pano de fundo pintado muito desgastado e rebentado pelas viagens.

Dois dos homens com indumentária pareciam envolvidos numa polêmica e um deles recuou e abriu os braços. Como que para demonstrar a dimensão de algo desproporcional. Em seguida se pôs a cantar numa língua estrangeira. Toda a movimentação cessou até ele terminar. Depois tudo recomeçou.

Dónde están los domicilios?, Billy perguntou.

A moça indicou com um sinal de cabeça a escuridão atrás dos muros. *Afuera*, disse.

Vamos.

Queria ver isso, disse Boyd.

Você nem sabe o que é.

Alguma coisa é.

Billy pegou as rédeas da mão da moça. Olhou para a fogueira atrás, para as pessoas. A gente pode voltar, disse. Só estão preparando.

Saíram com os cavalos para o local onde ficavam as três longas construções de adobe que abrigavam os trabalhadores e subiram o caminho entre as primeiras duas precedidas por uma manopla de cães vira-latas de pelos eriçados que arreganhavam os dentes. A noite estava quente e na frente das habitações havia fogueiras para cozinhar e na luz mortiça um abafado tilintar de utensílios e o delicado bater de mãos dando forma às *tortillas*. As pessoas iam à deriva de uma fogueira a outra e suas vozes penetravam as trevas e mais distante ainda soava o som de uma guitarra na doçura da noite de verão.

Deram-lhes acomodação no fundo da última construção e a moça tirou a sela do cavalo de Billy e levou os dois animais para beber. Billy pegou um fósforo do bolso da camisa e o acendeu na unha do polegar. Os dois cômodos tinham uma única porta e uma única janela e um teto alto de vigas com *latillas* de vara. Uma porta baixa conectava os cômodos e no canto do segundo cômodo havia uma lareira e um pequeno altar com uma Virgem Maria de madeira pintada. Um vaso contendo ervas secas. Um copo no fundo do qual jazia um medalhão de cera enegrecida. Contra a parede se apoiava uma moldura feita de pranchas de madeira atadas com corda e coberta com tiras de couro cru não raspado. Tinha o aspecto de um instrumento agrícola rudimentar, mas na verdade era uma cama. Billy apagou o fósforo com um sopro e saiu e ficou parado na porta. Boyd estava sentado no alpendre da frente da habitação a observar a moça. Ela estava de pé junto da gamela do outro lado do casario tomando conta dos cavalos enquanto estes bebiam. Ela e os dois cavalos e o cão estavam cercados por um semicírculo de cães de todo tipo e de várias cores sentados, mas ela não lhes prestava atenção. Aguardava muito pacientemente enquanto os cavalos bebiam. Enquanto erguiam as bocas cheias de água pingando e olhavam à volta e enquanto tornavam a beber. Não tocou nos cavalos nem falou com eles. Apenas aguardava enquanto bebiam e beberam por um longo tempo.

Comeram com uma família chamada Muñoz. Deviam ter o aspecto de bastante maltratados pela estrada pois a mulher não parava de lhes servir comida e o homem fazia pequenos gestos entre os pratos com as mãos estendidas para que se servissem mais. Perguntaram a Billy de onde tinham vindo e ouviram a história com uma certa tristeza ou resignação. Como se nada pudesse ser mudado. Comeram sentados no chão com colheres e pratos de barro. A moça nada revelou sobre suas origens e ninguém lhe perguntou. Enquanto comiam uma poderosa voz de tenor flutuou na noite por sobre os telhados dos *domicilios*. Entoou as escalas ascendentes e descendentes por duas vezes sucessivas. O silêncio baixou sobre o acampamento. Um cão começou a uivar. Só depois quando parecia que nada mais iria acontecer os *ejiditarios* começaram a conversar outra vez. Um pouco mais tarde um sino dobrou longe em algum lugar e na longa ressonância das badaladas as pessoas principiaram a se levantar e a chamar umas às outras.

A mulher tinha levado o *comal* e as panelas para dentro da casa e agora estava parada no limiar da porta à luz do lampião com um menino no braço. Viu Billy sentado no chão e acenou para ele se levantar. *Vámonos*, disse. Ele olhou para ela. Disse que não tinha dinheiro, mas a mulher se limitou a olhá-lo como se não tivesse entendido. Depois disse que todos estavam indo e que quem tinha dinheiro pagaria para quem não tinha. Disse que todo mundo tinha de ir. Que não se podia ficar em casa. Quem permitiria tal coisa?

Billy se pôs de pé. Procurou por Boyd, mas não o via, nem via a moça. Os retardatários corriam entre as fumaças das fogueiras mortiças. A mulher passou a criança para o outro braço e se adiantou e o pegou pela mão como se ele mesmo fosse uma criança. *Vámonos*, disse. *Está bien.*

Seguiram os demais colina acima, a multidão se movimentando com lentidão por causa dos idosos e os idosos insistindo para que passassem na frente. Ninguém passava. A casa vazia no cume do monte acima deles se erguia sinistra e às escuras, mas uma música provinha da *hacienda* circundada por muros compridos onde os armazéns e os *establos* se situaram no passado, os *domicilios* dos feitores. A luz se derramava através das altas portas ogivais e fogaréus de óleo ou pez feitos de balde de lata ardiam nos dois lados da arcada da entrada e ali os *ejiditarios* formavam fila e avançavam devagar com os centavos e os pesos nas mãos cerradas para entregá-los ao porteiro postado vestido de preto. Dois jovens atravessaram a multidão carregando uma maca. A maca era feita de varas e pano e o velho nela deitado estava vestido com casaco e gravata e segurava na mão um rosário de contas de madeira e fitava sinistramente o arco do firmamento. Billy olhou para a criança que a mulher carregava, mas a criança estava dormindo. Quando chegaram ao portão a mulher pagou e o porteiro lhe agradeceu e jogou as moedas dentro de um balde no chão ao lado dele e eles passaram e adentraram o pátio.

Os carroções com decoração berrante tinham sido levados para um canto mais afastado do pátio. Lampiões tinham sido dispostos em semicírculo no chão diante deles e lampiões pendiam de uma corda esticada no alto e essa luz iluminava o rosto dos rapazes que observavam ao longo do parapeito, como fileiras de máscaras teatrais. As mulas entre os carroções tinham ornamentos com debruns e lantejoulas e veludo e tanto as mulas quanto os carroções eram os mesmos que transportavam a pequena trupe pelas estradas secundárias da república para se apresentar à noite com aquelas mesmas roupas enquanto os lampiões queimavam e a multidão se comprimia em alguma *plaza* ou *alameda* provinciana onde um homem passava de um lado a outro balançando diante de si como incensório um balde furado com pregos com o qual espargia água para assentar a poeira e a prima-dona se movimentava numa lasciva silhueta atrás de um telão enquanto vestia um traje ou se voltava para se olhar num espelho que ninguém podia ver mas cuja presença todos imaginavam.

Billy assistiu ao espetáculo com interesse, mas sem entender muita coisa. Os atores narravam talvez alguma aventura vivida durante suas viagens e cantavam cara a cara e choravam e no fim um homem com uma colorida vestimenta de bufão matou a mulher com um punhal e matou outro homem talvez rival e rapazes avançaram correndo segurando as bordas da cortina para fechá-la e as mulas que estavam no caminho dos rapazes levantaram a cabeça despertadas do descanso e começaram a se afastar para o lado.

Ninguém aplaudiu. A multidão permaneceu quieta sentada no chão. Algumas mulheres choravam. Pouco depois o mestre de cerimônia que lhes falara antes do espetáculo apareceu de trás da cortina e agradeceu pela audiência e se pôs de lado e se curvou enquanto os rapazes abriam de novo a cortina. Os atores se apresentaram para agradecer de mãos dadas e se curvaram e fizeram mesuras e soou um esparso aplauso e depois a cortina se fechou de vez.

De manhã antes de clarear Billy saiu da *hacienda* e foi ao rio. Atravessou a ponte de tábuas sustentada por colunas de pedra e ficou olhando as águas frias e cristalinas do Casas Grandes jorrarem das montanhas rumo ao sul. Voltou-se e contemplou a correnteza abaixo. Uns cem metros adiante dentro da água até as coxas estava a prima-dona nua. Tinha o cabelo solto molhado e colado nas costas e tocava a água. Ele ficou paralisado. Ela se voltou e jogou a cabeleira para a frente e se inclinou e imergiu no rio. Os seios ondeavam à tona da água. Ele tirou o chapéu e sentiu o coração bater forte sob a camisa. Ela emergiu e recolheu a cabeleira e a torceu para tirar o excesso de água. A pele muito alva. Os pelos pretos no púbis quase um indecoro.

Inclinou-se mais uma vez e arrastou o cabelo na água com um movimento de vaivém lateral e depois se endireitou e o balançou diante de si num arco de água e lançou a cabeça para trás com os olhos fechados. O sol que se elevava sobre as cadeias de montanhas acinzentadas a leste iluminava o céu. Ela ergueu uma mão. Movimentou o corpo, deslizou as duas mãos diante de si. Inclinou-se e recolheu o cabelo e o ergueu e passou uma mão sobre a superfície da água como que para abençoá-la e ele a observava e enquanto a observava percebeu que o mundo que sempre estivera diante dele em toda parte agora fora ocultado de suas vistas. Ela se voltou e ele imaginou que ela cantaria para o sol. Ela abriu os olhos e o viu parado sobre a ponte e lhe deu as costas e saiu lentamente do rio e se perdeu de vista entre os pálidos troncos de choupo e o sol se alçou e o rio correu como antes, mas nada era o mesmo nem ele acreditava que jamais viria a ser.

Caminhou de volta para a *hacienda*. No novo nascer do sol as sombras dos trabalhadores que iam para o campo com as enxadas nos ombros passavam uma por uma ao longo da parede oriental do celeiro como personagens de algum drama rural. Fez a refeição que a mulher dos Muñoz lhe ofereceu e saiu com a sela no ombro e pegou o cavalo e o selou e o montou e cavalgou para conhecer a região.

Era meio-dia quando a companhia teatral transpôs os portões e desceu a colina e atravessou a ponte e partiu ao longo da estrada para Mata Ortíz, para Las Varas e Babícora. Na intensa luz do meio-dia o dourado desbotado das letras e a pintura vermelha gasta e as tapeçarias descoradas pelo sol pareciam uma decaída graça da pompa da noite anterior e os carroções em seu rodar e balançar lentamente ao sul e em seu diminuir pouco a pouco no calor e na desolação pareciam encarregados de um nova e mais austera responsabilidade. Como se a luz do dia de Deus tivesse moderado suas esperanças. Como se a luz e o país por ela tornado visível fossem estranhos a seu verdadeiro propósito. Ele observou do alto de um monte nos terrenos ondulados ao sul da *hacienda* onde as ervas se agitavam ao vento sob os pés. Os carroções se moviam com lentidão por entre os choupos do outro lado do rio, as pequenas mulas se arrastavam. Inclinou-se e cuspiu e fustigou o cavalo com os tacões das botas.

À tarde percorreu os cômodos vazios da velha residência. Os cômodos haviam sido despojados de acessórios e candelabros e o parquete estava praticamente destruído. Perus passavam e se afastavam diante dele. A casa cheirava a mofo e palha velha e manchas de infiltração de água haviam desenhado no reboco solto e rachado grandes mapas em cor sépia que pareciam reproduzir antigos reinos, antigos mundos. No canto da sala de visitas um animal morto, pele e ossos secos. Um cão talvez. Ele saiu no pátio. Os blocos de tijolo de barro ressaltados nos vazios de reboco dos muros circundantes. No centro do espaço aberto um poço de pedra. Um sino repicou na distância.

À noite os homens fumavam e conversavam e em pequenos grupos se deslocavam de fogueira para fogueira. A mulher dos Muñoz lhe trouxe a bota e ele a examinou à luz do fogo. O longo talho no couro fora remendado com sovela e cordão. Agradeceu-lhe e calçou a bota. As mulheres estavam ajoelhadas no chão batido e se curvavam sobre os carvões e giravam com as mãos nuas as *tortillas* na superfície quente do *comal* deixando nas bordas não levedadas marcas de dedo negras de carvão tal como incisões. Um ritual interminável e interminavelmente repetido, a propagação da grande hóstia secular dos mexicanos. A moça ajudou a mulher a preparar o jantar e depois que os homens foram servidos ela se sentou ao lado de Boyd e comeu em silêncio. Boyd parecia lhe dar pouca atenção. Billy dissera para Boyd que partiriam dali a dois dias e pelo modo como ela levantou os olhos para olhá-lo do outro lado do fogo ele compreendeu que Boyd lhe contara.

Ela trabalhou o dia seguinte inteiro no campo e voltou à noite e se lavou com uma tigela de água e um pano atrás da cortina e depois se sentou e observou os meninos jogarem futebol no chão de barro batido do pátio entre os dois edifícios. Quando ele chegou a cavalo ela se levantou e se aproximou e segurou as rédeas e lhe perguntou se poderia ir com eles.

Ele apeou e tirou o chapéu e passou a mão aberta no cabelo suado e tornou a pôr o chapéu e olhou para ela. Não, respondeu.

Ela continuou segurando o cavalo. Desviou o olhar. Os olhos negros marejando. Ele lhe perguntou por que queria seguir com eles, mas a moça apenas balançou a cabeça. Perguntou-lhe se estava com medo, se havia algo ali de que tivesse medo. Ela não respondeu. Ele lhe perguntou quantos anos tinha e ela respondeu que catorze. Ele anuiu com a cabeça. Desenhou uma meia-lua na terra com o tacão da bota. Olhou para ela.

Alguien le busca, disse.

Ela não retrucou.

No se puede quedar aquí?

Ela balançou a cabeça. Disse que não podia ficar. Disse que não tinha para onde ir.

Ele olhou para o outro lado do casario na tranquila luz da noite. Disse que também não tinham para onde ir e que por isso não podiam ser de ajuda, mas a moça apenas balançou a cabeça e disse que iria aonde fossem, não importava onde.

No amanhecer do dia seguinte enquanto Billy selava o cavalo os lavradores o procuraram levando alimentos de presente. Levaram *tortillas* e *chiles* e carne-seca e galinhas vivas e queijos inteiros até estarem carregados de provisões bem mais do que poderiam transportar. A mulher dos Muñoz deu a Billy algo que, quando ela se afastou, ele notou que era um punhado de moedas amarradas num trapo. Tentou devolvê-las, mas a mulher lhe deu as costas e voltou para dentro da casa sem nada dizer. Quando deixaram a *hacienda* a cavalo a moça ia sentada atrás de Boyd no lombo em pelo do cavalo agarrada na cintura dele.

Cavalgaram o dia inteiro rumo ao sul e pararam junto ao rio e fizeram uma refeição generosa com as provisões que transportavam e dormiram debaixo das árvores. Mais tarde no dia alguns quilômetros ao sul de Las Varas na estrada de Madera chegaram a um lugar onde os cavalos encontravam dificuldade de prosseguir e se detiveram na estrada.

Olhe lá, disse Boyd.

Era a companhia teatral acampada um pouco mais adiante da estrada num campo forrado de flores silvestres. Os carroções estavam parados um ao lado do outro e entre eles fora armado um toldo para uma *ramada* e em cuja sombra a prima-dona descansava numa enorme rede de lona tendo ao lado uma mesa com um bule de chá e um leque japonês. O som de uma vitrola vinha da porta aberta do carroção e no campo do outro lado do acampamento alguns lavradores se apoiavam nas ferramentas com o chapéu na mão e escutavam a música.

Ela ouvira os cavalos na estrada e se sentou na rede e ergueu uma mão até a altura dos olhos para tapar o sol, embora o sol incidisse por detrás dela e o toldo de qualquer modo fizesse sombra.

Aposto que acampam como ciganos, Billy disse.

São ciganos.

Quem disse?

Todo mundo.

As orelhas dos cavalos giraram à procura da fonte da música.

Ficaram a pé.

O que é que te faz pensar isso?

Senão estariam mais adiante.

Vai ver resolveram parar aqui.

Pra quê? Aqui não tem nada.

Billy se inclinou e cuspiu. Acha que ela está sozinha?

Não sei.

Que acha que aconteceu com os cavalos?

Não sei.

Ela está espiando a gente.

A prima-dona pegara da mesa um pequeno binóculo de teatro e com ele inspecionava a estrada.

É melhor a gente apear.

Tá bem.

Guiaram os cavalos ao longo da estrada e Billy mandou a moça ir ver se a mulher precisava de alguma coisa. A música parou. A mulher gritou para dentro do carroção e pouco depois a música recomeçou.

Tem uma mula morta, disse Boyd.

Como sabe?

Sei que tem.

Billy percorreu o acampamento com os olhos. Não viu animal algum.

Vai ver as mulas estão amarradas no carvalhal lá adiante, disse.

Não tão não.

Ao voltar a moça disse que uma das mulas havia morrido.

Merda, Billy disse.

Quê?, Boyd perguntou.

Vocês combinaram isso.

Combinaram o quê?

Essa coisa da mula. A mulher fez um sinal ou qualquer coisa assim.

Um sinal de mula morta?

É.

Boyd se inclinou e cuspiu e abanou a cabeça. A moça ficou esperando a proteger os olhos contra o sol com a mão erguida. Billy olhou para ela. Para as roupas transparentes. As pernas empoeiradas. Os pés que calçavam *huaraches* feitos de tiras de couro cru. Perguntou-lhe se fazia muito tempo que os homens partiram e ela respondeu que dois dias.

Melhor a gente ir ver se ela está bem.

E o que é que você vai fazer se ela não estiver?, Boyd perguntou.

Lá sei eu!

Então por que a gente não continua viagem?

Pensei que você gostava de andar por aí ajudando as pessoas.

Boyd não respondeu. Montou e Billy se voltou para olhá-lo. Tirou uma bota do estribo e estendeu a mão para a moça e ela encaixou o pé no estribo e ele a alçou e em seguida refugou o cavalo. Vamos, disse. Se é o que te deixa satisfeito.

Guiou-os através do campo. Quando os lavradores os viram recomeçaram a cavar a terra com as enxadas curtas. Billy cavalgou ao lado de Boyd e alinharam os cavalos diante da prima-dona deitada e lhe desejaram boa-tarde. Ela anuiu com a cabeça. Estudou-os por cima do leque japonês aberto. Nele havia a pintura de uma cena oriental e as varetas eram de marfim incrustado com fios de prata.

Los hombres han salido por Madero?, Billy perguntou.

Ela anuiu com a cabeça. Disse que retornariam a qualquer momento. Abaixou o leque lentamente e lançou o olhar para a estrada ao sul. Como se pudessem chegar naquele mesmo instante.

Billy aquietou o cavalo. Não sabia o que dizer mais. Pouco depois tirou o chapéu.

São americanos?, a mulher perguntou.

Sim, dona. Imagino que a moça lhe contou.

Não há nada para esconder.

A gente não tem nada pra esconder. Vim até aqui só pra ver se a gente podia fazer alguma coisa pela senhora.

Ela arqueou as sobrancelhas pintadas numa reação de surpresa.

Achei que vocês pararam aqui porque estão com problema.

Ela fitou Boyd. Boyd desviou o olhar para as montanhas ao sul.

Estamos indo naquela direção, Billy disse. Se quiser que a gente leve alguma mensagem ou coisa assim.

Ela se ergueu ligeiramente na maca e gritou para dentro do carroção. *Basta*, disse. *Basta la música.*

Pôs-se a escutar, uma mão apoiada sobre a mesa. Logo a música cessou e ela tornou a se deitar na rede e abriu o leque e por sobre o leque olhou para o jovem *jinete* montado no cavalo diante dela. Billy olhou na direção do carroção achando que alguém fosse aparecer na porta, mas ninguém apareceu.

Do que a mula morreu?, perguntou.

A mula, disse ela. A mula morreu porque o sangue dela se esvaiu pela estrada.

Como?

Ela ergueu languidamente uma mão diante de si, adejando os esguios dedos anelados. Como se descrevesse a ascensão da alma do animal.

A mula tinha lá os problemas dela, mas ninguém conseguia entendê-los. A gente não devia ter posto o Gasparito para cuidar dela. Não tinha o temperamento adequado para aquela mula. E agora vê o que aconteceu.

Não, senhora.

Ainda por cima a bebida. Nessa situação o álcool está sempre presente. E depois o medo. As outras mulas berravam. Com muito medo. Berravam. Escorregavam e caíam no sangue e berravam. O que é que a gente pode dizer para esses animais? Como acalmá-los?

Fez um gesto peremptório para um lado. Como se declamasse aos ventos naquele seco e escaldante ermo, os cantos dos pássaros na pequena clareira, a chegada da noite. Podem animais assim ser reconstituídos em seu estado original? Não há o que discutir. Especialmente no caso de mulas dramáticas como essas. Essas mulas agora não terão paz. Não terão paz. Entende?

O que foi que ele fez com a mula?

Tentou cortar a cabeça com um machete. Claro. O que foi que a moça lhe contou? Ela não fala inglês?

Não, dona. Ela só disse que a mula morreu nada mais.

A prima-dona olhou para a moça com suspeita. Onde achou essa moça?

Ela estava andando na estrada. Eu nunca ia pensar que a gente pode cortar a cabeça de uma mula com um machete.

Claro que não. Só um doido embriagado tentaria uma coisa dessas. Quando se deu conta de que as machetadas não eram suficientes ele começou a serrar. Quando Rogelio o impediu ele ameaçou usar o machete contra Rogelio. Rogelio ficou revoltado. Revoltado. Caíram na estrada. No sangue e na terra. Rolando entre as pernas dos animais. O carroção ameaçando tombar com tudo dentro. Revoltante. E se alguém mais aparecesse naquela estrada? E se as pessoas aparecessem na estrada naquela hora para assistir àquele espetáculo?

O que aconteceu com a mula?

A mula? A mula morreu. Claro.

Ninguém atirou nela nem nada?

Sim. Há toda uma história. Eu mesma atirei. Me dispus a matar a mula, o que é que você pensa? Rogelio tinha me proibido. Porque ia assustar as outras mulas ele me disse. Pode imaginar uma coisa dessa? Àquela altura da história? Depois ele quis dispensar o Gasparito. Dizia que o Gasparito era um lunático mas acontece que Gasparito é apenas um *borrachon*. De Vera Cruz, claro. E cigano. Pode imaginar uma coisa dessa?

Achava que vocês todos eram ciganos.

Ela se sentou na rede. *Cómo?*, perguntou. *Cómo? Quién lo dice? Todo el mundo.*

Es mentira. Mentira. Me entiendes? Curvou-se e cuspiu duas vezes na terra.

Nesse momento a porta do carroção escureceu e apareceu um homenzinho de pele escura em mangas de camisa que parou encarando o fulgor da luz do dia. A prima-dona girou o corpo na rede e ergueu os olhos para ele. Como se a aparição do homem na porta tivesse lançado uma sombra visível aos olhos. Ele observou os visitantes e as cavalgaduras e do bolso da camisa tirou um maço de cigarros El Toro e pôs um na boca e procurou os fósforos no bolso da calça.

Buenas tardes, Billy disse.

O homem respondeu anuindo.

Você acredita que um cigano seja capaz de cantar ópera?, a mulher perguntou. Um cigano? Tudo o que os ciganos são capazes de fazer é tocar violão e pintar cavalos. E dançar a primitiva dança deles.

Endireitou-se na rede e ergueu os ombros e abriu as mãos diante de si. Em seguida emitiu uma longa e penetrante nota que não era propriamente um grito de dor nem propriamente qualquer outra coisa. Os cavalos refugaram e arquearam o pescoço e os cavaleiros tiveram de freá-los e ainda assim se inquietaram e patearam e reviraram os olhos. Na lavoura os lavradores se imobilizaram nos sulcos.

Sabe o que foi isso?, perguntou ela.

Não, dona. Que foi alto foi.

Pois foi o *dó* agudo. Pensa que um cigano alcança essa nota? Um cigano que grasna?

Acho que nunca refleti muito sobre isso.

Me apresente esse cigano, disse a prima-dona. Um cigano assim eu quero conhecer.

Quem ia pintar cavalo?

Os ciganos naturalmente. Quem mais? Pintores de cavalos. Dentistas de cavalos.

Billy tirou o chapéu e enxugou a testa com a manga da camisa e repôs o chapéu. O homem na porta tinha descido um degrau da escada de madeira pintada para se sentar e fumava. Curvou-se para a frente e estalou os dedos para o cão. O cão recuou.

Em que lugar aconteceu isso com a mula?, Billy perguntou.

Ela se levantou e apontou com o leque fechado. Na estrada, disse. A menos de cem metros. Não pudemos prosseguir. Uma mula treinada. Uma mula com experiência teatral. Trucidada por um tolo embriagado.

O homem no degrau da escada deu a última tragada no cigarro e atirou o toco na direção do cão.

Tem algum recado para seus homens se a gente encontrar eles no caminho?, Billy perguntou.

Diga ao Jaime que estamos bem e que venha sem pressa.

Quem é Jaime?

Polichinelo. Ele é o Polichinelo.

Quem?

O *payaso*. O paiaço.

O palhaço.

Sim. O palhaço.

No espetáculo.

Sim.

Não vou reconhecer ele sem a pintura.

Mánde?

Como é que vou reconhecer ele?

Claro que vai reconhecê-lo.

Ele faz as pessoas rirem?

Ele faz as pessoas fazerem o que ele quer que elas façam. Às vezes faz as mocinhas chorarem, mas isso é uma outra história.

Por que é que ele mata a senhora?

A prima-dona se recostou na rede. Observou-o. Desviou o olhar para os lavradores no campo. Pouco depois se voltou para o homem sentado no degrau.

Díganos, Gaspar. Por qué me mata el punchinello?

O homem olhou para ela. Olhou para os cavaleiros. *Te mata*, respondeu, *porque él sabe su secreto.*

Paff, fez a prima-dona. *No es porque le sé el suyo?*

No.

A pesar de lo que piensa la gente?

A pesar de cualquier.

Y qué es este secreto?

O homem ergueu um pé diante de si e girou a bota para examiná-la. Era uma bota de couro preto com laços na lateral, um tipo de bota raro naquela região. *El secreto*, disse, *es que en este mundo la mascara es la que es la verdadera.*

Le entendió?, perguntou a prima-dona.

Ele respondeu que entendeu. Perguntou-lhe se tinha a mesma opinião, mas a prima-dona se limitou a mover a mão com languidez. É o que diz o *arriero*, disse. *Quién sabe?*

Ele disse que era o seu segredo.

Paff. Não tenho segredo. De qualquer modo não me interessa mais. Ser morta noite após noite. Consome a energia da gente. A capacidade de refletir. É melhor a gente se concentrar nas pequenas coisas.

Achei que ele era só ciumento.

Sim. Claro. Mas mesmo ser ciumento é uma prova de força. Ciumento em Durango e depois em Monclova e em Monterrey. Ciumento debaixo de sol e de chuva e no frio. Um ciúme assim deve esvaziar a maldade de mil corações, não? Como é que se pode fazer isso? Penso que é melhor observar as pequenas coisas. As grandes vêm depois. Nas pequenas coisas a gente pode progredir. Com elas os esforços são recompensados. Talvez seja apenas uma atitude. O movimento de uma mão. O *arriero* é apenas um espectador nessas questões. Ele não consegue ver que para quem usa a máscara nada muda. O ator não tem poder de agir senão somente como lhe dita o mundo. Máscara ou não máscara para ele é uma coisa só.

A prima-dona pegou os binóculos e examinou os campos. A estrada. As sombras longas na estrada. E aonde vão, vocês três?, perguntou.

Viemos aqui atrás de uns cavalos roubados.

Aos cuidados de quem estavam esses cavalos?

Ninguém respondeu.

Ela olhou para Boyd. Abriu o leque. Pintado nas dobras do papel de arroz estava um dragão de enormes olhos redondos. Ela fechou o leque. Por quanto tempo vão procurar esses cavalos?, perguntou.

Quanto tempo for preciso.

Podría ser un viaje largo.

Quizás.

Viagens longas quase sempre se perdem.

Como assim?

Você vai ver. É difícil até mesmo para irmãos viajarem juntos numa viagem assim. A estrada tem suas próprias razões e dois viajantes não terão o mesmo entendimento dessas razões. Se é que alguma vez haverão de chegar a um entendimento delas. Ouçam os *corridos* deste país. Eles revelam tudo. Depois vocês vão ver na própria vida de vocês qual é o preço das coisas. Talvez seja verdade que nada está oculto. Apesar disso muitas pessoas se recusam a ver o que está diante delas mesmas. Você vai ver. O feitio da estrada é a estrada. Não existe uma outra estrada que tem esse feitio, mas uma só. E toda viagem nela iniciada chegará ao fim. Que se achem os cavalos ou não.

Acho melhor a gente ir indo, Billy disse.

Ándale pues, disse a prima-dona. Que Deus os acompanhe.

Vendo esse polichinelo na estrada digo pra ele que vocês estão esperando por ele.

Paff, fez a prima-dona. Não perca seu tempo.

Adiós.

Adiós.

Billy olhou para o homem no degrau da escada. *Hasta luego*, disse. O homem respondeu com um meneio de cabeça. *Adiós*, disse.

Billy puxou as rédeas para fazer virar o cavalo. Olhou para trás e tocou a aba do chapéu. A prima-dona abriu o leque com um gesto gracioso. O *arriero* se inclinou pondo as mãos nos joelhos e tentou pela última vez cuspir no cão e depois os cavaleiros atravessaram o campo na direção da estrada. Quando se voltou para olhar para a prima-dona ela os observava com o binóculo. Como se fosse a melhor maneira de avaliá-los naquele lugar em que seguiam pela estrada entrecortada pelas sombras, o crepúsculo que chegava. Habitando apenas aquele terreno ocular no qual o mundo surgia do nada e de novo sumia no nada, árvore e pedra e as montanhas que iam se perdendo no escuro ao longe, tudo contido e tudo contendo apenas o necessário e nada mais.

Acamparam num carvalhal perto do rio e acenderam uma fogueira e se sentaram enquanto a moça preparava o jantar com as provisões que tinham levado do *ejido*. Depois de comerem ela deu os restos ao cão e lavou os pratos e a panela e foi cuidar dos cavalos. Partiram de novo no meio da manhã seguinte e ao meio-dia deixaram a estrada de terra e tomaram uma senda ao longo da borda de uma plantação de pimenta e avançaram na direção das árvores e do rio cujas águas cintilavam tranquilamente no calor. Os cavalos apressaram o passo.

A trilha desenhou uma curva e se endireitou ao longo de um canal de irrigação e depois desceu na direção das árvores e deu em um campo aberto e então ao longo de uma fileira de chorões e por um juncal adentro. Um vento frio soprava do rio, as brancas borlas dos juncos se curvando e zunindo suavemente ao vento. Adiante das samambaias o som de uma cachoeira.

Saíram do juncal num ponto raso de um vau muito usado no escoamento do canal de irrigação. Acima deles havia uma lagoa onde a água escorria de um velho cano de drenagem corrugado. A água jorrava com intensidade na lagoa e nela havia uma dúzia de rapazes nus. Estes viram os cavaleiros no vau e viram a moça, mas não lhes deram atenção.

Droga, disse Boyd.

Meteu os tacões nas costelas do cavalo e o fez avançar pelo baixio. Não olhou para a moça. Ela observava os rapazes com um interesse inocente. Virou-se para olhar para Billy e passou o outro braço em volta da cintura de Boyd e prosseguiram.

Ao chegarem ao rio ela desceu deslizando do cavalo e pegou as rédeas e conduziu os dois animais até a água e afrouxou os látegos em Bird e esperou enquanto os cavalos bebiam. Boyd parou na margem do rio com as botas na mão.

O que se passa?, Billy perguntou.

Nada.

Caminhou tropeçando no baixio cascalhoso carregando a bota e escolheu uma pedra arredondada para se sentar e enfiou o braço no cano da bota e começou a bater com a pedra.

Prego?

É.

Fala pra ela trazer a espingarda.

Fala você.

A moça estava dentro do rio com os cavalos.

Tráigame la escopeta, Billy gritou.

Ela olhou para ele. Contornou o cavalo de Billy e tirou a espingarda de dentro do coldre e a levou para ele. Billy abriu a espingarda e retirou o cartucho e desmontou o cano da arma e se agachou diante de Boyd.

Me dá aqui, disse. Deixa pra mim.

Boyd lhe entregou a bota e ele a assentou no chão e esticou a mão e tateou o prego dentro da bota e depois enfiou o cano e com ele bateu o prego e tornou a tatear com os dedos e em seguida devolveu a bota a Boyd.

Como fede essa porcaria, disse.

Boyd calçou a bota e se pôs de pé e experimentou e andou para um lado e voltou.

Billy tornou a encaixar o cano da espingarda e com o dedão introduziu o cartucho no receptáculo e fechou a culatra e a apoiou verticalmente nos cascalhos e ficou segurando-a. A moça retornou do rio com os cavalos.

Acha que ela viu?, Boyd perguntou.

Viu o quê?

Os sujeitos pelados.

Billy deu uma olhada em Boyd ali onde ele estava parado ao sol. Bom, disse. Acho que viu. Ela não ia ficar cega de ontem pra hoje, ia?

Boyd olhou para a moça no rio.

Não viu nada que não viu antes, Billy disse.

O que é que você quer dizer com isso?

Não quero dizer nada.

Aqui que não quer.

Não quero dizer nada. As pessoas veem pessoas peladas, só isso. Não me venha de novo com as suas maluquices. Mas que inferno. Eu vi a mulher da ópera no rio pelada como um passarinho.

Viu nada.

Mas que coisa, seu. Estava tomando banho. Estava lavando o cabelo.

Quando foi isso?

Lavava o cabelo e torcia como se torce camisa.

Você quer dizer pelada pelada?

Como veio ao mundo.

E por que você não me contou?

Você não precisa ficar sabendo de tudo.

Boyd mordeu o lábio. Você foi até lá falar com ela, disse.

Quê?

Foi até lá falar com ela. Como se não tivesse visto nada.

Bom, o que é que você queria que eu fizesse? Que contasse que tinha visto ela pelada como um passarinho e depois começasse a conversar?

Boyd tinha se agachado na faixa de cascalhos e tirou o chapéu e o ficou segurando com as duas mãos diante de si. Observou a correnteza do rio. Acha que a gente devia ter ficado por lá?, perguntou.

No *ejido*?

É.

E esperar os cavalos vir atrás da gente?

Boyd não respondeu. Billy se levantou e caminhou ao longo da margem cascalhosa. A moça levou os cavalos e tornou a colocar a espingarda no coldre e olhou para Boyd.

Está pronto pra partir?, perguntou Billy.

Tô.

Apertou as cilhas do cavalo e pegou as rédeas que a moça segurava. Quando olhou para Boyd Boyd ainda estava sentado.

O que é agora?, perguntou.

Boyd se levantou devagar. Não é nada não, disse. Não tem nada que não tinha antes.

Olhou para Billy. Entende o que eu quero dizer?

Sim, Billy disse. Entendo o que você quer dizer.

Nos três dias de viagem chegaram à encruzilhada em que a velha estrada se estendia de La Norteña nas *sierras* a oeste e atravessaram os altiplanos de Babícora e prosseguiram através do vale de Santa María até Namiquipa. Os dias eram quentes e secos e os cavaleiros e os cavalos a cada fim de dia ganhavam a cor da estrada. Levaram os cavalos através dos campos até o rio e Billy jogou ao chão a sela e os rolos de cobertor e enquanto a moça armava acampamento fez os cavalos entrarem no rio e tirou as botas e as roupas e entrou no rio montado em pelo conduzindo o cavalo de Boyd pelas rédeas e ficou sentado no cavalo só de chapéu e observou o pó da estrada ser levado em manchas tênues pela água clara e fria.

Os animais beberam. Levantaram a cabeça e olharam a correnteza. Pouco depois um velho se aproximou saído do bosque no outro lado guiando um par de bois com uma vara. Os bois estavam jungidos com uma canga rudimentar feita de madeira de choupo tão esbranquiçada pelo sol que lembrava um velho e gasto osso sobre a nuca. Entraram no rio com movimentos lentos e oscilantes e olharam para cima e para baixo do rio e para os cavalos antes de se curvarem para beber. O velho ficou na beira do rio e observou o rapaz nu montado no cavalo.

Cómo le va?, Billy perguntou.

Bien, gracias a Dios, disse o velho. *Y usted?*

Bien.

Falaram acerca do tempo. Falaram acerca das colheitas, sobre as quais o velho sabia muito e o rapaz nada. O velho perguntou ao rapaz se era *vaquero* e ele respondeu que sim e o velho anuiu com a cabeça. Disse que os cavalos eram bons cavalos. Qualquer um podia ver isso. Seus olhos se deslocaram para o rio acima no ponto em que a azul e fina coluna de fumaça do acampamento se erguia no ar sem vento.

Mi hermano, Billy disse.

O velho anuiu com a cabeça. Trajava a suja manta branca usada naquela região em que os lavradores trabalhavam a terra da mesma forma que reclusos imundos vagavam em algum manicômio definitivo para enfim se porem a descarregar na própria terra toda a raiva contida e insana que tinham dentro de si. Os bois retiraram do rio a boca cheia de água, primeiro um e depois o outro. O velho ergueu no ar a vara na direção deles como que os abençoando.

Le gustan, disse.

Claro, Billy disse.

Observou-os beber. Perguntou ao velho se os bois trabalhavam com disposição e o velho refletiu sobre a pergunta e depois respondeu que não sabia. Disse que os bois não tinham escolha. Olhou para os cavalos. *Y los caballos?*, perguntou.

O rapaz respondeu que achava que os cavalos tinham bastante disposição. Disse que alguns cavalos gostavam do que faziam. Gostavam de controlar o gado. Disse que os cavalos são diferentes dos bois.

Um martim-pescador sobrevoou o rio e virou e guinchou e depois deu um giro e retornou sobre o rio e prosseguiu a montante. Nenhum dos dois olhou para ele. O velho disse que o boi é um animal próximo a Deus como todo mundo sabe e que talvez o silêncio e a ruminação do boi seja como a sombra de um silêncio maior, um pensamento mais profundo.

Olhou para cima. Sorriu. Disse que de qualquer modo o boi sabe trabalhar o bastante de modo a evitar ser morto ou comido e que é de serventia saber isso.

Adiantou-se e fez os animais saírem do rio. Os bois subiram com dificuldade a margem cascalhosa e bufaram e esticaram o pescoço. O velho se voltou, a vara apoiada num ombro.

Está lejos de su casa?, perguntou.

O rapaz respondeu que não tinha casa.

O velho fez uma expressão de preocupado. Disse que o rapaz tinha que ter uma casa, mas o rapaz retrucou que não tinha. O velho disse que havia um lugar para todos no mundo e que rezaria pelo rapaz. Em seguida se foi conduzindo os bois por entre os chorões e os sicômoros à luz do crepúsculo e logo desapareceu de vista.

Quando Billy retornou para perto da fogueira era quase noite. O cão se levantou e a moça se aproximou para segurar os animais molhados e lustrosos. Ele caminhou ao redor da fogueira e depositou a sela no chão para secar.

Ela quer ir pra Namiquipa ver a mãe, disse Boyd.

Ficou olhando para o irmão. Acho que ela pode ir pra onde quiser, Billy respondeu.

Ela quer que eu vou junto.

Quer que você vai junto?

É.

Pra quê?

Não sei. Porque tá com medo.

Billy fitou os carvões na fogueira. E você quer ir com ela?, perguntou.

Não.

Então por que a gente está falando nisso?

Eu disse pra ela que ela podia levar o cavalo.

Billy se agachou lentamente com os cotovelos apoiados nos joelhos. Abanou a cabeça. Não, disse.

Ela não tem outro jeito de ir.

Mas o que é que você pensa que vai acontecer se alguém ver essa moça montando um cavalo roubado? Droga. Qualquer cavalo.

Não é roubado.

Aqui que não é. E como acha que vai ter o cavalo de volta?

Ela traz ele de volta.

O cavalo e o xerife. Do que que ela fugiu então se agora quer voltar?

Não sei.

Eu também não. A gente viajou muito pra conseguir esse cavalo.

Eu sei.

Billy cuspiu dentro da fogueira. Não tenho dúvida de que eu ia odiar ser mulher neste país. O que ela pretende fazer depois que voltar?

Boyd não respondeu.

Ela sabe da situação em que a gente está?

Sabe.

Por que ela não falou comigo?

Tem medo de você abandonar ela.

E por isso quer levar o cavalo.

É. Acho.

E se eu não deixar?

Imagino que ela vai de qualquer jeito.

Pois então deixa ela ir.

A moça retornou. Os dois pararam de conversar, embora ela não pudesse entender o que diziam. Ela colocou os utensílios sobre os carvões da fogueira e foi buscar água no rio. Billy encarou Boyd.

Não está pensando em fugir com ela. Está?

Não vou pra lugar nenhum.

E se ela tentar te convencer?

Não sei como.

Dizendo que senão vai ficar sozinha ou que ninguém vai cuidar dela ou que alguém podia amolar ela. Uma coisa assim. Não vai embora com ela. Vai?

Boyd se inclinou para a frente e empurrou com os dedos as pontas enegrecidas de dois galhos entre os carvões e limpou os dedos na perna das calças de brim. Não olhou para o irmão. Não, respondeu. Penso que não.

De manhã cavalgaram até o cruzamento das duas estradas e lá se despediram da moça.

Quanto dinheiro a gente tem?, Boyd perguntou.

Quase nenhum.

Por que não dá pra ela?

Eu sabia que você ia vir com essa. E como é que você vai comer?

Dá metade.

Está bem.

Ela ficou montada no cavalo em pelo e olhou para Boyd com os olhos negros transbordantes e depois desceu deslizando do cavalo e o abraçou. Billy os observou. Olhou para o céu ao sul carregado de nuvens pesadas. Inclinou-se e deu uma cuspida na terra da estrada. Vamos, disse.

Boyd ajudou a moça a montar no cavalo de Billy e ela se voltou e lançou um olhar para Billy com a mão sobre a boca e em seguida puxou as rédeas para fazer o cavalo virar e partiu na estreita estrada empoeirada na direção leste.

Percorreram a estrada empoeirada rumo ao sul, os dois de novo montando o cavalo de Billy. A poeira se erguia na estrada à frente deles e as acácias na beira da estrada se contorciam e chiavam ao vento. De tardezinha a escuridão baixou e a chuva começou a bater na poeira e a tamborilar nas abas dos chapéus. Passaram por três homens que cavalgavam na estrada. Cavalos maltratados e arreios ainda piores. Quando Billy olhou para trás dois deles também olharam.

Não acha que são os mexicanos de quem a gente libertou a moça?, perguntou.

Não sei. Acho que não. Você acha?

Não sei. Talvez não.

Continuaram cavalgando debaixo de chuva. Pouco depois Boyd falou: Eles sabem quem a gente é.

É, disse Billy. Reconheceriam a gente.

A estrada foi se estreitando ao subir as montanhas. A região em volta era coberta de pinheiros secos e as ervas juncosas e esparsas pareciam insuficientes para alimentar um cavalo. Alternaram caminhando no terreno acidentado, à frente guiando o cavalo ou andando ao lado dele. Acamparam no pinheiral à noite e as noites voltaram a ser frias e quando entraram na cidade de Las Varas fazia dois dias que não comiam. Atravessaram os trilhos de trem e passaram pelos enormes armazéns de adobe com botaréus de barro e cartazes que diziam *puro maíz* e *compro maíz*. Havia pilhas de tábuas de madeira de pinho serradas ao longo das laterais e o ar fedia a fumaça de *piñon*. Passaram pela baixa construção da estação de trem com parede de estuque e teto de metal e desceram rumo à cidade. As casas eram de adobe com teto de madeira coberto com piche e havia pilhas de lenha nos pátios e cercas feitas com tábuas de pinho. Um cão xereta sem uma perna cruzou mancando a rua atrás deles e se postou diante deles.

Atacar, soldado, disse Boyd.

Merda, Billy disse.

Comeram em uma espécie de café daquela região de aspecto primitivo. Três mesas num salão vazio e nenhum fogo.

Acho que está mais quente lá fora do que aqui dentro, Billy disse.

Boyd olhou pela janela o cavalo parado na rua. Olhou para os fundos do café.

Será que esse lugar tá aberto?

Pouco depois uma mulher apareceu na porta ao fundo e se postou diante deles.

Qué tiene de comer?, Billy perguntou.

Tenemos cabrito.

Qué más?

Enchiladas de pollo.

Qué más?

Cabrito.

Não como cabrito de jeito nenhum, Billy disse.

Nem eu.

Dos ordenes de las enchiladas, Billy disse. *Y café.*

Ela anuiu com a cabeça e se retirou.

Boyd se sentou com as mãos entre os joelhos para aquecê-las. Lá fora uma fumaça acinzentada cobria as ruas. Não havia ninguém à vista.

Você acha que é pior sentir frio ou sentir fome?

Acho que é pior sentir os dois.

Quando a mulher trouxe os pratos ela os depositou na mesa e depois fez um movimento brusco indicando a entrada do café. Da janela o cão espiava para dentro. Boyd tirou o chapéu e o agitou na direção da janela e o cão se foi. Tornou a pôr o chapéu e pegou o garfo. A mulher foi ao fundo do salão e retornou com duas canecas de café numa mão e uma cesta de *tortillas* de milho na outra. Boyd retirou algo da boca e o colocou no prato e ficou olhando.

O que é isso?, Billy perguntou.

Não sei. Parece uma pena.

Remexeram nas *enchiladas* tentando encontrar algo comestível no meio delas. Dois homens entraram e olharam para eles e foram se sentar à mesa do fundo.

Come o feijão, Billy disse.

É, disse Boyd.

Puseram uma colherada de feijão dentro das *tortillas* e as comeram e beberam o café. Os dois homens no fundo ficaram calados à espera da refeição.

Ela vai perguntar pra nós se as *enchiladas* estão ruins, Billy disse.

Se vai perguntar ou não eu não sei. Será que tem gente que consegue comer esse troço?

Não sei. A gente leva elas e dá pro cachorro.

Tá pensando em levar a comida da mulher lá pra fora e dar pro cachorro bem na frente do café dela?

Se o cachorro comer.

Boyd empurrou a cadeira para trás e se levantou. Vou lá buscar a panela, disse. A gente pode dar a comida pro cachorro lá na rua.

Está bem.

A gente só diz pra ela que a gente tá levando a comida pra nós.

Quando voltou com a panela os dois colocaram dentro dela a comida dos pratos e a tamparam e ficaram bebendo o café. A mulher apareceu com duas travessas de carne de aspecto suculento acompanhada de molho e arroz e *pico de gallo*.

Droga, Billy disse. Aquilo está com cara de ser gostoso.

Pediu a conta e a mulher se aproximou e lhes disse que eram sete pesos. Billy pagou e apontou para o fundo com a cabeça e perguntou para a mulher o que era que os homens estavam comendo.

Cabrito, ela respondeu.

Quando saíram na rua o cão se pôs de pé e ficou esperando.

Droga, Billy disse. Dá logo essa porcaria pra ele.

Ao entardecer na estrada para Boquilla encontraram um grupo de *vaqueros* conduzindo cerca de mil cabeças de bezerros *corrientes* para os cercados de Naco na fronteira. Guiavam o rebanho havia três dias desde o fundo do vale de Quemada nos confins do sudeste de La Babícora e estavam sujos e com uma aparência bizarra e o gado insubordinado e de aspecto fantasmagórico. Passaram aos berros num mar de poeira e os cavalos de cor espectral avançaram entre eles irrequietos e de olhos injetados com a cabeça baixa. Alguns cavaleiros ergueram a mão numa saudação. Os jovens *güeros* se acostaram junto de uma elevação do terreno e desmontaram e ficaram ao lado do cavalo a observar o lento e pálido caos avançar para oeste enquanto o sol fazia o chão atrás deles fumegar ligeiramente e os derradeiros gritos dos cavaleiros e os derradeiros mugidos dos bezerros iam se perdendo pouco a pouco dentro do profundo silêncio azul do anoitecer. Montaram e tornaram a cavalgar. À noite atravessaram um pequeno povoado naquele altiplano onde as casas eram de madeira com telhados de sarrafos de madeira. Fumaça e cheiro de comida impregnavam o ar frio. Cavalgaram por entre as faixas de luz amarelada que incidiam na estrada projetadas das janelas iluminadas, e dentro da noite e do frio. De manhã na mesma estrada encontraram molhados e reluzentes e vindos de alguma laguna ao sul da estrada os cavalos Bailey e Tom e Niño.

Subiram na estrada junto com meia dúzia de outros cavalos também ainda molhados e respingando água e trotaram e arremessaram a cabeça no ar frio da manhã. Dois cavaleiros os seguiram na estrada e os fizeram interromper o pasto nas ervas à beira da estrada e os guiaram adiante.

Billy deu um puxão de rédeas para fazer o cavalo bandear na estrada e elevou a perna sobre o arção da sela e apeou deslizando e entregou as rédeas para Boyd. O grupo de cavalos avançava de um modo curioso, as orelhas empinadas. O cavalo do pai dos irmãos arremessava a cabeça e emitia um longo relincho.

Não é uma coisa e tanto?, Billy perguntou. Não é uma coisa e tanto?

Observou os cavaleiros. Eles mesmos jovens rapazes. Talvez da mesma idade de Billy. Estavam molhados até os joelhos e os cavalos que montavam estavam molhados. Viram os cavaleiros e os viram levar o cavalo para a beira da estrada e avançaram com mais cautela. Billy tirou a espingarda do coldre e a abriu para verificar se estava carregada e tornou a fechá-la com um rápido golpe. Os cavalos que avançavam se detiveram na estrada.

Pegue o laço, disse. Não deixe o Niño passar.

Adiantou-se no meio da estrada com a espingarda em riste. Boyd se firmou sobre a patilha da sela e apertou o nó do laço e o enrolou na mão. Os outros cavalos pararam, mas Niño prosseguiu avançando ao longo da beira da estrada, a cabeça erguida, a farejar o ar.

Eia, Niño, Billy disse. Eia, garotão.

Os dois cavaleiros que seguiam atrás pararam. Ficaram montados sem saber o que fazer. Billy havia atravessado a estrada para deter Niño e Niño arremessou a cabeça e retornou para o meio da estrada.

Qué pasa?, indagaram os *vaqueros*.

Jogue o laço nesse filho da puta ou pegue a espingarda, Billy disse.

Boyd alçou o laço. Niño já havia ocupado o espaço entre Billy a pé e o irmão a cavalo e investiu para a frente. Quando Billy viu o laço se erguer tentou retê-lo, mas não conseguiu firmar os pés na terra batida e Boyd girou o laço uma vez e o deixou cair sobre a cabeça e prendeu a corda no arção dianteiro da sela. Bird volteou e firmou as pernas dianteiras enquanto dobrava as posteriores, mas o cavalo Niño se deteve quando a corda o atingiu e ficou parado e relinchou e olhou para os cavaleiros e os cavalos atrás dele.

Qué están haciendo?, perguntaram os cavaleiros. Montavam os cavalos no lugar em que tinham parado. Os outros cavalos fizeram uma volta e tornaram a comer as ervas na beira da estrada.

Pegue um pedaço daquela corda pequena e me faça um barbi-cacho, Billy disse.

Pensa em montar ele?

Penso.

Eu posso montar ele.

Eu vou montar. Faz um barbicacho mais comprido. Mais.

Boyd preparou o barbicacho e cortou a corda com o canivete e o lançou para Billy. Billy o apanhou e foi trazendo Niño para perto enquanto se apoderava do laço e falava mansamente com o cavalo. Os dois cavaleiros fizeram os cavalos avançarem.

Billy deslizou o barbicacho sobre a cabeça de Niño e afrouxou o laço. Falou com o cavalo e o acariciou e depois tirou o laço da cabeça do animal e o deixou cair no chão e guiou o cavalo até o lugar onde Boyd montava o outro cavalo. O laço correu pela terra da estrada. Os cavaleiros pararam de novo. *Qué pasa?*, perguntaram.

Billy lançou a espingarda para Boyd e em seguida deu um salto e se alçou apoiando as duas mãos no dorso do cavalo e ergueu no ar uma perna e se firmou e estendeu o braço para tornar a pegar a espingarda. Niño pateou na estrada e arremessou a cabeça no ar.

Joga o laço em cima do velho Bailey lá adiante, Billy disse.

Boyd olhou para os dois cavaleiros na estrada. Fez o cavalo avançar.

No moleste esos caballos, gritaram os cavaleiros.

Billy levou Niño para o lado da estrada com um puxão de rédeas. Boyd avançou na direção dos cavalos que pastavam na beira da estrada e lançou o laço. O laço se encaixou na cabeça de Bailey no momento em que este a ergueu. Billy ficou montado no cavalo a observar. Eu era capaz de fazer isso, disse para o cavalo. Depois de umas nove tentativas.

Quiénes son ustedes?, os cavaleiros perguntaram.

Billy se adiantou. *Somos proprietarios de estos caballos*, gritou.

Os *vaqueros* continuaram parados. Atrás deles na estrada aparecera um caminhão vindo de Boquilla. Estava longe demais para ser ouvido, mas os cavaleiros provavelmente notaram os outros dois desviarem o olhar porque se voltaram e olharam para a retaguarda deles. Ninguém se moveu. O caminhão foi se aproximando lentamente com um débil agonizar de motor que aumentava pouco a pouco. A poeira levantada pelas rodas cobriu vagarosamente os terrenos circundantes. Billy volteou o cavalo tirando-o da estrada e apoiou a espingarda verticalmente na coxa. O caminhão se aproximou. Passou aos trancos. O motorista olhou para os cavalos e para o rapaz montado com a espingarda na mão. Na carroceria do caminhão havia oito ou dez trabalhadores comprimidos como soldados e à medida que o caminhão passava ficaram observando através da poeira e da fumaça do escapamento os cavalos e os cavaleiros, sem qualquer expressão.

Billy cutucou Niño para fazê-lo avançar. Mas quando correu os olhos à procura dos *vaqueros* apenas um deles permanecia na estrada. O outro já estava cavalgando de volta pelo campo rumo ao sul. Billy caminhou até a margem da estrada onde estavam os cavalos e separou do bando o cavalo Tom e espantou da estrada os outros cavalos e se voltou e olhou para Boyd. Vamos, disse.

Avançaram na direção do cavaleiro na retaguarda dos cavalos que iam a trote e Boyd puxava com o laço o cavalo Bailey logo atrás. O jovem *vaquero* os observou se aproximarem. Depois fez o cavalo voltear e sair da estrada para dentro do campo ervoso e de lá ficou vendo-os passar. Billy perscrutou o campo em busca do outro cavaleiro, mas este já havia desaparecido atrás de uma colina. Billy conteve o cavalo e gritou para o *vaquero*.

Adónde se fué su compadre?

O jovem *vaquero* não respondeu.

Billy fez o cavalo avançar de novo, a espingarda na vertical apoiada no ombro. Voltou-se para olhar os cavalos que pastavam na margem da estrada e tornou a olhar para o *vaquero* e em seguida se postou ao lado de Boyd e seguiram em frente. Cerca de quatrocentos metros adiante Billy olhou para trás e viu o *vaquero* na estrada seguindo-os lentamente. Uns poucos metros adiante parou e ficou de lado na estrada com a espingarda apoiada no joelho. O *vaquero* também parou. Quando retomaram o caminho o *vaquero* também o fez.

Bom, agora estamos feitos.

A gente estava feito desde que saiu de casa, disse Boyd.

O rapaz mais velho foi buscar ajuda.

Eu sei.

O velho Niño não foi muito montado, não, foi?

Não muito.

Olhou para Boyd. Sujo e andrajoso com o chapéu puxado para a frente contra o sol e o rosto na sombra. Parecia pertencer a uma nova raça de cavaleiro menino abandonado naquele país na esteira de uma guerra ou peste ou fome.

Ao meio-dia, os muros baixos da *hacienda* de Boquilla tremeluzindo na distância, cinco cavaleiros surgiram na estrada diante deles. Quatro deles tinham rifles que carregavam apoiados de través no arção anterior da sela ou seguravam na mão. Refrearam os cavalos bruscamente e os animais patearam e avançaram de lado pela estrada e os cavaleiros gritaram alto uns para os outros embora não estivessem distantes.

Os dois irmãos controlaram os cavalos. O cavalo Tom prosseguiu a trote empinando as orelhas. Billy se voltou sobre a sela e olhou para trás. Na retaguarda deles havia outros cavaleiros. Olhou para Boyd. O cão caminhou até a margem da estrada e se sentou. Boyd se inclinou e cuspiu e observou os prados sem cercado ao sul, a forma do lago na distância palidamente desfigurada no ponto em que espelhava as nuvens. Tornou a olhar para os cavaleiros e depois para Billy.

Fugimos?

Não.

Temos os cavalos mais novos.

A gente não sabe que tipo de cavalos eles têm. De qualquer modo Bird não conseguiria acompanhar Niño.

Observou os cavaleiros avançarem. Passou a espingarda para Boyd. Guarde a arma, disse. Procure os documentos.

Boyd girou para trás e começou a afrouxar a correia que fechava o alforje.

Não fique com a arma desse jeito, Billy disse. Guarde ela.

Ele enfiou a espingarda no coldre. Você confia muito mais em documentos do que eu, disse.

Billy não respondeu. Observava o avanço dos cavaleiros pela estrada, todos os cinco alinhados com as carabinas na vertical, exceto um. O cavalo Tom ficou na margem da estrada e relinchou quando os cavalos se aproximaram. Um dos cavaleiros tirou a carabina do coldre e empunhou o laço. O cavalo Tom o observou se aproximar e depois se voltou e disparou na estrada, mas o cavaleiro esporeou para apertar o passo da montaria e girou o laço e o lançou sobre o pescoço de Tom. O cavalo se deteve e ficou parado perto da estrada e o cavaleiro soltou o resto da corda na estrada e todos se aproximaram.

Boyd entregou a Billy o envelope marrom com os documentos relacionados a Niño e Billy os segurou enquanto com a outra mão segurava frouxamente o barbicacho. A parte interna das coxas estava molhada com o suor do cavalo e ele sentia o cheiro do animal e o cavalo pateou e arremessou a cabeça e rinchou para os cavaleiros que se acercavam.

Detiveram-se a poucos metros de distância. O homem mais velho entre eles os observou e anuiu com a cabeça. *Bueno*, disse. *Bueno*. Faltava-lhe um braço e a manga direita da camisa estava dobrada e presa com um alfinete na altura do ombro. Cavalgava com as rédeas amarradas e portava uma pistola na cinta e usava um chapéu de coroa achatada de um tipo raramente visto naquela região e calçava botas de canos longos até os joelhos e tinha um rebenque na mão. Olhou para Boyd e olhou de novo para Billy e o envelope que ele segurava.

Déme sus papeles, disse.

Não dê os documentos pra ele, disse Boyd.

E como é que ele vai poder ver eles?

Los papeles, disse o homem.

Billy fez o cavalo avançar e se curvou e entregou o envelope e depois fez o cavalo recuar e aguardou. O homem pôs o envelope entre os dentes e desfez o laço que o fechava e então retirou os papéis e os desdobrou e examinou os selos e os ergueu contra a luz. Inspecionou os documentos e depois tornou a dobrá-los e tirou o envelope de debaixo do braço e nele colocou os documentos e o entregou ao cavaleiro à sua direita.

Billy lhe perguntou se conseguira ler os documentos, porque estavam escritos em inglês, mas o homem não respondeu. O homem se inclinou de leve para melhor ver o cavalo que Boyd montava. Disse que os documentos não tinham valor. Disse que por consideração à idade jovem deles não iria denunciá-los. Disse que se desejassem levar o caso adiante que conversassem com o *señor* Lopez em Babícora. Em seguida se voltou para falar com o homem à sua direita e este homem pôs o envelope dentro da camisa e ele e o outro se adiantaram com as carabinas na vertical na mão esquerda. Boyd olhou para Billy.

Solte o cavalo, Billy disse.

Boyd não largou a corda.

Faz o que te falei, Billy disse.

Boyd se curvou e afrouxou o laço da corda sob a mandíbula de Bailey e o retirou da cabeça do animal. O cavalo girou e saltou a vala na margem da estrada e disparou a trote. Billy desmontou de Niño e tirou o barbicacho e com ele açoitou a anca do animal e este fez um giro e partiu atrás do outro cavalo. Os cavaleiros que estiveram na retaguarda agora tinham se adiantado e partiram atrás dos cavalos sem receberem ordem para isso. O *jefe* sorriu. Tocou a aba do chapéu num cumprimento e pegou as rédeas e bruscamente fez o cavalo voltear na estrada. *Vámonos*, disse. Em seguida ele e os quatro homens armados cavalgaram pela estrada abaixo na direção de Boquilla, de onde tinham vindo. Na planície os jovens *vaqueros* tinham recuperado os cavalos e os levavam de novo de volta para a estrada a oeste como era o propósito inicial e logo se perderam de vista na luz quente e difusa do meio-dia e só restou o silêncio. Billy ficou parado na estrada e se inclinou e cuspiu.

Diga o que está pensando, falou.

Não tenho nada pra dizer.

Está bem.

Tá pronto?

Sim.

Boyd tirou a bota do estribo e Billy encaixou nele um pé e montou atrás do irmão.

Somos dois ignorantes se quer saber, disse Boyd.

Pensei que você não tinha nada pra dizer.

Boyd não retrucou. O cão mudo havia se escondido entre as ervas da beira da estrada e agora reaparecia e aguardava. Boyd aquietou o cavalo.

Está esperando o que agora?, Billy perguntou.

Esperando você me dizer que rumo quer tomar.

Mas que droga de rumo você acha que estamos tomando?

A gente devia chegar a Santa Ana de Babícora daqui a três dias.

Pois a gente vai se atrasar um pouco.

Mas e os documentos?

De que servem os documentos sem o cavalo? Deu pra você ver o que os documentos valem neste país.

Um dos moços que partiram daqui com os cavalos tinha uma carabina numa bota.

Eu vi. Não sou cego.

Boyd volteou o cavalo e os dois retomaram a estrada na direção oeste. O cão se juntou a eles e trotou ao lado do cavalo na sombra deste.

Quer desistir?, Billy perguntou.

Nunca falei nada de desistir.

Aqui não é como a nossa terra.

Nunca falei que era.

Você não usa a cabeça. A gente veio até esse fim de mundo pra voltar morto.

Boyd cutucou os flancos do cavalo com os tacões das botas e o cavalo apressou o passo. Pode um lugar ficar tão longe assim?, perguntou.

Reencontraram os rastros dos dois cavaleiros e dos três cavalos no ponto em que retornaram à estrada e uma hora mais tarde estavam de volta ao local acima do lago onde avistaram os cavalos pela primeira vez. Boyd cavalgou devagar ao longo da margem da estrada examinando o chão até ver onde os cavalos com e sem ferradura abandonaram a estrada e seguiram para o norte pelas pastagens elevadas e onduladas.

Pra onde você acha que tão indo?, perguntou.

Não sei, Billy respondeu. Aliás não sei nem de onde vieram.

Cavalgaram na direção norte a tarde inteira. Do alto de um monte no crepúsculo avistaram os cavaleiros guiando os cavalos, que agora eram cerca de uma dúzia, na dianteira deles a uma distância de uns sete quilômetros na pradaria azul e cada vez mais fria.

Acha que são eles?, Boyd perguntou.

Acho que são sim, Billy respondeu.

Prosseguiram. Prosseguiram escuridão adentro e quando ficou escuro demais para enxergar detiveram o cavalo e se puseram a escutar. Não havia som exceto o do vento nas ervas. A estrela vespertina se postava baixa no oeste, redonda e rubra como um sol encolhido. Billy apeou deslizando e tomou as rédeas do irmão e conduziu o cavalo.

Tá escuro como o intestino de uma vaca.

Eu sei. Está nublado.

Não pode ter melhor jeito de a gente ser mordido por cobra.

Eu uso botas. O cavalo, não.

Deram num outeiro e Boyd se ergueu sobre os estribos.

Dá pra ver eles?, Billy perguntou.

Não.

O que é que você está vendo?

Não tô vendo nada. Não tem nada pra ver. Escuridão em cima de escuridão e depois mais escuridão.

Vai ver ainda não tiveram tempo de acender uma fogueira.

Vai ver pensam viajar a noite inteira.

Prosseguiram ao longo da crista do outeiro.

Lá adiante, disse Boyd.

Estou vendo eles.

Desceram pelo lado oposto e deram numa depressão e procuraram um lugar em que pudessem se abrigar contra o vento. Boyd apeou e se postou na *bajada* ervosa e Billy lhe entregou as rédeas.

Procure alguma coisa pra amarrar ele. Não maneie ele e não tente prender ele a um galho. Ele vai se enroscar nos ramos.

Tirou a sela e os cobertores e o alforje.

Quer acender uma fogueira?, Boyd perguntou.

Acender com quê?

Boyd se afastou na noite com o cavalo. Pouco depois voltou.

Não encontrei nada pra amarrar o Bird.

Deixe ele pra mim.

Fez uma laçada com a corda e a deslizou sobre a cabeça do cavalo e atou a outra extremidade ao arção dianteiro da sela.

Vou usar a sela como travesseiro pra dormir, disse. Ele vai me acordar se se afastar uns dez metros.

Nunca vi uma escuridão tão grande assim, disse Boyd.

Eu sei. Acho que vai chover.

De manhã, quando deixaram a pé a crista do outeiro e correram os olhos na direção norte, não havia fogueira nem fumaça de fogueira. As nuvens negras se distanciaram e o dia estava claro e calmo. Nada havia nas pradarias do altiplano.

Que país este aqui, disse Billy.

Acha que bateram asas?

Vamos encontrar eles.

Prosseguiram e começaram a se orientar por um sinal que notaram a cerca de um quilômetro e meio ao norte. Encontraram a fogueira fria e extinta e Billy se agachou e soprou as cinzas e cuspiu nos carvões, mas estes não chiaram.

Não acenderam fogueira esta manhã.

Acha que viram a gente?

Não.

Não dá pra saber a que horas partiram daqui.

Eu sei.

E se eles se esconderam em algum lugar pra emboscar a gente?

Emboscar a gente?

É.

De onde você tirou essa ideia?

Não sei.

Não se esconderam em lugar nenhum. Partiram cedo, só isso.

Montaram e prosseguiram. Viram os rastros dos cavalos entre as ervas.

Precisamos tomar cuidado pra não subir uma dessas colinas e acabar dando de cara com eles, disse Boyd.

Pensei nisso.

A gente pode acabar perdendo os rastros deles.

Não vamos perder não.

E se o terreno ficar duro e pedregoso? Pensou nisso?

E se o mundo acabar?, Billy perguntou. Pensou nisso?

Sim. Pensei nisso.

No meio da manhã viram os cavaleiros seguindo enfileirados ao longo de uma crista a três quilômetros ao leste conduzindo os cavalos à frente. Uma hora depois deram numa estrada que seguia para leste e oeste e detiveram o cavalo e examinaram o terreno. Na terra havia os rastros de um grande número de cavalos e eles observaram a estrada na direção leste por onde os cavalos prosseguiram. Tomaram a direção leste ao longo da estrada e ao meio-dia avistaram à frente uma nuvem de poeira que se levantava da parte baixa da estrada na qual os cavalos se distanciavam. Uma hora mais tarde chegaram a uma estrada transversal. Ou chegaram a um lugar em que um sulco profundo saía das montanhas do norte e atravessava e continuava sobre o terreno ondulado ao sul. Na estrada, montando um bom cavalo de sela, estava um homem baixo e escuro de idade incerta, usando um chapéu John B. Stetson e um par de dispendiosas botas de *latigo* com tacões altos. Puxara o chapéu para trás e fumava tranquilamente um cigarro e os observava se aproximarem pela estrada.

Billy afrouxou o passo do cavalo, examinou o terreno circundante à procura de outros cavalos, outros cavaleiros. Deteve o cavalo a uma pequena distância e com o polegar empurrou o chapéu para trás. *Buenos días*, disse.

O homem os observou brevemente com os olhos negros. Suas mãos estavam preguiçosamente apoiadas sobre o arção dianteiro da sela e o cigarro queimava preguiçosamente entre os dedos. Ele se mexeu de leve na sela e lançou o olhar para a trilha na retaguarda onde a escassa nuvem de poeira levantada pelo bando de cavalos ainda pairava tenuemente no ar como uma névoa de pólen de verão.

Quais são os seus planos?, perguntou.

Senhor?, Billy perguntou.

Quais são os seus planos. Me conta dos seus planos.

Levou o cigarro à boca e tragou lentamente e lentamente soprou a fumaça diante de si. Parecia não ter pressa de nada.

Quem é você?, Billy perguntou.

Meu nome é Quijada. Trabalho para o sr. Simmons. Sou superintendente em Nahuerichic.

Aquietou o cavalo. Tornou a tragar lentamente o cigarro.

Diz pra ele que estamos procurando os nossos cavalos, disse Boyd.

Quem decide o que dizer pra ele sou eu, Billy retrucou.

Que cavalos?, o homem perguntou.

Cavalos roubados da nossa fazenda no Novo México.

O homem os observou. Ergueu o queixo na direção de Boyd. Ele é seu irmão?

É.

Quijada anuiu com a cabeça. Fumou. Deixou o toco de cigarro cair na terra. O cavalo olhou para o toco.

Você sabe que este é um assunto sério, disse.

Pra nós é.

Ele anuiu com a cabeça. Sigam-me, disse.

Volteou o cavalo e prosseguiu pela estrada. Não olhou para trás para ver se o seguiriam, mas o seguiram. Nem se atreveram a cavalgar ao lado dele.

No meio da tarde estavam cobertos com a poeira do bando de cavalos que iam adiante. Podiam ouvi-los na estrada, embora não pudessem vê-los. Quijada conduziu o cavalo para a margem da estrada e para o pinheiral e retomou a estrada na frente do bando de cavalos. Ao avistar Quijada, o *caporal* levantou uma mão e os *vaqueros* se adiantaram e conduziram os cavalos e o *caporal* se acercou e ele e Quijada aquietaram as montarias e conversaram. O *caporal* olhou para os dois rapazes montados no cavalo ossudo. Chamou os *vaqueros*. Os cavalos na estrada se agrupavam e remoinhavam nervosamente e um dos cavaleiros havia tornado a descer pela borda e fazia os cavalos saírem de entre as árvores. Quando os cavalos se aquietaram e ficaram parados na estrada Quijada se dirigiu a Billy.

Quais são os seus cavalos?, perguntou.

Billy girou na sela e observou o bando. Cerca de trinta cavalos estavam parados ou se agitavam na estrada, erguendo e abaixando a cabeça no meio da poeira dourada que tremeluzia ao sol.

O baio grande, ele respondeu. E aquele baio de cor clara que está com ele. Aquele com uma estrela na testa. E aquele de lombo malhado. O *tigre*.

Tragam eles aqui, disse Quijada.

Sinsenhor, disse Billy. Voltou-se para Boyd. Desce.

Deixe que eu faço, Boyd retrucou.

Desce.

Deixa o garoto fazer, disse Quijada.

Billy olhou para Quijada. O *caporal* tinha volteado sua montaria e os dois homens estavam lado a lado. Passou a perna sobre o arção da sela e desceu ao chão deslizando e recuou. Boyd se elevou sobre a sela e pegou a corda e começou a preparar um laço, fazendo o cavalo avançar com os joelhos e cavalgando de volta ao longo da borda do bando. Os *vaqueros* se puseram a fumar, observando-o. Ele cavalgou devagar e não olhou para os cavalos. Cavalgou com o laço pendendo no flanco do cavalo e depois o girou baixo ao longo das fileiras de pinheiros na margem da estrada e o lançou com o dorso da mão sobre a cabeça dos cavalos que agora estavam agitados e o enfiou na cabeça de Niño e ergueu um braço com um gesto relâmpago para fazer o laço se desvencilhar do dorso dos cavalos que se interpunham e começou a trazer para si o cavalo enlaçado e a falar gentilmente com ele enquanto o afastava do bando. Os *vaqueros* observavam, fumavam.

Niño se adiantou. O cavalo Bailey o seguiu, os dois abrindo caminho hesitantes e de olhos esbugalhados entre os cavalos desconhecidos. Boyd os fez se reunirem atrás dele e continuou ao longo da beira da estrada. Preparou um laço com a outra extremidade da corda e ao chegar ao fundo do bando lançou o laço sobre a cabeça do cavalo Tom sem nem mesmo olhá-lo. Depois guiou de volta os três cavalos ao longo da estrada deixando atrás o bando e parou com os cavalos pressionados contra Bird e uns contra os outros, erguendo e abaixando a cabeça.

Quijada se voltou e falou com o *caporal* e o *caporal* anuiu com a cabeça. Depois se voltou e olhou para Billy.

Leve os seus cavalos, disse.

Billy esticou o braço e tomou as rédeas do irmão e ficou na estrada segurando os cavalos. Preciso que o senhor me escreva um documento, disse.

Que tipo de documento?

Uma desistência de direito ou uma *conducta* ou uma *factura*. Algum tipo de comprovante com o seu nome nele pra eu poder levar esses cavalos pra fora deste país.

Quijada anuiu com a cabeça. Voltou-se e desprendeu a parte superior do alforje e remexeu o conteúdo e tirou um pequeno caderno de notas de couro preto. Abriu-o e pegou um lápis enfiado na encadernação e se pôs a escrever.

Qual é o seu nome?, perguntou.

Billy Parham.

Escreveu. Quando terminou arrancou a página do caderno de notas e recolocou o lápis na encadernação e fechou o caderno e entregou o papel a Billy. Billy o pegou e o dobrou sem ler e tirou o chapéu e enfiou o papel dobrado dentro da carneira e repôs o chapéu.

Obrigado, disse. Estou muito agradecido.

Quijada tornou a anuir com a cabeça e tornou a falar com o *caporal*. O *caporal* chamou os *vaqueros*. Boyd se abaixou e pegou as rédeas e levou o cavalo entre os pinheiros empoeirados da beira da estrada e se voltou e deteve o animal e ele e os cavalos observaram os *vaqueros* fazerem o bando avançar de novo. Passaram. Os cavalos se agrupavam e se separavam e giravam os olhos e o *vaquero* encarregado do bando olhou para Boyd montado em seu próprio cavalo com os cavalos entre as árvores e ele ergueu uma mão e fez um leve aceno com o queixo. *Adiós, caballero*, disse. Depois prosseguiu atrás do bando e todos atravessaram a estrada na direção das montanhas.

Ao entardecer deram de beber aos cavalos num *abrevadero* de pedra calcária fendida. Acima deles giravam lentamente as pás de um moinho e as sombras alongadas e oblíquas das pás se projetavam sobre a pradaria num lento e escuro carrossel. Selaram Niño e Billy desmontou e afrouxou a cilha para deixá-lo respirar livremente e Boyd desceu deslizando do cavalo Bailey que ele vinha cavalgando e os dois beberam da fonte e depois se acocoraram e observaram os cavalos beberem.

Você gosta de ver os cavalos beber?, Billy perguntou.

Gosto.

Ele anuiu com a cabeça. Eu também.

Na sua opinião o que esse papel vale?

Diria que vale ouro.

E não é grande coisa.

Não. Não é grande coisa.

Boyd arrancou um caule de capim e o colocou entre os dentes.

Por que você acha que ele deu os cavalos pra gente?

Porque sabia que são da gente.

E como é que sabia?

Porque sabia.

Mas de qualquer jeito podia ter ficado com eles.

É. Podia.

Boyd cuspiu e recolocou o capim entre os dentes. Observou os cavalos. Foi pura sorte, disse. Dar de cara com os cavalos da gente.

Eu sei.

Quanta sorte mais você acha que a gente vai ter daqui pra frente?

Você quer dizer sorte pra encontrar os outros dois cavalos?

É. Isso. Ou qualquer coisa.

Não sei.

Eu também não.

Acha que a moça vai estar lá como ela falou?

Acho. Vai estar.

É, Billy disse. Penso que vai.

Um bando de pombos vindos do sul volteou na direção do tanque e se desviou afastando-se assim que os viu sentados lá. A água escorria do cano com um frio som metálico. O sol que baixava entre as nuvens acumuladas havia sugado a luz dourada e deixado a terra toda azul e gélida e silenciosa.

Você acredita que eles têm os outros cavalos, não acredita?, Boyd perguntou.

Eles quem?

Você sabe quem. Eles os cavaleiros que vieram de Boquilla.

Não sei.

Mas é o que você pensa.

É. É o que eu penso.

Tirou da carneira do chapéu o papel que Quijada lhe dera e o desdobrou e o leu e o dobrou de novo e tornou a guardá-lo no chapéu e pôs o chapéu na cabeça. Você não gosta nada disso, né?, perguntou.

Quem ia gostar?

Não sei. Droga.

O que é que você acha que o pai ia fazer?

Você sabe o que ele ia fazer.

Boyd tirou o capim de entre os dentes e o enfiou na casa do botão da camisa rasgada e fez uma laçada e a apertou.

É. Mas ele não tá aqui pra dizer, tá?

Não sei. De alguma forma acho que ele vai sempre ter o que dizer.

Ao meio-dia do dia seguinte chegaram a Boquilla y Anexas conduzindo os cavalos soltos à frente deles. Boyd ficou cuidando dos cavalos enquanto Billy entrou na *tienda* e comprou doze metros de corda de um centímetro e meio de largura para com ela fazer barbicachos. A mulher atrás do balcão estava medindo o tecido de uma peça. Tinha o tecido junto ao queixo e o mediu pelo comprimento do braço e o cortou com régua e cutelo e o dobrou e o empurrou sobre o balcão na direção de uma mocinha. A mocinha esparramou cobres e *taclos* antigos e pesos e recibos amarrotados e a mulher contou o dinheiro e agradeceu e a moça saiu com o tecido dobrado embaixo do braço. Quando saiu a mulher foi até a janela para observá-la. Disse que o pano era para o pai da moça. Billy comentou que daria uma bela camisa, mas a mulher retrucou que não era para fazer camisa, mas para fazer o forro do caixão. Billy espiou pela janela. A mulher disse que a família da moça não era rica. Que a moça tinha aprendido extravagâncias daquele tipo trabalhando para a mulher do *hacendado* e que gastara todo o dinheiro poupado para a *boda*. A moça estava atravessando a rua empoeirada com o pano embaixo do braço. Na esquina havia três homens e eles desviaram o olhar quando ela se aproximou e dois deles olharam para ela quando passou.

Sentaram-se à sombra de um muro de barro caiado de branco e comeram *tacos* retirados de um papel marrom engordurado que haviam comprado de um mascate. O cão observava. Billy fez uma bola com o papel vazio e limpou as mãos nas calças de brim e pegou o canivete e mediu o comprimento de um pedaço de corda entre os braços estendidos.

A gente vai ficar sentado aqui?, Boyd perguntou.

Sim. Por quê? Tem algum compromisso em algum outro lugar?

Por que a gente não segue mais adiante e fica na *alameda*?

Está bom.

Como é que pode que eles nunca marcaram os cavalos a ferro?

Não sei. Provavelmente fizeram negócio no país inteiro.

Acho que seria bom a gente marcar eles.

E marcar eles com quê?

Não sei.

Billy cortou a corda e pôs o canivete de lado e preparou um laço. Boyd enfiou o último pedaço do *taco* na boca e mastigou.

O que será que tem dentro desses *tacos*?, perguntou.

Gato.

Gato?

Claro. Não viu o jeito que o cachorro ficou te olhando?

Não iam fazer isso, Boyd retrucou.

Está vendo algum gato na rua?

Tá quente demais pra gato sair na rua.

Está vendo algum na sombra?

Bem que pode ter algum deitado na sombra em algum lugar.

Quantos gatos você já viu em algum lugar?

Você não é capaz de comer gato, disse Boyd. Nem pra me ver comendo um.

Quem sabe.

Não é capaz não.

Se tivesse muita fome comia.

Mas não tem tanta fome assim.

Eu estava com muita fome. Você não estava?

Tava. Agora não. A gente não comeu gato nenhum, comeu?

Não.

Você ia saber se a gente comeu?

Ia. E você também. Não disse que queria ir para a *alameda*?

Tô te esperando.

Lagartos agora, Billy disse. Não dá pra ver a diferença entre eles e as galinhas.

Merda, disse Boyd.

Atravessaram a rua guiando os cavalos até a sombra das árvores pintadas e Billy preparou barbicachos de comprimento longo para o caso de os cavalos resolverem caminhar e se afastar deles e Boyd se deitou na grama esturricada e mirrada com a cabeça apoiada no cachorro como travesseiro e com o chapéu sobre os olhos e adormeceu. A rua esteve vazia a tarde inteira. Billy colocou os barbicachos nos cavalos e os amarrou e se afastou e se estirou na grama e pouco depois também adormeceu.

De tardezinha um cavaleiro solitário que montava um cavalo que parecia estar acima da posição dele parou na rua em frente a *alameda* e observou os dois irmãos adormecidos e observou os cavalos. Inclinou-se e cuspiu. Depois fez o cavalo girar e voltou para a direção de onde viera.

Quando Billy acordou se sentou e olhou para Boyd. Boyd havia se virado de lado e abraçava o cão. Esticou o braço e recolheu o chapéu do chão. O cão abriu um olho e olhou para ele. Subindo a rua, cinco cavaleiros.

Boyd, chamou.

Boyd se sentou e procurou o chapéu.

Lá vem eles, Billy disse. Levantou-se e foi à rua e apertou o látego em Bird e soltou as rédeas e montou na sela. Boyd pôs o chapéu e correu para o lugar onde estavam os cavalos. Desamarrou Niño e o levou para trás de um dos bancos de ferro e subiu no banco e ergueu uma perna sobre o dorso nu do animal e montou, tudo num único movimento sem nem mesmo parar o cavalo, e volteou e passou pelas árvores e saiu na rua. Os cavaleiros se aproximavam. Billy olhou para Boyd. Boyd montava o cavalo curvando-se ligeiramente com a palma das mãos sobre a cernelha do cavalo. Inclinou-se e cuspiu e limpou a boca com o pulso.

Os homens se aproximavam lentamente. Nem mesmo olharam para os cavalos parados debaixo das árvores. Com exceção do cavaleiro de um braço só, eram todos jovens e pareciam não estar armados.

Lá está o nosso amigo, Billy disse.

O *jefe*.

Não acredito que seja um grande *jefe*.

Por quê?

Não teria vindo pessoalmente. Teria mandado alguém. Reconhece algum dos outros?

Não. Por quê?

Só estava me perguntando com quanta gente vamos ter que lidar.

O mesmo homem com as mesmas botas trabalhadas e o mesmo chapéu achatado virou o cavalo ligeiramente de lado na frente deles como se fosse prosseguir. Depois volteou o cavalo e retornou. Depois freou o cavalo diante deles e fez um aceno com a cabeça. *Bueno*, disse.

Quiero mis papeles, Billy disse.

Os jovens atrás do homem se entreolharam. O *manco* observou os dois rapazes. Perguntou-lhes se por acaso eram loucos. Billy não respondeu. Tirou o papel do bolso e o desdobrou. Disse que tinha uma *factura* para os cavalos.

Factura de donde?, perguntou o *manco*.

De La Babícora.

O homem virou o rosto e cuspiu na poeira da estrada sem tirar os olhos de cima de Billy. *La Babícora*, disse.

Sí.

Firmado por quién?

Firmado por el señor Quijada.

O homem ficou impassível. *Quijada no es alguacil*, disse.

Es gerente, Billy disse.

O *manco* deu de ombros. Deixou cair as rédeas sobre o arção e estendeu a mão. *Permítame*, disse.

Billy dobrou o papel e o guardou no bolso da camisa. Disse que tinham vindo buscar os outros dois cavalos. O homem deu de ombros de novo. Disse que não podia ajudá-los. Disse que não podia ajudar os jovens americanos.

Não precisamos da sua ajuda, Billy disse.

Cómo?

Mas Billy já havia puxado o cavalo para a direita e fez o cavalo avançar para o meio da rua. Fique aí, Boyd, disse. O *jefe* se voltou para o cavaleiro à sua direita. Disse-lhe que se encarregasse dos cavalos. *Te los encargo*, disse.

No toque esos caballos, Billy disse.

Cómo?, perguntou o *jefe. Cómo?*

Boyd saiu de debaixo das árvores.

Fique aí, Billy disse. Faça o que eu te falei.

Dois dos cavaleiros haviam se aproximado dos cavalos amarrados. O terceiro avançou para a frente do cavalo de Boyd, mas Boyd fez avançar sua própria montaria e rumou para a rua.

Volte, Billy ordenou.

O cavaleiro refreou o cavalo. Olhou para o *jefe*. Niño começou a revirar os olhos e a patear na rua. O *manco* prendera suas rédeas entre os dentes e fizera a montaria se adiantar e estava prestes a desabotoar a aba do coldre preso à cintura. Os olhos de Niño que reviravam deviam ter comunicado alguma inteligência indesejável aos demais cavalos na rua, pois o cavalo do *jefe* também começou a se inquietar e arremessar a cabeça. Billy arrancou o chapéu da cabeça e com as botas fustigou o cavalo para a frente e pôs o chapéu diante dos olhos do cavalo do *jefe* e o cavalo do *jefe* empinou e arreou as pernas posteriores e deu dois passos para trás. O *jefe* se agarrou ao enorme arção dianteiro da sela e ao fazê-lo o cavalo tornou a empinar e girou de lado e caiu de costas na rua. Billy fez o cavalo avançar e o cavalo pisoteou o chapéu do *jefe* e o fez quicar. Ao se voltar Billy viu Niño parado e viu Boyd em pé com os tacões das botas metidos nos flancos do cavalo. O cavalo do *jefe* estava caído de joelhos debatendo-se e forcejou e se pôs de pé e disparou pela rua abaixo com as rédeas soltas pendendo e os estribos se agitando. O *jefe* estava caído na rua. Seus olhos se moviam de um lado para outro acompanhando os movimentos rancorosos dos cavalos ao redor dele. Olhou para o chapéu esmagado na rua.

A pistola estava caída na terra. Dos cavaleiros do grupo do *jefe* dois tentavam controlar embaixo das árvores os cavalos que bufavam e se contorciam presos pelos barbicachos e um dos homens havia desmontado para ir ajudar o homem caído. O quarto cavaleiro se voltou e viu a pistola. Boyd desceu deslizando do cavalo e passou as rédeas sobre a cabeça do animal com um único movimento e chutou a pistola para o meio da rua. Niño tentou empinar novamente e quase o derrubou no chão, mas ele conteve o cavalo e avançou para a frente do cavaleiro montado e lhe barrou a passagem e enfiou dois dedos nas narinas do cavalo do homem e o animal recuou e arremeteu a cabeça no ar. Em seguida Boyd saiu correndo pela rua puxando Niño atrás de si a trote e se curvou e se apoderou da pistola e a meteu na cinta e se agarrou à crina e se alçou e fez o cavalo seguir.

Billy estava parado na rua. Um dos outros *vaqueros* também havia desmontado e agora dois deles estavam ajoelhados na terra tentando colocar o *jefe* sentado. Mas o *jefe* não conseguia se sentar. Eles o suspenderam, mas ele tombou de lado molengamente como se sem ossos e caiu nos braços deles. Provavelmente julgaram que estivesse apenas aturdido porque continuaram a falar com ele e lhe dar tapinhas nas bochechas. Na rua começara a se formar um grupo de curiosos. Os outros dois cavaleiros apearam e largaram as rédeas e se aproximaram correndo.

Não adianta, Billy disse.

Um dos *vaqueros* se voltou e olhou para ele. *Cómo?*, perguntou.

Es inútil, Billy disse. *Se quebró el espinazo.*

Mánde?

A espinha dele quebrou.

* * *

Saíram da estrada cerca de um quilômetro e meio ao norte da cidade e rumaram para oeste até chegarem a um rio. Boyd havia recuperado os outros cavalos enquanto os cavaleiros estavam ajoelhados na rua e agora tinham todos com eles. Era quase noite. Sentaram-se num trecho cascalhoso e observaram os cavalos parados dentro da água contra o céu que ia ficando limpo e frio. O cão entrou na água e bebeu e ergueu a cabeça e a virou para trás para olhá-los.

Tem alguma ideia agora?, Boyd perguntou.

Não. Não tenho.

Puseram-se a olhar os cavalos, nove no total.

Provavelmente eles têm um sujeito mais velho que sabe achar lagarto no meio de um monte de pedras.

Provavelmente.

O que é que a gente vai fazer com os cavalos deles?

Não sei.

Boyd cuspiu.

Pode ser que se pegarem os cavalos deles de volta eles deixam a gente em paz.

Bobagem.

Não vão esperar até amanhã cedo.

Sei disso.

Sabe o que vão fazer com a gente?

Faço uma boa ideia.

Boyd jogou uma pedra na água. O cão se voltou e olhou para o lugar onde ela afundou.

A gente não pode soltar esses cavalos por aí de noite, disse.

Não penso fazer isso.

Então por que não fala o que tá pensando fazer?

Billy se levantou e ficou olhando os cavalos beberem. Penso que a gente devia separar os cavalos deles e levar eles lá pra aquela colina e de lá de volta na direção de Boquilla. Vão chegar lá cedo ou tarde.

Tá certo.

Me passe a pistola.

O que vai fazer com ela?

Pôr na mochila do dono dela.

Acha que ele morreu?

Se não morreu, vai.

Então que diferença faz?

Billy olhou os cavalos no rio. Baixou o olhar para Boyd. Bom, disse, se não faz diferença nenhuma então dê ela pra mim.

Boyd tirou a pistola da cinta e a passou para Billy. Billy a enfiou na própria cinta e vadeou o rio e montou Bird e separou os cinco cavalos de Boquilla e os conduziu para fora do rio.

Fique de olho nos nossos cavalos, disse.

Não se preocupe.

Não fale com ninguém na minha ausência.

Pode ir.

Não acenda fogueira nem nada.

Vai, vai. Não sou idiota.

Billy se foi e sumiu de vista no alto da colina. O sol se pusera e a longa e fria noite do altiplano principiara. Os outros três cavalos saíram do rio um atrás do outro e começaram a pastar na erva boa da margem. Estava escuro quando Billy retornou. Chegou ao acampamento vindo direto pela pradaria.

Boyd se levantou. Você devia ter afrouxado as rédeas deles.

Foi o que fiz. Está pronto?

Só tô te esperando.

Então vamos indo.

Reuniram os cavalos e os conduziram até a outra margem do rio e partiram na direção do interior. As planícies ao redor deles azuis e desprovidas de vida. A lua delgada em forma de chifre jazia de costas a oeste como um graal e a luminosa Vênus pendia diretamente acima dela como uma estrela a cair num barco. Mantiveram-se no terreno aberto distantes do rio e cavalgaram a noite inteira e quase de manhãzinha acamparam sem acender fogueira em uma *quemada* de árvores esturricadas e mortas e negras e disformes sobre uma baixa colina a cerca de um quilômetro e meio a oeste do rio. Desmontaram e procuraram por algum sinal de água, mas nada encontraram.

Deve ter tido água por aqui alguma vez, Billy disse.

Vai ver o fogo secou ela.

Uma fonte ou uma nascente. Alguma coisa.

Não tem grama. Não tem nada.

É uma queimada antiga. De anos atrás.

O que quer fazer?

Resta aguentar. Daqui a pouco clareia.

Tá bom.

Pegue seu cobertor. Fico de vigia um pouco.

Bem que eu queria ter um cobertor.

Foragidos viajam com pouca bagagem.

Amarraram os cavalos e Billy ficou sentado segurando a espingarda na escura ruína de árvores ao redor. A lua baixara havia muito. Não havia nenhum vento.

O que é que ele ia fazer com o documento do Niño sem o cavalo?, Boyd perguntou.

Não sei. Usar o documento com outro cavalo. Dorme.

Documento não vale nada hoje em dia.

Eu sei.

Tô com uma puta fome.

Desde quando você deu pra falar desse jeito?

Desde quando parei de comer.

Bebe um pouco de água.

Bebi.

Dorme.

O dia já ia raiando a leste. Billy se levantou e se pôs a escutar.

Ouve alguma coisa?, Boyd perguntou.

Nada.

Este lugar aqui é bem esquisito.

Eu sei. Dorme.

Sentou-se e apoiou a espingarda no colo. Ouviu os cavalos mastigando erva na pradaria.

Está dormindo?, perguntou.

Não.

Peguei o documento de volta.

O do Niño?

É.

Mentira.

Não, verdade.

E de onde você pegou?

Estava na mochila. Quando fui pôr a pistola de volta encontrei ele na mochila.

Macacos me mordam.

Billy continuou segurando a espingarda e escutando os cavalos e o silêncio do mundo além. Pouco depois Boyd falou: Você pôs a pistola de volta?

Não.

Como assim?

Não pus.

Tá com você?

Sim. Dorme.

Quando o dia clareou ele se levantou e saiu para ver que tipo de lugar era aquele em que estavam. O cão se levantou e o seguiu. Ele caminhou até o topo da colina e se agachou e se apoiou na espingarda. A menos de dois quilômetros na planície ao norte pastava um bando de vacas de cor clara. Fora isso, nada. Ao retornar às árvores ele se pôs a observar o irmão adormecido.

Boyd, disse.

Quê?

Está pronto pra partir?

O irmão se sentou e olhou ao redor. Tô, disse.

Podemos tomar o rumo ao norte e voltar à *hacienda*. A velha pode esconder a gente.

E depois?

Não sei.

A gente ficou de encontrar ela amanhã.

Eu sei. Mas não tem jeito.

Quanto tempo leva de viagem até a *hacienda*?

Não sei. Vamos.

Partiram na direção norte e cavalgaram até avistar o rio. Vacas pastavam ao longo da borda das árvores nas quebradas do rio. Detiveram os cavalos e correram o olhar pelo altiplano ondulado ao sul.

Dá pra matar uma vaca com um tiro de espingarda?, Boyd perguntou.

Atirando de perto. Sim.

E com uma pistola?

Você tem que chegar bem perto pra acertar no ponto certo.

Bem perto quanto?

Não vai matar vaca nenhuma. Vamos indo.

A gente tem que comer alguma coisa.

Eu sei. Vamos indo.

Quando alcançaram o rio atravessaram-no na parte mais rasa e procuraram uma estrada do outro lado, mas não havia estrada. Acompanharam o rio ao norte e no início da tarde adentraram o *pueblito* de San José, um punhado de casebres de barro baixos e acinzentados. Ao passarem ao longo da estrada sulcada com os cavalos enfileirados algumas mulheres espiaram apreensivas por entre as portas baixas.

O que você acha que tem de errado aqui?, Boyd perguntou.

Não sei.

Vai ver pensam que a gente é cigano.

Vai ver pensam que a gente é ladrão de cavalo.

Uma cabra os espiava de cima de um telhado baixo com olhos cor de ágata.

Ay cabrón, Billy disse.

Este lugar é um fim de mundo, disse Boyd.

Encontraram uma mulher que os alimentou e eles se sentaram num tapete de junco trançado sobre o chão de terra batida e comeram *atole* frio servido em tigelas de barro não cozido. Quando rasparam o fundo das tigelas as *tortillas* estavam areentas e com manchas de barro. Quiseram pagar pela comida, mas a mulher recusou o dinheiro. Billy tornou a oferecer dinheiro para os *niños*, mas a mulher disse que não tinha nenhum *niño*.

Naquela noite acamparam num bosque de choupos perto do rio e amarraram os cavalos em meio às ervas que cresciam junto ao rio e se despiram e nadaram nas águas na escuridão. A água estava fria e sedosa. O cão ficou sentado na margem a observá-los. Pela manhã Billy se levantou antes do raiar do dia e foi soltar Niño e o levou de volta ao acampamento e o selou e montou com a espingarda.

Onde você vai?, Boyd perguntou.

Ver se encontro alguma coisa pra gente comer.

Tá bom.

Não saia daí. Não vou demorar.

Aonde é que eu podia ir?

Não sei.

E o que é que eu faço se alguém aparecer?

Não vai aparecer ninguém.

Mas e se aparecer?

Billy o observou. Ele estava de cócoras com o cobertor nas costas, muito magro e andrajoso. Observou-o e desviou o olhar para os pálidos troncos dos choupos e para a cinzenta luz da alvorada que emergia no pastio do deserto ondulado.

Imagino que você quer que eu deixe a pistola com você.

Acho que seria uma boa ideia.

Sabe como atirar?

Claro que sim.

Tem dois dispositivos de segurança.

Eu sei.

Está bem.

Tirou a pistola da sacola e a entregou para ele.

Tem uma bala no cano.

Tá bom.

Não dispare. A gente só tem essa e as que estão no pente.

Não vou disparar.

Está bem.

Quanto tempo você vai demorar?

Não vou demorar muito tempo.

Tá bom.

Partiu seguindo o curso do rio com a espingarda apoiada de través no arção da sela. Havia retirado do cano o cartucho de chumbo grosso e se pôs a remexer na sacola à procura de mais cartuchos até que encontrou um par deles número cinco e carregou a arma com um e guardou o outro no bolso da camisa. Cavalgou lentamente e enquanto cavalgava observava o rio por entre as árvores. Quase dois quilômetros depois avistou patos na água. Apeou e largou as rédeas e pegou a espingarda e começou a perscrutá-los através dos chorões na beira do rio. Tirou o chapéu e o depositou no chão. O cavalo relinchou e Billy olhou para trás e xingou num sussurro e depois se levantou e olhou na direção do rio. Os patos ainda estavam lá. Três escuras figuras imóveis na calma de peltre da água. A névoa se elevando do rio como fumaça. Ele avançou cautelosamente entre os chorões, agachando-se. O cavalo rinchou de novo. Os patos voaram.

Ele se levantou e olhou para trás. Seu maldito, disse. Mas o cavalo não estava olhando para ele. Estava olhando para o outro lado do rio. Billy se voltou e viu cinco homens a cavalo.

Caiu de quatro no chão. Seguiam rio acima em fila indiana entre as árvores além do rio. Não o viram. Os patos giraram acima na nova luz do sol e desapareceram rio abaixo. Os cavaleiros olharam para o alto, prosseguiram. Niño continuava em plena vista entre os chorões, mas os homens não o viram e ele não tornou a relinchar e eles passaram e sumiram rio acima entre as árvores.

Billy se pôs de pé e pegou o chapéu e o encaixou na cabeça e voltou ao lugar onde estava o cavalo caminhando com cautela para não o espantar e recolheu as rédeas e montou e volteou o cavalo e fê-lo partir a galope.

Afastou-se do rio e tomou a pradaria num círculo amplo. Os galhos mais altos dos choupos já estavam em pleno sol. Enquanto cavalgava rebuscou na mochila nas costas à procura do cartucho de chumbo grosso. Não viu os cavaleiros em parte alguma do outro lado do rio e quando avistou seus próprios cavalos que pastavam amarrados entre as árvores tomou a direção do acampamento.

Boyd soube o que estava acontecendo sem ouvir dele uma só palavra e começou a reunir os cavalos. Billy se abaixou e se apoderou dos cobertores e os enrolou e os atou. Boyd subiu o rio numa carreira fazendo os cavalos seguirem na frente.

Solte os cavalos, Billy gritou. Vamos ter que correr.

Boyd se voltou. Estendeu uma mão como se quisesse alcançar o primeiro dos cavalos que saíam de entre as árvores e então as costas de sua camisa foi se manchando de vermelho e ele caiu no chão.

Billy se deu conta mais tarde de que havia visto o projétil. De que o deslocamento do ar e o zunido no ouvido foram provocados pela passagem da bala e de que a vira por um átimo de segundo diante dos olhos com o sol refletido no lado da pequena esfera de metal que girava, o luzente chumbo polido pelo cano da arma, retardado por ter atravessado o corpo do irmão mas ainda se movendo cada vez mais veloz do que o som e passando por seu ouvido esquerdo com a sucção do ar como um sussurro surgindo do vazio e o breve som áspero do choque de ar e então a bala ricocheteando num ramo de árvore e se distanciando no deserto atrás dele e por um triz não carregara junto sua vida e depois o som do disparo que tardava.

O disparo ressoou do outro lado do rio seco e uniforme e ecoou de volta do deserto. Billy já estava correndo entre os cavalos que se agitavam frenéticos e se ajoelhou e virou o corpo do irmão estendido sobre a terra ensanguentada. Meu Deus, exclamou. Meu Deus.

Ergueu-lhe a cabeça. A camisa rota ensopada de sangue. Boyd, disse. Boyd.

Dói, Billy.

Eu sei.

Dói.

A carabina disparou de novo do outro lado do rio. Todos os cavalos tinham saído de entre as árvores, menos Niño, que ficou pateando com as rédeas se arrastando no chão. Billy se voltou para a direção do disparo e levantou uma mão. *No tire*, gritou. *No tire. Nos rendimos. Nos rendimos aquí.*

A carabina disparou de novo. Ele baixou Boyd na terra e correu até o cavalo e recolheu as rédeas justamente no momento em que o cavalo se virou para sair do lugar. Reteve o cavalo e foi com ele a galope até onde o irmão jazia e segurou firme as rédeas enquanto o suspendia e depois se voltou e o alçou sobre a sela e jogou as rédeas por cima da cabeça do cavalo e agarrou o arção dianteiro e se alçou atrás do irmão e o segurou pela cintura e se inclinou e fincou os tacões na barriga de Niño.

Mais três disparos soaram enquanto eles saíam de entre as árvores e adentravam no campo aberto, mas agora Niño ia a galope. O corpo de Boyd tombava contra ele flácido e ensanguentado e ele pensou que o irmão tinha morrido. Pôde ver os outros cavalos em disparada pela planície à frente. Um deles ficara para trás e parecia estar ferido. O cão não estava à vista.

O cavalo que ele ultrapassou primeiro era Bailey, atingido por um projétil acima do jarrete posterior, e quando os cavalos o ultrapassaram ele se deteve de todo. Quando Billy olhou para trás Bailey estava parado. Como se estivesse sem energia.

Billy ultrapassou os outros dois cavalos numa distância de cerca de um quilômetro e meio e eles ficaram para trás. Quando se voltou pôde ver na planície os cinco cavaleiros que vinham em seu encalço em meio a uma tênue linha de poeira, alguns fustigando os cavalos, outros empunhando a carabina, tudo muito nítido e vívido no sol novo da manhã. Quando ele olhou para a frente nada viu a não ser ervas e a esporádica *palmilla* que pontuava a planície que se distanciava até as *sierras* azuis. Não havia para onde correr e nem onde ficar. Fustigou Niño com os tacões das botas. Bird e o cavalo Tom estavam começando a ficar para trás e ele se virou e os chamou. Quando tornou a olhar adiante divisou na distância uma pequena forma escura atravessando a paisagem da esquerda para a direita num rastro de poeira e ele se deu conta de que lá havia uma estrada.

Inclinou-se puxando o irmão contra si e falou com Niño e fincou os tacões sob os flancos do cavalo e prosseguiram a galope na planície deserta com os estribos soltos se agitando. Quando olhou para trás Bird e o cavalo Tom ainda o acompanhavam e ele compreendeu que Niño estava ficando cansado por transportar dois cavaleiros. Pensou que algum dos cavaleiros que o seguiam tivesse voltado e depois viu que um deles havia parado e viu o fio branco de fumaça que saía do cano da carabina e ouviu o débil e seco estampido se perdendo no espaço aberto e nada mais. Na dianteira o veículo havia desaparecido na distância e deixado apenas uma pálida nuvem de poeira marcando sua passagem pela estrada.

A estrada era de terra e acidentada e como não havia nem margem nem vala para delimitá-la ele de repente se deu conta de que já a percorria. Puxou a rédea e volteando parou o cavalo arfante. Bird vinha veloz na retaguarda e Billy tentou detê-lo se pondo na frente, mas então, ao olhar na direção sul, avistou um caminhão velho com a carroceria cheia de peões que surgia do vazio e avançava penosamente. Esqueceu-se de Bird e se voltou e fez o cavalo seguir rumo ao sul ao longo da estrada na direção do caminhão enquanto agitava o chapéu no ar.

O caminhão estava sem freio e quando o motorista o viu começou a reduzir a velocidade pouco a pouco mudando as marchas. Os peões se amontoaram ao longo do parapeito da carroceria olhando para o menino ferido.

Tómelo, gritou para eles. *Tómelo*. O cavalo pateou e revirou os olhos e um homem esticou os braços e segurou as rédeas e as passou numa meia-volta em torno da trave da carroceria e outros peões estenderam as mãos para o rapaz e alguns desceram na estrada para ajudar a alçá-lo. Sangue era uma das condições de suas vidas e nenhum deles perguntou o que lhe acontecera ou por quê. Chamaram-no de *el güerito* e o passaram de mão em mão para dentro da carroceria e limparam o sangue das mãos no peito da camisa. Um deles estava em pé com uma mão apoiada sobre o teto da cabina a vigiar os cavaleiros na planície.

Pronto, gritou, *pronto*.

Vámonos, Billy gritou para o motorista. Inclinou-se e soltou as rédeas e bateu com o punho na porta do caminhão. Os homens em cima da carroceria estenderam as mãos para ajudar aqueles que estavam na estrada a subir e o motorista engatou a marcha e o veículo arrancou aos trancos. Um homem estendeu uma mão ensanguentada e Billy a agarrou. Improvisaram um leito para Boyd sobre as toscas pranchas da carroceria com camisas e *serapes*. Billy não sabia dizer se o irmão estava vivo ou morto. O homem lhe segurou a mão. *No te preocupes*, gritou.

Gracias, hombre. Es mi hermano.

Vámonos, o homem gritou. O caminhão prosseguia penosamente pela estrada com um baixo gemido mecânico. Na pradaria os cavaleiros já se dividiam, dois deles cortando caminho rumo ao norte para seguir o caminhão. Os peões acenaram e assobiaram para Billy, que estava na estrada com o cavalo, e gesticularam com as mãos em grandes círculos sobre suas cabeças alertando-o para prosseguir. Ele já havia se alçado sobre a sela e encaixado as botas nos estribos e o sangue se infiltrava encharcando as calças. Fustigou Niño. Bird estava a quase dois quilômetros na dianteira. Quando Billy olhou para trás os cavaleiros estavam a menos de cem metros dele e ele se apoiou sobre o pescoço de Niño e pediu que lhe salvasse a vida.

Alcançou Bird na pradaria, mas quando o ultrapassou viu que em seus olhos havia o mesmo olhar que nos do cavalo Bailey e compreendeu que o perdera. Olhou para os cavaleiros na retaguarda e pela última vez pediu ao cavalo que desse tudo de si e então prosseguiu. Ouviu de novo na distância aquele seco estampido de rifle em campo aberto e quando olhou para trás um dos cavaleiros havia desmontado e se ajoelhado ao lado do cavalo a disparar. Abaixou-se na sela e continuou cavalgando. Quando tornou a olhar para trás os dois cavaleiros se achavam mais distantes e quando olhou por uma última vez se achavam ainda mais distantes e Bird havia sumido de vista. Nunca mais tornou a ver o cavalo Tom.

No meio da manhã, sozinho naquela região, conduziu a pé o cavalo arreado e exausto até um *arroyo* pedregoso. Falou com o cavalo e o manteve sobre as pedras e quando o cavalo assentou uma pata na areia do *arroyo* deixou cair as rédeas e refez o caminho e desmanchou as pegadas com um punhado de ervas. As pernas das calças estavam endurecidas com o sangue seco e ele sabia que ele e o cavalo teriam que encontrar água o quanto antes.

Deixou o cavalo parado com o látego frouxo e montou e se deteve entre as fendas do *arroyo* e se pôs a inspecionar a região na direção leste e sul. Nada viu. Tornou a desmontar e recolheu as rédeas do cavalo parado e segurou o arção da sela e observou a escura mancha de sangue no couro e ficou imóvel por um momento com as rédeas enroladas com duas voltas no pulso e o braço apoiado na cernelha suada do cavalo do pai. Por que que os filhos da puta não atiraram em mim?, perguntou.

No lusco-fusco azulado daquele dia viu uma luz ao longe no norte que a princípio tomou pela estrela polar. Observou-a para ver se ela se ergueria sobre o horizonte, mas não o fez e ele se desviou ligeiramente do caminho e conduzindo a pé o cavalo exaurido seguiu na direção da pradaria deserta. O cavalo tropeçava atrás dele e Billy segurou o cabresto e caminhou ao lado do cavalo e conversou com ele. O cavalo estava todo coberto de uma camada de escorcha branca salina que reluzia como um milagre sobre aquela planície mais e mais escura. Depois de lhe dizer tudo o que sabia dizer contou histórias. Contou-lhe as histórias em espanhol que a avó lhe contara quando criança e depois de lhe contar todas as histórias de que se lembrava se pôs a cantar.

A última e débil apara da lua velha pairava sobre as montanhas distantes a oeste. Vênus se fora. Com as trevas um diáfano enxame de estrelas. Ele não podia imaginar para que serviam, tantas. Caminhou por uma outra boa hora e então parou e alisou o cavalo para verificar se estava seco e se alçou sobre a sela e prosseguiu. Quando procurou a luz, esta havia sumido e ele determinou a posição em que estava pelas estrelas e pouco depois a luz tornou a surgir no negro manto do promontório deserto que a escurecera. Havia parado de cantar e agora pensava em como fazer uma súplica. Por fim apenas suplicou a Boyd. Não morra, suplicou. Você é tudo o que eu tenho.

Era quase meia-noite quando chegou à cerca e volteou o animal para leste e cavalgou até dar numa porteira. Apeou e guiou o cavalo para transpor a porteira e a fechou e tornou a montar e subiu a trilha de terra esbranquiçada na direção da luz onde cães já estavam de pé e avançavam latindo.

A mulher que abriu a porta não era jovem. Vivia naquele lugar remoto com o marido que segundo ela sacrificara os olhos pela revolução. Ela chamou os cães aos berros e eles se retiraram furtivamente e quando ela se pôs de lado para ele entrar o marido estava de pé num pequeno cômodo de pé-direito baixo como se tivesse se levantado para dar as boas-vindas a algum dignitário. *Quién es?*, perguntou.

Ela respondeu dizendo que era um americano que se perdera e o homem anuiu com a cabeça. Ele se voltou e o rosto marcado pelo tempo se iluminou por um momento com a luz do lampião. Não havia olhos nas órbitas e as pálpebras estavam seladas, dando-lhe um permanente aspecto de estar dolorosamente preso dentro de si. Como se antigos erros o absorvessem.

Sentaram-se a uma mesa de pinho pintada de verde e a mulher lhe trouxe uma caneca de leite. Billy havia quase se esquecido de que as pessoas podiam até beber leite. A mulher acendeu com um fósforo a mecha do combustor da estufa a querosene e ajustou a chama e depositou uma chaleira e quando a água ferveu colocou ovos com uma colher, um por um, e tornou a tampar a chaleira. O homem cego ficou sentado ereto e rijo. Como se ele próprio fosse o convidado em sua própria casa. Quando os ovos estavam cozidos a mulher os colocou ainda fumegantes numa tigela e se sentou para observar o rapaz comer. Ele pegou um e o devorou rapidamente. Ela sorriu.

Le gustan los blanquillos?, o cego perguntou.

Sí. Claro.

Ficaram sentados. Os ovos fumegando na tigela. Na luz direta do lampião a querosene os rostos pairavam feito máscaras.

Digame, disse o cego. *Qué novedades tiene?*

Billy lhes contou que tinha ido àquela região para tentar recuperar os cavalos roubados de sua família. Disse que estava viajando com o irmão, mas que agora tinham se separado. O cego inclinou a cabeça para ouvir. Perguntou sobre notícias da revolução, mas o rapaz não tinha notícias. Então o cego disse que o campo era tranquilo, mas que isso não era necessariamente um bom sinal. O rapaz olhou para a mulher. A mulher anuiu solenemente com a cabeça, concordando. Parecia dar grande importância ao marido. Ele pegou um ovo e o trincou batendo na borda da tigela e começou a descascá-lo. Enquanto comia a mulher se pôs a falar da vida deles.

Disse que o cego nascera numa família pobre. *Orígenes humildes*, ela disse. Disse que ele perdera a visão no ano de Nosso Senhor mil novecentos e treze na cidade de Durango. Ele fora para leste no final do inverno daquele ano para se juntar a Maclovio Herrera e no dia três de fevereiro lutaram em Namiquipa e tomaram a cidade. Em abril ele lutara em Durango com os rebeldes sob o comando de Contreras e de Pereyra. O arsenal federal dispunha de uma antiga colubrina de fabricação francesa da qual ele era o encarregado. Não tomaram a cidade. Ele poderia ter se salvado, a mulher disse. Mas não quis abandonar o posto. Prenderam-no junto com inúmeros outros. Aos prisioneiros deram a oportunidade de jurar lealdade ao governo e aqueles que não o fizeram foram colocados contra um muro e mortos sem cerimônia. Entre eles havia homens de vários países. Americanos e ingleses e alemães. E homens de países de que nunca se ouvira falar. No entanto também eles foram colocados contra o muro e ali morreram com terríveis saraivadas de balas, na terrível fumaça. Tombaram em silêncio um ao lado do outro, o sangue do coração manchando o estuque do muro atrás deles. Ele vira isso.

Entre os defensores de Durango estavam naturalmente alguns estrangeiros mas havia um em especial. Um alemão huertista chamado Wirtz que era capitão do Exército federal. Os rebeldes capturados foram postos nas ruas encadeados um ao outro com fios de cerca como fantoches e esse homem se acercou e se pôs a examinar cada um deles e a perceber nos olhos deles o influxo da morte enquanto os assassínios prosseguiam atrás deles. O homem falava bom espanhol, ainda que com sotaque alemão, e disse ao *artillero* que apenas o mais patético dos tolos morreria por uma causa que era não só errada como também estava condenada e o prisioneiro cuspiu em seu rosto. O alemão fez então algo bastante estranho. Sorriu e lambeu a saliva do homem em torno da boca. Era um homem corpulento de mãos enormes e as estendeu e com ambas segurou a cabeça do prisioneiro e se inclinou como se fosse beijá-lo. Mas não era um beijo. Segurava-lhe o rosto e podia parecer aos outros que ele se curvava para beijá-lo em cada face à maneira militar francesa, mas em vez disso o que ele fez, encovando profundamente as bochechas, foi sugar cada um dos olhos do homem e depois cuspi-los de novo, deixando-os pender, úmidos e estranhos e balançando sobre as faces.

E desse modo ele ficou. Sua dor era grande, mas maior era sua agonia pelo mundo em desordem que ele agora contemplava e que jamais poderia ordenar. Muito menos conseguia se decidir a tocar os olhos. Urrava com grande desespero e agitava as mãos diante de si. Não podia ver o rosto do inimigo. O arquiteto de sua treva, o ladrão de sua luz. Via a terra pisada na estrada abaixo dele. Uma confusão de botas. Via a própria boca. Quando os prisioneiros se voltaram e se afastaram em marcha os amigos o seguraram pelo braço e o conduziram enquanto o chão oscilava sob seus pés. Ninguém jamais testemunhara tal coisa. Todos estavam estupefatos. Os buracos rubros em seu crânio luziam como lampiões. Como se neles houvesse um fogo mais profundo que o demônio trouxera à superfície.

Tentaram recolocar os olhos nas órbitas com uma colher, mas não conseguiram e os olhos foram secando como uvas sobre as faces e o mundo foi ficando turvo e sem cor e depois esvaneceu para sempre.

Billy observou o cego. O homem estava sentado ereto e impassível. A mulher fez uma pausa. Depois prosseguiu.

Houve quem dissesse naturalmente que esse homem Wirtz lhe salvou a vida, pois se não tivesse ficado cego decerto teria sido levado ao muro. Outros disseram que o fuzilamento teria sido melhor fim. Ninguém perguntou ao cego que opinião tinha. Ficou na pedra fria do *cárcel* enquanto a luz morria à sua volta até finalmente ser envolvido pela escuridão. Os olhos secaram e se enrugaram e as cordas de que pendiam secaram e o mundo esvaneceu e ele enfim adormeceu e sonhou com o país que ele atravessara cavalgando em suas campanhas nas montanhas e com os pássaros de cores vibrantes e com as flores silvestres e sonhou com moças descalças à beira da estrada nas cidades montesas cujos próprios olhos eram poços de promessa profundos e escuros como o mundo e encimando tudo o céu azul e tenso do México onde o futuro do homem era ensaiado diariamente e a figura da morte com seu crânio de papel e com sua roupa de ossos pintados avançava para a frente e para trás diante das luzes da ribalta a declamar solenemente.

Hace veintiocho años, a mulher disse. *Y mucho ha cambiado. Y a pesar de eso todo es lo mismo.*

O rapaz esticou a mão e pegou da tigela o último ovo e o trincou e começou a descascá-lo. Nisso o cego falou. Disse que nada mudara, mas tudo era diferente. O mundo era novo a cada dia pois Deus assim o fazia a cada dia. No entanto o mundo continha todos os males tal como antes, nem mais, nem menos.

O rapaz deu uma mordida no ovo. Olhou para a mulher. Ela parecia esperar que o homem dissesse algo mais, mas como ele não disse nada ela prosseguiu como antes.

Os rebeldes retornaram e tomaram Durango no dia dezoito de junho e o tiraram do *cárcel* e o deixaram na rua enquanto os estampidos ecoavam nos arredores onde os soldados federais em fuga estavam sendo perseguidos e mortos. Pôs-se a escutar tentando reconhecer alguma voz.

Quién es usted, ciego?, perguntaram. Disse o nome, mas ninguém o conhecia. Um deles cortou um pedaço de vara verde e a entregou para ele e com ela como único pertence ele partiu a pé pela estrada rumo a Parral.

Sabia a hora do dia ao voltar o rosto para o sol invisível como um adorador. Ao ouvir os sons do campo. Sentir o frio da noite, a umidade. Os chamados dos pássaros e o primeiro sinal de calor na pele. As pessoas das casas pelas quais passava lhe traziam água e comida e lhe davam provisões para a jornada pela frente. Cães que corriam coléricos estrada adentro para importuná-lo de súbito batiam em retirada. Ele estava surpreso com a autoridade que a cegueira lhe conferira. Parecia que nada lhe faltava.

Chovera e a beira da estrada estava coberta de flores silvestres. Ele andava devagar, tateando os sulcos da estrada com a vara. Não calçava botas porque tinham sido roubadas havia muito tempo e naqueles primeiros dias andava descalço com o coração cheio de desespero. Mais do que cheio. O desespero residia nele como hóspede. Como um parasita que viera a estar naquela moradia e que tomara a forma daquele espaço dentro dele. Podia senti-lo alojado na garganta. Não conseguia comer. Bebia goles de água de uma caneca oferecida anonimamente no negrume daquele mundo e devolvia a caneca ao negrume. Sua libertação do *cárcel* significava pouco para ele e havia dias em que sua liberdade lhe parecia não mais do que um castigo adicional e nesse estado ia tateando lentamente o caminho com a vara, rumo ao norte, ao longo da estrada que levava a Parral.

Na escuridão fria de sua primeira noite sozinho no campo chovera e ele parou e escutou e pôde ouvir a chuva chegar varrendo pelo deserto. O vento carregava o odor dos arbustos de creosoto molhado. Ele ergueu o rosto e ficou parado na beira da estrada e pensou que nada além de vento e chuva jamais tornaria a tocá-lo de novo saído daquele alheamento que era o mundo. Nem amor nem inimizade. Os limites que o fixavam no mundo haviam se tornado rígidos. Para onde ele se movia o mundo também se movia e ele não conseguia se aproximar dele e dele jamais conseguiria escapar. Sentou-se entre as ervas na beira da estrada debaixo da chuva e chorou.

Na manhã do terceiro dia de jornada ele entrou na cidade de Juan Ceballos e se deteve na rua com o bastão erguido e se voltou, escutando, semicerrando o terrível olhar semicerrado. Mas os cães já haviam se afastado e uma mulher falou com ele à sua direita e lhe perguntou se poderia lhe segurar a mão e ele a estendeu.

Y adónde va?, ela perguntou.

Ele respondeu que não sabia. Disse que estava indo aonde a rua ia. O vento. A vontade de Deus.

La voluntad de Dios, ela disse. Como que escolhendo.

Levou-o para sua casa. Ele se sentou a uma mesa de madeira tosca e ela lhe ofereceu um *pozole* com frutas para comer, mas ele não conseguiu comê-los por mais que ela insistisse. A mulher lhe pediu para contar de que lugar tinha vindo, mas envergonhado de seu estado não revelou que desgraça se abatera sobre ele. Ela lhe perguntou se sempre fora cego e depois de refletir um pouco sobre a pergunta respondeu que sim, sempre fora.

Ao sair da casa calçava nos pés um par de velhos *huaraches* remendados e levava nos ombros um fino *serape*. No bolso das calças rasgadas umas poucas moedas de cobre. Homens que conversavam na rua se calavam quando ele se aproximava e retomavam a conversa depois de sua passagem. Como se ele fosse um emissário das trevas enviado para espioná-los. Como se palavras carregadas por um cego pudessem vir a ganhar uma vida inesperada e reconhecida em alguma parte do mundo, portando um significado jamais atribuído por aqueles que as pronunciaram. Ele se voltou na rua e levantou o bastão. *Ustedes no saben nada de mí*, gritou. Os homens se calaram e ele se voltou e prosseguiu e pouco depois os ouviu conversando de novo.

Naquela noite ouviu os sons da batalha na planície ao longe e ficou parado na escuridão a escutar. Buscou no vento o odor de *cordite* e procurou ouvir sons de homens e cavalos, mas tudo o que pôde ouvir foi o débil espocar de disparos de rifles e o esporádico soar de um morteiro e pouco depois nada.

Cedo na manhã seguinte o bastão que tateava à sua frente produziu o som de pranchas de madeira de uma ponte. Deteve-se. Esticou o braço e bateu o bastão mais adiante. Pisou com cautela nas pranchas e parou e se pôs a escutar. Ouviu abaixo dele o som muito abafado de água corrente.

Desceu ao longo da margem do pequeno rio e abriu caminho entre os juncos até chegar à água. Esticou o braço e tocou a água com a vara. Sovou a água e então parou. Ergueu a cabeça para escutar.

Quién está?, chamou.

Ninguém respondeu.

Depositou na terra o *serape* e tirou a roupa esfarrapada e tornou a pegar o bastão e magro e nu e imundo entrou no rio.

Recuou se perguntando se a água poderia ser profunda o suficiente para carregá-lo. Imaginou que naquele estado de noite eterna de algum modo já teria encurtado pela metade a distância até a morte. Que a transição para ele não seria tão grande, pois o mundo já se encontrava a certa distância e que se não fosse o território da morte cujos limites estava ultrapassando em suas trevas de quem seria aquele território então?

A água não dava além dos joelhos. Ele parou no meio do rio, equilibrando-se com o bastão. Depois se sentou. A água estava gelada, movia-se lentamente a sua volta. Abaixou o rosto para sentir o odor, o sabor. Ficou sentado por um longo tempo. Na distância ouviu um sino que repicou três vezes com lentidão e cessou. Ele se ajoelhou e depois se inclinou para a frente e se deitou de bruços. Colocou o bastão horizontalmente contra o pescoço e o segurou com as duas mãos. Prendeu a respiração. Segurou com mais força o bastão por um longo tempo. Quando já não podia mais segurá-lo soltou a respiração e então tentou engolir água, mas não conseguiu e em seguida se ajoelhou no rio, arfando e tossindo. Soltara o bastão que as águas do rio levaram e se levantou e titubeou tossindo e inspirando ar e batendo na superfície da água com a palma da mão. Para o homem em cima da ponte ele devia parecer um louco. Devia parecer alguém tentando acalmar o rio, ou algo dentro do rio. Até que viu aquelas órbitas vazias.

A la izquierda, gritou.

O cego parou. Acocorou-se com os braços cruzados diante de si.

A su izquierda, o homem gritou.

O cego bateu na água a sua esquerda.

A tres metros, o homem gritou. *Pronto. Se va.*

Cambaleou para a frente. Andou às apalpadelas. O homem na ponte gritou as coordenadas e finalmente sua mão se fechou agarrando o bastão e ele se sentou no rio por decoro e pressionou o bastão contra si.

Qué hace, ciego?, o homem gritou.

Nada. No me molesta.

Yo? Le molesto? Ciego, ciego.

Disse que pensara que o cego estava se afogando e que estava prestes a ir em socorro quando o viu se erguer expelindo água.

O cego ficou sentado de costas para a ponte e a estrada. Sentia cheiro de fumo e pouco depois perguntou ao homem se poderia lhe dar um cigarro.

Por supuesto.

Ele se levantou e andou até a margem. *Dónde está mi ropa?*, gritou.

O homem indicou o local em que estavam as roupas. Depois de se vestir caminhou até a estrada e ele e o homem ficaram fumando sentados na ponte. Era boa a sensação do sol nas costas. O homem disse que não havia água suficiente no rio para alguém se afogar e o cego anuiu com a cabeça. Disse que de qualquer modo ninguém podia ter muita privacidade.

O cego perguntou se havia alguma igreja por perto. O homem respondeu que não havia igreja alguma. Que não havia absolutamente nada em parte alguma. O cego disse que ouvira um sino e o homem retrucou que ele teve um tio que era cego que com muita frequência ouvia coisas que não existiam.

O cego deu de ombros. Disse que ficara cego apenas recentemente. O homem lhe perguntou o que o levara a crer que o sino fosse de uma igreja, mas o cego se limitou a dar de ombros de novo e a fumar. Perguntou que outro som faria uma igreja.

O homem perguntou por que ele quis morrer, mas o cego respondeu que isso não era importante. O homem perguntou se era porque não enxergava e ele respondeu que essa era uma razão entre muitas. Fumaram. Por fim o cego lhe falou sobre sua conjectura de que um cego de qualquer modo já havia em parte deixado o mundo. Disse que se transformara apenas em uma voz a falar nas trevas incomensuráveis com os motivos da vida. Disse que o mundo e tudo o que ele contém se tornara apenas um rumor para ele. Uma suspeita. Deu de ombros. Disse que não desejou ser cego. Que vivera além do que deveria viver.

O homem o escutou, ficaram calados. O cego ouviu o leve chiado do cigarro do companheiro na água abaixo dele. Por fim o homem disse que era pecado perder a coragem e que de qualquer modo o mundo continuaria sendo o que sempre fora. Isso não se podia negar.

Como o cego não respondeu ele lhe pediu que o tocasse, mas o cego relutou em fazê-lo.

Con permiso, disse o homem. Segurou a mão do cego e colocou os dedos sobre seus lábios. Ali ficaram os dedos do cego. Num gesto que conjurava um ao outro ao silêncio.

Toca, o homem disse. O cego se recusou. Tornou a pegar a mão do cego e a colocou sobre sua face. *Toca*, disse. *Si el mundo es ilusión la perdida del mundo es ilusión también.*

O cego pousou a mão no rosto do homem. Depois começou a movê-la. Um rosto de idade incerta. Escuro ou claro. Tocou o nariz fino. O cabelo liso e grosso. Tocou os globos dos olhos do homem sob as pálpebras finas e fechadas. Nenhum som na alta manhã do deserto exceto a respiração dos dois. Ele sentiu os olhos se movendo sob seus dedos. Breves movimentos rápidos como os movimentos num útero minúsculo. Retirou a mão. Disse que era incapaz de reconhecer qualquer coisa. *Es una cara*, disse. *Pues que?*

O outro homem ficou em silêncio. Como se refletisse sobre a resposta que daria. Perguntou ao cego se era capaz de chorar. O cego respondeu que qualquer homem era capaz de chorar, mas o que o homem queria saber era se o cego podia chorar lágrimas que saíssem de onde os olhos uma vez estiveram, como era possível? Não sabia. Deu uma última tragada no cigarro e o deixou cair no rio. Disse de novo que o mundo que ele percorrera era bastante diferente daquele que os homens concebiam e que de fato quase não era um mundo. Disse que fechar os olhos não significava nada. Assim como dormir nada diz acerca da morte. Disse que não se tratava de ilusão ou não ilusão. Falou do largo *barrial* seco e do rio e da estrada e das montanhas ao longe e do céu azul nas alturas como entretenimentos que mantinham o mundo à parte, o mundo verdadeiro e imutável. Disse que a luz do mundo estava apenas nos olhos dos homens porque o próprio mundo se movia nas trevas eternas e as trevas eram sua verdadeira natureza e sua verdadeira condição e que nessas trevas o mundo girava com perfeita coesão em todas as partes, mas que nada havia nelas para ver. Disse que o mundo era sensível em seu cerne e secreto e sombrio para além da imaginação humana e que sua natureza não residia naquilo que podia ou não podia ser visto. Disse que podia olhar o sol mas qual era a serventia disso?

Essas palavras pareceram silenciar o amigo. Ficaram sentados lado a lado na ponte. O sol luzia sobre eles. Por fim o homem lhe perguntou como chegara a pensar desse modo e ele respondeu que aquelas eram coisas que suspeitava havia muito tempo e que um cego tem muito sobre o que meditar.

Levantaram-se para partir. O cego perguntou ao amigo que caminho ia seguir. O homem hesitou. Perguntou ao cego que caminho ele seguiria. O cego apontou com o bastão.

Al norte, disse.

Al sur, disse o outro.

Ele anuiu com a cabeça. Estendeu a mão dentro das trevas e os dois se despediram.

Hay luz en el mundo, ciego, disse o homem. *Como antes, así ahora.* Mas o cego apenas se afastou e tomou a estrada como antes para Parral.

Nesse momento a mulher interrompeu a narrativa e olhou para o rapaz. As pálpebras do rapaz estavam pesadas. A cabeça se contraiu.

Está despierto, el joven?, o cego perguntou.

O rapaz se endireitou na cadeira.

Sí, a mulher respondeu. *Está despierto.*

Hay luz?

Sí. Hay luz.

O cego continuava sentado ereto e formal. As mãos espalmadas sobre a mesa diante de si. Como que para equilibrar o mundo, ou a ele próprio no mundo. *Continuas*, disse.

Bueno, a mulher disse. *Como em todos los cuentos hay tres viajeros con quienes nos encontramos en el camino. Ya nos hemos encontrado la mujer y el hombre.* Olhou para o rapaz. *Puede acertar quien es el tercero?*

Un niño?

Un niño. Exactamente.

Pero es verídica, esta historia?

O cego interveio para dizer que a história era de fato verdadeira. Disse que não tinham intenção de entretê-lo ou instruí-lo. Disse que o propósito deles era apenas contar o que era verdadeiro e que para além disso não tinham propósito algum.

Billy perguntou como era possível que naquela comprida estrada até Parral o cego encontrasse apenas três pessoas, mas o cego respondeu que ele encontrou outras pessoas naquela estrada e que delas recebeu inúmeras oferendas mas que os três estranhos em questão eram aqueles com quem ele falou da cegueira e que por isso tinham de ser as personagens centrais num *cuento* cujo herói era um cego, cujo tema era a visão. *Verdade?*

Es héroe, este ciego?

Por um momento o cego se absteve de responder. Por fim disse que o melhor era esperar para ver. Que o melhor era julgar por si mesmo. Depois gesticulou para a mulher e ela prosseguiu como antes.

Ele seguiu pela estrada rumo ao norte, como contei, até que nove dias depois chegou à cidade de Rodeo no Río Oro. Em todo lugar lhe ofereciam presentes. Mulheres o procuravam. Interpelavam-no na rua. Insistiam que aceitasse seus pertences e se ofereciam para acompanhá-lo até determinado trecho da estrada. Segurando-o pelo braço lhe descreviam o povoado e os campos e o estado das plantações e lhe diziam os nomes das pessoas que viviam nas casas pelas quais passavam e confidenciavam detalhes dos arranjos domésticos ou falavam das doenças dos idosos. Contavam-lhe dos sofrimentos de suas vidas. A morte dos amigos, a inconstância dos amantes. Falaram da infidelidade dos maridos de um modo que a ele pareceu preocupante e lhe comprimiam o braço enquanto sussurravam nomes de prostitutas. Ninguém lhe pediu que jurasse segredo, ninguém lhe perguntou como se chamava. O mundo se desdobrava diante dele de um modo diferente do de sua vida anterior.

No dia vinte e seis de junho daquele ano um grupo de huertistas passou pela cidade de Rodeo a caminho de Torreón a leste. Chegaram tarde da noite, muitos deles embriagados e todos descalços e acamparam na *alameda* e queimaram os bancos para fazer fogueira e na alvorada cinzenta reuniram aqueles que supunham ser simpatizantes dos rebeldes e os colocaram contra o muro de barro da *granja* e lhes deram cigarros para fumar e depois os fuzilaram, enquanto os filhos assistiam ao fuzilamento e as mulheres e as mães choravam desesperadas e arrancavam os cabelos. Ao chegar no dia seguinte o cego se deparou com um enterro que subia a rua de terra acinzentada e antes que pudesse compreender os acontecimentos a sua volta uma mocinha lhe tomou a mão e o levou ao cemitério poeirento nos arredores do povoado. Lá entre as toscas cruzes de madeira e os potes de barro e os baratos pratos de vidro destinados ao ofertório o primeiro dos três caixões de engradado irregularmente enegrecidos com querosene e fuligem foi depositado no chão enquanto um trombeteiro soava uma melancólica ária fúnebre e um ancião falava em nome do padre que não existia na localidade. A moça apertou a mão do cego, inclinou-se contra ele.

Era mi hermano, sussurrou.

Lo siento, o cego disse.

Tiraram o morto do caixão e o entregaram nos braços de dois homens que estavam dentro da cova. Lá deitaram-no na terra e de novo lhe cruzaram os braços sobre o peito e puseram uma cruz sobre o rosto. Em seguida os sacristãos improvisados esticaram o braço e agarraram as mãos dos amigos que os esperavam e foram alçados para fora da cova e os homens jogaram uma pazada de terra cada um sobre a roupa humilde do morto, o *caliche* cinzento fazendo um estrépito monótono e as mulheres soluçando, e colocaram nos ombros o caixão vazio tampado para levá-lo de volta ao povoado e buscar um outro cadáver. O cego ouvia a chegada de outras pessoas no pequeno cemitério e logo foi conduzido por uma pequena distância através da multidão e em seguida detido para ouvir uma segunda e simples oração fúnebre.

Quién es?, murmurou.

A moça lhe apertou a mão. *Otro hermano*, sussurrou.

Enquanto ficavam ali de pé para o terceiro enterro o cego se inclinou e perguntou quantos membros da família seriam enterrados, mas a moça respondeu que aquele era o último.

Otro hermano?

Mi padre.

Os torrões de terra ressoaram, as mulheres tornaram a chorar em agonia. O cego pôs o chapéu na cabeça.

Ao retornarem passaram na rua por outro cortejo a caminho do cemitério e o cego ouviu um outro lamento e outros pés se movendo arrastados sob o horrendo peso do morto que carregavam. Ninguém falava. Passado o cortejo a moça o guiou de volta à rua e prosseguiram como antes.

O cego perguntou à moça quantos de sua família haviam sobrevivido e a moça respondeu que apenas ela, porque a mãe morrera havia muitos anos.

Chovera na noite anterior e chovera sobre a fogueira extinta deixada pelos assassinos e o cego podia sentir o cheiro das cinzas molhadas. Passaram pela *granja* de barro onde o muro antes enegrecido com sangue fora lavado pelas mulheres do povoado, como se sangue algum tivesse sido derramado. A moça lhe falou das execuções e lhe disse o nome de cada homem que morrera e lhe contou quem era e como ficou de pé e como tombou. As mulheres foram mantidas a distância até o último homem ser morto e depois o capitão se afastou e elas correram para tentar acolher seus homens entre os braços enquanto agonizavam.

Y tú?, o cego perguntou.

Ela procurou primeiro o pai mas ele já estava morto. Depois os dois irmãos, o mais velho primeiro. Mas também estavam mortos. Ela caminhou entre as mulheres ajoelhadas no chão que apertavam os corpos dos mortos entre os braços e os embalavam e choravam. Os soldados se retiraram. Começou uma briga de cães na rua. Pouco depois alguns homens chegaram com carretas. Ela andava a esmo segurando o chapéu do pai. Não sabia o que fazer com o chapéu.

Ainda o segurava contra o colo à meia-noite sentada na igreja quando o *sepulturero* se deteve para se dirigir a ela. Disse-lhe que devia ir para casa, porém ela retrucou que o pai e os irmãos estavam mortos na casa estendidos nas esteiras e que uma vela queimava no chão e que não tinha onde dormir. Disse que a casa estava cheia de mortos e por isso se refugiara na igreja. O *sepulturero* a escutou. Depois sentou-se a seu lado no tosco banco de madeira. Era tarde, a igreja estava vazia. Ficaram sentados lado a lado, cada um segurando o respectivo chapéu, ela o *sombrero* de palha trançada, ele o empoeirado fedora preto. Ela chorava. Ele suspirou e por sua vez parecia exausto e desalentado. Falou que, embora se dissesse que Deus puniria aqueles que fazem tais coisas e que as pessoas com frequência assim o desejassem, era sua experiência que por Deus não se podia falar, e que homens com histórias de crueldade em geral desfrutavam uma vida de conforto e morriam em paz e eram enterrados com honra. Disse que era um erro esperar demais da justiça neste mundo. Disse que a ideia de que o mal raramente é recompensado era extremamente exagerada, pois se dele não houvesse proveito o homem o evitaria, e como poderia então a virtude ser associada a seu repúdio? Fazia parte da natureza de sua profissão que a experiência com a morte fosse maior do que a de outras pessoas e disse que, embora fosse verdade que o tempo curasse o sofrimento, assim o fazia apenas às custas da lenta extinção da pessoa amada da recordação, que é o único lugar em que ela vive, outrora ou agora. Rostos esvanecem, vozes se enfraquecem. Recapture-as, sussurrou o *sepulturero*. Fale com elas. Chame-as pelo nome. Faça isso e não permita que a dor se extinga pois, esta é a purificação de todo dom.

A moça repetiu essas palavras ao cego diante do muro da *granja*. Disse que as mocinhas tinham vindo banhar seus *pañuelos* nas poças de sangue dos mortos ou arrancar tiras da barra das saias. Havia um grande ir e vir nessa tarefa, como se fosse um grupo de enfermeiras insensatas completamente esquecidas de como realizar os deveres. A terra logo absorveu o sangue e com o cair da noite antes da chuva bandos de cães se acercaram e abocanharam porções de lama ensanguentada e as devoraram e rosnaram e brigaram e se foram e uma vez mais no dia não restou qualquer sinal de morte e sangue e massacre.

Os dois ficaram em silêncio e depois o cego tocou a moça, o rosto e a face e os lábios. Sem perguntar se podia. Ela se imobilizou. Ele lhe tocou os olhos, um após o outro. Ela lhe perguntou se fora soldado e ele respondeu que sim e ela lhe perguntou se matara muitos homens e ele respondeu que nenhum. Ela lhe pediu que ele se inclinasse para que pudesse fechar os próprios olhos e lhe tocar o rosto para ver o que desse modo se daria a conhecer e ele o fez. Não disse que para ela aconteceria a mesma coisa. Ao chegar aos olhos ela hesitou.

Ándale, disse. *Está bien.*

Ela tocou as pálpebras murchas e encovadas nas órbitas. Tocou-as delicadamente com a ponta dos dedos e lhe perguntou se sentia alguma dor, mas ele respondeu que sentia apenas a dor da lembrança e que às vezes à noite sonhava que aquela treva era ela própria um sonho e ao despertar tocava os olhos que não estavam ali. Disse que aqueles sonhos eram um tormento e, no entanto, não desejava que cessassem. Disse que se a lembrança do mundo devia esvanecer então devia esvanecer em seus sonhos até que cedo ou tarde receasse que encontraria a treva absoluta e nenhuma sombra do mundo que existira. Disse que temia o que o esperava naquela treva, pois acreditava que o mundo ocultava mais do que revelava.

Na rua as pessoas se desviavam ao passar por ele. *Persínese*, a moça sussurrou. O cego não largou a mão da moça, mas apoiou o bastão contra a cintura e se benzeu esboçando o sinal da cruz com a mão esquerda. O cortejo passou. A moça tornou a lhe pegar a mão e prosseguiram.

Ela lhe deu um casaco e uma camisa e as calças que eram do pai. As outras poucas roupas que encontrou na casa colocou num saco de musselina e o fechou atando um nó e pegou uma faca de cozinha e o *molcajete* e algumas colheres e o que restara de comida e os embrulhou num velho *serape* de Saltillo. A casa estava fria e cheirava a terra. Lá fora, entre os muros que enclausuravam e as coelheiras, ele ouviu os sons de galinhas, de uma cabra, de uma criança. Ela lhe trouxe um balde com água para que se lavasse e ele se lavou se esfregando com um pedaço de pano e depois vestiu as roupas. Ficou no único aposento que constituía a casa inteira e esperou a moça voltar. A porta estava aberta para a rua e as pessoas que passavam a caminho do cemitério o viam parado à espera. Ao retornar a moça lhe pegou a mão e lhe disse que estava *guapo* com as novas roupas e lhe deu uma das maçãs que havia comprado e se puseram a comer as maçãs ali em pé no cômodo e depois apoiaram as trouxas nos ombros e partiram juntos.

A mulher se recostou na cadeira. O rapaz pensou que ela fosse continuar, mas não o fez. Ficaram em silêncio.

Era la muchacha, ele disse.

Sí.

Olhou para o cego. Apenas metade do rosto do cego estava iluminada pela luz do lampião. O homem devia sentir que o rapaz o observava. *Es una carantoña, no?*, perguntou.

No, Billy respondeu. *Y ademas, no me dijo que los aspectos de las cosas son engañosos?*

Uma vez que o rosto do cego era desprovido de qualquer expressão era impossível saber quando começaria a falar ou mesmo se falaria.

Pouco depois ele ergueu uma mão de cima da mesa num estranho gesto de bênção ou de desespero. *Para mi, sí*, disse.

Billy olhou para a mulher. Estava sentada como antes, as mãos pousadas sobre a mesa. Billy perguntou ao cego se soubera de outros homens que sofreram a mesma desgraça que ele nas mãos daquele homem, mas o cego respondeu apenas que soubera, sim, porém não os vira nem os encontrara. Disse que um cego não procura a companhia de um outro cego. Contou que certa vez na *alameda* em Chihuahua escutara o bastão de um outro cego e o informou de sua própria condição e perguntou se ali estava um outro na mútua escuridão. O bater do bastão cessou. Ninguém falou. Depois o bater recomeçou e se afastou pela calçada e desapareceu entre os sons do tráfego na rua.

O cego se inclinou de leve para a frente. *Entienda que ya existe este ogro. Este chupador de ojos. Él y otros como él. Ellos no han desaparecido del mundo. Y nunca lo haran.*

Billy lhe perguntou se homens como aquele que lhe furtara os olhos eram apenas produto da guerra, mas o cego respondeu que esse de modo algum podia ser o caso porque eles próprios faziam a guerra. Disse que segundo sua opinião era impossível falar sobre as origens de homens semelhantes ou saber em que lugar surgiam, mas somente sobre sua existência. Disse que aquele que furta os olhos de alguém furta um mundo inteiro e, portanto, ele próprio permanece para sempre nele escondido. Como é possível falar do seu paradeiro?

Y sus sueños, o rapaz perguntou. *Se han hecho más pálidos?*

O cego ficou imóvel por algum tempo. Podia ter adormecido. Podia estar aguardando as palavras lhe ocorrerem. Por fim falou que durante os primeiros anos de escuridão os sonhos haviam sido vívidos para além de toda expectativa e que passara a desejá-los, mas que tanto sonhos como recordações foram se dissolvendo um a um até deixarem de existir. De tudo o que antes existira nenhum rastro restara. O aspecto do mundo. O rosto das pessoas queridas. Por fim mesmo sua própria pessoa não estava ao alcance. O que quer que ele tivesse sido já não era mais. Disse que como todo homem que chega ao fim de alguma coisa nada havia a fazer a não ser recomeçar. *No puedo recordar el mundo de luz*, disse. *Hace muchos años. Ese mundo es un mundo frágil. Ultimamente lo que vine a ver era más durable. Más verdadero.*

Falou dos primeiros anos de cegueira nos quais o mundo à volta dele esperava por seus movimentos. Disse que homens com olhos podem escolher o que desejam ver mas para o cego o mundo aparece por espontânea vontade. Disse que para o cego tudo estava abruptamente à mão, que nada nunca chegava anunciado. Origens e destinos não eram mais do que rumores. Mover-se é se encontrar com o mundo. Fique quieto e ele esvanece. *En mis primeros años de la oscuridad pensé que la ceguedad fué una forma de la muerte. Estuve equivocado. Al perder la vista es como un sueño de caída. Se piensa que no hay ningún fondo de este abismo. Se cae y cae. La luz retrocede. La memoria de la luz. La memoria del mundo. De su propia cara. De la carantoña.*

Ergueu uma mão lentamente e a manteve diante de si. Como se medisse alguma coisa. Falou que se aquela queda fosse uma queda na direção da morte então a própria morte era diferente da imaginada pelos homens. Onde está o mundo nesta queda? Está também recuando com a luz e a recordação da luz? Ou também ele está caindo? Disse que na cegueira de fato perdera a si mesmo e toda a recordação de si mesmo, no entanto descobrira na mais profunda escuridão daquela perda que também havia um fundo e que nele era preciso recomeçar.

En este viaje el mundo visible es no más que un distraimiento. Para los ciegos y para todos los hombres. Ultimamente sabemos que no podemos ver el buen Dios. Vamos escuchando. Me entiendes, joven? Debemos escuchar.

Quando se calou o rapaz perguntou se fora falso o conselho que o *sepulturero* havia dado à moça na igreja, mas o cego respondeu que o *sepulturero* aconselhara de acordo com suas luzes e por isso não podia ser culpado. Determinados homens até mesmo assumiam a responsabilidade de aconselhar os mortos. Ou de encomendá-los a Deus assim que padre e amigos e filhos retornam a suas casas. Disse que o *sepulturero* podia se atrever a falar de uma escuridão que não conhecia, pois se a conhecesse não poderia ser *sepulturero*. Quando o rapaz lhe perguntou se esse conhecimento se reservava exclusivamente aos cegos o cego respondeu que não. Disse que os homens em sua maioria viviam a vida como o carpinteiro que trabalha com extrema lentidão por causa do embotamento das ferramentas que ele não teve tempo de afiar.

Y las palabras del sepulturero acerca de la justicia?, o rapaz perguntou. *Qué opina?*

Nesse momento a mulher esticou a mão e pegou a tigela cheia de cascas de ovo e disse que era tarde e que o marido não devia se cansar. O rapaz disse que compreendia, mas o cego retrucou que não se preocupassem. Disse que havia refletido um pouco sobre a pergunta feita pelo rapaz. Que mesmo o *sepulturero* entendia que toda história possuía um aspecto de escuridão e luz e que talvez não a sustentaria não fosse assim. Contudo a narrativa apresentava uma outra ordem sobre a qual os homens não ousavam falar. Disse que os maus sabem que se a maldade que eles fizerem provocar um horror inominável ninguém se manifestará contra eles. Que os homens só têm coragem para os males menores e apenas a estes irão se opor. Disse que o verdadeiro mal tem o poder de tornar sóbrio o perpetrador e que este, ao contemplar esse mal, pode até mesmo encontrar o caminho da probidade que seus pés jamais pisaram e não ter outra escolha que não a de trilhá-lo. Mesmo esse homem pode vir a ficar estarrecido ante aquilo que lhe é revelado e buscar determinada ordem com a qual possa rechaçá-lo. Há, porém, em tudo isso duas coisas que provavelmente ele não saberá. Ele não saberá que, enquanto a ordem que o justo procura não é jamais a justeza em si, mas apenas a ordem, a desordem do mal é de fato o próprio mal. Nem saberá ele que, enquanto o justo encontra um obstáculo criado pela própria ignorância do mal, para o mal tudo é simples, ao mesmo tempo luz e trevas. Esse homem de que falamos buscará impor ordem e hierarquia a coisas que são desprovidas delas. Ele haverá de invocar o mundo como testemunha da verdade daquilo que de fato são apenas seus desejos. Na encarnação final ele poderá buscar indenizar suas palavras com sangue, porque então terá constatado que as palavras fenecem e perdem o sabor enquanto a dor é sempre nova.

Quizás hay poca de justicia en este mundo, o cego disse. Mas não pelos motivos nos quais o *sepulturero* acreditava. O fato é que a imagem do mundo é tudo o que os homens conhecem e esta imagem do mundo é perigosa. Aquela que lhe foi dada para ajudá-lo a seguir o rumo no mundo também tem o poder de impedi-lo de ver onde reside o verdadeiro caminho. A chave para o paraíso tem o poder de abrir os portões do inferno. O mundo que ele imagina ser o cibório de todas as coisas divinas irá se transformar em nada mais do que pó diante dele. Para o mundo sobreviver é preciso que ele seja preenchido todos os dias. Esse homem terá de recomeçar de novo, quer queira quer não. *Somos dolientes en la oscuridad. Todos nosotros. Me entiendes? Los que pueden ver, los que no pueden.*

O rapaz observou a máscara à luz do lampião. *Lo que debemos entender*, disse o cego, *es que ultimamente todo es polvo. Todo lo que podemos tocar. Todo lo que podemos ver. En éste tenemos la evidencia más profunda de la justicia, de la misericordia. En éste vemos la bendición más grande de Dios.*

A mulher se levantou. Disse que era tarde. O cego não se moveu. Ficou sentado como estava. O rapaz o fitou. Por fim lhe perguntou por que era uma bênção e o cego não respondeu e não respondeu e então finalmente disse que porque o que pode ser tocado se transforma em pó não se podia tomar essas coisas pelas verdadeiras. Na melhor das hipóteses não passam de vestígios de onde o real esteve. Talvez nem isso sejam. Talvez não sejam mais do que obstáculos a serem superados na suprema cegueira do mundo.

De manhã quando ele saiu para selar o cavalo a mulher estava alimentando as aves no pátio com grãos que tirava de uma *bota*. Os melros silvestres voavam das árvores e arribavam e comiam entre as aves, mas a mulher os alimentava indiscriminadamente. O rapaz a observava. Achava-a muito bonita. Selou o cavalo e o aquietou e se despediu e depois montou e partiu. Ao se voltar para trás ela ergueu a mão. Os pássaros a circundavam. *Vaya con Dios*, gritou.

Ele fez o cavalo entrar na estrada. Não tinha se distanciado muito quando o cão saiu do *chaparral* e se pôs a andar atrás do cavalo. Brigara com outros cães e estava ferido e ensanguentado e erguia uma pata contra o peito. Billy deteve o cavalo e olhou para o cão. O cão deu uns passos adiante mancando e parou.

Cadê o Boyd?, Billy perguntou.

O cão empinou as orelhas e olhou em torno.

Seu bobão.

O cão olhou na direção da casa.

Ele estava no caminhão. Não está aqui.

Fez o cavalo avançar e o cão os seguiu e prosseguiram rumo ao norte ao longo da estrada.

Antes do meio-dia chegaram à estrada principal do norte que levava a Casas Grandes e Billy ficou parado naquele cruzamento vazio do deserto e olhou para o norte e depois para o sul, mas nada viu a não ser o céu e a estrada e o deserto. O sol estava quase a pino. Billy tirou a espingarda do coldre empoeirado e a abriu e tirou o cartucho e inspecionou a bucha para verificar de que tipo era. Era de número cinco e ele pensou em colocar uma carga de chumbo grosso, mas por fim recolocou no receptáculo o cartucho número cinco e fechou a arma e a guardou no coldre e tomou a direção norte rumo a San Diego, o cão mancando atrás do cavalo. Cadê o Boyd?, ele perguntou. Cadê o Boyd?

Naquela noite ele dormiu num campo envolto no cobertor que a mulher lhe dera. A talvez uns dois quilômetros de distância no outro lado da planície estavam as corredeiras de um rio para aonde o cavalo queria ir. Billy ficou deitado na terra que esfriava e observou as estrelas. O vulto escuro do cavalo à sua esquerda, onde o havia amarrado. O animal elevando a cabeça acima da linha do horizonte a escutar entre as constelações e depois abaixando-a para continuar a pastar. Billy observou aquele mundaréu esparramado em suas débeis ignições na noite anônima e procurou falar com Deus acerca do irmão e pouco depois adormeceu. Dormiu e acordou de um sonho perturbador e não conseguiu voltar a dormir.

No sonho caminhava numa neve funda ao longo de um cume na direção de uma casa às escuras e os lobos o perseguiram até a cerca. Esfregavam o focinho magro nos flancos uns dos outros e giravam deslizando em torno de seus joelhos e sulcavam a neve com o nariz e arremessavam a cabeça e no frio o hálito espiralava num remoinho de vapor ao redor dele e a neve cintilava muito azul à luz da lua e aqueles olhos eram do mais pálido topázio ali onde eles se acaçapavam e uivavam e abaixavam a cauda e se adulavam e estremeciam enquanto se aproximavam da casa e os dentes brilhavam de tão brancos que eram e a língua vermelha pendia. Uma vez chegados ao portão não puderam prosseguir. Lançaram os olhos na direção do escuro contorno das montanhas. Ele se ajoelhou na neve e lhes estendeu os braços e eles lhe tocaram o rosto com os focinhos selvagens e tornaram a recuar e a respiração deles era cálida e tinha o cheiro da terra e do coração da terra. Quando o último deles se adiantou todos se alinharam em forma de meia-lua diante dele e seus olhos eram como luzes da ribalta iluminando o mundo e depois fizeram meia-volta e se afastaram e se foram a trote através da neve e esvaneceram fumegando dentro da noite de inverno. Na casa seus pais dormiam e quando ele se enfiou debaixo da coberta Boyd se virou para ele e sussurrou que havia sonhado e que no sonho Billy fugira de casa e quando acordou do sonho e viu a cama vazia pensou que era verdade.

Dorme, Billy disse.

Billy, você não vai fugir e me deixar, vai?

Não.

Promete?

Sim. Prometo.

Aconteça o que acontecer?

Sim. Aconteça o que acontecer.

Billy?

Dorme.

Billy.

Psiu. Vai acordar eles.

Mas no sonho Boyd apenas disse brandamente que eles não acordariam.

O dia demorou a raiar. Ele se levantou e andou pela pradaria deserta e buscou a luz a leste. No cinza que anunciava o dia o arrulhar dos pombos nas acácias. Um vento soprando do norte. Ele enrolou o cobertor e comeu a última *tortilla* e os últimos ovos cozidos que a mulher lhe dera e selou o cavalo e partiu enquanto o sol se elevava do solo a leste.

Uma hora depois começou a chover. Desamarrou o cobertor da parte posterior da sela e cobriu as costas. Via a chuva vindo pelo campo numa cinzenta muralha e logo os pingos batiam na terra cinza e plana da *bajada* que ele percorria. O cavalo avançava com dificuldade. O cão andava atrás. Aparentavam ser o que eram, proscritos numa terra estrangeira. Sem lar, perseguidos, extenuados.

Cavalgou o dia inteiro pelo vasto *barrial* entre as corredeiras do rio e os retos e longos trilhos da ferrovia a oeste. A chuva amainou mas não parou. Choveu o dia inteiro. Por duas vezes ele avistou cavaleiros à frente na planície e deteve o cavalo, mas os cavaleiros seguiram adiante. Ao anoitecer atravessou os trilhos e entrou no povoado de Mata Ortíz.

Parou na frente da porta de uma pequena *tienda* azul e apeou e amarrou as rédeas numa estaca e entrou e se imobilizou na penumbra. Uma voz de mulher lhe falou. Ele perguntou se havia um médico na localidade.

Médico?, ela perguntou. *Médico?*

Estava sentada numa cadeira no fundo do balcão e tinha no braço algo que parecia um mosqueiro.

En este pueblo, ele disse.

Ela o observou. Como se quisesse se certificar da natureza da doença do rapaz. Ou de suas feridas. Respondeu que o médico mais próximo ficava em Casas Grandes. Em seguida esticou o corpo ligeiramente na cadeira e começou a sibilar e a lhe fazer gestos com o mosqueiro a enxotá-lo.

Como?, ele perguntou.

Ela tornou a se recostar rindo. Balançou a cabeça e tampou a boca com a mão. *No*, disse. *No. El perro. El perro. Dispensame.*

Ele se virou para trás e viu o cão parado na porta. A mulher se levantou bruscamente, ainda rindo, e começou a se aproximar segurando na mão um par de óculos de aro de metal. Ela os firmou sobre o nariz e pegou Billy pelo braço e o levou onde havia claridade.

Güero, disse. *Busca el herido, no?*

Es mi hermano.

Ficaram em silêncio. A mulher não lhe soltou o braço. Ele procurou olhá-la nos olhos, mas a luz se refletia nas lentes dos óculos e uma delas estava meio opaca com o acúmulo de poeira, como se ela não enxergasse com aquele olho e não visse necessidade de limpar a lente.

El vivía?, ele perguntou.

Ela respondeu que estava vivo quando passou na frente de sua porta e que as pessoas seguiram o caminhão até o fim da cidade e que vivo ele ainda estava até os limites de Mata Ortíz mas que além de lá quem poderia saber?

Ele lhe agradeceu e se voltou para ir embora.

Es su perro?, ela perguntou.

Ele respondeu que o cachorro era do irmão. Ela retrucou que tinha imaginado que sim pelo olhar de preocupado do cão. Olhou para o cavalo parado na rua.

Es su caballo?, perguntou.

Sí.

Ela anuiu com a cabeça. *Bueno*, disse. *Monte, caballero. Monte y vaya con Dios.*

Ele lhe agradeceu e caminhou até o cavalo e o desamarrou e montou. Voltou-se e tocou a aba do chapéu num cumprimento para a mulher parada à porta.

Momento, ela gritou.

Ele esperou. Em seguida uma moça saiu pela porta se desviando da mulher e se deteve diante do estribo do cavalo e ergueu os olhos para fitá-lo. Era muito bonita e muito tímida. Ergueu uma mão, cerrada.

Qué tiene?, ele perguntou.

Tómelo.

Ele estendeu a mão aberta e nela a moça depositou um coraçãozinho de prata. Ele o expôs à luz e o observou. Perguntou à moça o que era.

Un milagro, ela respondeu.

Milagro?

Sí. Para el güero. El güero herido.

Ele girou o coração na mão e olhou para a moça.

No era herido en el corazón, retrucou. Mas a moça apenas desviou o olhar e não respondeu e ele lhe agradeceu e guardou o coração no bolso da camisa. *Gracias*, disse. *Muchas gracias.*

Ela se afastou do cavalo. *Que joven tan valiente*, disse, e ele concordou que o irmão era de fato corajoso e tocou de novo a aba do chapéu e acenou com a mão para a mulher parada na porta ainda segurando o mosqueiro e fez o cavalo descer a única rua de terra batida de Mata Ortíz, rumo a San Diego ao norte.

Estava escuro e as nuvens de chuva ocultavam as estrelas quando ele atravessou a ponte e subiu a colina na direção dos *domicilios*. Os mesmos cães avançaram com ímpeto a latir e cercaram o cavalo e ele passou pelas portas mal iluminadas e passou pelos vestígios das fogueiras noturnas das quais emanava uma tênue nuvem de fumaça que pairava sobre o agrupamento das construções no ar úmido. Não avistou ninguém que corresse espalhando a notícia de sua chegada, mas quando chegou à porta da casa de Muñoz a mulher o esperava. As pessoas saíam das casas. Ele deteve o cavalo e olhou para ela.

Él está?, perguntou.

Sí. Él está.

Él vive?

Él vive.

Ele desmontou e entregou as rédeas ao rapaz que estava mais próximo entre as pessoas que o rodeavam e tirou o chapéu e entrou pela porta baixa. A mulher o seguiu. Boyd estava deitado num catre no fundo do cômodo. O cão já havia se enroscado no catre com ele. Ao redor no chão havia comida que lhe trouxeram e flores de presente e imagens santas de madeira ou barro ou pano e pequenas caixas de madeira tosca que continham *milagros* e *ollas* e cestinhos e garrafas de vidro e estatuetas. No nicho da parede acima dele uma vela num copo queimava aos pés de uma pobre Virgem Maria de madeira mas esta era a única luz.

Regalos de los obreros, a mulher murmurou.

Del ejido?

Ela disse que alguns dos regalos eram do *ejido*, mas que a maioria era dos trabalhadores que o haviam levado. Ela explicou que o caminhão retornara com os homens e eles chegaram em fila de chapéu na mão e depositaram aqueles presentes.

Billy se agachou e observou Boyd. Puxou a coberta e levantou a camisa do irmão. Boyd estava enfaixado com tiras de musselina como um morto e o sangue que atravessara o tecido estava seco e escuro. Ele pôs a mão na testa de Boyd e o irmão abriu os olhos.

Como vai, parceiro?, perguntou.

Achei que tinham te pegado, Boyd sussurrou. Achei que você tava morto.

Estou aqui.

Aquele cavalo bom que é o Niño.

É. Aquele cavalo bom que é o Niño.

Ele estava pálido e febril. Sabe o que eu faço hoje?, perguntou.

Não, o que é que você faz?

Quinze anos. Se é que eu não faço num outro dia.

Não se preocupe com isso.

Voltou-se para a mulher. *Qué dice el médico?*

A mulher balançou a cabeça. Não havia médico. Chamaram uma velha que não passava de *bruja* e ela cobriu as feridas com uma cataplasma de ervas e o enfaixou e lhe deu chá para beber.

Y qué dice la bruja? Es grave?

A mulher se voltou para o lado. À luz do nicho ele pôde ver lágrimas em seu rosto escuro. Ela mordeu o lábio inferior. Não respondeu.

Maldita, ele sussurrou.

Eram três horas da manhã quando ele entrou em Casas Grandes. Transpôs a alta barragem da ferrovia e subiu a Alameda Street até que avistou uma luz numa *cantina*. Apeou e entrou. A uma mesa perto do balcão um homem dormia com a cabeça sobre os braços cruzados e à parte o homem o lugar estava vazio.

Hombre, Billy disse.

O homem se ergueu num sobressalto. O rapaz diante dele tinha todo o ar de quem portava má notícia. Ficou sentado com desconfiança, as mãos pousadas em cada lado da mesa.

El médico, Billy disse. *Dónde vive el médico.*

O *mozo* do médico destrancou e destravou a porta engonçada no portão de madeira e ficou imóvel dentro do *zaguán* às escuras. Não falou e se pôs a ouvir toda a história do suplicante. Quando Billy terminou o *mozo* anuiu com a cabeça. *Bueno*, disse. *Pásale.*

Abriu passagem e Billy entrou e o *mozo* tornou a trancar a porta. *Espere aquí*, disse. Depois se afastou pisando com dificuldade nas pedras arredondadas do pátio e desapareceu na escuridão.

Billy esperou bastante. Do fundo do *zaguán* vinha o cheiro de plantas viçosas e terra e humo. Um rebuliço de vento. De coisas perturbadas no sono. Do lado de fora do portão Niño rinchou baixinho. Por fim o pátio se iluminou e o *mozo* reapareceu. Atrás dele, o médico.

Não estava vestido, mas se aproximava de roupão, uma mão metida no bolso. Um homem pequeno e descuidado.

Dónde está su hermano?, perguntou.

En el ejido de San Diego.

Y cuándo ocurrió ese accidente?

Hace dos días.

O médico observou o rosto do rapaz na luz amarela e mortiça.

Ele está muito quente?

Não sei. Sim. Um pouco.

O médico anuiu com a cabeça. *Bueno*, falou. Disse ao *mozo* que ligasse o motor do carro e depois se dirigiu a Billy. Me dê alguns minutos, disse. Cinco minutos.

Levantou uma mão e abriu os cinco dedos.

Sinsenhor.

Não precisa me pagar nada, é claro.

Tenho um bom cavalo lá fora. Dou o cavalo pro senhor.

Não quero o seu cavalo.

Tenho os documentos dele. *Tengo los papeles.*

O médico já tinha feito meia-volta para se ir. Traga o cavalo, disse. Pode deixar o cavalo aqui dentro.

O senhor tem um lugar pra levar a sela com a gente?

A sela?

Eu gostaria de ficar com a sela. Foi presente do meu pai. Não tenho como levar ela de volta.

Pode levá-la no lombo do cavalo.

Não quer o cavalo?

Não. Deixa para lá.

Billy ficou na rua com Niño enquanto o *mozo* tornava a tirar a tranca e abria o alto portão. Começou a conduzir Niño para dentro, mas o *mozo* o chamou de volta e lhe disse para esperar e depois se afastou e desapareceu. Pouco depois Billy ouviu o carro arrancar e o *mozo* veio pelo *zaguán* dirigindo um velho Dodge opera coupé. Parou o veículo na rua e desceu e deixou o motor ligado e pegou as rédeas e levou o cavalo através do portão e rumou para os fundos.

Poucos minutos depois o médico reapareceu. Trajava roupas escuras e o *mozo* o seguiu carregando a maleta de médico.

Listo?, o médico perguntou.

Listo.

O médico deu a volta no carro e entrou. O *mozo* lhe entregou a maleta e fechou a porta. Billy entrou pelo outro lado e o médico acendeu os faróis e o motor morreu.

Ele não se moveu. O *mozo* abriu a porta e enfiou a mão embaixo do banco e pegou uma manivela e foi até a frente do carro e o médico apagou os faróis. O *mozo* se curvou e encaixou a manivela na fenda e se endireitou e a girou e o motor voltou a funcionar. O médico acionou o motor com estridência e reacendeu os faróis e abaixou a janela e pegou a manivela que estava com o *mozo*. Depois encaixou a alavanca do câmbio para engatar a primeira marcha e partiram.

A rua era estreita e mal iluminada e os fachos amarelos dos faróis caíram sobre um muro no fim da rua. Por ela vinha uma família, o homem na frente, atrás dele uma mulher e duas mocinhas carregando cestos e trouxinhas. Imobilizaram-se como cervos na luz dos faróis e a posição em que ficaram imitava a das sombras agigantadas no muro atrás deles, o homem a prumo e rijo e a mulher e as moças estirando os braços como que para se protegerem. O médico girou o enorme volante de madeira para a esquerda e os faróis se afastaram e as figuras esvaneceram mais uma vez nas trevas anônimas da noite mexicana.

Me fale do acidente, o médico disse.

Meu irmão foi ferido no peito com uma bala de carabina.

E quando aconteceu?

Faz dois dias.

Ele fala?

Como assim?

Ele fala? Está acordado?

Sinsenhor. Está acordado. Ele nunca foi de falar muito.

Sim, disse o médico. Entendo. Acendeu um cigarro e fumou calmamente na estrada que levava ao sul. Disse que tinha um rádio no carro e que Billy poderia ligá-lo se quisesse, mas Billy imaginou que o próprio médico o ligaria se quisesse ouvi-lo. Foi o que o médico fez pouco depois. Ouviram a música caipira americana transmitida por uma emissora de Acuña na fronteira do Texas e o médico dirigia e fumava em silêncio e os olhos rubros das vacas que pastavam nas valas ao longo da beira da estrada flutuavam transitórios à luz dos faróis e por toda parte o deserto se estendia e se perdia ao longe na escuridão.

Tomaram a estrada do *ejido* através de um terreno fluvial e entre os pálidos vultos dos troncos de choupos que passavam iluminados pela luz dos faróis e atravessaram a ponte de madeira e subiram a colina até o pequeno povoado. Os cães do *ejido* se agitavam de um lado para outro latindo na frente da luz dos faróis. Billy indicou o caminho e eles subiram passando pelas portas não iluminadas das casas dos moradores que dormiam e pararam diante da mortiça luz amarelada da casa onde o irmão estava deitado entre os *regalos* tal como um santo em dia de celebração. O médico desligou o motor e os faróis e estendeu a mão para pegar a maleta, mas Billy já o havia feito. Ele anuiu e saiu do carro e firmou o chapéu na cabeça e entrou na casa seguido por Billy.

A mulher dos Muñoz já havia saído do outro cômodo e parara na luz tênue da candeia votiva trajando o único vestido com que Billy a vira até então e saudou o médico com um boa-noite. O médico lhe entregou o chapéu e depois desabotoou o casaco e o tirou e o suspendeu diante de si e o virou e procurou no bolso interno o estojo dos óculos. Em seguida entregou o casaco à mulher e removeu as abotoaduras, a da esquerda e a da direita, e as guardou no bolso das calças e enrolou as mangas engomadas da camisa branca, duas voltas em cada manga, e se sentou no catre baixo e tirou os óculos do estojo e os firmou no nariz e observou Boyd. Pôs uma mão na testa de Boyd. *Cómo estás?*, perguntou. *Cómo te sientes?*

Nunca mejor, Boyd respondeu arfante.

O médico sorriu. Dirigiu-se à mulher. *Hiérvame algo de água*, disse. Em seguida tirou do bolso uma pequena lanterna niquelada e se debruçou sobre Boyd. Boyd fechou os olhos mas o médico ergueu a pálpebra de cada olho, primeiro uma, depois a outra, e o examinou. Movimentou lentamente a luz de um lado para outro sobre as pupilas e as inspecionou. Boyd tentou virar a cabeça de lado, mas o médico a imobilizou segurando-lhe o queixo com uma mão. *Véame*, disse.

Puxou a coberta. Algo pequeno rolou sobre a musselina. Boyd estava usando um daqueles camisolões brancos de algodão que os lavradores usavam no campo, sem colarinho e sem botões. O médico levantou o camisolão e fez o cotovelo direito de Boyd sair por debaixo da manga e o passou por sobre a cabeça e depois, muito cautelosamente, tirou o camisolão pelo braço esquerdo de Boyd e o entregou a Billy sem sequer olhar para ele. Boyd estava envolto com faixas de tecido de algodão que estavam ensopadas com o sangue da ferida, agora seco e negro. O médico enfiou a mão espalmada embaixo das ataduras e a descansou sobre o peito de Boyd. *Respire*, disse. *Respire profundo.* Boyd respirou, mas a respiração era baixa e sofrida. O médico deslizou a mão para o lado esquerdo do peito perto das manchas negras na bandagem e lhe disse que respirasse outra vez. Abaixou-se e abriu os fechos da maleta e tirou o estetoscópio e o pendurou no pescoço e tirou um par de tesouras com extremidades largas e cortou as faixas sujas e as ergueu pelas pontas cortadas, endurecidas de sangue. Assentou os dedos no peito nu de Boyd e com o dedo médio da mão esquerda bateu sobre o da direita e auscultou. Moveu a mão e tornou a bater. Deslocou a mão para o abdome encovado e pálido de Boyd e o pressionou delicadamente com os dedos. Observou o rosto do rapaz.

Tienes muchos amigos, disse. *No?*

Cómo?, Boyd murmurou.

Tantos regalos.

Pôs os auscultadores do estetoscópio e encostou o cone no peito de Boyd e auscultou. Moveu o da direita para a esquerda. *Respire profundo*, disse. *Por la boca. Otra vez. Bueno.* Encostou o cone sobre o coração de Boyd e auscultou. Auscultou de olhos fechados.

Billy, Boyd sussurrou.

Shh, fez o médico. Pôs os dedos sobre os lábios. *No habla.*

Deixou cair os auscultadores do estetoscópio sobre o pescoço e ergueu pela corrente um relógio de ouro que estava no bolso do colete e abriu a tampa com o polegar. Com dois dedos pressionou o lado do pescoço de Boyd sob a mandíbula e inclinou a face de porcelana branca do relógio na direção da candeia votiva e se pôs a observar sem se mover enquanto o ponteiro de segundos, fino como uma agulha, girava sobre os números romanos pretos e pequenos.

Cuándo puedo yo hablar?, Boyd sussurrou.

O médico sorriu. *Ahora si quieres*, disse.

Billy?

Sim.

Você não precisa ficar.

Não se preocupe.

Não precisa ficar se não quiser. Tá tudo bem.

Não vou pra lugar nenhum.

O médico guardou o relógio no bolso do colete. *Saca la lengua,* disse.

Examinou a língua de Boyd e enfiou o dedo dentro da boca de Boyd e tocou a parede interna das bochechas. Em seguida se abaixou e pegou a maleta e a depositou sobre o catre ao lado dele e a abriu e a inclinou ligeiramente na direção da luz. A maleta era de couro pesado granulado tingido de preto e seus cantos estavam desgastados e arranhados e tanto os cantos quanto as laterais tinham voltado a ser marrons. Os fechos de latão estavam gastos com os oitenta anos de uso, pois o pai a usara antes dele. Tirou de dentro dela um aparelho de medir pressão e com ele envolveu o braço magro de Boyd e bombeou ar para apertá-lo. Pôs o cone do estetoscópio sobre a articulação do braço de Boyd e auscultou. Observou a agulha baixar e a observou oscilar. Nas lentes de seus óculos antigos se refletia centrada a fina e reta chama da candeia votiva. Muito miúda, muito imóvel. Como a luz de uma sacra inquirição ardendo em seus olhos envelhecidos. Desprendeu a faixa do aparelho e se voltou para Billy.

Hay una mesa chica en la casa? O una silla?

Hay una silla.

Bueno. Tráigala. Y tráigame una contenidor de agua. Una bota o qualquiera cosa que tenga.

Sí señor.

Y traiga un vaso de agua potable.

Sinsenhor.

Él debe tomar agua. Me entiendes?

Sinsenhor.

Y deja abierta la puerta. Necesitamos aire.

Sinsenhor. Vou deixar.

Retornou carregando a cadeira de cabeça para baixo sobre um braço, segurando-a pela travessa das pernas, e trazia uma *olla* de barro cheia de água numa mão e uma caneca de água do poço na outra. O médico estava de pé e havia colocado um avental branco e segurava uma toalha e um sabão de cor escura. *Bueno,* disse. Embrulhou o sabão na toalha e a colocou debaixo do braço e com cuidado pegou a cadeira de Billy e a endireitou e a pôs no chão e a virou levemente na posição em que a queria. Pegou a *olla* que Billy segurava e a depositou na cadeira e se abaixou e remexeu dentro da maleta e tirou um canudo de vidro curvo e o pôs dentro da caneca que Billy segurava. Disse a Billy que desse de beber ao irmão. Disse que cuidasse para que ele bebesse devagar.

Sinsenhor, disse Billy.

Bueno, o médico disse. Tirou a toalha de debaixo do braço e enrolou as mangas da camisa. Olhou para Billy.

No te preocupes, disse.

Sinsenhor, disse Billy. Vou tentar.

O médico anuiu com a cabeça e se voltou e foi lavar as mãos. Billy sentou-se no catre e se inclinou para a frente e estendeu a caneca com o canudo para Boyd beber. Posso te pôr a coberta, disse. Está com frio? Não está com frio, está?

Não tô com frio.

Então tome.

Boyd bebeu.

Não beba depressa demais, disse Billy. Inclinou a caneca. Com aquela roupa você parecia um daqueles lavradores.

Boyd bebeu sugando com gosto pelo canudo e depois virou o rosto, tossindo.

Não beba tão depressa.

Boyd procurou recuperar o fôlego. Bebeu de novo. Billy afastou a caneca e aguardou e depois tornou a oferecê-la. O canudo de vidro roncou com a sucção. Ele inclinou a caneca. Depois de beber toda a água Boyd procurou de novo ganhar fôlego e olhou para Billy. Tem coisas bem piores, disse.

Billy depositou a caneca na cadeira. Não cuidei direito de você, não é?, perguntou.

Boyd não respondeu.

O médico diz que você vai sarar.

Boyd respirava com dificuldade, a cabeça deitada. Fitava as vigas escuras do teto.

Ele disse que você vai ficar novinho em folha.

Não ouvi ele dizer isso, Boyd retrucou.

Quando o médico voltou Billy pegou a caneca de cima da cadeira e se levantou e ficou segurando-a. O médico enxugava as mãos. *Él tenía sed, verdad?*

Sinsenhor, Billy respondeu.

A mulher entrou pela porta carregando um balde de água fumegante. Billy foi ao encontro dela e pegou o balde pela alça e o médico lhe fez um gesto para que o colocasse no fogo. Dobrou a toalha e a depositou ao lado da maleta e pôs o sabão em cima dela e se sentou. *Bueno*, disse. *Bueno*. Voltou-se para Billy. *Ayúdame*, disse.

Juntos viraram Boyd de lado. Boyd ofegou e agarrou o ar com uma mão. Apertou o ombro do irmão.

Calma, amigo, disse Billy. Eu sei que dói.

Sabe nada, Boyd murmurou.

Está bien, disse o médico. *Está bien así*.

Tirou cuidadosamente as faixas manchadas e empretecidas que envolviam o peito de Boyd e as ergueu no ar e as passou para a mulher. Deixou as negras cataplasmas de ervas tal como estavam, a do peito e a maior, atrás do ombro. Inclinou-se sobre o rapaz e pressionou delicadamente as cataplasmas, uma após a outra, para verificar se algo escorreria de debaixo delas e inspirou o ar com o nariz para ver se sentia algum cheiro de apodrecimento. *Bueno*, disse. *Bueno*. Tocou de leve a região embaixo do braço de Boyd entre a cataplasma onde a pele estava azulada e o intumescimento.

La entrada es en el pecho, no?

Sí, Billy respondeu.

O médico anuiu e pegou a toalha e o sabão e mergulhou a toalha na *olla* de água e a ensaboou e começou a limpar as costas e o peito de Boyd, lavando cuidadosamente em volta das cataplasmas e embaixo do braço. Enxaguou a toalha na *olla* e a torceu e se abaixou e tirou o sabão. Ao virar a toalha estava encardida na parte com que limpara o rapaz. *No estás demasiado frío?*, perguntou. *Estás cómodo? Bueno. Bueno.*

Ao terminar largou a toalha e depositou a *olla* no chão e se abaixou e da maleta tirou uma toalha dobrada que colocou sobre a cadeira e a desdobrou com vagar apenas com a ponta dos dedos. Dentro dela estava uma segunda toalha envolta numa trouxa amarrada com um cadarço e esterilizada na autoclave. Pouco a pouco afrouxou o cadarço e a abriu segurando as bordas delicadamente entre o polegar e o indicador e estendeu a toalha sobre a cadeira. No interior havia quadrados de gaze e quadrados de musselina e chumaços de algodão. Toalhinhas dobradas. Rolos de bandagem. Ele ergueu a mão sem tocar em nada e tirou da maleta duas pequenas vasilhas esmaltadas encaixadas uma na outra e uma delas ele depositou perto da maleta e a outra mergulhou mais da metade na água quente do balde e em seguida a levantou cuidadosamente com as duas mãos e a assentou na beirada da cadeira, distante das bandagens. Dos compartimentos da maleta selecionou os instrumentos de aço níquel. Cerca de uma dúzia de tesouras e fórceps e hemostáticos afiados. Boyd observava. Billy observava. O médico pôs os instrumentos dentro da vasilha e tirou da maleta uma seringa e a colocou na vasilha e tirou uma pequena lata de bismuto e tirou dois pequenos bastões de nitrato de prata e os desembrulhou do envoltório de folha de metal e os depositou sobre a toalha ao lado da vasilha. Em seguida pegou um frasco de iodo e desenroscou a tampa e entregou o frasco à mulher e pôs as mãos sobre a vasilha e a instruiu para entornar o iodo sobre suas mãos. Ela se aproximou e tirou a tampa do frasco.

Ándale, disse ele.

Ela entornou o iodo.

Más, disse ele. *Un poquito más.*

Uma vez que a porta estava aberta a chama da candeia tremulava e se contorcia e a parca luz que provia aumentava e diminuía e ameaçava se apagar completamente. Os três estavam inclinados sobre o catre tosco onde o rapaz jazia e pareciam prestes a realizar um ritual de assassínio. *Bastante*, disse o médico. *Bueno.* Ergueu as mãos que pingavam. Estavam tingidas de um marrom ferruginoso. O iodo se movia na vasilha como sangue marmorizado. Fez um sinal para a mulher. *Ponga el resto en el agua*, disse.

Ela despejou o restante do iodo dentro da vasilha e o médico tocou a água com um dedo e depois rapidamente pegou um hemostático da vasilha e com ele ergueu um maço de quadrados de musselina e os mergulhou e os suspendeu para escorrer. Voltou-se de novo para a mulher. *Bueno*, disse. *Quita la cataplasma.*

Ela levou uma mão à boca. Olhou para Boyd e olhou para o médico.

Ándale pues, disse ele. *Está bien.*

A mulher se benzeu e se inclinou e esticou a mão e segurou o tecido que cobria a cataplasma e o levantou e enfiou o polegar sob a cataplasma e a arrancou. Era de ervas emaranhadas e escuras de sangue e se desprendeu com relutância. Como se fosse algo que se nutrisse da pele. A mulher recuou e a embrulhou no tecido sujo com o rosto voltado para o outro lado. Boyd estava deitado à luz bruxuleante da candeia votiva com um pequeno orifício alguns centímetros acima e à esquerda do mamilo esquerdo. A ferida estava seca e encrostada e esbranquiçada. O médico se inclinou e a limpou cuidadosamente com algodão. O iodo manchou a pele de Boyd. O sangue brotou lentamente no orifício e um filete escorreu ao longo do peito de Boyd. O médico colocou um quadrado de gaze limpa sobre a ferida. Observaram o sangue escurecê-la pouco a pouco. O médico voltou os olhos para a mulher.

La otra?, ela perguntou.

Sí. Por favor.

Ela se inclinou e tirou a cataplasma das costas de Boyd com o polegar e a pôs de lado. Maior, mais escura, mais feia. Debaixo dela havia um furo desigual que se arreganhava avermelhado. Ao redor a carne estava incrustada de escamas e de sangue negro. O médico colocou sobre a ferida uma camada de quadrados de gaze e sobre eles um quadrado de musselina e os pressionou com a ponta dos dedos e os manteve pressionados. Pouco a pouco o tecido enegreceu. O médico aplicou outras camadas. Um fino fio de sangue escorreu pelas costas de Boyd. O médico o limpou e tornou a pressionar a ferida com a ponta dos dedos.

Quando o sangramento cessou ele pegou um pano e o mergulhou na solução de iodo na vasilha e enquanto segurava as camadas de tecido sobre a ferida nas costas do rapaz se pôs a limpar as áreas próximas das duas feridas. Jogou as mechas empapadas na bandeja limpa ao lado dele e ao terminar ajeitou com o pulso os óculos sobre a ponte do nariz e lançou um olhar para Billy.

Segure a mão dele, disse.

Mánde?

Segure a mão dele.

No sé si me va permitir.

Él te permite.

Billy se sentou na beirada do catre e segurou a mão de Boyd e Boyd a agarrou com força.

Faça o que pode, Boyd sussurrou.

Qué dice?

Nada, Billy disse. *Ándale.*

O médico pegou um pano esterilizado e o enrolou em torno da pequena lanterna e acendeu a lanterna e a ergueu e a pôs na boca. Depois colocou o pano na vasilha junto com as mechas e se inclinou e pegou um hemostático de dentro da vasilha e se debruçou sobre Boyd e com muito cuidado tirou as mechas de sobre o orifício por onde a bala saíra e concentrou nele a luz da lanterna. O sangue já começava a brotar de novo e o médico aplicou o hemostático na ferida e a fechou.

Boyd se contorceu e atirou a cabeça para trás, mas não gemeu. O médico pegou um outro hemostático da vasilha e enxugou o sangue com uma gaze e iluminou a ferida para examiná-la e tornou a fechá-la. Os tendões do pescoço de Boyd brilharam tensos à luz da lanterna. O médico firmou a lanterna entre os dentes. *Unos pocos minutos más*, disse. *Unos pocos minutos.*

Aplicou mais dois hemostáticos e então pegou a seringa da vasilha e a encheu com a solução e instruiu a mulher a pegar a toalha e segurá-la contra as costas do rapaz. Em seguida banhou lentamente a ferida. Limpou a ferida com uma mecha e tornou a banhá-la, lavando coágulos de sangue e resíduos de pus. Esticou a mão até a vasilha e retirou um hemostático e o fixou sobre a ferida.

Pobrecito, disse a mulher.

Unos pocos minutos más, disse o médico.

Banhou de novo a ferida com a seringa e pegou um dos bastonetes de nitrato de prata e com uma mecha de musselina contida num hemostático numa mão removeu os coágulos e os resíduos enquanto com a outra mão cauterizava a ferida com o nitrato de prata. O nitrato de prata deixava rastros cinzentos claros na pele. O médico pegou mais um hemostático e tornou a banhar a ferida. A mulher dobrou a toalha sobre as costas de Boyd e a segurou. Com o fórceps o médico retirou um pequeno objeto arredondado alojado na ferida e o ergueu na luz. Tinha cerca do tamanho de um grão de trigo e o médico o observou girando-o sob o estreito cone de luz.

Qué es eso?, Billy perguntou.

O médico se abaixou com a lanterna presa entre os dentes para que o rapaz enxergasse melhor. *Plomo*, respondeu. Mas era uma pequena lasca arrancada da sexta vértebra de Boyd e o médico estava se referindo à débil cor metálica ao longo da borda concoidal do osso. Depositou-o na toalha juntamente com o fórceps e com o dedo indicador tocou as costelas de Boyd, as da frente e as de trás. Observava o rosto de Boyd enquanto o fazia. *Te duele?*, perguntou. *Allá? Allá?* Boyd tinha virado o rosto para o outro lado. Parecia que não conseguia respirar.

O médico pegou da vasilha um par de tesouras pontiagudas e pequenas e olhou de relance para Billy e em seguida começou a cortar o tecido morto ao longo da borda da ferida. Billy se inclinou e segurou a mão do irmão entre as suas.

Le interesa el perro, disse o médico.

Billy olhou na direção da porta. O cão os observava. Some, disse.

Está bien, disse o médico. *No lo molesta. Es de su hermano, no?*

Sí.

O médico anuiu com a cabeça.

Ao terminar instruiu a mulher a segurar a toalha abaixo da ferida no peito do rapaz e em seguida banhou e limpou também a ferida. Tornou a banhá-la e com uma mecha a examinou. Por fim tornou a se sentar e tirou a lanterna da boca e a depositou na toalha e olhou para Billy.

Es un muchacho muy valiente, disse.

Es grave?, Billy perguntou.

Es grave, o médico respondeu. *Pero no es muy grave.*

Qué sería muy grave?

O médico ajustou os óculos, empurrando-os para cima da ponte do nariz com o pulso. O aposento esfriara. Via-se muito tenuemente a respiração do médico se elevar à luz mortiça. A fronte estava ligeiramente coberta de gotas de suor. Ele fez um sinal da cruz no ar. *Eso*, disse. *Eso es muy grave.*

Esticou a mão e tornou a pegar a lanterna, segurando-a envolta num quadrado de musselina. Colocou-a entre os dentes e pegou a ampola e a encheu de novo e depois lentamente removeu o primeiro hemostático aplicado em torno da ferida no peito de Boyd. Tirou-o bem devagar. Depois tirou o outro.

Pegou a seringa e cuidadosamente lavou a ferida e a enxugou com uma mecha e pegou o bastonete de nitrato de prata e com ele cuidadosamente tocou a ferida. De cima para baixo. Após remover o último hemostático e colocá-lo na vasilha ficou por um momento com as duas mãos sobre as costas de Boyd como se o exortasse a se curar. Em seguida pegou a lata de bismuto e desenroscou a tampa e a ergueu acima das feridas e espalhou o pó branco sobre elas.

Cobriu as feridas com quadrados de gaze e a ferida nas costas do rapaz cobriu com uma pequena toalha que estava entre os tecidos esterilizados e os firmou sobre as feridas e depois ele e Billy ergueram Boyd e o médico rapidamente lhe enfaixou o peito, passando o rolo de bandagem sob os braços, até a bandagem acabar. Prendeu a extremidade com duas pequenas presilhas de aço e os dois tornaram a vestir Boyd com o camisolão e o deitaram de novo. A cabeça de Boyd pendeu e ele respirou fundo emitindo um som rascante.

Fué muy afortunado, disse o médico.

Cómo?

Que no se le han punzado los pulmones. Que no se le ha quebrado la gran artéria cual era muy cerca de la dirección de la bala. Pero sobre todo que no hay ni gran infección. Muy afortunado.

Enrolou os instrumentos na toalha e os guardou na maleta e esvaziou as vasilhas no balde e as enxugou e as pôs de lado e fechou a maleta. Lavou e secou as mãos e se levantou e tirou as abotoaduras do bolso e desenrolou as mangas da camisa e as abotoou. Disse à mulher que retornaria no dia seguinte para trocar as bandagens e que deixava com ela os suprimentos e que lhe mostraria como gostaria que ela fizesse. Disse que o rapaz precisava beber bastante água. Que precisavam mantê-lo aquecido. Depois entregou a maleta a Billy e se voltou e a mulher o ajudou a vestir o casaco e ele pegou o chapéu e agradeceu a ela pela ajuda e saiu pela porta baixa.

Billy o seguiu carregando a maleta e interceptou o médico enquanto este se dirigia para a frente do carro com a manivela. Entregou-lhe a maleta e lhe tomou a manivela da mão. *Permítame*, disse.

Curvou-se na escuridão e com os dedos localizou a fenda na grade do radiador e encaixou a manivela e a ajustou. Depois endireitou o corpo e girou a manivela. O motor começou a funcionar e o médico anuiu com a cabeça. *Bueno*, disse. Ele recuou ao longo do para-lama e colocou a alavanca de mudança em ponto morto e se voltou e pegou de Billy a manivela e se abaixou e a enfiou embaixo do banco.

Gracias, disse.

A usted.

O médico anuiu. Olhou na direção da porta onde a mulher estava parada e tornou a olhar para Billy. Tirou um cigarro do bolso e o pôs na boca.

Se queda con su hermano, disse.

Sí. Acepte el caballo, por favor.

O médico disse que não. Disse que mandaria o *mozo* com o cavalo na manhã seguinte. Olhou para o céu a leste onde a primeira luz cinzenta da manhã dava contorno ao telhado da *hacienda* em contraste com a escuridão que velava tudo o mais. *Ya es de mañana*, disse. *Viene la madrugada.*

Sim, disse Billy.

Fique com o seu irmão. Mandarei o cavalo.

Depois entrou no carro e fechou a porta e acendeu os faróis. Nada havia para ver e, no entanto, os *ejiditarios* saíram à porta ao longo de toda a fileira de casas, homens e mulheres pálidos na luz, pálidos com suas roupas de algodão cru, crianças se agarrando a seus joelhos e todos acompanhando com o olhar o carro que passou lentamente e virou no final do casario e seguiu descendo a estrada com os cães correndo ao lado e latindo e tentando morder os pneus no ponto em que inflavam ao tocarem a terra.

Quando Boyd acordou tarde na manhã seguinte Billy estava sentado perto dele e quando acordou ao meio-dia e depois de novo ao anoitecer Billy continuava lá. Ficou sentado a cabecear e a titubear na penumbra e se surpreendeu ao ouvir seu nome.

Billy?

Abriu os olhos. Inclinou-se para a frente.

A água acabou.

Vou buscar mais. Cadê o copo?

Tá aqui. Billy?

O quê?

Você tem que ir pra Namiquipa.

Não vou pra lugar nenhum.

Ela vai achar que a gente abandonou ela.

Não posso te largar aqui.

Eu me viro.

Não posso ir pra lá e largar você aqui.

Claro que pode.

Você precisa de alguém que cuide de você.

Escuta, disse Boyd. Já passei por isso antes. Faz o que tô te pedindo. E depois você tava preocupado com o cavalo.

O *mozo* chegou ao meio-dia do dia seguinte montando um burro e conduzindo Niño por um cabresto. Os lavradores trabalhavam no campo e ele atravessou a ponte e passou pela fileira de casas chamando, à medida que avançava, pelo *señor* Páramo. Billy saiu e o *mozo* deteve o burro e lhe fez um sinal com a cabeça. *Su caballo*, disse.

Billy olhou para o cavalo. Niño tinha sido alimentado e lavado e escovado e tinha descansado e parecia um outro cavalo e foi o que Billy disse ao *mozo*. O *mozo* anuiu serenamente com a cabeça e desamarrou o cabresto do arção da sela e desceu do burro.

Por qué no montaba el caballo?, Billy perguntou.

O *mozo* deu de ombros. Respondeu que o cavalo não era dele para montar.

Quiere montarlo?

O *mozo* de novo deu de ombros. Ficou segurando o cabresto.

Billy se acercou do cavalo e soltou as rédeas enroladas no arção da sela e embridou o cavalo e deixou as rédeas caírem e retirou o cabresto do pescoço de Niño.

Ándale, disse.

O *mozo* pegou o cabresto e o pendurou no arção da sela do burro e deu a volta ao cavalo e o alisou e pegou as rédeas e encaixou um pé no estribo e se alçou. Volteou o cavalo e o galopou *paseo* abaixo entre as fileiras de casas e fez o cavalo trotar e subiu a colina deixando a *hacienda* para trás e depois fez uma volta pois não queria que Billy perdesse o cavalo de vista. Retornando fez o cavalo girar desenhando um oito e depois desceu a colina a galope e o estancou num leve movimento de acocoramento em frente à porta e desmontou num salto.

Le gusta?, Billy perguntou.

Claro que sí, respondeu o *mozo*. Inclinou-se e pôs a mão espalmada no pescoço do cavalo e depois acenou com a cabeça e se voltou e montou no burro e partiu descendo o *paseo* sem olhar para trás.

Estava quase escuro quando partiu. A mulher dos Muñoz tentou convencê-lo a ficar até a manhã seguinte, mas ele não quis. O médico havia chegado no final da tarde e deixara as bandagens e um pacote de sal de Epsom e a mulher fizera para Boyd um chá de *manzanilla* e *árnica* e raiz de *golondrina*. Colocara as provisões para Billy num velho *moral* de lona e ele o lançou sobre o arção dianteiro da sela e montou e volteou o cavalo e olhou para a mulher.

Dónde está la pistola?, perguntou.

Ela respondeu que estava embaixo do travesseiro sob a cabeça do irmão. Ele anuiu. Olhou para a estrada na direção da ponte e do rio e tornou a olhar para a mulher. Perguntou-lhe se algum homem tinha estado no *ejido*.

Sí, ela respondeu. *Dos veces.*

Ele de novo anuiu. *Es peligroso para ustedes.*

Ela encolheu os ombros. Disse que a vida era perigosa. Disse que para um homem do povo não havia escolha.

Ele sorriu. *Mi hermano es hombre de la gente?*

Sí, ela respondeu. *Claro.*

Ele percorreu a estrada rumo ao sul por entre os choupos ao longo da margem do rio, atravessando a cidade de Mata Ortíz e cavalgando com a lua alta a oeste e depois se desviou e passou o resto da noite num arvoredo que tinha avistado da estrada. Envolveu-se no *serape* e apoiou o chapéu no cano das botas que tirara e não acordou antes do dia raiar.

Cavalgou sem parar no dia seguinte. Poucos carros passaram e ele não viu cavaleiro algum. No final da tarde o caminhão que transportara o irmão até San Diego veio estrondeando do norte da estrada em meio a uma lenta nuvem de poeira e parou aos trancos. Os trabalhadores na carroceria do caminhão acenaram e o chamaram e ele se aproximou e puxou o chapéu para trás na cabeça e levantou uma mão para saudá-los. Eles se juntaram ao longo da borda da carroceria e esticaram a mão e ele se ergueu do cavalo e apertou a mão de todos eles. Disseram-lhe que era perigoso para ele estar na estrada. Não lhe perguntaram sobre Boyd e quando ele começou a contar lhe dispensaram a notícia com gestos de mão porque tinham ido visitá-lo naquele dia mesmo. Disseram que Boyd havia comido e bebido um copo pequeno de *pulque*, que lhe dera vigor, e que tudo indicava que se podia esperar pelo melhor. Disseram que apenas a mão da Virgem Maria pôde fazê-lo sobreviver a um ferimento tão terrível. *Herida tan grave, disseram. Tan horrible. Herida tan fea.*

Contaram que o irmão tinha uma pistola embaixo do travesseiro e falava com voz sussurrada. *Tan joven, disseram. Tan valiente. Y peligroso por todo eso. Como el tigre herido en su cueva.*

Billy os observou. Olhou para o campo a oeste, cada vez mais frio, as longas faixas de sombra. Pombos arrulhavam nas acácias. Os trabalhadores acreditavam que o irmão havia matado o *manco* num tiroteio nas ruas de Boquilla y Anexas. Que o *manco* atirara nele sem ter sido provocado e que tolice a do *manco* não levar em conta o grande coração do *güerito*. Insistiram muito para que Billy lhes contasse os detalhes. De que modo o *güerito* se erguera da poça de sangue na terra para se apoderar da pistola e disparar contra o *manco* de cima do cavalo. Dirigiam-se a Billy com muito respeito e lhe perguntaram como foi que ele e o irmão tomaram o caminho da justiça.

Billy perscrutou o rosto deles. Comoveu-se com o que viu naqueles olhos. O motorista e os outros dois homens na cabina do caminhão tinham descido e estavam parados junto da traseira da carroceria. Todos esperavam para ouvir o que ele diria. Por fim ele lhes disse que os relatos do conflito eram muito exagerados e que o irmão tinha apenas quinze anos de idade e que ele mesmo era o culpado pois deveria ter cuidado mais do irmão. Não deveria tê-lo levado para um país estranho e deixá-lo ser abatido com um tiro na rua como um cachorro. Os homens apenas balançaram a cabeça e repetiram entre si a idade de Boyd. *Quince años*, disseram. *Que guapo. Que joven tan enforzado.* Por fim ele lhes agradeceu por terem cuidado do irmão e tocou a aba do chapéu, ao que todos lhe estenderam a mão e ele de novo apertou a mão de cada um e a mão do motorista e a dos outros dois homens parados na estrada e depois puxou as rédeas e volteou o cavalo e se afastou do caminhão e tomou a estrada rumo ao sul. Ouviu as portas do caminhão baterem atrás de si e ouviu o motorista engatar a marcha e o caminhão arrancou e passou ruidosa e vagarosamente por ele levantando uma grande nuvem de poeira. Os trabalhadores na carroceria acenaram e alguns tiraram o chapéu e um deles se levantou e se equilibrou apoiando uma mão no ombro do companheiro e ergueu a outra cerrada e gritou. *Hay justicia en el mundo*, bradou. E depois se afastaram.

Acordou naquela noite com o chão tremendo embaixo dele e se sentou e correu o olhar à procura do cavalo. O cavalo estava parado com a cabeça erguida contra o céu escuro do deserto a olhar na direção oeste. Um trem se aproximava, o pálido cone amarelo do farol perfurando o deserto lenta e tranquilamente e o distante estranho e mecânico estrépito das rodas naquele escuro ermo de silêncio. Finalmente o minúsculo quadrado da janela iluminada do vagão-restaurante seguindo atrás. Passou e deixou apenas o débil rastro de fumaça pairando no deserto e depois o longo e solitário apito ecoando na planície para anunciar a travessia de Las Varas.

Billy entrou em Boquilla ao meio-dia com a espingarda de través na maçaneta da sela. Ninguém à vista. Tomou a estrada rumo ao sul para Santa Ana de Babícora. Ao anoitecer encontrou cavaleiros que seguiam para o norte na direção de Boquilla, jovens e rapazes de cabeleira preta escorrida e de botas polidas e usando camisas de algodão baratas e mal passadas. Era noite de sábado e estavam indo para um baile. Inclinaram a cabeça num cumprimento circunspecto, montados em burros ou nas pequenas mulas das minas. Retribuiu o cumprimento, seus olhos observando cada movimento, a espingarda na vertical contra o corpo com a soleira aninhada na parte interna das coxas. O bom cavalo que ele montava prosseguia arreganhando as narinas enfurecidas na direção deles. Quando atravessou La Pinta no altiplano de juníperos sobranceiro ao vale do rio Santa María a lua já ia alta no céu e quando ele entrou em Santa Ana de Babícora era meia-noite e a cidade estava às escuras e deserta. Deu de beber ao cavalo na *alameda* e tomou a estrada para Namiquipa a oeste. Uma hora depois chegou a um pequeno rio que era parte do afluente do Santa María e levou o cavalo para fora da estrada e o maneou sobre as ervas à beira do rio e se envolveu no *serape* e exausto adormeceu num sono sem sonhos.

Quando acordou o sol estava alto havia horas. Desceu até o arroio carregando as botas e entrou na água e se abaixou e lavou o rosto. Ao se levantar procurou pelo cavalo e o cavalo estava olhando na direção da estrada. Dali a poucos minutos surgiu um cavaleiro. Descendo a estrada no cavalo que sua mãe costumava montar vinha a moça com um vestido novo de algodão azul e um pequeno chapéu de palha enfeitado com uma fita verde que lhe caía nas costas. Billy a observou passar e quando a moça se perdeu de vista ele se sentou na grama e observou as botas assentadas no chão e o lento movimento das águas e os talos das ervas que se curvavam e se endireitavam constantemente ao sopro da brisa da manhã. Depois pegou as botas e as calçou e se levantou e retornou ao local onde estava o cavalo e o embridou e o selou e o montou e retomou a estrada e partiu atrás da moça.

Quando ouviu o cavalo se aproximar na estrada a moça pôs uma mão no chapéu e se virou para olhar para trás. Depois parou. Ele afrouxou o passo do cavalo e cavalgou na direção dela. Ela o fitou com os olhos negros.

Está muerto?, perguntou. *Está muerto?*

No.

No me mienta.

Le juro por Dios.

Gracias a Dios. Gracias a Dios. Desceu do cavalo e soltou as rédeas e se ajoelhou com o vestido novo na terra seca da estrada e fez o sinal da cruz e fechou os olhos e juntou as mãos para rezar.

Uma hora mais tarde, quando retornaram por Santa Ana de Babícora, a moça falara muito pouco. Era quase meio-dia quando entraram numa rua barrenta e passaram pelas fileiras de baixas construções de barro e pela meia dúzia de árvores pintalgadas que compunham a *alameda* e prosseguiram de novo rumo ao altiplano desértico. Ele não viu nada semelhante a uma *tienda* na cidade e de qualquer modo não tinha um tostão sequer para comprar o que quer que fosse caso houvesse uma. A moça cavalgava numa andadura calma a uma dúzia de passos atrás dele e ele se voltou para olhá-la uma ou duas vezes mas a moça não sorriu nem lhe deu qualquer atenção e pouco depois ele não olhou mais. Billy sabia que ela não deixara a casa sem provisões, mas a moça não o mencionou e ele tampouco. Um tanto ao norte da cidade ela falou atrás dele e ele se deteve e girou o cavalo na estrada.

Tienes hambre?, ela perguntou.

Ele puxou o chapéu para trás com o polegar e a fitou. Eu seria capaz de comer os galhos de um alce, disse.

Mánde?

Comeram num bosque de acácias na beira da estrada. Ela estendeu o *serape* e dispôs *tortillas* que desembrulhou de um pano e *tamales* envoltas em palha de milho e amarradas com barbante e um pequeno pote de *frijoles* cuja tampa ela desenroscou e no qual enfiou uma colher de madeira. Abriu uma toalha que continha quatro empanadas. Duas espigas de milho condimentadas com pó de pimenta vermelha. Um quarto de queijo de cabra.

Estava sentada sobre as pernas cruzadas, a cabeça voltada de modo que a aba do chapéu fizesse sombra sobre o rosto. Comeram. Quando ele perguntou se gostaria de saber o que acontecera a Boyd ela respondeu que já sabia. Observou-a. Ela parecia frágil envolta em seu vestido. Em seu pulso esquerdo havia uma mancha azul. Afora isso sua pele era tão perfeita que parecia estranhamente falsa. Como se tivesse sido pintada.

Tienes miedo de los hombres, ele disse.

Cuáles hombres?

Todos los hombres.

Ela se voltou para olhá-lo. Baixou os olhos. Ele pensou que ela estivesse refletindo sobre a pergunta, mas a moça apenas enxotou um *escarabajo* no *serape* e esticou a mão e pegou uma empanada e a mordeu delicadamente.

Y quizás tienes razón, ele falou.

Quizás.

Ela desviou o olhar para os cavalos parados sobre as ervas na margem da estrada a agitarem a cauda. Ele achou que ela não diria mais nada, mas a moça começou a discorrer sobre a família. Disse que a avó tinha enviuvado por causa da revolução e tornado a se casar e de novo enviuvado um ano depois e se casado pela terceira vez e pela terceira vez enviuvado e então nunca mais se casara apesar das muitas oportunidades, pois era de uma grande beleza e ainda não tinha completado vinte anos de idade quando o último marido tombou, conforme contou o tio do falecido, em Torreón, com uma mão sobre o peito num gesto de fidelidade jurada, oferecendo a bala da carabina ao morto como um *regalo*, a espada e a pistola que carregava caindo inúteis atrás dele nos *palmettos*, na areia, o cavalo sem cavaleiro correndo na confusão de tiros e granadas e dos gritos dos homens, fugindo em disparada com os estribos se agitando e retornando, errando em silhueta com outros cavalos entre os cadáveres naquela planície insensata enquanto a noite baixava sobre tudo à volta e os passarinhos voavam das árvores em meio aos disparos e esvoaçavam e trinavam e a lua se alçava cega e branca no leste e os pequenos chacais chegavam trotando para devorar os cadáveres arrancando-os de suas roupas.

Ela contou que a avó era cética acerca de muitas coisas deste mundo e sobretudo acerca dos homens. Disse que em todas as atividades, exceto na guerra, homens de talento e de vigor prosperavam. Na guerra morrem. A avó sempre lhe falava dos homens e falava com muita franqueza e disse que homens temerários eram uma grande tentação para as mulheres e que isso era simplesmente uma desgraça como tantas outras e pouco havia a ser feito para remediá-lo. Disse que ser mulher era viver uma vida de dificuldades e de sofrimentos profundos e aqueles que sustentavam o contrário simplesmente se recusavam a encarar os fatos. E disse que, desde que esse era o estado das coisas e não podia ser modificado, era melhor fazer o que o coração mandava, na alegria e na tristeza, do que apenas buscar consolo, pois este não existia. Buscá-lo era tão somente acolher a tristeza e experimentar quase nada mais. Disse que dessas coisas todas as mulheres sabiam, mas delas raramente falavam. Por fim disse que, se as mulheres se deixavam atrair por homens temerários, era apenas porque, em seus pequenos corações, sabiam que um homem que não matasse por elas não teria serventia alguma.

Havia acabado de comer. Ficou com as mãos cruzadas sobre o colo e as coisas que dissera se harmonizavam estranhamente com a postura. A estrada estava deserta, o campo em silêncio. Ele lhe perguntou se achava que Boyd era capaz de matar um homem. Ela se voltou e o perscrutou. Como se para ele as palavras tivessem de ser pesadas para serem compreendidas. Por fim a moça respondeu que a notícia corria por todo o país. Que todo mundo sabia que o *güerito* tinha matado o *gerente* de Las Varitas. O homem que traíra Socorro Rivera e vendera o próprio povo para a Guardia Blanca de La Babícora.

Billy escutou tudo isso e quando ela terminou ele disse que o *manco* caíra do próprio cavalo e quebrara a espinha e ele mesmo vira com os próprios olhos.

Aguardou. Pouco depois ergueu os olhos.

Quieres algo más?, ela perguntou.

No. Gracias.

Ela começou a recolher as sobras do piquenique. Ele a observou, mas nada fez para ajudá-la. Levantou-se e ela pegou o *serape* e nele enrolou o resto das provisões e tornou a amarrá-lo com o barbante.

No sabes nada de mi hermano, ele disse.

Quizás, ela retrucou.

Pôs-se de pé com o *serape* enrolado sobre o ombro.

Por qué no me contesta?, ele perguntou.

Ela olhou para ele. Disse que tinha lhe respondido. Disse que em toda família há uma pessoa diferente e que os outros acreditam que conhecem essa pessoa, mas não conhecem essa pessoa. Disse que ela própria era uma pessoa assim e sabia do que estava falando. Depois se voltou e caminhou até o lugar em que os cavalos se alimentavam das ervas empoeiradas da beira da estrada e amarrou o *serape* atrás da patilha da sela e apertou a cilha e montou na sela.

Ele montou e passou adiante dela na estrada. Depois parou e olhou para trás. Disse que havia coisas acerca do irmão de que só a família dele sabia e que como a família estava morta não havia mais ninguém que soubesse exceto ele. Cada pequena coisa. Toda vez que adoeceu quando menino ou o dia em que foi mordido por um escorpião e pensou que fosse morrer ou qualquer momento de sua vida em outra parte do país do qual mesmo Boyd se lembrava pouco ou nada, inclusive a avó e a irmã gêmea mortas e enterradas havia muito tempo num lugar que provavelmente ele jamais voltaria a visitar.

Sabías que él tenía una gemela?, perguntou. *Que murió cuando tenía cinco años?*

Ela respondeu que não sabia que Boyd alguma vez tivera uma irmã gêmea ou que ela tivesse morrido, mas que isso não era importante porque agora ele tinha uma outra. Em seguida fez o cavalo avançar e passou por ele e seguiu pela estrada.

Uma hora mais tarde deram com três moças a pé. Duas delas carregavam um cesto coberto com um pano. Estavam a caminho do *pueblo* de Soto Maynez e ainda tinham muito chão para percorrer. Olharam para trás quando ouviram os dois cavalos se aproximarem e se acotovelaram rindo e quando os cavaleiros passaram elas se empurraram umas às outras para a beira da estrada e ergueram os olhos negros e vivazes e riram tampando a boca com a mão. Billy tocou a aba do chapéu e continuou cavalgando, mas a moça parou e apeou e guiou o cavalo ao lado das moças e quando ele se voltou ela estava conversando com as moças. Eram pouco mais novas do que a moça, mas ela parecia lhes dar ordens com a mesma voz baixa e monótona. Por fim elas pararam e se apoiaram contra o *chaparral* ao longo da beira da estrada, mas então a moça deteve o cavalo completamente e continuou a falar até terminar. Depois se voltou e fez o cavalo seguir adiante e não olhou para trás.

Cavalgaram o dia inteiro. Era noite quando entraram em La Boquilla e ele atravessou a cidade tal como estava, com a espingarda na posição vertical diante de si. Quando passaram pelo lugar onde o *manco* tombara a moça fez o sinal da cruz e beijou os dedos. Depois prosseguiram. Os esparsos troncos das árvores pintalgadas da *alameda* se erguiam pálidos como ossos na luz projetada pelas janelas. Algumas janelas com vidraça, mas a maioria delas com papel gorduroso afixado substituindo o vidro e através dele não se via movimento nem sombra, apenas aquele quadrado descorado como pergaminho ou como um antigo mapa desgastado pelo tempo sem qualquer registro de terras ou estradas. Nos arredores do povoado, bem perto da margem da estrada, ardia uma fogueira e eles afrouxaram o passo dos animais e prosseguiram com cautela, mas a fogueira parecia ser apenas uma queima de entulho e não havia ninguém à vista e eles cavalgaram escuridão adentro rumo a oeste.

Naquela noite acamparam numa baixada na margem do lago e comeram as últimas sobras das provisões que ela trouxera. Quando ele lhe perguntou se não sentira medo de percorrer sozinha aquelas terras à noite ela respondeu que não havia remédio e que devia entregar a sorte na mão de Deus.

Ele lhe perguntou se Deus sempre cuidava dela e por um longo tempo ela observou o centro da fogueira onde os carvões se avivavam e se apagavam e de novo se avivavam ao vento que soprava do lago. Por fim ela disse que Deus cuidava de tudo e que não se podia escapar a seu cuidado assim como não se podia escapar a seu julgamento. Disse que mesmo o malvado não escapava a seu amor. Ele a observou. Disse que ele mesmo não tinha tal ideia de Deus e que já não rezava mais e ela anuiu com a cabeça sem desviar os olhos da fogueira e disse que sabia disso.

Pegou o cobertor e desceu na direção do lago. Ele a observou se afastar e depois tirou as botas e se envolveu no *serape* e dormiu um sono agitado. Acordou a certa hora da noite ou da matina e se virou e olhou para a fogueira para ver o quanto dormira mas a fogueira estava quase extinta. Olhou para o leste à procura de algum vestígio da cinzenta luz da alvorada nos campos, mas viu apenas a escuridão e as estrelas. Remexeu as cinzas com uma vara. Os poucos carvões rubros no centro negro da fogueira pareciam improváveis e secretos. Como os olhos de coisas que foram perturbadas, mas que teria sido melhor deixar em paz. Levantou-se e caminhou até o lago com o *serape* nas costas e olhou para as estrelas no lago. O vento amainara e a água estava negra e imóvel. Parecia um poço naquele elevado mundo deserto dentro do qual as estrelas se afogavam. Algo o despertara e ele pensou que talvez tivesse escutado cavaleiros na estrada e que haviam visto a fogueira no acampamento, mas não havia fogueira para se ver e depois pensou que talvez a moça tivesse se levantado e se aproximado da fogueira e se debruçado sobre ele enquanto dormia e se lembrou de ter sentido gotas de chuva no rosto, mas chuva não havia e nem houvera antes e então se lembrou do sonho. No sonho estava num país que não era aquele e a moça que se ajoelhara ao lado dele não era aquela moça. Ficaram de joelhos na chuva numa cidade às escuras e ele segurava nos braços o irmão moribundo, mas não conseguia ver seu rosto nem conseguia dizer seu nome. Em alguma parte, entre as ruas escuras e molhadas um cão uivava. Isso era tudo. Olhou na direção do lago onde não havia vento, mas apenas a calada escura e as estrelas e, no entanto, sentiu passar um vento gélido. Acocorou-se entre os carriços na margem do lago e se deu conta de que temia o mundo por vir, pois nele já havia certezas escritas que homem algum jamais desejaria. Viu se desenrolarem, como que em lenta tapeçaria, imagens de coisas vistas e jamais vistas. Viu a loba morta nas montanhas e o sangue da águia na pedra e viu passar na rua um carro fúnebre de vidro com cortinas pretas carregado por *mozos*. Viu o arco desgarrado flutuando nas águas frias do Bavispe como uma serpente morta e o solitário sacristão nas ruínas da cidade arrasada pelo terremoto e o eremita no transepto destruído da igreja de Caborca. Viu água de chuva escorrer de uma lâmpada fixada na parede laminada de um armazém. Viu uma cabra com chifres dourados amarrada num charco.

Finalmente viu o irmão num lugar inalcançável, atrás de uma janela nalgum mundo no qual jamais poderia entrar. Quando o viu desse modo compreendeu que já o havia visto antes em sonhos na mesma situação e soube que o irmão sorriria para ele e esperou que o fizesse, um sorriso que ele evocara e ao qual não sabia atribuir um significado e perguntou a si mesmo se já não era mais capaz de distinguir entre o que de fato ocorrera e o que não passava de impressão. Devia ter ficado ali de cócoras por um longo tempo porque o céu a leste se tornou acinzentado com a chegada da alvorada e as estrelas se afundaram por fim como cinzas no lago empalidecido e pássaros começaram a cantar na margem distante e o mundo surgia mais uma vez.

Partiram cedo sem ter o que comer, exceto as poucas *tortillas* ressecadas e com as bordas endurecidas. Ela cavalgava atrás dele e eles não se falaram e desse modo ao meio-dia atravessaram a ponte de madeira sobre o rio e entraram em Las Varas.

Havia poucas pessoas ao redor. Compraram feijão e *tortillas* numa pequena *tienda* e compraram quatro *tamales* de uma velha que os vendia na rua mantidos num latão de aço com óleo montado numa estrutura de madeira com rodas de ferro de uma carreta para transporte de minério. A moça pagou a velha e eles se sentaram numa pilha de lenha de *piñon* atrás de um armazém e comeram em silêncio. Os *tamales* cheiravam e tinham gosto de carvão. Enquanto comiam um homem se aproximou deles e sorriu e os cumprimentou com um sinal de cabeça. Billy olhou para a moça, a moça olhou para ele. Ele olhou para o cavalo e para a coronha da espingarda que se projetava do estojo sob a sela.

No me recuerdas?, o homem perguntou.

Billy tornou a olhar para ele. Olhou para as botas. Era o *arriero* que ele vira pela última vez nos degraus da escada da caravana da trupe teatral no arvoredo junto da margem da estrada ao sul de San Diego.

Le conozco, disse Billy. *Cómo le va?*

Bien. Olhou para a moça. *Dónde está su hermano?*

Ya está en San Diego.

O *arriero* anuiu judiciosamente. Como se percebesse alguma coisa.

Dónde está la caravana?, Billy perguntou.

Respondeu que não sabia. Disse que esperaram na beira da estrada, mas que ninguém jamais retornou.

Cómo no?

O *arriero* encolheu os ombros. Fez um rápido gesto de picar com a mão no ar. *Se fué*, disse.

Con el dinero.

Claro.

Contou que foram deixados sem recursos e sem qualquer meio de transporte para viajar. Quando ele mesmo partiu a *dueña* havia vendido todas as mulas, exceto uma, e então se dera uma disputa. Quando Billy lhe perguntou o que a senhora fez ele de novo encolheu os ombros. Fitou a rua. Olhou para Billy. Perguntou se poderia lhe dar alguns pesos para comprar alguma comida.

Billy disse que não tinha dinheiro, mas a moça já havia se levantado e caminhou até o cavalo e ao retornar deu ao *arriero* algumas moedas e ele lhe agradeceu repetidas vezes e se curvou e tocou o chapéu e pôs as moedas no bolso e lhes desejou uma boa viagem e se voltou e desceu a rua e desapareceu na única *cantina* daquele *pueblo*.

Pobrecito, disse a moça.

Billy cuspiu na grama seca. Disse que o *arriero* provavelmente estava mentindo e que além do mais não passava de um bêbado e que ela não deveria ter lhe dado dinheiro. Depois se levantou e caminhou até onde estavam os cavalos e apertou o látego e pegou as rédeas e montou e atravessou a cidade na direção dos trilhos da ferrovia e da estrada ao norte sem sequer olhar para trás para verificar se ela o seguia.

Nos três dias de viagem que os levou a San Diego ela praticamente não falou. Na última noite a moça quis prosseguir no escuro para chegar ao *ejido*, mas Billy se recusou. Acamparam à beira do rio algumas milhas ao sul de Mata Ortíz e ele acendeu uma fogueira com lenha lançada à margem cascalhosa pelas águas do rio e ela cozinhou o que restava de feijão e de *tortillas*, o último suprimento de que dispunham desde que deixaram Las Varas. Comeram sentados um em frente ao outro enquanto o fogo se reduzia a um punhado de carvões e a lua se elevava a leste e ouviam bem no alto acima deles e muito débeis os chamados dos pássaros que debandavam para o sul e podiam vê-los se distanciarem em delgadas fileiras ao longo do difuso horizonte e se perderem no crepúsculo e nas trevas ao longe.

Las grullas llegan, ela disse.

Ele os observou. Os grous se dirigiam para o sul e ele acompanhou com o olhar o voo em tênues escalonamentos ao longo daqueles corredores invisíveis inscritos no sangue deles havia centenas de milhares de anos. Observou-os até desaparecerem e até o último grito débil e mavioso, como o de uma corneta soada por uma criança, dispersar-se no princípio da noite e depois ela se levantou e recolheu o *serape* e caminhou pela margem cascalhosa e sumiu entre os choupos.

Ao meio-dia do dia seguinte atravessaram a ponte de madeira e subiram até a velha *hacienda*. As pessoas que deveriam estar trabalhando no campo se postaram nas portas dos *domicilios* e Billy então se deu conta de que era algum dia de festa no calendário. Ultrapassou a moça e freou o cavalo em frente à porta dos Muñoz e apeou e soltou as rédeas e tirou o chapéu e inclinou a cabeça para entrar pela porta baixa.

Boyd estava sentado no catre com as costas contra a parede. A chama da candeia votiva tremulava no interior do vidro acima de sua cabeça e envolto como estava nas bandagens Boyd se parecia com alguém que se pusera de repente a prumo em sua própria vigília. O cão mudo que até então estivera deitado se pôs de pé e chegou perto dele. *Dónde estabas?*, Boyd perguntou. Não estava falando com o irmão. Falava com a moça que entrou sorrindo pela porta atrás de Billy.

No dia seguinte Billy cavalgou até o rio e vagueou o dia inteiro. Nas alturas pequenos bandos de aves selvagens se dirigiam para o sul e folhas caíam no rio, de chorões e choupos, espiralando e remoinhando na correnteza. As sombras, onde elas deslizavam sobre as pedras do rio, assemelhavam-se a escrituras. Estava escuro quando ele retornou, cavalgando o cavalo através das fumaças das fogueiras acesas para cozinhar, de poço de luz a poço de luz, como um sentinela montado a patrulhar fogueiras, de guarda num acampamento. Nos dias seguintes trabalhou com os pastores, guiando ovelhas do alto das colinas até o alto portão em arco da *hacienda*, onde os animais se amontoavam e se chocavam uns contra os outros e os *esquiladores* estavam de prontidão com suas tosquiadoras. Introduziam meia dúzia de ovelhas por vez no depósito de pé-direito alto e em ruínas e os *esquiladores* as seguravam entre os joelhos e as tosavam e os rapazes recolhiam a lã das pranchas abauladas do piso com os pés e a metiam em longos sacos de algodão.

Fazia frio no anoitecer e ele se sentava diante do fogo e tomava café com os *ejiditarios* enquanto os cães da *hacienda* iam de fogueira em fogueira à cata de restos de comida. Boyd já começara a montar de novo, sentando-se na sela bastante rígido e cavalgando a passo com a moça montando Niño a seu lado. Billy perdera o chapéu na corrida ao rio e usava um velho chapéu de palha que lhe arranjaram e uma camisa de pano riscado. Depois de os dois voltarem Billy ia até onde estavam os cavalos maneados abaixo dos *domicilios* e cavalgava Niño em pelo até o rio e fazia o cavalo entrar nas mesmas águas rasas e escuras em que vira a *dueña* nua se banhar e o cavalo bebia e erguia o focinho gotejante e os dois escutavam o rio correr e o som de patos em algum lugar na água e às vezes o som agudo dos grous ainda migrando para o sul mais de um quilômetro acima do rio. Cavalgou uma vez até a outra margem no lusco-fusco e pôde ver no barro do rio entre os choupos as pegadas deixadas pelos cavalos de Boyd e da moça e seguiu as pegadas para ver aonde tinham ido e procurou adivinhar os pensamentos do cavaleiro que por ali tinha passado. Quando voltou à *hacienda* já se fazia tarde e entrou pela porta baixa e se sentou no catre onde o irmão estava dormindo.

Boyd, chamou.

O irmão acordou e se virou e ficou deitado na pálida luz da candeia e olhou para Billy. O aposento estava quente porque o calor do dia anterior ainda irradiava das paredes de barro e Boyd estava nu até a cintura. Tinha tirado as bandagens do peito e o irmão não se lembrava de vê-lo tão pálido e tão magro, as costelas protuberantes na pele pálida, e quando ele se virou na direção da luz avermelhada Billy pôde ver por um momento o furo no peito e desviou os olhos como um homem que involuntariamente se pusesse a par de algum segredo ao qual não tinha direito, para o qual de modo algum estava preparado. Boyd puxou para cima a coberta de musselina e ficou deitado sobre as costas e o fitou. O cabelo comprido e claro lhe cobrindo as faces e o rosto muito magro. O que é?, perguntou.

Fale comigo.

Vai dormir.

Preciso que você fale comigo.

Vai bem. Tudo vai bem.

Não vai, não.

Você se preocupa demais. Tô bem.

Sei que está, Billy retrucou. Mas eu não.

Três dias depois ao acordar de manhã e se levantar e sair eles tinham se ido. Caminhou até o fim da fileira de habitações e olhou na direção do rio. O cavalo do pai estava parado no campo e ergueu a cabeça e olhou para o rapaz e depois olhou para a estrada na direção do rio e da ponte sobre o rio e dos confins da estrada.

Ele pegou suas coisas na casa e selou o cavalo e partiu. Não se despediu de ninguém. Parou o cavalo na estrada do outro lado dos choupos à beira-rio e depois olhou para as montanhas ao sul e olhou para o oeste onde nuvens de chuva se acumulavam próximas do horizonte escuro e olhou para o profundo céu ciano tenso e arqueado sobre o México inteiro, onde o mundo antigo se aderia às pedras e aos esporos das coisas vivas e vivia no sangue dos homens. Ele volteou o cavalo e tomou a estrada rumo ao sul, num dia cinzento sem sombras, cavalgando com a espingarda de caça fora do coldre de través no arção anterior da sela. Porque a hostilidade do mundo lhe era clara naquele dia e fria e irrecuperável, tal como deveria ser para todo aquele que já não tem uma causa, exceto a se opor à tal hostilidade.

Procurou-os durante semanas mas encontrou apenas sombra e rumor. Encontrou o pequeno *milagro* em forma de coração no bolso de relógio das calças de brim e o fisgou com o dedo indicador e o segurou na palma da mão e o observou durante um longo, longo tempo. Cavalgou rumo ao sul até Cuauhtémoc. Cavalgou de novo rumo ao norte até Namiquipa mas não encontrou ninguém que conhecesse a moça e cavalgou rumo a oeste até La Norteña e o divisor de águas e nesta viagem foi ficando magro e extenuado e pálido com a poeira da estrada, mas nunca mais os viu. Num amanhecer parou o cavalo numa encruzilhada em Buenaventura e observou aves selvagens seguindo em fileira pelo rio e pelas lagunas solitárias, o escuro movimento líquido das asas contrastando com o nascer do sol rubro. Passou de novo ao norte pelas aldeolas da *mesa*, por Alamo e Galeana, povoados que ele atravessara antes e nos quais seu retorno foi comentado pelos *poblanos*, de modo que sua própria viagem começava a assumir a forma de uma fábula. Fazia frio à noite nos altiplanos naqueles primeiros dias de dezembro e ele pouco tinha com que se cobrir. Quando uma vez mais entrou em Casas Grandes fazia dois dias que não se alimentava e passava da meia-noite e caía uma chuva gelada.

Bateu durante um longo tempo no portão do *zaguán*. Nos fundos da casa um cão latiu. Finalmente uma luz se acendeu.

Quando o *mozo* abriu o portão e espiou para fora e o viu ali de pé na chuva segurando o cavalo não pareceu ficar surpreso. Perguntou-lhe acerca do irmão e Billy respondeu que o irmão tinha se recuperado dos ferimentos, mas que tinha desaparecido e se desculpou pela hora, mas queria saber se poderia ver o médico. O *mozo* retrucou que a hora não importava porque o médico estava morto.

Não perguntou ao *mozo* quando o médico havia morrido ou de que causa. Ficou ali parado segurando o chapéu com as duas mãos. *Lo siento*, disse.

O *mozo* anuiu. Ficaram em silêncio e depois o rapaz pôs o chapéu na cabeça e se voltou e encaixou um pé no estribo e se alçou sobre a sela e se sentou no cavalo escuro e ensopado e lançou um olhar para o *mozo*. Disse que o médico fora um bom homem e desviou o olhar para a rua na direção das luzes da cidade e depois tornou a olhar para o *mozo*.

Nadie sabe lo que le espera en este mundo, disse o *mozo*.

De veras, disse o rapaz.

Anuiu com a cabeça e tocou o chapéu e se voltou e tornou a descer a rua às escuras.

IV

Ele atravessou a fronteira com o Novo México em Columbus. O guarda na guarita o observou por um breve instante e fez um gesto para que passasse. Como se visse gente como ele com frequência demais naqueles dias para ter alguma suspeita. Mesmo assim Billy parou o cavalo. Pode não parecer, disse, mas sou americano.

Você está com cara de quem deixou um cofrinho aqui, o guarda retrucou.

O certo é que não estou voltando rico.

Está de volta pra se alistar.

É o que penso. Se achar uma roupa que me serve.

Não se preocupe com isso. Não tem pé chato tem?

Pé chato?

É. Se tiver pé chato não vão te aceitar.

Do que é que o senhor está falando?

Estou falando do Exército.

Exército?

É. O Exército. Ficou fora quanto tempo?

Não faço ideia. Não sei nem em que mês nós estamos.

Não sabe o que aconteceu?

Não. O que aconteceu?

Um inferno, rapaz. Este país está em guerra.

Ao norte Billy tomou a longa e reta estrada de terra que levava a Deming. Fazia um dia frio e ele cobrira as costas com a manta. Os joelhos se expunham no rasgo das calças e as botas caíam aos pedaços. Os bolsos da camisa, que antes pendiam por fios, havia muito tempo ele arrancara e jogara fora e as costas da camisa, rasgadas no meio, foram costuradas com fibra de agave e a gola do jaleco se dividira em duas e o revestimento esfrangalhado lhe envolvia o pescoço como laço arrebicado e lhe dava o improvável aspecto de um dândi decadente. Os poucos carros que passavam o forçavam a recuar para a margem da estrada estreita e as pessoas se voltavam para observá-lo através da nuvem de poeira como se ele fosse um completo estranho naquela paisagem. Um ser saído de um tempo antigo de quem tinham apenas ouvido falar. Um ser sobre o qual tinham lido. Ele cavalgou o dia inteiro e ao entardecer atravessou os baixos contrafortes das montanhas da Flórida e prosseguiu pelos altiplanos enquanto o sol se punha e a noite baixava. Naquela noite encontrou cinco cavaleiros enfileirados que se dirigiam para o sul, o lado de que viera, e falou com eles em espanhol e lhes desejou boa-noite e cada um deles lhe falou com vozes baixas à medida que passavam. Como se a escuridão envolvente e a estreiteza da estrada os tornassem cúmplices. Ou como se houvesse apenas cúmplices para encontrar.

Entrou em Deming à meia-noite e percorreu a rua principal de uma extremidade a outra. Os cascos dos cavalos sem ferradura clopeavam sonoramente no asfalto rompendo o silêncio. O frio era cortante. Tudo estava fechado. Ele passou a noite na estação de ônibus na esquina das ruas Spruce e Gold, dormindo no chão ladrilhado envolto no sujo *serape* com o saco servindo de travesseiro e o chapéu manchado e imundo sobre o rosto. Apoiara a sela negra de suor contra a parede juntamente com a espingarda enfiada no estojo. Dormiu de botas e acordou duas vezes durante a noite e se levantou para verificar se o cavalo estava onde o deixara, amarrado com corda a um lampião.

De manhã, assim que o café abriu, ele se dirigiu ao balcão e perguntou à mulher aonde deveria ir para se alistar no Exército. Ela respondeu que o centro de recrutamento ficava no arsenal na South Silver Street, mas que não achava que abrissem tão cedo.

Obrigado, dona, ele disse.

Quer café?

Não, dona. Estou sem dinheiro.

Senta, ela disse.

Sinsenhora.

Sentou-se num dos tamboretes e ela lhe trouxe café numa caneca de porcelana branca. Agradeceu e se pôs a beber. Pouco depois ela se afastou da grelha e se aproximou e depositou diante dele um prato de ovos com toicinho defumado e um prato de torradas.

Não conta pra ninguém que eu te dei, ela disse.

O centro de recrutamento estava fechado quando chegou e ele esperou nos degraus junto com dois rapazes de Deming mais um terceiro de uma fazenda distante quando o sargento apareceu e abriu a porta.

Eles se postaram na frente da escrivaninha. Ele os observou.

Qual de vocês não tem dezoito anos?, perguntou.

Ninguém respondeu.

Na média um entre quatro recrutas é menor de idade e eu tô vendo quatro aqui na minha frente.

Eu só tenho dezessete, Billy disse.

O sargento anuiu com a cabeça. Bom, disse. Tua mãe precisa assinar por você.

Não tenho mãe. Ela morreu.

E o seu pai?

Meu pai também morreu.

Deve ter algum parente próximo. Um tio, sei lá. Ele vai precisar fazer uma declaração com firma reconhecida.

Não tenho parente nenhum. Só tenho um irmão e ele é mais novo do que eu.

Onde você trabalha?

Eu não trabalho.

O sargento se recostou na cadeira. De onde você é?, perguntou.

De perto de Cloverdale.

Você tem que ter um parente.

Que eu saiba não.

O sargento bateu o lápis no tampo da escrivaninha. Olhou pela janela. Olhou para os outros rapazes.

Vocês todos querem se alistar no Exército?, perguntou.

Eles se entreolharam. Sinsenhor, responderam.

Parece que vocês não têm muita certeza.

Sinsenhor, disseram.

Ele balançou a cabeça e girou a cadeira e colocou um formulário impresso no rolo da máquina de escrever.

Eu quero entrar pra cavalaria, disse o rapaz da fazenda. O meu pai tava na cavalaria na última guerra.

Bom, filho, então é só ir até o Fort Bliss e dizer pra eles que é isso que você quer.

Sinsenhor. Preciso levar a minha sela?

Não precisa levar absolutamente nada. Eles vão cuidar de você como cuidariam de um filho.

Sinsenhor.

O sargento anotou o nome e a data de nascimento e o nome dos parentes mais próximos e o endereço de cada um e assinou quatro vales-refeição e os entregou aos rapazes e explicou como chegar ao consultório médico onde seriam examinados e lhes entregou o formulário com esse fim.

Façam tudo hoje de tarde e voltem aqui depois da janta, disse.

E eu?, Billy perguntou.

Espere aqui. Vocês três podem ir andando. Voltem de tarde.

Quando saíram o sargento entregou a Billy os formulários e o vale-refeição.

Dê uma olhada no fim da segunda folha, disse. É um formulário para a autorização dos pais. Se quiser se alistar neste Exército de homens devolva este formulário com a assinatura da sua mãe. E pra mim tanto faz se ela precisar descer do céu até aqui pra assinar. Entende o que eu quero dizer?

Sinsenhor. Imagino que o senhor quer que eu mesmo assine o nome da minha mãe nesse papel.

Eu não disse isso. Você me ouviu dizer isso?

Não, senhor.

Então pode ir. Te vejo aqui depois da janta.

Sinsenhor.

Voltou-se e saiu. Na porta atrás dele as pessoas esperavam e abriram passagem para ele.

Parham, o sargento chamou.

Billy fez meia-volta. Sinsenhor, respondeu.

Não deixe de vir hoje de tarde, entendeu?

Sinsenhor.

Você não tem outro lugar pra onde ir.

Billy atravessou a rua e desamarrou o cavalo e montou e voltou para Silver Street e subiu West Spruce, segurando os papéis na mão. Todas as ruas de leste a oeste tinham nomes de árvores, de norte a sul, de minerais. Ele amarrou o cavalo na frente do Manhattan Café, na transversal da estação de ônibus. Perto dali ficava a Victoria Land e a Cattle Company e dois homens de chapéu de aba estreita e botas do mesmo tipo usado por donos de terra estavam conversando na calçada. Olharam Billy passar e ele os cumprimentou com um gesto de cabeça, mas não retribuíram o cumprimento.

Ele entrou no café e se sentou num compartimento e depositou os papéis na mesa e olhou o cardápio. Quando a garçonete se aproximou ele pediu o prato feito, mas a mulher retrucou que o almoço só seria servido a partir das onze horas. Disse que poderia pedir o café da manhã.

Já tomei café da manhã hoje.

Bom, não tem nenhuma lei que diga quantos cafés da manhã uma pessoa pode comer.

Vem muita coisa no café da manhã?

Quanta coisa você consegue comer?

Tenho um vale-refeição que o recrutamento me deu.

Eu sei. Tô vendo ali.

Podem ser quatro ovos?

É só me dizer como você quer os ovos.

Ela trouxe a refeição numa travessa de barro oval com os quatro ovos ao ponto e uma fatia de presunto frito e cereais com manteiga e um prato de biscoitos e uma pequena tigela com molho.

Se quiser mais alguma coisa me diga, ela falou.

Está bem.

Quer um pão doce?

Sinsenhora.

Quer mais café?

Sinsenhora.

Olhou para ela. Devia ter quarenta anos de idade e tinha cabelo preto e dentes estragados. Sorriu para ele. Gosto de ver um homem comer, disse.

Bom, ele retrucou. Então aqui está um que deve satisfazer às suas exigências.

Quando terminou de comer bebeu o café e leu com atenção o formulário que a mãe supostamente deveria assinar. Depois de examiná-lo e refletir sobre ele perguntou à garçonete se poderia lhe emprestar uma caneta.

Ela lhe trouxe a caneta. Não me leve embora, disse. Não é minha. Não se preocupe.

Ela voltou para trás do balcão e ele se debruçou sobre o formulário e na linha reservada escreveu Louisa May Parham. O nome da mãe era Carolyn.

Ao sair os outros três rapazes subiam a calçada na direção do café. Conversavam como se fossem amigos de longa data. Quando viram Billy pararam de falar e ele se dirigiu a eles e lhes perguntou como iam indo e lhe responderam que iam bem e entraram no café.

O nome do médico era Moir e o consultório ficava em West Pine. Quando chegou lá havia meia dúzia de pessoas esperando, na maioria jovens e rapazes sentados segurando os respectivos formulários. Deu o nome para a enfermeira na recepção e se sentou numa cadeira e esperou junto com os outros.

Quando finalmente a enfermeira o chamou Billy estava cochilando e acordou num sobressalto e olhou em volta sem saber onde estava.

Parham, ela repetiu.

Ele se levantou. Sou eu, disse.

A enfermeira lhe entregou um formulário e ele ficou parado no corredor enquanto ela segurava um pequeno cartão diante de seus olhos e lhe pedia para ler o quadro na parede. Ele leu até a última letra embaixo e ela testou o outro olho.

Tem vista boa, ela disse.

Sim, dona, ele disse. Sempre tive.

Imagino que sim, ela retrucou. Em geral vista ruim não fica boa de volta.

Quando ele entrou no consultório o médico lhe disse que se sentasse numa cadeira diante dele e lhe examinou os olhos com uma lanterna e introduziu um instrumento frio no ouvido e espiou dentro. Pediu-lhe que desabotoasse a camisa.

Veio até aqui a cavalo?, perguntou.

Sinsenhor.

De onde você veio?

Do México.

Sei. Tem algum caso de doença na família?

Não, senhor. Todos morreram.

Sei, disse o médico.

Colocou o cone frio do estetoscópio no peito do rapaz e auscultou. Bateu de leve no peito com a ponta dos dedos. Tornou a colocar o estetoscópio no peito e auscultou de olhos fechados. Endireitou-se e tirou os tubos dos ouvidos e se reclinou na cadeira. Há um chiado no seu coração, disse.

O que o senhor quer dizer?

Quero dizer que você não pode se alistar.

Billy trabalhou durante dez dias numa estrebaria perto da estrada e dormiu numa baia até reunir dinheiro para comprar roupas e um bilhete de ônibus para El Paso e deixou o cavalo com o dono da fazenda e partiu rumo ao leste vestindo uma nova roupa de trabalho de brim e uma nova camisa azul com botões de madrepérola.

Fazia um dia frio e instável em El Paso. Localizou o centro de recrutamento e o funcionário preencheu os mesmos formulários e ele esperou numa fila com outros homens e todos se despiram e colocaram as roupas num cesto e receberam uma ficha de latão com um número inscrito e depois ficaram nus em fila segurando os formulários.

Quando chegou sua vez de ser examinado Billy entregou ao médico o formulário e o médico olhou dentro de sua boca e dentro de suas orelhas. Depois encostou o estetoscópio no peito. Pediu-lhe que se virasse e encostou o estetoscópio nas costas e auscultou. Em seguida auscultou o peito de novo. Depois pegou um carimbo de cima da mesa e carimbou o formulário e assinou e o entregou a Billy.

Não posso aprová-lo, disse.

O que é que eu tenho?

Seu coração bate com irregularidade.

Não tem nada errado com o meu coração.

Tem sim.

Eu vou morrer?

Um dia vai. Provavelmente não é nada muito grave. Mas por causa disso não pode servir o Exército.

O senhor poderia me aprovar se quisesse.

Poderia. Mas não quero. De qualquer maneira, acabariam descobrindo. Cedo ou tarde.

Ainda não era meio-dia quando ele saiu e desceu San Antonio Street. Desceu ao longo de South El Paso Street na direção do Splendid Café e comeu o prato feito e voltou para a estação de ônibus e antes de escurecer já estava em Deming.

Quando ele saiu de manhã da baia da estrebaria o sr. Chandler estava organizando os arreios na selaria. Ergueu os olhos. E então?, perguntou. O Exército te aceitou?

Não, senhor, não. Me recusaram.

Sinto muito.

Sinsenhor. Eu também.

O que vai fazer agora?

Vou tentar em Albuquerque.

Meu filho, tem muitos centros de recrutamento espalhados no país. Um homem pode fazer carreira no Exército.

Eu sei. Vou tentar mais uma vez.

Trabalhou até o fim da semana e pegou o pagamento e tomou um ônibus na manhã de domingo. Viajou o dia inteiro. A noite baixou um pouco ao norte de Socorro e o céu se encheu de aves aquáticas que circunvoavam e mergulhavam nos brejos perto do rio a leste da estrada. Ele observou com o rosto encostado no frio e escurecido vidro da janela. Procurou ouvir os chamados das aves, mas o zumbido do motor do ônibus os encobria.

Dormiu na ACM e estava no centro de recrutamento quando abriram de manhã e estava de novo no ônibus rumo ao sul antes do meio-dia. Tinha perguntado ao médico se havia algum remédio que pudesse tomar, mas o médico respondeu que não. Perguntou se havia alguma coisa que pudesse tomar para o coração bater normalmente apenas por um tempo.

De onde você é?, o médico perguntou.

Cloverdale, no Novo México.

Em quantos centros de recrutamento você tentou se alistar?

Este é o terceiro.

Meu filho, mesmo que nós tivéssemos um médico surdo não o colocaríamos para auscultar os recrutas com um estetoscópio. Acho que você precisa ir para casa.

Não tenho casa.

Pensei que você disse que era de não sei o que Dale. Onde é mesmo?

Cloverdale.

Cloverdale.

Eu era mas não sou mais. Não tenho pra onde ir. Acho que o meu lugar é no Exército. Já que eu vou morrer mesmo por que não me aceita? Medo eu não tenho.

Antes pudesse, disse o médico. Mas não posso. Não cabe a mim decidir. Sou obrigado a seguir regulamentos como todo mundo. Todo dia estamos dispensando homens saudáveis.

Sinsenhor.

Quem lhe disse que vai morrer?

Não sei. Mas também não me disseram que eu não vou.

Bom, fez o médico. Ninguém poderia lhe dizer isso mesmo que você tivesse um coração de cavalo. Poderia?

Não, senhor. Penso que não.

Agora pode ir.

Senhor?

Agora pode ir.

Quando o ônibus entrou no terminal atrás da estação de Deming eram três horas da madrugada. Ele caminhou até a fazenda de Chandler e foi até a selaria e pegou sua sela e foi até a estrebaria e levou Niño para a baia e colocou a manta sobre o lombo. Fazia muito frio. A baia era feita de pranchas de carvalho e Billy via a respiração do cavalo atravessar as frestas à luz da única luz elétrica amarelada lá fora. O cavalariço Ruiz chegou e parou na porta com o cobertor nas costas. Perguntou-lhe se conseguira se alistar.

No, Billy respondeu.

Lo siento.

Yo también.

Adónde va?

No sé.

Regresa a México?

No.

Ruiz anuiu com a cabeça. *Buen viaje*, disse.

Gracias.

Conduziu o cavalo para fora da baia e transpôs a porta da estrebaria e montou e partiu.

Atravessou a cidade e tomou a estrada velha ao sul rumo a Hermanas e Hachita. O cavalo tinha acabado de ser ferrado e estava revigorado graças aos grãos com que fora alimentado e Billy cavalgou até o sol nascer e cavalgou o dia inteiro e cavalgou até o sol se pôr e cavalgou noite adentro. Dormiu no altiplano enrolado no cobertor e se levantou tremendo de frio antes do amanhecer e de novo cavalgou. Deixou a estrada a oeste de Hachita e atravessou os contrafortes das Little Hatchet Mountains e passando pela oficina de fundição Phelps Dodge ao sul chegou à ferrovia e transpôs os trilhos e ao pôr do sol alcançou o banco de areia do lago salgado.

Havia água parada a perder de vista e a luz crepuscular evocava um lago de sangue. Ele tentou fazer o cavalo seguir adiante, mas este não enxergava o outro lado do lago e se recusou e empacou. Billy volteou o cavalo e cavalgou para o sul ao longo do baixio. As Gillespie Mountains se cobriam de neve e mais além delas se erguiam os Animas Peaks à derradeira luz do sol, a neve rubra nos cumes. E na distância ao sul as pálidas e antigas *cordilleras* do México velando o mundo visível. Ele se deparou com os restos de uma velha cerca e apeou e arrancou algumas traves dos postes e acendeu uma fogueira e se sentou sobre as pernas cruzadas, olhando as botas diante de si. O cavalo ficou quieto na escuridão, parado junto do fogo e fitando desolado o chão salino e estéril. Você é que quis, o rapaz disse. Não sinto pena de você.

Atravessaram o lago raso na manhã seguinte e antes do meio-dia chegaram à velha estrada de Playas e a tomaram na direção oeste rumo às montanhas. Havia neve no desfiladeiro e nela nenhuma pegada. Desceram até o belo Animas Valley e tomaram a estrada que de Animas levava ao sul e chegaram à fazenda dos Sanders umas duas horas depois de anoitecer.

Ele chamou do portão e a moça saiu na varanda.

É Billy Parham, gritou.

Quem?

Billy Parham.

Entre, Billy Parham, ela gritou.

Quando ele pôs os pés na sala o sr. Sanders se levantou. Estava mais velho, mais baixo, mais frágil. Vamos entrando, disse.

Estou muito sujo pra entrar.

Faça o favor de entrar. Nós pensamos que você tivesse morrido.

Não, senhor. Ainda não.

O velho lhe apertou a mão e a ergueu. Olhou para a porta atrás de Billy. Onde está o Boyd?, perguntou.

Comeram na sala de jantar. A moça os serviu e depois se sentou à mesa. Comeram carne assada e batatas e feijão e a moça passou para Billy um prato de pão coberto com um pano de linho e ele tirou um pedaço de broa de milho e o amanteigou. Está demais de bom, disse.

Ela é uma ótima cozinheira, o velho disse. Espero que não resolva se casar e me abandonar. Se eu cozinhasse pra mim até os gatos iam me deixar.

Ora, vovô, a moça disse.

Também quiseram declarar Miller inabilitado, o velho disse. Por conta da perna. Aceitaram ele em Albuquerque. Porque lá recrutam aos montes.

Menos eu. Ele vai pra cavalaria?

Acho que não. Acho que nem vão ter uma cavalaria.

Ergueu os olhos na direção do outro lado da mesa, mastigando devagar. À luz do lampadário de vidro estampando as antigas fotografias e retratos acima do aparador pareciam artefatos recuperados de uma mudança ocorrida em tempos passados. Mesmo o velho parecia estar a uma grande distância deles. Dos edifícios pintados de sépia, dos antigos tetos fendidos. Pessoas a cavalo. Homens sentados entre cactos de cartolina no estúdio de um fotógrafo usando terno e gravata com as pernas das calças enfiadas no cano das botas e carabinas seguradas a prumo diante deles. As roupas antigas das mulheres. O olhar de desconfiança ou de espanto nos olhos. Como pessoas fotografadas sob a mira de uma arma.

Aquele é John Slaughter naquela fotografia lá na ponta.

Qual delas?

Aquela última no alto à direita embaixo do certificado do Miller. Foi tirada na frente da casa dele.

Quem é a moça índia?

É a apache May. Trouxeram ela de volta de um acampamento indígena que atacaram de surpresa, um bando de apaches que roubavam gado. Mil oitocentos e noventa e cinco ou seis, acho que foi. John Slaughter pode bem ter matado alguns deles. Voltou com ela, que era menininha. Vestia uma roupinha feita com o pano de uma faixa de campanha eleitoral e ele a adotou e criou como se fosse sua filha. Era louco por ela. Ela morreu num incêndio não muito tempo depois de tirarem essa fotografia.

O senhor conheceu ele?

Conheci. Cheguei a trabalhar pra ele.

O senhor alguma vez matou um índio?

Não. Estive perto de matar, umas duas vezes. Um sujeito que trabalhava pra mim.

Quem é aquele montado na mula?

Aquele é James Autry. Montava qualquer animal.

Quem é aquele com o puma no cavalo de carga?

O velho balançou a cabeça. Sei quem é, falou. Mas não posso dizer o nome dele.

Terminou de beber o café e se levantou e pegou os cigarros e um cinzeiro de cima do aparador. O cinzeiro era da Feira Mundial de Chicago, de estanho, e tinha gravada a data 1833-1933. Trazia a inscrição "Um século de progresso". Vamos pra sala, o velho disse.

Foram para a sala de estar. Contra a parede do corredor que levava à sala havia um órgão com um consolo de carvalho. Coberto com um pano rendado. Em cima um retrato da mulher do velho quando moça com moldura pintada à mão.

Essa coisa não toca mais, disse o velho. De qualquer modo não tem ninguém que saiba tocar.

Minha avó tocava um desse, Billy falou. Na igreja.

Antigamente as mulheres tocavam instrumentos. Hoje as pessoas ligam a vitrola.

Inclinou-se e abriu a porta da estufa com o atiçador e atiçou o fogo e colocou outro pedaço de lenha e fechou a porta.

Sentaram-se e o velho contou a Billy histórias de quando preparava couro cru no México no tempo em que era moço e do ataque de Villa a Columbus no Novo México em mil novecentos e dezesseis e dos guardas do xerife em perseguição a bandidos que fugiam para a fronteira e da seca e da epidemia de oitenta e seis e da transferência para o norte do gado *corriente* que compraram por uma ninharia naquelas terras devastadas do outro lado das planícies crestadas. Vacas tão fracas que o velho disse que no entardecer, ao passarem contra o sol que ardia sobre o deserto a oeste, era possível enxergar através delas.

O que está pensando fazer?, perguntou.

Não sei. Acho que tentar encontrar trabalho.

Aqui estamos praticamente parados.

Sinsenhor. Não pensava em oferecer serviço ao senhor.

Essa guerra, o velho disse. Não há como saber o que nos espera.

Não, senhor. Não creio que haja.

O velho tentou convencê-lo a pernoitar, mas Billy se recusou. Ficaram na varanda. Fazia frio e a pradaria ao redor estava imersa num silêncio profundo. Do portão o cavalo relinchou para eles.

Você faria bem em partir descansado amanhã cedo, o velho disse.

Eu sei. Mas preciso ir seguindo.

Está bem.

De qualquer modo gosto de cavalgar de noite.

Sei, fez o velho. Eu também sempre gostei. Tome cuidado, meu filho.

Sinsenhor. Vou tomar. Obrigado.

Naquela noite acampou na vasta planície de Animas e o vento agitava as ervas e ele dormiu no chão enrolado no *serape* e no cobertor de lã que o velho lhe dera. Acendeu uma pequena fogueira, mas tinha pouca lenha e o fogo se extinguiu durante a noite e ele acordou e observou as estrelas invernais tremeluzirem e se evadirem mortas nas trevas. Ouviu os limitados movimentos do cavalo maneado e ouviu a erva se quebrar com maciez na boca do cavalo e o ouviu respirar e abanar a cauda e viu ao longe no sul bem além das Hatchet Mountains o clarão dos relâmpagos sobre o México e entendeu que não seria sepultado naquele vale mas em algum lugar remoto entre estranhos e olhou para a direção na qual o vento impelia as ervas sob o frio céu estrelado como se a própria terra estivesse sendo arremessada ruidosamente e disse com voz branda antes de tornar a pegar no sono que a única coisa que sabia entre todas as outras que se acreditava saber era que não havia certeza de nada. Não só do advento da guerra. De qualquer outra coisa.

Arrumou trabalho com os Hashknives, se bem que já não eram mais os Hashknives. Mandaram-no para um campo ao longo do Little Colorado. Em três meses viu três seres humanos. Quando recebeu o pagamento em março foi até o correio de Winslow e enviou uma ordem de pagamento para o sr. Sanders restituindo-lhe os vinte dólares que lhe devia e se dirigiu para o bar em First Street e se sentou num tamborete e com o dedão empurrou o chapéu para trás e pediu uma cerveja.

Que tipo de cerveja?, o balconista perguntou.

Qualquer uma. Tanto faz.

Você não tem idade pra beber cerveja.

Então por que perguntou que tipo que eu queria?

Não interessa, porque não vou te servir.

Qual é a cerveja que ele está tomando?

O homem na ponta do balcão, o qual Billy indicou com um gesto de cabeça, o observou. Estou tomando chope, meu amigo, disse. Diga que quer um chope.

Sinsenhor. Obrigado.

De nada.

Saiu na rua e entrou no bar seguinte e se sentou num tamborete. O balconista se aproximou e se postou diante dele.

Me dá um chope.

O balconista voltou ao fundo do balcão e encheu uma caneca de chope e voltou e a depositou no balcão. Billy pôs um dólar no balcão e o balconista foi até a caixa registradora e a abriu e voltou e lhe devolveu setenta e cinco centavos.

De onde você é?, perguntou.

Das bandas de Cloverdale. Andei trabalhando para os Hashknives.

Os Hashknives já não estão mais. Babbitts a vendeu.

É. Eu sei.

Vendeu para um pecuário.

É.

O que acha disso?

Não sei.

Pois eu sei.

Billy olhou para o fundo do balcão. Estava vazio, a não ser por um soldado que parecia estar embriagado. O soldado olhava para ele.

Mas não venderam a marca pra eles, venderam?, o balconista perguntou.

Não.

Não. Daí que os Hashknives não existem mais.

Quer pôr uma música na vitrola automática?, o soldado perguntou.

Billy olhou para ele. Não, respondeu. Não estou interessado.

Então fique aí mesmo.

É o que pretendo.

Tem alguma coisa errada com a cerveja?, o balconista perguntou.

Não. Acho que não. Tem muita reclamação?

É que eu notei que você não tá bebendo.

Billy observou a cerveja. Depois olhou ao longo do balcão. O soldado tinha se voltado ligeiramente e apoiava uma mão no joelho. Como se estivesse decidindo entre se levantar ou não.

Só pensei que podia ter alguma coisa errada com ela, o balconista disse.

Bom, eu acho que não tem, Billy retrucou. Mas se tiver eu te digo.

Tem um cigarro?, o soldado perguntou.

Não fumo.

Você não fuma.

Não.

O balconista tirou um maço de Lucky Strike do bolso da camisa e o depositou no balcão e com a palma da mão o empurrou na direção do soldado. Tome aí, soldado, disse.

Obrigado, o soldado respondeu. Deu uma batida no maço e pegou um cigarro com a boca e tirou um isqueiro do bolso e acendeu o cigarro e pôs o isqueiro em cima do balcão e empurrou o maço de volta ao balconista. O que é isso no seu bolso?, perguntou.

Está falando com quem?, perguntou Billy.

O soldado soprou a fumaça ao longo do balcão. Com você, respondeu.

Bom, disse Billy. Acho que é só da minha conta o que tenho no bolso.

O soldado não respondeu. Continuou a fumar. O balconista esticou o braço e pegou o maço de cima do balcão e tirou um cigarro e o acendeu e tornou a guardar o maço no bolso da camisa. Ficou apoiado no balcão com os braços cruzados e o cigarro aceso entre os dedos. Ninguém falava. Pareciam estar esperando alguém chegar.

Sabe quantos anos eu tenho?, o balconista perguntou.

Billy olhou para ele. Não, disse. Como posso saber a sua idade?

Vou fazer trinta e oito em junho. No dia catorze de junho.

Billy não respondeu.

Por isso que não estou de farda.

Billy olhou para o soldado. O soldado continuava fumando.

Tentei me alistar, disse o balconista. Menti a minha idade, mas não acreditaram em mim.

Ele tá pouco ligando, disse o soldado. Farda pra ele não quer dizer nada.

O balconista deu uma tragada e soprou a fumaça na direção do balcão. Aposto que diria alguma coisa se no colarinho tivesse o sol levante e se pela Second Street viesse uma coluna de dez soldados. Aí sim aposto que significaria alguma coisa.

Billy levou à boca a caneca de chope e a enxugou e pôs no balcão e se levantou e puxou o chapéu para a frente e olhou pela última vez para o soldado e se voltou e saiu na rua.

Trabalhou outros nove meses para Aja e quando partiu tinha um cavalo de carga que conseguiu numa permuta e um saco de dormir e um cobertor e uma velha carabina Stevens calibre .32 de um tiro. Atravessou cavalgando os altiplanos a oeste de Socorro e passou por Magdalena e atravessou as planícies de Saint Augustine. Quando entrou em Silver City nevava e se registrou no Palace Hotel e ficou sentado no quarto olhando a neve cair na rua. Não havia ninguém nas redondezas. Pouco depois saiu e desceu a Bullard Street até a mercea- ria, mas estava fechada. Encontrou um armazém aberto e comprou seis caixas de cereais e voltou e deu de comer aos cavalos e deixou os cavalos no pátio atrás do hotel e jantou no restaurante do hotel e subiu ao quarto e se deitou para dormir. Quando desceu de manhã era o único a fazer o desjejum no restaurante e quando saiu para comprar algumas roupas todas as lojas estavam fechadas. O dia estava cinzento e fazia muito frio na rua e um vento cortante soprava do norte e não havia ninguém nas redondezas. Ele tentou abrir a porta da drogaria porque havia uma luz acesa lá dentro, mas também estava fechada. Quando voltou ao hotel perguntou ao recepcionista se era domingo e o recepcionista respondeu que era sexta-feira.

Billy olhou para a rua. Não tem nenhuma loja aberta, disse.

É dia de Natal, o recepcionista respondeu. Nenhuma loja abre no Natal.

Aventurou-se no enclave ao norte do Texas e grande parte do ano seguinte trabalhou para os Matadors e trabalhou para os T. Diamond. Aventurou-se ao sul e trabalhou por curtos períodos, alguns não mais do que uma semana. Na primavera do terceiro ano da guerra praticamente não havia uma casa de fazenda em todo o país que não tivesse uma estrela de ouro na janela, em memória de um combatente. Ele trabalhou até março numa pequena fazenda perto de Magdalena no Novo México e então um dia recebeu o pagamento e selou o cavalo e prendeu o saco de dormir no cavalo de carga e voltou para o sul. Cruzou a última estrada asfaltada a leste de Steins e dois dias mais tarde chegou à porteira da fazenda SK Bar. Era um dia frio de primavera e o velho estava sentado na cadeira de balanço na varanda com o chapéu e a Bíblia no colo. Tinha se inclinado para a frente para ver quem era a pessoa que chegava. Como se ao avançar alguns centímetros pudesse colocar o cavaleiro em foco. Parecia mais velho e mais frágil, e bem mais magro do que quando o vira pela última vez havia dois anos. Billy o chamou pelo nome e o velho lhe disse que apeasse e ele apeou. Quando chegou ao pé dos degraus da varanda Billy se deteve com uma mão apoiada no balaústre de pintura descascada e pousou o olhar no velho. O velho estava sentado com a Bíblia fechada sobre um dedo, para marcar a página. É você, Parham?, perguntou.

Sinsenhor. Billy.

Subiu os degraus e tirou o chapéu e apertou a mão do velho. Os olhos azuis do velho tinham esbranquiçado. Ele segurou a mão de Billy durante um longo tempo. Valha-me Deus, disse. Andei pensando muito em você. Se sente aqui pra gente conversar.

Billy puxou uma das velhas cadeiras de palhinha e se sentou e apoiou o chapéu sobre o joelho e olhou para as pastagens que se estendiam até as montanhas e olhou para o velho.

Imagino que você soube a respeito do Miller, o velho disse.

Não, senhor. Não tenho tido como saber das coisas.

Foi morto no atol de Kwajalein.

Sinto muito em saber.

Passamos por momentos péssimos por aqui. Péssimos.

Silenciaram. Uma brisa soprava do campo. Do beiral da varanda pendia um pote com folhas de aspargos que balançava sutilmente e sua sombra oscilava sobre as tábuas do chão lentamente, sem rumo certo.

O senhor vai bem?, Billy perguntou.

Ah, sim, vou bem. No outono fui operado da catarata, mas estou me recuperando. Leona se foi e se casou. Agora o marido dela foi mandado pra guerra e ela está morando em Roswell, sei lá por quê. Está trabalhando. Tentei fazer ela ver as coisas mas sabe como é.

Sinsenhor.

Pra falar a verdade eu não tenho mais o que fazer neste mundo.

O senhor ainda tem uma longa vida pela frente.

Não deseje isso pra mim.

Estava recostado e tinha fechado a Bíblia. Vai chover, disse.

Sinsenhor. Acho que vai.

Sente o cheiro?

Sinsenhor.

Sempre gostei desse cheiro.

Silenciaram. Pouco depois Billy disse: E o senhor sente o cheiro?

Não.

Silenciaram.

Tem notícia do Boyd?, o velho perguntou.

Nenhuma. Ele não voltou do México. Se voltou eu nunca soube.

O velho mergulhou num longo silêncio. Observou o campo escurecer ao sul.

Uma vez vi a chuva cair numa estrada de asfalto no Arizona, disse. Chovia num lado da linha branca do centro por quase um quilômetro e o outro lado estava completamente seco. Bem separado pela linha branca do centro.

Acredito, Billy disse. Já vi chover desse jeito.

Muito estranho.

Uma vez vi trovejar no meio de uma tempestade de neve, Billy disse. Trovão e relâmpago. Não dava pra ver o relâmpago. Mas tudo em volta se alumiava, branco que nem algodão.

Teve um mexicano que uma vez me contou coisa parecida, o velho disse. Eu não sabia se acreditava nele ou não.

Foi no México que eu vi.

Vai ver isso não acontece neste país.

Billy sorriu. Esticou as pernas e cruzou as botas sobre as tábuas da varanda e observou o campo.

Gosto das suas botas, o velho disse.

Comprei em Albuquerque.

Parecem bem boas.

Espero que sim. Paguei um dinheirão por elas.

Tudo custa muito mais caro com a guerra e tudo o mais. Se é que encontra o que você quer comprar.

Pombos se aproximavam atravessando o pasto na direção do pequeno tanque a oeste da casa.

Você não se casou sem contar pra gente, casou?, o velho perguntou.

Não, senhor.

As pessoas detestam ver um homem solteiro. Não sei qual é o problema. Comigo me encheram a paciência insistindo pra me casar de novo e eu estava com sessenta anos quando a minha mulher morreu. Principalmente minha cunhada. Eu já tinha tido a melhor mulher que existia. Ninguém pode ter a mesma sorte duas vezes seguidas.

Não, senhor. Muito provavelmente não.

Eu me lembro do que o meu velho tio Bud Langford costumava dizer pras pessoas. Dizia: só uma mulher extraordinária pode justificar um casamento. Mas é claro que ele nunca se casou. Então não sei como é que ele sabia uma coisa dessas.

Quanto a mim devo dizer que não entendo nada.

De quê?

De mulher.

Bom, fez o velho. Pelo menos você não conta mentira.

Não serviria pra nada.

Por que não guarda os cavalos antes da sua carga ficar ensopada?

Acho melhor ir indo.

Não vai viajar debaixo de chuva. A janta está quase pronta e vamos comer daqui uns minutinhos. Tenho uma mexicana cozinhando pra mim.

Melhor partir enquanto estou com coragem.

Fique só pra janta. Ora, você acabou de chegar.

Quando Billy voltou do estábulo o vento soprava com mais força, mas ainda não começara a chover.

Me lembro daquele cavalo, o velho disse. Era o cavalo do seu pai.

Sinsenhor.

Ele comprou de um mexicano. Disse que quando comprou o cavalo não entendia uma só palavra de inglês.

O velho se levantou da cadeira de balanço e enfiou a Bíblia embaixo do braço. Cansa até mesmo me levantar de uma cadeira. Não acredita em mim, acredita?

O senhor acredita que os cavalos entendem o que as pessoas falam?

Não tenho nem certeza se a maioria das pessoas entende. Vamos entrando. Ela já chamou duas vezes.

Billy estava de pé de manhã antes de o dia raiar e atravessou a casa às escuras para ir à cozinha, cuja luz estava acesa. A mulher estava sentada à mesa ouvindo um antigo rádio de madeira com a forma de uma mitra de bispo. Ouvia uma estação que transmitia da Ciudad Juárez e quando ele parou no limiar da porta ela desligou o rádio e olhou para ele.

Está bien, ele disse. *No tiene que apagarlo.*

Ela encolheu os ombros e se levantou. Disse que de qualquer modo a transmissão tinha terminado. Perguntou-lhe se gostaria de tomar o café da manhã e ele respondeu que sim.

Enquanto a mulher preparava a refeição ele foi ao estábulo e escovou os cavalos e limpou os cascos e depois selou Niño e afrouxou o látego e ajustou a velha viseira no cavalo de carga e prendeu o cobertor e retornou à cozinha. Ela tirou a refeição do forno e a depositou na mesa. Cozinhara ovos e presunto e *tortillas* de farinha de trigo e feijão e colocou tudo na frente dele e serviu o café.

Quiere crema?, perguntou.

No gracias. Hay salsa?

Ela colocou ao lado do cotovelo dele um pouco de salsa num *molcajete* de pedra de lava.

Gracias.

Pensou que ela fosse se retirar, mas não. Observava-o comer.

Es pariente del señor Sanders?, ela perguntou.

No. Él era amigo de mi padre.

Ergueu os olhos para olhá-la. *Siéntate*, disse. *Puede sentarse.*

Ela fez um pequeno gesto com a mão. Ele não entendeu o que significava. Ela continuou como estava.

Su salud no es buena, ele disse.

Ela disse que não. Disse que ele tinha problema de vista e que andava muito triste com a morte do sobrinho na guerra. *Conoció a su sobrino?*, perguntou.

Sí. Y usted?

Ela respondeu que não conhecera o sobrinho. Explicou que quando começou a trabalhar para o sr. Sanders o sobrinho já tinha morrido. Disse que vira uma fotografia dele e que era um homem bonito.

Billy comeu o último ovo e raspou o prato com a *tortilla* e comeu a *tortilla* e bebeu o último gole de café e limpou a boca e ergueu o olhar para ela e agradeceu.

Tiene que hacer un viaje largo?, ela perguntou.

Ele se levantou e pôs o guardanapo na mesa e pegou o chapéu apoiado na outra cadeira e o colocou na cabeça. Disse que a viagem era de fato longa. Disse que não sabia qual seria o fim da viagem ou se viria a saber quando lá chegasse e lhe pediu em espanhol que rezasse por ele, mas a mulher retrucou que já havia decidido fazê-lo antes mesmo que ele pedisse.

Registrou os cavalos na aduana mexicana na fronteira de Berendo e dobrou o papel timbrado de autorização de entrada e o guardou no alforje e deu ao *aduanero* um dólar de prata. O *aduanero* o saudou com circunspecção e o tratou como *caballero* e Billy partiu na direção sul rumo ao velho México e entrou no estado de Chihuahua. Passara por aquele lugar pela última vez havia sete anos quando ele tinha treze anos e o pai cavalgava o cavalo que ele agora cavalgava e tinham recebido a entrega de oitocentas cabeças de gado de dois americanos no pasto de uma fazenda abandonada nas montanhas a oeste de Ascensión. Na época ali havia um café, agora extinto. Desceu a estreita rua lamacenta e comprou três *tacos* de uma mulher sentada ao lado de um braseiro e os comeu enquanto prosseguia.

Dois dias de viagem o levaram ao entardecer à cidade de Janos, ou às luzes que avistava na planície que ia escurecendo. Deteve o cavalo na velha carreteira com sulcos de rodas e correu os olhos na direção das *sierras* a oeste, negras contra o fundo vermelho sangue do céu. Atrás delas estava o vale do Bavispe River e as cadeias elevadas dos Pilares cujos cumes setentrionais ainda estavam cobertos de neve e as noites ainda eram escuras no altiplano onde ele cavalgara outro cavalo em tempos idos.

Aproximou-se da cidade a partir do leste em meio à escuridão, passando por uma das torres de barro em ruína da antiga cidade murada e lentamente atravessou um povoado de casas de barro em ruína havia cem anos. Passou pela alta igreja de barro e pelos antigos e esverdeados sinos espanhóis apoiados em suportes no pátio e pelas portas abertas das casas diante das quais homens se sentavam fumando calmamente. Atrás deles à luz amarelada dos lampiões as mulheres se ocupavam com os afazeres domésticos. Sobre a cidade pairava uma névoa de fumaça de carvão e de alguma parte daquele amontoado de habitações escuras soava uma música.

Ele seguiu o som descendo pelos estreitos corredores de barro e por fim se deteve diante de uma porta feita de pranchas de pinho e incrustada de resina seca e montada em gonzos de couro. O cômodo em que entrou era apenas mais um naquela fileira de cômodos habitados ou abandonados que se alinhavam nos dois lados da rua. Ao entrar a música cessou e os músicos se voltaram e olharam para ele.

Havia várias mesas no cômodo e todas elas com pernas torneadas e ornamentadas que estavam manchadas de lama, como se estivessem fora na chuva. A uma das mesas estavam sentados quatro homens com copos e uma garrafa. Ao longo da parede do fundo havia um balcão Brunswick ornamentado levado até ali só Deus sabia de onde e nas prateleiras talhadas e empoeiradas havia uma meia dúzia de garrafas, algumas com rótulo, outras sem.

Está abierto?, perguntou.

Um dos homens afastou a cadeira no chão batido e se levantou. Era muito alto e ao se pôr de pé a cabeça desapareceu na escuridão acima da única lâmpada com quebra-luz que pendia acima da mesa. *Sí, caballero*, ele respondeu. *Cómo no?*

Foi até o balcão e pegou um avental pendurado num prego e o amarrou na cintura e na penumbra se postou na frente do mogno entalhado com as mãos cruzadas diante de si. Parecia um açougueiro numa igreja. Billy acenou para os outros três homens à mesa e lhes desejou boa-noite, mas ninguém respondeu. Os músicos se levantaram com os instrumentos e saíram na rua.

Billy empurrou o chapéu ligeiramente para trás na cabeça e atravessou o cômodo e apoiou a mão sobre o balcão e examinou as garrafas na parede do fundo.

Déme un Waterfills y Frazier, disse.

O balconista ergueu um dedo. Como se concordasse com a boa escolha. Esticou o braço e pegou um copo sem pé dentre uma grande variedade de copos e o colocou no balcão e pegou o uísque e encheu o copo pela metade.

Agua?, perguntou.

No gracias. Tome algo para usted.

O balconista lhe agradeceu e pegou outro copo e o encheu e pôs a garrafa no balcão. Sua mão deixara uma impressão na poeira da garrafa visível à pálida luz da lâmpada. Billy ergueu o copo e olhou para o balconista pela borda do copo. *Salud*, disse.

Salud, o balconista respondeu. Beberam. Billy pousou o copo e apontou para ele com um gesto circular do dedo que também incluía o copo do balconista. Voltou-se e olhou para os três homens sentados à mesa. *Y sus amigos también*, disse.

Bueno, o balconista disse. *Cómo no.*

Atravessou o cômodo de avental segurando a garrafa e encheu os três copos e eles brindaram à saúde e ele próprio ergueu o copo e todos beberam. O balconista voltou para trás do balcão, onde ficou sem saber o que fazer, copo e garrafa na mão. Billy depositou o copo sobre o balcão. Por fim uma voz vinda da mesa perguntou se queria se juntar a eles. Billy pegou o copo e se voltou e agradeceu. Não sabia qual deles falara.

Quando puxou a cadeira que o balconista anteriormente tornara vaga e se sentou e ergueu os olhos pôde notar que o mais velho dos três homens estava extremamente bêbado. Usava uma *guayabera* manchada de suor e estava largado na cadeira com o queixo caído sobre o colarinho aberto. Os olhos pretos injetados nas órbitas eram soturnos e rasos. Como escória de chumbo entornada em orifícios para isolar algo virulento e predatório. No lento fechar de pálpebras um prolongado intervalo. Foi o homem mais jovem ao lado dele que falou. Disse que naquele país havia muito chão para um viajante percorrer entre um gole de uísque e outro.

Billy anuiu com a cabeça. Observou a garrafa na mesa que eles ocupavam. Era ligeiramente amarela, ligeiramente deformada. Não tinha tampa nem rótulo e continha uma fina borra de fluido, um fino sedimento. Um *gusano* ligeiramente curvado. *Tomamos mescal*, o homem disse. Reclinou-se na cadeira e chamou o balconista. *Venga*, chamou. *Siéntate con nosotros.*

O balconista pôs a garrafa de uísque no balcão, mas Billy pediu que a levasse para a mesa. Desamarrou o avental e o tirou e pendurou de novo no prego e se aproximou com a garrafa. Billy indicou os copos na mesa. *Otra vez*, disse.

Otra vez, disse o balconista. Foi enchendo os copos. Quando os encheu, exceto o do homem que estava bêbado, hesitou com a garrafa inclinada mas ficou parado diante dele. O mais jovem lhe tocou o cotovelo. *Alfonso*, disse. *Tome.*

Alfonso não bebeu. Fitou com os olhos de chumbo o pálido recém-chegado. Parecia menos abatido pelo álcool do que restituído a um estado atávico que havia perdido. O mais jovem olhou para o americano sentado no outro lado da mesa. *Es un hombre muy serio*, disse.

O balconista depositou a garrafa diante deles e arrastou uma cadeira de uma mesa vizinha e se sentou. Todos ergueram os copos. Teriam bebido se Alfonso não tivesse escolhido aquele momento para falar. *Quién es, joven?*, perguntou.

Imobilizaram-se. Olharam para Billy. Billy ergueu o copo e bebeu e depositou o copo vazio na mesa e olhou de novo para aqueles olhos no outro lado da mesa.

Un hombre, disse. No más.

Americano.

Claro. Americano.

Es vaquero?

Sí. Vaquero.

O bêbado não se moveu. Seus olhos não se moveram. Era como se estivesse falando consigo mesmo.

Tome, Alfonso, disse o mais jovem. Ergueu o copo e correu os olhos pela mesa. Os outros ergueram os copos. Todos beberam.

Y usted?, Billy perguntou.

O bêbado não respondeu. O lábio inferior, vermelho e molhado, caía expondo os dentes brancos e perfeitos. Parecia não ter ouvido.

Es soldado?, perguntou.

Soldado no.

O mais jovem disse que o bêbado fora soldado na revolução e que combatera em Torreón e em Zacatecas e que fora ferido muitas vezes. Billy observou o bêbado. O negro opaco de seus olhos. O mais jovem disse que ele recebera três balas no peito em Zacatecas e ficara caído no pó da rua na escuridão e no frio enquanto os cães lhe bebiam o sangue. Disse que os buracos das balas estavam lá no peito do patriota para todo mundo ver.

Otra vez, Billy disse. O balconista se inclinou para a frente com a garrafa e serviu.

Quando os copos estavam cheios o mais jovem ergueu o copo e propôs um brinde à revolução. Beberam. Puseram os copos na mesa e enxugaram a boca com o dorso da mão e olharam para o bêbado. *Por qué viene aquí?*, o bêbado perguntou.

Olharam para Billy.

Aquí?, Billy perguntou.

Mas o bêbado não respondia a perguntas, apenas as fazia. O mais jovem se inclinou de leve para a frente. *En este país*, sussurrou.

En este país, Billy disse. Aguardaram. Ele se inclinou para a frente sobre a mesa e pegou o copo de mescal do bêbado e despejou no chão o conteúdo e recolocou o copo na mesa. Ninguém se mexeu. Ele fez um gesto para o balconista. *Otra vez*, disse.

O balconista esticou a mão devagar e pegou a garrafa e devagar encheu os copos de novo. Depositou a garrafa na mesa e limpou a mão na calça. Billy pegou o copo e o ergueu. Disse que estava naquele país à procura do irmão. Disse que o irmão era um pouco doido e que não devia tê-lo abandonado, mas que o fizera.

Os homens ficaram segurando os copos. Observaram o bêbado. *Tome, Alfonso*, disse o mais jovem. Fez um gesto com o copo. O balconista levantou o copo e bebeu e pôs o copo vazio na mesa e se reclinou na cadeira. Como um jogador que move uma peça e espera os resultados. Olhou para o mais jovem de todos no outro lado da mesa o qual se sentava ligeiramente à parte com o chapéu puxado sobre a testa e o copo cheio entre as duas mãos como se fosse oferecê-lo. E o qual nada dissera até aquele momento. O cômodo inteiro começava a se encher de um murmúrio quase imperceptível.

A finalidade de toda cerimônia é evitar derramamento de sangue. Mas o bêbado por sua condição habitava um estado crepuscular de responsabilidade ao qual o homem a seu lado fazia um silencioso apelo. Ele sorriu e encolheu os ombros e ergueu o copo para o norte--americano e bebeu. Quando tornou a pôr o copo na mesa o bêbado se moveu. Inclinou-se de leve para a frente e pegou o copo e o mais jovem sorriu e de novo também ergueu o copo como que para lhe dar boas-vindas por ter saído de seu estado de morbidez. Mas o bêbado agarrou o copo e depois lentamente o ergueu levando-o para a borda da mesa e despejou o uísque no chão e mais uma vez depositou o copo na mesa. Depois esticou a mão trêmula e pegou a garrafa de mescal e a virou e entornou o líquido oleoso e amarelado no copo e tornou a pôr a garrafa na mesa com o sedimento e o *gusano* espiralando da esquerda para a direita no fundo da garrafa de vidro. Depois se reclinou na cadeira como antes.

O mais jovem olhou para Billy. Lá fora na cidade escura um cão latiu.

No le gusta el whiskey?, Billy perguntou.

O bêbado não respondeu. O copo de mescal descansava no mesmo lugar em que descansava quando Billy entrara no bar.

Es el sello, disse o mais jovem.

El sello?

Sí.

Disse que fazia objeção ao selo que era o selo de um governo opressivo. Disse que não bebia o conteúdo daquela garrafa. Que era uma questão de honra.

Billy observou o bêbado.

Es mentira, disse o bêbado.

Mentira?, Billy perguntou.

Sí. Mentira.

Billy olhou de novo para o mais jovem. Perguntou-lhe o que era mentira, mas o mais jovem lhe respondeu dizendo que não se preocupasse. *Nada es mentira*, disse.

No es cuestión de ningún sello, disse o bêbado.

Falava pausadamente, mas não sem habilidade. Tinha se voltado e dirigira a declaração ao mais jovem a seu lado. Depois se voltou e continuou a fitar Billy. Billy desenhou um círculo com o dedo. *Otra vez*, disse. O balconista esticou a mão e pegou a garrafa.

Se quiser beber esse mijo de gato fedido em vez de um bom uísque americano, Billy disse, fique à vontade.

Mánde?, o bêbado perguntou.

O balconista ficou indeciso. Depois se inclinou e encheu os copos vazios e pegou a rolha e tampou a garrafa. Billy ergueu o copo. *Salud*, disse. Bebeu. Todos beberam. Menos o bêbado. Lá fora na rua os antigos sinos espanhóis soaram uma vez, soaram duas vezes. O bêbado se inclinou para a frente. Esticou o braço para além do copo de mescal que estava diante de si e de novo se apoderou da garrafa de mescal. Ergueu-a e encheu o copo de Billy com um leve movimento circular da mão. Como se o pequeno copo tivesse que ser enchido segundo alguma regra estabelecida. Depois endireitou a garrafa e a assentou na mesa e se reclinou.

O balconista e os dois homens mais jovens ficaram segurando os copos. Billy ficou olhando para o mescal. Reclinou-se na cadeira. Olhou na direção da porta. Viu Niño parado na rua. Os músicos que debandaram já estavam tocando de novo em outra rua, em outra taverna. Ou talvez fossem outros músicos. Ele esticou a mão e pegou o mescal e o ergueu contra a luz. Um sedimento semelhante a fumaça espiralava no fundo. Fragmentos minúsculos. Ninguém se mexeu. Ele inclinou o copo e bebeu.

Salud, disse o mais jovem. Beberam. O balconista bebeu. Bateram os copos vazios no tampo da mesa e sorriram um para o outro. Depois Billy se inclinou de lado e cuspiu o mescal no chão.

No silêncio que se seguiu o próprio *pueblo* parecia ter sido engolfado pelo deserto em seu torno. Não havia som em parte alguma. O bêbado se imobilizou no ato de pegar o copo. O mais jovem baixou os olhos. Na sombra projetada pelo quebra-luz seus olhos pareciam ainda mais fechados, e talvez estivessem. O bêbado cerrou o punho e o pousou sobre a mesa. Billy desenhou lentamente um círculo no ar com um dedo. *Otra vez*, disse.

O balconista olhou para Billy. Olhou para o patriota de olhos chumbados, com o punho cerrado paralisado ao lado do copo. *Era demasiado fuerte para él*, disse. *Demasiado fuerte*.

Billy não desgrudou os olhos de cima do bêbado. *Más mentiras*, disse. Disse que de modo algum era o caso de o mescal ser forte demais para ele como afirmou o balconista.

Ficaram olhando para a garrafa de mescal. Para a meia-lua negra da sombra da garrafa ao lado da garrafa. Como o bêbado não se moveu nem falou Billy esticou a mão na mesa para pegar a garrafa de uísque e encheu os copos mais uma vez e tornou a pôr a garrafa na mesa. Depois arrastou a cadeira para trás e se levantou.

O bêbado apoiou as duas mãos na borda da mesa.

O homem que até então não falara disse em inglês que se ele pegasse a carteira de notas o bêbado o mataria.

Não duvido disso nem por um minuto, Billy disse. Falou com o balconista sem deixar de olhar para o homem no outro lado da mesa. *Cuánto debo?*, perguntou.

Cinco dolares, respondeu o balconista.

Billy enfiou dois dedos no bolso da camisa e tirou o dinheiro e o desdobrou com o dedão e pegou uma nota de cinco e a colocou na mesa. Olhou para o homem que lhe falara em inglês. Ele vai me atirar nas costas?, perguntou.

O homem ergueu os olhos para ele de debaixo da aba do chapéu e sorriu. Não, disse. Acho que não.

Billy tocou a aba do chapéu e acenou para os homens à mesa. *Caballeros*, disse. E se voltou e começou a caminhar na direção da porta, deixando o copo cheio sobre a mesa.

Se ele te chamar não se vire, disse o jovem.

Ele não parou e não se voltou e estava chegando à porta quando o homem o chamou. *Joven*, disse.

Billy parou. Os cavalos na rua ergueram a cabeça e olharam para ele. Calculou a distância até a porta, que não era mais do que o equivalente à sua altura. Caminhe, disse o jovem. Continue caminhando. Mas ele não caminhou. Virou-se.

O bêbado não se mexeu. Ficara sentado na cadeira e o jovem que falava inglês tinha se levantado e estava a seu lado, com uma mão em seu ombro. Pareciam bandidos posando para um álbum de fotografias.

Me llama embustero?, perguntou o bêbado.

No, ele respondeu.

Embustero? Agarrou a camisa e a abriu com um movimento abrupto. Era fechada com botões de pressão e se abriu facilmente e sem ruído. Como se os botões estivessem gastos e frouxos em decorrência de demonstrações semelhantes no passado. Ficou segurando a camisa aberta como que de novo à espera daquela trindade de balas de carabina que lhe marcavam o peito liso e glabro bem acima do coração numa cicatriz isósceles perfeita. Ninguém à mesa se mexeu. Ninguém olhou para o patriota ou para as marcas porque já a tinham visto antes. Observavam o *güero* parado, emoldurado pela porta. Não se mexeram e não havia ruído e Billy procurou escutar algo na cidade que lhe dissesse que ninguém o estava escutando pois tinha a sensação de que sua chegada àquele lugar era não apenas conhecida como também determinada e procurou escutar os músicos que haviam debandado quando ele mal entrara no bar e os quais talvez estivessem escutando o silêncio em alguma parte naqueles amontoados antros de barro e procurou escutar qualquer ruído que não fosse o bater tedioso do coração a enviar o sangue pelos estreitos e escuros corredores de sua vida corpórea naquele dobre hidráulico. Olhou para o homem que o advertiu para não se voltar, mas essa era a única advertência que o homem podia lhe dar. Compreendeu que o único artefato manifesto da história daquela república insignificante na qual tudo indicava que ele agora morreria e que possuía a mínima autoridade ou significado ou alguma substância estava disposto diante dele à pálida luz daquela *cantina* e que tudo o que saísse dos lábios dos homens ou da pena dos homens teria necessariamente que ser mais uma vez forjado na bigorna de seu próprio estatuto antes mesmo de ser qualificado até como mentira. Depois tudo passou. Tirou o chapéu e permaneceu imóvel. Depois, para o bem ou para o mal, tornou a colocá-lo e se voltou e saiu pela porta e desamarrou os cavalos e montou e desceu a rua estreita guiando o cavalo de carga e não olhou para trás.

Não havia ainda saído da cidade quando uma gota de chuva do tamanho de uma pequena bola de gude lhe tocou a aba do chapéu. Depois outra. Olhou para o alto e viu um céu sem nuvens. Os planetas visíveis ardendo a leste. Não havia vento ou cheiro de chuva no ar, mas as gotas caíam com mais frequência. O cavalo queria estancar na estrada e o cavaleiro se voltou para olhar a cidade às escuras. Os poucos e minúsculos quadrados de janelas com uma luz vermelha pálida. O estrépito da chuva que caía na terra dura da estrada soava como o som de cavalos atravessando uma ponte em algum lugar na escuridão. Ele começava a se sentir embriagado. Freou o cavalo e deu a volta e retornou.

Fez o cavalo passar pela primeira porta que encontrou, soltando a corda com que guiava o cavalo de carga e se deitando ao longo do pescoço do cavalo para não se chocar com a travessa da porta. Uma vez dentro a mesma chuva molhava o cavalo e ele olhou para cima e viu no céu as mesmas estrelas. Volteou o cavalo e saiu e entrou por uma outra porta e imediatamente cessou o tamborilar das gotas de chuva na coroa do chapéu. Apeou e avançou com cautela na escuridão para verificar o que tinha sob os pés. Saiu e trouxe o cavalo de carga e desprendeu o cabresto em forma de losango e estendeu o cobertor no chão e desprendeu e retirou o fardo e maneou o animal e o levou de volta à chuva. Depois afrouxou o látego da sela de Niño e tirou a sela e o alforje e encostou a sela contra a parede e se ajoelhou e afrouxou as cordas em torno do cobertor e o soltou e o desdobrou e o estendeu e se sentou e tirou as botas. Estava se sentindo ainda mais embriagado. Tirou o chapéu e se deitou. O cavalo passou por sua cabeça e se pôs a espiar pela porta. Não vá pisar em mim, seu danado, disse.

Quando acordou de manhã a chuva havia parado e era pleno dia. Sentiu-se indisposto. Levantara-se uma vez durante a noite e cambaleando saíra para vomitar e se lembrara de que correu os olhos lacrimejantes ao redor em busca dos cavalos e depois voltou cambaleando para dentro. Só se lembrou disso porque ao se erguer e procurar as botas constatou que elas estavam nos pés. Pegou o chapéu e o colocou na cabeça e olhou para a porta. Várias crianças que estavam agachadas observando-o se levantaram e recuaram.

Dónde están los caballos?, perguntou.

Responderam que os cavalos estavam comendo.

Ele se levantou rápido demais e se apoiou no batente da porta fitando um ponto fixo no chão. Era grande sua sede. Levantou a cabeça de novo e saiu pela porta e observou as crianças. Apontavam para o fim da rua.

Passou pela última fileira das baixas habitações de barro seguido pelas crianças e levou os cavalos até um campo ervoso no lado sul da cidade onde um riacho atravessava a estrada. Ficou segurando as rédeas de Niño. As crianças observavam.

Quieres montar?, perguntou.

Elas se entreolharam. O mais novo era um menino de cerca de cinco anos de idade que estendeu os braços no ar e ficou esperando. Billy o ergueu nos braços e o colocou escarranchado no lombo do cavalo e depois ergueu a menina e por fim o menino mais velho. Disse ao menino mais velho que se agarrasse aos outros dois e o menino anuiu e Billy recolheu de novo as rédeas e a corda solta do cavalo de carga e conduziu os dois cavalos de volta na direção da estrada.

Uma mulher se aproximava vindo do lado da cidade. Assim que a viram as crianças sussurraram entre si. Ela carregava um balde azul coberto com um pano. Parou na beira da estrada segurando o balde pela alça com as duas mãos diante de si. Depois prosseguiu pelo campo na direção deles.

Billy tocou o chapéu e lhe desejou bom-dia. Ela se deteve e ficou segurando o balde. Disse que andara à procura dele. Disse que sabia que ele não poderia ter ido longe porque a cama e a sela estavam onde ele as deixara. Disse que as crianças lhe contaram que havia um cavaleiro doente dormindo nas *caídas* nos limites da cidade e que lhe trouxera um *menudo* quente que acabara de fazer e que se ele o comesse ganharia energia para a viagem.

Ela se curvou e depositou o balde no chão e levantou o pano e o passou para ele. Ele ficou segurando o pano e olhando para o balde. Dentro dele havia uma tigela de metal pintalgada coberta com um prato e do lado da tigela algumas *tortillas* dobradas. Ele olhou para ela.

Ándale, disse ela. Apontou para o balde.

Y usted?

Ya comí.

Ele olhou para as crianças enfileiradas na garupa do cavalo. Entregou as rédeas e a corda ao menino mais velho.

Toma un paseo, disse.

O menino se curvou para a frente e pegou as rédeas e deu para a menina a extremidade da corda e depois passou o meio das rédeas sobre a cabeça da menina e fustigou o cavalo. Billy olhou para a mulher. *Es muy amable*, disse. Ela lhe disse que comesse antes que a comida esfriasse.

Ele se acocorou no chão e tentou levantar a tigela, mas estava quente demais. *Con permiso*, ela falou. Esticou a mão e tirou a tigela de dentro do balde e removeu o prato e pôs a tigela no prato e os passou para ele. Depois enfiou a mão no balde e tirou uma colher e a entregou para ele.

Gracias, ele disse.

Ela se ajoelhou na grama diante dele e o observou comer. As tiras de tripa nadavam no caldo oleoso e transparente como lentos turbelários. Ele explicou que na verdade não estava doente, mas apenas um pouco *crudo* por causa da noite que passara na taverna. Ela retrucou que compreendia e que isso não tinha importância e que graças a Deus para nós todos não havia como saber a causa de uma doença.

Ele pegou uma *tortilla* de dentro do balde e a partiu ao meio e a dobrou de novo e a mergulhou no caldo. Com a colher pegou um pedaço de tripa que pendeu da colher e ele o cortou em dois contra o lado da tigela com a borda da colher. O *menudo* estava quente e apimentado. Ele comeu. Ela observava.

As crianças voltaram com o cavalo e pararam atrás dele e ficaram esperando. Ele ergueu os olhos para elas e fez um movimento circular com o dedo e elas partiram outra vez. Olhou para a mulher.

Son suyos?

Ela abanou a cabeça. Disse que não.

Ele anuiu. Observou as crianças se afastarem. A tigela esfriara um pouco e ele a pegou pela borda e a inclinou e bebeu dela e abocanhou um pedaço da *tortilla. Muy sabroso*, ele disse.

A mulher disse que teve um filho, mas que tinha morrido havia vinte anos.

Ele a observou. Imaginou que não era velha o suficiente para ter tido um filho com vinte anos, mas então se deu conta de que ela não aparentava idade alguma. Disse que ela devia ter sido muito moça e ela retrucou que era muito moça de fato, mas que as pessoas costumavam subestimar a dor dos moços. Levou uma mão ao peito. Disse que o filho vivia em sua alma.

Ele voltou os olhos para o outro lado do campo. As crianças estavam sentadas no cavalo na margem do rio e o menino parecia estar esperando o cavalo acabar de beber. O cavalo estava esperando o que quer que fossem exigir dele em seguida. Billy engoliu o que restara do *menudo* e dobrou o último pedaço quadrado de *tortilla* e com ele limpou a tigela e comeu e colocou tigela e colher e prato de volta dentro do balde e olhou para a mulher.

Cuánto le debo, señora?, perguntou.

Señorita, ela retrucou. *Nada.*

Ele tirou do bolso da camisa as notas dobradas. *Para los niños.*

Niños no tengo.

Para los nietos.

Ela riu e abanou a cabeça. *Nietos tampoco*, disse.

Ele ficou segurando o dinheiro.

Es para el camino, disse ela.

Bueno. Gracias.

Déme su mano.

Cómo?

Su mano.

Ele estendeu a mão para ela e ela a pegou e virou a palma para cima e a segurou nas mãos e a examinou.

Cuántos años tiene?, perguntou.

Respondeu que tinha vinte anos.

Tan joven. Deslizou a ponta do dedo pela palma. Franziu os lábios. *Hay ladrónes aquí*, disse.

En mi palma?

Ela inclinou o corpo para trás e fechou os olhos e riu. Riu a valer. *Me lleva Judas*, disse. *No.* Abanou a cabeça. Vestia apenas uma camisa de tecido fino e estampado com flores e os seios se sacudiam dentro da roupa. Seus dentes eram brancos e perfeitos. As pernas nuas e morenas.

Dónde pues?, ele perguntou.

Ela mordeu o lábio inferior e o observou com os olhos negros. *Aquí*, disse. *En este pueblo.*

Hay ladrónes en todos lados, ele disse.

Ela balançou a cabeça. Disse que no México havia povoados em que ladrões moravam e povoados em que ladrões não moravam. Disse que esse era um arranjo razoável.

Ele lhe perguntou se era ladra e ela tornou a rir. *Ay*, fez. *Dios mio, que hombre.* Olhou para ele. *Quizás*, disse.

Ele lhe perguntou que tipo de coisa roubaria se fosse uma ladra, mas a mulher apenas sorriu e virou a mão dele nas suas e a examinou.

Qué ve?, ele perguntou.

El mundo.

El mundo?

El mundo según usted.

Es gitana?

Quizás sí. Quizás no.

Colocou a outra mão sobre a dele. Olhou para o outro lado do campo onde as crianças andavam a cavalo.

Qué vio?, ele perguntou.

Nada. No vi nada.

Es mentira.

Sí.

Ele lhe perguntou por que não contava o que vira, mas a mulher apenas sorriu e balançou a cabeça. Perguntou-lhe se não havia alguma boa notícia e ela fez uma expressão mais séria e fez um sim com um movimento de cabeça e tornou a virar a palma da mão para cima. Disse que ele viveria uma vida longa. Seguiu a linha que se curvava na base do dedão.

Con mucha tristeza, ele disse.

Bastante, ela disse. Disse que não havia vida sem tristeza.

Pero usted ha visto algo malo, ele disse. *Qué es?*

Ela respondeu que não importava o que vira porque não podia ser impedido, fosse bom ou ruim, e que ele viria a saber com a vontade de Deus. Observou-o com a cabeça ligeiramente inclinada. Como a sugerir que ele faria alguma pergunta se fosse rápido o suficiente para fazê-la, mas ele não sabia que pergunta era essa e o momento passava velozmente.

Qué novedades tiene de mi hermano?, perguntou.

Cuál hermano?

Ele sorriu. Disse que tinha apenas um irmão.

Ela lhe abriu a mão e a segurou. Não olhou nela. *Es mentira*, disse. *Tiene dos.*

Ele balançou a cabeça.

Mentira trás de mentira, ela disse. Curvou-se para examinar a palma da mão.

Qué ve?, ele perguntou.

Veo dos hermanos. Uno ha muerto.

Ele disse que teve uma irmã que morreu, mas a mulher abanou a cabeça. *Hermano*, disse. *Uno que vive, uno que ha muerto.*

Cuál es cual?

No sabes?

No.

Ni yo tampoco.

Soltou-lhe a mão e se levantou e pegou o balde. Tornou a olhar para o outro lado do campo, para as crianças e para o cavalo. Disse que provavelmente ele teve sorte naquela noite porque a chuva manteve dentro de casa aqueles que em outra circunstância teriam saído mas disse que a chuva amiga também pode ser traiçoeira. Disse também que enquanto a chuva caía com a vontade de Deus o mal escolhia sua própria hora e que aqueles a quem o mal buscava talvez não fossem inteiramente desprovidos de alguma treva. Disse que o coração traía a si mesmo e que o mau em geral tinha olhos para ver aquilo que estava oculto do bom.

Y sus ojos?

Ela agitou a cabeça, o cabelo negro se esparramando sobre os ombros. Disse que nada vira. Disse que era apenas um jogo. Em seguida se voltou e atravessou o campo e subiu na direção da estrada.

Billy cavalgou o dia inteiro na direção sul e ao anoitecer atravessou a cidade de Casas Grandes e prosseguiu para o sul ao longo da estrada que havia três anos percorreu pela primeira vez com o irmão, passando pelas ruínas escurecidas no anoitecer, passando pelos antigos pátios em que os curiangos ainda caçavam. No dia seguinte chegou à *hacienda* de San Diego e parou o cavalo entre os velhos choupos no bosque à margem do rio. Depois atravessou a ponte de madeira e subiu rumo aos *domicilios*.

A casa dos Muñoz estava vazia. Ele inspecionou cada aposento. Não havia mobília alguma. No nicho da Virgem Maria restara apenas um acúmulo de cera de vela grudada no estuque empoeirado.

Deteve-se na porta, depois saiu e montou e cavalgou até o casario e transpôs os portões.

No pátio um velho que tecia cestos lhe contou que todos tinham partido. Perguntou ao velho se sabia para onde haviam ido, mas o velho parecia não ter uma compreensão clara da ideia de destino. Fez um amplo gesto que indicava o mundo. O cavaleiro aquietou o cavalo e olhou o campo ao redor. O velho carro de turismo. Os edifícios arruinados. Uma perua empoleirada numa janela sem caixilhos. O velho tornou a se curvar sobre o cesto e Billy lhe desejou bom-dia e volteou o cavalo e puxando o cavalo de carga transpôs o elevado portão em arco e passou pelas habitações e desceu a colina rumo ao rio e de novo atravessou a ponte.

Dois dias mais tarde atravessou Las Varas e tomou a direção leste rumo a La Boquilla na estrada em que ele e o irmão viram pela primeira vez o cavalo do pai sair do lago e subir na estrada respingando água. Não havia chovido no altiplano e ele levantava muita poeira na estrada. Um vento seco soprava do norte. Na distante planície além do lago a poeira se elevava sobre Babícora como se estivesse em chamas. No entardecer o enorme e vermelho avião com destino a Waco surgiu do oeste e circulou e mergulhou entre as árvores.

Ele acampou na planície e acendeu uma pequena fogueira que o vento avivava como fogo de forja e consumia os poucos ramos e varas que conseguira recolher. Observou o fogo arder e observou o fogo arder. Os farrapos de fogo que fugiam para o campo se desfaziam e esvaneciam como um grito nas trevas. No dia seguinte ele travessou Babícora e Santa Ana de Babícora e tomou a estrada do norte rumo a Namiquipa.

A cidade era pouco mais do que um acampamento de mineração situado numa ribanceira e ele amarrou os cavalos nos limites baixos da cidade a leste junto de um agrupamento de salgueiros à beira do rio e se banhou nas águas e lavou as roupas. Quando de manhã entrou na cidade se deparou com um cortejo nupcial que descia a rua. Uma carreta de madeira enfeitada com bandeiras. Uma tenda de *manta* amarrada a uma frágil estrutura arqueada de ramos de salgueiro para proteger a noiva do sol. A carreta era puxada por uma única e miúda mula, cinzenta e trôpega, a noiva sentada sozinha na carreta segurando uma sombrinha aberta sob o baldaquino tremulante. Na rua ao lado dela caminhava um grupo de homens que trajavam ternos pretos ou ternos cinza que alguma vez foram pretos e quando passaram a noiva se voltou e olhou para ele montado no cavalo na margem da rua como se fosse uma pálida testemunha de algum mau agouro e ela se benzeu e voltou o rosto para outra direção e eles prosseguiram. Ele não voltaria a ver a carreta no povoado. O casamento seria realizado pouco depois do meio-dia e estavam assim adiantados apenas para aproveitar a pouca poeira na rua àquela hora.

Ele os seguiu pela cidade e cavalgou pelas estreitas ruas empoeiradas. Não havia ninguém nos arredores. Inclinou-se do cavalo e bateu a uma porta ao acaso e aguardou. Ninguém atendeu. Desencaixou a bota do estribo e chutou a porta para tornar a batida mais sonora, mas a porta estava mal fechada e se abriu para um interior baixo e escuro.

Hola, chamou.

Ninguém respondeu. Olhou para a rua estreita. Espiou dentro da casa através do alto da porta. Contra a parede do fundo do casebre uma vela ardia num prato e disposto sobre um cavalete e rodeado de flores silvestres jazia um velho vestido com o terno de enterro.

Ele apeou e deixou cair as rédeas e entrou pela porta baixa e retirou o chapéu. O velho tinha as mãos arranjadas sobre o peito e estava sem sapatos e os pés nus tinham sido amarrados nos dedos com barbante para que não se apartassem. Billy chamou a meia-voz na escuridão da casa, mas aquele era o único aposento da casa. Quatro cadeiras vazias estavam encostadas contra uma parede. Uma fina camada de pó cobria tudo. No alto da parede do fundo havia uma pequena janela e ele atravessou o aposento e olhou o quintal atrás da casa. Havia um velho carro fúnebre de tração com as varas apoiadas na boleia. Num telheiro aberto no fundo do pátio um caixão tosco fora colocado sobre dois cavaletes de madeira de pinho. A tampa do caixão estava encostada contra a parede do telheiro. O caixão e a tampa foram enegrecidos do lado de fora, mas o interior do caixão era de madeira nova e tosca e sem tecido ou qualquer revestimento.

Ele se voltou e observou o velho sobre a prancha. O velho tinha bigode e o bigode e o cabelo eram prateados. As mãos cruzadas sobre o peito eram largas e robustas. As unhas não tinham sido limpas. Sua pele era escura e empoeirada, os pés nus quadrados e nodosos. O terno que trajava parecia pequeno para ele e tinha um talhe que já não se via mais naquele país e muito provavelmente o velho o usara a vida toda.

Pegou uma pequena flor amarela semelhante a uma margarida e a qual vira crescer na beira da rua e olhou para a flor e para o velho. No aposento o cheiro de cera, um leve indício de decomposição. Um débil odor de copal queimado. *Qué novedades ahora viejo?*, perguntou. Colocou a flor na casa de botão do bolso da camisa e saiu e fechou a porta atrás de si.

Ninguém na cidade sabia do paradeiro da moça. A mãe tinha se mudado. A irmã tinha ido para o México havia muitos anos, pois quem podia saber o que acontecia a essas moças? À tarde o cortejo nupcial subiu a rua com a noiva e o noivo sentados na boleia da carreta coberta. Passaram lentamente, acompanhados de tambores e cornetas, a carreta rangendo, a noiva de véu branco, o noivo de preto. Os sorrisos como esgares, o terror nos olhos. Tinham o aspecto de alguns camponeses daquela região que dançavam juntos trajando indumentárias com esqueleto pintado. A carreta num lento ranger semelhante àquele que ronda os sonhos de um paisano exausto, passando com lentidão da esquerda para a direita ao longo da noite irrecuperável para a qual tão somente ele labuta, extinguindo-se na alvorada com um débil crepitar, com um tênue pavor.

Ao entardecer retiraram o velho da câmara ardente e o enterraram no cemitério entre as tábuas de madeira apodrecidas que passavam por pedras tumulares naquele austero planalto. Ninguém pôs em dúvida o direito do *güero* de estar entre os enlutados e ele os saudou silenciosamente com um meneio de cabeça e entrou na casa baixa onde uma mesa fora posta com o melhor do que aquela região oferecia. Enquanto comia *tamales* encostado contra a parede uma mulher se aproximou dele e lhe disse que não seria fácil encontrar a moça porque era uma bandida notória e que muita gente a procurava. Disse que alguns acreditavam que a moça presenteava os pobres com prata e joias e que outros acreditavam que ela era uma bruxa ou um demônio. Era possível também que a moça estivesse morta, embora decerto não fosse verdade que fora assassinada em Ignacio Zaragosa.

Ele a observou. Era apenas uma jovem do campo. Vestida com uma camisa simples de algodão imperfeitamente tratado, imperfeitamente tingido de preto. A tintura lhe deixara marcas escuras em volta do pulso.

Y por qué me dice esto pues?, ele perguntou.

Ela pôs o lábio superior nos dentes inferiores. Por fim respondeu que era porque sabia quem ele era.

Y quién soy?, ele perguntou.

Ela respondeu que era o irmão do *güerito*.

Ele tirou o pé da parede contra a qual se apoiava e olhou para ela e olhou para os enlutados de preto atrás dela os quais formavam fila para se servirem da comida na mesa como aquelas mesmas figuras vestidas de morte em festejo e olhou de novo para ela. Perguntou-lhe se sabia onde poderia encontrar o irmão.

Ela não respondeu. O movimento das pessoas no aposento se tornou mais lento, os baixos lamentos de condolência se transformaram em sussurros. Os enlutados desejavam entre si que desfrutassem das comidas que cada um levara e depois tudo assentou na história da própria repetição e ele pôde ouvir aquelas cerimônias precedentes caírem em seus postos como blocos de lenha num depósito. Como o voltear da fechadura ou como os dentes de madeira de um antigo mecanismo passando um por um nos encaixes da roda de engrenagem em movimento. *No sabe?*, ela perguntou.

No.

Ela primeiro levou o dedo indicador à boca. Num gesto que quase o advertia para silenciar. Estendeu a mão no ar como se fosse tocá-lo. Disse que os ossos do irmão jaziam no cemitério de San Buenaventura.

Estava escuro quando ele saiu e desamarrou o cavalo e montou. Passou pelas luzes opacas e ceráceas das janelas e tomou a estrada rumo ao sul de onde viera. Transposta a primeira colina a cidade desapareceu atrás dele e as estrelas se enxamearam na vastidão do céu negro e não havia som algum na noite exceto o do constante clope dos cascos na estrada, o leve ranger do couro, a respiração dos cavalos.

Por semanas percorreu aquela região pedindo informações a quem quer que se dispusesse a dá-las. Numa *bodega* na cidade montesa de Temosachic escutou pela primeira vez os versos daquele *corrido* no qual o jovem *güero* desce do norte. *Pelo tan rubio. Pistola en mano. Qué buscas joven? Que te levantas tan temprano.* Perguntou ao *corridero* quem era aquele jovem sobre o qual cantava, mas ele apenas respondeu que se tratava de um jovem que buscava a justiça tal como contava a canção e que ele morrera havia muitos anos. O *corridero* segurou com uma mão o braço ornamentado do instrumento e ergueu o copo da mesa e brindou silenciosamente a seu inquiridor e brindou em voz alta à memória de todos os homens justos do mundo pois como contava a canção a deles era uma estrada ensanguentada e seus feitos em vida estavam escritos naquele sangue que era o sangue do coração do mundo e ele disse que os homens verdadeiros cantavam aquela canção e somente aquela.

Perto do final de abril na cidade de Madera ele deixou o cavalo num estábulo e caminhou por uma *feria* no campo do outro lado da ferrovia. Fazia frio naquela cidade montesa e o ar estava impregnado da fumaça da madeira de *piñon* e do cheiro de resina da serraria. No campo as luzes estavam penduradas no alto e camelôs apregoavam suas panaceias ou apregoavam as maravilhas escondidas no interior de tendas rotas sustentadas em pé por cordas presas a pinos fincados nas ervas esmagadas. Ele comprou uma caneca de cidra de um mascate e observou o rosto dos cidadãos, rostos escuros e circunspectos, os olhos pretos que pareciam prestes a se incendiar sob as luzes da *feria*. As moças que passavam de mãos dadas. O atrevimento ingênuo de seus olhares. Postou-se em frente de um carroção pintado onde um homem num púlpito vermelho e dourado entretinha um grupo de homens. Uma roda com as figuras da *lotería* estava presa à parede do carroção e uma moça com uma túnica vermelha e um *bolero* preto e prateado de pé numa plataforma de madeira se preparou para girar a roda. O homem no púlpito se voltou para a moça e levantou a bengala e a moça sorriu e impulsionou a roda e a roda começou a matraquear. Todos os rostos se voltaram para observar. As garras na borda da roda foram raspando com estrépito na lingueta de couro e a roda diminuiu de velocidade e parou e a mulher se voltou para os espectadores e sorriu. O mascate ergueu a bengala mais uma vez e disse o nome da desbotada figura sobre a qual a roda parara.

La sirena, berrou.

Ninguém se mexeu.

Alguien?

Inspecionou o grupo de pessoas. Estavam todas dentro de um quadrado delimitado por cordas. Levantou a bengala acima delas como que para arrebanhá-las. A bengala era esmaltada de preto e no cabo havia uma cabeça prateada em forma de busto que bem poderia se assemelhar ao próprio mascate.

Otra vez, gritou.

Seus olhos perscrutaram os espectadores. Perscrutaram Billy, parado sozinho, isolado do agrupamento, e tornaram a perscrutar. A roda matraqueou e girou no eixo ligeiramente descentralizado, as figuras indistintas no giro. A lingueta de couro tagarelou.

Um homenzinho desdentado se postou ao lado dele e lhe deu um puxão na camisa. Abriu diante de si um leque de cartas. No verso das cartas um desenho de símbolos arcanos entretecidos numa damasquinaria. *Tome*, disse. *Pronto, pronto.*

Cuánto?

Está libre. Tome.

Tirou do bolso uma moeda de um peso e tentou dá-la ao homem, mas o homem balançou a cabeça. Olhou na direção da roda. A roda foi lentamente parando.

Nada, nada, disse. *Tenga prisa.*

A roda estacou, estacou. Ele tirou uma carta.

Espere, gritou o mascate. *Espere...*

A roda girou um último e suave clique e parou.

La calavera, gritou o mascate.

Ele virou a carta. Estampada nela estava a *calavera.*

Alguien?, gritou o mascate. Os espectadores olharam uns para os outros.

O homenzinho a seu lado lhe segurou o cotovelo. *Lo tiene*, sussurrou. *Lo tiene.*

Qué gano?

O homem balançou a cabeça com impaciência. Tentou levantar-lhe a mão que segurava a carta. Disse que teria que ver.

Ver que?

Adentro, sussurrou o homem. *Adentro.* Esticou a mão e se apoderou da carta e a ergueu no alto. *Aquí*, gritou. *Aquí tenemos la calavera.*

O mascate passou a bengala com lenta aceleração sobre a cabeça dos espectadores e então de repente apontou a chapa de prata na direção de Billy e do comparsa.

Tenemos ganador, gritou. *Adelante, adelante.*

Venga, arquejou o comparsa. Agarrou Billy pelo cotovelo. Mas Billy já havia visto transparecendo na pintura berrante uma velha inscrição de uma pintura anterior e reconheceu o carroção da trupe de teatro ambulante que vira com seus raios de rodas dourados no enfumaçado pátio da *hacienda* de San Diego quando ele e Boyd havia muito tempo transpuseram pela primeira vez aqueles portões e o carroção ficou em dificuldades na beira da estrada enquanto a bela diva se sentava embaixo da tenda esperando o retorno de homens e cavalos que jamais retornaram. Afastou a mão do comparsa de sua camisa. *No quiero ver*, disse.

Sí, sí, engrolou o comparsa. *Es un espectáculo. Nunca ha visto nada como esto.*

Ele agarrou o punho magro do comparsa e o segurou. *Oiga, hombre*, disse. *No quiero verlo, me entiende?*

O comparsa se encolheu à força de sua mão, lançou um olhar desesperado por seu ombro na direção do mascate que esperava com a bengala apoiada sobre o púlpito diante de si. Todos se voltaram para ver o vencedor no ponto mais afastado da área iluminada. A mulher continuava parada ao lado da roda de modo coquete, o dedo indicador enfiado na covinha da bochecha. O mascate levantou a bengala e fez com ela um movimento amplo. *Adelante*, gritou. *Qué pasó?*

Billy afastou de si o comparsa e lhe soltou o pulso, mas o comparsa, longe de se ir, pôs-se ao lado dele e beliscando as próprias roupas com movimentos breves dos dedos começou a lhe sussurrar no ouvido as atrações do espetáculo no interior do carroção. O mascate o chamou de novo. Disse que todos estavam esperando. Mas Billy já havia se voltado para ir embora e o mascate o chamou pela última vez e fez algum comentário para os espectadores que caíram na risada e olharam para trás. O comparsa se viu desorientado com a *barata* nas mãos, mas o mascate anunciou que em vez de um terceiro sorteio a mulher que girava a roda escolheria pessoalmente quem assistiria de graça ao espetáculo. Ela sorriu e correu os olhos pintados pelos rostos e apontou para um rapaz na frente do agrupamento mas o mascate argumentou que o rapaz era jovem demais e por isso não seria admitido e a mulher fez beicinho e disse que de qualquer modo ele era *muy guapo* e depois escolheu um *peon* moreno que ficou todo duro diante dela vestindo o que aparentavam ser roupas alugadas e ela desceu a escada e o pegou pela mão e o mascate ergueu no ar um bloco de ingressos e os homens se apressaram a comprá-los.

Billy se afastou para além da fileira de luzes e atravessou o campo até o lugar em que deixara o cavalo e pagou o *establero* e separou Niño dos outros animais e montou. Voltou-se para olhar o halo das luzes carnavalescas ardendo no ar frio e nevoento e depois atravessou os trilhos de trem e tomou a estrada para o sul na saída de Madera rumo a Temosachic.

Uma semana mais tarde estava de novo atravessando Babícora no escuro da manhã. Frio e silêncio. Nenhum cão. O clope dos cascos dos cavalos. As sombras azuis lunares dos cavalos e do cavaleiro passando oblíquas ao longo da rua numa constante queda precipitada. A estrada do norte tinha sido aplainada recentemente com uma máquina e ele cavalgou ao longo da borda sobre a terra fofa amontoada à parte. Juníperos escuros na planície ilhados na alvorada. Reses escuras. Um sol branco nascendo.

Deu de beber aos cavalos numa *ciénega* ervosa onde antigos choupos se erguiam numa esfera élfica e se enrolou no cobertor e adormeceu. Quando acordou um homem a cavalo o observava. Sentou-se. O homem sorriu. *Te conozco*, disse.

Billy esticou a mão e pegou o chapéu e o pôs na cabeça. Sim, disse. E eu te conheço.

Mánde?

Dónde está su compañero?

O homem ergueu num vago gesto a mão que descansava no arção dianteiro. *Se murió*, disse. *Dónde está la muchacha?*

Lo mismo.

O homem sorriu. Disse que os caminhos de Deus eram tortuosos.

Tiene razón.

Y su hermano?

No sé. Muerto también, tal vez.

Tantos, disse o homem.

Billy olhou para o lugar onde os cavalos pastavam. Dormira com a cabeça sobre a mochila dentro da qual guardava a pistola. Os olhos do homem seguiram os movimentos dos seus. Disse que para cada homem que a morte escolhe há um outro cuja pena é comutada e sorriu de modo conspiratório. Como se tivesse encontrado alguém da mesma espécie. Inclinou-se para a frente com as mãos espalmadas sobre o arção dianteiro e cuspiu.

Qué piensa?, perguntou.

Billy não sabia ao certo o que o homem estava lhe perguntando. Disse que os homens morrem.

O homem aquietou o cavalo e ponderou com seriedade sobre o que ouvira. Como se houvesse um substrato mais profundo naquela reflexão que devesse captar. Disse que os homens acreditam que a morte é inescrutável no modo como faz as escolhas e, no entanto, cada ato desencadeia o ato que se segue e na medida em que os homens põem um pé na frente do outro acabam por se tornar cúmplices de sua própria morte como em todos os outros casos de destino. Disse que além do mais não poderia ser de outro modo que o fim de um homem é determinado no nascimento e que ele busca a morte diante de cada obstáculo. Disse que essas duas concepções eram na verdade idênticas e que embora os homens pudessem encontrar a morte em lugares estranhos e obscuros os quais teriam feito bem em evitar era mais correto dizer que não importasse quão oculto ou tortuoso fosse o caminho para a destruição eles de qualquer forma o encontrariam. Sorriu. Falava como quem parecia compreender que a morte fosse a condição da existência e a vida mera emanação dela.

Qué piensa usted?, perguntou. Billy disse que não tinha outra opinião a não ser a que tinha dado. Disse que estivesse a vida de um homem escrita num livro em algum lugar ou assumisse uma forma dia após dia era sempre uma e a mesma porque possuía apenas uma realidade que era vivê-la. Disse que embora fosse verdade que os homens dessem forma à própria vida também era verdade que não possuía outra forma porque qual seria então essa outra forma?

Bien dicho, o homem disse. Olhou ao longe no campo. Disse que lia os pensamentos das pessoas. Billy não comentou que o homem já havia lhe perguntado duas vezes o que estava pensando. Perguntou-lhe se seria capaz de dizer em que estava pensando naquele momento, mas o homem se limitou a responder que os pensamentos deles eram iguais. Depois disse que nunca tinha alimentado rancor por um homem por causa de uma mulher porque esta é apenas um bem móvel a ser confiscado e não mais do que um jogo e não deve ser levada a sério por um homem de verdade. Disse que não tinha em alta conta homens que matavam por causa de prostitutas. De qualquer modo, disse, a puta estava morta e o mundo continuava.

Sorriu de novo. Tinha algo na boca e o passou para um canto e sugou os dentes e o passou para o mesmo canto. Tocou o chapéu.

Bueno, disse. *El camino espera.*

Tornou a tocar o chapéu e esporeou o cavalo e o fez se mover para a frente e para trás até o animal girar os olhos e dobrar as pernas traseiras e patear e depois partir a trote por entre as árvores e tomar a estrada e logo desaparecer de vista. Billy abriu a mochila e retirou a pistola e com o polegar a destravou e girou o tambor e inspecionou os compartimentos e depois abaixou o cano com o polegar e ficou imóvel por um longo tempo a escutar e esperar.

No dia quinze de maio, de acordo com o primeiro jornal que vira em sete semanas, tornou a entrar em Casas Grandes e guardou o cavalo num estábulo e alugou um quarto no Camino Recto Hotel. Levantou-se de manhã e percorreu o corredor ladrilhado para tomar banho. Quando voltou ao quarto ficou à janela através da qual a luz da manhã incidia oblíqua sobre os fios grosseiros do tapete gasto sob os pés e escutou o canto de uma moça no jardim abaixo. Ela estava sentada sobre uma lona branca na qual estavam empilhadas *nueces* ou nozes-pecãs em quantidade indefinida. Tinha uma pedra plana sobre os joelhos e quebrava as nozes-pecãs com uma pedra e enquanto se ocupava cantava. Curvando-se para a frente com o cabelo negro a lhe velar as mãos ela trabalhava e cantava. Cantava:

Pueblo de Bachiniva
Abril era el mes
Jinetes armados
Llegaron los seis

Quebrava as cascas entre as pedras, separava os frutos e os colocava num pote ao lado dela.

Si tenía miedo
No se le veía en su cara
Cuantos vayan llegando
El güerito les espera

Separando com os dedos delgados o fruto da casca, os delicados hemisférios fendidos nos quais está escrito que devemos crer em cada traço da árvore que os gerou, cada traço da árvore que eles comportam.

Depois ela cantou de novo as mesmas duas estrofes. Ele abotoou a camisa e pegou o chapéu e desceu a escada e saiu no pátio. Ao vê-lo cruzar o pátio de pedras ela parou de cantar. Ele tocou o chapéu e lhe desejou bom-dia. Ela ergueu os olhos e sorriu. Talvez tivesse apenas dezesseis anos. Muito bela. Ele lhe perguntou se sabia alguma outra estrofe do *corrido* que cantou, mas a moça não sabia. Disse que aquele *corrido* era antigo. Disse que era muito triste e que no final o *güerito* e a *novia* morriam nos braços um do outro porque não tinham mais munição. Disse que no final os homens do *patrón* se retiravam e as pessoas da cidade apareciam e carregavam o *güerito* e a *novia* para um lugar secreto e lá os enterravam e os passarinhos voavam para longe, mas a moça disse que não se lembrava de todas as palavras e que de qualquer modo estava encabulada por ele tê-la ouvido cantar. Ele sorriu. Disse-lhe que tinha uma voz muito bonita e ela virou o rosto e estalou a língua.

Billy ficou de pé no pátio olhando para as montanhas a oeste. A moça o observava.

Déme su mano, ela disse.

Mánde?

Déme su mano. Ela estendeu a mão fechada. Ele se acocorou sobre os tacões da bota e estendeu a mão e ela lhe deu um punhado de nozes-pecãs não abertas e depois lhe fechou a mão com as dela e olhou ao redor como se aquilo fosse algum presente secreto e alguém pudesse ver. *Ándale pues*, disse ela. Ele agradeceu e se levantou e se afastou cruzando o pátio e subiu para o quarto, mas quando olhou de novo pela janela a moça tinha se ido.

Nos dias seguintes atravessou o altiplano de Babícora. Acendia a fogueira num terreno protegido e à noite às vezes caminhava pelos pastios e se deitava sobre as ervas no silêncio do mundo e estudava o firmamento abrasador. Retornando à fogueira naquelas noites muitas vezes pensava em Boyd, pensava nele sentado à noite diante de uma fogueira como aquela num país como aquele. A fogueira na *bajada* não mais do que um fulgor, oculto no chão como se um vislumbre secreto do núcleo ardente da terra tivesse traspassado as trevas. Sentia-se uma pessoa sem vida pregressa. Como se tivesse morrido anos antes e desde então fosse algum outro ser sem história, sem vida futura ponderável.

Durante a viagem viu de quando em quando grupos de *vaqueros* atravessando os pastios do altiplano, às vezes montados em mulas que nas montanhas não encontravam dificuldade, às vezes conduzindo o gado à frente. As noites eram frias nas montanhas, mas eles pareciam usar poucas roupas e para dormir dispunham apenas dos *serapes*. Chamavam-nos de *mascareñas* por causa das vacas de cara branca que criavam em Babícora e os chamavam de *agringados* porque trabalhavam para os brancos. Atravessavam em fileira silenciosa os taludes e seguiam pelos desfiladeiros na direção das *vegas* ervosas do altiplano, montando os cavalos com característica formalidade descontraída, o sol baixo capturando as canecas de lata atadas ao arção das selas. Ele viu suas fogueiras arderem na montanha à noite, mas nunca foi ao encontro deles.

Numa tarde, pouco antes de escurecer, entrou numa estrada e virou e seguiu na direção oeste. O sol rubro que ardia nas amplas fendas das montanhas diante dele foi perdendo a forma e pouco a pouco foi sugado para iluminar todo o céu com um profundo brilho encarnado. Quando baixou a escuridão surgiu no longe da planície uma única luz amarelada de uma casa e ele continuou a cavalgar até chegar a uma cabana de madeira e deteve o cavalo diante dela e chamou.

Um homem apareceu na porta e saiu na varanda. *Quién es?*, perguntou.

Un viajero.

Cuántos son ustedes?

Yo sólo.

Bueno, disse o homem. *Desmonte. Pásale.*

Ele apeou e amarrou as rédeas no poste da varanda e subiu a escada e retirou o chapéu. O homem segurou a porta aberta para ele e ele entrou e o homem o seguiu e fechou a porta e com um sinal de cabeça indicou a lareira.

Sentaram-se e tomaram café. O homem se chamava Quijada e era um índio yaqui do oeste de Sonora e era o mesmo *gerente* da divisão dos yaqui da Babícora que havia dito a Boyd para separar os cavalos do bando e levá-los embora. Vira o *güero* solitário cavalgando nas montanhas e disse ao *alguacil* que não o molestasse. Disse ao visitante que sabia quem ele era e por que estava ali. Depois se reclinou na cadeira. Levou a caneca à boca e bebeu e observou o fogo.

Você é o homem que devolveu os nossos cavalos, Billy disse.

Ele anuiu com a cabeça. Inclinou-se para a frente e olhou para Billy e depois continuou a olhar para o fogo. A caneca de porcelana grossa e sem asa na qual bebia parecia um almofariz de farmacêutico e ele ficou com os cotovelos apoiados nos joelhos e segurava a caneca diante de si com as duas mãos e Billy pensou que fosse dizer alguma coisa mais, mas não o fez. Billy bebeu da caneca e ficou segurando-a. O fogo crepitava. Lá fora no mundo tudo era silêncio. O meu irmão está morto?, perguntou.

Está.

Foi morto em Ignacio Zaragosa?

Não. Em San Lorenzo.

A moça também?

Não. Quando a levaram embora estava coberta de sangue e não parava em pé e por isso era natural que as pessoas achassem que tinham atirado nela, mas não foi o que aconteceu.

O que foi feito dela?

Não sei. Talvez tenha voltado pra família. Era muito nova.

Perguntei sobre ela em Namiquipa. Não sabiam que fim ela levou.

Ninguém te contaria em Namiquipa.

Onde o meu irmão está enterrado?

Está enterrado em Buenaventura.

Tem uma lápide?

Tem uma tábua. As pessoas gostavam muito dele. Era uma figura bastante popular.

Ele não matou o *manco* em La Boquilla.

Eu sei.

Eu estava lá.

Sim. Ele matou dois homens em Galeana. Ninguém sabe por quê. Nem sequer trabalhavam para o *latifundio*. Mas o irmão de um deles era amigo de Pedro López.

O *alguacil*.

O *alguacil*. Sim.

Vira-o uma vez nas montanhas, ele e os capangas, os três descendo de um espinhaço de noitinha. O *alguacil* carregava uma espada curta na bainha da cintura e não respondia a ninguém. Quijada se recostou e cruzou as botas diante de si. A caneca no colo. Os dois observavam o fogo. Como se nele algo estivesse recozendo. Quijada levantou a caneca como que para beber. Depois tornou a abaixá-la.

Tem o *latifúndio* de Babícora, disse. Que mantém toda a riqueza e o poder do sr. Hearst. E depois os campesinos esfarrapados. Quem você acha que vai prevalecer?

Não sei.

Os dias dele estão contados.

Do sr. Hearst?

Sim.

Por que você trabalha para Babícora?

Porque me pagam.

Quem foi Socorro Rivera?

Quijada bateu de leve na borda da caneca com o anel de ouro no dedo. Socorro Rivera tentou organizar os trabalhadores contra o *latifúndio*. Foi morto na *paraje* de Las Varitas pelas Guardias Blancas faz cinco anos junto com outros dois homens. Crecencio Macías e Manuel Jiménez.

Billy anuiu com a cabeça.

A alma do México é muito velha, disse Quijada. Quem afirma que a conhece ou é mentiroso ou é estúpido. Ou os dois. Agora que os ianques os traíram de novo os mexicanos estão ansiosos para reivindicar o próprio sangue indígena. Mas nós não o queremos. Sobretudo os yaqui. Os yaqui têm recordações duradouras.

Acredito em você. Nunca mais viu o meu irmão depois que partimos com os cavalos?

Não.

Então como sabe o que aconteceu com ele?

Era um homem procurado. Pra onde poderia ir? Inevitavelmente foi aceito por Casares. Você procura o inimigo dos seus inimigos.

Ele só tinha quinze anos. Dezesseis, acho.

Tanto melhor.

Não cuidaram muito dele, não é mesmo?

Ele não queria que cuidassem dele. Queria atirar nas pessoas. O que torna uma pessoa um bom inimigo também torna a pessoa um bom amigo.

Apesar disso você trabalha pro sr. Hearst?

Sim.

Voltou-se e olhou para Billy. Não sou mexicano, disse. Não tenho essas lealdades. Essas obrigações. Tenho outras.

Você o mataria?

Seu irmão?

É.

Se fosse preciso. Sim.

Acho que eu não devia estar tomando o seu café.

Acho que não.

Silenciaram por um longo tempo. Por fim Quijada se inclinou para a frente e examinou a caneca. Ele devia ter ido pra casa, disse.

Sim.

Por que não foi?

Não sei. Talvez a moça.

A moça não teria ido com ele?

Imagino que sim. Mas ele não tinha uma casa pra onde voltar.

Talvez você é que deveria ter cuidado dele melhor.

Não era fácil cuidar dele. Você mesmo disse isso.

Sim.

O que diz o *corrido?*

Quijada balançou a cabeça. O *corrido* diz tudo e diz nada. Ouvi a história do *güerito* anos atrás. Antes mesmo do seu irmão nascer.

Acha que fala dele?

Sim, fala dele. Conta o que você quiser que conte. Conta o que faz o conto ser recontado. O *corrido* é a história do homem pobre. Não tem a obrigação de ser fiel às verdades da história, mas às verdades dos homens. Conta o conto do homem solitário que são todos os homens. O *corrido* acredita que onde dois homens se encontram uma de duas coisas ocorre e nada mais. Num caso nasce a mentira e no outro a morte.

Isso sugere que a morte é a verdade.

Sim. Sugere que a morte é a verdade. Ele observou Billy. Mesmo que o *güerito* da canção fosse o seu irmão ele já não é mais o seu irmão. Ele não pode ser trazido de volta.

Eu pretendo levar ele de volta comigo.

Não vão permitir.

Quem devo procurar?

Não tem ninguém pra procurar.

Quem eu deveria procurar se tivesse alguém?

Você pode pedir pra Deus. Do contrário não tem ninguém.

Billy balançou a cabeça. Pôs-se a olhar fixamente o próprio rosto escuro espelhado na borda branca da caneca. Pouco depois ergueu os olhos. Olhou dentro do fogo. Acredita em Deus?, perguntou.

Quijada deu de ombros. Em dias religiosos, respondeu.

Ninguém é capaz de dizer pra gente como vai ser a nossa vida, não é mesmo?

Não.

Nunca é como a gente espera.

Quijada anuiu. Se as pessoas conhecessem a história de sua vida, quantas delas iriam escolher vivê-la? As pessoas se preocupam com o que o destino lhes reserva. Mas não há nada reservado. O dia é feito daquilo que veio antes. Mesmo o mundo tem que ser surpreendido pelo feitio daquilo que aparece. Talvez até mesmo Deus.

Viemos até aqui pra buscar nossos cavalos. Eu e o meu irmão. Não acho que ele sequer se preocupava com os cavalos, mas eu estava cego demais pra ver isso. Não sabia nada dele. Pensava que sabia. Vai ver ele sabia muito mais de mim. Gostaria de levar ele de volta e enterrar ele no país dele.

Quijada esvaziou a caneca e ficou segurando-a no colo.

Calculo que você não acha que essa é uma boa ideia.

Acho que você poderá se meter em apuros.

Mas não é só isso que você acha.

Não.

Você acha que o lugar dele é onde ele está.

Eu acho que os mortos não têm nacionalidade.

Não. Mas os parentes deles têm.

Quijada não respondeu. Depois de um longo tempo se mexeu. Inclinou-se para a frente. Girou a caneca de porcelana branca e a assentou na palma da mão e a observou. O mundo não tem nome, disse. Os nomes dos *cerros* e das *sierras* e dos desertos existem apenas nos mapas. Damos nomes a eles pra não nos perdermos no caminho. No entanto porque já tínhamos nos perdido no caminho é que pusemos esses nomes. O mundo não pode se perder. Nós é que o perdemos. E porque esses nomes e essas coordenadas são nomeações nossas é que eles não podem nos salvar. Não podem encontrar de novo pra nós o caminho. O seu irmão está naquele lugar que o mundo escolheu pra ele. Ele está onde deve estar. E, no entanto, o lugar que ele encontrou é também de sua própria escolha. Isso é uma sorte que não se pode desprezar.

Céu cinza, terra cinza. O dia inteiro ele seguiu curvado rumo ao norte sobre o cavalo curvado e molhado através da lama arenosa da estrada no interior da região. A chuva espancava a estrada na dianteira dele em lufadas de vento e retinia ruidosamente sobre a manta e as pegadas dos cascos se fechavam e sumiam à sua passagem. Ao entardecer ele tornou a ouvir os grous revoando alto, passando bem acima das nuvens, contrapesando abaixo deles a ampla curvatura da terra, a intempérie da terra. Seus olhos metálicos sulcavam as sendas que Deus escolhera para eles. Os corações em cheia.

Ele entrou na cidade de San Buenaventura ao anoitecer e atravessou poças de água e passou pela *alameda* com troncos de árvore pintados de branco e pela antiga igreja branca e saiu na estrada velha para Gallego. A chuva parara e a água da chuva pingava das árvores da *alameda* e pingava dos altos *canales* das casas de barro pelas quais ele passava. A estrada levava às baixas colinas do leste da cidade e num socalco a cerca de um quilômetro e meio acima da cidade ficava o cemitério.

Ele fez um desvio e cavalgou a passo rápido ao longo da vereda lamacenta e deteve o cavalo na frente do portão de madeira. O cemitério era um amplo cercado silvestre situado num terreno repleto de pedras soltas e sarças e circundado por um muro baixo de barro já em ruína. Parou e percorreu com os olhos aquela desolação. Voltou-se e olhou para o cavalo de carga e olhou para os cinzentos novelos de nuvem em carreira e para a luz da tarde que desvanecia a oeste. Um vento soprava das bocainas entre as montanhas e ele apeou e deixou cair as rédeas e transpôs o portão e caminhou ao longo do terreno acidentado e pedregoso. Um corvo entre as samambaias alçou voo contra o vento e crocitou levemente. Os dolmens de arenito vermelho que se erguiam a prumo entre as baixas pedras tumulares e as cruzes em meio àquela vegetação selvagem lembravam ruínas distantes de algum antigo encrave cercado pelas montanhas azuis, pelas colinas mais próximas.

Os túmulos na maioria não passavam de montes de pedra sem qualquer tipo de inscrição. Em alguns havia uma simples cruz de madeira composta de duas tábuas pregadas ou juntadas com fios de arame. As pedras arredondadas espalhadas no chão eram remanescentes daqueles montes e sem levar em conta as estelas de pedra vermelha o lugar se assemelhava à vala comum de um campo de batalha. Afora o vento que ciciava nas ervas silvestres não havia som. Ele caminhou ao longo de uma trilha estreita e incerta que seguia tortuosa entre os túmulos, entre as lajes e as tábuas sepulcrais enegrecidas com liquens. A meia distância um pilar de pedra vermelha na forma de um tronco de árvore podada.

O irmão estava sepultado contra o muro sul sob uma cruz de madeira na qual estavam gravadas com prego incandescente as palavras: *Fall el 24 de febrero 1943 sus hermanos en armas dedican este recuerdo D. E. P.* Um aro de arame enferrujado que outrora fora uma coroa de flores estava apoiado contra a madeira. Não havia nome.

Ele se acocorou e tirou o chapéu. Mais ao sul um monte de lixo ardia na umidade e uma fumaça preta subia na direção das escuras nuvens cinzentas. Era pungente a desolação do lugar.

Era noite quando ele chegou a Buenaventura. Desmontou diante da porta da igreja e entrou e tirou o chapéu. No altar umas poucas velas ardiam e naquela penumbra viu um vulto solitário de joelhos curvado numa oração. Avançou pela nave lateral. Havia no piso lajotas soltas que se deslocavam e estalavam sob as botas. Ele se inclinou e tocou o braço do vulto ajoelhado. *Señora*, disse.

Ela levantou a cabeça, um rosto vincado e escuro indistintamente visível nas dobras mais escuras do *rebozo*.

Dónde está el sepulturero?

Muerto.

Quién está encargado del cementerio?

Dios.

Dónde está el sacerdote?

Se fué.

Olhou ao redor do interior obscurecido da igreja. A mulher parecia estar à espera de outras perguntas mas ele não sabia o que mais perguntar.

Qué quiere, joven?, ela perguntou.

Nada. Está bien. Abaixou os olhos e observou-a. *Por quién está orando?*, perguntou.

Ela respondeu que estava apenas rezando. Disse que deixava para Deus decidir que destino daria às rezas. Rezava por todos. Rezaria por ele.

Gracias.

No puedo hacerlo de otro modo.

Ele anuiu. Conhecia-a bem, aquela velha do México, os filhos havia muito mortos naquele sangue e naquela violência que suas preces e suas prostrações pareciam incapazes de aplacar. Sua figura frágil era uma constante naquela terra, sua angústia silenciosa. Do outro lado das paredes da igreja a noite abrigava um pavor milenar com panóplias de penas e escamas de peixe e se, no entanto, ainda se nutria de seus filhos quem poderia dizer que males piores da guerra e do tormento e do desespero a perseverança da velha não teria suportado, que outras histórias mais calamitosas contra as quais no fim só poderia ser levada em conta aquela figura miúda curvada em preces murmuradas, as mãos enrugadas segurando o rosário de contas de semente de frutos. Imóvel, austera, implacável. Diante de um Deus como aquele.

Quando partiu cedo na manhã seguinte a chuva havia cessado, mas o dia permanecia escuro e as paisagens se estendiam cinza sob um céu cinza. Ao sul os picos em carne viva da Sierra del Nido avultavam por entre as nuvens e se velavam de novo. Ele desmontou na frente do portão de madeira e maneou o cavalo de carga e desamarrou a pá e tornou a montar e cavalgou ao longo da vereda entre as pedras arredondadas com a pá no ombro.

Quando chegou à sepultura se curvou e fincou a pá na terra e pegou as luvas do alforje e olhou para o céu cinza e por fim tirou a sela do cavalo e o maneou e o deixou pastando entre as pedras. Depois se voltou e se acocorou e arrancou a frágil cruz de madeira presa entre as pedras. A pá era uma ferramenta primitiva enfiada num longo cabo de *paloverde* e o espigão tinha marcas de marteladas e a linha de junção tinha sido grosseiramente soldada na forja. Agarrou-a nas mãos e olhou de novo para o céu e se curvou e começou a remover as pedras acumuladas sobre o túmulo do irmão.

Trabalhou sem parar. Havia tirado o chapéu e pouco depois tirou a camisa e a apoiou sobre o muro. Por volta do que ele acreditava ser meio-dia havia cavado quase um metro de terra e fincou a pá na terra e retornou ao lugar em que deixara a sela e o alforje e retirou a refeição de *tortillas* com feijão e se sentou sobre as ervas comendo e bebendo água de uma garrafa de zinco coberta com lona. Ninguém passou pela estrada durante a manhã inteira exceto um ônibus solitário, subindo lentamente o declive e prosseguindo pela bocaina rumo a Gallego a leste.

À tarde três cães apareceram e se sentaram entre as pedras para observá-lo. Ele se abaixou para pegar uma pedra mas os cães se safaram e sumiram entre as samambaias. Mais tarde um carro subiu a estrada do cemitério e parou diante do portão e duas mulheres desceram ao longo da trilha e rumaram para o canto extremo do lado oeste do cemitério. Pouco depois voltaram. O homem que dirigia estava sentado no muro e fumava e observava Billy mas sem dizer nada. Billy continuou a cavar.

No meio da tarde a pá tocou o caixão. Ele imaginara que talvez não houvesse caixão algum. Continuou a cavar. Quando por fim removeu toda a terra de cima do caixão o dia estava quase acabando. Cavou ao longo do lado do caixão e procurou as alças mas nada encontrou. Continuou a cavar até deixar livre uma lateral do caixão e nesse momento começou a escurecer. Fincou a pá na terra escavada e foi buscar Niño.

Selou o cavalo e o levou à sepultura e pegou o laço e o dobrou e o atou e depois passou a extensão livre em volta do caixão, forçando-a ao longo da madeira com a lâmina da pá. Depois pôs a pá de lado e saiu da cova e desamarrou o cavalo e o fez avançar devagar.

A corda foi se esticando. Ele olhou para trás. Depois fez o cavalo prosseguir com mais vagar. Na cova a madeira se rompeu numa explosão abafada e a corda afrouxou. O cavalo se deteve.

Billy voltou à cova. O caixão se desmanchara e através das pranchas partidas ele viu os ossos de Boyd sob as roupas. Sentou-se na terra. O sol se punha e a escuridão baixava. O cavalo aguardava na extremidade da corda. Billy de repente sentiu frio e se levantou e caminhou até o muro e pegou a camisa e a vestiu e retornou e ali ficou imóvel.

Bem que você podia simplesmente botar a terra de volta, disse. Não demoraria nem uma hora.

Caminhou até onde estava o alforje e pegou a caixa de fósforos e retornou e acendeu um palito e o ergueu sobre a cova. O caixão estava seriamente danificado. Um odor de porão bolorento subiu do escuro terreno. Ele sacudiu o fósforo e caminhou até o cavalo e desprendeu a corda e retornou enrolando-a na mão e com a corda enrolada ficou no crepúsculo azul e sem vento e olhou na direção norte onde para além das nuvens cinza brilhavam as primeiras estrelas. Bom, disse. Bem que podia fazer isso.

Soltou a corda do caixão e a puxou e a colocou sobre o monte de terra escavada. Depois pegou a pá e com a lâmina partiu uma longa lasca de madeira de uma das pranchas trincadas e a golpeou contra a lateral do caixão para remover a terra aderida e acendeu um fósforo e ateou fogo a uma extremidade da lasca e a fincou de través na terra. Por fim desceu para dentro da cova e naquela luz mortiça e trêmula começou a apartar as pranchas com a pá e a jogá-las para fora até os restos do irmão se tornarem visíveis, compostos sobre um amontoado de trapos podres, perdido nas suas roupas largas como sempre.

Retornou com o cavalo para fora do portão e apeou e conduziu o cavalo de carga para o sul e tornou a montar e o cavalgou para reanimá-lo e voltou com o animal e o fez transpor o portão e retornou à cova. Apeou e desatou o cobertor e o desenrolou no chão e desprendeu a lona impermeável e a estendeu. Fazia uma noite sem vento e a tocha de madeira fúnebre continuava a arder ao lado da cova. Ele entrou no fosso e pegou o irmão entre os braços e o retirou. Não pesava nada. Compôs os ossos sobre o cobertor e os embrulhou e amarrou as extremidades com tiras de cordão enquanto o cavalo o observava. Ouviu na estrada cascalhosa o gemido de um caminhão vencendo o declive e as luzes surgiram e varreram lentamente o deserto e os soturnos terrenos não lavrados e depois o caminhão passou erguendo um tênue rastro de poeira e prosseguiu pelejando na direção leste.

Quando terminou de encher de novo a cova era quase meia-noite. Calcou a terra com as botas e depois com a pá recolocou as pedras soltas em cima e por fim pegou a cruz que havia encostado contra o muro e a enfiou entre as pedras e amontoou mais pedras em volta para firmá-la. A tocha de madeira havia muito se extinguira e ele pegou o pedaço de pau carbonizado e o lançou do outro lado do muro. Em seguida lançou a pá na mesma direção.

Ergueu Boyd e o deitou sobre a armação para fardos e enrolou os cobertores e os depositou de través sobre o lombo do cavalo e amarrou tudo. Depois deu alguns passos e recolheu o chapéu e o colocou na cabeça e recolheu o cantil e o pendurou pela correia no arção dianteiro da sela e montou e volteou o cavalo. Ficou ali parado por um momento olhando em torno pela última vez. Depois apeou de novo. Retornou à sepultura e arrancou a cruz de entre as pedras e a levou de volta até o cavalo de carga e a prendeu sobre a vara lateral esquerda da armação e então tornou a montar e guiando o cavalo de carga atravessou o cemitério e o portão e desceu pela vereda. Quando chegou à estrada principal atravessou-a e cortou pelo campo na direção da vertente do Santa María, mantendo a estrela polar à sua direita, ocasionalmente olhando para trás para verificar como estava a coberta que continha os restos do irmão. As pequenas raposas do deserto ladrando. Os antigos deuses daquele país seguindo seu curso sobre as terras escurecidas. Talvez registrando seu nome em seus antigos diários da vaidade.

Depois de duas noites de viagem passou pelas luzes de Casas Grandes a oeste, a cidadezinha recuando atrás dele na planície. Atravessou a estrada velha proveniente de Guzmán e Sabinal e deu no Casas Grandes River e tomou a trilha rumo ao norte ao longo da margem do rio. Nas primeiras horas do dia e antes que tivesse clareado atravessou o *pueblo* de Corralitos, meio abandonado, meio em ruínas. As casas da cidade eram providas de seteiras para a defesa contra os apaches já desaparecidos. Os acúmulos de escória escura e vulcânica contra a linha do horizonte. Ele atravessou os trilhos da ferrovia e uma hora depois ao norte da cidade na cinzenta aurora quatro cavaleiros saíram com ímpeto de um bosquete e detiveram as montarias na trilha diante dele.

Ele freou o cavalo. Os cavaleiros se imobilizaram em silêncio. Os animais escuros que montavam erguiam os focinhos como que à procura dele no ar. Para além das árvores o contorno plano e cintilante do rio se estendia como uma faca. Ele observou os homens. Não os vira se mover e, no entanto, pareciam mais próximos. Haviam parado divididos diante dele na trilha, dois de cada lado.

Qué tiene allá?, perguntaram.

Los huesos de mi hermano.

Ficaram em silêncio. Um dos cavaleiros se separou dos demais e se adiantou. Atravessou a trilha ao avançar e depois tornou a atravessá-la. Cavalgando ereto, com astúcia. Como se num sinistro adestramento. Deteve o cavalo a quase um metro e se inclinou para a frente com os braços cruzados sobre a maçaneta da sela.

Huesos?, perguntou.

Sí.

A luz nova no leste incidia por detrás dele e seu rosto era uma sombra debaixo do chapéu. Os outros cavaleiros eram figuras ainda mais escuras. O cavaleiro endireitou o corpo sobre a sela e se voltou para olhar os companheiros. Depois se voltou de novo para Billy.

Abralo, disse.

No.

No?

Silenciaram. Houve um lampejo de branco debaixo do chapéu de Billy, como se ele tivesse sorrido. Mas o que fizera fora prender as rédeas entre os dentes. O lampejo seguinte foi um canivete que saíra de alguma parte de suas roupas e que num volteio por um átimo refletiu a luz, como um peixe no fundo de um rio. Billy desmontou. O *bandolero* agarrou a corda do cavalo de carga mas este refugou e se abaixou sobre as pernas posteriores e o homem instigou sua montaria fazendo-a avançar e brandiu a faca contra os cordões que amarravam o fardo enquanto o cavalo de carga se agitava de um lado para outro retesando a corda. Alguns de seus companheiros riram e o homem praguejou e puxou para si o cavalo de carga e estendeu o braço e cortou os cordões e derrubou no chão o cobertor que continha os ossos.

Billy estava tentando desprender a aba do alforje para pegar a pistola, mas Niño se voltou e pateou e recuou arremessando a cabeça. O *bandolero* afrouxou e soltou o laço e apeou. O cavalo de carga se voltou e partiu a trote. O homem se abaixou sobre a trouxa no chão e num único movimento cortou com a faca os cordões e o cobertor de uma extremidade a outra e chutou para os lados o cobertor, revelando na luz acinzentada os restos humildes de Boyd de jaleco folgado e com as mãos cruzadas sobre o peito, as mãos murchas de pele de couro estampadas com os ossos, jazendo ali com o rosto encovado virado para cima e agarrando a si mesmo como um ser frágil a se proteger do frio naquela alvorada indiferente.

Filho da puta, disse Billy. Filho da puta.

Es un engaño?, retrucou o homem. *Es un engaño?*

Chutou o pobre ser dessecado. Voltou-se com a faca.

Dónde está el dinero?

Las alforjas, gritou para os cavaleiros. Billy passou por baixo do pescoço de Niño e de novo tentou abrir a aba do alforje presa na lateral da sela. O *bandolero* retalhou o cobertor a seus pés e com um chute o abriu e o pisoteou e se voltou e depois esticou a mão e se apoderou das rédeas de Niño. Mas o cavalo provavelmente pressentiu uma intenção demoníaca entre eles porque se empinou e recuou e ao recuar esmagou com as patas os ossos e tornou a empinar e patear e o *bandolero* perdeu o equilíbrio e uma pata dianteira se enganchou em sua cinta e a arrancou e lhe rasgou as calças. Ele se debateu embaixo do cavalo e praguejou furioso e tentou se apoderar de novo das rédeas soltas e os homens na retaguarda caíram na gargalhada e antes que algum deles pudesse imaginar uma tal coisa ele enterrou a faca no peito do cavalo.

O cavalo parou e se pôs a tremer. A ponta da lâmina se alojara no esterno do animal e o *bandolero* recuou e atirou as mãos no ar.

Morra no inferno, Billy disse. Segurou o cavalo trêmulo pela correia do freio sob a garganta e agarrou o cabo da faca e tirou a lâmina do peito do cavalo e a lançou para longe. O sangue jorrou, o sangue escorreu pelo peito do cavalo. Ele arrancou o chapéu e o pressionou contra a ferida e olhou com ferocidade para os cavaleiros. Continuavam montados como antes. Um deles se inclinou e cuspiu e fez um movimento com o queixo na direção dos companheiros. *Vámonos*, disse.

O *bandolero* estava exigindo que Billy fosse buscar a faca. Billy não respondeu. Pressionava o chapéu contra o peito do cavalo e tentava mais uma vez abrir a aba do alforje mas não conseguia alcançá-la. O *bandolero* esticou a mão e alcançou a cincha e derrubou no chão o alforje e o pegou de debaixo do cavalo.

Vámonos, o cavaleiro gritou.

Mas o *bandolero* já havia encontrado a pistola e a ergueu no ar para mostrar aos companheiros. Virou o alforje de boca para baixo sobre o chão e chutou os pertences de Billy, as roupas, a navalha. Recolheu uma camisa e a suspendeu e depois a jogou sobre o ombro e engatilhou a pistola e girou o cilindro e abaixou o cano novamente. Passou por cima dos ossos expostos sobre o cobertor e engatilhou a pistola e a encostou na cabeça de Billy e pediu que lhe entregasse o dinheiro. Billy sentia que o chapéu se tornava quente e grudando com o sangue no ponto em que o pressionava contra o peito do cavalo. O sangue se infiltrava no feltro e escorria por seus braços. Vá pro inferno, disse.

Vámonos, o cavaleiro gritou. Volteou o cavalo.

O homem com a pistola olhou para eles. *Tengo que encontrar mi cuchillo*, gritou.

Abaixou o cano da pistola e procurou enfiá-la na cinta, mas não tinha cinta. Voltou-se e olhou na direção do rio a montante onde o dia surgia por detrás das sarças. A respiração dos cavalos imóveis se elevava condensada e desvanecia. O cabeça lhe ordenou que pegasse seu cavalo. Disse que não precisava da faca e que havia matado um bom cavalo sem motivo algum.

Depois se foram. Billy continuou segurando o chapéu sem forma e encharcado de sangue e ouviu os cavalos atravessando o rio a montante e em seguida ouviu apenas as águas do rio e o canto dos primeiros pássaros que despertavam e sua própria respiração e a respiração arquejante do cavalo. Passou o braço em torno do pescoço do cavalo e ficou abraçado a ele e sentiu o tremor e sentiu o animal se apoiar contra ele e receou que ele morresse e sentiu na respiração do cavalo um desespero bastante semelhante ao seu.

Torceu o chapéu para tirar o excesso de sangue e limpou as mãos nas calças e desprendeu e retirou a sela e a deixou cair e ficar onde caiu na trilha junto com as outras coisas e conduziu lentamente o cavalo para fora da trilha e por entre as árvores e através da margem cascalhosa e para dentro do rio. A água fria se infiltrava nas botas e ele falou com o cavalo e se abaixou e colheu água na copa do chapéu e a verteu sobre o peito do cavalo. O cavalo emitia um vapor naquele frio e sua respiração começava a se transformar em sucção e em ronco e tudo parecia errado. Assentou a palma da mão sobre a abertura da ferida mas o sangue escorreu entre os dedos. Tirou a camisa e a dobrou e a pressionou contra o peito do animal, mas a camisa logo ficou ensopada de sangue e o sangue continuava a escorrer.

Deixou cair as rédeas na água e afagou o cavalo e falou com ele e o deixou parado ali enquanto vadeou até a margem do rio e apanhou um punhado de argila molhada de debaixo das raízes dos salgueiros. Retornou e cobriu a ferida com a argila e a alisou com o dorso da mão. Lavou a camisa e a torceu e a dobrou sobre o emplastro de argila e esperou na luz cinzenta, o vapor subindo do rio. Não sabia se o sangue seria estancado mas foi o que aconteceu e no primeiro e pálido raio de sol do outro lado a leste da planície a paisagem cinzenta parecia se calar e os pássaros se calaram e no novo sol os picos das montanhas distantes a oeste para além das terras agrestes do Bavispe imergiram da alvorada como um mundo de sonho. O cavalo se voltou e apoiou o longo e ossudo focinho sobre seu ombro.

Conduziu o animal para a margem e depois para a trilha e o virou na direção da luz. Inspecionou-lhe a boca para verificar se havia algum sinal de sangue mas sangue não havia que pudesse ver. Meu velho Niño, disse. Meu velho Niño. Deixou a sela e o alforje no lugar em que haviam caído. Os cobertores pisoteados. O corpo do irmão de través nos trapos com um antebraço amarelado despontando. Fez o cavalo caminhar a passo lento enquanto mantinha a camisa manchada de argila contra o peito. Suas botas encharcadas esparrinhavam água a cada passo e ele sentia muito frio. Saíram da trilha e entraram num bosque de mogno silvestre onde ficaria parcialmente fora da vista de quem quer que passasse ao longo do rio e depois retornou à trilha e recolheu a sela e o alforje e o cobertor. Por fim retornou para recolher os restos do irmão.

Os ossos pareciam unidos apenas pela cobertura de pele coriácea e por seus tegumentos, mas formavam um todo e nada fora deslocado. Ele se ajoelhou na estrada e tornou a dobrar os braços leves e envolveu os restos no cobertor e colheu os cordões cortados e atou as extremidades para utilizá-los de novo. Quando terminou o sol já estava alto e ele pegou os ossos nos braços e os carregou até o arvoredo e os depositou no chão. Por fim caminhou de volta ao rio e lavou e torceu o chapéu e o encheu de água do rio e o levou de volta para ver se o cavalo beberia. O cavalo não bebeu. Estava deitado entre as folhas e a camisa estava nas folhas e a compressa de argila começara a ceder e o sangue de novo escorria da ferida e coagulava muito escuro nas miúdas taças denteadas das folhas de mogno secas e o cavalo não levantava a cabeça.

Caminhou pelos arredores e procurou pelo cavalo de carga mas não o viu. Desceu ao rio e se acocorou e lavou a camisa e a vestiu e pegou um outro punhado de argila de debaixo dos salgueiros e a levou de volta e aplicou a nova argila sobre a anterior e trêmulo ficou sentado nas folhas a vigiar o cavalo. Pouco depois retornou à trilha à procura do outro cavalo.

Nenhum sinal dele. Antes de voltar ao rio ele recolheu o cantil que estava na beira da trilha e recolheu a caneca e a navalha e retornou ao arvoredo. O cavalo tiritava nas folhas e Billy pegou um dos cobertores e o estendeu sobre o cavalo e se sentou com a mão apoiada na espádua do cavalo e pouco depois adormeceu.

Acordou num sobressalto de um sonho quase pesadelo. Debruçou-se sobre o cavalo que estava deitado a respirar com tranquilidade em meio às folhas e olhou para o sol para verificar quão tarde era. A camisa estava quase seca e ele desabotoou o bolso e tirou o dinheiro e o estendeu para secar. Depois tirou do alforje a caixa de fósforos e também os estendeu. Desceu até o ponto da trilha onde ocorrera a emboscada e se pôs à procura da faca no *chaparral* à beira da trilha até que a encontrou. Era um antigo punhal de pouco valor que imitava uma faca militar com a lâmina afiada dos dois lados. Ele o limpou nas calças e retornou e colocou o punhal junto com o resto da pilhagem. Depois caminhou até onde deixara Boyd. Uma coluna de formigas vermelhas havia descoberto os ossos e ele se acocorou nas folhas e as examinou e depois se levantou e as esmagou contra a terra e recolheu o cobertor e o carregou para longe e alojou o irmão na forquilha do tronco de uma das árvores e retornou e se sentou ao lado do cavalo.

Ninguém passou por ali o dia inteiro. À tarde ele andou mais uma vez à procura do outro cavalo. Pensou que talvez tivesse subido o rio ou tivesse sido roubado pelos salteadores, mas não importava o que tivesse acontecido jamais tornou a vê-lo. Ao anoitecer os fósforos haviam secado e ele acendeu uma fogueira e cozinhou um pouco de feijão e se sentou junto ao fogo e escutou as águas do rio correrem na escuridão. A lua cor de algodão que surgira durante o dia a leste se elevou no céu e ele se deitou sob o cobertor e observou para ver se algum pássaro cruzaria diante dela a caminho da nascente do rio ao norte mas não viu pássaro algum e pouco depois adormeceu.

À noite enquanto dormia Boyd apareceu e se acocorou ao lado dos carvões incandescentes como fizera centenas de vezes e sorriu com aquele sereno sorriso que era apenas um pouco cínico e tirou o chapéu e o segurou diante de si e olhou no fundo dele. No sonho ele sabia que Boyd estava morto e que o assunto de sua morte tinha de ser abordado com uma certa cautela pois aquilo que era prudente em vida tinha sem dúvida de sê-lo na morte e ele não tinha como saber que palavras ou gestos poderiam restituir o irmão àquele nada do qual viera. Quando por fim lhe perguntou como era estar morto Boyd se limitou a sorrir e desviou os olhos e não respondeu. Falaram sobre outras coisas e ele tentou não despertar do sonho, mas o fantasma se turvou e se esvaneceu e ele acordou e ficou contemplando as estrelas por entre os ramos entrelaçados das árvores e tentou imaginar como seria o lugar em que Boyd se encontrava, mas Boyd estava morto e consumido naqueles ossos embrulhados no cobertor depositado entre as árvores ao longo do rio e ele voltou o rosto para o chão e chorou.

Estava dormindo de manhã quando ouviu os berros de *arrieros* e o estalo de chicotes e o canto ruidoso nos arvoredos a jusante do rio. Calçou as botas e caminhou até o lugar em que o cavalo estava deitado nas folhas. Seu flanco subia e descia sob o cobertor, afastando o temor de que o animal estaria rijo e frio, e o cavalo ergueu um olho na direção dele enquanto Billy se debruçava a seu lado. Pousou uma mão sobre o peito do animal no ponto em que a argila secara e trincara. Os pelos estavam rígidos e eriçados por causa do sangue seco. Ele afagou a espádua musculosa e falou com o cavalo e o cavalo respirava lentamente pelo nariz.

Foi buscar mais água com o chapéu, mas o cavalo não conseguia beber sem se levantar. Billy se sentou e lhe umedeceu a boca com a mão enquanto escutava os *arrieros* que se aproximavam cada vez mais pela trilha e pouco depois se levantou e foi à trilha e os esperou.

Saíram de entre as árvores conduzindo seis bois jungidos e vestiam trajes que ele jamais vira antes. Índios ou ciganos talvez a julgar pelas cores vibrantes das camisas e das faixas que usavam. Conduziam os bois com arreios e bastões e os bois avançavam mourejando e oscilando pela trilha e o vapor de sua respiração se condensava no ar frio da manhã. Puxado por eles sobre uma carreta feita de pranchas de madeira verde montadas sobre rodeiros de caminhão vinha um avião. Era um avião bastante antigo e fora desmontado e as asas tinham sido amarradas com cordas ao longo da fuselagem. O leme no estabilizador vertical oscilava de um lado para outro em breves movimentos erráticos conforme os solavancos do estrado, como se fizesse correções ao curso, e os bois oscilavam pesadamente nos arreios e os pneus de borracha desiguais se dobravam ligeiramente sobre as pedras e através das ervas nos dois lados da trilha estreita.

Os tropeiros quando o viram ergueram os braços numa saudação e gritaram. Como se tivessem estado esperando topar com ele cedo ou tarde. Usavam colares e braceletes de prata e alguns usavam argolas de ouro nas orelhas e gritaram para ele e apontando para a curva do rio mais além indicaram um trecho de terreno plano e ervoso onde parariam e se reuniriam. O avião era pouco mais do que um esqueleto com trapos de pano da cor do ruibarbo cozido pendendo das costelas da armação e dos estais de madeira de freixo e no interior eram visíveis os fios e os cabos que corriam do leme à cauda estabilizadora e o couro das poltronas rachado e enrugado e escurecido pelo sol e nos enegrecidos biséis de níquel o vidro dos instrumentos de controle glaucos e obscurecidos pelo polimento das areias do deserto. Os suportes das asas estavam atados em fardos ao lado e as pás da hélice estavam presas atrás ao longo da capota e os trens de aterragem presos debaixo da fuselagem.

Eles prosseguiram e pararam na planura e deixaram o mais jovem deles cuidando dos animais e depois voltaram descendo pela trilha enrolando cigarros e passando entre eles um *esclarajo* feito de um cano de projétil calibre cinquenta no qual ardia um pedaço de estopa. Eram ciganos provenientes de Durango e a primeira coisa que lhe perguntaram foi o que estava errado com o cavalo.

Ele lhes contou que o cavalo estava ferido e que achava que seu estado era bastante grave. Um deles lhe perguntou quando aconteceu e ele respondeu que no dia anterior. O homem mandou um dos mais jovens ir até a carreta e poucos minutos depois o jovem retornou com um velho bornal de lona. Em seguida todos seguiram por entre as árvores para ver o cavalo.

O cigano se ajoelhou nas folhas e examinou primeiro os olhos do cavalo. Depois removeu a argila seca e trincada do peito e examinou a ferida. Olhou para Billy.

Herida de cuchillo, Billy disse.

A expressão do cigano não se alterou e ele não tirou os olhos de cima de Billy. Billy olhou para os outros homens. Estavam de cócoras em volta do cavalo. Ele imaginou que se o cavalo morresse eles o comeriam. Disse que o cavalo tinha sido atacado por um lunático de um bando de quatro saqueadores. O homem anuiu com a cabeça. Passou a mão no queixo. Não tornou a olhar para o cavalo. Perguntou a Billy se queria vender o cavalo e Billy se deu conta pela primeira vez de que o cavalo sobreviveria.

Ficaram de cócoras, todos a observá-lo. Ele observou o tropeiro. Disse que o cavalo pertencera ao pai e que não podia se separar dele e o homem anuiu com a cabeça e abriu o bornal.

Porfírio, disse. *Tráigame agua.*

Correu os olhos entre as árvores e observou o acampamento de Billy onde um tênue fio de fumaça persistia no ar da manhã tão imóvel quanto uma corda. Pediu ao homem que fervesse a água e depois tornou a olhar para Billy. *Con su permiso*, disse.

Por supuesto.

Ladrónes.

Sí. Ladrónes.

O tropeiro abaixou o olhar na direção do cavalo. Com o queixo indicou a árvore onde estava depositado o cobertor com os ossos de Boyd.

Qué tiene allá?, perguntou.

Los huesos de mi hermano.

Huesos, repetiu o cigano. Voltou-se e olhou na direção do rio para onde se dirigira o homem com o balde. Os outros três homens acocorados à espera. *Rafael*, disse. *Leña*. Voltou-se para Billy e sorriu. Olhou em torno do pequeno arvoredo e levou a palma das mãos ao rosto num curioso gesto, como se se lembrasse de que esquecera alguma coisa. Num dedo indicador usava um anel de ouro ornamentado e joias e usava uma corrente de ouro no pescoço. Tornou a sorrir e fez um gesto para que fossem na direção da fogueira.

Recolheram lenha e reacenderam a fogueira e recolheram pedras para construir um suporte em cima do qual assentaram o balde para ferver. Embebidas no balde estavam várias porções de folhinhas verdes e o homem que buscara a água cobrira o balde com o que aparentava ser um velho címbalo de latão e todos se sentaram em volta da fogueira e observaram o balde e pouco depois ele começou a fumegar entre as chamas.

Aquele que se chamava Rafael levantou a tampa com um graveto e a depositou ao lado e mexeu a infusão esverdeada e tornou a colocar a tampa. Um pálido chá verde transbordava pelos lados do balde e chiava no fogo. O chefe dos tropeiros enrolou um cigarro. Passou a tabaqueira de pano para o homem ao lado e se curvou para a frente e pegou um graveto em chama da fogueira e com a cabeça inclinada para um lado acendeu o cigarro e depois recolocou o graveto na fogueira. Billy lhe perguntou se ele mesmo não temia os salteadores daquela região, mas o homem se limitou a responder que os salteadores não se atreviam a importunar os *gitanos* porque eles também eram homens da estrada.

Y dónde van con el aeroplano?, Billy perguntou.

O cigano indicou com o queixo. *Al norte*, disse.

Fumaram. O balde fumegava. O cigano sorriu.

Con respecto al aeroplano, disse, *hay tres historias. Cuál quiere oír?* Billy sorriu. Respondeu que queria ouvir a história verdadeira.

O cigano franziu os lábios. Parecia refletir sobre a possibilidade de haver uma. Por fim retrucou que era necessário explicar que havia dois aviões como aquele, ambos pilotados por jovens americanos, ambos perdidos nas montanhas no desastroso verão de mil novecentos e quinze.

Tragou longamente o cigarro e soprou a fumaça na direção da fogueira. Alguns fatos eram conhecidos, disse. Havia uma história corrente e por ela poderia começar. O avião havia permanecido nas elevadas montanhas desérticas de Sonora e o vento e a areia soprada haviam decomposto a estrutura e os índios que por lá passaram haviam arrancado a placa de inspeção de metal do painel de instrumentos e a levaram como amuleto e o avião ficou definhando naquele altiplano selvagem, perdido e por ninguém procurado e de fato não procurado por quase trinta anos. Até este ponto a história era uma só. Houvesse dois aviões ou apenas um. Qualquer que fosse o avião de que se falasse era o mesmo.

Tragou com cautela a ponta do cigarro pego entre o polegar e o indicador, um olho preto de esguelha evitando a fumaça que saía das narinas no ar imóvel. Por fim Billy lhe perguntou se fazia alguma diferença de qual avião se tratava uma vez que não fazia diferença de qual se falasse. O cigano anuiu com a cabeça. Parecia aprovar a pergunta embora não oferecesse resposta. Disse que o pai do piloto morto havia contratado alguns homens para transportar o avião para a fronteira a leste de Palomas. Enviara um representante à cidade de Madera — *pueblo que conoce* — e esse representante era um sujeito capaz de fazer uma pergunta daquela natureza.

Sorriu. Deu a última tragada no cigarro sem deixar cair a cinza e então fê-la cair no fogo e soprou a fumaça vagarosamente. Lambeu o polegar e o enxugou no joelho das calças. Disse que para homens da estrada a realidade das coisas sempre tinha importância. Disse que o estrategista não confundia os estratagemas com a realidade do mundo, do contrário o que seria dele? *El mentiroso debe primero saber la verdad*, disse. *De acuerdo?*

Anuiu com a cabeça voltada para a fogueira. O homem que carregara a água se levantou e remexeu os carvões com um graveto e colocou mais lenha embaixo do balde e tornou a se sentar no mesmo lugar. O cigano o esperou terminar. Depois continuou. Disse que a identidade do pequeno biplano não tinha significado exceto por sua história e disse que uma vez que se sabia que aquele artefato em frangalhos possuía um irmão nas mesmas condições, a questão da identidade havia sido efetivamente levantada. Disse que os homens presumem que a verdade de uma coisa reside na própria coisa independentemente das opiniões daqueles que a observam, enquanto se sustenta que aquilo que é fraudulento o é não importa em que medida possa se colar na aparência desejada. Se o avião por cujo transporte até a fronteira o cliente pagara não fosse na realidade a máquina na qual o filho morrera então sua estreita semelhança com aquela máquina dificilmente seria algo de valor, constituindo em vez disso mais uma complicação da urdidura do mundo para lograr os homens. Onde está pois a verdade disso? Pode-se até mesmo dizer que aquilo que dá significado a uma coisa é unicamente a história da qual esta participou. No entanto em que lugar se situa essa história?

O cigano afastou os olhos na direção da nascente do rio, para além das árvores, onde estava o avião. Parecia refletir sobre sua forma. Como se contida naquela primitiva construção estivesse alguma chave ainda não decodificada para as campanhas da revolução, para as estratégias de Angeles, para as táticas de Villa. *Y por qué lo quiere el cliente?*, perguntou. *Que después de todo no es nada más que el ataúd de su hijo?*

Ninguém respondeu. Pouco depois o cigano continuou. Disse que em determinado momento pensara que o cliente desejava simplesmente ter o avião como recordação. Ele de cujo filho os ossos havia muito estavam espalhados na *sierra*. Agora pensava de modo diferente. Disse que contanto que o avião permanecesse nas montanhas sua história estaria intocada. Suspensa no tempo. Sua presença nas montanhas era sua história inteira congelada numa única imagem para que todos a contemplassem. O cliente pensava e pensava corretamente que se removesse aqueles destroços do lugar em que jaziam ano após ano sob chuva e neve e sol então e somente então conseguiria privá-los do poder de se apossarem de seus sonhos. O cigano fez um gesto lento e suave com uma mão. *La historia del hijo termina en las montañas*, disse. *Y por allá queda la realidad de él.*

Balançou a cabeça. Disse que as tarefas simples quase sempre são as mais difíceis. Disse que de qualquer modo essa dádiva das montanhas não possuía o poder real de aplacar o coração de um velho porque uma vez mais sua viagem seria interrompida e nada seria mudado. E a identidade do avião seria colocada em questão enquanto nas montanhas ela não constituiria questão alguma. Isso forçava uma decisão. Era uma situação difícil. E como é quase sempre o caso Deus finalmente se encarregou de tomar uma decisão. Porque no fim os dois aviões foram retirados da montanha e um estava no Río Papigochic e o outro diante deles. *Como lo ve.*

Aguardaram. Rafael tornou a se levantar e reavivou o fogo e ergueu a tampa do balde e mexeu a infusão fumegante e tampou o balde de novo. Nesse ínterim o cigano enrolou outro cigarro e o acendeu. Pensou em como continuaria.

Cidade de Madera. Um mapa manchado e excêntrico impresso em papel de má qualidade com as dobras já se rompendo. Uma sacola de lona cheia de pesos de prata. Dois homens que se encontraram quase por acaso, nenhum dos quais jamais confiaria um no outro. O cigano estreitou os lábios de um modo que ninguém tomaria por um sorriso. Disse que onde são poucas as expectativas raros são os desapontamentos. Tinham subido às montanhas no outono dois anos antes e construído um trenó com ramos de árvore e com esse veículo haviam transportado os destroços até a borda da grande garganta do Papigochic River. Lá, com corda e sarilho, baixaram-nos no rio e lá construíram uma balsa com a qual transportaram a carcaça e as asas e as escoras até a ponte sobre a estrada de Mesa Tres Ríos e de lá por terra até a fronteira oeste de Palomas. A neve os rechaçou do altiplano antes de chegarem ao rio.

Os outros homens sentados ao redor daquela pálida fogueira pareciam escutar atentamente suas palavras. Como se eles próprios tivessem acabado de ser convocados a participar daquela empreitada. O cigano falava pausadamente. Descreveu-lhes a natureza do terreno no qual o avião caíra. Seu estado selvagem e as altas *vegas* ervosas e as barrancas profundas onde os dias tinham brevidade polar, barrancas em cujo solo rios grandes não aparentavam ser mais do que pedaços de corda. Abandonaram o terreno e retornaram na primavera. Dinheiro não tinham mais. Uma vidente tentou persuadi-los a não voltar. Uma do povo deles. O cigano ponderou as palavras da mulher, mas ele sabia o que ela não sabia. Que se um sonho pode prever o futuro pode também frustrar esse futuro. Pois Deus não nos permite saber o que está por vir. Não concede a ninguém que o curso do mundo seja desse modo revelado e aqueles que por magia ou sonho venham a penetrar o véu escuro que vela tudo o que diante deles se encontra poderão em virtude desse vislumbre fazer com que Deus altere o rumo do mundo e o coloque num curso inteiramente diferente e por conseguinte onde se situa o adivinho? Onde se situa o sonhador e seu sonho? Fez uma pausa para que todos pudessem meditar sobre isso. Para que ele mesmo pudesse meditar. Em seguida continuou. Falou do frio nas montanhas naquela estação. Povoou para eles o terreno com determinados pássaros e animais. Papagaios. Tigres. Homens de um outro tempo vivendo em cavernas daquelas terras tão remotas que o mundo se esquecera de matá-los. O tarahumaras seminus ao longo da muralha de pedra do vazio enquanto a fuselagem e as estruturas das asas do avião destruído oscilavam no azul e foram ficando cada vez menores e descendiam pouco a pouco no abismo mais e mais profundo da barranca silenciosa e sem ressoo e bem abaixo deles os vultos de abutres em lentas espirais tal como fragmentos de cinza carregados por uma corrente de ar ascendente.

Falou das corredeiras no rio e das grandes rochas na garganta e da chuva nas montanhas à noite e do rio que corria uivando entre os estreitos como um trem e à noite a chuva que caía por quilômetros e quilômetros naquela fenda extrema da crosta terrestre e chiava nas fogueiras acesas com lenha recolhida e a rocha sólida ao redor deles através da qual as águas vociferavam estremecia como uma mulher e se eles falavam entre si e nenhuma das palavras se formava no ar tal o terrível ruído naquele mundo ínfero.

Passaram nove dias na garganta enquanto a chuva caía e o rio subia até que por fim se viram encurralados numa elevada fenda rochosa como ratos em busca de refúgio, todos os sete sem alimento ou fogueira e a garganta inteira a estremecer como se o próprio mundo estivesse prestes a se abrir embaixo deles e tragar tudo e eles alternaram noites de vigia até que ele mesmo perguntou o que estavam vigiando. O que fazer se acontecesse?

O címbalo de latão sobre o balde se elevou de leve num lado e uma espuma verde jorrou e escorreu pelo lado do balde e o címbalo voltou ao lugar silenciosamente. O *gitano* esticou a mão e bateu na ponta do cigarro pensativamente para fazer a cinza cair sobre os carvões.

Nueve días. Nueve noches. Sin comida. Sin fuego. Sin nada. O rio subiu e eles amarraram a balsa com as cordas do sarilho e depois com fios de videira e o rio subiu e engoliu a balsa, poste e prancha, e nada havia a fazer para salvá-la e a chuva caía. Primeiro as asas foram arrastadas. Penduravam-se nas rochas ele e seus homens nas trevas uivantes como símios sitiados e gritavam mudamente um para o outro naquele turbilhão e seu primo Macio desceu para firmar a fuselagem, embora ninguém soubesse que utilidade teria sem as asas, e o próprio Macio quase foi levado de roldão e perdido. Na manhã do décimo dia a chuva cessou. Caminharam ao longo das rochas na úmida e cinzenta aurora mas todos os sinais daquela empreitada haviam desaparecido na cheia como se ela nunca tivesse ocorrido. O rio continuava a subir e na manhã do dia seguinte, enquanto fitavam a hipnótica ravina abaixo deles, o corpo de um homem afogado foi lançado da torrente como um enorme e pálido peixe e remoinhou uma vez de barriga para baixo na escuma do torvelinho abaixo deles como se estivesse procurando alguma coisa no leito do rio e depois foi sugado rio abaixo para prosseguir viagem. Já tinha vindo de muito longe em suas viagens a julgar pela aparência porque roupas não tinha e boa parte da pele e todo o cabelo exceto um tufo no crânio haviam sido raspados nas passagens sobre as pedras do rio. Circulando na escuma ele se movia de modo vago e desconjuntado como se não tivesse ossos. Algum íncubo ou manequim. Mas quando passou abaixo deles viram nele revelado aquilo de que os homens são feitos e que teria sido melhor não ver. Viram ossos e ligamentos e viram as pequenas costelas e através da pele lixiviada e esmerilada as formas escuras dos órgãos internos. Ele girava e ganhava velocidade e depois sumiu na escuma troante como se tivesse trabalho urgente a jusante.

O cigano soprou de leve por entre os dentes. Observou o fogo. *Y entonces qué?*, Billy perguntou.

Ele abanou a cabeça. Como se a recordação daquelas coisas causassem sofrimento. Por fim desceram da garganta e tomaram o rumo das montanhas até chegarem a Sahuaripa e lá esperaram até que finalmente um caminhão surgiu descendo num zumbido a quase impassável estrada proveniente de Divisaderos e na carroceria daquele caminhão viajaram quatro dias, sentados com pás sobre os joelhos, desfigurados pelo lodo, descendo vezes incontáveis para cavar e chafurdar no lodo como condenados enquanto o motorista lhes gritava da cabina e depois prosseguia em agonia. Para Bacanora. Para Tonichi. De novo ao norte de Nuri a Sán Nicolás e Yécora e através das montanhas até Temosachic e Madera onde o homem que os contratara exigiu que devolvessem o dinheiro que lhes dera como adiantamento.

O cigano atirou o toco do cigarro dentro da fogueira e cruzou as botas diante de si e as puxou com as mãos para baixo do corpo e se curvou para a frente a observar as chamas. Billy lhe perguntou se o avião alguma vez foi encontrado e o cigano respondeu que não porque na realidade nada havia para ser encontrado. Billy lhe perguntou então por que afinal retornaram a Madera e o homem refletiu sobre a pergunta. Por fim respondeu que não acreditava que tivesse sido por acaso que conhecera aquele homem e fora contratado para ir às montanhas nem tinha sido o acaso que enviara as chuvas e enchera o Papigochic. Ficaram em silêncio. O vigia do balde se levantou pela terceira vez e mexeu e o colocou de lado para esfriar. Billy olhou para os rostos solenes ao redor da fogueira. Os ossos debaixo da pele azeitonada. Pessoas do mundo. Acocoravam-se com ligeireza naquele círculo no arvoredo, ao mesmo tempo vigilantes e descontraídos. Não tinham qualquer relação de posse com nada, dificilmente com o espaço que ocupavam. A experiência de vida os levou a conquistar o mesmo discernimento a que seus pais chegaram. Esse movimento é em si mesmo uma forma de propriedade. Observou-os e disse que o avião que agora transportavam para o norte ao longo da estrada era portanto um outro avião.

Os olhos pretos caíram sobre o chefe do pequeno clã. Tudo era quietude. Na estrada um dos bois começou a mijar ruidosamente. Por fim o chefe abriu a boca e disse que acreditava que a sina interviera por uma boa razão. Disse que a sina podia se introduzir nos afazeres dos homens a fim de contraditá-los ou menoscabá-los mas dizer que a sina poderia negar a verdade e defender o falso parecia ser uma visão contraditória das coisas. Dizer que havia no mundo uma vontade que se opusesse à vontade de alguém era uma coisa. Dizer que havia uma vontade que se opusesse à verdade era outra coisa, porque desse modo tudo se tornava disparatado. Billy lhe perguntou então se acreditava que o avião falso fora devastado por Deus com o propósito de realçar a verdade e o cigano respondeu que não era esse o caso. Quando Billy observou que tinha entendido do que ele dissera que Deus é que em última instância tomara uma decisão quanto aos dois aviões, o cigano retrucou que acreditava que assim fosse, mas que não acreditava que com tal ato Deus houvesse se dirigido a alguém. Disse que não era um homem supersticioso. Os ciganos o escutaram com atenção e depois se voltaram para Billy para ver como ele responderia. Billy disse que lhe parecia que os carregadores não davam grande importância à identidade do avião mas o *gitano* se limitou a se voltar para examiná-lo com aqueles olhos pretos e perturbados. Disse que na realidade a identidade tinha importância e que esta era com efeito o foco de sua indagação. De uma determinada perspectiva se podia até mesmo arriscar a dizer que o grande problema do mundo fosse o fato de que aquilo que sobrevivia era considerado prova de acontecimentos passados. Uma falsa autoridade se aderia ao que subsistia, como se aqueles artefatos do passado tivessem perdurado apenas por algum ato de sua própria vontade. No entanto a testemunha não sobrevivia ao testemunhado. No mundo que veio a ser aquilo que prevaleceu jamais poderia falar por aquilo que pereceu, poderia apenas exibir a própria arrogância. Pretextava ser símbolo e súmula do mundo esvanecido mas não era nem um nem outro. Disse que de qualquer modo o passado era pouco mais do que um sonho e sua força no mundo grandemente exagerada. Porque o mundo se renovava a cada dia e apenas o fato de os homens se aferrarem a suas cascas esvanecidas é que fazia daquele mundo mais uma casca.

La cáscara no es la cosa, disse. Parecia o mesmo. Mas não era.

Y la tercera historia?, Billy perguntou.

La tercera historia, disse o cigano, *es ésta. Él existe en la historia de las historias. Es que ultimadamente la verdad no puede quedar en ningún otro lugar sino en el habla.* Ergueu as mãos diante de si e fitou as palmas. Como se estivessem fazendo algo que ele próprio não estava fazendo. O passado, disse, é sempre esse debate entre os opostos. Recordações se turvam com a idade. Não há um recipiente para nossas imagens. Os entes queridos que nos visitam em sonhos são estranhos. Mesmo enxergar direito é um esforço. Buscamos alguma testemunha, mas o mundo não fornece nenhuma. Essa é a terceira história. É a história que cada homem constrói sozinho com aquilo que lhe restou. Fragmentos de destroços. Alguns ossos. As palavras dos mortos. Como criar um mundo com isso? Como viver nesse mundo depois de criado?

Olhou para o balde. O vapor cessara de subir e ele anuiu com a cabeça e se pôs de pé. Rafael se levantou e recolheu o saco de lona e o jogou sobre o ombro e pegou o balde e todos seguiram o cigano por entre as árvores à beira do rio até onde o cavalo estava deitado e lá um dos homens se ajoelhou e ergueu do chão a cabeça do cavalo enquanto Rafael retirava do saco um funil de couro e um pedaço de mangueira de borracha e eles seguraram a boca do cavalo e abriram as mandíbulas enquanto ele untava a mangueira e a enfiava pela goela do cavalo e torcendo encaixaram o funil na extremidade da mangueira e depois sem cerimônia entornaram o líquido do balde dentro da boca do animal.

Quando terminaram o cigano tornou a lavar o sangue seco no peito do cavalo e examinou a ferida e depois com as duas mãos apanhou um punhado das folhas cozidas depositadas no fundo balde e as acumulou sobre a ferida numa cataplasma que ele fixou no lugar com um pedaço de estopa e a amarrou com uma corda que passou sobre o pescoço do cavalo e por trás das pernas dianteiras. Quando terminou se levantou e recuou e ficou observando o animal num longo momento de contemplação. O cavalo tinha de fato um aspecto bastante estranho. O animal ergueu a cabeça a meio e olhou para eles piscando os olhos e depois ofegou e esticou o pescoço sobre as folhas e assim ficou. *Bueno*, disse o cigano. Olhou para Billy e sorriu.

Pararam na estrada e o *gitano* firmou o chapéu sobre a testa e deslizou sob o queixo o fragmento de osso de pássaro ornamentado que usava como prendedor e olhou para os bois e para a carreta e para o avião. Olhou por entre as árvores na direção em que o cobertor enrolado com os restos de Boyd estava apoiado entre os galhos baixos da árvore. Olhou para Billy.

Estoy regresándole a mi país, disse Billy.

O cigano sorriu mais uma vez e correu os olhos pelo norte ao longo da estrada. *Otros huesos*, disse. *Otros hermanos*. Disse que quando menino tinha viajado muito na terra do *gavacho*. Disse que acompanhara o pai pelas ruas das cidades do oeste e que recolheram várias coisas velhas das casas e as venderam. Disse que às vezes, em baús e em caixas, encontravam fotografias e ferrotipias antigas. Aquelas imagens tinham valor apenas para os vivos que conheceram as pessoas fotografadas e que com o passar dos anos deixavam de existir. Mas o pai era um cigano e tinha o pensamento de um cigano e pendurava aquelas imagens vincadas e desbotadas com pregadores de roupa em arames no teto da carroça. E lá ficavam. Nunca ninguém perguntou o que eram. Nunca ninguém quis comprá-las. Um tempo depois o rapaz viu nelas uma espécie de aviso e começou a buscar atrás daqueles rostos em sépia algo secreto que eles pudessem lhe revelar sobre a vida terrena que viveram. Os rostos se tornaram bastante familiares. A julgar por suas roupas antigas havia muito estavam mortos e ele os avaliava ali onde estavam, posando sentados na escada da varanda, sentados em cadeiras num quintal. Todo o passado e todo o futuro e todos os sonhos ainda por nascer cauterizados naquela breve captura de luz no interior da câmara. Examinou aqueles rostos. Expressões de vago desgosto. Expressões de pesar. Talvez o germe de um amargor por coisas até então não concretizadas e que, no entanto, eram para sempre passadas.

O pai dizia que os *gorgios* eram uma gente inescrutável e foi o que ele constatou. Nos retratos e fora dos retratos. As fotografias penduradas no varal se transformaram para ele numa forma de interrogar o mundo. Sentia nelas algum poder e imaginava que os *gorgios* considerassem que traziam azar porque quase não olhavam para elas, mas a verdade era ainda mais atroz como a verdade costuma ser.

O que ele veio a compreender foi que, como aquelas pessoas retratadas em amareladas fotografias não tinham valor algum a não ser no coração de alguém, o mesmo ocorria no coração de outro alguém num terrível e infinito desgaste e outro valor não existia. Toda parecença uma heresia. Naquelas imagens tinham esperado encontrar certa imortalidade, mas não se pode aplacar o esquecimento. Isso era o que o pai quisera lhe dizer e por isso eram homens da estrada. Por isso os amarelados daguerreótipos oscilavam nos pregadores no varal da carroça do pai.

Disse que viagens que envolviam a companhia de um morto eram notáveis pela dificuldade, mas que na verdade toda viagem tinha tal companhia. Disse que lhe parecia imprudente pressupor que os mortos não têm poder de agir no mundo, pois seu poder é grande e sua influência tanto maior sobre aqueles que disso menos suspeitam. Disse que o que os homens não compreendem é que os mortos abandonaram não o mundo propriamente mas apenas a imagem do mundo no coração dos homens. Disse que não se pode abandonar o mundo porque ele é eterno sob todas as formas, assim como o são todas as coisas nele contidas. Naqueles rostos que permanecerão para sempre sem nome com seus trajes gastos está escrita uma mensagem que jamais poderá ser transmitida porque o tempo matará sempre o mensageiro antes que ele possa chegar.

Sorriu. *Pensamos*, disse, *que somos las víctimas del tiempo. En realidad la vía del mundo no es fijada en ningún lugar. Cómo sería posible? Nosostros mismos somos nuestra própria jornada. Y por eso somos el tiempo también. Somos lo mismo. Fugitivo. Inescrutable. Desapíadado.*

Voltou-se e falou em romani com os outros e um deles pegou um relho de dentro de um cesto preso na lateral da carreta e o desenrolou e o fez estalar no ar e o estalo ecoou como um disparo no arvoredo e a carreta se pôs em lento e difícil movimento. O cigano se voltou e sorriu. Disse que talvez tornassem a se encontrar em alguma outra estrada porque o mundo não é tão grande quanto os homens imaginam. Quando Billy perguntou quanto lhe devia pelos serviços o homem desfez a dívida com um gesto de mão. *Para el camino*, disse. Depois se voltou e subiu a estrada atrás dos demais. Billy ficou parado segurando o magro maço de notas manchadas de sangue que tinha tirado do bolso. Chamou o cigano e o cigano se voltou.

Gracias, gritou.

O cigano ergueu uma mão. *Por nada.*

Yo no soy un hombre del camino.

Mas o cigano apenas sorriu e acenou com a mão. Disse que o rumo da estrada era a lei para todo aquele que a percorresse. Disse que na estrada não havia casos especiais. Depois se voltou e continuou a caminhar atrás dos outros.

Ao entardecer o cavalo se levantou e ficou sobre as pernas trêmulas. Billy não o encabrestou, apenas caminhou ao lado do animal até o rio onde ele muito cautelosamente entrou na água e bebeu sem cessar. Ao entardecer, enquanto Billy preparava a refeição de *tortillas* e queijo de cabra que os ciganos lhe ofereceram, um cavaleiro surgiu na estrada. Solitário. Assobiando. Deteve-se entre as árvores. Depois prosseguiu com mais vagar.

Billy se levantou e caminhou até a estrada e o cavaleiro freou o cavalo. Puxou o chapéu ligeiramente para trás, para melhor ver, para melhor ser visto. Olhou para Billy e para a fogueira e para o cavalo parado adiante no arvoredo.

Buenas tardes, Billy disse.

O cavaleiro o cumprimentou com um gesto de cabeça. Montava um bom cavalo e usava boas botas e um bom chapéu Stetson e fumava um pequeno charuto *puro*. Tirou o *puro* da boca e cuspiu e o pôs de novo.

Fala americano?, perguntou.

Falo. Sinsenhor.

Você tinha me parecido uma pessoa meio sensata. O que é que está fazendo aqui neste lugar? O que é que há de errado com aquele cavalo?

Bom, senhor, creio que o que eu estou fazendo aqui é da minha conta. E acho que posso dizer o mesmo sobre o cavalo.

O homem não lhe deu atenção. Não está morto, está?

Não. Não está. Um bandoleiro cortou ele com uma faca.

Um bandoleiro cortou ele?

Sinsenhor.

Você quer dizer que castrou ele?

Não. Eu quero dizer que apunhalou ele no peito.

E por que cargas-d'água?

Me diga o senhor.

Eu não sei.

Pois eu também não.

O cavaleiro se pôs a fumar pensativamente. Olhou para a paisagem a oeste do rio. Não entendo este país, disse. Não entendo nada. Você não deve ter café, não é mesmo?

Tenho uma coisa parecida. Se quiser desmontar estou preparando uma comida. Não é grande coisa mas o senhor é bem-vindo.

Bom, entendo isso como uma cortesia.

Desmontou com fastio e passou as rédeas por sobre as costas e ajustou o chapéu mais uma vez e se adiantou guiando o cavalo. Não entendo absolutamente nada, disse. Você viu o meu avião passar por aqui?

Acocoraram-se diante do fogo enquanto no arvoredo ia escurecendo e eles esperavam o café ferver. Nunca pensei que aqueles ciganos iam chegar até aqui, o homem disse. Tinha lá minhas dúvidas. Eu sou do tipo que admite quando erra.

Bom. Isso é uma virtude.

É, é sim.

Comeram feijão enrolado nas *tortillas* junto com o queijo derretido. O queijo tinha gosto de ranço e era fedorento. Billy ergueu a tampa da cafeteira com uma vareta e espiou dentro e repôs a tampa. Olhou para o homem. O homem estava sentado na terra com as pernas cruzadas segurando com uma mão as botas sola contra sola.

Você está com jeito de que anda por aqui faz algum tempo, o homem disse.

Não sei. O que é que te parece?

Me parece que você precisa voltar.

Bom. Você provavelmente tem razão. Esta é a minha terceira viagem. É a primeira vez que venho pra cá que encontro o que estava procurando. Mas não tenho a menor dúvida de que não é o que eu queria.

O homem anuiu com a cabeça. Não parecia ter vontade de saber o que era. Vou lhe dizer uma coisa, disse. Só ponho meus pés de novo neste país quando o inferno congelar. Uma bosta congelada é o que é. Escute o que eu estou lhe dizendo.

Billy verteu o café. Beberam. O café estava extremamente quente nas canecas de lata mas o homem aparentemente não se deu conta. Bebeu e ficou olhando por entre as árvores escuras na direção do rio e das dobras prateadas das águas trançadas entre os cascalhos da margem à luz da lua. A jusante do rio o globo nácar da lua transparecia nos recifes de nuvens como um crânio à luz de uma vela. Jogou o resíduo do café dentro da escuridão. É melhor eu ir seguindo, disse.

Pode ficar se quiser.

Gosto de cavalgar de noite.

Está bem.

Acho que a gente percorre mais chão.

Esta região está infestada de saqueadores, Billy disse.

Saqueadores, o homem disse. Fitou o fogo. Pouco depois tirou do bolso um charuto preto e fino e o inspecionou. Em seguida mordeu a ponta e a cuspiu dentro do fogo.

Fuma charuto?

Nunca provei.

Não é contra a sua religião?

Que eu saiba não.

O homem se curvou para a frente e pegou da fogueira um pedaço de lenha em brasa e acendeu o charuto. Foi preciso um pouco de faísca para fazê-lo queimar. Quando o cigarro estava bem aceso ele devolveu o pedaço de lenha enegrecida à fogueira e soprou um anel de fumaça e depois soprou um outro menor no centro do maior.

A que horas eles partiram?, perguntou.

Não sei. Acho que meio-dia.

Não devem ter caminhado muito mais do que dez quilômetros.

Pode ter sido mais tarde.

Toda vez que faço uma parada em algum lugar eles se atrasam por causa de alguma coisa. É sempre assim. Culpa minha. Vivo me desgarrando por causa daquelas *señoritas*. Eu também era doido por aquelas mademuaselas acolá. Gosto quando não falam uma palavra de inglês. Esteve lá?

Não.

O homem esticou a mão até a fogueira e pegou o pedaço de lenha com o qual tinha acendido o charuto e bateu para apagar a chama e depois se voltou e desenhou na escuridão atrás dele com a ponta abrasada e fumegante como se fosse uma criança. Pouco depois tornou a devolver a lenha à fogueira.

Seu cavalo está muito mal?, perguntou.

Não sei. Faz dois dias que não se levanta.

Devia ter pedido para aquele cigano examinar ele. Dizem que eles sabem tudo sobre cavalo.

É mesmo?

Não sei. Eu sei que sabem fazer um cavalo doente parecer são por bastante tempo até vender ele.

Não quero vender ele.

Vou lhe dizer o que deve fazer.

O que é?

Mantenha aquela fogueira acesa.

Por quê?

Por causa dos pumas. Carne de cavalo é o que mais gostam.

Billy anuiu com a cabeça. Sempre ouvi falar disso, disse.

Sabe por que sempre ouviu falar?

Por que que eu sempre ouvi falar?

É.

Não. Por quê?

Porque é verdade, por isso.

Você acha que muita coisa que um homem ouve é verdade?

A minha experiência diz que sim.

A minha não.

O homem se pôs a fumar e a fitar o fogo. Pouco depois disse: A minha também não. Falei por falar. E muito menos estive lá onde eu disse que estive. Sou um rejeitado pelo serviço militar. Sempre fui, sempre serei.

Aqueles ciganos levaram o avião de lá de cima das *sierras* até lá embaixo no Papigochic River?

Foi o que eles falaram?

Foi.

O avião estava num celeiro do Taliafero Ranch perto de Flores Magón. Não tinha nem como voar para esse lugar que você falou. O avião alcança um teto de não mais que seis mil pés.

O piloto morreu?

Não que eu saiba.

Foi por isso que você veio pra cá? Pra encontrar o avião e levar ele de volta?

Vim para cá porque engravidei uma moça em McAllen no Texas e o pai dela queria me matar.

Billy olhou fixamente para a fogueira.

Você fala de correr para dentro dos braços de uma coisa de que fugiu, o homem disse. Alguma vez você levou um tiro?

Não.

Pois eu duas vezes. A última foi no centro da cidade de Cuauhtémoc em plena luz do dia numa tarde de sábado. Todo mundo correu. Não fosse por duas mulheres menonitas que me levantaram da rua e me puseram numa carroça eu ainda estaria deitado lá.

Onde acertaram você?

Bem aqui, disse. Virou-se puxou para trás o cabelo que cobria a têmpora direita. Está vendo? Dá para ver.

Curvou-se e cuspiu dentro da fogueira e olhou para o charuto e o pôs de volta na boca. Fumou. Não sou louco, disse.

Eu não disse isso.

Não. Mas deve ter pensado.

E você deve ter pensado isso de mim.

Talvez.

Isso aconteceu mesmo ou você falou por falar?

Não. Aconteceu.

Meu irmão foi baleado e morto aqui. Vim pra levar ele pra casa. Foi baleado e morto no sul daqui. Uma cidade chamada San Lorenzo.

Por aqui te matam antes mesmo de piscar um olho.

Meu pai foi baleado e morto no Novo México. Aquele cavalo deitado lá era dele.

O mundo é cruel, o homem disse.

Ele veio do Texas em mil novecentos e dezenove. Tinha mais ou menos a idade que eu tenho agora. Não nasceu lá. Nasceu no Missouri.

Eu tive um tio que nasceu no Missouri. O pai dele estava bêbado e caiu de uma carroça na lama uma noite em que estavam viajando por lá e foi por isso que ele nasceu no Missouri.

Minha mãe era de uma fazenda no De Baca County. A mãe dela era uma mexicana de puro sangue que não falava uma palavra de inglês. Viveu com a gente até morrer. Eu tinha uma irmã mais nova que morreu quando eu tinha sete anos, mas me lembro bem dela. Fui até Fort Summer pra tentar encontrar o túmulo dela, mas não encontrei. Ela se chamava Margaret. Eu sempre achei que era um nome bonito pra uma menina. Se eu tivesse uma filha ia dar esse nome pra ela.

É melhor eu ir indo.

Está bem.

Não se esqueça do que eu falei sobre a fogueira.

Está bem.

Me parece que você já passou por muita coisa neste mundo.

Só estava falando demais. Tive mais sorte do que muita gente. Só tem uma vida que vale a pena viver e foi com ela que eu nasci. E vale por todas. O meu irmão era melhor do que eu pra isso. Era espontâneo. Era mais esperto do que eu. Não só com cavalos. Com tudo. O pai sabia disso também. Sabia e sabia que eu sabia e era só o que a gente tinha pra dizer a respeito.

É melhor eu ir indo.

Tome cuidado.

Vou tomar.

Levantou-se, ajustou o chapéu. A lua estava alta e o céu estava limpo. O rio atrás das árvores parecia metal fundido coado.

Este mundo nunca será o mesmo, disse o cavaleiro. Sabia disso?

Eu sei. Não é agora.

Quatro dias mais tarde tomou o rumo norte ao longo do rio com os restos do irmão em cima de um *travois* feito de galhos de árvore nova amarrado ao cavalo. Três dias depois deu na fronteira. Passou pelo primeiro dos obeliscos brancos que marcavam a linha de fronteira internacional a oeste de Dog Springs e atravessou o antigo reservatório seco. Os velhos aterros haviam cedido em alguns pontos e ele cavalgou no chão de barro crestado do reservatório com os paus do *travois* raspando atrás. No chão de barro havia pegadas de vacas e antílopes e coiotes que por ali passaram depois de uma chuva recente e ele chegou a um ponto crivado de inscrições com os estridentes aleatórios de grous onde as aves planaram e pousaram e pisaram na lama árida. Naquela noite dormiu no país que era dele e teve um sonho no qual viu os peregrinos de Deus avançando com dificuldade por uma borda escura na luz derradeira do crepúsculo daquele dia e eles pareciam retornar de alguma penosa empreitada que não era nem uma guerra nem uma fuga mas mais provavelmente retornavam de algum trabalho ao qual talvez eles e todas as outras coisas estivessem subjugados. Um escuro *arroyo* o separava do lugar para o qual se dirigiam e ele olhou para ver se conseguiria dizer pela natureza de suas ferramentas a que atividade tinham se entregado, mas não carregavam qualquer ferramenta e prosseguiam exauridos em meio ao silêncio com os perfis contra o céu que ia escurecendo ao redor e em seguida desapareceram. Quando acordou na escuridão que tudo encobria ao redor ele pensou que alguma coisa tivesse de fato acontecido na noite desértica e ficou acordado por um longo tempo, mas sem a sensação de que aquilo ainda retornaria.

No dia seguinte atravessou Hermanas e tomou a empoeirada estrada rumo a oeste e naquele entardecer deteve o cavalo na encruzilhada em frente o depósito de Hatchita e correu os olhos na direção sudoeste onde o sol derradeiro incidia sobre os Animas Peaks e teve certeza de que jamais voltaria. Atravessou lentamente o Animas Valley arrastando o *travois* como o fizera o dia inteiro. Quando entrou na cidade de Animas na manhã seguinte era Quarta-Feira de Cinzas segundo o calendário e as primeiras pessoas que ele viu eram mexicanos com marcas de fuligem na testa, cinco crianças e uma mulher andando uma atrás da outra em fileira ao longo da margem empoeirada da estrada que levava para fora da cidade. Desejou-lhes bom-dia, mas elas apenas se benzeram ao ver o corpo no *travois* e seguiram em frente. Comprou uma pá na loja de ferragens e cavalgou na direção sul até que chegou a um pequeno cemitério e maneou o cavalo e o deixou pastando na frente do portão enquanto cavava uma cova.

Havia cavado uma cova que lhe dava na cintura, em meio a terra seca e salitre, quando o xerife chegou de carro e estacionou e desceu e entrou pelo portão.

Suspeitei que era você, disse.

Billy parou e se apoiou na pá e depois ergueu para ele os olhos semicerrados. Havia tirado a camisa rasgada e esticou o braço e a pegou do chão e com ela enxugou o suor da testa e aguardou.

Imagino que aquele ali é o teu irmão, disse o xerife.

Sinsenhor.

O xerife meneou a cabeça. Desviou o olhar para o campo ao longe. Como se no ar pairasse algo intocável. Baixou os olhos e fitou Billy.

Não tem muito pra dizer, não é?

Não, senhor. Não muito.

Bom. Não se pode simplesmente andar por aí e enterrar gente. Vou falar com o juiz e ver se ele fornece um atestado de óbito. Eu nem sequer sei de quem é este terreno que você tá cavando.

Sinsenhor.

Venha me ver amanhã em Lordsburg.

Está bem.

O xerife abaixou o chapéu e tornou a menear a cabeça e se voltou e saiu pelo portão e entrou no carro.

Nos dias que se seguiram ele cavalgou rumo ao norte para Silver City e a oeste para Duncan no Arizona e de novo ao norte pelas montanhas para Glenwood, para Reserve. Trabalhou para os Carrizozos e para os GS e partiu por nenhum motivo que ele soubesse e em julho daquele ano desviou de novo na direção para Silver City e tomou a estrada velha a leste passando pelas minas de Santa Rita e prosseguiu para além de San Lorenzo e do Black Range. Um vento soprava das montanhas ao norte e a pradaria diante dele escurecera sob as nuvens que rolavam. O cavalo se arrastava de cabeça baixa e o cavaleiro o montava bastante ereto com a aba do chapéu puxada sobre os olhos. Aquele terreno era todo acácia e creosoto que cresciam da terra cascalhosa e não havia cercas e a erva era rara. Uns poucos quilômetros mais e ele se deparou com a estrada asfaltada e deteve o cavalo. Um caminhão passou roncando e se perdeu na distância. A mais de cem quilômetros ao longe as cadeias rochosas das Organ

Mountains brilhando sob as nuvens na luz listada do sol derradeiro. Enquanto ele as observava se dissolveram em sombras. O vento que soprava do deserto portava borrifos de chuva. Atravessou a vala e entrou na estrada de asfalto e diminuiu o passo do cavalo e olhou para trás. Os capins-guiné eram abundantes ao longo da beira da estrada curvados e torcidos ao vento. Guiou o cavalo para trás ao longo da estrada na direção de algumas construções que avistara. Invólucros de pneumáticos arrancados de caminhões jaziam espiralados e enrugados na margem da estrada como as peles desprendidas e enegrecidas pelo sol que antigos sáurios do deserto deixaram no asfalto. O vento soprava do norte e depois a chuva caiu e sovou em pancadas a estrada adiante dele.

Eram três construções de adobe situadas próximas da estrada e que no passado serviram como estação de trem secundária e os tetos haviam desabado quase que completamente e as vigas na maioria tombado. Havia na frente dos prédios uma velha bomba de gasolina vermelha e enferrujada com o vidro quebrado. Ele levou o cavalo para dentro do maior dos prédios e retirou a sela e a depositou no chão. Num canto havia um monte de feno e ele o remexeu com o pé para soltá-lo ou para ver o que poderia conter. Estava seco e empoeirado e revelou uma concavidade onde algo estivera dormindo. Ele saiu e caminhou até o fundo do prédio e retornou com uma velha calota na qual verteu água da bolsa de água de lona e a estendeu para o cavalo beber. Pelo caixilho danificado da janela via a estrada cintilando negra na chuva.

Pegou os cobertores e os estendeu sobre o feno e estava sentado comendo sardinhas em lata e olhando a chuva cair quando um cão amarelado deu a volta ao prédio e entrou pela porta aberta e parou. Olhou primeiro para o cavalo. Depois virou a cabeça e observou. Era um cão velho com o focinho grisalho e as patas posteriores estavam horrivelmente estropiadas e a cabeça era de algum modo desproporcional em relação ao corpo e ele se movimentava de um modo grotesco. Um animal artrítico e desarticulado que andava de lado e cheirava o chão para captar o odor do homem e depois erguia a cabeça e farejava o ar e tentava distingui-lo das sombras com os olhos turvos e meio cegos.

Billy depositou com cuidado as sardinhas ao lado. Sentia o cheiro do animal na umidade. O cão estava parado um pouco adiante da porta no interior com a chuva caindo nas ervas silvestres e nos cascalhos atrás dele e estava molhado e deplorável e tão marcado por cicatrizes e alquebrado que bem poderia ser uma composição de partes de outros cães realizada por um vivisseccionista demente. Ficou lá parado e depois se sacudiu daquele modo grotesco e se encaminhou coxeando e lamuriando para o fundo do salão de onde olhou para trás e depois girou três vezes em torno de si mesmo e se deitou.

Billy limpou a lâmina do canivete na perna das calças e depositou o canivete de través sobre a lata de sardinha e olhou ao redor. Arrancou um torrão de barro da parede e o atirou. O cão emitiu um estranho som de lamúria mas não se mexeu.

Some, ele gritou.

O cão gemeu, deitado como antes.

Billy praguejou em baixa voz e se pôs de pé e procurou por uma arma. O cavalo o acompanhou com os olhos e olhou para o cão. Ele atravessou o salão e saiu na chuva e andou até a lateral do prédio. Quando retornou trazia na mão um cano de água de quase um metro de comprimento e segurando-o avançou na direção do cão. Arreda, gritou. Some.

O cão se levantou lamuriando e recuou ao longo da parede e saiu coxeando para o pátio. Quando Billy se virou para retornar aos cobertores o cão furtivamente entrou de novo. Billy girou e correu atrás do cão com o cano na mão e o cão saiu.

Ele o seguiu. Estava parado na beira da estrada e lá ficou debaixo da chuva a olhar para trás. Talvez alguma vez tivesse sido um cão de caça, talvez tomado como morto tivesse sido abandonado nas montanhas ou à margem de alguma estrada. Repositório de milhares de humilhações e arauto de Deus sabia o quê. Billy se abaixou e apanhou um punhado de pedras da faixa cascalhosa e as atirou. O cão levantou a cabeça desfigurada e uivou de maneira estranha. Avançou na direção dele e o animal caminhou estrada acima. Perseguiu-o e atirou mais pedras e gritou e arremessou o pedaço de cano. O cano caiu quicando clamorosamente na estrada atrás do cão e o cão tornou a uivar e começou a correr, claudicando nas pernas tortas com a estranha cabeça acoplada ao pescoço. Enquanto prosseguia ergueu de lado o focinho e uivou de novo emitindo um som terrível. Algo que não pertencia a esta terra. Como se algum horrendo composto de dor houvesse irrompido do mundo pretérito. Foi cambaleando estrada acima na chuva com as pernas feridas e enquanto seguia uivava de novo e de novo no desespero do coração até que desapareceu de vista e desapareceu qualquer som no início da noite.

Acordou na luz branca do meio-dia do deserto e ergueu o corpo e se sentou nos cobertores malcheirosos. A sombra do caixilho da janela de madeira tosca desenhada sobre a parede em frente começava a empalidecer e a se esvanecer enquanto ele a observava. Como se uma nuvem estivesse velando o sol. Afastou os cobertores com os pés e calçou as botas e pôs o chapéu e se levantou e saiu. A estrada era um tênue cinza na luz e a luz ia se retirando para os confins do mundo. Pássaros miúdos haviam despertado entre as samambaias da beira da estrada e começavam a trinar e a voar nos arredores e no asfalto bandos de tarântulas que à noite atravessavam a estrada como se fossem caranguejos da terra se imobilizaram nas articulações, arqueadas como marionetes, examinando com seu medido passo óctuplo as súbitas e articuladas sombras de si mesmas no piche negro.

Olhou para a estrada abaixo e olhou na direção da luz que esvanecia. Formações de nuvens cada vez mais negras ao longo do horizonte ao norte. Parara de chover durante a noite e um arco-íris fraturado se elevava sobre o deserto num tênue arco de néon e ele olhou de novo para a estrada que permanecia como antes e que no entanto estava mais escura e mais escura ainda no ponto em que corria para leste e no ponto em que não havia sol e não havia alvorada e quando tornou a olhar na direção norte a luz ia se afastando mais célere e aquele meio-dia em que acordara agora havia se transformado num lusco-fusco estranho e numa treva estranha e os pássaros que voavam haviam pousado e tudo silenciara uma vez mais entre as samambaias na beira da estrada.

Caminhou. Um vento frio soprava das montanhas. Aparava os taludes ocidentais do continente onde a neve estival jazia acima dos terrenos onde árvores não cresciam e atravessava as elevadas florestas de pinheiros e se infiltrava entre os troncos dos álamos e se precipitava sobre a planície desértica abaixo. Parara de chover durante a noite e ele caminhou pela estrada e chamou o cão. E chamou e chamou. De pé naquelas trevas inexplicáveis. Nas quais não havia rumor em parte alguma exceto o do vento. Pouco depois se sentou na estrada. Tirou o chapéu e o depositou no asfalto diante dele e curvou a cabeça e pôs o rosto entre as mãos e chorou. Ali ficou por um longo tempo e depois o sol bom e feito por Deus nasceu, uma vez mais, para todos e sem distinção.

ESTA OBRA FOI COMPOSTA PELA ABREU'S SYSTEM EM ADOBE GARAMOND
E IMPRESSA EM OFSETE PELA GRÁFICA BARTIRA SOBRE PAPEL PÓLEN SOFT
DA SUZANO S.A. PARA A EDITORA SCHWARCZ EM JANEIRO DE 2023

A marca FSC® é a garantia de que a madeira utilizada na fabricação do papel deste livro provém de florestas que foram gerenciadas de maneira ambientalmente correta, socialmente justa e economicamente viável, além de outras fontes de origem controlada.